Jean-Jacques Rousseau

Julie
ou la Nouvelle Héloïse

II

*Édition présentée, établie
et annotée
par Henri Coulet*
Professeur émérite
à l'Université de Provence

Gallimard

LETTRES DE DEUX AMANTS,
HABITANTS D'UNE PETITE VILLE
AU PIED DES ALPES

Quatrième partie

LETTRE I[1]
De Mad^e de Wolmar à Mad^e d'Orbe

Que tu tardes longtemps à revenir ! Toutes ces allées et
venues ne m'accommodent point. Que d'heures se perdent
à te rendre où tu devrais toujours être, et qui pis est à t'en
éloigner ! L'idée de se voir pour si peu de temps gâte tout le
plaisir d'être ensemble. Ne sens-tu pas qu'être ainsi alternativement chez toi et chez moi, c'est n'être bien nulle part, et
n'imagines-tu point quelque moyen de faire que tu sois en
même temps chez l'une et chez l'autre ?

Que faisons-nous, chère Cousine ? Que d'instants précieux nous laissons perdre, quand il ne nous en reste plus à
prodiguer ! Les années se multiplient ; la jeunesse
commence à fuir ; la vie s'écoule ; le bonheur passager
qu'elle offre est entre nos mains, et nous négligeons d'en
jouir ! Te souvient-il du temps où nous étions encore filles,
de ces premiers temps si charmants et si doux qu'on ne
retrouve plus dans un autre âge, et que le cœur oublie avec
tant de peine ? Combien de fois, forcées de nous séparer
pour peu de jours et même pour peu d'heures, nous disions
en nous embrassant tristement ; Ah ! si jamais nous disposons de nous, on ne nous verra plus séparées ? Nous en
disposons maintenant, et nous passons la moitié de l'année

éloignées l'une de l'autre. Quoi ! nous aimerions-nous moins ? chère et tendre amie, nous le sentons toutes deux, combien le temps, l'habitude, et tes bienfaits ont rendu notre attachement plus fort et plus indissoluble. Pour moi, ton absence me paraît de jour en jour plus insupportable, et je ne puis plus vivre un instant sans toi. Ce progrès de notre amitié est plus naturel qu'il ne semble : il a sa raison dans notre situation ainsi que dans nos caractères. À mesure qu'on avance en âge tous les sentiments se concentrent. On perd tous les jours quelque chose de ce qui nous fut cher, et l'on ne le remplace plus. On meurt ainsi par degrés, jusqu'à ce que n'aimant enfin que soi-même, on ait cessé de sentir et de vivre avant de cesser d'exister. Mais un cœur sensible se défend de toute sa force contre cette mort anticipée ; quand le froid commence aux extrémités, il rassemble autour de lui toute sa chaleur naturelle ; plus il perd, plus il s'attache à ce qui lui reste ; et il tient, pour ainsi dire, au dernier objet par les liens de tous les autres.

Voilà ce qu'il me semble éprouver déjà, quoique jeune encore. Ah ! ma chère, mon pauvre cœur a tant aimé ! Il s'est épuisé de si bonne heure qu'il vieillit avant le temps, et tant d'affections diverses l'ont tellement absorbé qu'il n'y reste plus de place pour des attachements nouveaux. Tu m'as vue successivement fille, amie, amante, épouse, et mère. Tu sais si tous ces titres m'ont été chers ! Quelques-uns de ces liens sont détruits, d'autres sont relâchés. Ma mère, ma tendre mère n'est plus ; il ne me reste que des pleurs à donner à sa mémoire, et je ne goûte qu'à moitié le plus doux sentiment de la nature. L'amour est éteint, il l'est pour jamais, et c'est encore une place qui ne sera point remplie. Nous avons perdu ton digne et bon mari que j'aimais comme la chère moitié de toi-même, et qui méritait si bien ta tendresse et mon amitié. Si mes fils étaient plus grands, l'amour maternel remplirait tous ces vides : Mais cet amour, ainsi que tous les autres a besoin de communication, et quel retour peut attendre une mère d'un enfant de quatre ou cinq ans ? Nos enfants nous sont chers longtemps

avant qu'ils puissent le sentir et nous aimer à leur tour ; et
cependant, on a si grand besoin de dire combien on les aime
à quelqu'un qui nous entende ! Mon mari m'entend ; mais il
ne me répond pas assez à ma fantaisie ; la tête ne lui en
tourne pas comme à moi : sa tendresse pour eux est trop
raisonnable ; j'en veux une plus vive et qui ressemble mieux
à la mienne. Il me faut une amie, une mère qui soit aussi
folle que moi de mes enfants et des siens. En un mot, la
maternité me rend l'amitié plus nécessaire encore, par le
plaisir de parler sans cesse de mes enfants, sans donner de
l'ennui. Je sens que je jouis doublement des caresses de mon
petit Marcellin quand je te les vois partager. Quand
j'embrasse ta fille, je crois te presser contre mon sein. Nous
l'avons dit cent fois ; en voyant tous nos petits Bambins
jouer ensemble, nos cœurs unis les confondent, et nous ne
savons plus à laquelle appartient chacun des trois.

Ce n'est pas tout, j'ai de fortes raisons pour te souhaiter
sans cesse auprès de moi, et ton absence m'est cruelle à plus
d'un égard. Songe à mon éloignement pour toute dissimulation et à cette continuelle réserve où je vis depuis près de six
ans [1] avec l'homme du monde qui m'est le plus cher. Mon
odieux secret me pèse de plus en plus, et semble chaque jour
devenir plus indispensable. Plus l'honnêteté veut que je le
révèle, plus la prudence m'oblige à le garder. Conçois-tu
quel état affreux c'est pour une femme de porter la défiance
le mensonge et la crainte jusque dans les bras d'un époux, de
n'oser ouvrir son cœur à celui qui le possède, et de lui
cacher la moitié de sa vie pour assurer le repos de l'autre ? À
qui, grand Dieu ! faut-il déguiser mes plus secrètes pensées
et celer l'intérieur d'une âme dont il aurait lieu d'être si
content ? À M. de Wolmar, à mon mari, au plus digne
époux dont le ciel eût pu récompenser la vertu d'une fille
chaste. Pour l'avoir trompé une fois, il faut le tromper tous
les jours, et me sentir sans cesse indigne de toutes ses bontés
pour moi. Mon cœur n'ose accepter aucun témoignage de
son estime ; ses plus tendres caresses me font rougir, et
toutes les marques de respect et de considération qu'il me

donne se changent dans ma conscience en opprobres et en
signes de mépris. Il est bien dur d'avoir à se dire sans cesse ;
c'est une autre que moi qu'il honore. Ah s'il me connaissait,
il ne me traiterait pas ainsi[1] ! Non, je ne puis supporter cet
état affreux ; je ne suis jamais seule avec cet homme
respectable que je ne sois prête à tomber à genoux devant
lui, à lui confesser ma faute et à mourir de douleur et de
honte à ses pieds.

Cependant les raisons qui m'ont retenue dès le commencement prennent chaque jour de nouvelles forces, et je n'ai
pas un motif de parler qui ne soit une raison de me taire. En
considérant l'état paisible et doux de ma famille, je ne pense
point sans effroi qu'un seul mot y peut causer un désordre
irréparable. Après six ans passés dans une si parfaite union,
irai-je troubler le repos d'un mari si sage et si bon, qui n'a
d'autre volonté que celle de son heureuse épouse, ni d'autre
plaisir que de voir régner dans sa maison l'ordre et la paix ?
Contristerai-je par des troubles domestiques les vieux jours
d'un père que je vois si content, si charmé du bonheur de sa
fille et de son ami ? Exposerai-je ces chers enfants, ces
enfants aimables et qui promettent tant, à n'avoir qu'une
éducation négligée ou scandaleuse, à se voir les tristes
victimes de la discorde de leurs parents, entre un père
enflammé d'une juste indignation, agité par la jalousie, et
une mère infortunée et coupable, toujours noyée dans les
pleurs ? Je connais M. de Wolmar estimant sa femme ; que
sais-je ce qu'il sera ne l'estimant plus ? Peut-être n'est-il si
modéré que parce que la passion qui dominerait dans son
caractère n'a pas encore eu lieu de se développer. Peut-être
sera-t-il aussi violent dans l'emportement de la colère qu'il
est doux et tranquille tant qu'il n'a nul sujet de s'irriter[2].

Si je dois tant d'égards à tout ce qui m'environne, ne m'en
dois-je point aussi quelques-uns à moi-même ? Six ans
d'une vie honnête et régulière n'effacent-ils rien des erreurs
de la jeunesse, et faut-il m'exposer encore à la peine d'une
faute que je pleure depuis si longtemps ? Je te l'avoue, ma
Cousine, je ne tourne point sans répugnance les yeux sur le

passé ; il m'humilie jusqu'au découragement, et je suis trop sensible à la honte pour en supporter l'idée sans retomber dans une sorte de désespoir. Le temps qui s'est écoulé depuis mon mariage est celui qu'il faut que j'envisage pour me rassurer. Mon état présent m'inspire une confiance que d'importuns souvenirs voudraient m'ôter. J'aime à nourrir mon cœur des sentiments d'honneur que je crois retrouver en moi. Le rang d'épouse et de mère m'élève l'âme et me soutient contre les remords d'un autre état. Quand je vois mes enfants et leur père autour de moi ; il me semble que tout y respire la vertu ; ils chassent de mon esprit l'idée même de mes anciennes fautes. Leur innocence est la sauvegarde de la mienne ; ils m'en deviennent plus chers en me rendant meilleure, et j'ai tant d'horreur pour tout ce qui blesse l'honnêteté que j'ai peine à me croire la même qui put l'oublier autrefois. Je me sens si loin de ce que j'étais, si sûre de ce que je suis, qu'il s'en faut peu que je ne regarde ce que j'aurais à dire comme un aveu qui m'est étranger et que je ne suis plus obligée de faire.

Voilà l'état d'incertitude et d'anxiété dans lequel je flotte sans cesse en ton absence. Sais-tu ce qui arrivera de tout cela quelque jour ? Mon père va bientôt partir pour Berne, résolu de n'en revenir qu'après avoir vu la fin de ce long procès, dont il ne veut pas nous laisser l'embarras, et ne se fiant pas trop non plus, je pense, à notre zèle à le poursuivre. Dans l'intervalle de son départ à son retour, je resterai seule avec mon mari, et je sens qu'il sera presque impossible que mon fatal secret ne m'échappe. Quand nous avons du monde, tu sais que M. de Wolmar quitte souvent la compagnie et fait volontiers seul des promenades aux environs ; il cause avec les paysans ; il s'informe de leur situation ; il examine l'état de leurs terres ; il les aide au besoin de sa bourse et de ses conseils. Mais quand nous sommes seuls, il ne se promène qu'avec moi ; il quitte peu sa femme et ses enfants, et se prête à leurs petits jeux avec une simplicité si charmante qu'alors je sens pour lui quelque chose de plus tendre encore qu'à l'ordinaire. Ces moments d'attendrissement sont d'autant plus périlleux pour la réserve, qu'il me fournit lui-même les occasions d'en manquer, et qu'il m'a cent fois tenu des propos qui semblaient m'exciter à la confiance. Tôt ou tard il faudra que je lui ouvre mon cœur, je le sens; mais puisque tu veux que ce soit de concert entre nous, et avec toutes les précautions que la prudence autorise, reviens et fais de moins longues absences; ou je ne réponds plus de rien.

Ma douce amie, il faut achever, et ce qui reste importe assez pour me coûter le plus à dire. Tu ne m'es pas seulement nécessaire quand je suis avec mes enfants ou avec mon mari, mais surtout quand je suis seule avec ta pauvre Julie, et la solitude m'est dangereuse précisément parce qu'elle m'est douce, et que souvent je la cherche sans y songer. Ce n'est pas, tu le sais, que mon cœur se ressente encore de ses anciennes blessures; non, il est guéri, je le sens, j'en suis très sûre, j'ose me croire vertueuse. Ce n'est point le présent que je crains; c'est le passé qui me tourmente. Il est des souvenirs aussi redoutables que le sentiment actuel; on s'attendrit par réminiscence; on a honte de se sentir pleurer, et l'on n'en pleure que davantage. Ces larmes sont de pitié, de regret, de repentir; l'amour n'y a plus de part; il ne m'est plus rien; mais je pleure les maux qu'il a causés; je pleure le sort d'un homme estimable que des feux indiscrètement nourris ont privé du repos et peut-être de la vie. Hélas! sans doute il a péri dans ce long et périlleux voyage que le désespoir lui a fait entreprendre. S'il vivait, du bout du monde il nous eût donné de ses nouvelles; près de quatre ans se sont écoulés depuis son départ. On dit que l'escadre sur laquelle il est a souffert mille désastres, qu'elle a perdu les trois quarts de ses équipages, que plusieurs vaisseaux sont submergés[1], qu'on ne sait ce qu'est devenu le reste. Il n'est plus, il n'est plus. Un secret pressentiment me l'annonce. L'infortuné n'aura pas été plus épargné que tant d'autres. La mer, les maladies, la tristesse bien plus cruelle auront abrégé ses jours. Ainsi s'éteint tout ce qui brille un moment sur la terre. Il manquait aux tourments de ma conscience d'avoir à me reprocher la mort d'un honnête homme. Ah ma chère ! Quelle âme c'était que la sienne !.... comme il savait aimer !.... il méritait de vivre.... il aura présenté devant le souverain juge une âme faible, mais saine et aimant la vertu... Je m'efforce en vain de chasser ces tristes idées ; à chaque instant elles reviennent malgré moi. Pour les bannir, ou pour les régler, ton amie a besoin de tes soins ; et puisque je ne puis oublier cet infortuné, j'aime mieux en causer avec toi que d'y penser toute seule.

Regarde que de raisons augmentent le besoin continuel que j'ai de t'avoir avec moi ! Plus sage et plus heureuse, si les mêmes raisons te manquent, ton cœur sent-il moins le même besoin ? S'il est bien vrai que tu ne veuilles point te remarier, ayant si peu de contentement de ta famille[1], quelle maison te peut mieux convenir que celle-ci ? Pour moi, je souffre à te savoir dans la tienne ; car malgré ta dissimulation, je connais ta manière d'y vivre, et ne suis point dupe de l'air folâtre que tu viens nous étaler à Clarens. Tu m'as bien reproché des défauts en ma vie ; mais j'en ai un très grand à te reprocher à ton tour ; c'est que ta douleur est toujours concentrée et solitaire. Tu te caches pour t'affliger, comme si tu rougissais de pleurer devant ton amie. Claire, je n'aime pas cela. Je ne suis point injuste comme toi ; je ne blâme point tes regrets ; je ne veux pas qu'au bout de deux ans, de dix, ni de toute ta vie, tu cesses d'honorer la mémoire d'un si tendre époux, mais je te blâme, après avoir passé tes plus beaux jours à pleurer avec ta Julie, de lui dérober la douceur de pleurer à son tour avec toi, et de laver par de plus dignes larmes la honte de celles qu'elle versa dans ton sein. Si tu es fâchée de t'affliger, ah ! tu ne connais pas la véritable affliction[2] ! si tu y prends une sorte de plaisir, pourquoi ne veux-tu pas que je le partage ? Ignores-tu que la communication des cœurs imprime à la tristesse je ne sais quoi de doux et de touchant que n'a pas le contentement ? et l'amitié n'a-t-elle pas été spécialement donnée aux malheureux pour le soulagement de leurs maux et la consolation de leurs peines ?

Voilà, ma chère, des considérations que tu devrais faire, et auxquelles il faut ajouter qu'en te proposant de venir demeurer avec moi, je ne te parle pas moins au nom de mon mari qu'au mien. Il m'a paru plusieurs fois surpris, presque scandalisé, que deux amies telles que nous n'habitassent pas ensemble ; il assure te l'avoir dit à toi-même, et il n'est pas homme à parler inconsidérément. Je ne sais quel parti tu prendras sur mes représentations ; j'ai lieu d'espérer qu'il sera tel que je le désire. Quoi qu'il en soit, le mien est pris et je n'en changerai pas. Je n'ai point oublié le temps où tu voulais me suivre en Angleterre. Amie incomparable, c'est à présent mon tour. Tu connais mon aversion pour la ville, mon goût pour la campagne, pour les travaux rustiques, et l'attachement que trois ans de séjour m'ont donné pour ma maison de Clarens. Tu n'ignores pas, non plus, quel embarras c'est de déménager avec toute une famille, et combien ce serait abuser de la complaisance de mon père de le transplanter si souvent [1]. Hé bien, si tu ne veux pas quitter ton ménage et venir gouverner le mien, je suis résolue à prendre une maison à Lausanne où nous irons tous demeurer avec toi. Arrange-toi là-dessus ; tout le veut ; mon cœur, mon devoir, mon bonheur, mon honneur conservé, ma raison recouvrée, mon état, mon mari, mes enfants, moi-même, je te dois tout [2] ; tout ce que j'ai de bien me vient de toi, je ne vois rien qui ne m'y rappelle, et sans toi je ne suis rien. Viens donc, ma bien-aimée, mon ange tutélaire ; viens conserver ton ouvrage, viens jouir de tes bienfaits. N'ayons plus qu'une famille, comme nous n'avons qu'une âme pour la chérir ; tu veilleras sur l'éducation de mes fils, je veillerai sur celle de ta fille : nous nous partagerons les devoirs de mère, et nous en doublerons les plaisirs. Nous élèverons nos cœurs ensemble à celui qui purifia le mien par tes soins, et n'ayant plus rien à désirer en ce monde nous attendrons en paix l'autre vie dans le sein de l'innocence et de l'amitié.

LETTRE II

Réponse

Mon Dieu[1] ! Cousine, que ta lettre m'a donné de plaisir !
Charmante prêcheuse !…. charmante, en vérité. Mais prêcheuse pourtant. Pérorant à ravir : des œuvres peu de
nouvelles. L'architecte Athénien…. ce beau diseur…. tu sais
bien…. dans ton vieux Plutarque…. Pompeuses descriptions, superbe temple !…. quand il a tout dit, l'autre vient ;
un homme uni ; l'air simple, grave et posé…. comme qui
dirait, ta Cousine Claire…. D'une voix creuse, lente, et
même un peu nasale…. *ce qu'il a dit, je le ferai.* Il se tait, et
les mains de battre ! Adieu l'homme aux phrases. Mon
enfant, nous sommes ces deux Architectes ; le temple dont il
s'agit est celui de l'amitié[2].

Résumons un peu les belles choses que tu m'as dites.
Premièrement, que nous nous aimions ; et puis que je t'étais
nécessaire ; et puis, que tu me l'étais aussi ; et puis, qu'étant
libres de passer nos jours ensemble, il les y fallait passer. Et
tu as trouvé tout cela toute seule ? Sans mentir tu es une
éloquente personne ! Oh bien, que je t'apprenne à quoi je
m'occupais de mon côté, tandis que tu méditais cette
sublime lettre. Après cela, tu jugeras toi-même lequel vaut
le mieux de ce que tu dis, ou de ce que je fais.

À peine eus-je perdu mon mari que tu remplis le vide
qu'il avait laissé dans mon cœur. De son vivant il en
partageait avec toi les affections ; dès qu'il ne fut plus, je ne
fus qu'à toi seule, et selon ta remarque sur l'accord de la
tendresse maternelle et de l'amitié, ma fille même n'était
pour nous qu'un lien de plus. Non seulement, je résolus dès
lors de passer le reste de ma vie avec toi ; mais je formai un
projet plus étendu. Pour que nos deux familles n'en fissent
qu'une, je me proposai, supposant tous les rapports convenables, d'unir un jour ma fille à ton fils aîné, et ce nom de
mari trouvé par plaisanterie[3] me parut d'heureux augure
pour le lui donner un jour tout de bon.

Dans ce dessein, je cherchai d'abord à lever les embarras d'une succession embrouillée, et me trouvant assez de bien pour sacrifier quelque chose à la liquidation du reste, je ne songeai qu'à mettre le partage de ma fille en effets assurés et à l'abri de tout procès. Tu sais que j'ai des fantaisies sur bien des choses : ma folie dans celle-ci était de te surprendre. Je m'étais mise en tête d'entrer un beau matin dans ta chambre, tenant d'une main mon enfant, de l'autre un portefeuille, et de te présenter l'un et l'autre avec un beau compliment pour déposer en tes mains la mère, la fille, et leur bien, c'est-à-dire, la dot de celle-ci. Gouverne-là[1], voulais-je te dire, comme il convient aux intérêts de ton fils ; car c'est désormais son affaire et la tienne ; pour moi je ne m'en mêle plus.

Remplie de cette charmante idée, il fallut m'en ouvrir à quelqu'un qui m'aidât à l'exécuter. Or devine qui je choisis pour cette confidence ? Un certain M. de Wolmar : ne le connaîtrais-tu point ? Mon mari, Cousine ? Oui, ton mari, Cousine. Ce même homme à qui tu as tant de peine à cacher un secret qu'il lui importe de ne pas savoir, est celui qui t'en a su taire un qu'il t'eût été si doux d'apprendre. C'était là le vrai sujet de tous ces entretiens mystérieux dont tu nous faisais si comiquement la guerre. Tu vois comme ils sont dissimulés, ces maris. N'est-il pas bien plaisant que ce soient eux qui nous accusent de dissimulation ? J'exigeais du tien davantage encore. Je voyais fort bien que tu méditais le même projet que moi, mais plus en dedans, et comme celle qui n'exhale ses sentiments qu'à mesure qu'on s'y livre[2]. Cherchant donc à te ménager une surprise plus agréable, je voulais que quand tu lui proposerais notre réunion, il ne parût pas fort approuver cet empressement, et se montrât un peu froid à consentir. Il me fit là-dessus une réponse que j'ai retenue, et que tu dois bien retenir ; car je doute que depuis qu'il y a des maris au monde aucun d'eux en ait fait une pareille. La voici. « Petite Cousine, je connais Julie..., je la connais bien..., mieux qu'elle ne croit, peut-être. Son cœur est trop honnête pour qu'on doive résister à rien de ce qu'elle désire, et trop sensible pour qu'on le puisse sans l'affliger. Depuis cinq ans [1] que nous sommes unis, je ne crois pas qu'elle ait reçu de moi le moindre chagrin ; j'espère mourir sans lui en avoir jamais fait aucun. » Cousine, songes-y bien : voilà quel est le mari dont tu médites sans cesse de troubler indiscrètement le repos.

Pour moi, j'eus moins de délicatesse, ou plus de confiance en ta douceur, et j'éloignai si naturellement les discours auxquels ton cœur te ramenait souvent, que ne pouvant taxer le mien de s'attiédir pour toi, tu t'allas mettre dans la tête que j'attendais de secondes noces, et que je t'aimais mieux que toute autre chose, hormis un mari. Car, vois-tu, ma pauvre enfant, tu n'as pas un secret mouvement qui m'échappe. Je te devine, je te pénètre ; je perce jusqu'au plus profond de ton âme, et c'est pour cela que je t'ai toujours adorée. Ce soupçon, qui te faisait si heureusement prendre le change, m'a paru excellent à nourrir. Je me suis mise à faire la veuve coquette assez bien pour t'y tromper toi-même. C'est un rôle pour lequel le talent me manque moins que l'inclination. J'ai adroitement employé cet air agaçant que je ne sais pas mal prendre, et avec lequel je me suis quelquefois amusée à persifler plus d'un jeune fat. Tu en as été tout à fait la dupe, et m'as crue prête à chercher un successeur à l'homme du monde auquel il était le moins aisé d'en trouver. Mais je suis trop franche [2] pour pouvoir me contrefaire longtemps, et tu t'es bientôt rassurée. Cependant, je veux te rassurer encore mieux en t'expliquant mes vrais sentiments sur ce point.

Je te l'ai dit cent fois étant fille ; je n'étais point faite pour être femme. S'il eût dépendu de moi, je ne me serais point mariée. Mais dans notre sexe, on n'achète la liberté que par l'esclavage, et il faut commencer par être servante pour devenir sa maîtresse un jour [3]. Quoique mon père ne me gênât pas, j'avais des chagrins dans ma famille. Pour m'en délivrer, j'épousai donc M. d'Orbe. Il était si honnête homme et m'aimait si tendrement que je l'aimai sincèrement à mon tour. L'expérience me donna du mariage une idée plus avantageuse que celle que j'en avais conçue et détruisit les impressions que m'en avait laissé[1] la Chaillot. M. d'Orbe me rendit heureuse et ne s'en repentit pas. Avec un autre j'aurais toujours rempli mes devoirs, mais je l'aurais désolé, et je sens qu'il fallait un aussi bon mari pour faire de moi une bonne femme. Imaginerais-tu que c'est de cela même que j'avais à me plaindre? Mon enfant, nous nous aimions trop, nous n'étions point gais. Une amitié plus légère eût été plus folâtre; je l'aurais préférée, et je crois que j'aurais mieux aimé vivre moins contente et pouvoir rire plus souvent[2].

À cela se joignirent les sujets particuliers d'inquiétude que me donnait ta situation. Je n'ai pas besoin de te rappeler les dangers que t'a fait courir une passion mal réglée. Je les vis en frémissant. Si tu n'avais risqué que ta vie, peut-être un reste de gaieté ne m'eût-il pas tout à fait abandonnée: mais la tristesse et l'effroi pénétrèrent mon âme, et jusqu'à ce que je t'aie vue mariée, je n'ai pas eu un moment de pure joie. Tu connus ma douleur, tu la sentis. Elle a beaucoup fait sur ton bon cœur, et je ne cesserai de bénir ces heureuses larmes qui sont peut-être la cause de ton retour au bien.

Voilà comment s'est passé tout le temps que j'ai vécu avec mon mari. Juge si depuis que Dieu me l'a ôté, je pourrais espérer d'en retrouver un autre qui fût autant selon mon cœur, et si je suis tentée de le chercher? Non, Cousine, le mariage est un état trop grave; sa dignité ne va point avec mon humeur; elle m'attriste et me sied mal; sans compter que toute gêne m'est insupportable. Pense, toi qui me connais, ce que peut être à mes yeux un lien dans lequel je n'ai pas ri durant sept ans sept petites fois à mon aise! Je ne veux pas faire comme toi la matrone à vingt-huit ans. Je me trouve une petite veuve assez piquante, assez mariable encore, et je crois que si j'étais homme, je m'accommoderais assez de moi. Mais me remarier, Cousine! Écoute; je pleure bien sincèrement mon pauvre mari, j'aurais donné la moitié de ma vie pour passer l'autre avec lui; et pourtant, s'il pouvait revenir, je ne le reprendrais, je crois, lui-même que parce que je l'avais déjà pris.

Je viens de t'exposer mes véritables intentions. Si je n'ai pu les exécuter encore malgré les soins de M. de Wolmar, c'est que les difficultés semblent croître avec mon zèle à les surmonter. Mais mon zèle sera le plus fort, et avant que l'été se passe, j'espère me réunir à toi pour le reste de nos jours.

Il reste à me justifier du reproche de te cacher mes peines, et d'aimer à pleurer loin de toi ; je ne le nie pas, c'est à quoi j'emploie ici le meilleur temps que j'y passe. Je n'entre jamais dans ma maison sans y retrouver des vestiges de celui qui me la rendait chère. Je n'y fais pas un pas, je n'y fixe pas un objet sans apercevoir quelque signe de sa tendresse et de la bonté de son cœur ; voudrais-tu que le mien n'en fût pas ému ? Quand je suis ici, je ne sens que la perte que j'ai faite. Quand je suis près de toi, je ne vois que ce qui m'est resté. Peux-tu me faire un crime de ton pouvoir sur mon humeur ? Si je pleure en ton absence, et si je ris près de toi, d'où vient cette différence ? Petite ingrate, c'est que tu me consoles de tout, et que je ne sais plus m'affliger de rien quand je te possède.

Tu as dit bien des choses en faveur de notre ancienne amitié : mais je ne te pardonne pas d'oublier celle qui me fait le plus d'honneur ; c'est de te chérir quoique tu m'éclipses. Ma Julie, tu es faite pour régner. Ton empire est le plus absolu que je connaisse. Il s'étend jusque sur les volontés, et je l'éprouve plus que personne. Comment cela se fait-il, Cousine ? Nous aimons toutes deux la vertu ; l'honnêteté nous est également chère, nos talents sont les mêmes ; j'ai presque autant d'esprit que toi, et ne suis guère moins jolie. Je sais fort bien tout cela, et malgré tout cela tu m'en imposes, tu me subjugues, tu m'atterres, ton génie [1] écrase le mien, et je ne suis rien devant toi. Lors même que tu vivais dans des liaisons que tu te reprochais, et que n'ayant point imité ta faute j'aurais dû prendre l'ascendant à mon tour, il ne te demeurait pas moins. Ta faiblesse que je blâmais me semblait presque une vertu ; je ne pouvais m'empêcher d'admirer en toi ce que j'aurais repris dans un autre[1]. Enfin dans ce temps-là même, je ne t'abordais point sans un certain mouvement de respect involontaire, et il est sûr que toute ta douceur, toute la familiarité de ton commerce était nécessaire pour me rendre ton amie : naturellement, je devais être ta servante. Explique si tu peux cette énigme ; quant à moi, je n'y entends rien.

Mais si fait pourtant, je l'entends un peu, et je crois même l'avoir autrefois expliquée[2]. C'est que ton cœur vivifie tous ceux qui l'environnent et leur donne pour ainsi dire un nouvel être dont ils sont forcés de lui faire hommage, puisqu'ils ne l'auraient point eu sans lui. Je t'ai rendu d'importants services, j'en conviens ; tu m'en fais souvenir si souvent qu'il n'y a pas moyen de l'oublier. Je ne le nie point ; sans moi tu étais perdue. Mais qu'ai-je fait que te rendre ce que j'avais reçu de toi ? Est-il possible de te voir longtemps sans se sentir pénétrer l'âme des charmes de la vertu et des douceurs de l'amitié ? Ne sais-tu pas que tout ce qui t'approche est par toi-même armé pour ta défense, et que je n'ai par-dessus les autres que l'avantage des gardes de Sésostris, d'être de ton âge et de ton sexe, et d'avoir été élevée avec toi[3] ? Quoi qu'il en soit, Claire se console de valoir moins que Julie, en ce que sans Julie elle vaudrait bien moins encore ; et puis à te dire la vérité, je crois que nous avions grand besoin l'une de l'autre, et que chacune des deux y perdrait beaucoup si le sort nous eût séparées.

Ce qui me fâche le plus dans les affaires qui me retiennent encore ici, c'est le risque de ton secret, toujours prêt à s'échapper de ta bouche. Considère je t'en conjure que ce qui te porte à le garder est une raison forte et solide, et que ce qui te porte à le révéler n'est qu'un sentiment aveugle. Nos soupçons mêmes que ce secret n'en est plus un pour celui qu'il intéresse, nous sont une raison de plus pour ne le lui déclarer qu'avec la plus grande circonspection. Peut-être la réserve de ton mari est-elle un exemple et une leçon pour nous : car en de pareilles matières il y a souvent une grande différence entre ce qu'on feint d'ignorer et ce qu'on est forcé de savoir. Attends donc, je l'exige, que nous en délibérions encore une fois. Si tes pressentiments étaient fondés et que ton déplorable ami ne fût plus, le meilleur parti qui resterait à prendre serait de laisser son histoire et tes malheurs ensevelis avec lui. S'il vit, comme je l'espère, le cas peut devenir différent ; mais encore faut-il que ce cas se présente. En tout état de cause crois-tu ne devoir aucun égard aux derniers conseils d'un infortuné dont tous les maux sont ton ouvrage ?

À l'égard des dangers de la solitude, je conçois et j'approuve tes alarmes, quoique je les sache très mal fondées. Tes fautes passées te rendent craintive ; j'en augure d'autant mieux du présent, et tu le serais bien moins s'il te restait plus de sujet de l'être. Mais je ne puis te passer ton effroi sur le sort de notre pauvre ami. À présent que tes affections ont changé d'espèce, crois qu'il ne m'est pas moins cher qu'à toi. Cependant j'ai des pressentiments tout contraires aux tiens, et mieux d'accord avec la raison. Milord Édouard a reçu deux fois de ses nouvelles, et m'a écrit à la seconde qu'il était dans la mer du Sud, ayant déjà passé les dangers dont tu parles. Tu sais cela aussi bien que moi et tu t'affliges comme si tu n'en savais rien. Mais ce que tu ne sais pas et qu'il faut t'apprendre, c'est que le vaisseau sur lequel il est a été vu il y a deux mois à la hauteur des Canaries, faisant voile en Europe. Voilà ce qu'on écrit de Hollande à mon père, et dont il n'a pas manqué de me faire part, selon sa coutume de m'instruire des affaires publiques beaucoup plus exactement que des siennes. Le cœur me dit, à moi, que nous ne serons pas longtemps sans recevoir des nouvelles de notre philosophe, et que tu en seras pour tes larmes, à moins qu'après l'avoir pleuré mort, tu ne pleures de ce qu'il est en vie. Mais, Dieu merci, tu n'en es plus là.

Deh ! fosse or qui quel miser pur un poco,
Ch'è già di piangere e di viver lasso[1]

Voilà ce que j'avais à te répondre. Celle qui t'aime t'offre et partage la douce espérance d'une éternelle réunion. Tu vois que tu n'en as formé le projet ni seule ni la première, et que l'exécution en est plus avancée que tu ne pensais. Prends donc patience encore cet été, ma douce amie : il vaut mieux tarder à se rejoindre que d'avoir encore à se séparer.

Hé bien, belle Madame, ai-je tenu parole, et mon triomphe est-il complet ? Allons, qu'on se mette à genoux, qu'on baise avec respect cette lettre, et qu'on reconnaisse humblement qu'au moins une fois en la vie Julie de Wolmar a été vaincue en amitié *

LETTRE III
À Mad* d'Orbe[1]

Ma Cousine, ma Bienfaitrice, mon amie ; j'arrive des extrémités de la terre, et j'en rapporte un cœur tout plein de vous. J'ai passé quatre fois la ligne ; j'ai parcouru les deux hémisphères ; j'ai vu les quatre parties du monde ; j'en ai mis le diamètre entre nous ; j'ai fait le tour entier du globe et n'ai pu vous échapper un moment. On a beau fuir ce qui nous est cher, son image plus vite que la mer et les vents nous suit au bout de l'univers, et partout où l'on se porte avec soi l'on y porte ce qui nous fait vivre. J'ai beaucoup souffert ; j'ai vu souffrir davantage. Que d'infortunés j'ai vus mourir ! Hélas, ils mettaient un si grand prix à la vie ! et moi je leur ai survécu... Peut-être étais-je en effet moins à plaindre ; les misères de mes compagnons m'étaient plus sensibles que les miennes ; je les voyais tout entiers à leurs peines ; ils devaient souffrir plus que moi. Je me disais ; je suis mal ici,

---

* Que cette bonne Suissesse est heureuse d'être gaie quand elle est gaie, sans esprit, sans naïveté, sans finesse ! Elle ne se doute pas des apprêts qu'il faut parmi nous pour faire passer la bonne humeur. Elle ne sait pas qu'on n'a point cette bonne humeur pour soi mais pour les autres, et qu'on ne rit pas pour rire, mais pour être applaudi.

mais il est un coin sur la terre où je suis heureux et paisible, et je me dédommageais au bord du lac de Genève de ce que j'endurais sur l'Océan. J'ai le bonheur en arrivant de voir confirmer mes espérances, Milord Édouard m'apprend que vous jouissez toutes deux de la paix et de la santé, et que si vous, en particulier, avez perdu le doux titre d'épouse, il vous reste ceux d'amie et de mère, qui doivent suffire à votre bonheur.

Je suis trop pressé de vous envoyer cette Lettre pour vous faire à présent un détail de mon voyage. J'ose espérer d'en avoir bientôt une occasion plus commode. Je me contente ici de vous en donner une légère idée, plus pour exciter que pour satisfaire votre curiosité. J'ai mis près de quatre ans au trajet immense dont je viens de vous parler, et suis revenu dans le même vaisseau sur lequel j'étais parti, le seul que le Commandant ait ramené de son escadre.

J'ai vu d'abord l'Amérique méridionale, ce vaste continent que le manque de fer a soumis aux Européens, et dont ils ont fait un désert pour s'en assurer l'empire. J'ai vu les côtes du Brésil où Lisbonne et Londres puisent leurs trésors, et dont les peuples misérables foulent aux pieds l'or et les diamants sans oser y porter la main. J'ai traversé paisiblement les mers orageuses qui sont sous le cercle antarctique ; j'ai trouvé dans la mer pacifique les plus effroyables tempêtes :

> *E in mar dubbioso sotto ignoto polo*
> *Provai l'onde fallaci, e'l vento infido*[1].

J'ai vu de loin le séjour de ces prétendus géants* qui ne sont grands qu'en courage, et dont l'indépendance est plus assurée par une vie simple et frugale que par une haute stature. J'ai séjourné trois mois dans une Île déserte et délicieuse[3], douce et touchante image de l'antique beauté de la nature, et qui semble être confinée au bout du monde

---

* Les Patagons[2].

pour y servir d'asile à l'innocence et à l'amour persécutés :
mais l'avide Européen suit son humeur farouche en empêchant l'Indien paisible de l'habiter, et se rend justice en ne
l'habitant pas lui-même.

J'ai vu sur les rives du Mexique et du Pérou le même
spectacle que dans le Brésil : j'en ai vu les rares et infortunés
habitants, tristes restes de deux puissants peuples, accablés
de fers d'opprobres et de misères au milieu de leurs riches
métaux, reprocher au Ciel en pleurant les trésors qu'il leur a
prodigués. J'ai vu l'incendie affreux d'une ville entière sans
résistance et sans défenseurs. Tel est le droit de la guerre
parmi les Peuples savants, humains et polis de l'Europe. On
ne se borne pas à faire à son ennemi tout le mal dont on peut
tirer du profit ; mais on compte pour un profit tout le mal
qu'on peut lui faire à pure perte [1]. J'ai côtoyé presque toute
la partie occidentale de l'Amérique ; non sans être frappé
d'admiration en voyant quinze cents lieues de côte et la plus
grande mer du monde sous l'empire d'une seule puissance,
qui tient pour ainsi dire en sa main les clefs d'un Hémisphère du globe [2].

Après avoir traversé la grande mer, j'ai trouvé dans l'autre
continent un nouveau spectacle. J'ai vu la plus nombreuse et
la plus illustre nation de l'Univers soumise à une poignée
de brigands ; j'ai vu de près ce peuple célèbre, et n'ai plus été
surpris de le trouver esclave. Autant de fois conquis
qu'attaqué, il fut toujours en proie au premier venu, et le
sera jusqu'à la fin des siècles. Je l'ai trouvé digne de son sort,
n'ayant pas même le courage d'en gémir. Lettré, lâche,
hypocrite et charlatan ; parlant beaucoup sans rien dire,
plein d'esprit sans aucun génie, abondant en signes et stérile
en idées ; poli, complimenteur, adroit, fourbe et fripon ; qui
met tous les devoirs en étiquettes, toute la morale en
simagrées, et ne connaît d'autre humanité que les salutations
et les révérences [3]. J'ai surgi dans une seconde Île déserte
plus inconnue, plus charmante encore que la première, et où
le plus cruel accident faillit à nous confiner pour jamais [4]. Je
fus le seul peut-être qu'un exil si doux n'épouvanta point ;

ne suis-je pas désormais partout en exil ? J'ai vu dans ce lieu de délice et d'effroi ce que peut tenter l'industrie humaine pour tirer l'homme civilisé d'une solitude où rien ne lui manque, et le replonger dans un gouffre de nouveaux besoins.

J'ai vu dans le vaste Océan où il devrait être si doux à des hommes d'en rencontrer d'autres deux grands vaisseaux se chercher, se trouver, s'attaquer, se battre avec fureur, comme si cet espace immense eût été trop petit pour chacun d'eux. Je les ai vus vomir l'un contre l'autre le fer et les flammes. Dans un combat assez court j'ai vu l'image de l'enfer. J'ai entendu les cris de joie des vainqueurs couvrir les plaintes des blessés et les gémissements des mourants. J'ai reçu en rougissant ma part d'un immense butin ; je l'ai reçu, mais en dépôt, et s'il fut pris sur des malheureux, c'est à des malheureux qu'il sera rendu[1].

J'ai vu l'Europe transportée à l'extrémité de l'Afrique, par les soins de ce peuple avare patient et laborieux qui a vaincu par le temps et la constance des difficultés que tout l'héroïsme des autres peuples n'a jamais pu surmonter. J'ai vu ces vastes et malheureuses contrées qui ne semblent destinées qu'à couvrir la terre de troupeaux d'esclaves. À leur vil aspect j'ai détourné les yeux de dédain d'horreur et de pitié, et voyant la quatrième partie de mes semblables changée en bêtes pour le service des autres, j'ai gémi d'être homme[2].

Enfin j'ai vu dans mes compagnons de voyage un peuple intrépide et fier dont l'exemple et la liberté rétablissaient à mes yeux l'honneur de mon espèce, pour lesquels[3] la douleur et la mort ne sont rien, et qui ne craint au monde que la faim et l'ennui. J'ai vu dans leur chef un capitaine, un soldat, un pilote, un sage, un grand homme, et pour dire encore plus peut-être, le digne ami d'Édouard Bomston : Mais ce que je n'ai point vu dans le monde entier ; c'est quelqu'un qui ressemble à Claire d'Orbe, à Julie d'Étange, et qui puisse consoler de leur perte un cœur qui sut les aimer.

Comment vous parler de ma guérison ? C'est de vous que

je dois apprendre à la connaître. Reviens-je plus libre et plus sage que je ne suis parti ? J'ose le croire et ne puis l'affirmer. La même image règne toujours dans mon cœur ; vous savez s'il est possible qu'elle s'en efface ; mais son empire est plus digne d'elle, et si je ne me fais pas illusion elle règne dans ce cœur infortuné comme dans le vôtre. Oui, ma Cousine, il me semble que sa vertu m'a subjugué, que je ne suis pour elle que le meilleur et le plus tendre ami qui fût jamais, que je ne fais plus[1] que l'adorer comme vous l'adorez vous-même ; ou plutôt, il me semble que mes sentiments ne se sont pas affaiblis mais rectifiés, et avec quelque soin que je m'examine, je les trouve aussi purs que l'objet qui les inspire. Que puis-je vous dire de plus jusqu'à l'épreuve qui peut m'apprendre à juger de moi ? Je suis sincère et vrai ; je veux être ce que je dois être ; mais comment répondre de mon cœur avec tant de raisons de m'en défier ? Suis-je le maître du passé ? Peux-je empêcher que mille feux ne m'aient autrefois dévoré ? Comment distinguerai-je par la seule imagination ce qui est de ce qui fut ? et comment me représenterai-je amie celle que je ne vis jamais qu'amante ? Quoi que vous pensiez, peut-être, du motif secret de mon empressement, il est honnête et raisonnable, il mérite que vous l'approuviez. Je réponds d'avance, au moins de mes intentions. Souffrez que je vous voie et m'examinez vous-même, ou laissez-moi voir Julie et je saurai ce que je suis.

Je dois accompagner Milord Édouard en Italie. Je passerai près de vous, et je ne vous verrais point ! Pensez-vous que cela se puisse ? Eh ! si vous aviez la barbarie de l'exiger vous mériteriez de n'être pas obéie ! mais pourquoi l'exigeriez-vous ? N'êtes-vous pas cette même Claire, aussi bonne et compatissante que vertueuse et sage, qui daigna m'aimer dès sa plus tendre jeunesse, et qui doit m'aimer bien plus encore, aujourd'hui que je lui dois tout*. Non, non chère et

---

* Que lui doit-il donc tant, à elle qui a fait les malheurs de sa vie ? Malheureux questionneur ! Il lui doit l'honneur la vertu le repos de celle qu'il aime ; il lui doit tout.

charmante amie, un si cruel refus ne serait ni de vous ni fait pour moi, il ne mettra point le comble à ma misère. Encore une fois, encore une fois en ma vie, je déposerai mon cœur à vos pieds. Je vous verrai, vous y consentirez. Je la verrai, elle y consentira. Vous connaissez trop bien toutes deux mon respect pour elle. Vous savez si je suis homme à m'offrir à ses yeux en me sentant indigne d'y paraître. Elle a déploré si longtemps l'ouvrage de ses charmes, ah qu'elle voie une fois l'ouvrage de sa vertu !

P.S. Milord Édouard est retenu pour quelques temps encore ici par des affaires ; s'il m'est permis de vous voir, pourquoi ne prendrais-je pas les devants pour être plus tôt auprès de vous ?

LETTRE IV
De M. de Wolmar

Quoique nous ne nous connaissions pas encore, je suis chargé de vous écrire. La plus sage et la plus chérie des femmes vient d'ouvrir son cœur à son heureux époux. Il vous croit digne d'avoir été aimé d'elle, et il vous offre sa maison. L'innocence et la paix y règnent ; vous y trouverez l'amitié, l'hospitalité, l'estime, la confiance. Consultez votre cœur, et s'il n'y a rien là qui vous effraye, venez sans crainte. Vous ne partirez point d'ici sans y laisser un ami.

Wolmar.

P.S. Venez, mon ami ; nous vous attendons avec empressement. Je n'aurai pas la douleur que vous nous deviez un refus.

Julie[1]

LETTRE V

de Mad^e d'Orbe
Et dans laquelle était incluse la précédente.

Bien arrivé ! cent fois le bien arrivé, cher St. Preux ; car je prétends que ce nom* vous demeure, au moins dans notre société. C'est, je crois, vous dire assez qu'on n'entend pas vous en exclure, à moins que cette exclusion ne vienne de vous [1]. En voyant par la Lettre ci-jointe que j'ai fait plus que vous ne me demandiez apprenez à prendre un peu plus de confiance en vos amis, et à ne plus reprocher à leur cœur des chagrins qu'ils partagent quand la raison les force à vous en donner. M. de Wolmar veut vous voir, il vous offre sa maison, son amitié, ses conseils ; il n'en fallait pas tant pour calmer toutes mes craintes sur votre voyage, et je m'offenserais moi-même si je pouvais un moment me défier de vous. Il fait plus, il prétend vous guérir, et dit que ni Julie ni lui ni vous ni moi, ne pouvons être parfaitement heureux sans cela. Quoique j'attende beaucoup de sa sagesse et plus de votre vertu, j'ignore quel sera le succès de cette entreprise. Ce que je sais bien, c'est qu'avec la femme qu'il a, le soin qu'il veut prendre est une pure générosité pour vous.

Venez donc, mon aimable ami, dans la sécurité d'un cœur honnête satisfaire l'empressement que nous avons tous de vous embrasser et de vous voir paisible et content ; venez dans votre pays et parmi vos amis vous délasser de vos voyages et oublier tous les maux que vous avez soufferts [2]. La dernière fois que vous me vîtes j'étais une grave matrone, et mon amie était à l'extrémité ; mais à présent qu'elle se porte bien et que je suis redevenue fille, me voilà tout aussi folle et presque aussi jolie qu'avant mon mariage. Ce qu'il y a du moins de bien sûr, c'est que je n'ai point changé pour

---

* C'est celui qu'elle lui avait donné devant ses gens à son précédent voyage. Voyez 3e partie, Lettre XIV.

vous, et que vous feriez bien des fois le tour du monde avant
d'y trouver quelqu'un qui vous aimât comme moi.

LETTRE VI

À Milord Édouard

Je me lève au milieu de la nuit pour vous écrire. Je ne
saurais trouver un moment de repos. Mon cœur agité,
transporté, ne peut se contenir au dedans de moi ; il a besoin
de s'épancher. Vous qui l'avez si souvent garanti du
désespoir, soyez le cher dépositaire des premiers plaisirs
qu'il ait goûtés depuis si longtemps.

Je l'ai vue, Milord ! mes yeux l'ont vue ! J'ai entendu sa
voix ; ses mains ont touché les miennes ; elle m'a reconnu ;
elle a marqué de la joie à me voir ; elle m'a appelé son ami,
son cher ami ; elle m'a reçu dans sa maison ; plus heureux
que je ne fus de ma vie je loge avec elle sous un même toit, et
maintenant que je vous écris, je suis à trente pas d'elle !

Mes idées sont trop vives pour se succéder ; elles se
présentent toutes ensemble ; elles se nuisent mutuellement.
Je vais m'arrêter et reprendre haleine, pour tâcher de mettre
quelque ordre dans mon récit [1].

À peine après une si longue absence m'étais-je livré près
de vous aux premiers transports de mon cœur en embrassant mon ami mon libérateur et mon père, que vous
songeâtes au voyage d'Italie. Vous me le fîtes désirer dans
l'espoir de m'y soulager enfin du fardeau de mon inutilité
pour vous. Ne pouvant terminer sitôt les affaires qui vous
retenaient à Londres, vous me proposâtes de partir le
premier pour avoir plus de temps à vous attendre ici. Je
demandai la permission d'y venir ; je l'obtins, je partis, et
quoique Julie s'offrît d'avance à mes regards, en songeant
que j'allais m'approcher d'elle je sentis du regret à m'éloigner de vous. Milord, nous sommes quittes, ce seul
sentiment vous a tout payé.

Il ne faut pas vous dire que durant toute la route je n'étais

occupé que de l'objet de mon voyage ; mais une chose à
remarquer, c'est que je commençai de voir sous un autre
point de vue ce même objet qui n'était jamais sorti de mon
cœur. Jusque-là je m'étais toujours rappelé Julie brillante
comme autrefois des charmes de sa première jeunesse.
J'avais toujours vu ses beaux yeux animés du feu qu'elle
m'inspirait. Ses traits chéris n'offraient à mes regards que
des garants de mon bonheur ; son amour et le mien se
mêlaient tellement avec sa figure que je ne pouvais les en
séparer. Maintenant j'allais voir Julie mariée, Julie mère,
Julie indifférente ! Je m'inquiétais des changements que huit
ans d'intervalle [1] avaient pu faire à sa beauté. Elle avait eu la
petite vérole ; elle s'en trouvait changée [2] ; à quel point le
pouvait-elle être ? Mon imagination me refusait opiniâtre-
ment des taches sur ce charmant visage, et sitôt que j'en
voyais un marqué de petite vérole, ce n'était plus celui de
Julie. Je pensais encore à l'entrevue que nous allions avoir, à
la réception qu'elle m'allait faire. Ce premier abord se
présentait à mon esprit sous mille tableaux différents, et ce
moment qui devait passer si vite, revenait pour moi mille
fois le jour.

Quand j'aperçus la cime des monts le cœur me battit
fortement, en me disant, elle est là. La même chose venait de
m'arriver en mer à la vue des côtes d'Europe. La même
chose m'était arrivée autrefois à Meillerie en découvrant la
maison du Baron d'Étange. Le monde n'est jamais divisé
pour moi qu'en deux régions, celle où elle est, et celle où elle
n'est pas. La première s'étend quand je m'éloigne, et se
resserre à mesure que j'approche, comme un lieu où je ne
dois jamais arriver. Elle est à présent bornée aux murs de sa
chambre. Hélas ! ce lieu seul est habité ; tout le reste de
l'univers est vide.

Plus j'approchais de la Suisse, plus je me sentais ému.
L'instant où, des hauteurs du Jura je découvris le lac de
Genève fut un instant d'extase et de ravissement. La vue de
mon pays, de ce pays si chéri où des torrents de plaisirs
avaient inondé mon cœur ; l'air des Alpes si salutaire et si

pur ; le doux air de la patrie, plus suave que les parfums de
l'Orient ; cette terre riche et fertile, ce paysage unique, le
plus beau dont l'œil humain fut jamais frappé ; ce séjour
charmant auquel je n'avais rien trouvé d'égal dans le tour du
monde ; l'aspect d'un peuple heureux et libre ; la douceur de
la saison, la sérénité du Climat ; mille souvenirs délicieux
qui réveillaient tous les sentiments que j'avais goûtés ; tout
cela me jetait dans des transports que je ne puis décrire, et
semblait me rendre à la fois la jouissance de ma vie entière.

En descendant vers la côte, je sentis une impression nouvelle dont je n'avais aucune idée. C'était un certain mouvement d'effroi qui me resserrait le cœur et me troublait malgré moi. Cet effroi, dont je ne pouvais démêler la cause,
croissait à mesure que j'approchais de la ville ; il ralentissait
mon empressement d'arriver, et fit enfin de tels progrès que
je m'inquiétais autant de ma diligence que j'avais fait
jusque-là de ma lenteur. En entrant à Vevai la sensation que
j'éprouvai ne fut rien moins qu'agréable. Je fus saisi d'une
violente palpitation qui m'empêchait de respirer ; je parlais
d'une voix altérée et tremblante. J'eus peine à me faire
entendre en demandant M. de Wolmar ; car je n'osai jamais
nommer sa femme. On me dit qu'il demeurait à Clarens.
Cette nouvelle m'ôta de dessus la poitrine un poids de cinq
cents livres, et prenant les deux lieues qui me restaient à
faire pour un répit, je me réjouis de ce qui m'eût désolé dans
un autre temps ; mais j'appris avec un vrai chagrin que Mad^e
d'Orbe était à Lausanne. J'entrai dans une auberge pour
reprendre les forces qui me manquaient : il me fut impossible d'avaler un seul morceau ; je suffoquais en buvant et ne
pouvais vider un verre qu'à plusieurs reprises [1]. Ma terreur
redoubla quand je vis mettre les chevaux pour repartir. Je
crois que j'aurais donné tout au monde pour voir briser une
roue en chemin. Je ne voyais plus Julie ; mon imagination
troublée ne me présentait que des objets confus ; mon âme
était dans un tumulte universel. Je connaissais la douleur et
le désespoir ; je les aurais préférés à cet horrible état. Enfin,
je puis dire n'avoir de ma vie éprouvé d'agitation plus

cruelle que celle où je me trouvai durant ce court trajet, et je suis convaincu que je ne l'aurais pu supporter une journée entière.

En arrivant, je fis arrêter à la grille, et me sentant hors d'état de faire un pas, j'envoyai le postillon dire qu'un étranger demandait à parler à M. de Wolmar. Il était à la promenade avec sa femme. On les avertit, et ils vinrent par un autre côté, tandis que, les yeux fichés sur l'avenue, j'attendais dans des transes mortelles d'y voir paraître quelqu'un.

À peine Julie m'eut-elle aperçu qu'elle me reconnut. À l'instant, me voir, s'écrier, courir, s'élancer dans mes bras ne fut pour elle qu'une même chose. À ce son de voix je me sens tressaillir ; je me retourne, je la vois, je la sens. Ô Milord ! ô mon ami !… je ne puis parler [1]…. ! Adieu crainte, adieu terreur, effroi, respect humain. Son regard, son cri, son geste, me rendent en un moment la confiance le courage et les forces. Je puise dans ses bras la chaleur et la vie ; je pétille de joie en la serrant dans les miens. Un transport sacré nous tient dans un long silence étroitement embrassés, et ce n'est qu'après un si doux saisissement que nos voix commencent à se confondre, et nos yeux à mêler leurs pleurs. M. de Wolmar était là ; je le savais, je le voyais ; mais qu'aurais-je pu voir ? Non, quand l'univers entier se fût réuni contre moi, quand l'appareil des tourments m'eût environné, je n'aurais pas dérobé mon cœur à la moindre de ces caresses, tendres prémices d'une amitié pure et sainte que nous emporterons dans le Ciel [2] !

Cette première impétuosité suspendue, Mad^e de Wolmar me prit par la main, et se retournant vers son mari, lui dit avec une certaine grâce d'innocence et de candeur dont je me sentis pénétré ; quoiqu'il soit mon ancien ami, je ne vous le présente pas, je le reçois de vous, et ce n'est qu'honoré de votre amitié qu'il aura désormais la mienne. Si les nouveaux amis ont moins d'ardeur que les anciens, me dit-il en m'embrassant, ils seront anciens à leur tour, et ne céde- ront point aux autres. Je reçus ses embrassements ; mais mon cœur venait de s'épuiser, et je ne fis que les recevoir.

Après cette courte scène, j'observai du coin de l'œil qu'on avait détaché ma malle et remisé ma chaise. Julie me prit sous le bras, et je m'avançai avec eux vers la maison, presque oppressé d'aise de voir qu'on y prenait possession de moi[1].

Ce fut alors qu'en contemplant plus paisiblement ce visage adoré que j'avais cru trouver enlaidi, je vis avec une surprise amère et douce qu'elle était réellement plus belle et plus brillante que jamais. Ses traits charmants se sont mieux formés encore ; elle a pris un peu plus d'embonpoint, qui ne fait qu'ajouter à son éblouissante blancheur. La petite vérole n'a laissé sur ses joues que quelques légères traces presque imperceptibles. Au lieu de cette pudeur souffrante qui lui faisait autrefois sans cesse baisser les yeux, on voit la sécurité de la vertu s'allier dans son chaste regard à la douceur et à la sensibilité ; sa contenance, non moins modeste est moins timide ; un air plus libre et des grâces plus franches ont succédé à ces manières contraintes mêlées de tendresse et de honte ; et si le sentiment de sa faute la rendait alors plus touchante, celui de sa pureté la rend aujourd'hui plus céleste.

À peine étions-nous dans le salon qu'elle disparut, et rentra le moment d'après. Elle n'était pas seule. Qui pensez-vous qu'elle amenait avec elle ? Milord, c'étaient ses enfants ! ses deux enfants plus beaux que le jour, et portant déjà sur leur physionomie enfantine le charme et l'attrait de leur mère. Que devins-je à cet aspect ? Cela ne peut ni se dire ni se comprendre ; il faut le sentir. Mille mouvements contraires m'assaillirent à la fois. Mille cruels et délicieux souvenirs vinrent partager mon cœur. Ô spectacle ! ô regrets ! Je me sentais déchirer de douleur et transporter de joie. Je voyais, pour ainsi dire, multiplier celle qui me fut si chère[2]. Hélas ! je voyais au même instant la trop vive preuve qu'elle ne m'était plus rien, et mes pertes semblaient se multiplier avec elle.

Elle me les amena par la main. Tenez, me dit-elle d'un ton qui me perça l'âme, voilà les enfants de votre amie ; ils seront vos amis un jour. Soyez le leur dès aujourd'hui. Aussitôt ces deux petites créatures s'empressèrent autour de moi, me prirent les mains, et m'accablant de leurs innocentes caresses tournèrent vers l'attendrissement toute mon émotion. Je les pris dans mes bras l'un et l'autre, et les pressant contre ce cœur agité ; chers et aimables enfants, dis-je avec un soupir, vous avez à remplir une grande tâche. Puissiez-vous ressembler à ceux de qui vous tenez la vie ; puissiez-vous imiter leurs vertus, et faire un jour par les vôtres la consolation de leurs amis infortunés. Mad^e de Wolmar enchantée me sauta au cou une seconde fois et semblait me vouloir payer par ses caresses de celles que je faisais à ses deux fils. Mais quelle différence du premier embrassement à celui-là ! Je l'éprouvai avec surprise. C'était une mère de famille que j'embrassais ; je la voyais environnée de son Époux et de ses enfants ; ce cortège m'en imposait. Je trouvais sur son visage un air de dignité qui ne m'avait pas frappé d'abord ; je me sentais forcé de lui porter une nouvelle sorte de respect ; sa familiarité m'était presque à charge ; quelque belle qu'elle me parût j'aurais baisé le bord de sa robe de meilleur cœur que sa joue : Dès cet instant, en un mot, je connus qu'elle ou moi n'étions plus les mêmes, et je commençai tout de bon à bien augurer de moi[1].

M. de Wolmar me prenant par la main me conduisit ensuite au logement qui m'était destiné. Voilà, me dit-il en y entrant, votre appartement ; il n'est point celui d'un étranger, il ne sera plus celui d'un autre, et désormais il restera vide ou occupé par vous. Jugez si ce compliment me fut agréable ! mais je ne le méritais pas encore assez pour l'écouter sans confusion. M. de Wolmar me sauva l'embarras d'une réponse. Il m'invita à faire un tour de jardin. Là il fit si bien que je me trouvai plus à mon aise, et prenant le ton d'un homme instruit de mes anciennes erreurs, mais plein de confiance dans ma droiture, il me parla comme un père à son enfant, et me mit à force d'estime dans l'impossibilité de la démentir. Non, Milord, il ne s'est pas trompé ; je n'oublierai point que j'ai la sienne et la vôtre à justifier. Mais pourquoi faut-il que mon cœur se resserre à ses bienfaits ? Pourquoi faut-il qu'un homme que je dois aimer soit le mari de Julie ?

Cette journée semblait destinée à tous les genres d'épreuves que je pouvais subir. Revenus auprès de Mad[e] de Wolmar, son mari fut appelé pour quelque ordre à donner, et je restai seul avec elle.

Je me trouvai alors dans un nouvel embarras, le plus pénible et le moins prévu de tous. Que lui dire ? comment débuter ? Oserais-je rappeler nos anciennes liaisons, et des temps si présents à ma mémoire ? Laisserais-je penser que je les eusse oubliés ou que je ne m'en souciasse plus ? Quel supplice de traiter en étrangère celle qu'on porte au fond de son cœur ! Quelle infamie d'abuser de l'hospitalité pour lui tenir des discours qu'elle ne doit plus entendre ! Dans ces perplexités je perdais toute contenance ; le feu me montait au visage ; je n'osais ni parler, ni lever les yeux, ni faire le moindre geste, et je crois que je serais resté dans cet état violent jusqu'au retour de son mari, si elle ne m'en eût tiré. Pour elle, il ne parut pas que ce tête-à-tête l'eût gênée en rien. Elle conserva le même maintien et les mêmes manières qu'elle avait auparavant ; elle continua de me parler sur le même ton ; seulement, je crus voir qu'elle essayait d'y mettre encore plus de gaieté et de liberté, jointe à un regard, non timide ni tendre, mais doux et affectueux, comme pour m'encourager à me rassurer et à sortir d'une contrainte qu'elle ne pouvait manquer d'apercevoir.

Elle me parla de mes longs voyages : elle voulait en savoir les détails ; ceux, surtout, des dangers que j'avais courus, des maux que j'avais endurés ; car elle n'ignorait pas, disait-elle, que son amitié m'en devait le dédommagement. Ah Julie ! lui dis-je avec tristesse, il n'y a qu'un moment que je suis avec vous ; voulez-vous déjà me renvoyer aux Indes ? Non pas, dit-elle en riant, mais j'y veux aller à mon tour.

Je lui dis que je vous avais donné une relation de mon voyage, dont je lui apportais une copie. Alors elle me

demanda de vos nouvelles avec empressement. Je lui parlai
de vous, et ne pus le faire sans lui retracer les peines que
j'avais souffertes et celles que je vous avais données. Elle en
fut touchée ; elle commença d'un ton plus sérieux à entrer
dans sa propre justification, et à me montrer qu'elle avait dû
faire tout ce qu'elle avait fait. M. de Wolmar rentra au
milieu de son discours, et ce qui me confondit, c'est qu'elle
le continua en sa présence exactement comme s'il n'y eût
pas été. Il ne put s'empêcher de sourire en démêlant mon
étonnement. Après qu'elle eut fini, il me dit ; vous voyez un
exemple de la franchise qui règne ici. Si vous voulez
sincèrement être vertueux, apprenez à l'imiter : c'est la seule
prière et la seule leçon que j'aie à vous faire. Le premier pas
vers le vice est de mettre du mystère aux actions innocentes,
et quiconque aime à se cacher a tôt ou tard raison de se
cacher. Un seul précepte de morale peut tenir lieu de tous
les autres ; c'est celui-ci : Ne fais ni ne dis jamais rien que tu
ne veuilles que tout le monde voie et entende ; et pour moi,
j'ai toujours regardé comme le plus estimable des hommes
ce Romain qui voulait que sa maison fût construite de
manière qu'on vît tout ce qui s'y faisait[1].

J'ai, continua-t-il, deux partis à vous proposer. Choisissez librement celui qui vous conviendra le mieux ; mais
choisissez l'un ou l'autre. Alors prenant la main de sa
femme et la mienne, il me dit en la serrant ; notre amitié
commence, en voici le cher lien, qu'elle soit indissoluble.
Embrassez votre sœur et votre amie ; traitez-la toujours
comme telle ; plus vous serez familier avec elle, mieux je
penserai de vous. Mais vivez dans le tête-à-tête, comme si
j'étais présent, ou devant moi comme si je n'y étais pas ;
voilà tout ce que je vous demande. Si vous préférez le
dernier parti, vous le pouvez sans inquiétude ; car comme je
me réserve le droit de vous avertir de tout ce qui me
déplaira, tant que je ne dirai rien, vous serez sûr de ne
m'avoir point déplu.

Il y avait deux heures que ce discours m'aurait fort
embarrassé ; mais M. de Wolmar commençait à prendre une

si grande autorité sur moi que j'y étais déjà presque
accoutumé. Nous recommençâmes à causer paisiblement
tous trois, et chaque fois que je parlais à Julie, je ne
manquais point de l'appeler *Madame*. Parlez-moi franchement, dit enfin son mari en m'interrompant ; dans l'entretien de tout à l'heure disiez-vous *Madame* ? Non, dis-je un
peu déconcerté ; mais la bienséance… la bienséance, reprit-
il, n'est que le masque du vice ; où la vertu règne, elle est
inutile ; je n'en veux point. Appelez ma femme *Julie* en ma
présence, ou *Madame* en particulier ; cela m'est indifférent.
Je commençai de connaître alors à quel homme j'avais
affaire, et je résolus bien de tenir toujours mon cœur en état
d'être vu de lui.

Mon corps épuisé de fatigue avait grand besoin de
nourriture, et mon esprit de repos ; je trouvai l'un et l'autre
à table. Après tant d'années d'absence et de douleurs, après
de si longues courses, je me disais dans une sorte de
ravissement, je suis avec Julie, je la vois, je lui parle ; je suis à
table avec elle, elle me voit sans inquiétude, elle me reçoit
sans crainte ; rien ne trouble le plaisir que nous avons d'être
ensemble. Douce et précieuse innocence, je n'avais point
goûté tes charmes, et ce n'est que d'aujourd'hui que je
commence d'exister sans souffrir !

Le soir en me retirant je passai devant la chambre des
maîtres de la maison ; je les y vis entrer ensemble ; je gagnai
tristement la mienne, et ce moment ne fut pas pour moi le
plus agréable de la journée[1].

Voilà, Milord, comment s'est passée cette première
entrevue, désirée si passionnément, et si cruellement redou-
tée. J'ai tâché de me recueillir depuis que je suis seul ; je me
suis efforcé de sonder mon cœur ; mais l'agitation de la
journée précédente s'y prolonge encore, et il m'est impossible de juger si tôt de mon véritable état. Tout ce que je sais
très certainement c'est que si mes sentiments pour elle n'ont
pas changé d'espèce, ils ont au moins bien changé de forme,
que j'aspire toujours à voir un tiers entre nous, et que je
crains autant le tête-à-tête que je le désirais autrefois[2].

Je compte aller dans deux ou trois jours à Lausanne. Je n'ai vu Julie encore qu'à demi quand je n'ai pas vu sa cousine ; cette aimable et chère amie à qui je dois tant, qui partagera sans cesse avec vous mon amitié, mes soins, ma reconnaissance, et tous les sentiments dont mon cœur est resté le maître. À mon retour je ne tarderai pas à vous en dire davantage. J'ai besoin de vos avis et je veux m'observer de près. Je sais mon devoir et le remplirai. Quelque doux qu'il me soit d'habiter cette maison ; je l'ai résolu, je le jure ; si je m'aperçois jamais que je m'y plais trop, j'en sortirai dans l'instant.

LETTRE VII

De Mad^e de Wolmar à Mad^e d'Orbe

Si tu nous avais accordé le délai que nous te demandions, tu aurais eu le plaisir avant ton départ d'embrasser ton protégé. Il arriva avant-hier et voulait t'aller voir aujourd'hui ; mais une espèce de courbature, fruit de la fatigue et du voyage, le retient dans sa chambre, et il a été saigné* ce matin. D'ailleurs, j'avais bien résolu, pour te punir, de ne le pas laisser partir sitôt, et tu n'as qu'à le venir voir ici, ou je te promets que tu ne le verras de longtemps. Vraiment cela serait bien imaginé qu'il vît séparément les inséparables !

En vérité, ma Cousine, je ne sais quelles vaines terreurs m'avaient fasciné l'esprit sur ce voyage, et j'ai honte de m'y être opposée avec tant d'obstination. Plus je craignais de le revoir, plus je serais fâchée aujourd'hui de ne l'avoir pas vu ; car sa présence a détruit des craintes qui m'inquiétaient encore, et qui pouvaient devenir légitimes à force de m'occuper de lui. Loin que l'attachement que je sens pour lui m'effraye, je crois que s'il m'était moins cher je me défierais plus de moi ; mais je l'aime aussi tendrement que jamais, sans l'aimer de la même manière. C'est de la

---

* Pourquoi saigné ? Est-ce aussi la mode en Suisse [1] ?

comparaison de ce que j'éprouve à sa vue et de ce que j'éprouvais jadis que je tire la sécurité de mon état présent, et dans des sentiments si divers la différence se fait sentir à proportion de leur vivacité.

Quant à lui, quoique je l'aie reconnu du premier instant, je l'ai trouvé fort changé, et, ce qu'autrefois je n'aurais guère imaginé possible, à bien des égards il me paraît changé en mieux. Le premier jour, il donna quelques signes d'embarras, et j'eus moi-même bien de la peine à lui cacher le mien. Mais il ne tarda pas à prendre le ton ferme et l'air ouvert qui convient à son caractère. Je l'avais toujours vu timide et craintif ; la frayeur de me déplaire et peut-être la secrète honte d'un rôle peu digne d'un honnête homme, lui donnaient devant moi je ne sais quelle contenance servile et basse dont tu t'es plus d'une fois moquée avec raison. Au lieu de la soumission d'un esclave, il a maintenant le respect d'un ami qui sait honorer ce qu'il estime, il tient avec assurance des propos honnêtes ; il n'a pas peur que ses maximes de vertu contrarient ses intérêts ; il ne craint ni de se faire tort ni de me faire affront en louant les choses louables, et l'on sent dans tout ce qu'il dit la confiance d'un homme droit et sûr de lui-même, qui tire de son propre cœur l'approbation qu'il ne cherchait autrefois que dans mes regards. Je trouve aussi que l'usage du monde et l'expérience lui ont ôté ce ton dogmatique et tranchant qu'on prend dans le cabinet, qu'il est moins prompt à juger les hommes depuis qu'il en a beaucoup observé, moins pressé d'établir des propositions universelles depuis qu'il a tant vu d'exceptions, et qu'en général l'amour de la vérité l'a guéri de l'esprit de systèmes ; de sorte qu'il est devenu moins brillant et plus raisonnable, et qu'on s'instruit beaucoup mieux avec lui depuis qu'il n'est plus si savant.

Sa figure est changée aussi et n'est pas moins bien ; sa démarche est plus assurée ; sa contenance est plus libre ; son port est plus fier, il a rapporté de ses campagnes un certain air martial qui lui sied d'autant mieux, que son geste, vif et prompt quand il s'anime, est d'ailleurs plus grave et plus posé qu'autrefois. C'est un marin dont l'attitude est flegmatique et froide, et le parler bouillant et impétueux. À trente ans passés, son visage est celui de l'homme dans sa perfection et joint au feu de la jeunesse la majesté de l'âge mûr. Son teint n'est pas reconnaissable ; il est noir comme un More, et de plus fort marqué de la petite vérole. Ma chère, il te faut tout dire : ces marques me font quelque peine à regarder, et je me surprends souvent à les regarder malgré moi [1].

Je crois m'apercevoir que si je l'examine, il n'est pas moins attentif à m'examiner. Après une si longue absence, il est naturel de se considérer mutuellement avec une sorte de curiosité ; mais si cette curiosité semble tenir de l'ancien empressement, quelle différence dans la manière aussi bien que dans le motif ! Si nos regards se rencontrent moins souvent, nous nous regardons avec plus de liberté. Il semble que nous ayons une convention tacite pour nous considérer alternativement. Chacun sent, pour ainsi dire, quand c'est le tour de l'autre et détourne les yeux à son tour. Peut-on revoir sans plaisir quoique l'émotion n'y soit plus, ce qu'on aima si tendrement autrefois, et qu'on aime si purement aujourd'hui ? Qui sait si l'amour-propre ne cherche point à justifier les erreurs passées ? Qui sait si chacun des deux quand la passion cesse de l'aveugler n'aime point encore à se dire ; je n'avais pas trop mal choisi ? Quoi qu'il en soit je te le répète sans honte, je conserve pour lui des sentiments très doux qui dureront autant que ma vie. Loin de me reprocher ces sentiments je m'en applaudis ; je rougirais de ne les avoir pas, comme d'un vice de caractère et de la marque d'un mauvais cœur. Quant à lui, j'ose croire qu'après la vertu, je suis ce qu'il aime le mieux au monde. Je sens qu'il s'honore de mon estime ; je m'honore à mon tour de la sienne et mériterai de la conserver. Ah ! si tu voyais avec quelle tendresse il caresse mes enfants, si tu savais quel plaisir il prend à parler de toi ; Cousine, tu connaîtrais que je lui suis encore chère [2] !

Ce qui redouble ma confiance dans l'opinion que nous

avons toutes deux de lui, c'est que M. de Wolmar la partage, et qu'il en pense par lui-même depuis qu'il l'a vu tout le bien que nous lui en avions dit. Il m'en a beaucoup parlé ces deux soirs, en se félicitant du parti qu'il a pris et me faisant la guerre de ma résistance. Non, me disait-il hier, nous ne laisserons point un si honnête homme en doute sur lui-même ; nous lui apprendrons à mieux compter sur sa vertu, et peut-être un jour jouirons-nous avec plus d'avantage que vous ne pensez du fruit des soins que nous allons prendre [1]. Quant à présent, je commence déjà par vous dire que son caractère me plaît, et que je l'estime surtout par un côté dont il ne se doute guère, savoir la froideur qu'il a vis-à-vis de moi. Moins il me témoigne d'amitié, plus il m'en inspire ; je ne saurais vous dire combien je craignais d'en être caressé. C'était la première épreuve que je lui destinais ; il doit s'en présenter une seconde * sur laquelle je l'observerai ; après quoi je ne l'observerai plus. Pour celle-ci, lui dis-je, elle ne prouve autre chose que la franchise de son caractère : Car jamais il ne put se résoudre autrefois à prendre un air soumis et complaisant avec mon père, quoiqu'il y eût un si grand intérêt et que je l'en eusse instamment prié. Je vis avec douleur qu'il s'ôtait cette unique ressource et ne pus lui savoir mauvais gré de ne pouvoir être faux en rien. Le cas est bien différent, reprit mon mari ; il y a entre votre père et lui une antipathie naturelle fondée sur l'opposition de leurs maximes. Quant à moi qui n'ai ni systèmes ni préjugés, je suis sûr qu'il ne me hait point naturellement. Aucun homme ne me hait ; un homme sans passion ne peut inspirer d'aversion à personne : Mais je lui ai ravi son bien, il ne me pardonnera pas sitôt. Il ne m'en aimera que plus tendrement, quand il sera parfaitement convaincu que le mal que je lui ai fait ne m'empêche pas de le voir de bon œil. S'il me caressait à présent il serait un fourbe ; s'il ne me caressait jamais il serait un monstre.

---

* La lettre où il était question de cette seconde épreuve a été supprimée ; mais j'aurai soin d'en parler dans l'occasion [2].

Voilà, ma Claire, à quoi nous en sommes[1], et je commence à croire que le ciel bénira la droiture de nos cœurs et les intentions bienfaisantes de mon mari. Mais je suis bien bonne d'entrer dans tous ces détails : tu ne mérites pas que j'aie tant de plaisir à m'entretenir avec toi ; j'ai résolu de ne te plus rien dire, et si tu veux en savoir davantage, viens l'apprendre.

P.S. Il faut pourtant que je te dise encore ce qui vient de se passer au sujet de cette Lettre. Tu sais avec quelle indulgence M. de Wolmar reçut l'aveu tardif que ce retour imprévu me força de lui faire. Tu vis avec quelle douceur il sut essuyer mes pleurs et dissiper ma honte. Soit que je ne lui eusse rien appris, comme tu l'as assez raisonnablement conjecturé, soit qu'en effet il fût touché d'une démarche qui ne pouvait être dictée que par le repentir ; non seulement il a continué de vivre avec moi comme auparavant, mais il semble avoir redoublé de soins, de confiance, d'estime, et vouloir me dédommager à force d'égards de la confusion que cet aveu m'a coûtée. Ma Cousine, tu connais mon cœur ; juge de l'impression qu'y fait une pareille conduite !

Sitôt que je le vis résolu à laisser venir notre ancien maître, je résolus de mon côté de prendre contre moi la meilleure précaution que je pusse employer ; ce fut de choisir mon Mari même pour mon confident, de n'avoir aucun entretien particulier qui ne lui fût rapporté, et de n'écrire aucune lettre qui ne lui fût montrée. Je m'imposai même d'écrire chaque Lettre comme s'il ne la devait point voir, et de la lui montrer ensuite. Tu trouveras un article dans celle-ci qui m'est venu de cette manière, et si je n'ai pu m'empêcher en l'écrivant, de songer qu'il le verrait, je me rends le témoignage que cela ne m'y a pas fait changer un mot ; mais quand j'ai voulu lui porter ma Lettre il s'est moqué de moi, et n'a pas eu la complaisance de la lire.

Je t'avoue que j'ai été un peu piquée de ce refus, comme s'il s'était défié de ma bonne foi. Ce mouvement ne lui a pas échappé : le plus franc et le plus généreux des hommes m'a bientôt rassurée. Avouez, m'a-t-il dit, que dans cette Lettre vous avez moins parlé de moi qu'à l'ordinaire. J'en suis convenue ; était-il séant d'en beaucoup parler pour lui montrer ce que j'en aurais dit ? Hé bien, a-t-il repris en souriant, j'aime mieux que vous parliez de moi davantage et ne point savoir ce que vous en direz. Puis il a poursuivi d'un ton plus sérieux : le mariage est un état trop austère et trop grave pour supporter toutes les petites ouvertures de cœur qu'admet la tendre amitié. Ce dernier lien tempère quelquefois à propos l'extrême sévérité de l'autre, et il est bon qu'une femme honnête et sage puisse chercher auprès d'une fidèle amie les consolations, les lumières, et les conseils qu'elle n'oserait demander à son mari sur certaines matières. Quoique vous ne disiez jamais rien entre vous dont vous n'aimassiez à m'instruire, gardez-vous de vous en faire une loi, de peur que ce devoir ne devienne une gêne, et que vos confidences n'en soient moins douces en devenant plus étendues. Croyez-moi, les épanchements de l'amitié se retiennent devant un témoin quel qu'il soit. Il y a mille secrets que trois amis doivent savoir et qu'ils ne peuvent se dire que deux à deux. Vous communiquez bien les mêmes choses à votre amie et à votre époux, mais non pas de la même manière ; et si vous voulez tout confondre, il arrivera que vos Lettres seront écrites plus à moi qu'à elle, et que vous ne serez à votre aise ni avec l'un ni avec l'autre. C'est pour mon intérêt autant que pour le vôtre que je vous parle ainsi. Ne voyez-vous pas que vous craignez déjà la juste honte de me louer en ma présence ? Pourquoi voulez-vous nous ôter, à vous, le plaisir de dire à votre amie combien votre mari vous est cher, à moi celui de penser que dans vos plus secrets entretiens vous aimez à parler bien de lui. Julie ! Julie ! a-t-il ajouté en me serrant la main, et me regardant avec bonté ; vous abaisserez-vous à des précautions si peu dignes de ce que vous êtes, et n'apprendrez-vous jamais à vous estimer votre prix ?

Ma chère amie, j'aurais peine à dire comment s'y prend cet homme incomparable ; mais je ne sais plus rougir de moi devant lui. Malgré que j'en aie il m'élève au-dessus de moi-même, et je sens qu'à force de confiance il m'apprend à la mériter.

LETTRE VIII

Réponse

Comment, Cousine ! notre voyageur est arrivé, et je ne l'ai pas vu encore à mes pieds chargé des dépouilles de l'Amérique ? Ce n'est pas lui, je t'en avertis, que j'accuse de ce délai ; car je sais qu'il lui dure autant qu'à moi : mais je vois qu'il n'a pas aussi bien oublié que tu dis son ancien métier d'esclave, et je me plains moins de sa négligence que de ta tyrannie. Je te trouve aussi fort bonne de vouloir qu'une prude grave et formaliste comme moi fasse les avances, et que toute affaire cessante, je coure baiser un visage noir et crotu*, qui a passé quatre fois sous le soleil et vu le pays des épices ! Mais tu me fais rire surtout quand tu te presses de gronder de peur que je ne gronde la première. Je voudrais bien savoir de quoi tu te mêles ? C'est mon métier de quereller ; j'y prends plaisir, je m'en acquitte à merveilles[1], et cela me va très bien : mais toi, tu y es gauche on ne peut davantage, et ce n'est point du tout ton fait. En revanche, si tu savais combien tu as de grâce à avoir tort, combien ton air confus et ton œil suppliant te rendent charmante, au lieu de gronder tu passerais ta vie à demander pardon, sinon par devoir, au moins par coquetterie.

Quant à présent demande-moi pardon de toutes manières. Le beau projet que celui de prendre son mari pour son confident, et l'obligeante précaution pour une aussi sainte amitié que la nôtre ! Amie injuste, et femme pusillanime ! à qui te fieras-tu de ta vertu sur la terre, si tu te défies de tes sentiments et des miens ? Peux-tu, sans nous offenser toutes deux, craindre ton cœur et mon indulgence dans les

---

* Marqué de petite vérole. Terme du pays.

nœuds sacrés où tu vis ? J'ai peine à comprendre comment
la seule idée d'admettre un tiers dans les secrets caquetages
de deux femmes ne t'a pas révoltée ! Pour moi, j'aime fort à
babiller à mon aise avec toi ; mais si je savais que l'œil d'un
homme eût jamais fureté mes lettres, je n'aurais plus de
plaisir à t'écrire ; insensiblement la froideur s'introduirait
entre nous avec la réserve, et nous ne nous aimerions plus
que comme deux autres femmes[1]. Regarde à quoi nous
exposait ta sotte défiance, si ton mari n'eût été plus sage que
toi.

Il a très prudemment fait de ne vouloir point lire ta
Lettre. Il en eût, peut-être, été moins content que tu
n'espérais, et moins que je ne le suis moi-même à qui l'état
où je t'ai vue apprend à mieux juger de celui où je te vois.
Tous ces sages contemplatifs qui ont passé leur vie à l'étude
du cœur humain en savent moins sur les vrais signes de
l'amour que la plus bornée des femmes sensibles. M. de
Wolmar aurait d'abord remarqué que ta Lettre entière est
employée à parler de notre ami, et n'aurait point vu
l'apostille où tu n'en dis pas un mot. Si tu avais écrit cette
apostille, il y a dix ans, mon enfant je ne sais comment tu
aurais fait, mais l'ami y serait toujours rentré par quelque
coin, d'autant plus que le mari ne la devait point voir.

M. de Wolmar aurait encore observé l'attention que tu as
mise à examiner son hôte, et le plaisir que tu prends à le
décrire ; mais il mangerait Aristote et Platon avant de savoir
qu'on regarde son amant et qu'on ne l'examine pas. Tout
examen exige un sang-froid qu'on n'a jamais en voyant ce
qu'on aime.

Enfin il s'imaginerait que tous ces changements que tu as
observés seraient échappés à une autre, et moi j'ai bien peur
au contraire d'en trouver qui te seront échappés. Quelque
différent que ton hôte soit de ce qu'il était, il changerait
davantage encore que si ton cœur n'avait point changé tu le
verrais toujours le même. Quoi qu'il en soit, tu détournes
les yeux quand il te regarde ; c'est encore un fort bon signe.
Tu les détournes, Cousine ? Tu ne les baissses donc plus ?

car sûrement tu n'as pas pris un mot pour l'autre. Crois-tu que notre sage eût aussi remarqué cela ?

Une autre chose très capable d'inquiéter un Mari, c'est je ne sais quoi de touchant et d'affectueux qui reste dans ton langage au sujet de ce qui te fut cher. En te lisant, en t'entendant parler on a besoin de te bien connaître pour ne pas se tromper à tes sentiments ; on a besoin de savoir que c'est seulement d'un ami que tu parles, ou que tu parles ainsi de tous tes amis ; mais quant à cela, c'est un effet naturel de ton caractère, que ton mari connaît trop bien pour s'en alarmer. Le moyen que dans un cœur si tendre la pure amitié n'ait pas encore un peu l'air de l'amour ? Écoute, Cousine, tout ce que je te dis là doit bien te donner du courage, mais non pas de la témérité. Tes progrès sont sensibles et c'est beaucoup. Je ne comptais que sur ta vertu, et je commence à compter aussi sur ta raison [1] : je regarde à présent ta guérison sinon comme parfaite, au moins comme facile, et tu en as précisément assez fait pour te rendre inexcusable si tu n'achèves pas.

Avant d'être à ton apostille j'avais déjà remarqué le petit article que tu as eu la franchise de ne pas supprimer ou modifier en songeant qu'il serait vu de ton mari. Je suis sûre qu'en le lisant il eût s'il se pouvait redoublé pour toi d'estime ; mais il n'en eût pas été plus content de l'article. En général, ta Lettre était très propre à lui donner beaucoup de confiance en ta conduite et beaucoup d'inquiétude sur ton penchant. Je t'avoue que ces marques de petite vérole, que tu regardes tant, me font peur, et jamais l'amour ne s'avisa d'un plus dangereux fard. Je sais que ceci ne serait rien pour une autre ; mais, Cousine, souviens-t'en toujours, celle que la jeunesse et la figure d'un amant n'avaient pu séduire se perdit en pensant aux maux qu'il avait soufferts pour elle. Sans doute le Ciel a voulu qu'il lui restât des marques de cette maladie pour exercer ta vertu, et qu'il ne t'en restât pas, pour exercer la sienne.

Je reviens au principal sujet de ta lettre ; tu sais qu'à celle de notre ami [2], j'ai volé ; le cas était grave. Mais à présent si tu savais dans quel embarras m'a mis cette courte absence et combien j'ai d'affaires à la fois, tu sentirais l'impossibilité où je suis de quitter derechef ma maison sans m'y donner de nouvelles entraves et me mettre dans la nécessité d'y passer encore cet hiver ; ce qui n'est pas mon compte ni le tien. Ne vaut-il pas mieux nous priver de nous voir deux ou trois jours à la hâte, et nous rejoindre six mois plus tôt ? Je pense aussi qu'il ne sera pas inutile que je cause en particulier et un peu à loisir avec notre philosophe ; soit pour sonder et raffermir son cœur ; soit pour lui donner quelques avis utiles sur la manière dont il doit se conduire avec ton mari et même avec toi ; car je n'imagine pas que tu puisses lui parler bien librement là-dessus, et je vois par ta lettre même qu'il a besoin de conseil. Nous avons pris une si grande habitude de le gouverner, que nous sommes un peu responsables de lui à notre propre conscience, et jusqu'à ce que sa raison soit entièrement libre, nous y devons suppléer. Pour moi, c'est un soin que je prendrai toujours avec plaisir ; car il a eu pour mes avis des déférences coûteuses que je n'oublierai jamais, et il n'y a point d'homme au monde depuis que le mien n'est plus, que j'estime et que j'aime autant que lui. Je lui réserve aussi pour son compte le plaisir de me rendre ici quelque services. J'ai beaucoup de papiers mal en ordre qu'il m'aidera à débrouiller, et quelques affaires épineuses où j'aurai besoin à mon tour de ses lumières et de ses soins. Au reste, je compte ne le garder que cinq ou six jours tout au plus, et peut-être te le renverrai-je dès le lendemain ; car j'ai trop de vanité pour attendre que l'impatience de s'en retourner le prenne, et l'œil trop bon pour m'y tromper.

Ne manque donc pas, sitôt qu'il sera remis, de me l'envoyer, c'est-à-dire, de le laisser venir, ou je n'entendrai pas raillerie. Tu sais bien que si je ris quand je pleure et n'en suis pas moins affligée, je ris aussi quand je gronde et n'en suis pas moins en colère. Si tu es bien sage, et que tu fasses les choses de bonne grâce, je te promets de t'envoyer avec lui un joli petit présent qui te fera plaisir et très grand plaisir ; mais si tu me fais languir, je t'avertis que tu n'auras rien.

P.S. À propos, dis-moi ; notre marin fume-t-il ? jure-t-il ? boit-il de l'eau-de-vie ? Porte-t-il un grand sabre ? a-t-il bien la mine d'un flibustier ? Mon Dieu que je suis curieuse de voir l'air qu'on a quand on revient des Antipodes !

LETTRE IX

De Claire à Julie

Tiens, Cousine, voilà ton Esclave que je te renvoie. J'en ai fait le mien durant ces huit jours, et il a porté ses fers de si bon cœur qu'on voit qu'il est tout fait pour servir. Rends-moi grâce de ne l'avoir pas gardé huit autres jours encore ; car, ne t'en déplaise, si j'avais attendu qu'il fût prêt à s'ennuyer avec moi, j'aurais pu ne pas le renvoyer si tôt. Je l'ai donc gardé sans scrupule ; mais j'ai eu celui de n'oser le loger dans ma maison. Je me suis senti quelquefois cette fierté d'âme qui dédaigne les serviles bienséances et sied si bien à la vertu. J'ai été plus timide en cette occasion sans savoir pourquoi ; et tout ce qu'il y a de sûr, c'est que je serais plus portée à me reprocher cette réserve qu'à m'en applaudir[1].

Mais toi, sais-tu bien pourquoi notre ami s'endurait si paisiblement ici ? Premièrement il était avec moi, et je prétends que c'est déjà beaucoup pour prendre patience. Il m'épargnait des tracas et me rendait service dans mes affaires ; un ami ne s'ennuie point à cela. Une troisième chose que tu as déjà devinée, quoique tu n'en fasses pas semblant, c'est qu'il me parlait de toi, et si nous ôtions le temps qu'a duré cette causerie de celui qu'il a passé ici, tu verrais qu'il m'en est fort peu resté pour mon compte. Mais quelle bizarre fantaisie de s'éloigner de toi pour avoir le plaisir d'en parler[2] ? Pas si bizarre qu'on dirait bien. Il est contraint en ta présence ; il faut qu'il s'observe incessam-

ment ; la moindre indiscrétion deviendrait un crime, et dans
ces moments dangereux le seul devoir se laisse entendre aux
cœurs honnêtes : mais loin de ce qui nous fut cher on se
permet d'y songer encore. Si l'on étouffe un sentiment
devenu coupable, pourquoi se reprocherait-on de l'avoir eu
tandis qu'il ne l'était point ? Le doux souvenir d'un bonheur
qui fut légitime, peut-il jamais être criminel ? Voilà, je
pense, un raisonnement qui t'irait mal, mais qu'après tout il
peut se permettre. Il a recommencé pour ainsi dire, la
carrière de ses anciennes amours. Sa première jeunesse s'est
écoulée une seconde fois dans nos entretiens. Il me renouve-
lait toutes ses confidences ; il rappelait ces temps heureux où
il lui était permis de t'aimer ; il peignait à mon cœur les
charmes d'une flamme innocente..... sans doute il les
embellissait [1] !

Il m'a peu parlé de son état présent par rapport à toi, et ce
qu'il m'en a dit tient plus du respect et de l'admiration que
de l'amour ; en sorte que je le vois retourner, beaucoup plus
rassurée sur son cœur que quand il est arrivé. Ce n'est pas
qu'aussitôt qu'il est question de toi, l'on n'aperçoive au
fond de ce cœur trop sensible un certain attendrissement
que l'amitié seule, non moins touchante, marque pourtant
d'un autre ton ; mais j'ai remarqué depuis longtemps que
personne ne peut ni te voir ni penser à toi de sang-froid, et si
l'on joint au sentiment universel que ta vue inspire le
sentiment plus doux qu'un souvenir ineffaçable a dû lui
laisser, on trouvera qu'il est difficile et peut-être impossible
qu'avec la vertu la plus austère il soit autre chose que ce
qu'il est. Je l'ai bien questionné, bien observé, bien suivi ; je
l'ai examiné autant qu'il m'a été possible ; je ne puis bien lire
dans son âme, il n'y lit pas mieux lui-même : mais je puis te
répondre au moins qu'il est pénétré de la force de ses
devoirs et des tiens, et que l'idée de Julie méprisable et
corrompue lui ferait plus d'horreur à concevoir que celle de
son propre anéantissement. Cousine, je n'ai qu'un conseil à
te donner, et je te prie d'y faire attention ; évite les détails
sur le passé et je te réponds de l'avenir.

Quant à la restitution dont tu me parles, il n'y faut plus songer. Après avoir épuisé toutes les raisons imaginables, je l'ai prié, pressé, conjuré, boudé, baisé, je lui ai pris les deux mains, je me serais mise à genoux s'il m'eût laissé faire ; il ne m'a pas même écoutée ; il a poussé l'humeur et l'opiniâtreté jusqu'à jurer qu'il consentirait plutôt à ne te plus voir qu'à se dessaisir de ton portrait. Enfin dans un transport d'indignation me le faisant toucher attaché sur son cœur, le voilà, m'a-t-il dit d'un ton si ému qu'il en respirait à peine, le voilà ce portrait, le seul bien qui me reste, et qu'on m'envie encore : Soyez sûre qu'il ne me sera jamais arraché qu'avec la vie. Crois-moi, Cousine, soyons sages et laissons-lui le portrait. Que t'importe au fond qu'il lui demeure ? Tant pis pour lui s'il s'obstine à le garder.

Après avoir bien épanché et soulagé son cœur, il m'a paru assez tranquille pour que je pusse lui parler de ses affaires. J'ai trouvé que le temps et la raison ne l'avaient point fait changer de système, et qu'il bornait toute son ambition à passer sa vie attaché à Milord Édouard. Je n'ai pu qu'approuver un projet si honnête, si convenable à son caractère, et si digne de la reconnaissance qu'il doit à des bienfaits sans exemple. Il m'a dit que tu avais été du même avis ; mais que M. de Wolmar avait gardé le silence. Il me vient dans la tête une idée. À la conduite assez singulière de ton mari, et à d'autres indices, je soupçonne qu'il a sur notre ami quelque vue secrète qu'il ne dit pas. Laissons-le faire et fions-nous à sa sagesse. La manière dont il s'y prend prouve assez que si ma conjecture est juste, il ne médite rien que d'avantageux à celui pour lequel il prend tant de soins.

Tu n'as pas mal décrit sa figure et ses manières, et c'est un signe assez favorable que tu l'aies observé plus exactement que je n'aurais cru : mais ne trouves-tu pas que ses longues peines et l'habitude de les sentir ont rendu sa physionomie encore plus intéressante qu'elle n'était autrefois ? Malgré ce que tu m'en avais écrit je craignais de lui voir cette politesse maniérée, ces façons singeresses [1] qu'on ne manque jamais de contracter à Paris, et qui dans la foule des riens dont on y

remplit une journée oisive se piquent d'avoir une forme
plutôt qu'une autre. Soit que ce vernis ne prenne pas sur
certaines âmes, soit que l'air de la mer l'ait entièrement
effacé, je n'en ai pas aperçu la moindre trace ; et dans tout
l'empressement qu'il m'a témoigné, je n'ai vu que le désir de
contenter son cœur. Il m'a parlé de mon pauvre mari ; mais
il aimait mieux le pleurer avec moi que me consoler, et ne
m'a point débité là-dessus de maximes galantes. Il a caressé[1]
ma fille, mais au lieu de partager mon admiration pour elle,
il m'a reproché comme toi ses défauts et s'est plaint que je la
gâtais ; il s'est livré avec zèle à mes affaires et n'a presque été
de mon avis sur rien. Au surplus le grand air m'aurait
arraché les yeux qu'il ne se serait pas avisé d'aller fermer un
rideau ; je me serais fatiguée à passer d'une chambre[2] à
l'autre qu'un pan de son habit galamment étendu sur sa
main ne serait pas venu à mon secours ; mon éventail resta
hier une grande seconde à terre sans qu'il s'élançât du bout
de la chambre comme pour le retirer du feu. Les matins
avant de me venir voir, il n'a pas envoyé une seule fois
savoir de mes nouvelles. À la promenade il n'affecte point
d'avoir son chapeau cloué sur sa tête, pour montrer qu'il
sait les bons airs*. À table, je lui ai demandé souvent sa
tabatière qu'il n'appelle pas sa boîte[3] ; toujours il me l'a
présentée avec la main, jamais sur une assiette comme un
laquais ; il n'a pas manqué de boire à ma santé deux fois au
moins par repas, et je parie que s'il nous restait cet hiver,
nous le verrions, assis avec nous autour du feu, se chauffer
en vieux bourgeois[4]. Tu ris, Cousine ; mais montre-moi un
des nôtres fraîchement venu de Paris qui ait conservé cette
bonhomie. Au reste, il me semble que tu dois trouver notre

---

* À Paris on se pique surtout de rendre la société commode et facile, et
c'est dans une foule de règles de cette importance qu'on y fait consister cette
facilité. Tout est usages et lois dans la bonne compagnie. Tous ces usages
naissent et passent comme un éclair. Le savoir-vivre consiste à se tenir
toujours au guet, à les saisir au passage, à les affecter, à montrer qu'on sait
celui du jour. Le tout pour être simple.

philosophe empiré dans un seul point ; c'est qu'il s'occupe
un peu plus des gens qui lui parlent ; ce qui ne peut se faire
qu'à ton préjudice ; sans aller pourtant, je pense, jusqu'à le
raccommoder avec Madame Belon [1]. Pour moi, je le trouve
mieux en ce qu'il est plus grave et plus sérieux que jamais.
Ma mignonne, garde-le-moi bien soigneusement jusqu'à
mon arrivée. Il est précisément comme il me le faut, pour
avoir le plaisir de le désoler tout le long du jour.

Admire ma discrétion ; je ne t'ai rien dit encore du
présent que je t'envoie, et qui t'en promet bientôt un autre :
mais tu l'as reçu avant que d'ouvrir ma Lettre, et toi qui sais
combien j'en suis idolâtre et combien j'ai raison de l'être ;
toi dont l'avarice était si en peine de ce présent, tu
conviendras que je tiens plus que je n'avais promis. Ah, la
pauvre petite ! au moment où tu lis ceci, elle est déjà dans tes
bras ; elle est plus heureuse que sa mère ; mais dans deux
mois je serai plus heureuse qu'elle ; car je sentirai mieux
mon bonheur. Hélas ! chère Cousine, ne m'as-tu pas déjà
toute entière ? où tu es, où est ma fille, que manque-t-il
encore de moi ? La voilà, cette aimable enfant ; reçois-la
comme tienne ; je te la cède, je te la donne ; je résigne en tes
mains le pouvoir maternel ; corrige mes fautes, charge-toi
des soins dont je m'acquitte si mal à ton gré ; sois dès
aujourd'hui la mère de celle qui doit être ta Bru, et pour me
la rendre plus chère encore, fais-en s'il se peut une autre
Julie. Elle te ressemble déjà de visage ; à son humeur,
j'augure qu'elle sera grave et prêcheuse ; quand tu auras
corrigé les caprices qu'on m'accuse d'avoir fomentés, tu
verras que ma fille se donnera les airs d'être ma Cousine ;
mais plus heureuse elle aura moins de pleurs à verser et
moins de combats à rendre. Si le Ciel lui eût conservé le
meilleur des pères ; qu'il eût été loin de gêner ses inclinations, et que nous serons loin de les gêner nous-mêmes !
Avec quel charme je les vois déjà s'accorder avec nos
projets ! Sais-tu bien qu'elle ne peut déjà plus se passer de
son petit mali, et que c'est en partie pour cela que je te la
renvoie ? J'eus hier avec elle une conversation dont notre

ami se mourait de rire. Premièrement, elle n'a pas le
moindre regret de me quitter, moi qui suis toute la journée
sa très humble servante, et ne puis résister à rien de ce
qu'elle veut ; et toi qu'elle craint et qui lui dis, non, vingt
fois le jour, tu es la petite Maman par excellence, qu'on va
chercher avec joie, et dont on aime mieux les refus que tous
mes bonbons. Quand je lui annonçai que j'allais te l'envoyer, elle eut les transports que tu peux penser ; mais pour
l'embarrasser, j'ajoutai que tu m'enverrais à sa place le petit
mali, et ce ne fut plus son compte. Elle me demanda tout
interdite ce que j'en voulais faire. Je répondis que je voulais
le prendre pour moi ; elle fit la mine. Henriette, ne veux-tu
pas bien me le céder, ton petit mali ? Non, dit-elle assez
sèchement. Non ? Mais si je ne veux pas te le céder non plus,
qui nous accordera ? Maman, ce sera la petite Maman.
J'aurai donc la préférence, car tu sais qu'elle veut tout ce que
je veux. Oh la petite Maman ne veut jamais que la raison !
Comment, Mademoiselle, n'est-ce pas la même chose ? La
rusée se mit à sourire. Mais encore, continuai-je, par quelle
raison ne me donnerait-elle pas le petit mali ? Parce qu'il ne
vous convient pas. Et pourquoi ne me conviendrait-il pas ?
Autre sourire aussi malin que le premier. Parle franchement, est-ce que tu me trouves trop vieille pour lui ? Non,
Maman ; mais il est trop jeune pour vous.... Cousine, un
enfant de sept ans !..... En vérité, si la tête ne m'en tournait
pas, il faudrait qu'elle m'eût déjà tourné.

Je m'amusai à la provoquer encore. Ma chère Henriette,
lui dis-je en prenant mon sérieux, je t'assure qu'il ne te
convient pas non plus. Pourquoi donc ? s'écria-t-elle d'un
air alarmé. C'est qu'il est trop étourdi pour toi. Oh Maman,
n'est-ce que cela ? Je le rendrai sage. Et si par malheur il te
rendait folle ? Ah, ma bonne Maman, que j'aimerais à vous
ressembler ! Me ressembler ! impertinente ? Oui, Maman :
vous dites toute la journée que vous êtes folle de moi ; Hé
bien, moi, je serai folle de lui : voilà tout.

Je sais que tu n'approuves pas ce joli caquet[1], et que tu
sauras bientôt le modérer. Je ne veux pas, non plus, le

justifier quoiqu'il m'enchante, mais te montrer seulement que ta fille aime déjà bien son petit mali, et que, s'il a deux ans de moins qu'elle, elle ne sera pas indigne de l'autorité que lui donne le droit d'aînesse[1]. Aussi bien je vois, par l'opposition de ton exemple et du mien à celui de ta pauvre mère, que quand la femme gouverne, la maison n'en va pas plus mal. Adieu, ma bien-aimée ; adieu ma chère inséparable ; compte que le temps approche, et que les vendanges ne se feront pas sans moi.

LETTRE X

À Milord Édouard[2]

Que de plaisirs trop tard connus je goûte depuis trois semaines ! La douce chose de couler ses jours dans le sein d'une tranquille amitié, à l'abri de l'orage des passions impétueuses ! Milord que c'est un spectacle agréable et touchant que celui d'une maison simple et bien réglée où règnent l'ordre, la paix, l'innocence ; où l'on voit réuni sans appareil, sans éclat, tout ce qui répond à la véritable destination de l'homme ! La campagne, la retraite, le repos, la saison, la vaste plaine d'eau qui s'offre à mes yeux, le sauvage aspect des montagnes, tout me rappelle ici ma délicieuse Île de Tinian. Je crois voir accomplir les vœux ardents que j'y formai tant de fois. J'y mène une vie de mon goût, j'y trouve une société selon mon cœur. Il ne manque en ce lieu que deux personnes pour que tout mon bonheur y soit rassemblé, et j'ai l'espoir de les y voir bientôt.

En attendant que vous et Mad^e d'Orbe veniez mettre le comble aux plaisirs si doux et si purs que j'apprends à goûter où je suis, je veux vous en donner idée par le détail d'une économie domestique qui annonce la félicité des maîtres de la maison et la fait partager à ceux qui l'habitent. J'espère, sur le projet qui vous occupe[3], que mes réflexions pourront un jour avoir leur usage, et cet espoir sert encore à les exciter.

Je ne vous décrirai point la maison de Clarens. Vous la
connaissez. Vous savez si elle est charmante, si elle m'offre
des souvenirs intéressants, si elle doit m'être chère, et par ce
qu'elle me montre, et par ce qu'elle me rappelle. Madᵉ de
Wolmar en préfère avec raison le séjour à celui d'Étange,
château magnifique et grand ; mais vieux, triste, incommode, et qui n'offre dans ses environs rien de comparable à
ce qu'on voit autour de Clarens.

Depuis que les maîtres de cette maison y ont fixé leur
demeure, ils en ont mis à leur usage tout ce qui ne servait
qu'à l'ornement ; ce n'est plus une maison faite pour être
vue, mais pour être habitée. Ils ont bouché de longues
enfilades pour changer des portes mal situées, ils ont coupé
de trop grandes pièces pour avoir des logements mieux
distribués. À des meubles anciens et riches ils en ont
substitué de simples et de commodes[1]. Tout y est agréable et
riant ; tout y respire l'abondance et la propreté[2], rien n'y
sent la richesse et le luxe. Il n'y a pas une chambre où l'on ne
se reconnaisse à la campagne, et où l'on ne retrouve toutes
les commodités de la ville. Les mêmes changements se font
remarquer au dehors. La basse-cour[3] a été agrandie aux
dépens des remises. À la place d'un vieux billard délabré
l'on a fait un beau pressoir, et une laiterie où logeaient des
Paons criards dont on s'est défait. Le potager était trop petit
pour la cuisine ; on en a fait du parterre un second, mais si
propre et si bien entendu, que ce parterre ainsi travesti plaît
à l'œil plus qu'auparavant. Aux tristes Ifs qui couvraient les
murs ont été substitués de bons espaliers. Au lieu de
l'inutile marronnier d'Inde, de jeunes mûriers noirs
commencent à ombrager la cour, et l'on a planté deux rangs
de noyers jusqu'au chemin à la place des vieux tilleuls qui
bordaient l'avenue. Partout on a substitué l'utile à l'agréable, et l'agréable y a presque toujours gagné. Quant à moi,
du moins, je trouve que le bruit de la basse-cour, le chant
des coqs, le mugissement du bétail, l'attelage des chariots,
les repas des champs, le retour des ouvriers, et tout
l'appareil de l'économie rustique donne[4] à cette maison un

air plus champêtre, plus vivant, plus animé, plus gai, je ne sais quoi qui sent la joie et le bien-être, qu'elle n'avait pas dans sa morne dignité.

Leurs terres ne sont pas affermées mais cultivées par leurs soins, et cette culture fait une grande partie de leurs occupations, de leurs biens et de leurs plaisirs. La Baronnie d'Étange n'a que des prés, des champs, et du bois ; mais le produit de Clarens est en vignes, qui font un objet considérable, et comme la différence de la culture y produit un effet plus sensible que dans les blés ; c'est encore une raison d'économie pour avoir préféré ce dernier séjour. Cependant ils vont presque tous les ans faire les moissons à leur terre, et M. de Wolmar y va seul assez fréquemment. Ils ont pour maxime de tirer de la culture tout ce qu'elle peut donner, non pour faire un plus grand gain, mais pour nourrir plus d'hommes. M. de Wolmar prétend que la terre produit à proportion du nombre des bras qui la cultivent ; mieux cultivée elle rend davantage ; cette surabondance de production donne de quoi la cultiver mieux encore ; plus on y met d'hommes et de bétail, plus elle fournit d'excédent à leur entretien. On ne sait, dit-il, où peut s'arrêter cette augmentation continuelle et réciproque de produit et de cultivateurs. Au contraire, les terrains négligés perdent leur fertilité : moins un pays produit d'hommes, moins il produit de denrées : C'est le défaut d'habitants qui l'empêche de nourrir le peu qu'il en a, et dans toute contrée qui se dépeuple on doit tôt ou tard mourir de faim [1].

Ayant donc beaucoup de terres et les cultivant toutes avec beaucoup de soin, il leur faut, outre les domestiques de la basse-cour, un grand nombre d'ouvriers à la journée ; ce qui leur procure le plaisir de faire subsister beaucoup de gens sans s'incommoder. Dans le choix de ces journaliers, ils préfèrent toujours ceux du pays et les voisins aux étrangers et aux inconnus. Si l'on perd quelque chose à ne pas prendre toujours les plus robustes, on le regagne bien par l'affection que cette préférence inspire à ceux qu'on choisit, par l'avantage de les avoir sans cesse autour de soi, et de pouvoir compter sur eux dans tous les temps, quoiqu'on ne les paye qu'une partie de l'année.

Avec tous ces ouvriers on fait toujours deux prix. L'un est le prix de rigueur et de droit, le prix courant du pays, qu'on s'oblige à leur payer pour les avoir employés. L'autre, un peu plus fort, est un prix de bénéficence[1], qu'on ne leur paye qu'autant qu'on est content d'eux, et il arrive presque toujours que ce qu'ils font pour qu'on le soit vaut mieux que le surplus qu'on leur donne. Car M. de Wolmar est intègre et sévère, et ne laisse jamais dégénérer en coutume et en abus les institutions de faveur et de grâce. Ces ouvriers ont des surveillants qui les animent et les observent. Ces surveillants sont les gens de la basse-cour qui travaillent eux-mêmes et sont intéressés au travail des autres par un petit denier[2] qu'on leur accorde outre leurs gages, sur tout ce qu'on recueille par leurs soins. De plus, M. de Wolmar les visite lui-même presque tous les jours, souvent plusieurs fois le jour, et sa femme aime à être de ces promenades. Enfin dans le temps des grands travaux, Julie donne toutes les semaines vingt batz * de gratification à celui de tous les travailleurs, journaliers ou valets[4] indifféremment qui durant ces huit jours a été le plus diligent au jugement du maître. Tous ces moyens d'émulation qui paraissent dispendieux, employés avec prudence et justice rendent insensiblement tout le monde laborieux, diligent, et rapportent enfin plus qu'ils ne coûtent ; mais comme on n'en voit le profit qu'avec de la constance et du temps, peu de gens savent et veulent s'en servir.

Cependant un moyen plus efficace encore, le seul auquel des vues économiques ne font point songer et qui est plus propre à Mad^e de Wolmar, c'est de gagner l'affection de ces bonnes gens en leur accordant la sienne. Elle ne croit point s'acquitter avec de l'argent des peines que l'on prend pour elle, et pense devoir des services à quiconque lui en a rendu. Ouvriers, domestiques, tous ceux qui l'ont servie ne fût-ce

* Petite monnaie du pays[3].

que pour un seul jour deviennent tous ses enfants ; elle
prend part à leurs plaisirs, à leurs chagrins, à leur sort ; elle
s'informe de leurs affaires, leurs intérêts sont les siens ; elle
se charge de mille soins pour eux, elle leur donne des
conseils, elle accommode leurs différends, et ne leur marque
pas l'affabilité de son caractère par des paroles emmiellées et
sans effet, mais par des services véritables et par de
continuels actes de bonté[1]. Eux, de leur côté quittent tout à
son moindre signe ; ils volent quand elle parle ; son seul
regard anime leur zèle, en sa présence ils sont contents, en
son absence ils parlent d'elle et s'animent à la servir. Ses
charmes et ses discours font beaucoup, sa douceur ses
vertus font davantage. Ah Milord ! l'adorable et puissant
empire que celui de la beauté bienfaisante !

Quant au service personnel des maîtres, ils ont dans la
maison huit domestiques, trois femmes et cinq hommes,
sans compter le valet de chambre du Baron ni les gens de la
Basse-cour. Il n'arrive guère qu'on soit mal servi par peu de
Domestiques ; mais on dirait au zèle de ceux-ci, que chacun,
outre son service, se croit chargé de celui des sept autres, et
à leur accord, que tout se fait par un seul. On ne les voit
jamais oisifs et désœuvrés jouer dans une antichambre ou
polissonner dans la cour, mais toujours occupés à quelque
travail utile ; ils aident à la basse-cour, au Cellier, à la
Cuisine ; le jardinier n'a point d'autres garçons qu'eux, et ce
qu'il y a de plus agréable, c'est qu'on leur voit faire tout cela
gaiement et avec plaisir.

On s'y prend de bonne heure pour les avoir tels qu'on les
veut. On n'a point ici la maxime que j'ai vu régner à Paris et
à Londres, de choisir des Domestiques tout formés, c'est-à-
dire des Coquins déjà tout faits, de ces coureurs de
conditions qui dans chaque maison qu'ils parcourent prennent à la fois les défauts des valets et des maîtres, et se font
un métier de servir tout le monde, sans jamais s'attacher à
personne. Il ne peut régner ni honnêteté ni fidélité ni zèle au
milieu de pareilles gens, et ce ramassis de canaille ruine le
maître et corrompt les enfants dans toutes les maisons

opulentes. Ici c'est une affaire importante que le choix des
Domestiques. On ne les regarde point seulement comme
des mercenaires dont on n'exige qu'un service exact ; mais
comme des membres de la famille, dont le mauvais choix est
capable de la désoler. La première chose qu'on leur
demande est d'être honnêtes gens, la seconde d'aimer leur
maître, la troisième de le servir à son gré ; mais pour peu
qu'un maître soit raisonnable et un domestique intelligent,
la troisième suit toujours les deux autres. On ne les tire
donc point de la ville mais de la campagne. C'est ici leur
premier service, et ce sera sûrement le dernier pour tous
ceux qui vaudront quelque chose. On les prend dans
quelque famille nombreuse et surchargée d'enfants, dont les
pères et mères viennent les offrir eux-mêmes. On les choisit
jeunes, bien faits, de bonne santé et d'une physionomie
agréable. M. de Wolmar les interroge, les examine, puis les
présente à sa femme. S'ils agréent à tous deux, ils sont reçus,
d'abord à l'épreuve, ensuite au nombre des gens, c'est-à-
dire, des enfants de la maison, et l'on passe quelques jours à
leur apprendre avec beaucoup de patience et de soin ce
qu'ils ont à faire. Le service est si simple, si égal, si
uniforme, les maîtres ont si peu de fantaisie et d'humeur, et
leurs domestiques les affectionnent[1] si promptement, que
cela est bientôt appris. Leur condition est douce ; ils sentent
un bien-être qu'ils n'avaient pas chez eux ; mais on ne les
laisse point amollir par l'oisiveté mère des vices. On ne
souffre point qu'ils deviennent des Messieurs et s'enorgueil-
lissent de la servitude. Ils continuent de travailler comme ils
faisaient dans la maison paternelle ; ils n'ont fait, pour ainsi
dire, que changer de père et de mère, et en gagner de plus
opulents. De cette sorte ils ne prennent point en dédain leur
ancienne vie rustique. Si jamais ils sortaient d'ici, il n'y en a
pas un qui ne reprît plus volontiers son état de paysan que
de supporter une autre condition. Enfin, je n'ai jamais vu de
maison où chacun fît mieux son service, et s'imaginât moins
de servir[2].

C'est ainsi qu'en formant et dressant ses propres Domestiques on n'a point à se faire cette objection si commune et si peu sensée ; je les aurai formés pour d'autres. Formez-les comme il faut, pourrait-on répondre, et jamais ils ne serviront à d'autres. Si vous ne songez qu'à vous en les formant, en vous quittant ils font fort bien de ne songer qu'à eux ; mais occupez-vous d'eux un peu davantage et ils vous demeureront attachés. Il n'y a que l'intention qui oblige, et celui qui profite d'un bien que je ne veux faire qu'à moi ne me doit aucune reconnaissance.

Pour prévenir doublement le même inconvénient, M. et Mad^e de Wolmar emploient encore un autre moyen qui me paraît fort bien entendu. En commençant leur établissement ils ont cherché quel nombre de domestiques ils pouvaient entretenir dans une maison montée à peu près selon leur état, et ils ont trouvé que ce nombre allait à quinze ou seize ; pour être mieux servis ils l'ont réduit à la moitié ; de sorte qu'avec moins d'appareil leur service est beaucoup plus exact. Pour être mieux servis encore, ils ont intéressé les mêmes gens à les servir longtemps. Un domestique en entrant chez eux reçoit le gage ordinaire ; mais ce gage augmente tous les ans d'un vingtième ; au bout de vingt ans il serait ainsi plus que doublé et l'entretien des domestiques serait à peu près alors en raison du moyen des maîtres : mais il ne faut pas être un grand algébriste pour voir que les frais de cette augmentation sont plus apparents que réels, qu'ils auront peu de doubles gages à payer, et que quand ils les paieraient à tous, l'avantage d'avoir été bien servis durant vingt ans compenserait et au delà ce surcroît de dépense. Vous sentez bien, Milord, que c'est un expédient sûr pour augmenter incessamment le soin des domestiques et se les attacher à mesure qu'on s'attache à eux. Il n'y a pas seulement de la prudence, il y a même de l'équité dans un pareil établissement. Est-il juste qu'un nouveau venu sans affection, et qui n'est peut-être qu'un mauvais sujet, reçoive en entrant le même salaire qu'on donne à un ancien serviteur, dont le zèle et la fidélité sont éprouvés par de longs services, et qui d'ailleurs approche en vieillissant du

temps où il sera hors d'état de gagner sa vie ? Au reste, cette
dernière raison n'est pas ici de mise, et vous pouvez bien
croire que des maîtres aussi humains ne négligent pas des
devoirs que remplissent par ostentation beaucoup de maîtres sans charité, et n'abandonnent pas ceux de leurs gens à
qui les infirmités ou la vieillesse ôtent les moyens de servir.

J'ai dans l'instant même un exemple assez frappant de
cette attention. Le Baron d'Étange, voulant récompenser les
longs services de son Valet de chambre par une retraite
honorable, a eu le crédit d'obtenir pour lui de L.L. E.E.[1] un
emploi lucratif et sans peine. Julie vient de recevoir là-
dessus de ce vieux domestique une lettre à tirer des larmes,
dans laquelle il la supplie de le faire dispenser d'accepter cet
emploi. « Je suis âgé » lui dit-il ; « j'ai perdu toute ma
famille ; je n'ai plus d'autres parents que mes maîtres ; tout
mon espoir est de finir paisiblement mes jours dans la
maison où je les ai passés.... Madame, en vous tenant dans
mes bras à votre naissance, je demandais à Dieu de tenir de
même un jour vos enfants ; il m'en a fait la grâce ; ne me
refusez pas celle de les voir croître et prospérer comme
vous.... moi qui suis accoutumé à vivre dans une maison de
paix, où en retrouverai-je une semblable pour y reposer ma
vieillesse ?... Ayez la charité d'écrire en ma faveur à
Monsieur le Baron. S'il est mécontent de moi, qu'il me
chasse et ne me donne point d'emploi : mais si je l'ai
fidèlement servi durant quarante ans, qu'il me laisse achever
mes jours à son service et au vôtre ; il ne saurait mieux me
récompenser[2]. » Il ne faut pas demander si Julie a écrit. Je
vois qu'elle serait aussi fâchée de perdre ce bon homme[3]
qu'il le serait de la quitter. Ai-je tort, Milord, de comparer
des maîtres si chéris à des pères et leurs domestiques à leurs
enfants ? Vous voyez que c'est ainsi qu'ils se regardent eux-
mêmes.

Il n'y a pas d'exemple dans cette maison qu'un domestique ait demandé son congé. Il est même rare qu'on menace
quelqu'un de le lui donner. Cette menace effraye à proportion de ce que le service est agréable et doux. Les meilleurs

sujets en sont toujours les plus alarmés, et l'on n'a jamais
besoin d'en venir à l'exécution qu'avec ceux qui sont peu
regrettables. Il y a encore une règle à cela. Quand M. de
Wolmar a dit, *je vous chasse,* on peut implorer l'intercession
de Madame, l'obtenir quelquefois et rentrer en grâce à sa
prière ; mais un congé qu'elle donne est irrévocable, et il n'y
a plus de grâce à espérer. Cet accord est très bien entendu
pour tempérer à la fois l'excès de confiance qu'on pourrait
prendre en la douceur de la femme, et la crainte extrême que
causerait l'inflexibilité du mari. Ce mot ne laisse pas
pourtant d'être extrêmement redouté de la part d'un maître
équitable et sans colère ; car outre qu'on n'est pas sûr
d'obtenir grâce, et qu'elle n'est jamais accordée deux fois au
même ; on perd par ce mot seul son droit d'ancienneté, et
l'on recommence, en rentrant, un nouveau service : ce qui
prévient l'insolence des vieux domestiques et augmente leur
circonspection, à mesure qu'ils ont plus à perdre.

Les trois femmes sont, la femme de chambre, la gouvernante des enfants, et la cuisinière. Celle-ci est une paysanne
fort propre et fort entendue à qui Mad[e] de Wolmar a appris
la cuisine ; car dans ce pays simple encore* les jeunes
personnes de tout état apprennent à faire elles-mêmes tous
les travaux que feront un jour dans leurs maisons[2] les
femmes qui seront à leur service, afin de savoir les conduire
au besoin et de ne s'en pas laisser imposer par elles. La
femme de chambre n'est plus Babi ; on l'a renvoyée à
Étange où elle est née ; on lui a remis le soin du château et
une inspection sur la recette, qui la rend en quelque manière
le contrôleur de l'Économe. Il y avait longtemps que M. de
Wolmar pressait sa femme de faire cet arrangement, sans
pouvoir la résoudre à éloigner d'elle un ancien domestique[3]
de sa mère, quoiqu'elle eût plus d'un sujet de s'en plaindre.
Enfin depuis les dernières explications elle y a consenti, et
Babi est partie. Cette femme est intelligente et fidèle, mais

---

* Simple ! Il a donc beaucoup changé[1].

indiscrète et babillarde. Je soupçonne qu'elle a trahi plus d'une fois les secrets de sa maîtresse, que M. de Wolmar ne l'ignore pas, et que pour prévenir la même indiscrétion vis-à-vis de quelque étranger, cet homme sage a su l'employer de manière à profiter de ses bonnes qualités sans s'exposer aux mauvaises. Celle qui l'a remplacée est cette même Fanchon Regard dont vous m'entendiez parler autrefois avec tant de plaisir. Malgré l'augure de Julie, ses bienfaits, ceux de son père, et les vôtres, cette jeune femme si honnête et si sage n'a pas été heureuse dans son établissement. Claude Anet, qui avait si bien supporté sa misère, n'a pu soutenir un état plus doux. En se voyant dans l'aisance il a négligé son métier, et s'étant tout à fait dérangé il s'est enfui du pays, laissant sa femme avec un enfant qu'elle a perdu depuis ce temps-là. Julie après l'avoir retirée chez elle lui a appris tous les petits ouvrages d'une femme de chambre, et je ne fus jamais plus agréablement surpris que de la trouver en fonction le jour de mon arrivée. M. de Wolmar en fait un très grand cas, et tous deux lui ont confié le soin de veiller tant sur leurs enfants que sur celle qui les gouverne. Celle-ci est aussi une villageoise simple et crédule, mais attentive, patiente et docile ; de sorte qu'on n'a rien oublié pour que les vices des villes ne pénétrassent point dans une maison dont les maîtres ne les ont ni ne les souffrent.

Quoique tous les domestiques n'aient qu'une même table, il y a d'ailleurs peu de communication entre les deux sexes : on regarde ici cet article comme très important. On n'y est point de l'avis de ces maîtres indifférents à tout hors à leur intérêt, qui ne veulent qu'être bien servis, sans s'embarrasser au surplus de ce que font leurs gens. On pense au contraire, que ceux qui ne veulent qu'être bien servis ne sauraient l'être longtemps. Les liaisons trop intimes entre les deux sexes ne produisent jamais que du mal. C'est des conciliabules qui se tiennent chez les femmes de chambre que sortent la plupart des désordres d'un ménage. S'il s'en trouve une qui plaise au maître d'hôtel, il ne manque pas de la séduire aux dépens du maître. L'accord

des hommes entre eux ni des femmes entre elles n'est pas
assez sûr pour tirer à conséquence. Mais c'est toujours entre
hommes et femmes que s'établissent ces secrets monopoles [1]
qui ruinent à la longue les familles les plus opulentes. On
veille donc à la sagesse et à la modestie des femmes, non
seulement par des raisons de bonnes mœurs et d'honnêteté,
mais encore par un intérêt très bien entendu ; car quoi qu'on
en dise, nul ne remplit bien son devoir s'il ne l'aime, et il n'y
eut jamais que des gens d'honneur [2] qui sussent aimer leur
devoir.

Pour prévenir entre les deux sexes une familiarité dangereuse, on ne les gêne point ici par des lois positives qu'ils
seraient tentés d'enfreindre en secret ; mais sans paraître y
songer on établit des usages plus puissants que l'autorité
même. On ne leur défend pas de se voir, mais on fait en
sorte qu'ils n'en aient ni l'occasion ni la volonté. On y
parvient en leur donnant des occupations, des habitudes,
des goûts, des plaisirs entièrement différents. Sur l'ordre
admirable qui règne ici, ils sentent que dans une maison
bien réglée les hommes et les femmes doivent avoir peu de
commerce entre eux. Tel qui taxerait en cela de caprice les
volontés d'un maître, se soumet sans répugnance à une
manière de vivre qu'on ne lui prescrit pas formellement,
mais qu'il juge lui-même être la meilleure et la plus
naturelle. Julie prétend qu'elle l'est en effet ; elle soutient
que de l'amour ni de l'union conjugale ne résulte point le
commerce continuel des deux sexes. Selon elle la femme et
le mari sont bien destinés à vivre ensemble, mais non pas de
la même manière ; ils doivent agir de concert sans faire les
mêmes choses. La vie qui charmerait l'un serait, dit-elle,
insupportable à l'autre ; les inclinations que leur donne la
nature sont aussi diverses que les fonctions qu'elle leur
impose ; leurs amusements ne diffèrent pas moins que leurs
devoirs ; en un mot, tous deux concourent au bonheur
commun par des chemins différents et ce partage de travaux
et de soins est le plus fort lien de leur union.

Pour moi, j'avoue que mes propres observations sont

assez favorables à cette maxime. En effet, n'est-ce pas un
usage constant de tous les peuples du monde, hors le
français[1] et ceux qui l'imitent, que les hommes vivent entre
eux, les femmes entre elles ? S'ils se voient les uns les autres,
c'est plutôt par entrevues et presque à la dérobée comme les
Époux de Lacédémone, que par un mélange indiscret et
perpétuel, capable de confondre et défigurer en eux les plus
sages distinctions de la nature. On ne voit point les sauvages
mêmes indistinctement mêlés, hommes et femmes. Le soir
la famille se rassemble ; chacun passe la nuit auprès de sa
femme ; la séparation recommence avec le jour, et les deux
sexes n'ont plus rien de commun que les repas tout au plus.
Tel est l'ordre que son universalité montre être le plus
naturel, et dans les pays même où il est perverti l'on en voit
encore des vestiges. En France où les hommes se sont
soumis à vivre à la manière des femmes et à rester sans cesse
enfermés dans la chambre avec elles, l'involontaire agitation
qu'ils y conservent montre que ce n'est point à cela qu'ils
étaient destinés. Tandis que les femmes restent tranquillement assises ou couchées sur leur chaise longue, vous voyez
les hommes se lever, aller, venir, se rasseoir avec une
inquiétude continuelle ; un instinct machinal combattant
sans cesse la contrainte où ils se mettent, et les poussant
malgré eux à cette vie active et laborieuse que leur imposa la
nature. C'est le seul peuple du monde où les hommes se
tiennent debout au spectacle, comme s'ils allaient se délasser
au parterre d'avoir resté tout le jour assis au salon[2]. Enfin ils
sentent si bien l'ennui de cette indolence efféminée et
casanière, que pour y mêler au moins quelque sorte
d'activité ils cèdent chez eux la place aux étrangers, et
vont auprès des femmes d'autrui chercher à tempérer ce
dégoût.

La maxime de Mad[e] de Wolmar se soutient très bien par
l'exemple de sa maison. Chacun étant pour ainsi dire tout à
son sexe, les femmes y vivent très séparées des hommes.
Pour prévenir entre eux des liaisons suspectes, son grand
secret est d'occuper incessamment les uns et les autres ; car

leurs travaux sont si différents qu'il n'y a que l'oisiveté qui
les rassemble. Le matin chacun vaque à ses fonctions, et il ne
reste du loisir à personne pour aller troubler celles d'un
autre. L'après-dînée les hommes ont pour département le
jardin, la basse-Cour, ou d'autres soins de la campagne ; les
femmes s'occupent dans la chambre des enfants jusqu'à
l'heure de la promenade qu'elles font avec eux, souvent
même avec leur maîtresse, et qui leur est agréable comme le
seul moment où elles prennent l'air. Les hommes, assez
exercés par le travail de la journée, n'ont guère envie de
s'aller promener et se reposent en gardant la maison.

Tous les Dimanches après le prêche du soir les femmes se
rassemblent encore dans la chambre des enfants avec
quelque parente ou amie qu'elles invitent tour à tour du
consentement de Madame. Là en attendant un petit régal
donné par elle, on cause, on chante, on joue au volant, aux
onchets [1], ou à quelque autre jeu d'adresse propre à plaire
aux yeux des enfants, jusqu'à ce qu'ils s'en puissent amuser
eux-mêmes. La collation vient, composée de quelques
laitages, de gaufres, d'échaudés, de merveilles *, ou d'autres
mets du goût des enfants et des femmes. Le vin en est
toujours exclu, et les hommes qui dans tous les temps
entrent peu dans ce petit Gynécée ** ne sont jamais de cette
collation, où Julie manque assez rarement. J'ai été jusqu'ici
le seul privilégié. Dimanche dernier j'obtins à force d'importunités de l'y accompagner. Elle eut grand soin de me
faire valoir cette faveur. Elle me dit tout haut qu'elle me
l'accordait pour cette seule fois, et qu'elle l'avait refusée à
M. de Wolmar lui-même. Imaginez si la petite vanité
féminine était flattée, et si un laquais eût été bien venu à
vouloir être admis à l'exclusion du maître [2] ?

Je fis un goûter délicieux. Est-il quelques mets au monde
comparables aux laitages de ce pays ? Pensez ce que doivent
être ceux d'une laiterie où Julie préside, et mangés à côté

* Sorte de gâteaux du pays.
** Appartement des femmes.

d'elle. La Fanchon me servit des grus, de la céracée *, des gaufres, des écrelets [2]. Tout disparaissait à l'instant. Julie riait de mon appétit. Je vois, dit-elle en me donnant encore une assiette de crème, que votre estomac se fait honneur partout, et que vous ne vous tirez pas moins bien de l'écot [3] des femmes que de celui des Valaisans ; pas plus impunément, repris-je ; on s'enivre quelquefois à l'un comme à l'autre, et la raison peut s'égarer dans un chalet tout aussi bien que dans un cellier. Elle baissa les yeux sans répondre, rougit, et se mit à caresser ses enfants. C'en fut assez pour éveiller mes remords. Milord, ce fut là ma première indiscrétion, et j'espère que ce sera la dernière [4].

Il régnait dans cette petite assemblée un certain air d'antique simplicité qui me touchait le cœur ; je voyais sur tous les visages la même gaieté et plus de franchise, peut-être, que s'il s'y fût trouvé des hommes. Fondée sur la confiance et l'attachement, la familiarité qui régnait entre les servantes et la maîtresse ne faisait qu'affermir le respect et l'autorité, et les services rendus et reçus ne semblaient être que des témoignages d'amitié réciproque. Il n'y avait pas jusqu'au choix du régal qui ne contribuât à le rendre intéressant. Le laitage et le sucre sont un des goûts naturels du sexe et comme le symbole de l'innocence et de la douceur qui font son plus aimable ornement. Les hommes, au contraire, recherchent en général les saveurs fortes et les liqueurs spiritueuses ; aliments plus convenables à la vie active et laborieuse que la nature leur demande ; et quand ces divers goûts viennent à s'altérer et se confondre, c'est une marque presque infaillible du mélange désordonné des sexes. En effet j'ai remarqué qu'en France, où les femmes vivent sans cesse avec les hommes, elles ont tout à fait perdu le goût du laitage, les hommes beaucoup celui du vin, et qu'en Angleterre où les deux sexes sont moins confondus, leur goût propre s'est mieux conservé. En général, je pense

---

* Laitages excellents qui se font sur la montagne de Salève. Je doute qu'ils soient connus sous ce nom au Jura ; surtout vers l'autre extrémité du lac [1].

qu'on pourrait souvent trouver quelque indice du caractère des gens dans le choix des aliments qu'ils préfèrent. Les Italiens qui vivent beaucoup d'herbages sont efféminés et mous. Vous autres Anglais, grands mangeurs de viande, avez dans vos inflexibles vertus quelque chose de dur et qui tient de la barbarie[1]. Le Suisse, naturellement froid paisible et simple, mais violent et emporté dans la colère, aime à la fois l'un et l'autre aliment, et boit du laitage et du vin. Le Français, souple et changeant, vit de tous les mets et se plie à tous les caractères. Julie elle-même pourrait me servir d'exemple : car quoique sensuelle et gourmande dans ses repas, elle n'aime ni la viande, ni les ragoûts, ni le sel, et n'a jamais goûté de vin pur. D'excellents légumes, les œufs, la crème, les fruits ; voilà sa nourriture ordinaire, et sans le poisson qu'elle aime aussi beaucoup, elle serait une véritable pythagoricienne[2].

Ce n'est rien de contenir les femmes si l'on ne contient aussi les hommes, et cette partie de la règle, non moins importante que l'autre, est plus difficile encore ; car l'attaque est en général plus vive que la défense : c'est l'intention du conservateur de la nature[3]. Dans la République on retient les citoyens par des mœurs, des principes, de la vertu : mais comment contenir des domestiques, des mercenaires, autrement que par la contrainte et la gêne ? Tout l'art du maître est de cacher cette gêne sous le voile du plaisir ou de l'intérêt, en sorte qu'ils pensent vouloir tout ce qu'on les oblige de faire. L'oisiveté du dimanche, le droit qu'on ne peut guère leur ôter d'aller où bon leur semble quand leurs fonctions ne les retiennent point au logis, détruisent souvent en un seul jour l'exemple et les leçons des six autres. L'habitude du cabaret, le commerce et les maximes de leurs camarades, la fréquentation des femmes débauchées, les perdant bientôt pour leurs maîtres et pour eux-mêmes, les rendent par mille défauts incapables du service, et indignes de la liberté.

On remédie à cet inconvénient en les retenant par les mêmes motifs qui les portaient à sortir. Qu'allaient-ils faire ailleurs ? Boire et jouer au cabaret. Ils boivent et jouent au logis. Toute la différence est que le vin ne leur coûte rien, qu'ils ne s'enivrent pas, et qu'il y a des gagnants au jeu sans que jamais personne perde. Voici comment on s'y prend pour cela.

Derrière la maison est une allée couverte, dans laquelle on a établi la lice des jeux. C'est là que les gens de livrée, et ceux de la basse-cour se rassemblent en été le dimanche après le prêche, pour y jouer en plusieurs parties liées, non de l'argent, on ne le souffre pas, ni du vin, on leur en donne ; mais une mise fournie par la libéralité des maîtres. Cette mise est toujours quelque petit meuble [1] ou quelque nippe [2] à leur usage. Le nombre des jeux est proportionné à la valeur de la mise, en sorte que quand cette mise est un peu considérable comme des boucles d'argent, un porte-col [3], des bas de soie, un chapeau fin, ou autre chose semblable, on emploie ordinairement plusieurs séances à la disputer. On ne s'en tient point à une seule espèce de jeu, on les varie, afin que le plus habile dans un n'emporte pas toutes les mises, et pour les rendre tous plus adroits et plus forts par des exercices multipliés. Tantôt c'est à qui enlèvera à la course un but placé à l'autre bout de l'avenue ; tantôt à qui lancera le plus loin la même pierre ; tantôt à qui portera le plus longtemps le même fardeau ; tantôt on dispute un prix en tirant au blanc [4]. On joint à la plupart de ces jeux un petit appareil [5] qui les prolonge et les rend amusants. Le maître et la maîtresse les honorent souvent de leur présence ; on y amène quelquefois les enfants, les étrangers même y viennent attirés par la curiosité, et plusieurs ne demanderaient pas mieux que d'y concourir ; mais nul n'est jamais admis qu'avec l'agrément des maîtres et du consentement des joueurs, qui ne trouveraient pas leur compte à l'accorder aisément. Insensiblement il s'est fait de cet usage une espèce de spectacle où les acteurs animés par les regards du public préfèrent la gloire des applaudissements à l'intérêt du prix. Devenus plus vigoureux et plus agiles, ils s'en estiment davantage, et s'accoutumant à tirer leur valeur d'eux-mêmes plutôt que de ce qu'ils possèdent, tout valets qu'ils sont, l'honneur leur devient plus cher que l'argent.

Il serait long de vous détailler tous les biens qu'on retire ici d'un soin si puéril en apparence et toujours dédaigné des esprits vulgaires, tandis que c'est le propre du vrai génie de produire de grands effets par de petits moyens[1]. M. de Wolmar m'a dit qu'il lui en coûtait à peine cinquante écus[2] par an pour ces petits établissements que sa femme a la première imaginés. Mais, dit-il, combien de fois croyez-vous que je regagne cette somme dans mon ménage et dans mes affaires par la vigilance et l'attention que donnent à leur service des domestiques attachés qui tiennent tous leurs plaisirs de leurs maîtres ; par l'intérêt qu'ils prennent à celui d'une maison qu'ils regardent comme la leur ; par l'avantage de profiter dans leurs travaux de la vigueur qu'ils acquièrent dans leurs jeux ; par celui de les conserver toujours sains en les garantissant des excès ordinaires à leurs pareils, et des maladies qui sont la suite ordinaire de ces excès ; par celui de prévenir en eux les friponneries que le désordre amène infailliblement, et de les conserver toujours honnêtes gens ; enfin par le plaisir d'avoir chez nous à peu de frais des récréations agréables pour nous-mêmes ? Que s'il se trouve parmi nos gens quelqu'un soit homme soit femme qui ne s'accommode pas de nos règles et leur préfère la liberté d'aller sous divers prétextes courir où bon lui semble ; on ne lui en refuse jamais la permission ; mais nous regardons ce goût de licence comme un indice très suspect, et nous ne tardons pas à nous défaire de ceux qui l'ont. Ainsi ces mêmes amusements qui nous conservent de bons sujets, nous servent encore d'épreuve pour les choisir. Milord, j'avoue que je n'ai jamais vu qu'ici des maîtres former à la fois dans les mêmes hommes de bons domestiques pour le service de leurs personnes, de bons paysans pour cultiver leurs terres, de bons soldats pour la défense de la patrie, et des gens de bien pour tous les états où la fortune peut les appeler.

L'hiver les plaisirs changent d'espèce ainsi que les travaux. Les dimanches, tous les gens de la maison et même les voisins, hommes et femmes indifféremment se rassemblent après le service dans une salle basse où ils trouvent du feu, du vin, des fruits, des gâteaux, et un violon qui les fait danser. Madᵉ de Wolmar ne manque jamais de s'y rendre au moins pour quelques instants, afin d'y maintenir par sa présence l'ordre et la modestie, et il n'est pas rare qu'elle y danse elle-même, fût-ce avec ses propres gens. Cette règle quand je l'appris me parut d'abord moins conforme à la sévérité des mœurs protestantes [1]. Je le dis à Julie ; et voici à peu près ce qu'elle me répondit.

La pure morale est si chargée de devoirs sévères que si on la surcharge encore de formes indifférentes, c'est presque toujours aux dépens de l'essentiel. On dit que c'est le cas de la plupart des Moines, qui, soumis à mille règles inutiles, ne savent ce que c'est qu'honneur et vertu. Ce défaut règne moins parmi nous, mais nous n'en sommes pas tout à fait exempts. Nos Gens d'Église, aussi supérieurs en sagesse à toutes les sortes de Prêtres que notre Religion est supérieure à toutes les autres en sainteté, ont pourtant encore quelques maximes qui paraissent plus fondées sur le préjugé que sur la raison. Telle est celle qui blâme la danse et les assemblées, comme s'il y avait plus de mal à danser qu'à chanter, que chacun de ces amusements ne fût pas également une inspiration de la nature, et que ce fût un crime de s'égayer en commun par une récréation innocente et honnête. Pour moi, je pense au contraire que toutes les fois qu'il y a concours des deux sexes tout divertissement public devient innocent par cela même qu'il est public, au lieu que l'occupation la plus louable est suspecte dans le tête-à-tête *. L'homme et la femme sont destinés l'un pour l'autre, la fin de la nature est qu'ils soient unis par le mariage. Toute

---

* Dans ma Lettre à M. d'Alembert sur les spectacles j'ai transcrit de celle-ci le morceau suivant, et quelques autres ; mais comme alors je ne faisais que préparer cette édition, j'ai cru devoir attendre qu'elle parût pour citer ce que j'en avais tiré [2].

fausse Religion combat la nature, la nôtre seule qui la suit et la rectifie annonce une institution divine et convenable à l'homme[1]. Elle ne doit donc point ajouter sur le mariage aux embarras de l'ordre civil des difficultés que l'Évangile ne prescrit pas, et qui sont contraires à l'esprit du Christianisme. Mais qu'on me dise où de jeunes personnes à marier auront occasion de prendre du goût l'une pour l'autre, et de se voir avec plus de décence et de circonspection que dans une assemblée où les yeux du public incessamment tournés sur elles les forcent à s'observer avec le plus grand soin ? En quoi Dieu est-il offensé par un exercice agréable et salutaire, convenable à la vivacité de la jeunesse, qui consiste à se présenter l'un à l'autre avec grâce et bienséance, et auquel le spectateur impose une gravité dont personne n'oserait sortir ? Peut-on imaginer un moyen plus honnête de ne tromper personne au moins quant à la figure, et de se montrer avec les agréments et les défauts qu'on peut avoir aux gens qui ont intérêt de nous bien connaître avant de s'obliger à nous aimer ? Le devoir de se chérir réciproquement n'emporte-t-il pas celui de se plaire, et n'est-ce pas un soin digne de deux personnes vertueuses et chrétiennes qui songent à s'unir, de préparer ainsi leurs cœurs à l'amour mutuel que Dieu leur impose ?

Qu'arrive-t-il dans ces lieux où règne une éternelle contrainte, où l'on punit comme un crime la plus innocente gaieté, où les jeunes gens des deux sexes n'osent jamais s'assembler en public, et où l'indiscrète sévérité d'un Pasteur ne sait prêcher au nom de Dieu qu'une gêne servile, et la tristesse et l'ennui ? On élude une tyrannie insupportable que la nature et la raison désavouent. Aux plaisirs permis dont on prive une jeunesse enjouée et folâtre, elle en substitue de plus dangereux. Les tête-à-tête adroitement concertés prennent la place des assemblées publiques. À force de se cacher comme si l'on était coupable, on est tenté de le devenir. L'innocente joie aime à s'évaporer au grand jour, mais le vice est ami des ténèbres, et jamais l'innocence et le mystère n'habitèrent longtemps ensemble. Mon cher ami, me dit-elle en me serrant la main comme pour me communiquer son repentir et faire passer dans mon cœur la pureté du sien ; qui doit mieux sentir que nous toute l'importance de cette maxime ? Que de douleurs et de peines, que de remords et de pleurs nous nous serions épargnés durant tant d'années, si tous deux aimant la vertu comme nous avons toujours fait, nous avions su prévoir de plus loin les dangers qu'elle court dans le tête-à-tête !

Encore un coup, continua Mad^e de Wolmar d'un ton plus tranquille, ce n'est point dans les assemblées nombreuses où tout le monde nous voit et nous écoute, mais dans des entretiens particuliers où règnent le secret et la liberté, que les mœurs peuvent courir des risques. C'est sur ce principe, que quand mes domestiques des deux sexes se rassemblent, je suis bien aise qu'ils y soient tous. J'approuve même qu'ils invitent parmi les jeunes gens du voisinage ceux dont le commerce n'est point capable de leur nuire, et j'apprends avec grand plaisir que, pour louer les mœurs de quelqu'un de nos jeunes voisins, on dit ; il est reçu chez M. de Wolmar. En ceci nous avons encore une autre vue. Les hommes qui nous servent sont tous garçons, et parmi les femmes la gouvernante des enfants est encore à marier ; il n'est pas juste que la réserve où vivent ici les uns et les autres leur ôte l'occasion d'un honnête établissement. Nous tâchons dans ces petites assemblées de leur procurer cette occasion sous nos yeux pour les aider à mieux choisir, et en travaillant ainsi à former d'heureux ménages nous augmentons le bonheur du nôtre.

Il resterait à me justifier moi-même de danser avec ces bonnes gens ; mais j'aime mieux passer condamnation sur ce point, et j'avoue franchement que mon plus grand motif en cela est le plaisir que j'y trouve. Vous savez que j'ai toujours partagé la passion que ma Cousine a pour la danse ; mais après la perte de ma mère je renonçai pour ma vie au bal et à toute assemblée publique ; j'ai tenu parole, même à mon mariage, et la tiendrai, sans croire y déroger en dansant quelquefois chez moi avec mes hôtes et mes domestiques.

C'est un exercice utile à ma santé durant la vie sédentaire qu'on est forcé de mener ici l'hiver. Il m'amuse innocemment ; car quand j'ai bien dansé mon cœur ne me reproche rien. Il amuse aussi M. de Wolmar, toute ma coquetterie en cela se borne à lui plaire. Je suis cause qu'il vient au lieu où l'on danse ; ses gens en sont plus contents d'être honorés des regards de leur maître ; ils témoignent aussi de la joie à me voir parmi eux. Enfin je trouve que cette familiarité modérée forme entre nous un lien de douceur et d'attachement qui ramène un peu l'humanité naturelle, en tempérant la bassesse de la servitude et la rigueur de l'autorité.

Voilà, Milord, ce que me dit Julie au sujet de la danse, et j'admirai comment avec tant d'affabilité pouvait régner tant de subordination, et comment elle et son mari pouvaient descendre et s'égaler si souvent à leurs domestiques, sans que ceux-ci fussent tentés de les prendre au mot et de s'égaler à eux à leur tour. Je ne crois pas qu'il y ait de Souverains en Asie[1] servis dans leurs Palais avec plus de respect que ces bons maîtres le sont dans leur maison. Je ne connais rien de moins impérieux que leurs ordres et rien de si promptement exécuté : Ils prient et l'on vole ; ils excusent et l'on sent son tort. Je n'ai jamais mieux compris combien la force des choses qu'on dit dépend peu des mots qu'on emploie.

Ceci m'a fait faire une autre réflexion sur la vaine gravité des maîtres. C'est que ce sont moins leurs familiarités que leurs défauts qui les font mépriser chez eux, et que l'insolence des Domestiques annonce plutôt un maître vicieux que faible : car rien ne leur donne autant d'audace que la connaissance de ses vices, et tous ceux qu'ils découvrent en lui sont à leurs yeux autant de dispenses d'obéir à un homme qu'ils ne sauraient plus respecter.

Les valets imitent les maîtres, et les imitant grossièrement ils rendent sensibles dans leur conduite les défauts que le vernis de l'éducation cache mieux dans les autres. À Paris je jugeais des mœurs des femmes de ma connaissance par l'air et le ton de leurs femmes de chambre, et cette règle ne m'a jamais trompé. Outre que la femme de chambre une fois dépositaire du secret de sa maîtresse lui fait payer cher sa discrétion, elle agit comme l'autre pense et décèle toutes ses maximes en les pratiquant maladroitement. En toute chose l'exemple des maîtres est plus fort que leur autorité, et il n'est pas naturel que leurs domestiques veuillent être plus honnêtes gens qu'eux. On a beau crier, jurer, maltraiter, chasser, faire maison nouvelle ; tout cela ne produit point le bon service. Quand celui qui ne s'embarrasse pas d'être méprisé et haï de ses gens s'en croit pourtant bien servi, c'est qu'il se contente de ce qu'il voit et d'une exactitude apparente, sans tenir compte de mille maux secrets qu'on lui fait incessamment et dont il n'aperçoit jamais la source. Mais où est l'homme assez dépourvu d'honneur pour pouvoir supporter les dédains de tout ce qui l'environne ? Où est la femme assez perdue pour n'être plus sensible aux outrages ? Combien, dans Paris et dans Londres, de Dames se croient fort honorées, qui fondraient en larmes si elles entendaient ce qu'on dit d'elles dans leur antichambre ? Heureusement pour leur repos elles se rassurent en prenant ces Argus pour des imbéciles, et se flattant qu'ils ne voient rien de ce qu'elles ne daignent pas leur cacher. Aussi dans leur mutine obéissance ne leur cachent-ils guère à leur tour le mépris qu'ils ont pour elles. Maîtres et Valets sentent mutuellement que ce n'est pas la peine de se faire estimer les uns des autres.

Le jugement des Domestiques me paraît être l'épreuve la plus sûre et la plus difficile de la vertu des maîtres, et je me souviens, Milord, d'avoir bien pensé de la vôtre en Valais sans vous connaître, simplement sur ce que parlant assez rudement à vos gens, ils ne vous en étaient pas moins attachés, et qu'ils témoignaient entre eux autant de respect pour vous en votre absence que si vous les eussiez entendus. On a dit qu'il n'y avait point de héros pour son valet de chambre[1] ; cela peut être ; mais l'homme juste a l'estime de son valet ; ce qui montre assez que l'héroïsme n'a qu'une vaine apparence, et qu'il n'y a rien de solide que la vertu.

C'est surtout dans cette maison qu'on reconnaît la force de son empire dans le suffrage des domestiques. Suffrage d'autant plus sûr qu'il ne consiste point en de vains éloges, mais dans l'expression naturelle de ce qu'ils sentent. N'entendant jamais rien ici qui leur fasse croire que les autres maîtres ne ressemblent pas aux leurs, ils ne les louent point des vertus qu'ils estiment communes à tous ; mais ils louent Dieu dans leur simplicité d'avoir mis des riches sur la terre pour le bonheur de ceux qui les servent, et pour le soulagement des pauvres[1].

La servitude est si peu naturelle à l'homme qu'elle ne saurait exister sans quelque mécontentement. Cependant on respecte le maître et l'on n'en dit rien. Que s'il échappe quelques murmures contre la maîtresse, ils valent mieux que des éloges. Nul ne se plaint qu'elle manque pour lui de bienveillance[2], mais qu'elle en accorde autant aux autres ; nul ne peut souffrir qu'elle fasse comparaison de son zèle avec celui de ses camarades, et chacun voudrait être le premier en faveur comme il croit l'être en attachement. C'est là leur unique plainte et leur plus grande injustice.

À la subordination des inférieurs se joint la concorde entre les égaux, et cette partie de l'administration domestique n'est pas la moins difficile. Dans les concurrences de jalousie et d'intérêt qui divisent sans cesse les gens d'une maison, même aussi peu nombreuse que celle-ci, ils ne demeurent presque jamais unis qu'aux dépens du maître. S'ils s'accordent, c'est pour voler de concert ; s'ils sont fidèles chacun se fait valoir aux dépens des autres ; il faut qu'ils soient ennemis ou complices, et l'on voit à peine le moyen d'éviter à la fois leur friponnerie et leurs dissensions. La plupart des pères de famille[3] ne connaissent que l'alternative entre ces deux inconvénients. Les uns, préférant l'intérêt à l'honnêteté, fomentent cette disposition des Valets aux secrets rapports et croient faire un chef-d'œuvre de prudence en les rendant espions et surveillants les uns des autres. Les autres plus indolents aiment mieux qu'on les vole et qu'on vive en paix ; ils se font une sorte d'honneur de recevoir toujours mal des avis qu'un pur zèle arrache quelquefois à un Serviteur fidèle. Tous s'abusent également. Les premiers en excitant chez eux des troubles continuels, incompatibles avec la règle et le bon ordre n'assemblent qu'un tas de fourbes et de délateurs qui s'exercent en trahissant leurs camarades à trahir peut-être un jour leurs maîtres. Les seconds, en refusant d'apprendre ce qui se fait dans leur maison autorisent les ligues contre eux-mêmes, encouragent les méchants, rebutent les bons, et n'entretiennent à grands frais que des fripons arrogants et paresseux, qui, s'accordant aux dépens du maître, regardent leurs services comme des grâces, et leurs vols comme des droits *.

C'est une grande erreur dans l'économie domestique ainsi que dans la civile de vouloir combattre un vice par un autre ou former entre eux une sorte d'équilibre, comme si ce qui sape les fondements de l'ordre pouvait jamais servir à l'établir[1] ! On ne fait par cette mauvaise police que réunir enfin tous les inconvénients. Les vices tolérés dans une maison n'y règnent pas seuls ; laissez-en germer un, mille viendront à sa suite. Bientôt ils perdent les valets qui les ont, ruinent le maître qui les souffre, corrompent ou scandalisent les enfants attentifs à les observer. Quel indigne père oserait mettre quelque avantage en balance avec ce dernier mal ? Quel honnête homme voudrait être chef de famille, s'il lui était impossible de réunir dans sa maison la paix et la fidélité, et qu'il fallût acheter le zèle de ses domestiques aux dépens de leur bienveuillance mutuelle ?

Qui n'aurait vu que cette maison n'imaginerait pas même qu'une pareille difficulté pût exister, tant l'union des membres y paraît venir de leur attachement aux chefs. C'est

---

* J'ai examiné d'assez près la police des grandes maisons, et j'ai vu clairement qu'il est impossible à un maître qui a vingt domestiques de venir jamais à bout de savoir s'il y a parmi eux un honnête homme, et de ne pas prendre pour tel le plus méchant fripon de tous. Cela seul me dégoûterait d'être au nombre des riches. Un des plus doux plaisirs de la vie, le plaisir de la confiance et de l'estime est perdu pour ces malheureux : Ils achètent bien cher tout leur or.

ici qu'on trouve le sensible exemple qu'on ne saurait aimer sincèrement le maître sans aimer tout ce qui lui appartient ; vérité qui sert de fondement à la charité chrétienne. N'est-il pas bien simple que les enfants du même père se traitent en frères entre eux ? C'est ce qu'on nous dit tous les jours au Temple sans nous le faire sentir ; c'est ce que les habitants de cette maison sentent sans qu'on le leur dise.

Cette disposition à la concorde commence par le choix des Sujets. M. de Wolmar n'examine pas seulement en les recevant s'ils conviennent à sa femme et à lui, mais s'ils se conviennent l'un à l'autre, et l'antipathie bien reconnue entre deux excellents domestiques suffirait pour faire à l'instant congédier l'un des deux : car, dit Julie, une maison si peu nombreuse, une maison dont ils ne sortent jamais et où ils sont toujours vis-à-vis les uns des autres, doit leur convenir également à tous, et serait un enfer pour eux si elle n'était une maison de paix. Ils doivent la regarder comme leur maison paternelle où tout n'est qu'une même famille. Un seul qui déplairait aux autres pourrait la leur rendre odieuse, et cet objet désagréable y frappant incessamment leurs regards, ils ne seraient bien ici ni pour eux ni pour nous.

Après les avoir assortis le mieux qu'il est possible, on les unit pour ainsi dire malgré eux par les services qu'on les force en quelque sorte à se rendre, et l'on fait que chacun ait un sensible intérêt d'être aimé de tous ses camarades. Nul n'est si bien venu à demander des grâces pour lui-même que pour un autre ; ainsi celui qui désire en obtenir tâche d'engager un autre à parler pour lui, et cela est d'autant plus facile que soit qu'on accorde ou qu'on refuse une faveur ainsi demandée, on en fait toujours un mérite à celui qui s'en est rendu l'intercesseur. Au contraire, on rebute ceux qui ne sont bons que pour eux. Pourquoi, leur dit-on, accorderais-je ce qu'on me demande pour vous qui n'avez jamais rien demandé pour personne ? Est-il juste que vous soyez plus heureux que vos camarades, parce qu'ils sont plus obligeants que vous ? On fait plus ; on les engage à se servir mutuellement en secret, sans ostentation, sans se faire valoir. Ce qui est d'autant moins difficile à obtenir qu'ils savent fort bien que le maître, témoin de cette discrétion, les en estime davantage ; ainsi l'intérêt y gagne et l'amour-propre n'y perd rien. Ils sont si convaincus de cette disposition générale, et il règne une telle confiance entre eux, que quand quelqu'un a quelque grâce à demander, il en parle à leur table par forme de conversation ; souvent sans avoir rien fait de plus il trouve la chose demandée et obtenue, et ne sachant qui remercier, il en a l'obligation à tous.

C'est par ce moyen et d'autres semblables qu'on fait régner entre eux un attachement né de celui qu'ils ont tous pour leur maître, et qui lui est subordonné. Ainsi, loin de se liguer à son préjudice, ils ne sont tous unis que pour le mieux servir. Quelque intérêt qu'ils aient à s'aimer, ils en ont encore un plus grand à lui plaire ; le zèle pour son service l'emporte sur leur bienveillance mutuelle, et tous se regardant comme lésés par des pertes qui le laisseraient moins en état de récompenser un bon serviteur, sont également incapables de souffrir en silence le tort que l'un d'eux voudrait lui faire. Cette partie de la police établie dans cette maison me paraît avoir quelque chose de sublime, et je ne puis assez admirer comment M. et Mad^e de Wolmar ont su transformer le vil métier d'accusateur en une fonction de zèle, d'intégrité, de courage, aussi noble, ou du moins aussi louable qu'elle l'était chez les Romains.

On a commencé par détruire ou prévenir clairement, simplement, et par des exemples sensibles cette morale criminelle et servile, cette mutuelle tolérance aux dépens du maître qu'un méchant valet ne manque point de prêcher aux bons sous l'air d'une maxime de charité. On leur a bien fait comprendre que le précepte de couvrir les fautes de son prochain ne se rapporte qu'à celles qui ne font de tort à personne, qu'une injustice qu'on voit qu'on tait et qui blesse un tiers on la commet soi-même, et que comme ce n'est que le sentiment de nos propres défauts qui nous oblige à pardonner ceux d'autrui, nul n'aime à tolérer les fripons s'il n'est un fripon comme eux. Sur ces principes, vrais en général d'homme à homme, et bien plus rigoureux encore dans la relation plus étroite du serviteur au maître, on tient ici pour incontestable que qui voit faire un tort à ses maîtres sans le dénoncer est plus coupable encore que celui qui l'a commis ; car celui-ci se laisse abuser dans son action par le profit qu'il envisage, mais l'autre de sang-froid et sans intérêt n'a pour motif de son silence qu'une profonde indifférence pour la justice, pour le bien de la maison qu'il sert, et un désir secret d'imiter l'exemple qu'il cache. De sorte que quand la faute est considérable, celui qui l'a commise peut encore quelquefois espérer son pardon, mais le témoin qui l'a tue est infailliblement congédié comme un homme enclin au mal.

En revanche on ne souffre aucune accusation qui puisse être suspecte d'injustice et de calomnie ; c'est-à-dire qu'on n'en reçoit aucune en l'absence de l'accusé. Si quelqu'un vient en particulier faire quelque rapport contre son camarade, ou se plaindre personnellement de lui, on lui demande s'il est suffisamment instruit, c'est-à-dire, s'il a commencé par s'éclaircir avec celui dont il vient se plaindre ? S'il dit que non, on lui demande encore comment il peut juger une action dont il ne connaît pas assez les motifs ? Cette action, lui dit-on, tient peut-être à quelque autre qui vous est inconnue ; elle a peut-être quelque circonstance qui sert à la justifier ou à l'excuser, et que vous ignorez. Comment osez-vous condamner cette conduite avant de savoir les raisons de celui qui l'a tenue ? Un mot d'explication l'eût peut-être justifiée à vos yeux ? pourquoi risquer de la blâmer injustement et m'exposer à partager votre injustice ? S'il assure s'être éclairci auparavant avec l'accusé ; pourquoi donc, lui réplique-t-on, venez-vous sans lui, comme si vous aviez peur qu'il ne démentît ce que vous avez à dire ? De quel droit négligez-vous pour moi la précaution que vous avez cru devoir prendre pour vous-même ? Est-il bien de vouloir que je juge sur votre rapport d'une action dont vous n'avez pas voulu juger sur le témoignage de vos yeux, et ne seriez-vous pas responsable du jugement partial que j'en pourrais porter, si je me contentais de votre seule déposition ? Ensuite on lui propose de faire venir celui qu'il accuse ; s'il y consent, c'est une affaire bientôt réglée ; s'il s'y oppose, on le renvoie après une forte réprimande, mais on lui garde le secret, et l'on observe si bien l'un et l'autre qu'on ne tarde pas à savoir lequel des deux avait tort.

Cette règle est si connue et si bien établie qu'on n'entend jamais un domestique de cette maison parler mal d'un de ses camarades absent, car ils savent tous que c'est le moyen de passer pour lâche ou menteur. Lorsqu'un d'entre eux en accuse un autre, c'est ouvertement, franchement, et non seulement en sa présence, mais en celle de tous leurs camarades, afin d'avoir dans les témoins de ses discours des garants de sa bonne foi. Quand il est question de querelles personnelles, elles s'accommodent presque toujours par médiateurs sans importuner Monsieur ni Madame ; mais quand il s'agit de l'intérêt sacré du maître, l'affaire ne saurait demeurer secrète ; il faut que le coupable s'accuse ou qu'il ait un accusateur. Ces petits plaidoyers sont très rares et ne se font qu'à table dans les tournées que Julie va faire journellement au dîné ou au soupé de ses gens et que M. de Wolmar appelle en riant ses grands jours [1]. Alors après avoir écouté paisiblement la plainte et la réponse, si l'affaire intéresse son service, elle remercie l'accusateur de son zèle. Je sais, lui dit-elle, que vous aimez votre camarade, vous m'en avez toujours dit du bien, et je vous loue de ce que l'amour du devoir et de la justice l'emporte en vous sur les affections particulières : c'est ainsi qu'en use un serviteur fidèle et un honnête homme. Ensuite, si l'accusé n'a pas tort, elle ajoute toujours quelque éloge à sa justification. Mais s'il est réellement coupable, elle lui épargne devant les autres une partie de la honte. Elle suppose qu'il a quelque chose à dire pour sa défense, qu'il ne veut pas déclarer devant tant de monde ; elle lui assigne une heure pour l'entendre en particulier, et c'est là qu'elle ou son mari leur parlent[1] comme il convient. Ce qu'il y a de singulier en ceci, c'est que le plus sévère des deux n'est pas le plus redouté, et qu'on craint moins les graves réprimandes de M. de Wolmar que les reproches touchants de Julie. L'un, faisant parler la justice et la vérité, humilie et confond les coupables ; l'autre leur donne un regret mortel de l'être, en leur montrant celui qu'elle a d'être forcée à leur ôter sa bienveuillance. Souvent elle leur arrache des larmes de douleur et de honte, et il ne lui est pas rare de s'attendrir elle-même en voyant leur repentir, dans l'espoir de n'être pas obligée à tenir parole.

Tel qui jugerait de tous ces soins sur ce qui se passe chez lui ou chez ses voisins, les estimerait peut-être inutiles ou pénibles. Mais vous, Milord, qui avez de si grandes idées des devoirs et des plaisirs du père de famille, et qui connaissez l'empire naturel que le génie et la vertu ont sur le cœur humain, vous voyez l'importance de ces détails, et vous sentez à quoi tient leur succès. Richesse ne fait pas riche, dit le Roman de la rose[2]. Les biens d'un homme ne sont point dans ses coffres, mais dans l'usage de ce qu'il en tire ; car on ne s'approprie les choses qu'on possède que par leur emploi, et les abus sont toujours plus inépuisables que les richesses ; ce qui fait qu'on ne jouit pas à proportion de sa dépense, mais à proportion qu'on la sait mieux ordonner. Un fou peut jeter des lingots dans la mer et dire qu'il en a joui : mais quelle comparaison entre cette extravagante jouissance, et celle qu'un homme sage eût su tirer d'une moindre somme ? L'ordre et la règle qui multiplient et perpétuent l'usage des biens peuvent seuls transformer le plaisir en bonheur. Que si c'est du rapport des choses à nous que naît la véritable propriété ; si c'est plutôt l'emploi des richesses que leur acquisition qui nous les donne, quels soins importent plus au père de famille que l'économie domestique et le bon régime de sa maison, où les rapports les plus parfaits vont le plus directement à lui, et où le bien de chaque membre ajoute alors à celui du chef ?

Les plus riches sont-ils les plus heureux ? Que sert donc l'opulence à la félicité ? Mais toute maison bien ordonnée est l'image de l'âme du maître. Les lambris dorés, le luxe et la magnificence n'annoncent que la vanité de celui qui les étale, au lieu que partout où vous verrez régner la règle sans tristesse, la paix sans esclavage, l'abondance sans profusion, dites avec confiance ; c'est un être heureux qui commande ici.

Pour moi, je pense que le signe le plus assuré du vrai contentement d'esprit est la vie retirée et domestique, et que ceux qui vont sans cesse chercher leur bonheur chez autrui ne l'ont point chez eux-mêmes. Un père de famille qui se plaît dans sa maison a pour prix des soins continuels qu'il s'y donne la continuelle jouissance des plus doux sentiments de la nature. Seul entre tous les mortels, il est maître de sa propre félicité, parce qu'il est heureux comme Dieu même[1], sans rien désirer de plus que ce dont il jouit : comme cet Être immense il ne songe pas à amplifier ses possessions mais à les rendre véritablement siennes par les relations les plus parfaites et la direction la mieux entendue : s'il ne s'enrichit pas par de nouvelles acquisitions, il s'enrichit en possédant mieux ce qu'il a. Il ne jouissait que du revenu de ses terres, il jouit encore de ses terres mêmes en présidant à leur culture et les parcourant sans cesse. Son Domestique[2] lui était étranger ; il en fait son bien, son enfant, il se l'approprie. Il n'avait droit que sur les actions, il s'en donne encore sur les volontés. Il n'était maître qu'à prix d'argent, il le devient par l'empire sacré de l'estime et des bienfaits. Que la fortune le dépouille de ses richesses, elle ne saurait lui ôter les cœurs qu'il s'est attachés, elle n'ôtera point des enfants à leur père ; toute la différence est qu'il les nourrissait hier, et qu'il sera demain nourri par eux. C'est ainsi qu'on apprend à jouir véritablement de ses biens, de sa famille et de soi-même ; c'est ainsi que les détails d'une maison deviennent délicieux pour l'honnête homme qui sait en connaître le prix ; c'est ainsi que loin de regarder ses devoirs comme une charge, il en fait son bonheur, et qu'il tire de ses touchantes et nobles fonctions la gloire et le plaisir d'être homme.

Que si ces précieux avantages sont méprisés ou peu

connus, et si le petit nombre même qui les recherche les obtient si rarement, tout cela vient de la même cause. Il est des devoirs simples et sublimes qu'il n'appartient qu'à peu de gens d'aimer et de remplir. Tels sont ceux du père de famille, pour lesquels l'air et le bruit du monde n'inspirent que du dégoût, et dont on s'acquitte mal encore quand on n'y est porté que par des raisons d'avarice et d'intérêt. Tel croit être un bon père de famille et n'est qu'un vigilant économe ; le bien peut prospérer et la maison aller fort mal. Il faut des vues plus élevées pour éclairer, diriger cette importante administration et lui donner un heureux succès[1]. Le premier soin par lequel doit commencer l'ordre d'une maison, c'est de n'y souffrir que d'honnêtes gens qui n'y portent pas le désir secret de troubler cet ordre. Mais la servitude et l'honnêteté sont-elles si compatibles qu'on doive espérer de trouver des domestiques honnêtes gens ? Non, Milord, pour les avoir il ne faut pas les chercher, il faut les faire, et il n'y a qu'un homme de bien qui sache l'art d'en former d'autres. Un hypocrite a beau vouloir prendre le ton de la vertu, il n'en peut inspirer le goût à personne, et s'il savait la rendre aimable il l'aimerait lui-même. Que servent de froides leçons démenties par un exemple continuel, si ce n'est à faire penser que celui qui les donne se joue de la crédulité d'autrui ? Que ceux qui nous exhortent à faire ce qu'ils disent et non ce qu'ils font, disent une grande absurdité ! Qui ne fait pas ce qu'il dit ne le dit jamais bien ; car le langage du cœur qui touche et persuade y manque. J'ai quelquefois entendu de ces conversations grossièrement apprêtées, qu'on tient devant les domestiques comme devant des enfants pour leur faire des leçons indirectes. Loin de juger qu'ils en fussent un instant les dupes ; je les ai toujours vus sourire en secret de l'ineptie du maître qui les prenait pour des sots, en débitant lourdement devant eux des maximes qu'ils savaient bien n'être pas les siennes.

Toutes ces vaines subtilités sont ignorées dans cette maison, et le grand art des maîtres pour rendre leurs domestiques tels qu'ils les veulent est de se montrer à eux tels qu'ils sont. Leur conduite est toujours franche et ouverte, parce qu'ils n'ont pas peur que leurs actions démentent leurs discours. Comme ils n'ont point pour eux-mêmes une morale différente de celle qu'ils veulent donner aux autres, ils n'ont pas besoin de circonspection dans leurs propos ; un mot étourdiment échappé ne renverse point les principes qu'ils se sont efforcés d'établir. Ils ne disent point indiscrètement toutes leurs affaires, mais ils disent librement toutes leurs maximes. À table, à la promenade, tête à tête ou devant tout le monde, on tient toujours le même langage ; on dit naïvement ce qu'on pense sur chaque chose et sans qu'on songe à personne, chacun y trouve toujours quelque instruction. Comme les domestiques ne voient jamais rien faire à leur maître qui ne soit droit, juste, équitable, ils ne regardent point la justice comme le tribut du pauvre, comme le joug du malheureux, comme une des misères de leur état. L'attention qu'on a de ne pas faire courir en vain les ouvriers, et perdre des journées pour venir solliciter le payement de leurs journées, les accoutume à sentir le prix du temps. En voyant le soin des maîtres à ménager celui d'autrui, chacun en conclut que le sien leur est précieux et se fait un plus grand crime de l'oisiveté. La confiance qu'on a dans leur intégrité donne à leurs institutions une force qui les fait valoir et prévient les abus. On n'a pas peur que dans la gratification de chaque semaine, la maîtresse trouve toujours que c'est le plus jeune ou le mieux fait qui a été le plus diligent. Un ancien domestique ne craint pas qu'on lui cherche quelque chicane pour épargner l'augmentation de gages qu'on lui donne. On n'espère pas profiter de leur discorde pour se faire valoir et obtenir de l'un ce qu'aura refusé l'autre. Ceux qui sont à marier ne craignent pas qu'on nuise à leur établissement pour les garder plus longtemps, et qu'ainsi leur bon service leur fasse tort. Si quelque Valet étranger venait dire aux gens de cette maison qu'un maître et ses domestiques sont entre eux dans un véritable état de guerre, que ceux-ci faisant au premier tout du pis qu'ils peuvent usent en cela d'une juste représaille, que les maîtres étant usurpateurs menteurs et fripons il n'y a pas de mal à les traiter comme ils traitent le Prince ou le Peuple ou les particuliers, et à leur rendre adroitement le mal qu'ils font à force ouverte ; celui qui parlerait ainsi ne serait entendu de personne ; on ne s'avise pas même ici de combattre ou prévenir de pareils discours ; il n'appartient qu'à ceux qui les font naître d'être obligés de les réfuter.

Il n'y a jamais ni mauvaise humeur ni mutinerie dans l'obéissance, parce qu'il n'y a ni hauteur ni caprice dans le commandement, qu'on n'exige rien qui ne soit raisonnable et utile, et qu'on respecte assez la dignité de l'homme quoique dans la servitude pour ne l'occuper qu'à des choses qui ne l'avilissent point. Au surplus, rien n'est bas ici que le vice, et tout ce qui est utile et juste est honnête et bienséant.

Si l'on ne souffre aucune intrigue au dehors, personne n'est tenté d'en avoir. Ils savent bien que leur fortune la plus assurée est attachée à celle du maître, et qu'ils ne manqueront jamais de rien tant qu'on verra prospérer la maison. En la servant ils soignent donc leur patrimoine, et l'augmentent en rendant leur service agréable ; c'est là leur plus grand intérêt. Mais ce mot n'est guère à sa place en cette occasion, car je n'ai jamais vu de police où l'intérêt fût si sagement dirigé et où pourtant il influât moins que dans celle-ci. Tout se fait par attachement : l'on dirait que ces âmes vénales se purifient en entrant dans ce séjour de sagesse et d'union. L'on dirait qu'une partie des lumières du maître et des sentiments de la maîtresse ont passé dans chacun de leurs gens ; tant on les trouve judicieux, bienfaisants, honnêtes et supérieurs à leur état. Se faire estimer, considérer, bien vouloir [1], est leur plus grande ambition, et ils comptent les mots obligeants qu'on leur dit, comme ailleurs les étrennes [2] qu'on leur donne.

Voilà, Milord, mes principales observations sur la partie de l'économie de cette maison qui regarde les domestiques et mercenaires. Quant à la manière de vivre des maîtres et au gouvernement des enfants, chacun de ces articles mérite bien une lettre à part. Vous savez à quelle intention[1] j'ai commencé ces remarques ; mais en vérité, tout cela forme un tableau si ravissant qu'il ne faut pour aimer à le contempler, d'autre intérêt que le plaisir qu'on y trouve[2].

LETTRE XI

À Milord Édouard[3]

Non, Milord, je ne m'en dédis point ; on ne voit rien dans cette maison qui n'associe l'agréable à l'utile ; mais les occupations utiles ne se bornent pas aux soins qui donnent du profit ; elles comprennent encore tout amusement inno-cent et simple qui nourrit le goût de la retraite, du travail, de la modération, et conserve à celui qui s'y livre une âme saine, un cœur libre du trouble des passions. Si l'indolente oisiveté n'engendre que la tristesse et l'ennui, le charme des doux loisirs est le fruit d'une vie laborieuse. On ne travaille que pour jouir ; cette alternative de peine et de jouissance est notre véritable vocation. Le repos qui sert de délasse-ment aux travaux passés et d'encouragement à d'autres n'est pas moins nécessaire à l'homme que le travail même.

Après avoir admiré l'effet de la vigilance et des soins de la plus respectable mère de famille dans l'ordre de sa maison, j'ai vu celui de ses récréations dans un lieu retiré dont elle fait sa promenade favorite et qu'elle appelle son Élysée.

Il y avait plusieurs jours que j'entendais parler de cet Élysée dont on me faisait une espèce de mystère. Enfin hier après dîné, l'extrême chaleur rendant le dehors et le dedans de la maison presque également insupportables, M. de Wolmar proposa à sa femme de se donner congé cet après-midi, et au lieu de se retirer comme à l'ordinaire dans la chambre de ses enfants jusque vers le soir, de venir avec nous respirer dans le verger ; elle y consentit et nous nous y rendîmes ensemble.

Ce lieu, quoique tout proche de la maison est tellement caché par l'allée couverte qui l'en sépare qu'on ne l'aperçoit de nulle part. L'épais feuillage qui l'environne ne permet point à l'œil d'y pénétrer, et il est toujours soigneusement fermé à la clé. À peine fus-je au dedans que la porte étant masquée par des aulnes et des coudriers qui ne laissent que deux étroits passages sur les côtés, je ne vis plus en me retournant par où j'étais entré, et n'apercevant point de porte, je me trouvai là comme tombé des nues.

En entrant dans ce prétendu verger, je fus frappé d'une agréable sensation de fraîcheur que d'obscurs ombrages, une verdure animée et vive, des fleurs éparses de tous côtés, un gazouillement d'eau courante et le chant de mille oiseaux portèrent à mon imagination du moins autant qu'à mes sens ; mais en même temps je crus voir le lieu le plus sauvage, le plus solitaire de la nature, et il me semblait d'être le premier mortel qui jamais eût pénétré dans ce désert. Surpris, saisi, transporté d'un spectacle si peu prévu, je restai un moment immobile, et m'écriai dans un enthousiasme involontaire ; Ô Tinian ! ô Juan-Fernandez * ! Julie, le bout du monde est à votre porte ! Beaucoup de gens le trouvent ici comme vous, dit-elle avec un sourire ; mais vingt pas de plus les ramènent bien vite à Clarens : voyons si le charme tiendra plus longtemps chez vous. C'est ici le même verger où vous vous êtes promené autrefois, et où vous vous battiez avec ma Cousine à coups de pêches. Vous savez que l'herbe y était assez aride, les arbres assez clairsemés, donnant assez peu d'ombre, et qu'il n'y avait point d'eau. Le voilà maintenant frais, vert, habillé, paré, fleuri, arrosé : que pensez-vous qu'il m'en a coûté pour le mettre dans l'état où il est ? Car il est bon de vous dire que j'en suis la surintendante et que mon mari m'en laisse l'entière disposition. Ma foi, lui dis-je, il ne vous en a coûté que de la négligence. Ce lieu est charmant, il est vrai, mais agreste et abandonné ; je n'y vois point de travail humain. Vous avez fermé la porte ; l'eau est venue je ne sais

---

* Îles désertes de la mer du Sud, célèbres dans le voyage de l'Amiral Anson [1].

comment ; la nature seule a fait tout le reste et vous-même
n'eussiez jamais su faire aussi bien qu'elle. Il est vrai, dit-
elle, que la nature a tout fait, mais sous ma direction, et il
n'y a rien là que je n'aie ordonné. Encore un coup, devinez.
Premièrement, repris-je, je ne comprends point comment
avec de la peine et de l'argent on a pu suppléer au temps. Les
arbres.... quant à cela, dit M. de Wolmar, vous remarquerez
qu'il n'y en a pas beaucoup de fort grands et ceux-là y
étaient déjà. De plus, Julie a commencé ceci longtemps
avant son mariage et presque d'abord après[1] la mort de sa
mère, qu'elle vint avec son père chercher ici la solitude. Hé
bien, dis-je, puisque vous voulez que tous ces massifs, ces
grands berceaux, ces touffes pendantes, ces bosquets si bien
ombragés soient venus en sept ou huit ans[2] et que l'art s'en
soit mêlé, j'estime que si dans une enceinte aussi vaste vous
avez fait tout cela pour deux mille écus, vous avez bien
économisé. Vous ne surfaites que de deux mille écus, dit-
elle, il ne m'en a rien coûté. Comment, rien ? Non, rien : à
moins que vous ne comptiez une douzaine de journées par
an de mon jardinier, autant de deux ou trois de mes gens, et
quelques-unes de M. de Wolmar lui-même qui n'a pas
dédaigné d'être quelquefois mon garçon jardinier. Je ne
comprenais rien à cette énigme ; mais Julie qui jusque-là
m'avait retenu, me dit en me laissant aller ; avancez, et vous
comprendrez. Adieu Tinian, adieu Juan-Fernandez, adieu
tout l'enchantement ! Dans un moment vous allez être de
retour du bout du monde.

Je me mis à parcourir avec extase ce verger ainsi
métamorphosé ; et si je ne trouvai point de plantes exoti-
ques et de productions des Indes, je trouvai celles du pays
disposées et réunies de manière à produire un effet plus
riant et plus agréable. Le gazon verdoyant, épais, mais court
et serré était mêlé de serpolet, de baume[3], de thym, de
marjolaine, et d'autres herbes odorantes. On y voyait briller
mille fleurs des champs, parmi lesquelles l'œil en démêlait
avec surprise quelques-unes de jardin, qui semblaient
croître naturellement avec les autres. Je rencontrais de

temps en temps des touffes obscures, impénétrables aux
rayons du soleil comme dans la plus épaisse forêt ; ces
touffes étaient formées des arbres du bois le plus flexible,
dont on avait fait recourber les branches, pendre en terre, et
prendre racine, par un art semblable à ce que font naturellement les mangles[1] en Amérique. Dans les lieux plus
découverts, je voyais çà et là sans ordre et sans symétrie des
broussailles de roses, de framboisiers, de groseilles, des
fourrés de lilac[2], de noisetier, de sureau, de seringa, de
genêt, de trifolium[3], qui paraient la terre en lui donnant l'air
d'être en friche. Je suivis des allées tortueuses et irrégulières
bordées de ces bocages fleuris, et couvertes de mille
guirlandes de vigne de Judée[4], de vigne vierge, de houblon,
de liseron, de couleuvrée, de clématite, et d'autres plantes de
cette espèce, parmi lesquelles le chèvrefeuil et le jasmin
daignaient se confondre. Ces guirlandes semblaient jetées
négligemment d'un arbre à l'autre, comme j'en avais
remarqué quelquefois dans les forêts, et formaient sur nous
des espèces de draperies qui nous garantissaient du soleil,
tandis que nous avions sous nos pieds un marcher[5] doux,
commode, et sec sur une mousse fine sans sable, sans herbe,
et sans rejetons raboteux. Alors seulement je découvris,
non sans surprise que ces ombrages verts et touffus qui
m'en avaient tant imposé de loin, n'étaient formés que de
ces plantes rampantes et parasites qui, guidées le long des
arbres, environnaient leurs têtes du plus épais feuillage et
leurs pieds d'ombre et de fraîcheur. J'observai même qu'au
moyen d'une industrie assez simple on avait fait prendre
racine sur les troncs des arbres à plusieurs de ces plantes, de
sorte qu'elles s'étendaient davantage en faisant moins de
chemin. Vous concevez bien que les fruits ne s'en trouvent
pas mieux de toutes ces additions ; mais dans ce lieu seul on
a sacrifié l'utile à l'agréable, et dans le reste des terres on a
pris un tel soin des plants et des arbres qu'avec ce verger de
moins la récolte en fruits ne laisse pas d'être plus forte
qu'auparavant. Si vous songez combien au fond d'un bois
on est charmé quelquefois de voir un fruit sauvage et même

de s'en rafraîchir, vous comprendrez le plaisir qu'on a de trouver dans ce désert artificiel des fruits excellents et mûrs quoique clairsemés et de mauvaise mine ; ce qui donne encore le plaisir de la recherche et du choix.

Toutes ces petites routes étaient bordées et traversées d'une eau limpide et claire, tantôt circulant parmi l'herbe et les fleurs en filets presque imperceptibles ; tantôt en plus grands ruisseaux courants[1] sur un gravier pur et marqueté qui rendait l'eau plus brillante. On voyait des sources bouillonner et sortir de la terre, et quelquefois des canaux plus profonds dans lesquels l'eau calme et paisible réfléchissait à l'œil les objets. Je comprends à présent tout le reste, dis-je à Julie : mais ces eaux que je vois de toutes parts.... elles viennent de là, reprit-elle, en me montrant le côté où était la terrasse de son jardin. C'est ce même ruisseau qui fournit à grands frais dans le parterre un jet d'eau dont personne ne se soucie. M. de Wolmar ne veut pas le détruire, par respect pour mon père qui l'a fait faire : mais avec quel plaisir nous venons tous les jours voir courir dans ce verger cette eau dont nous n'approchons guère au jardin ! Le jet d'eau joue pour les étrangers, le ruisseau coule ici pour nous. Il est vrai que j'y ai réuni l'eau de la fontaine publique qui se rendait dans le lac par le grand chemin qu'elle dégradait au préjudice des passants et à pure perte[2] pour tout le monde. Elle faisait un coude au pied du verger entre deux rangs de saules ; je les ai renfermés dans mon enceinte et j'y conduis la même eau par d'autres routes.

Je vis alors qu'il n'avait été question que de faire serpenter ces eaux avec économie, en les divisant et réunissant à propos, en épargnant la pente le plus qu'il était possible, pour prolonger le circuit et se ménager le murmure de quelques petites chutes. Une couche de glaise, couverte d'un pouce de gravier du lac et parsemée de coquillages formait le lit des ruisseaux. Ces mêmes ruisseaux courant par intervalles sous quelques larges tuiles recouvertes de terre et de gazon au niveau du sol formaient à leur issue autant de sources artificielles. Quelques filets s'en élevaient par des siphons sur des lieux raboteux et bouillonnaient en retombant. Enfin la terre ainsi rafraîchie et humectée donnait sans cesse de nouvelles fleurs et entretenait l'herbe toujours verdoyante et belle.

Plus je parcourais cet agréable asile, plus je sentais augmenter la sensation délicieuse que j'avais éprouvée en y entrant ; cependant la curiosité me tenait en haleine : J'étais plus empressé de voir les objets que d'examiner leurs impressions, et j'aimais à me livrer à cette charmante contemplation sans prendre la peine de penser ; mais Mad^e de Wolmar me tirant de ma rêverie me dit en me prenant sous le bras ; tout ce que vous voyez n'est que la nature végétale et inanimée, et quoi qu'on puisse faire, elle laisse toujours une idée de solitude qui attriste. Venez la voir animée et sensible. C'est là qu'à chaque instant du jour vous lui trouverez un attrait nouveau. Vous me prévenez, lui dis-je, j'entends un ramage bruyant et confus, et j'aperçois assez peu d'oiseaux ; je comprends que vous avez une volière. Il est vrai, dit-elle, approchons-en. Je n'osai dire encore ce que je pensais de la volière ; mais cette idée avait quelque chose qui me déplaisait, et ne me semblait point assortie au reste.

Nous descendîmes par mille détours au bas du verger où je trouvai toute l'eau réunie en un joli ruisseau coulant doucement entre deux rangs de vieux saules qu'on avait souvent ébranchés. Leurs têtes creuses et demi-chauves formaient des espèces de vases d'où sortaient par l'adresse dont j'ai parlé, des touffes de chèvrefeuil dont une partie s'entrelaçait autour des branches, et l'autre tombait avec grâce le long du ruisseau. Presque à l'extrémité de l'enceinte était un petit bassin bordé d'herbes, de joncs, de roseaux, servant d'abruvoir[1] à la volière, et dernière station de cette eau si précieuse et si bien ménagée.

Au delà de ce bassin était un terre-plein terminé dans l'angle de l'enclos par une monticule[2] garnie d'une multitude d'arbrisseaux de toute espèce ; les plus petits vers le haut, et toujours croissant en grandeur à mesure que le sol s'abaissait ; ce qui rendait le plan des têtes presque horizon-

tal, ou montrait au moins qu'un jour il le devait être. Sur le
devant étaient une douzaine d'arbres jeunes encore mais
faits pour devenir fort grands, tels que le hêtre, l'orme, le
frêne, l'acacia. C'étaient les bocages de ce coteau qui
servaient d'asile à cette multitude d'oiseaux dont j'avais
entendu de loin le ramage, et c'était à l'ombre de ce feuillage
comme sous un grand parasol qu'on les voyait voltiger,
courir, chanter, s'agacer, se battre comme s'ils ne nous
avaient pas aperçus. Ils s'enfuirent si peu à notre approche,
que selon l'idée dont j'étais prévenu, je les crus d'abord
enfermés par un grillage : mais comme nous fûmes arrivés
au bord du bassin, j'en vis plusieurs descendre et s'approcher de nous sur une espèce de courte allée qui séparait en
deux le terre-plein et communiquait du bassin à la volière.
Alors M. de Wolmar faisant le tour du bassin sema sur
l'allée deux ou trois poignées de grains mélangés qu'il avait
dans sa poche, et quand il se fut retiré, les oiseaux
accoururent et se mirent à manger comme des poules, d'un
air si familier que je vis bien qu'ils étaient faits à ce manège.
Cela est charmant ! m'écriai-je : Ce mot de volière m'avait
surpris de votre part ; mais je l'entends maintenant : je vois
que vous voulez des hôtes et non pas des prisonniers.
Qu'appelez-vous des hôtes, répondit Julie ? C'est nous qui
sommes les leurs[1]. Ils sont ici les maîtres, et nous leur
payons tribut pour en être soufferts quelquefois. Fort bien,
repris-je ; mais comment ces maîtres-là se sont-ils emparés
de ce lieu ? Le moyen d'y rassembler tant d'habitants
volontaires ? Je n'ai pas ouï dire qu'on ait jamais rien tenté
de pareil, et je n'aurais point cru qu'on y pût réussir, si je
n'en avais la preuve sous mes yeux.

   La patience et le temps, dit M. de Wolmar, ont fait ce
miracle. Ce sont des expédients dont les gens riches ne
s'avisent guère dans leurs plaisirs. Toujours pressés de jouir,
la force et l'argent sont les seuls moyens qu'ils connaissent ;
ils ont des oiseaux dans des cages, et des amis à tant par
mois. Si jamais des valets approchaient de ce lieu, vous en
verriez bientôt les oiseaux disparaître, et s'ils y sont à

présent en grand nombre, c'est qu'il y en a toujours eu. On ne les fait pas venir quand il n'y en a point, mais il est aisé quand il y en a d'en attirer davantage en prévenant tous leurs besoins, en ne les effrayant jamais, en leur laissant faire leur couvée en sûreté et ne dénichant point les petits ; car alors ceux qui s'y trouvent restent, et ceux qui surviennent restent encore. Ce bocage existait, quoiqu'il fût séparé du verger ; Julie n'a fait que l'y renfermer par une haie vive, ôter celle qui l'en séparait, l'agrandir et l'orner de nouveaux plants. Vous voyez à droite et à gauche de l'allée qui y conduit deux espaces remplis d'un mélange confus d'herbes, de pailles, et de toutes sortes de plantes. Elle y fait semer chaque année du blé, du mil, du tournesol, du chènevis, des pesettes *, généralement de tous les grains que les oiseaux aiment, et l'on n'en moissonne rien. Outre cela presque tous les jours, été et hiver, elle ou moi leur apportons à manger, et quand nous y manquons la Fanchon y supplée d'ordinaire ; ils ont l'eau à quatre pas, comme vous voyez. Mad^e de Wolmar pousse l'attention jusqu'à les pourvoir tous les printemps de petits tas de crin, de paille, de laine, de mousse, et d'autres matières propres à faire des nids. Avec le voisinage des matériaux, l'abondance des vivres et le grand soin qu'on prend d'écarter tous les ennemis **, l'éternelle tranquillité dont ils jouissent les porte à pondre en un lieu commode où rien ne leur manque, où personne ne les trouble. Voilà comment la patrie des pères est encore celle des enfants, et comment la peuplade[1] se soutient et se multiplie.

Ah, dit Julie, vous ne voyez plus rien ! chacun ne songe plus qu'à soi ; mais des époux inséparables, le zèle des soins domestiques, la tendresse paternelle et maternelle, vous avez perdu tout cela. Il y a deux mois qu'il fallait être ici pour livrer ses yeux au plus charmant spectacle et son cœur au plus doux sentiment de la nature. Madame, repris-je

---

* De la vesce.
** Les loirs, les souris, les chouettes, et surtout les enfants.

assez tristement, vous êtes épouse et mère ; ce sont des plaisirs qu'il vous appartient de connaître. Aussitôt M. de Wolmar me prenant par la main, me dit en la serrant ; vous avez des amis, et ces amis ont des enfants ; comment l'affection paternelle vous serait-elle étrangère ? Je le regardai, je regardai Julie, tous deux se regardèrent et me rendirent un regard si touchant que les embrassant l'un après l'autre je leur dis avec attendrissement ; ils me sont aussi chers qu'à vous. Je ne sais par quel bizarre effet un mot peut ainsi changer une âme, mais depuis ce moment, M. de Wolmar me paraît un autre homme, et je vois moins en lui le mari de celle que j'ai tant aimée que le père de deux enfants pour lesquels je donnerais ma vie.

Je voulus faire le tour du bassin pour aller voir de plus près ce charmant asile et ses petits habitants ; mais Mad^e de Wolmar me retint. Personne, me dit-elle, ne va les troubler dans leur domicile, et vous êtes même le premier de nos hôtes que j'aie amené jusqu'ici. Il y a quatre clefs de ce verger dont mon père et nous avons chacun une ; Fanchon a la quatrième comme inspectrice et pour y mener quelquefois mes enfants ; faveur dont on augmente le prix par l'extrême circonspection qu'on exige d'eux tandis qu'ils y sont. Gustin lui-même n'y entre jamais qu'avec un des quatre ; encore passé deux mois de printemps où ses travaux sont utiles n'y entre-t-il presque plus, et tout le reste se fait entre nous. Ainsi, lui dis-je, de peur que vos oiseaux ne soient vos esclaves vous vous êtes rendus les leurs. Voilà bien, reprit-elle, le propos d'un tyran, qui ne croit jouir de sa liberté qu'autant qu'il trouble celle des autres.

Comme nous partions pour nous en retourner, M. de Wolmar jeta une poignée d'orge dans le bassin, et en y regardant j'aperçus quelques petits poissons. Ah, ah ! dis-je aussitôt, voici pourtant des prisonniers ? Oui, dit-il, ce sont des prisonniers de guerre, auxquels on a fait grâce de la vie. Sans doute, ajouta sa femme. Il y a quelque temps que Fanchon vola dans la cuisine des perchettes qu'elle apporta ici à mon insu. Je les y laisse, de peur de la mortifier si je les renvoyais au lac ; car il vaut encore mieux loger du poisson un peu à l'étroit que de fâcher une honnête personne. Vous avez raison, répondis-je, et celui-ci n'est pas trop à plaindre d'être échappé de la poêle à ce prix.

Hé bien, que vous en semble, me dit-elle en nous en retournant. Êtes-vous encore au bout du monde ? Non, dis-je, m'en voici tout à fait dehors, et vous m'avez en effet transporté dans l'Élysée. Le nom pompeux [1] qu'elle a donné à ce verger, dit M. de Wolmar, mérite bien cette raillerie. Louez modestement des jeux d'enfant, et songez qu'ils n'ont jamais rien pris sur les soins de la mère de famille. Je le sais, repris-je, j'en suis très sûr, et les jeux d'enfant me plaisent plus en ce genre que les travaux des hommes.

Il y a pourtant ici, continuai-je, une chose que je ne puis comprendre. C'est qu'un lieu si différent de ce qu'il était ne peut être devenu ce qu'il est qu'avec de la culture et du soin ; cependant je ne vois nulle part la moindre trace de culture. Tout est verdoyant, frais, vigoureux, et la main du jardinier ne se montre point : rien ne dément l'idée d'une Île déserte qui m'est venue en entrant, et je n'aperçois aucuns [2] pas d'hommes. Ah ! dit M. de Wolmar, c'est qu'on a pris grand soin de les effacer. J'ai été souvent témoin, quelquefois complice de la friponnerie. On fait semer du foin sur tous les endroits labourés, et l'herbe cache bientôt les vestiges du travail ; on fait couvrir l'hiver de quelques couches d'engrais les lieux maigres et arides, l'engrais mange la mousse, ranime l'herbe et les plantes ; les arbres eux-mêmes ne s'en trouvent pas plus mal, et l'été il n'y paraît plus. À l'égard de la mousse qui couvre quelques allées, c'est Milord Édouard qui nous a envoyé d'Angleterre le secret pour la faire naître. Ces deux côtés, continua-t-il, étaient fermés par des murs ; les murs ont été masqués, non par des espaliers, mais par d'épais arbrisseaux qui font prendre les bornes du lieu pour le commencement d'un bois. Des deux autres côtés règnent de fortes haies vives, bien garnies d'érable [3], d'aubé-pine, de houx, de troëne, et d'autres arbrisseaux mélangés qui leur ôtent l'apparence de haies et leur donnent celle d'un

taillis. Vous ne voyez rien d'aligné rien de nivelé ; jamais le
cordeau n'entra dans ce lieu ; la nature ne plante rien au
cordeau ; les sinuosités dans leur feinte irrégularité sont
ménagées avec art pour prolonger la promenade, cacher les
bords de l'Île, et en agrandir l'étendue apparente sans faire
des détours incommodes et trop fréquents *.

En considérant tout cela, je trouvais assez bizarre qu'on
prît tant de peine pour se cacher celle qu'on avait prise ;
n'aurait-il pas mieux valu n'en point prendre ? Malgré tout
ce qu'on vous a dit, me répondit Julie, vous jugez du travail
par l'effet, et vous vous trompez. Tout ce que vous voyez
sont des plantes sauvages ou robustes qu'il suffit de mettre
en terre, et qui viennent ensuite d'elles-mêmes. D'ailleurs, la
nature semble vouloir dérober aux yeux des hommes ses
vrais attraits, auxquels ils sont trop peu sensibles, et qu'ils
défigurent quand ils sont à leur portée : elle fuit les lieux
fréquentés ; c'est au sommet des montagnes, au fond des
forêts, dans des Îles désertes qu'elle étale ses charmes les
plus touchants. Ceux qui l'aiment et ne peuvent l'aller
chercher si loin sont réduits à lui faire violence, à la forcer
en quelque sorte à venir habiter avec eux, et tout cela ne
peut se faire sans un peu d'illusion [2].

À ces mots il me vint une imagination qui les fit rire. Je
me figure, leur dis-je, un homme riche de Paris ou de
Londres, maître de cette maison et amenant avec lui un
Architecte chèrement payé pour gâter la nature. Avec quel
dédain il entrerait dans ce lieu simple et mesquin ! avec quel
mépris il ferait arracher toutes ces guenilles ! Les beaux
alignements qu'il prendrait ! Les belles allées qu'il ferait
percer ! Les belles pattes-d'oie, les beaux arbres en parasol,
en éventail ! Les beaux treillages bien sculptés ! Les belles
charmilles bien dessinées, bien équarries, bien contournées !

---

* Ainsi ce ne sont pas de ces petits bosquets à la mode, si ridiculement
contournés qu'on n'y marche qu'en zigzag, et qu'à chaque pas il faut faire
une pirouette [1].

Les beaux boulingrins de fin gazon d'Angleterre, ronds, carrés, échancrés, ovales ! Les beaux Ifs taillés en dragons, en pagodes, en marmousets, en toutes sortes de monstres ! Les beaux vases de bronze, les beaux fruits de pierre dont il ornera son jardin * !... Quand tout cela sera exécuté, dit M. de Wolmar, il aura fait un très beau lieu dans lequel on n'ira guère, et dont on sortira toujours avec empressement pour aller chercher la campagne, un lieu triste où l'on ne se promènera point, mais par où l'on passera pour s'aller promener ; au lieu que dans mes courses champêtres, je me hâte souvent de rentrer pour venir me promener ici.

Je ne vois dans ces terrains si vastes et si richement ornés que la vanité du propriétaire et de l'artiste qui toujours empressés d'étaler, l'un sa richesse et l'autre son talent, préparent à grands frais de l'ennui à quiconque voudra jouir de leur ouvrage. Un faux goût de grandeur qui n'est point fait pour l'homme empoisonne ses plaisirs. L'air grand est toujours triste ; il fait songer aux misères de celui qui l'affecte. Au milieu de ses parterres et de ses grandes allées son petit individu ne s'agrandit point ; un arbre de vingt pieds le couvre comme un de soixante ** ; il n'occupe jamais que ses trois pieds d'espace, et se perd comme un ciron dans ses immenses possessions.

Il y a un autre goût directement opposé à celui-là, et plus

---

* Je suis persuadé que le temps approche où l'on ne voudra plus dans les jardins rien de ce qui se trouve dans la campagne ; on n'y souffrira plus ni plantes, ni arbrisseaux ; on n'y voudra que des fleurs de porcelaine, des magots, des treillages, du sable de toutes couleurs, et de beaux vases pleins de rien.

** Il devait bien s'étendre un peu sur le mauvais goût d'élaguer ridiculement les arbres, pour les élancer dans les nues, en leur ôtant leurs belles têtes, leurs ombrages, en épuisant leur sève, et les empêchant de profiter. Cette méthode il est vrai, donne du bois aux jardiniers : mais elle en ôte au pays, qui n'en a pas déjà trop. On croirait que la nature est faite en France autrement que dans tout le reste du monde, tant on y prend soin de la défigurer. Les parcs n'y sont plantés que de longues perches ; ce sont des forêts de mâts ou de mais [1], et l'on s'y promène au milieu des bois sans trouver d'ombre [2].

ridicule encore, en ce qu'il ne laisse pas même jouir de la
promenade pour laquelle les jardins sont faits. J'entends, lui
dis-je ; c'est celui de ces petits curieux, de ces petits
fleuristes[1] qui se pâment à l'aspect d'une renoncule, et se
prosternent devant des tulipes. Là-dessus, je leur racontai,
Milord, ce qui m'était arrivé autrefois à Londres dans ce
jardin de fleurs où nous fûmes introduits avec tant d'appareil, et où nous vîmes briller si pompeusement tous les
trésors de la Hollande sur quatre couches de fumier[2]. Je
n'oubliai pas la cérémonie du parasol et de la petite baguette
dont on m'honora, moi indigne, ainsi que les autres
spectateurs. Je leur confessai humblement comment ayant
voulu m'évertuer à mon tour, et hasarder de m'extasier à la
vue d'une tulipe dont la couleur me parut vive et la forme
élégante, je fus moqué, hué, sifflé de tous les Savants, et
comment le professeur du jardin, passant du mépris de la
fleur à celui du panégyriste, ne daigna plus me regarder de
toute la séance. Je pense, ajoutai-je, qu'il eut bien du regret à
sa baguette et à son parasol profanés.

Ce goût, dit M. de Wolmar, quand il dégénère en manie a
quelque chose de petit et de vain qui le rend puérile[3] et
ridiculement coûteux. L'autre, au moins, a de la noblesse,
de la grandeur et quelque sorte de vérité ; mais qu'est-ce que
la valeur d'une patte[4] ou d'un oignon qu'un insecte ronge
ou détruit peut-être au moment qu'on le marchande, ou
d'une fleur précieuse à midi et flétrie avant que le soleil soit
couché : qu'est-ce qu'une beauté conventionnelle qui n'est
sensible qu'aux yeux des curieux, et qui n'est beauté que
parce qu'il leur plaît qu'elle le soit ? Le temps peut venir
qu'on cherchera dans les fleurs tout le contraire de ce qu'on
y cherche aujourd'hui, et avec autant de raison ; alors vous
serez le docte à votre tour et votre curieux l'ignorant.
Toutes ces petites observations qui dégénèrent en étude ne
conviennent point à l'homme raisonnable qui veut donner à
son corps un exercice modéré, ou délasser son esprit à la
promenade en s'entretenant avec ses amis. Les fleurs sont
faites pour amuser nos regards en passant, et non pour être

si curieusement anatomisées*. Voyez leur Reine briller de
toutes parts dans ce verger. Elle parfume l'air ; elle enchante
les yeux, et ne coûte presque ni soin ni culture. C'est pour
cela que les fleuristes la dédaignent ; la nature l'a faite si
belle qu'ils ne lui sauraient ajouter des beautés de convention, et ne pouvant se tourmenter à la cultiver, ils n'y
trouvent rien qui les flatte. L'erreur des prétendus gens de
goût est de vouloir de l'art partout, et de n'être jamais
contents que l'art ne paraisse ; au lieu que c'est à le cacher
que consiste le véritable goût ; surtout quand il est question
des ouvrages de la nature. Que signifient ces allées si
droites, si sablées, qu'on trouve sans cesse ; et ces étoiles par
lesquelles bien loin d'étendre aux yeux la grandeur d'un
parc, comme on l'imagine, on ne fait qu'en montrer
maladroitement les bornes ? Voit-on dans les bois du sable
de rivière, ou le pied se repose-t-il plus doucement sur ce
sable que sur la mousse ou la pelouse ? La nature emploie-
t-elle sans cesse l'équerre et la règle ? ont-ils peur qu'on ne
la reconnaisse en quelque chose malgré leurs soins pour
la défigurer ? Enfin n'est-il pas plaisant que, comme s'ils
étaient déjà las de la promenade en la commençant, ils
affectent de la faire en ligne droite pour arriver plus vite au
terme ? Ne dirait-on pas que prenant le plus court chemin
ils font un voyage plutôt qu'une promenade, et se hâtent de
sortir aussitôt qu'ils sont entrés ?

Que fera donc l'homme de goût qui vit pour vivre, qui
sait jouir de lui-même, qui cherche les plaisirs vrais et
simples, et qui veut se faire une promenade à la porte de sa
maison ? Il la fera si commode et si agréable qu'il s'y puisse
plaire à toutes les heures de la journée, et pourtant si simple
et si naturelle qu'il semble n'avoir rien fait. Il rassemblera
l'eau, la verdure, l'ombre et la fraîcheur ; car la nature aussi

---

* Le sage Wolmar n'y avait pas bien regardé. Lui qui savait si bien
observer les hommes, observait-il si mal la nature ? Ignorait-il que si son
Auteur est grand dans les grandes choses, il est très grand dans les petites[1] ?

rassemble toutes ces choses. Il ne donnera à rien de la
symétrie ; elle est ennemie de la nature et de la variété, et
toutes les allées d'un jardin ordinaire se ressemblent si fort
qu'on croit être toujours dans la même. Il élaguera le terrain
pour s'y promener commodément ; mais les deux côtés de
ses allées ne seront point toujours exactement parallèles ; la
direction n'en sera pas toujours en ligne droite ; elle aura je
ne sais quoi de vague comme la démarche d'un homme oisif
qui erre en se promenant : il ne s'inquiétera point de se
percer au loin de belles perspectives. Le goût des points de
vue et des lointains vient du penchant qu'ont la plupart des
hommes à ne se plaire qu'où ils ne sont pas. Ils sont
toujours avides de ce qui est loin d'eux, et l'artiste qui ne
sait pas les rendre assez contents de ce qui les entoure, se
donne cette ressource pour les amuser ; mais l'homme dont
je parle n'a pas cette inquiétude, et quand il est bien où il est,
il ne se soucie point d'être ailleurs. Ici par exemple, on n'a
pas de vue hors du lieu, et l'on est très content de n'en pas
avoir. On penserait volontiers que tous les charmes de la
nature y sont renfermés, et je craindrais fort que la moindre
échappée de vue au dehors n'ôtât beaucoup d'agrément à
cette promenade*. Certainement tout homme qui n'aimera
pas à passer les beaux jours dans un lieu si simple et si
agréable n'a pas le goût pur ni l'âme saine. J'avoue qu'il n'y

---

* Je ne sais si l'on a jamais essayé de donner aux longues allées d'une étoile
une courbure légère, en sorte que l'œil ne pût suivre chaque allée tout à fait
jusqu'au bout, et que l'extrémité opposée en fût cachée au spectateur. On
perdrait, il est vrai, l'agrément des points de vue ; mais on gagnerait
l'avantage si cher aux propriétaires d'agrandir à l'imagination le lieu où l'on
est, et dans le milieu d'une étoile assez bornée on se croirait perdu dans un
parc immense. Je suis persuadé que la promenade en serait aussi moins
ennuyeuse quoique plus solitaire ; car tout ce qui donne prise à l'imagination
excite les idées et nourrit l'esprit ; mais les faiseurs de jardins ne sont pas gens
à sentir ces choses-là. Combien de fois dans un lieu rustique le crayon leur
tomberait des mains, comme à Le Nostre dans le parc de Saint-James[1], s'ils
connaissaient comme lui ce qui donne de la vie à la nature, et de l'intérêt à son
spectacle ?

faut pas amener en pompe les étrangers ; mais en revanche on s'y peut plaire soi-même, sans le montrer à personne.

Monsieur, lui dis-je, ces gens si riches qui font de si beaux jardins ont de fort bonnes raisons pour n'aimer guère à se promener tout seuls, ni à se trouver vis-à-vis d'eux-mêmes ; ainsi ils font très bien de ne songer en cela qu'aux autres. Au reste, j'ai vu à la Chine des jardins tels que vous les demandez, et faits avec tant d'art que l'art n'y paraissait point, mais d'une manière si dispendieuse et entretenus à si grands frais que cette idée m'ôtait tout le plaisir que j'aurais pu goûter à les voir. C'étaient des roches, des grottes, des cascades artificielles dans des lieux plains [1] et sablonneux où l'on n'a que de l'eau de puits ; c'étaient des fleurs et des plantes rares de tous les climats de la Chine et de la Tartarie rassemblées et cultivées en un même sol. On n'y voyait à la vérité ni belles allées ni compartiments réguliers ; mais on y voyait entassées avec profusion des merveilles qu'on ne trouve qu'éparses et séparées. La nature s'y présentait sous mille aspects divers, et le tout ensemble n'était point naturel [2]. Ici l'on n'a transporté ni terres ni pierres, on n'a fait ni pompes ni réservoirs, on n'a besoin ni de serres ni de fourneaux ni de cloches ni de paillassons. Un terrain presque uni a reçu des ornements très simples. Des herbes communes, des arbrisseaux communs, quelques filets d'eau coulant sans apprêts sans contrainte ont suffi pour l'embellir. C'est un jeu sans effort, dont la facilité donne au spectateur un nouveau plaisir. Je sens que ce séjour pourrait être encore plus agréable et me plaire infiniment moins. Tel est par exemple le parc célèbre de Milord Cobham à Staw [3]. C'est un composé de lieux très beaux et très pittoresques dont les aspects ont été choisis en différents pays, et dont tout paraît naturel excepté l'assemblage, comme dans les jardins de la Chine dont je viens de vous parler. Le maître et le créateur de cette superbe solitude y a même fait construire des ruines, des temples, d'anciens édifices, et les temps ainsi que les lieux y sont rassemblés avec une magnificence plus qu'humaine. Voilà précisément de quoi je me plains. Je voudrais que les amusements des hommes eussent toujours un air facile qui ne fît point songer à leur faiblesse, et qu'en admirant ces merveilles, on n'eût point l'imagination fatiguée des sommes et des travaux qu'elles ont coûtés. Le sort ne nous donne-t-il pas assez de peines sans en mettre jusque dans nos jeux ?

Je n'ai qu'un seul reproche à faire à votre Élysée, ajoutai-je en regardant Julie, mais qui vous paraîtra grave ; c'est d'être un amusement superflu. À quoi bon vous faire une nouvelle promenade, ayant de l'autre côté de la maison des bosquets si charmants et si négligés ? Il est vrai, dit-elle un peu embarrassée, mais j'aime mieux ceci. Si vous aviez bien songé à votre question avant que de la faire, interrompit M. de Wolmar, elle serait plus qu'indiscrète. Jamais ma femme depuis son mariage n'a mis les pieds dans les bosquets dont vous parlez. J'en sais la raison quoiqu'elle me l'ait toujours tue[1]. Vous qui ne l'ignorez pas, apprenez à respecter les lieux où vous êtes ; ils sont plantés par les mains de la vertu.

À peine avais-je reçu cette juste réprimande que la petite famille menée par Fanchon entra comme nous sortions. Ces trois aimables enfants se jetèrent au cou de M. et de Mad^e de Wolmar. J'eus ma part de leurs petites caresses. Nous rentrâmes Julie et moi dans l'Élysée en faisant quelques pas avec eux ; puis nous allâmes rejoindre M. de Wolmar qui parlait à des ouvriers. Chemin faisant elle me dit qu'après être devenue mère, il lui était venu sur cette promenade une idée qui avait augmenté son zèle pour l'embellir. J'ai pensé, me dit-elle, à l'amusement de mes enfants et à leur santé quand ils seront plus âgés. L'entretien de ce lieu demande plus de soin que de peine ; il s'agit plutôt de donner un certain contour aux rameaux des plantes que de bêcher et labourer la terre ; j'en veux faire un jour mes petits jardiniers : ils auront autant d'exercice qu'il leur en faut pour renforcer leur tempérament, et pas assez pour le fatiguer. D'ailleurs, ils feront faire ce qui sera trop fort pour leur âge et se borneront au travail qui les amusera[2]. Je ne saurais vous dire, ajouta-t-elle, quelle douceur je goûte à me représenter mes enfants occupés à me rendre les petits soins que je prends avec tant de plaisir pour eux, et la joie de leurs tendres cœurs en voyant leur mère se promener avec délices sous des ombrages cultivés de leurs mains. En vérité, mon ami, me dit-elle d'une voix émue, des jours ainsi passés tiennent du bonheur de l'autre vie, et ce n'est pas sans raison qu'en y pensant j'ai donné d'avance à ce lieu le nom d'Élysée[1]. Milord, cette incomparable femme est mère comme elle est épouse, comme elle est amie, comme elle est fille, et pour l'éternel supplice de mon cœur c'est encore ainsi qu'elle fut amante.

Enthousiasmé d'un séjour si charmant, je les priai le soir de trouver bon que durant mon séjour chez eux la Fanchon me confiât sa clé et le soin de nourrir les oiseaux. Aussitôt Julie envoya le sac au grain dans ma chambre et me donna sa propre clé. Je ne sais pourquoi je la reçus avec une sorte de peine : il me sembla que j'aurais mieux aimé celle de M. de Wolmar[2].

Ce matin je me suis levé de bonne heure, et avec l'empressement d'un enfant je suis allé m'enfermer dans l'Île déserte. Que d'agréables pensées j'espérais porter dans ce lieu solitaire où le doux aspect de la seule nature devait chasser de mon souvenir tout cet ordre social et factice qui m'a rendu si malheureux ! Tout ce qui va m'environner est l'ouvrage de celle qui me fut si chère. Je la contemplerai tout autour de moi. Je ne verrai rien que sa main n'ait touché ; je baiserai des fleurs que ses pieds auront foulées ; je respirerai avec la rosée un air qu'elle a respiré ; son goût dans ses amusements me rendra présents tous ses charmes, et je la trouverai partout comme elle est au fond de mon cœur[3].

En entrant dans l'Élysée avec ces dispositions, je me suis subitement rappelé le dernier mot que me dit hier M. de Wolmar à peu près dans la même place. Le souvenir de ce seul mot a changé sur-le-champ tout l'état de mon âme. J'ai cru voir l'image de la vertu où je cherchais celle du plaisir. Cette image s'est confondue dans mon esprit avec les traits de Mad^e de Wolmar, et pour la première fois depuis mon retour j'ai vu Julie en son absence, non telle qu'elle fut pour moi et que j'aime encore à me la représenter, mais telle qu'elle se montre à mes yeux tous les jours[1]. Milord, j'ai cru voir cette femme si charmante si chaste et si vertueuse, au milieu de ce même cortège qui l'entourait hier. Je voyais autour d'elle ses trois aimables enfants, honorable et précieux gage de l'union conjugale et de la tendre amitié, lui faire et recevoir d'elle mille touchantes caresses. Je voyais à ses côtés le grave Wolmar, cet Époux si chéri, si heureux, si digne de l'être. Je croyais voir son œil pénétrant et judicieux percer au fond de mon cœur et m'en faire rougir encore ; je croyais entendre sortir de sa bouche des reproches trop mérités, et des leçons trop mal écoutées. Je voyais à sa suite cette même Fanchon Regard vivante preuve du triomphe des vertus et de l'humanité sur le plus ardent amour. Ah ! quel sentiment coupable eût pénétré jusqu'à elle à travers cette inviolable escorte ? Avec quelle indignation j'eusse étouffé les vils transports d'une passion criminelle et mal éteinte, et que je me serais méprisé de souiller d'un seul soupir un aussi ravissant tableau d'innocence et d'honnêteté ! Je repassais dans ma mémoire les discours qu'elle m'avait tenus en sortant ; puis remontant avec elle dans un avenir[2] qu'elle contemple avec tant de charmes, je voyais cette tendre mère essuyer la sueur du front de ses enfants, baiser leurs joues enflammées, et livrer ce cœur fait pour aimer au plus doux sentiment de la nature. Il n'y avait pas jusqu'à ce nom d'Élysée qui ne rectifiât en moi les écarts de l'imagination, et ne portât dans mon âme un calme préférable au trouble des passions les plus séduisantes. Il me peignait en quelque sorte l'intérieur de celle qui l'avait trouvé ; je pensais qu'avec une conscience agitée on n'aurait jamais choisi ce nom-là. Je me disais, la paix règne au fond de son cœur comme dans l'asile qu'elle a nommé.

Je m'étais promis une rêverie agréable ; j'ai rêvé plus agréablement que je ne m'y étais attendu. J'ai passé dans l'Élysée deux heures auxquelles je ne préfère aucun temps de ma vie. En voyant avec quel charme et quelle rapidité elles s'étaient écoulées, j'ai trouvé qu'il y a dans la méditation des pensées honnêtes une sorte de bien-être que les méchants n'ont jamais connu ; c'est celui de se plaire avec soi-même. Si l'on y songeait sans prévention, je ne sais quel autre plaisir on pourrait égaler à celui-là. Je sens au moins que quiconque aime autant que moi la solitude doit craindre de s'y préparer des tourments. Peut-être tirerait-on des mêmes principes la clé des faux jugements des hommes sur les avantages du vice et sur ceux de la vertu : Car la jouissance de la vertu est toute intérieure et ne s'aperçoit que par celui qui la sent : mais tous les avantages du vice frappent les yeux d'autrui, et il n'y a que celui qui les a qui sache ce qu'ils lui coûtent.

> *Se a ciascun l'interno affanno*
> *Si leggesse in fronte scritto,*
> *Quanti mai, che invidia fanno,*
> *Ci farebbero pietà * !*

Comme il se faisait tard sans que j'y songeasse, M. de Wolmar est venu me joindre et m'avertir que Julie et le thé m'attendaient. C'est vous, leur ai-je dit en m'excusant, qui m'empêchiez d'être avec vous : je fus si charmé de ma soirée d'hier que j'en suis retourné jouir ce matin ; heureusement il n'y a point de mal et puisque vous m'avez attendu, ma matinée n'est pas perdue. C'est fort bien dit, a répondu Mad^e de Wolmar ; il vaudrait mieux s'attendre jusqu'à midi, que de perdre le plaisir de déjeuner ensemble. Les étrangers ne sont jamais admis le matin dans ma chambre et déjeunent dans la leur. Le déjeuner est le repas des amis ; les valets en

---

* Il aurait pu ajouter la suite qui est très belle, et ne convient pas moins au sujet.

> *Si vedria che i lor nemici*
> *Anno in seno, e si riduce*
> *Nel parere a noi felici*
> *Ogni lor felicità* [1].

sont exclus, les importuns ne s'y montrent point ; on y dit tout ce qu'on pense, on y révèle tous ses secrets, on n'y contraint aucun de ses sentiments ; on peut s'y livrer sans imprudence aux douceurs de la confiance et de la familiarité [1]. C'est presque le seul moment où il soit permis d'être ce qu'on est ; que ne dure-t-il toute la journée ! Ah Julie ! ai-je été prêt à dire ; voilà un vœu bien intéressé [2] ! mais je me suis tu. La première chose que j'ai retranchée avec l'amour a été la louange. Louer quelqu'un en face, à moins que ce ne soit sa maîtresse, qu'est-ce faire autre chose, sinon le taxer de vanité ? Vous savez, Milord, si c'est à Mad^e de Wolmar qu'on peut faire ce reproche. Non, non ; je l'honore trop pour ne pas l'honorer en silence. La voir, l'entendre, observer sa conduite, n'est-ce pas assez la louer ?

LETTRE XII

De Mad^e de Wolmar à Mad^e d'Orbe

Il est écrit, chère amie, que tu dois être dans tous les temps ma sauvegarde contre moi-même, et qu'après m'avoir délivrée avec tant de peine des pièges de mon cœur, tu me garantiras encore de ceux de ma raison. Après tant d'épreuves cruelles, j'apprends à me défier des erreurs comme des passions dont elles sont si souvent l'ouvrage. Que n'ai-je eu toujours la même précaution ! Si dans les temps passés j'avais moins compté sur mes lumières, j'aurais eu moins à rougir de mes sentiments [3].

Que ce préambule ne t'alarme pas. Je serais indigne de ton amitié si j'avais encore à la consulter sur des sujets graves. Le crime fut toujours étranger à mon cœur, et j'ose l'en croire plus éloigné que jamais. Écoute-moi donc paisiblement, ma Cousine, et crois que je n'aurai jamais besoin de conseil sur des doutes que la seule honnêteté peut résoudre.

Depuis six ans que je vis avec M. de Wolmar dans la plus parfaite union qui puisse régner entre deux époux, tu sais

qu'il ne m'a jamais parlé ni de sa famille ni de sa personne, et
que l'ayant reçu d'un père aussi jaloux du bonheur de sa fille
que de l'honneur de sa maison, je n'ai point marqué
d'empressement pour en savoir sur son compte plus qu'il ne
jugeait à propos de m'en dire. Contente de lui devoir, avec
la vie de celui qui me l'a donnée, mon honneur, mon
repos, ma raison, mes enfants, et tout ce qui peut me
rendre quelque prix à mes propres yeux, j'étais bien assurée
que ce que j'ignorais de lui ne démentait point ce qui
m'était connu, et je n'avais pas besoin d'en savoir davantage pour l'aimer, l'estimer, l'honorer autant qu'il était
possible.

Ce matin en déjeunant il nous a proposé un tour de
promenade avant la chaleur ; puis sous prétexte de ne pas
courir, disait-il, la campagne en robe de chambre, il nous a
menés dans les bosquets, et précisément, ma chère, dans ce
même bosquet où commencèrent tous les malheurs de ma
vie. En approchant de ce lieu fatal, je me suis sentie[1] un
affreux battement de cœur, et j'aurais refusé d'entrer si la
honte ne m'eût retenue, et si le souvenir d'un mot qui fut dit
l'autre jour dans l'Élysée ne m'eût fait craindre les interpré-
tations. Je ne sais si le philosophe était plus tranquille ; mais
quelque temps après ayant par hasard tourné les yeux sur
lui, je l'ai trouvé pâle, changé, et je ne puis te dire quelle
peine tout cela m'a fait[2].

En entrant dans le bosquet j'ai vu mon mari me jeter un
coup d'œil et sourire. Il s'est assis entre nous, et après un
moment de silence, nous prenant tous deux par la main, mes
enfants, nous a-t-il dit, je commence à voir que mes projets
ne seront point vains et que nous pouvons être unis tous
trois d'un attachement durable, propre à faire notre bonheur commun, et ma consolation dans les ennuis d'une
vieillesse qui s'approche : mais je vous connais tous deux
mieux que vous ne me connaissez ; il est juste de rendre les
choses égales, et quoique je n'aie rien de fort intéressant à
vous apprendre ; puisque vous n'avez plus de secret pour
moi, je n'en veux plus avoir pour vous.

Alors il nous a révélé le mystère de sa naissance qui jusqu'ici n'avait été connu que de mon père. Quand tu le sauras, tu concevras jusqu'où vont le sang-froid et la modération d'un homme capable de taire six ans un pareil secret à sa femme ; mais ce secret n'est rien pour lui, et il y pense trop peu pour se faire un grand effort de n'en pas parler[1].

Je ne vous arrêterai point, nous a-t-il dit, sur les événements de ma vie ; ce qui peut vous importer est moins de connaître mes aventures que mon caractère. Elles sont simples comme lui, et sachant bien ce que je suis vous comprendrez aisément ce que j'ai pu faire. J'ai naturellement l'âme tranquille et le cœur froid. Je suis de ces hommes qu'on croit bien injurier en disant qu'ils ne sentent rien ; c'est-à-dire, qu'ils n'ont point de passion qui les détourne de suivre le vrai guide de l'homme. Peu sensible au plaisir et à la douleur, je n'éprouve même que très faiblement ce sentiment d'intérêt et d'humanité qui nous approprie les affections d'autrui. Si j'ai de la peine à voir souffrir les gens de bien, la pitié n'y entre pour rien, car je n'en ai point à voir souffrir les méchants. Mon seul principe actif est le goût naturel de l'ordre, et le concours bien combiné du jeu de la fortune et des actions des hommes me plaît exactement comme une belle symétrie dans un tableau, ou comme une pièce bien conduite au théâtre. Si j'ai quelque passion dominante c'est celle de l'observation : J'aime à lire dans les cœurs des hommes ; comme le mien me fait peu d'illusion, que j'observe de sang-froid et sans intérêt, et qu'une longue expérience m'a donné de la sagacité, je ne me trompe guère dans mes jugements ; aussi c'est là toute la récompense de l'amour-propre dans mes études continuelles ; car je n'aime point à faire un rôle, mais seulement à voir jouer les autres : La société m'est agréable pour la contempler, non pour en faire partie. Si je pouvais changer la nature de mon être et devenir un œil vivant, je ferais volontiers cet échange. Ainsi mon indifférence pour les hommes ne me rend point indépendant d'eux, sans me soucier d'en être vu j'ai besoin de les voir, et sans m'être chers ils me sont nécessaires.

Les deux premiers états de la société que j'eus occasion d'observer furent les courtisans et les valets ; deux ordres d'hommes moins différents en effet qu'en apparence et si peu dignes d'être étudiés, si faciles à connaître, que je m'ennuyai d'eux au premier regard. En quittant la cour où tout est sitôt vu, je me dérobai sans le savoir au péril qui m'y menaçait et dont je n'aurais point échappé. Je changeai de nom, et voulant connaître les militaires, j'allai chercher du service chez un Prince étranger ; c'est là que j'eus le bonheur d'être utile à votre père que le désespoir d'avoir tué son ami forçait à s'exposer témérairement et contre son devoir. Le cœur sensible et reconnaissant de ce brave officier[1] commença dès lors à me donner meilleure opinion de l'humanité. Il s'unit à moi d'une amitié à laquelle il m'était impossible de refuser la mienne, et nous ne cessâmes d'entretenir depuis ce temps-là des liaisons qui devinrent plus étroites de jour en jour. J'appris dans ma nouvelle condition que l'intérêt n'est pas, comme je l'avais cru, le seul mobile des actions humaines et que parmi les foules de préjugés qui combattent la vertu, il en est aussi qui la favorisent. Je conçus que le caractère général de l'homme est un amour-propre indifférent par lui-même, bon ou mauvais par les accidents qui le modifient et qui dépendent des coutumes, des lois, des rangs, de la fortune, et de toute notre police humaine[2]. Je me livrai donc à mon penchant, et, méprisant la vaine opinion des conditions, je me jetai successivement dans les divers états qui pouvaient m'aider à les comparer tous et à connaître les uns par les autres. Je sentis, comme vous l'avez remarqué dans quelque Lettre[3], dit-il à St. Preux, qu'on ne voit rien quand on se contente de regarder, qu'il faut agir soi-même pour voir agir les hommes, et je me fis acteur pour être spectateur. Il est toujours aisé de descendre : j'essayai d'une multitude de conditions dont jamais homme de la mienne ne s'était avisé. Je devins même paysan, et quand Julie m'a fait garçon jardinier, elle ne m'a point trouvé si novice au métier qu'elle aurait pu croire[1].

Avec la véritable connaissance des hommes, dont l'oisive philosophie ne donne que l'apparence, je trouvai un autre avantage auquel je ne m'étais point attendu. Ce fut d'aiguiser par une vie active cet amour de l'ordre que j'ai reçu de la nature, et de prendre un nouveau goût pour le bien par le plaisir d'y contribuer. Ce sentiment me rendit un peu moins contemplatif, m'unit un peu plus à moi même, et par une suite assez naturelle de ce progrès, je m'aperçus que j'étais seul. La solitude qui m'ennuya toujours me devenait affreuse[2], et je ne pouvais plus espérer de l'éviter longtemps. Sans avoir perdu ma froideur j'avais besoin d'un attachement ; l'image de la caducité sans consolation m'affligeait avant le temps, et, pour la première fois de ma vie, je connus l'inquiétude et la tristesse. Je parlai de ma peine au Baron d'Étange. Il ne faut point, me dit-il, vieillir garçon. Moi-même, après avoir vécu presque indépendant dans les liens du mariage, je sens que j'ai besoin de redevenir époux et père, et je vais me retirer dans le sein de ma famille. Il ne tiendra qu'à vous d'en faire la vôtre et de me rendre le fils que j'ai perdu. J'ai une fille unique à marier ; elle n'est pas sans mérite ; elle a le cœur sensible, et l'amour de son devoir lui fait aimer tout ce qui s'y rapporte. Ce n'est ni une beauté, ni un prodige d'esprit : mais venez la voir, et croyez que si vous ne sentez rien pour elle, vous ne sentirez jamais rien pour personne au monde. Je vins, je vous vis, Julie, et je trouvai que votre père m'avait parlé modestement de vous. Vos transports, vos larmes de joie en l'embrassant me donnèrent la première ou plutôt la seule émotion que j'aie éprouvée de ma vie. Si cette impression fut légère, elle était unique, et les sentiments n'ont besoin de force pour agir qu'en proportion de ceux qui leur résistent. Trois ans d'absence ne changèrent point l'état de mon cœur. L'état du vôtre ne m'échappa pas à mon retour, et c'est ici qu'il faut que je vous venge d'un aveu qui vous a tant coûté. Juge, ma chère, avec quelle étrange surprise j'appris alors que tous mes secrets lui avaient été révélés avant mon mariage, et qu'il m'avait épousée sans ignorer que j'appartenais à un autre.

Cette conduite était inexcusable, a continué M. de Wolmar. J'offensais la délicatesse ; je péchais contre la prudence ; j'exposais votre honneur et le mien ; je devais craindre de nous précipiter tous deux dans des malheurs sans ressource : mais je vous aimais, et n'aimais que vous. Tout le reste m'était indifférent. Comment réprimer la passion même la plus faible, quand elle est sans contrepoids ? Voilà l'inconvénient des caractères froids et tranquilles. Tout va bien tant que leur froideur les garantit des tentations ; mais s'il en survient une qui les atteigne, ils sont aussitôt vaincus qu'attaqués, et la raison, qui gouverne tandis qu'elle est seule, n'a jamais de force pour résister au moindre effort[1]. Je n'ai été tenté qu'une fois, et j'ai succombé. Si l'ivresse de quelque autre passion m'eût fait vaciller encore, j'aurais fait autant de chutes que de faux pas : il n'y a que des âmes de feu qui sachent combattre et vaincre. Tous les grands efforts, toutes les actions sublimes sont leur ouvrage ; la froide raison n'a jamais rien fait d'illustre, et l'on ne triomphe des passions qu'en les opposant l'une à l'autre[2]. Quand celle de la vertu vient à s'élever, elle domine seule et tient tout en équilibre ; voilà comment se forme le vrai sage, qui n'est pas plus qu'un autre à l'abri des passions, mais qui seul sait les vaincre par elles-mêmes, comme un pilote fait route par les mauvais vents.

Vous voyez que je ne prétends pas exténuer[3] ma faute ; si c'en eût été une je l'aurais faite infailliblement ; mais, Julie, je vous connaissais et n'en fis point en vous épousant. Je sentis que de vous seule dépendait tout le bonheur dont je pouvais jouir, et que si quelqu'un était capable de vous rendre heureuse, c'était moi. Je savais que l'innocence et la paix étaient nécessaires à votre cœur, que l'amour dont il était préoccupé ne les lui donnerait jamais, et qu'il n'y avait que l'horreur du crime qui pût en chasser l'amour. Je vis que votre âme était dans un accablement dont elle ne sortirait que par un nouveau combat, et que ce serait en sentant combien vous pouviez encore être estimable que vous apprendriez à le devenir.

Votre cœur était usé pour l'amour ; je comptai donc pour rien une disproportion d'âges qui m'ôtait le droit de prétendre à un sentiment dont celui qui en était l'objet ne pouvait jouir, et impossible à obtenir pour tout autre. Au contraire, voyant dans une vie plus d'à moitié écoulée qu'un seul goût s'était fait sentir à moi, je jugeai qu'il serait durable et je me plus à lui conserver le reste de mes jours. Dans mes longues recherches je n'avais rien trouvé qui vous valût, je pensai que ce que vous ne feriez pas, nulle autre au monde ne pourrait le faire ; j'osai croire à la vertu et vous épousai. Le mystère que vous me faisiez ne me surprit point ; j'en savais les raisons, et je vis dans votre sage conduite celle de sa durée. Par égard pour vous j'imitai votre réserve, et ne voulus point vous ôter l'honneur de me faire un jour de vous-même un aveu que je voyais à chaque instant sur le bord de vos lèvres. Je ne me suis trompé en rien ; vous avez tenu tout ce que je m'étais promis de vous. Quand je voulus me choisir une épouse, je désirai d'avoir en elle une compagne aimable, sage, heureuse. Les deux premières conditions sont remplies. Mon enfant, j'espère que la troisième ne nous manquera pas.

À ces mots, malgré tous mes efforts pour ne l'interrompre que par mes pleurs, je n'ai pu m'empêcher de lui sauter au cou en m'écriant ; Mon cher mari ! ô le meilleur et le plus aimé des hommes ! apprenez-moi ce qui manque à mon bonheur, si ce n'est le vôtre, et d'être mieux mérité.... vous êtes heureuse autant qu'il se peut, a-t-il dit en m'interrompant ; vous méritez de l'être ; mais il est temps de jouir en paix d'un bonheur qui vous a jusqu'ici coûté bien des soins. Si votre fidélité m'eût suffi, tout était fait du moment que vous me la promîtes ; j'ai voulu, de plus, qu'elle vous fût facile et douce, et c'est à la rendre telle que nous nous sommes tous deux occupés de concert sans nous en parler.

Julie, nous avons réussi ; mieux que vous ne pensez, peut-être. Le seul tort que je vous trouve est de n'avoir pu reprendre en vous la confiance que vous vous devez, et de vous estimer moins que votre prix. La modestie extrême a ses dangers ainsi que l'orgueil. Comme une témérité qui nous porte au delà de nos forces les rend impuissantes, un effroi qui nous empêche d'y compter les rend inutiles. La véritable prudence consiste à les bien connaître et à s'y tenir. Vous en avez acquis de nouvelles en changeant d'état. Vous n'êtes plus cette fille infortunée qui déplorait sa faiblesse en s'y livrant ; vous êtes la plus vertueuse des femmes, qui ne connaît d'autres lois que celles du devoir et de l'honneur, et à qui le trop vif souvenir de ses fautes est la seule faute qui reste à reprocher[1]. Loin de prendre encore contre vous-même des précautions injurieuses, apprenez donc à compter sur vous pour pouvoir y compter davantage. Écartez d'injustes défiances capables de réveiller quelquefois les sentiments qui les ont produites. Félicitez-vous plutôt d'avoir su choisir un honnête homme dans un âge où il est si facile de s'y tromper, et d'avoir pris autrefois un amant que vous pouvez avoir aujourd'hui pour ami sous les yeux de votre mari même. A peine vos liaisons me furent-elles connues que je vous estimai l'un par l'autre. Je vis quel trompeur enthousiasme vous avait tous deux égarés ; il n'agit que sur les belles âmes ; il les perd quelquefois, mais c'est par un attrait qui ne séduit qu'elles. Je jugeai que le même goût qui avait formé votre union la relâcherait sitôt qu'elle deviendrait criminelle, et que le vice pouvait entrer dans des cœurs comme les vôtres, mais non pas y prendre racine.

Dès lors je compris qu'il régnait entre vous des liens qu'il ne fallait point rompre ; que votre mutuel attachement tenait à tant de choses louables, qu'il fallait plutôt le régler que l'anéantir ; et qu'aucun des deux ne pouvait oublier[2] l'autre sans perdre beaucoup de son prix. Je savais que les grands combats ne font qu'irriter les grandes passions, et que si les violents efforts exercent l'âme, ils lui coûtent des

tourments dont la durée est capable de l'abattre. J'employai
la douceur de Julie pour tempérer sa sévérité. Je nourris son
amitié pour vous, dit-il à St. Preux ; j'en ôtai ce qui pouvait
y rester de trop, et je crois vous avoir conservé de son
propre cœur plus peut-être qu'elle ne vous en eût laissé, si je
l'eusse abandonné[1] à lui-même.

Mes succès m'encouragèrent, et je voulus tenter votre
guérison comme j'avais obtenu la sienne ; car je vous
estimais, et malgré les préjugés du vice, j'ai toujours
reconnu qu'il n'y avait rien de bien qu'on n'obtînt des belles
âmes avec de la confiance et de la franchise. Je vous ai vu,
vous ne m'avez point trompé ; vous ne me tromperez
point ; et quoique vous ne soyez pas encore ce que vous
devez être, je vous vois mieux que vous ne pensez et suis
plus content de vous que vous ne l'êtes vous-même. Je sais
bien que ma conduite a l'air bizarre et choque toutes les
maximes communes ; mais les maximes deviennent moins
générales à mesure qu'on lit mieux dans les cœurs, et le mari
de Julie ne doit pas se conduire comme un autre homme.
Mes enfants, nous dit-il d'un ton d'autant plus touchant
qu'il partait d'un homme tranquille ; soyez ce que vous êtes,
et nous serons tous contents. Le danger n'est que dans
l'opinion ; n'ayez pas peur de vous et vous n'aurez rien à
craindre ; ne songez qu'au présent et je vous réponds de
l'avenir. Je ne puis vous en dire aujourd'hui davantage ;
mais si mes projets s'accomplissent et que mon espoir ne
m'abuse pas, nos destinées seront mieux remplies et vous
serez tous deux plus heureux que si vous aviez été l'un à
l'autre.

En se levant il nous embrassa, et voulut que nous nous
embrassassions aussi, dans ce lieu…. dans ce lieu même où
jadis…. Claire, ô bonne Claire, combien tu m'as toujours
aimée ! Je n'en fis aucune difficulté. Hélas ! que j'aurais eu
tort d'en faire ! Ce baiser n'eut rien de celui qui m'avait
rendu le bosquet redoutable. Je m'en félicitai tristement, et
je connus que mon cœur était plus changé que jusque-là je
n'avais osé le croire[2].

Comme nous reprenions le chemin du logis, mon mari
m'arrêta par la main, et me montrant ce bosquet dont nous
sortions, il me dit en riant ; Julie, ne craignez plus cet asile ;
il vient d'être profané. Tu ne veux pas me croire Cousine,
mais je te jure qu'il a quelque don surnaturel pour lire au
fond des cœurs : Que le Ciel le lui laisse toujours ! avec tant
de sujet de me mépriser, c'est sans doute à cet art que je dois
son indulgence.

Tu ne vois point encore ici de conseil à donner ; patience,
mon Ange, nous y voici ; mais la conversation que je viens
de te rendre était nécessaire à l'éclaircissement du reste.

En nous en retournant, mon mari, qui depuis longtemps
est attendu à Étange, m'a dit qu'il comptait partir demain
pour s'y rendre, qu'il te verrait en passant, et qu'il y
resterait cinq ou six jours. Sans dire tout ce que je pensais
d'un départ aussi déplacé, j'ai représenté qu'il ne me
paraissait pas assez indispensable pour obliger M. de
Wolmar à quitter un hôte qu'il avait lui-même appelé dans
sa maison. Voulez-vous, a-t-il répliqué, que je lui fasse mes
honneurs pour l'avertir qu'il n'est pas chez lui ? Je suis de
l'hospitalité des Valaisans [1]. J'espère qu'il trouve ici leur
franchise et qu'il nous laisse leur liberté. Voyant qu'il ne
voulait pas m'entendre, j'ai pris un autre tour et tâché
d'engager notre hôte à faire ce voyage avec lui. Vous
trouverez, lui ai-je dit, un séjour qui a ses beautés et même
de celles que vous aimez ; vous visiterez le patrimoine de
mes pères et le mien ; l'intérêt que vous prenez à moi ne me
permet pas de croire que cette vue vous soit indifférente.
J'avais la bouche ouverte pour ajouter que ce château
ressemblait à celui de Milord Édouard qui…. mais heureusement j'ai eu le temps de me mordre la langue [2]. Il m'a
répondu tout simplement que j'avais raison et qu'il ferait ce
qu'il me plairait. Mais M. de Wolmar, qui semblait vouloir
me pousser à bout, a répliqué qu'il devait faire ce qui lui
plaisait à lui-même. Lequel aimez-vous mieux, venir ou
rester ? Rester, a-t-il dit sans balancer. Hé bien, restez, a
repris mon mari en lui serrant la main : homme honnête et

vrai, je suis très content de ce mot-là. Il n'y avait pas moyen
d'alterquer[1] beaucoup là-dessus devant le tiers qui nous
écoutait. J'ai gardé le silence, et n'ai pu cacher si bien mon
chagrin que mon mari ne s'en soit aperçu. Quoi donc, a-t-il
repris d'un air mécontent, dans un moment où St. Preux
était loin de nous, aurais-je inutilement plaidé votre cause
contre vous-même, et Madame de Wolmar se contenterait-
elle d'une vertu qui eût besoin de choisir ses occasions[2] ?
Pour moi, je suis plus difficile ; je veux devoir la fidélité de
ma femme à son cœur et non pas au hasard, et il ne me suffit
pas qu'elle garde sa foi ; je suis offensé qu'elle en doute.

Ensuite il nous a menés dans son cabinet, où j'ai failli
tomber de mon haut en lui voyant sortir d'un tiroir, avec les
copies de quelques relations de notre ami que je lui avais
données, les originaux mêmes de toutes les Lettres que je
croyais avoir vu brûler autrefois par Babi dans la chambre
de ma mère. Voilà, m'a-t-il dit en nous les montrant les
fondements de ma sécurité ; s'ils me trompaient, ce serait
une folie de compter sur rien de ce que respectent les
hommes. Je remets ma femme et mon honneur en dépôt à
celle qui, fille et séduite, préférait un acte de bienfaisance à
un rendez-vous unique et sûr. Je confie Julie épouse et mère
à celui qui maître de contenter ses désirs sut respecter Julie
amante et fille. Que celui de vous deux qui se méprise assez
pour penser que j'ai tort le dise, et je me rétracte à l'instant.
Cousine, crois-tu qu'il fût aisé d'oser répondre à ce
langage ?

J'ai pourtant cherché un moment dans l'après-midi pour
prendre en particulier mon mari, et sans entrer dans des
raisonnements qu'il ne m'était pas permis de pousser fort
loin, je me suis bornée à lui demander deux jours de délai.
Ils m'ont été accordés sur-le-champ ; je les emploie à
t'envoyer cet exprès et à attendre ta réponse, pour savoir ce
que je dois faire.

Je sais bien que je n'ai qu'à prier mon mari de ne point
partir du tout, et celui qui ne me refusa jamais rien ne me
refusera pas une si légère grâce. Mais, ma chère, je vois qu'il

prend plaisir à la confiance qu'il me témoigne, et je crains de perdre une partie de son estime, s'il croit que j'aie besoin de plus de réserve qu'il ne m'en permet. Je sais bien encore que je n'ai qu'à dire un mot à St. Preux, et qu'il n'hésitera pas à l'accompagner : mais mon mari prendra-t-il ainsi le change, et puis-je faire cette démarche sans conserver sur St. Preux un air d'autorité, qui semblerait lui laisser à son tour quelque sorte de droits ? Je crains, d'ailleurs, qu'il n'infère de cette précaution que je la sens nécessaire, et ce moyen, qui semble d'abord le plus facile, est peut-être au fond le plus dangereux. Enfin je n'ignore pas que nulle considération ne peut être mise en balance avec un danger réel ; mais ce danger existe-t-il en effet ? Voilà précisément le doute que tu dois résoudre.

Plus je veux sonder l'état présent de mon âme, plus j'y trouve de quoi me rassurer. Mon cœur est pur, ma conscience est tranquille, je ne sens ni trouble ni crainte, et dans tout ce qui se passe en moi, ma sincérité vis-à-vis de mon mari ne me coûte aucun effort. Ce n'est pas que certains souvenirs involontaires ne me donnent quelquefois un attendrissement dont il vaudrait mieux être exempte ; mais bien loin que ces souvenirs soient produits par la vue de celui qui les a causés, ils me semblent plus rares depuis son retour, et quelque doux qu'il me soit de le voir, je ne sais par quelle bizarrerie il m'est plus doux de penser à lui[1]. En un mot, je trouve que je n'ai pas même besoin du secours de la vertu pour être paisible en sa présence, et que quand l'horreur du crime n'existerait pas, les sentiments qu'elle a détruits auraient bien de la peine à renaître.

Mais, mon ange, est-ce assez que mon cœur me rassure, quand la raison doit m'alarmer ? J'ai perdu le droit de compter sur moi. Qui me répondra que ma confiance n'est pas encore une illusion du vice ? comment me fier à des sentiments qui m'ont tant de fois abusée ? Le crime ne commence-t-il pas toujours par l'orgueil qui fait mépriser la tentation, et braver des périls où l'on a succombé, n'est-ce pas vouloir succomber encore ?

Pèse toutes ces considérations, ma Cousine, tu verras que quand elles seraient vaines par elles-mêmes, elles sont assez graves par leur objet pour mériter qu'on y songe. Tire-moi donc de l'incertitude où elles m'ont mise. Marque-moi comment je dois me comporter dans cette occasion délicate ; car mes erreurs passées ont altéré mon jugement, et me rendent timide à me déterminer sur toutes choses. Quoi que tu penses de toi-même, ton âme est calme et tranquille, j'en suis sûre ; les objets s'y peignent tels qu'ils sont ; mais la mienne toujours émue comme une onde agitée les confond et les défigure. Je n'ose plus me fier à rien de ce que je vois ni de ce que je sens, et malgré de si longs repentirs, j'éprouve avec douleur que le poids d'une ancienne faute est un fardeau qu'il faut porter toute sa vie.

LETTRE XIII

Réponse

Pauvre Cousine ! que de tourments tu te donnes sans cesse avec tant de sujets de vivre en paix ! Tout ton mal vient de toi, ô Israël[1] ! Si tu suivais tes propres règles ; que dans les choses de sentiment tu n'écoutasses que la voix intérieure, et que ton cœur[2] fît taire ta raison, tu te livrerais sans scrupule à la sécurité qu'il t'inspire, et tu ne t'efforcerais point, contre son témoignage, de craindre un péril qui ne peut venir que de lui.

Je t'entends, je t'entends bien, ma Julie ; plus sûre de toi que tu ne feins de l'être, tu veux t'humilier de tes fautes passées sous prétexte d'en prévenir de nouvelles, et tes scrupules sont bien moins des précautions pour l'avenir qu'une peine imposée à la témérité qui t'a perdue autrefois. Tu compares les temps ; y penses-tu ? compare aussi les conditions, et souviens-toi que je te reprochais alors ta confiance, comme je te reproche aujourd'hui ta frayeur.

Tu t'abuses, ma chère enfant ; on ne se donne point ainsi le change à soi-même : si l'on peut s'étourdir sur son état en n'y pensant point, on le voit tel qu'il est sitôt qu'on veut s'en occuper, et l'on ne se déguise pas plus ses vertus que ses vices. Ta douceur, ta dévotion[1] t'ont donné du penchant à l'humilité. Défie-toi de cette dangereuse vertu qui ne fait qu'animer l'amour-propre en le concentrant, et crois que la noble franchise d'une âme droite est préférable à l'orgueil des humbles. S'il faut de la tempérance dans la sagesse, il en faut aussi dans les précautions qu'elle inspire ; de peur que des soins ignominieux à la vertu n'avilissent l'âme, et n'y réalisent un danger chimérique à force de nous en alarmer. Ne vois-tu pas qu'après s'être relevé d'une chute il faut se tenir debout, et que s'incliner du côté opposé à celui où l'on est tombé, c'est le moyen de tomber encore ? Cousine, tu fus amante comme Héloïse, te voilà dévote comme elle ; plaise à Dieu que ce soit avec plus de succès[2] ! En vérité, si je connaissais moins ta timidité naturelle, tes terreurs seraient capables de m'effrayer à mon tour, et si j'étais aussi scrupuleuse, à force de craindre pour toi tu me ferais trembler pour moi-même.

Penses-y mieux, mon aimable amie ; toi dont la morale est aussi facile et douce qu'elle est honnête et pure, ne mets-tu point une âpreté trop rude et qui sort de ton caractère dans tes maximes sur la séparation des sexes. Je conviens avec toi qu'ils ne doivent pas vivre ensemble ni d'une même manière ; mais regarde si cette importante règle n'aurait pas besoin de plusieurs distinctions dans la pratique, s'il faut l'appliquer indifféremment et sans exception aux femmes et aux filles, à la société générale et aux entretiens particuliers, aux affaires et aux amusements, et si la décence et l'honnê-teté qui l'inspirent ne la doivent pas quelquefois tempérer ? Tu veux qu'en un pays de bonnes mœurs où l'on cherche dans le mariage des convenances naturelles, il y ait des assemblées où les jeunes gens des deux sexes puissent se voir, se connaître, et s'assortir ; mais tu leur interdis avec grande raison toute entrevue particulière. Ne serait-ce pas tout le contraire pour les femmes et les mères de famille qui ne peuvent avoir aucun intérêt légitime à se montrer en public, que les soins domestiques retiennent dans l'intérieur de leur maison, et qui ne doivent s'y refuser à rien de convenable à la maîtresse du logis ? Je n'aimerais pas à te voir dans tes caves aller faire goûter les vins aux marchands, ni quitter tes enfants pour aller régler des comptes avec un banquier ; mais s'il survient un honnête homme qui vienne voir ton mari, ou traiter avec lui de quelque affaire, refuseras-tu de recevoir son hôte en son absence et de lui faire les honneurs de ta maison, de peur de te trouver tête à tête avec lui ? Remonte au principe et toutes les règles s'expliqueront. Pourquoi pensons-nous que les femmes doivent vivre retirées et séparées des hommes ? Ferons-nous cette injure à notre sexe de croire que ce soit par des raisons tirées de sa faiblesse, et seulement pour éviter le danger des tentations ? Non, ma chère, ces indignes craintes ne conviennent point à une femme de bien, à une mère de famille sans cesse environnée d'objets qui nourrissent en elle des sentiments d'honneur, et livrée aux plus respectables devoirs de la nature. Ce qui nous sépare des hommes, c'est la nature [1] elle-même qui nous prescrit des occupations différentes ; c'est cette douce et timide modestie qui, sans songer précisément à la chasteté, en est la plus sûre gardienne ; c'est cette réserve attentive et piquante qui, nourrissant à la fois dans les cœurs des hommes et les désirs et le respect, sert pour ainsi dire de coquetterie à la vertu [2]. Voilà pourquoi les époux mêmes ne sont pas exceptés de la règle. Voilà pourquoi les femmes les plus honnêtes conservent en général le plus d'ascendant sur leurs maris ; parce qu'à l'aide de cette sage et discrète réserve, sans caprice et sans refus, elles savent au sein de l'union la plus tendre les maintenir à une certaine distance, et les empêchent de jamais se rassasier d'elles. Tu conviendras avec moi que ton précepte est trop général pour ne pas comporter des exceptions, et que n'étant point fondé sur un devoir rigoureux, la même bienséance qui l'établit peut quelquefois en dispenser.

La circonspection que tu fondes sur tes fautes passées est

injurieuse à ton état présent[1] ; je ne la pardonnerais jamais à ton cœur, et j'ai bien de la peine à la pardonner à ta raison. Comment le rempart qui défend ta personne n'a-t-il pu te garantir d'une crainte ignominieuse ? Comment se peut-il que ma Cousine, ma sœur, mon amie, ma Julie confonde les faiblesses d'une fille trop sensible avec les infidélités d'une femme coupable ? Regarde tout autour de toi, tu n'y verras rien qui ne doive élever et soutenir ton âme. Ton mari qui en présume tant et dont tu as l'estime à justifier ; tes enfants que tu veux former au bien et qui s'honoreront un jour de t'avoir eue pour mère ; ton vénérable père qui t'est si cher, qui jouit de ton bonheur et s'illustre de sa fille plus même que de ses aïeux ; ton amie dont le sort dépend du tien et à qui tu dois compte d'un retour auquel elle a contribué ; sa fille à qui tu dois l'exemple des vertus que tu lui veux inspirer ; ton ami, cent fois plus idolâtre des tiennes que de ta personne, et qui te respecte encore plus que tu ne le redoutes ; toi-même, enfin, qui trouves dans ta sagesse le prix des efforts qu'elle t'a coûtés, et qui ne voudras jamais perdre en un moment le fruit de tant de peines ; combien de motifs capables d'animer ton courage te font honte de t'oser défier de toi ? Mais pour répondre de ma Julie, qu'ai-je besoin de considérer ce qu'elle est ? Il me suffit de savoir ce qu'elle fut durant les erreurs qu'elle déplore. Ah ! si jamais ton cœur eût été capable d'infidélité, je te permettrais de la craindre toujours : mais dans l'instant même où tu croyais l'envisager dans l'éloignement, conçois l'horreur qu'elle t'eût fait[2] présente, par celle qu'elle t'inspira dès qu'y penser eût été la commettre.

Je me souviens de l'étonnement avec lequel nous apprenions autrefois qu'il y a des pays où la faiblesse d'une jeune amante est un crime irrémissible, quoique l'adultère d'une femme y porte le doux nom de galanterie, et où l'on se dédommage ouvertement étant mariée de la courte gêne où l'on vivait étant fille[3]. Je sais quelles maximes règnent là-dessus dans le grand monde où la vertu n'est rien, où tout n'est que vaine apparence, où les crimes s'effacent par la difficulté de les prouver, où la preuve même en est ridicule contre l'usage qui les autorise. Mais toi, Julie, ô toi qui brûlant d'une flamme pure et fidèle n'étais coupable qu'aux yeux des hommes, et n'avais rien à te reprocher entre le ciel et toi ! toi qui te faisais respecter au milieu de tes fautes ; toi qui livrée à d'impuissants regrets nous forçais d'adorer encore les vertus que tu n'avais plus ; toi qui t'indignais de supporter ton propre mépris, quand tout semblait te rendre excusable ; oses-tu redouter le crime après avoir payé si cher ta faiblesse ? Oses-tu craindre de valoir moins aujourd'hui que dans les temps qui t'ont tant coûté de larmes ? Non, ma chère, loin que tes anciens égarements doivent t'alarmer ils doivent animer ton courage ; un repentir si cuisant ne mène point au remords, et quiconque est si sensible à la honte ne sait point braver l'infamie.

Si jamais une âme faible eut des soutiens contre sa faiblesse, ce sont ceux qui s'offrent à toi ; si jamais une âme forte a pu se soutenir elle-même, la tienne a-t-elle besoin d'appui ? Dis-moi donc quels sont les raisonnables motifs de crainte ? Toute ta vie n'a été qu'un combat continuel où, même après ta défaite, l'honneur le devoir n'ont cessé de résister et ont fini par vaincre. Ah Julie ! croirai-je qu'après tant de tourments et de peines, douze ans de pleurs et six ans de gloire[1] te laissent redouter une épreuve de huit jours ? En deux mots, sois sincère avec toi-même ; si le péril existe, sauve ta personne et rougis de ton cœur ; s'il n'existe pas, c'est outrager ta raison, c'est flétrir ta vertu que de craindre un danger qui ne peut l'atteindre. Ignores-tu qu'il est des tentations déshonorantes qui n'approchèrent jamais d'une âme honnête, qu'il est même honteux de les vaincre, et que se précautionner contre elles est moins s'humilier que s'avilir ?

Je ne prétends pas te donner mes raisons pour invincibles, mais te montrer seulement qu'il y en a qui combattent les tiennes, et cela suffit pour autoriser mon avis[2]. Ne t'en rapporte ni à toi qui ne sais pas te rendre justice, ni à moi qui dans tes défauts n'ai jamais su voir que ton cœur, et t'ai toujours adorée ; mais à ton mari qui te voit telle que tu es, et te juge exactement selon ton mérite. Prompte, comme tous les gens sensibles, à mal juger de ceux qui ne le sont pas, je me défiais de sa pénétration dans les secrets des cœurs tendres ; mais depuis l'arrivée de notre voyageur, je vois par ce qu'il m'écrit qu'il lit très bien dans les vôtres, et que pas un des mouvements qui s'y passent n'échappe à ses observations. Je les trouve même si fines et si justes que j'ai rebroussé presque à l'autre extrémité de mon premier sentiment, et je croirais volontiers que les hommes froids qui consultent plus leurs yeux que leur cœur jugent mieux des passions d'autrui, que les gens turbulents et vifs ou vains comme moi, qui commencent toujours par se mettre à la place des autres, et ne savent jamais voir que ce qu'ils sentent [1]. Quoi qu'il en soit, M. de Wolmar te connaît bien, il t'estime, il t'aime, et son sort est lié au tien. Que lui manque-t-il pour que tu lui laisses l'entière direction de ta conduite sur laquelle tu crains de t'abuser ? Peut-être sentant approcher la vieillesse, veut-il par des épreuves propres à le rassurer prévenir les inquiétudes jalouses qu'une jeune femme inspire ordinairement à un vieux mari ; peut-être le dessein qu'il a demande-t-il que tu puisses vivre familièrement avec ton ami, sans alarmer ni ton époux ni toi-même ; peut-être veut-il seulement te donner un témoignage de confiance et d'estime digne de celle qu'il a pour toi. Il ne faut jamais se refuser à de pareils sentiments comme si l'on n'en pouvait soutenir le poids ; et pour moi, je pense en un mot que tu ne peux mieux satisfaire à la prudence et à la modestie qu'en te rapportant de tout à sa tendresse et à ses lumières.

Veux-tu, sans désobliger M. de Wolmar te punir d'un orgueil que tu n'eus jamais, et prévenir un danger qui n'existe plus ? Restée seule avec le philosophe, prends contre lui toutes les précautions superflues qui t'auraient été jadis si nécessaires ; impose-toi la même réserve que si avec ta vertu tu pouvais te défier encore de ton cœur et du sien. Évite les conversations trop affectueuses, les tendres souvenirs du passé ; interromps ou préviens les trop longs tête-à-tête ; entoure-toi sans cesse de tes enfants ; reste peu seule avec lui dans la chambre, dans l'Élysée, dans le bosquet malgré la profanation. Surtout prends ces mesures d'une manière si naturelle qu'elles semblent un effet du hasard, et qu'il ne puisse imaginer un moment que tu le redoutes. Tu aimes les promenades en bateau ; tu t'en prives pour ton mari qui craint l'eau, pour tes enfants que tu n'y veux pas exposer. Prends le temps de cette absence pour te donner cet amusement, en laissant tes enfants sous la garde de la Fanchon. C'est le moyen de te livrer sans risque aux doux épanchements de l'amitié, et de jouir paisiblement d'un long tête-à-tête sous la protection des Bateliers, qui voient sans entendre, et dont on ne peut s'éloigner avant de penser à ce qu'on fait.

Il me vient encore une idée qui ferait rire beaucoup de gens, mais qui te plaira, j'en suis sûre ; c'est de faire en l'absence de ton mari un journal fidèle pour lui être montré à son retour, et de songer au journal dans tous les entretiens qui doivent y entrer. À la vérité, je ne crois pas qu'un pareil expédient fût utile à beaucoup de femmes ; mais une âme franche et incapable de mauvaise foi a contre le vice bien des ressources qui manqueront toujours aux autres. Rien n'est méprisable de ce qui tend à garder la pureté, et ce sont les petites précautions qui conservent les grandes vertus [1].

Au reste, puisque ton mari doit me voir en passant, il me dira, j'espère, les véritables raisons de son voyage, et, si je ne les trouve pas solides, ou je le détournerai de l'achever, ou quoi qu'il arrive, je ferai ce qu'il n'aura pas voulu faire : c'est sur quoi tu peux compter [2]. En attendant, en voilà je pense plus qu'il n'en faut pour te rassurer contre une épreuve de huit jours. Va, ma Julie, je te connais trop bien pour ne pas répondre de toi autant et plus que de moi-même. Tu seras toujours ce que tu dois et que tu veux être. Quand tu te livrerais à la seule honnêteté de ton âme, tu ne risquerais rien encore ; car je n'ai point de foi aux défaites imprévues ; on a beau couvrir du vain nom de faiblesses des fautes toujours volontaires ; jamais femme ne succombe qu'elle n'ait voulu succomber, et si je pensais qu'un pareil sort pût t'attendre, crois-moi, crois-en ma tendre amitié, crois-en tous les sentiments qui peuvent naître dans le cœur de ta pauvre Claire ; j'aurais un intérêt trop sensible à t'en garantir pour t'abandonner à toi seule.

Ce que M. de Wolmar t'a déclaré des connaissances qu'il avait avant ton mariage me surprend peu : tu sais que je m'en suis toujours doutée ; et je te dirai, de plus, que mes soupçons ne se sont pas bornés aux indiscrétions de Babi. Je n'ai jamais pu croire qu'un homme droit et vrai comme ton père, et qui avait tout au moins des soupçons lui-même, pût se résoudre à tromper son gendre et son ami. Que s'il t'engageait si fortement au secret, c'est que la manière de le révéler devenait fort différente de sa part ou de la tienne, et qu'il voulait sans doute y donner un tour moins propre à rebuter M. de Wolmar, que celui qu'il savait bien que tu ne manquerais pas d'y donner toi-même. Mais il faut te renvoyer ton exprès, nous causerons de tout cela plus à loisir dans un mois d'ici.

Adieu, petite Cousine, c'est assez prêcher la prêcheuse ; reprends ton ancien métier, et pour cause. Je me sens toute inquiète de n'être pas encore avec toi. Je brouille toutes mes affaires en me hâtant de les finir, et ne sais guère ce que je fais. Ah Chaillot, Chaillot !.... si j'étais moins folle.... mais j'espère de l'être toujours [1].

P.S. À propos ; j'oubliais de faire compliment à ton Altesse. Dis-moi, je t'en prie, Monseigneur ton mari est-il Atteman, Knès, ou Boyard ? Pour moi je croirai jurer s'il faut t'appeler Madame la Boyarde *. Ô pauvre enfant ! Toi qui as tant gémi d'être née Demoiselle, te voilà bien chanceuse d'être la femme d'un Prince ! Entre nous, cependant, pour une Dame de si grande qualité, je te trouve des frayeurs

---

* Mad^e d'Orbe ignorait apparemment que les deux premiers noms sont en effet des titres distingués, mais qu'un Boyard n'est qu'un simple gentilhomme [2].

un peu roturières. Ne sais-tu pas que les petits scrupules ne conviennent qu'aux petites gens, et qu'on rit d'un enfant de bonne maison qui prétend être fils de son père ?

LETTRE XIV
De M. de Wolmar à Mad^e d'Orbe [1]

Je pars pour Étange, petite Cousine, je m'étais proposé de vous voir en allant ; mais un regard dont vous êtes cause [2] me force à plus de diligence, et j'aime mieux coucher à Lausanne en revenant, pour y passer quelques heures de plus avec vous. Aussi bien j'ai à vous consulter sur plusieurs choses dont il est bon de vous parler d'avance, afin que vous ayez le temps d'y réfléchir avant de m'en dire votre avis.

Je n'ai point voulu vous expliquer mon projet au sujet du jeune homme, avant que sa présence eût confirmé la bonne opinion que j'en avais conçue. Je crois déjà m'être assez assuré de lui pour vous confier entre nous que ce projet est de le charger de l'éducation de mes enfants. Je n'ignore pas que ces soins importants sont le principal devoir d'un père ; mais quand il sera temps de les prendre je serai trop âgé pour les remplir, et tranquille et contemplatif par tempérament, j'eus toujours trop peu d'activité pour pouvoir régler celle de la jeunesse. D'ailleurs par la raison qui vous est connue* Julie ne me verrait point sans inquiétude prendre une fonction dont j'aurais peine à m'acquitter à son gré [4]. Comme par mille autres raisons votre sexe n'est pas propre à ces mêmes soins, leur mère s'occupera toute entière à bien élever son Henriette ; je vous destine pour votre part le gouvernement du ménage sur le plan que vous trouverez établi et que vous avez approuvé ; la mienne sera de voir trois honnêtes gens concourir au bonheur de la maison, et de goûter dans ma vieillesse un repos qui sera leur ouvrage.

* Cette raison n'est pas connue encore du Lecteur ; mais il est prié de ne pas s'impatienter [3].

J'ai toujours vu que ma femme aurait une extrême répugnance à confier ses enfants à des mains mercenaires, et je n'ai pu blâmer ses scrupules. Le respectable état de précepteur exige tant de talents qu'on ne saurait payer, tant de vertus qui ne sont point à prix, qu'il est inutile d'en chercher un avec de l'argent. Il n'y a qu'un homme de génie en qui l'on puisse espérer de trouver les lumières d'un maître ; il n'y a qu'un ami très tendre à qui son cœur puisse inspirer le zèle d'un père ; et le génie n'est guère à vendre, encore moins l'attachement[1].

Votre ami m'a paru réunir en lui toutes les qualités convenables, et si j'ai bien connu son âme, je n'imagine pas pour lui de plus grande félicité que de faire dans ces enfants chéris celle de leur mère. Le seul obstacle que je puisse prévoir est dans son affection pour Milord Édouard, qui lui permettra difficilement de se détacher d'un ami si cher et auquel il a de si grandes obligations, à moins qu'Édouard ne l'exige lui-même. Nous attendons bientôt cet homme extraordinaire, et comme vous avez beaucoup d'empire sur son esprit, s'il ne dément pas l'idée que vous m'en avez donnée, je pourrais bien vous charger de cette négociation près de lui.

Vous avez à présent, petite Cousine, la clé de toute ma conduite qui ne peut que paraître fort bizarre sans cette explication, et qui, j'espère, aura désormais l'approbation de Julie et la vôtre. L'avantage d'avoir une femme comme la mienne m'a fait tenter des moyens qui seraient impraticables avec une autre. Si je la laisse en toute confiance avec son ancien amant sous la seule garde de sa vertu, je serais insensé d'établir dans ma maison cet amant avant de m'assurer qu'il eût pour jamais cessé de l'être, et comment pouvoir m'en assurer, si j'avais une épouse sur laquelle je comptasse moins ?

Je vous ai vu quelquefois sourire à mes observations sur l'amour ; mais pour le coup je tiens de quoi vous humilier. J'ai fait une découverte que ni vous ni femme au monde avec toute la subtilité qu'on prête à votre sexe n'eussiez jamais faite, dont pourtant vous sentirez peut-être l'évidence au premier instant, et que vous tiendrez au moins pour démontrée quand j'aurai pu vous expliquer sur quoi je la fonde. De vous dire que mes jeunes gens sont plus amoureux que jamais, ce n'est pas, sans doute, une merveille à vous apprendre. De vous assurer au contraire qu'ils sont parfaitement guéris ; vous savez ce que peuvent la raison, la vertu, ce n'est pas là, non plus, leur plus grand miracle : mais que ces deux opposés soient vrais en même temps ; qu'ils brûlent plus ardemment que jamais l'un pour l'autre, et qu'il ne règne plus entre eux qu'un honnête attachement ; qu'ils soient toujours amants et ne soient plus qu'amis ; c'est, je pense, à quoi vous vous attendez moins, ce que vous aurez plus de peine à comprendre, et ce qui est pourtant selon l'exacte vérité.

Telle est l'énigme que forment les contradictions fréquentes que vous avez dû remarquer en eux, soit dans leurs discours soit dans leurs lettres. Ce que vous avez écrit à Julie au sujet du portrait[1] a servi plus que tout le reste à m'en éclaircir le mystère, et je vois qu'ils sont toujours de bonne foi, même en se démentant sans cesse. Quand je dis eux, c'est surtout le jeune homme que j'entends ; car pour votre amie, on n'en peut parler que par conjecture : Un voile de sagesse et d'honnêteté fait tant de replis autour de son cœur, qu'il n'est plus possible à l'œil humain d'y pénétrer, pas même au sien propre[2]. La seule chose qui me fait soupçonner qu'il lui reste quelque défiance à vaincre est qu'elle ne cesse de chercher en elle-même ce qu'elle ferait si elle était tout à fait guérie, et le fait avec tant d'exactitude, que si elle était réellement guérie elle ne le ferait pas si bien.

Pour votre ami, qui bien que vertueux s'effraye moins des sentiments qui lui restent, je lui vois encore tous ceux qu'il eut dans sa première jeunesse ; mais je les vois sans avoir droit de m'en offenser. Ce n'est pas de Julie de Wolmar qu'il est amoureux, c'est de Julie d'Étange ; il ne me hait point comme le possesseur de la personne qu'il aime, mais comme le ravisseur de celle qu'il a aimée. La femme d'un autre n'est point sa maîtresse, la mère de deux enfants n'est plus son ancienne écolière. Il est vrai qu'elle lui ressemble beaucoup et qu'elle lui en rappelle souvent le souvenir. Il l'aime dans le temps passé : voilà le vrai mot de l'énigme. Ôtez-lui la mémoire, il n'aura plus d'amour [1].

Ceci n'est pas une vaine subtilité [2], petite Cousine, c'est une observation très solide qui, étendue à d'autres amours, aurait peut-être une application bien plus générale qu'il ne paraît. Je pense même qu'elle ne serait pas difficile à expliquer en cette occasion par vos propres idées [3]. Le temps où vous séparâtes ces deux amants fut celui où leur passion était à son plus haut point de véhémence. Peut-être s'ils fussent restés plus longtemps ensemble se seraient-ils peu à peu refroidis ; mais leur imagination vivement émue les a sans cesse offerts l'un à l'autre tels qu'ils étaient à l'instant de leur séparation. Le jeune homme ne voyant point dans sa maîtresse les changements qu'y faisait le progrès du temps l'aimait telle qu'il l'avait vue, et non plus telle qu'elle était *. Pour le rendre heureux il n'était pas question seulement de la lui donner, mais de la lui rendre au même âge et dans les mêmes circonstances où elle s'était trouvée au temps de leurs premières amours ; la moindre altération à tout cela était autant d'ôté du bonheur qu'il s'était promis. Elle est devenue plus belle, mais elle a changé ; ce qu'elle a gagné tourne en ce sens à son préjudice ; car c'est de l'ancienne et non pas d'une autre qu'il est amoureux.

L'erreur qui l'abuse et le trouble est de confondre les temps et de se reprocher souvent comme un sentiment

---

* Vous êtes bien folles, vous autres femmes, de vouloir donner de la consistance à un sentiment aussi frivole et aussi passager que l'amour. Tout change dans la nature, tout est dans un flux continuel, et vous voulez inspirer des feux constants ? Et de quel droit prétendez-vous être aimées aujourd'hui parce que vous l'étiez hier ? Gardez donc le même visage, le même âge, la même humeur ; soyez toujours la même et l'on vous aimera toujours, si l'on peut. Mais changer sans cesse et vouloir toujours qu'on vous aime, c'est vouloir qu'à chaque instant on cesse de vous aimer ; ce n'est pas chercher des cœurs constants, c'est en chercher d'aussi changeants que vous [4].

actuel, ce qui n'est que l'effet d'un souvenir trop tendre ; mais je ne sais s'il ne vaut pas mieux achever de le guérir que le désabuser. On tirera peut-être meilleur parti pour cela de son erreur, que de ses lumières. Lui découvrir le véritable état de son cœur serait lui apprendre la mort de ce qu'il aime ; ce serait lui donner une affliction dangereuse en ce que l'état de tristesse est toujours favorable à l'amour.

Délivré des scrupules qui le gênent, il nourrirait peut-être avec plus de complaisance des souvenirs qui doivent s'éteindre ; il en parlerait avec moins de réserve, et les traits de sa Julie ne sont pas tellement effacés en Madame de Wolmar qu'à force de les y chercher il ne les y pût retrouver encore. J'ai pensé qu'au lieu de lui ôter l'opinion des progrès qu'il croit avoir faits et qui sert d'encouragement pour achever, il fallait lui faire perdre la mémoire des temps qu'il doit oublier, en substituant adroitement d'autres idées à celles qui lui sont si chères. Vous qui contribuâtes à les faire naître pouvez contribuer plus que personne à les effacer ; mais c'est seulement quand vous serez tout à fait avec nous que je veux vous dire à l'oreille ce qu'il faut faire pour cela ; charge qui, si je ne me trompe, ne vous sera pas fort onéreuse[1]. En attendant, je cherche à le familiariser avec les objets qui l'effarouchent, en les lui présentant de manière qu'ils ne soient plus dangereux pour lui. Il est ardent, mais faible et facile à subjuguer. Je profite de cet avantage en donnant le change à son imagination. À la place de sa maîtresse je le force de voir toujours l'épouse d'un honnête homme et la mère de mes enfants : j'efface un tableau par un autre, et couvre le passé du présent. On mène un Coursier ombrageux à l'objet qui l'effraye, afin qu'il n'en soit plus effrayé. C'est ainsi qu'il en faut user avec ces jeunes gens dont l'imagination brûle encore quand leur cœur est déjà refroidi, et leur offre dans l'éloignement des monstres qui disparaissent à leur approche.

Je crois bien connaître les forces de l'un et de l'autre, je ne les expose qu'à des épreuves qu'ils peuvent soutenir ; car la sagesse ne consiste pas à prendre indifféremment toutes sortes de précautions, mais à choisir celles qui sont utiles et à négliger les superflues. Les huit jours pendant lesquels je vais les laisser ensemble suffiront peut-être pour leur apprendre à démêler leurs vrais sentiments et connaître ce qu'ils sont réellement l'un à l'autre. Plus ils se verront seul à seul, plus ils comprendront aisément leur erreur en comparant ce qu'ils sentiront avec ce qu'ils auraient autrefois senti dans une situation pareille. Ajoutez qu'il leur importe de s'accoutumer sans risque à la familiarité dans laquelle ils vivront nécessairement si mes vues sont remplies. Je vois par la conduite de Julie qu'elle a reçu de vous des conseils qu'elle ne pouvait refuser de suivre sans se faire tort [1]. Quel plaisir je prendrais à lui donner cette preuve que je sens tout ce qu'elle vaut, si c'était une femme auprès de laquelle un mari pût se faire un mérite de sa confiance ! Mais quand elle n'aurait rien gagné sur son cœur, sa vertu resterait la même ; elle lui coûterait davantage, et ne triompherait pas moins. Au lieu que s'il lui reste aujourd'hui quelque peine intérieure à souffrir, ce ne peut être que dans l'attendrissement d'une conversation de réminiscence qu'elle ne saura que trop pressentir, et qu'elle évitera toujours. Ainsi vous voyez qu'il ne faut point juger ici de ma conduite par les règles ordinaires, mais par les vues qui me l'inspirent, et par le caractère unique de celle envers qui je la tiens.

Adieu, petite Cousine, jusqu'à mon retour. Quoique je n'aie pas donné toutes ces explications à Julie, je n'exige pas que vous lui en fassiez un mystère. J'ai pour maxime de ne point interposer de secrets entre les amis : Ainsi je remets ceux-ci à votre discrétion ; faites-en l'usage que la prudence et l'amitié vous inspireront : je sais que vous ne ferez rien que pour le mieux et le plus honnête.

LETTRE XV

À Milord Édouard

M. de Wolmar partit hier pour Étange, et j'ai peine à concevoir l'état de tristesse où m'a laissé son départ. Je crois que l'éloignement de sa femme m'affligerait moins que le sien. Je me sens plus contraint qu'en sa présence même ; un morne silence règne au fond de mon cœur ; un effroi secret en étouffe le murmure, et, moins troublé de désirs que de craintes, j'éprouve les terreurs du crime sans en avoir les tentations.

Savez-vous, Milord où mon âme se rassure et perd ces indignes frayeurs ? Auprès de Madame de Wolmar. Sitôt que j'approche d'elle sa vue apaise mon trouble, ses regards épurent mon cœur. Tel est l'ascendant du sien qu'il semble toujours inspirer aux autres le sentiment de son innocence, et le repos qui en est l'effet. Malheureusement pour moi sa règle de vie ne la livre pas toute la journée à la société de ses amis, et dans les moments que je suis forcé de passer sans la voir, je souffrirais moins d'être plus loin d'elle [1].

Ce qui contribue encore à nourrir la mélancolie dont je me sens accablé ; c'est un mot qu'elle me dit hier après le départ de son mari. Quoique jusqu'à cet instant elle eût fait assez bonne contenance, elle le suivit longtemps des yeux avec un air attendri que j'attribuai d'abord au seul éloignement de cet heureux époux ; mais je conçus à son discours que cet attendrissement avait encore une autre cause qui ne m'était pas connue. Vous voyez comme nous vivons, me dit-elle, et vous savez s'il m'est cher. Ne croyez pas pourtant que le sentiment qui m'unit à lui, aussi tendre et plus puissant que l'amour, en ait aussi les faiblesses. S'il nous en coûte quand la douce habitude de vivre ensemble est interrompue, l'espoir assuré de la reprendre bientôt nous console. Un état aussi permanent laisse peu de vicissitudes à craindre, et dans une absence de quelques jours, nous sentons moins la peine d'un si court intervalle que le plaisir d'en envisager la fin. L'affliction que vous lisez dans mes yeux vient d'un sujet plus grave, et quoiqu'elle soit relative à M. de Wolmar, ce n'est point son éloignement qui la cause.

Mon cher ami, ajouta-t-elle d'un ton pénétré, il n'y a point de vrai bonheur sur la terre. J'ai pour mari le plus honnête et le plus doux des hommes ; un penchant mutuel se joint au devoir qui nous lie ; il n'a point d'autres désirs que les miens ; j'ai des enfants qui ne donnent et promettent que des plaisirs à leur mère ; il n'y eut jamais d'amie plus tendre plus vertueuse plus aimable que celle dont mon cœur est idolâtre, et je vais passer mes jours avec elle ; vous-même contribuez à me les rendre chers en justifiant si bien mon estime et mes sentiments pour vous ; un long et fâcheux procès prêt à finir va ramener dans nos bras le meilleur des pères : tout nous prospère ; l'ordre et la paix règnent dans notre maison ; nos domestiques sont zélés et fidèles, nos voisins nous marquent toute sorte d'attachement, nous jouissons de la bienveuillance [1] publique. Favorisée en toutes choses du ciel, de la fortune et des hommes, je vois tout concourir à mon bonheur. Un chagrin secret, un seul chagrin l'empoisonne, et je ne suis pas heureuse [2]. Elle dit ces derniers mots avec un soupir qui me perça l'âme, et auquel je vis trop que je n'avais aucune part. Elle n'est pas heureuse, me dis-je en soupirant à mon tour, et ce n'est plus moi qui l'empêche de l'être !

Cette funeste idée bouleversa dans un instant toutes les miennes et troubla le repos dont je commençais à jouir. Impatient du doute insupportable où ce discours m'avait jeté, je la pressai tellement d'achever de m'ouvrir son cœur, qu'enfin elle versa dans le mien ce fatal secret et me permit de vous le révéler. Mais voici l'heure de la promenade, Madᵉ de Wolmar sort actuellement du gynécée pour aller se promener avec ses enfants, elle vient de me le faire dire. J'y cours, Milord, je vous quitte pour cette fois, et remets à reprendre dans une autre lettre le sujet interrompu dans celle-ci.

LETTRE XVI
De Mad^e de Wolmar à son mari[1]

Je vous attends mardi comme vous me le marquez, et vous trouverez tout arrangé selon vos intentions. Voyez en revenant Mad^e d'Orbe ; elle vous dira ce qui s'est passé durant votre absence ; j'aime mieux que vous l'appreniez d'elle que de moi.

Wolmar, il est vrai, je crois mériter votre estime[2] ; mais votre conduite n'en est pas plus convenable[3], et vous jouissez durement de la vertu de votre femme.

LETTRE XVII
À Milord Édouard[4]

Je veux, Milord, vous rendre compte d'un danger que nous courûmes ces jours passés, et dont heureusement nous avons été quittes pour la peur et un peu de fatigue. Ceci vaut bien une lettre à part ; en la lisant vous sentirez ce qui m'engage à vous l'écrire[5].

Vous savez que la maison de Mad^e de Wolmar n'est pas loin du lac, et qu'elle aime les promenades sur l'eau. Il y a trois jours que le désœuvrement où l'absence de son mari nous laisse et la beauté de la soirée nous firent projeter une de ces promenades pour le lendemain. Au lever du soleil nous nous rendîmes au rivage ; nous prîmes un bateau avec des filets pour pêcher, trois rameurs, un domestique, et nous nous embarquâmes avec quelques provisions pour le dîner. J'avais pris un fusil pour tirer des besolets* ; mais elle me fit honte de tuer des oiseaux à pure perte[6] et pour le seul plaisir de faire du mal. Je m'amusais donc à rappeler[7] de temps en temps des gros-sifflets, des tiou-tiou, des Crenets, des sifflassons**, et je ne tirai qu'un seul coup de fort loin sur une grèbe que je manquai.

---

* Oiseau de passage sur le lac de Genève. Le besolet n'est pas bon à manger.

** Diverses sortes d'oiseaux du lac de Genève ; tous très bons à manger.

Nous passâmes une heure ou deux à pêcher à cinq cents pas du rivage. La pêche fut bonne ; mais, à l'exception d'une truite qui avait reçu un coup d'aviron, Julie fit tout rejeter à l'eau. Ce sont, dit-elle, des animaux qui souffrent, délivrons-les ; jouissons du plaisir qu'ils auront d'être échappés au péril. Cette opération se fit lentement, à contre-cœur, non sans quelques représentations, et je vis aisément que nos gens auraient mieux goûté le poisson qu'ils avaient pris que la morale qui lui sauvait la vie.

Nous avançâmes ensuite en pleine eau ; puis par une vivacité de jeune homme dont il serait temps de guérir, m'étant mis à *nager*[1]*, je dirigeai tellement au milieu du lac que nous nous trouvâmes bientôt à plus d'une lieue du rivage**. Là j'expliquais à Julie toutes les parties du superbe horizon qui nous entourait. Je lui montrais de loin les embouchures[2] du Rhône dont l'impétueux cours s'arrête tout à coup au bout d'un quart de lieue, et semble craindre de souiller de ses eaux bourbeuses le cristal azuré du lac. Je lui faisais observer les redans[3] des montagnes, dont les angles correspondants et parallèles forment dans l'espace qui les sépare un lit digne du fleuve qui le remplit.En l'écartant de nos côtes j'aimais à lui faire admirer les riches et charmantes rives du pays de Vaud, où la quantité des villes, l'innombrable foule du peuple, les coteaux verdoyants et parés de toutes parts forment un tableau ravissant ; où la terre partout cultivée et partout féconde offre au laboureur, au pâtre, au vigneron le fruit assuré de leurs peines, que ne dévore point l'avide publicain[4]. Puis lui montrant le Chablais[5] sur la côte opposée, pays non moins favorisé de la nature, et qui n'offre pourtant qu'un spectacle de misère, je lui faisais sensiblement distinguer les différents effets des deux gouvernements, pour la richesse le nombre

---

* Terme des Bateliers du lac de Genève. C'est tenir la rame qui gouverne les autres.

** Comment cela ? Il s'en faut bien que vis-à-vis de Clarens le lac n'ait deux lieues de large.

et le bonheur des hommes. C'est ainsi, lui disais-je, que la terre ouvre son sein fertile et prodigue ses trésors aux heureux peuples qui la cultivent pour eux-mêmes. Elle semble sourire et s'animer au doux spectacle de la liberté ; elle aime à nourrir des hommes. Au contraire les tristes masures, la bruyère et les ronces qui couvrent une terre à demi déserte annoncent de loin qu'un maître absent y domine, et qu'elle donne à regret à des esclaves quelques maigres productions dont ils ne profitent pas.

Tandis que nous nous amusions agréablement à parcourir ainsi des yeux les côtes voisines, un séchard[1] qui nous poussait de biais vers la rive opposée s'éleva, fraîchit[2] considérablement, et quand nous songeâmes à revirer, la résistance se trouva si forte qu'il ne fut plus possible à notre frêle bateau de la vaincre. Bientôt les ondes devinrent terribles ; il fallut regagner la rive de Savoie et tâcher d'y prendre terre au village de Meillerie[3] qui était vis-à-vis de nous et qui est presque le seul lieu de cette côte où la grève offre un abord commode. Mais le vent ayant changé se renforçait, rendait inutiles les efforts de nos bateliers, et nous faisait dériver plus bas le long d'une file de rochers escarpés où l'on ne trouve plus d'asile.

Nous nous mîmes tous aux rames, et presque au même instant j'eus la douleur de voir Julie saisie du mal de cœur, faible et défaillante au bord du bateau. Heureusement elle était faite à l'eau et cet état ne dura pas. Cependant nos efforts croissaient avec le danger ; le soleil, la fatigue et la sueur nous mirent tous hors d'haleine et dans un épuisement excessif. C'est alors que retrouvant tout son courage Julie animait le nôtre par ses caresses compatissantes ; elle nous essuyait indistinctement à tous le visage, et mêlant dans un vase du vin avec de l'eau de peur d'ivresse, elle en offrait alternativement aux plus épuisés. Non, jamais votre adorable amie[4] ne brilla d'un si vif éclat que dans ce moment où la chaleur et l'agitation avaient animé son teint d'un plus grand feu, et ce qui ajoutait le plus à ses charmes était qu'on voyait si bien à son air attendri que tous ses soins venaient moins de frayeur pour elle que de compassion pour nous. Un instant seulement deux planches s'étant entr'ouvertes dans un choc qui nous inonda tous, elle crut le bateau brisé, et dans une exclamation de cette tendre mère j'entendis distinctement ces mots ; Ô mes enfants, faut-il ne vous voir plus ? Pour moi dont l'imagination va toujours plus loin que le mal, quoique je connusse au vrai l'état du péril, je croyais voir de moment en moment le bateau englouti, cette beauté si touchante se débattre au milieu des flots, et la pâleur de la mort ternir les roses de son visage.

Enfin à force de travail nous remontâmes à Meillerie, et après avoir lutté plus d'une heure à dix pas du rivage, nous parvînmes à prendre terre. En abordant, toutes les fatigues furent oubliées. Julie prit sur soi la reconnaissance de tous les soins que chacun s'était donnés, et comme au fort du danger elle n'avait songé qu'à nous, à terre il lui semblait qu'on n'avait sauvé qu'elle.

Nous dînâmes avec l'appétit qu'on gagne dans un violent travail. La truite fut apprêtée : Julie qui l'aime extrêmement en mangea peu, et je compris que pour ôter aux bateliers le regret de leur sacrifice, elle ne se souciait pas que j'en mangeasse beaucoup moi-même. Milord, vous l'avez dit mille fois ; dans les petites choses comme dans les grandes cette âme aimante se peint toujours.

Après le dîné, l'eau continuant d'être forte, et le bateau ayant besoin de raccommoder[1], je proposai un tour de promenade. Julie m'opposa le vent, le soleil, et songeait à ma lassitude. J'avais mes vues[2], ainsi je répondis à tout. Je suis, lui dis-je, accoutumé dès l'enfance aux exercices pénibles : loin de nuire à ma santé ils l'affermissent, et mon dernier voyage m'a rendu bien plus robuste encore. À l'égard du soleil et du vent, vous avez votre chapeau de paille, nous gagnerons des abris et des bois ; il n'est question que de monter entre quelques rochers, et vous qui n'aimez pas la plaine en supporterez volontiers la fatigue. Elle fit ce que je voulais, et nous partîmes pendant le dîné[1] de nos gens.

Vous savez qu'après mon exil du Valais, je revins il y a dix ans à Meillerie attendre la permission de mon retour. C'est là que je passai des jours si tristes et si délicieux, uniquement occupé d'elle, et c'est de là que je lui écrivis une lettre dont elle fut si touchée. J'avais toujours désiré de revoir la retraite isolée qui me servit d'asile au milieu des glaces, et où mon cœur se plaisait à converser en lui-même avec ce qu'il eut de plus cher au monde. L'occasion de visiter ce lieu si chéri, dans une saison plus agréable et avec celle dont l'image l'habitait jadis avec moi, fut le motif secret de ma promenade. Je me faisais un plaisir de lui montrer d'anciens monuments[2] d'une passion si constante et si malheureuse.

Nous y parvînmes après une heure de marche par des sentiers tortueux et frais, qui, montant insensiblement entre les arbres et les rochers, n'avaient rien de plus incommode que la longueur du chemin. En approchant et reconnaissant mes anciens renseignements[3], je fus prêt à me trouver mal ; mais je me surmontai, je cachai mon trouble, et nous arrivâmes. Ce lieu solitaire formait un réduit sauvage et désert ; mais plein de ces sortes de beautés qui ne plaisent qu'aux âmes sensibles et paraissent horribles aux autres. Un torrent formé par la fonte des neiges roulait à vingt pas de nous une eau bourbeuse, et charriait avec bruit du limon, du sable et des pierres. Derrière nous une chaîne de roches inaccessibles séparait l'esplanade où nous étions de cette partie des Alpes qu'on nomme les glacières[4], parce que d'énormes sommets de glaces qui s'accroissent incessamment les couvrent depuis le commencement du monde*. Des forêts de noirs sapins nous ombrageaient tristement à

---

* Ces montagnes sont si hautes qu'une demi-heure après le soleil couché leurs sommets sont encore éclairés de ses rayons, dont le rouge forme sur ces cimes blanches une belle couleur de rose qu'on aperçoit de fort loin.

droite. Un grand bois de chêne était à gauche au delà du torrent, et au-dessous de nous cette immense plaine d'eau que le lac forme au sein des Alpes nous séparait des riches côtes du pays de Vaud, dont la Cime du majestueux Jura couronnait le tableau.

Au milieu de ces grands et superbes objets, le petit terrain où nous étions étalait les charmes d'un séjour riant et champêtre ; quelques ruisseaux filtraient à travers les rochers, et roulaient sur la verdure en filets de cristal. Quelques arbres fruitiers sauvages penchaient leurs têtes sur les nôtres ; la terre humide et fraîche était couverte d'herbe et de fleurs. En comparant un si doux séjour aux objets qui l'environnaient, il semblait que ce lieu désert dût être l'asile de deux amants échappés seuls au bouleversement de la nature.

Quand nous eûmes atteint ce réduit et que je l'eus quelque temps contemplé : quoi ! dis-je à Julie en la regardant avec un œil humide, votre cœur ne vous dit-il rien ici, et ne sentez-vous point quelque émotion secrète à l'aspect d'un lieu si plein de vous ? Alors sans attendre sa réponse, je la conduisis vers le rocher et lui montrai son chiffre gravé dans mille endroits, et plusieurs vers du Pétrarque et du Tasse relatifs à la situation où j'étais en les traçant. En les revoyant moi-même après si longtemps, j'éprouvai combien la présence des objets peut ranimer puissamment les sentiments violents dont on fut agité près d'eux. Je lui dis avec un peu de véhémence. Ô Julie, éternel charme de mon cœur ! Voici les lieux où soupira jadis pour toi le plus fidèle amant du monde. Voici le séjour où ta chère image faisait son bonheur, et préparait celui qu'il reçut enfin de toi-même. On n'y voyait alors ni ces fruits ni ces ombrages : La verdure et les fleurs ne tapissaient point ces compartiments ; le cours de ces ruisseaux n'en formait point les divisions ; ces oiseaux n'y faisaient point entendre leurs ramages, le vorace épervier, le corbeau funèbre et l'aigle terrible des Alpes [1] faisaient seuls retentir de leurs cris ces cavernes ; d'immenses glaces pendaient à tous ces rochers ; des festons de neige étaient le seul ornement de ces arbres ; tout respirait ici les rigueurs de l'hiver et l'horreur des frimas ; les feux seuls de mon cœur me rendaient ce lieu supportable, et les jours entiers s'y passaient à penser à toi. Voilà la pierre où je m'asseyais pour contempler au loin ton heureux séjour ; sur celle-ci fut écrite la Lettre qui toucha ton cœur ; ces cailloux tranchants me servaient de burin pour graver ton chiffre ; ici je passai le torrent glacé pour reprendre une de tes Lettres qu'emportait un tourbillon ; là je vins relire et baiser mille fois la dernière que tu m'écrivis ; voilà le bord où d'un œil avide et sombre je mesurais la profondeur de ces abîmes ; enfin ce fut ici qu'avant mon triste départ je vins te pleurer mourante et jurer de ne te pas survivre. Fille trop constamment aimée, ô toi pour qui j'étais né ! Faut-il me retrouver avec toi dans les mêmes lieux, et regretter le temps que j'y passais à gémir de ton absence ?.... j'allais continuer ; mais Julie, qui me voyant approcher du bord s'était effrayée et m'avait saisi la main, la serra sans mot dire, en me regardant avec tendresse et retenant avec peine un soupir ; puis tout à coup détournant la vue et me tirant par le bras : allons-nous-en[1], mon ami, me dit-elle d'une voix émue, l'air de ce lieu n'est pas bon pour moi. Je partis avec elle en gémissant, mais sans lui répondre, et je quittai pour jamais ce triste réduit, comme j'aurais quitté Julie elle-même[2].

Revenus lentement au port après quelques détours, nous nous séparâmes. Elle voulut rester seule, et je continuai de me promener sans trop savoir où j'allais ; à mon retour le bateau n'étant pas encore prêt ni l'eau tranquille, nous soupâmes tristement, les yeux baissés, l'air rêveur, mangeant peu et parlant encore moins. Après le soupé, nous fûmes nous asseoir sur la grève en attendant le moment du départ. Insensiblement la lune se leva, l'eau devint plus calme, et Julie me proposa de partir. Je lui donnai la main pour entrer dans le bateau, et en m'asseyant à côté d'elle je ne songeai plus à quitter sa main. Nous gardions un profond silence. Le bruit égal et mesuré des rames m'excitait à rêver. Le chant assez gai des bécassines *, me retraçant les plaisirs d'un autre âge, au lieu de m'égayer m'attristait [1]. Peu à peu je sentis augmenter la mélancolie dont j'étais accablé. Un ciel serein [2], les doux rayons de la lune, le frémissement argenté dont l'eau brillait autour de nous, le concours des plus agréables sensations, la présence même de cet objet chéri, rien ne put détourner de mon cœur mille réflexions douloureuses.

Je commençai par me rappeler une promenade semblable faite autrefois avec elle durant le charme de nos premières amours [3]. Tous les sentiments délicieux qui remplissaient alors mon âme s'y retracèrent pour l'affliger ; tous les événements de notre jeunesse, nos études, nos entretiens, nos lettres, nos rendez-vous, nos plaisirs,

> *E tanta fede, e si dolci memorie,*
> *E si lungo costume* [4] *!*

ces foules de petits objets qui m'offraient l'image de mon bonheur passé, tout revenait, pour augmenter ma misère présente, prendre place en mon souvenir. C'en est fait, disais-je en moi-même, ces temps, ces temps heureux ne sont plus ; ils ont disparu pour jamais. Hélas, ils ne reviendront plus ; et nous vivons, et nous sommes ensemble, et nos cœurs sont toujours unis ! Il me semblait que j'aurais porté plus patiemment sa mort ou son absence, et que j'avais moins souffert tout le temps que j'avais passé loin d'elle. Quand je gémissais dans l'éloignement, l'espoir de la revoir soulageait mon cœur ; je me flattais qu'un instant de sa présence effacerait toutes mes peines, j'envisageais au moins dans les possibles un état moins cruel que le mien. Mais se trouver auprès d'elle ; mais la voir, la toucher,

---

* La bécassine du lac de Genève n'est point l'oiseau qu'on appelle en France du même nom. Le chant plus vif et plus animé de la nôtre donne au lac durant les nuits d'été un air de vie et de fraîcheur qui rend ses rives encore plus charmantes.

lui parler, l'aimer, l'adorer, et, presque en la possédant encore, la sentir perdue à jamais pour moi ; voilà ce qui me jetait dans des accès de fureur et de rage qui m'agitèrent par degrés jusqu'au désespoir. Bientôt je commençai de rouler dans mon esprit des projets funestes, et dans un transport dont je frémis en y pensant, je fus violemment tenté de la précipiter avec moi dans les flots, et d'y finir dans ses bras ma vie et mes longs tourments. Cette horrible tentation devint à la fin si forte que je fus obligé de quitter brusquement sa main pour passer à la pointe du bateau.

Là mes vives agitations commencèrent à prendre un autre cours ; un sentiment plus doux s'insinua peu à peu dans mon âme, l'attendrissement surmonta le désespoir ; je me mis à verser des torrents de larmes, et cet état comparé à celui dont je sortais n'était pas sans quelques plaisirs. Je pleurai fortement, longtemps, et fus soulagé. Quand je me trouvai bien remis, je revins auprès de Julie ; je repris sa main. Elle tenait son mouchoir ; je le sentis fort mouillé. Ah, lui dis-je tout bas, je vois que nos cœurs n'ont jamais cessé de s'entendre ! Il est vrai, dit-elle d'une voix altérée ; mais que ce soit la dernière fois qu'ils auront parlé sur ce ton. Nous recommençâmes alors à causer tranquillement, et au bout d'une heure de navigation, nous arrivâmes sans autre accident. Quand nous fûmes rentrés j'aperçus à la lumière qu'elle avait les yeux rouges et fort gonflés ; elle ne dut pas trouver les miens en meilleur état. Après les fatigues de cette journée elle avait grand besoin de repos : elle se retira, et je fus me coucher [1].

Voilà, mon ami, le détail du jour de ma vie où sans exception j'ai senti les émotions les plus vives. J'espère qu'elles seront la crise [2] qui me rendra tout à fait à moi. Au reste, je vous dirai que cette aventure m'a plus convaincu que tous les arguments, de la liberté de l'homme et du mérite de la vertu. Combien de gens sont faiblement tentés et succombent ? Pour Julie ; mes yeux le virent, et mon cœur le sentit : Elle soutint ce jour-là le plus grand combat qu'âme humaine ait pu soutenir ; elle vainquit pourtant :

mais qu'ai-je fait pour rester si loin d'elle ? Ô Édouard !
quand séduit par ta maîtresse tu sus triompher à la fois de
tes désirs et des siens, n'étais-tu qu'un homme[1] ? sans toi,
j'étais perdu, peut-être. Cent fois dans ce jour périlleux le
souvenir de ta vertu m'a rendu la mienne.

Fin de la quatrième partie

LETTRES DE DEUX AMANTS,
HABITANTS D'UNE PETITE VILLE
AU PIED DES ALPES

Cinquième partie

LETTRE I
De Milord Édouard *

Sors de l'enfance, ami, réveille-toi. Ne livre point ta vie entière au long sommeil de la raison. L'âge s'écoule, il ne t'en reste plus que pour être sage. À trente ans passés, il est temps de songer à soi ; commence donc à rentrer en toi-même, et sois homme une fois avant la mort.

Mon cher, votre cœur vous en a longtemps imposé sur vos lumières. Vous avez voulu philosopher avant d'en être capable ; vous avez pris le sentiment pour de la raison, et content d'estimer les choses par l'impression qu'elles vous ont faite, vous avez toujours ignoré leur véritable prix. Un cœur droit est, je l'avoue, le premier organe de la vérité ; celui qui n'a rien senti ne sait rien apprendre ; il ne fait que flotter d'erreurs en erreurs, il n'acquiert qu'un vain savoir et de stériles connaissances, parce que le vrai rapport des choses à l'homme, qui est sa principale science, lui demeure toujours caché. Mais c'est se borner à la première moitié de cette science que de ne pas étudier encore les rapports qu'ont les choses entre elles, pour mieux juger de ceux qu'elles ont avec nous. C'est peu de connaître les passions

* Cette lettre paraît avoir été écrite avant la réception de la précédente[1].

humaines, si l'on n'en sait apprécier les objets ; et cette
seconde étude ne peut se faire que dans le calme de la
méditation.

La jeunesse du sage est le temps de ses expériences, ses
passions en sont les instruments ; mais après avoir appliqué
son âme aux objets extérieurs pour les sentir, il la retire au
dedans de lui pour les considérer, les comparer, les connaître. Voilà le cas où vous devez être plus que personne au
monde. Tout ce qu'un cœur sensible peut éprouver de
plaisirs et de peines a rempli le vôtre ; tout ce qu'un homme
peut voir, vos yeux l'ont vu. Dans un espace de douze ans
vous avez épuisé tous les sentiments qui peuvent être épars
dans une longue vie, et vous avez acquis, jeune encore,
l'expérience d'un vieillard. Vos premières observations se
sont portées sur des gens simples et sortant presque des
mains de la nature, comme pour vous servir de pièce de
comparaison. Exilé dans la capitale du plus célèbre peuple
de l'univers, vous êtes sauté, pour ainsi dire à l'autre
extrémité : le génie supplée aux intermédiaires. Passé chez
la seule nation d'hommes qui reste parmi les troupeaux
divers dont la terre est couverte, si vous n'avez pas vu
régner les lois, vous les avez vu du moins exister encore ;
vous avez appris à quels signes on reconnaît cet organe sacré
de la volonté d'un peuple, et comment l'empire de la raison
publique est le vrai fondement de la liberté [1]. Vous avez
parcouru tous les climats, vous avez vu toutes les régions
que le soleil éclaire. Un spectacle plus rare et digne de l'œil
du sage, le spectacle d'une âme sublime et pure, triomphant
de ses passions et régnant sur elle-même est celui dont vous
jouissez. Le premier objet qui frappa vos regards est celui
qui les frappe encore, et votre admiration pour lui n'est que
mieux fondée après en avoir contemplé tant d'autres. Vous
n'avez plus rien à sentir ni à voir qui mérite de vous
occuper. Il ne vous reste plus d'objet à regarder que vous-
même, ni de jouissance à goûter que celle de la sagesse. Vous
avez vécu de cette courte vie ; songez à vivre pour celle qui
doit durer.

Vos passions, dont vous fûtes longtemps l'esclave, vous ont laissé vertueux. Voilà toute votre gloire ; elle est grande, sans doute, mais soyez-en moins fier. Votre force même est l'ouvrage de votre faiblesse. Savez-vous ce qui vous a fait aimer toujours la vertu ? Elle a pris à vos yeux la figure de cette femme adorable qui la représente si bien, et il serait difficile qu'une si chère image vous en laissât perdre le goût. Mais ne l'aimerez-vous jamais pour elle seule, et n'irez-vous point au bien par vos propres forces, comme Julie a fait par les siennes ? Enthousiaste oisif de ses vertus, vous bornerez-vous sans cesse à les admirer, sans les imiter jamais ? Vous parlez avec chaleur de la manière dont elle remplit ses devoirs d'épouse et de mère ; mais vous, quand remplirez-vous vos devoirs d'homme et d'ami à son exemple ? Une femme a triomphé d'elle-même, et un philosophe a peine à se vaincre ! Voulez-vous donc n'être toujours qu'un discoureur comme les autres, et vous borner à faire de bons livres, au lieu de bonnes actions * ? Prenez-y garde, mon cher ; il règne encore dans vos lettres un ton de mollesse et de langueur qui me déplaît[2], et qui est bien plus un reste de votre passion qu'un effet de votre caractère. Je hais partout

---

* Non, ce siècle de la philosophie ne passera point sans avoir produit un vrai Philosophe. J'en connais un, un seul, j'en conviens ; mais c'est beaucoup encore, et pour comble de bonheur, c'est dans mon pays qu'il existe. L'oserai-je nommer ici, lui dont la véritable gloire est d'avoir su rester peu connu ? Savant et modeste Abauzit, que votre sublime simplicité pardonne à mon cœur un zèle qui n'a point votre nom pour objet. Non, ce n'est pas vous que je veux faire connaître à ce siècle indigne de vous admirer ; c'est Genève que je veux illustrer de votre séjour ; ce sont mes Concitoyens que je veux honorer de l'honneur qu'ils vous rendent. Heureux le pays où le mérite qui se cache en est d'autant plus estimé ! Heureux le peuple où la jeunesse altière vient abaisser son ton dogmatique et rougir de son vain savoir, devant la docte ignorance du sage ! Vénérable et vertueux vieillard ! vous n'aurez point été prôné par les beaux esprits ; leurs bruyantes Académies n'auront point retenti de vos éloges ; au lieu de déposer comme eux votre sagesse dans des livres, vous l'aurez mise dans votre vie pour l'exemple de la patrie que vous avez daigné vous choisir, que vous aimez, et qui vous respecte. Vous avez vécu comme Socrate ; mais il mourut par la main de ses concitoyens, et vous êtes chéri des vôtres[1].

la faiblesse, et n'en veux point dans mon ami. Il n'y a point de vertu sans force, et le chemin du vice est la lâcheté. Osez-vous bien compter sur vous avec un cœur sans courage ? Malheureux ! Si Julie était faible, tu succomberais demain et ne serais qu'un vil adultère. Mais te voilà resté seul avec elle ; apprends à la connaître, et rougis de toi.

J'espère pouvoir bientôt vous aller joindre. Vous savez à quoi ce voyage est destiné. Douze ans d'erreurs et de troubles me rendent suspect à moi-même ; pour résister j'ai pu me suffire, pour choisir il me faut les yeux d'un ami ; et je me fais un plaisir de rendre tout commun entre nous ; la reconnaissance aussi bien que l'attachement. Cependant, ne vous y trompez pas ; avant de vous accorder ma confiance, j'examinerai si vous en êtes digne, et si vous méritez de me rendre les soins que j'ai pris de vous. Je connais votre cœur, j'en suis content ; ce n'est pas assez ; c'est de votre jugement que j'ai besoin dans un choix où doit présider la raison seule, et où la mienne peut m'abuser. Je ne crains pas les passions qui, nous faisant une guerre ouverte, nous avertissent de nous mettre en défense, nous laissent, quoi qu'elles fassent, la conscience de toutes nos fautes, et auxquelles on ne cède qu'autant qu'on leur veut céder. Je crains leur illusion qui trompe au lieu de contraindre, et nous fait faire sans le savoir, autre chose que ce que nous voulons. On n'a besoin que de soi pour réprimer ses penchants ; on a quelquefois besoin d'autrui pour discerner ceux qu'il est permis de suivre, et c'est à quoi sert l'amitié d'un homme sage qui voit pour nous sous un autre point de vue les objets que nous avons intérêt à bien connaître [1]. Songez donc à vous examiner et dites-vous si toujours en proie à de vains regrets vous serez à jamais inutile à vous et aux autres, ou si reprenant enfin l'empire de vous-même vous voulez mettre une fois votre âme en état d'éclairer celle de votre ami.

Mes affaires ne me retiennent plus à Londres que pour une quinzaine de jours ; je passerai par notre armée de Flandres [2] où je compte rester encore autant ; de sorte que vous ne devez guère m'attendre avant la fin du mois prochain ou le commencement d'octobre. Ne m'écrivez plus à Londres mais à l'armée sous l'adresse ci-jointe. Continuez vos descriptions ; malgré le mauvais ton de vos lettres elles me touchent et m'instruisent ; elles m'inspirent des projets de retraite et de repos convenables à mes maximes et à mon âge. Calmez surtout l'inquiétude que vous m'avez donnée sur Madame de Wolmar : si son sort n'est pas heureux, qui doit oser aspirer à l'être ? Après le détail qu'elle vous a fait, je ne puis concevoir ce qui manque à son bonheur *.

LETTRE II
À Milord Édouard [2]

Oui, Milord, je vous le confirme avec des transports de joie, la scène de Meillerie a été la crise [3] de ma folie et de mes maux. Les explications de M. de Wolmar m'ont entièrement rassuré sur le véritable état de mon cœur. Ce cœur trop faible est guéri tout autant qu'il peut l'être, et je préfère la tristesse d'un regret imaginaire à l'effroi d'être sans cesse assiégé par le crime. Depuis le retour de ce digne ami, je ne balance plus à lui donner un nom si cher et dont vous m'avez si bien fait sentir tout le prix. C'est le moindre titre que je doive à quiconque aide à me rendre à la vertu. La paix est au fond de mon âme comme dans le séjour que j'habite. Je commence à m'y voir sans inquiétude, à y vivre comme chez moi ; et si je n'y prends pas tout à fait l'autorité d'un maître, je sens plus de plaisir encore à me regarder comme l'enfant de la maison. La simplicité, l'égalité que j'y vois régner ont un attrait qui me touche et me porte au respect. Je passe des jours sereins entre la raison vivante et la vertu sensible. En fréquentant ces heureux époux, leur ascendant

---

* Le galimatias de cette Lettre me plaît, en ce qu'il est tout à fait dans le caractère du bon Édouard, qui n'est jamais si philosophe que quand il fait des sottises, et ne raisonne jamais tant que quand il ne sait ce qu'il dit [1].

me gagne et me touche insensiblement, et mon cœur se met par degrés à l'unisson des leurs, comme la voix prend sans qu'on y songe le ton des gens avec qui l'on parle.

Quelle retraite délicieuse ! quelle charmante habitation ! Que la douce habitude d'y vivre en augmente le prix ! et que, si l'aspect en paraît d'abord peu brillant, il est difficile de ne pas l'aimer aussitôt qu'on la connaît ! Le goût que prend Madame de Wolmar à remplir ses nobles devoirs, à rendre heureux et bons ceux qui l'approchent, se communique à tout ce qui en est l'objet, à son mari, à ses enfants, à ses hôtes, à ses domestiques. Le tumulte, les jeux bruyants, les longs éclats de rire ne retentissent point dans ce paisible séjour ; mais on y trouve partout des cœurs contents et des visages gais. Si quelquefois on y verse des larmes, elles sont d'attendrissement et de joie. Les noirs soucis, l'ennui, la tristesse n'approchent pas plus d'ici que le vice et les remords dont ils sont le fruit.

Pour elle, il est certain qu'excepté la peine secrète qui la tourmente et dont je vous ai dit la cause dans ma précédente lettre*, tout concourt à la rendre heureuse. Cependant avec tant de raisons de l'être, mille autres se désoleraient à sa place. Sa vie uniforme et retirée leur serait insupportable ; elles s'impatienteraient du tracas des enfants ; elles s'ennuieraient des soins domestiques ; elles ne pourraient souffrir la campagne ; la sagesse et l'estime d'un mari peu caressant ne les dédommageraient ni de sa froideur ni de son âge ; sa présence et son attachement même leur seraient à charge. Ou elles trouveraient l'art de l'écarter de chez lui pour y vivre à leur liberté, ou s'en éloignant elles-mêmes, elles mépriseraient les plaisirs de leur état, elles en chercheraient au loin de plus dangereux, et ne seraient à leur aise dans leur propre maison que quand elles y seraient étrangères. Il faut une âme saine pour sentir les charmes de la retraite ; on ne voit guère que des gens de bien se plaire au sein de leur

---

* Cette précédente lettre ne se trouve point. On en verra ci-après la raison [1].

famille et s'y renfermer volontairement ; s'il est au monde une vie heureuse, c'est sans doute celle qu'ils y passent : Mais les instruments du bonheur ne sont rien pour qui ne sait pas les mettre en œuvre, et l'on ne sent en quoi le vrai bonheur consiste qu'autant qu'on est propre à le goûter.

S'il fallait dire avec précision ce qu'on fait dans cette maison pour être heureux, je croirais avoir bien répondu en disant *on y sait vivre* ; non dans le sens qu'on donne en France à ce mot, qui est d'avoir avec autrui certaines manières établies par la mode[1] ; mais de la vie de l'homme, et pour laquelle il est né ; de cette vie dont vous me parlez, dont vous m'avez donné l'exemple, qui dure au delà d'elle-même, et qu'on ne tient pas pour perdue au jour de la mort.

Julie a un père qui s'inquiète du bien-être de sa famille ; elle a des enfants à la subsistance desquels il faut pourvoir convenablement. Ce doit être le principal soin de l'homme sociable, et c'est aussi le premier dont elle et son mari se sont conjointement occupés. En entrant en ménage ils ont examiné l'état de leurs biens ; ils n'ont pas tant regardé s'ils étaient proportionnés à leur condition qu'à leurs besoins, et voyant qu'il n'y avait point de famille honnête qui ne dût s'en contenter, ils n'ont pas eu assez mauvaise opinion de leurs enfants pour craindre que le patrimoine qu'ils ont à leur laisser ne leur pût suffire. Ils se sont donc appliqués à l'améliorer plutôt qu'à l'étendre ; ils ont placé leur argent plus sûrement qu'avantageusement ; au lieu d'acheter de nouvelles terres, ils ont donné un nouveau prix à celles qu'ils avaient déjà, et l'exemple de leur conduite est le seul trésor dont ils veuillent accroître leur héritage.

Il est vrai qu'un bien qui n'augmente point est sujet à diminuer par mille accidents ; mais si cette raison est un motif pour l'augmenter une fois, quand cessera-t-elle d'être un prétexte pour l'augmenter toujours ? Il faudra le partager à plusieurs enfants ; mais doivent-ils rester oisifs ? Le travail de chacun n'est-il pas un supplément à son partage, et son industrie ne doit-elle pas entrer dans le calcul de son bien ? L'insatiable avidité fait ainsi son chemin sous le masque de

la prudence, et mène au vice à force de chercher la sûreté.
C'est en vain, dit M. de Wolmar, qu'on prétend donner aux
choses humaines une solidité qui n'est pas dans leur nature.
La raison même veut que nous laissions beaucoup de choses
au hasard, et si notre vie et notre fortune en dépendent
toujours malgré nous, quelle folie de se donner sans cesse
un tourment réel pour prévenir des maux douteux et des
dangers inévitables ! La seule précaution qu'il ait prise à ce
sujet a été de vivre un an sur son capital, pour se laisser
autant d'avance sur son revenu ; de sorte que le produit
anticipe toujours d'une année sur la dépense. Il a mieux
aimé diminuer un peu son fonds[1] que d'avoir sans cesse à
courir après ses rentes. L'avantage de n'être point réduit à
des expédients ruineux au moindre accident imprévu l'a déjà
remboursé bien des fois de cette avance. Ainsi l'ordre et la
règle lui tiennent lieu d'épargne, et il s'enrichit de ce qu'il a
dépensé.

Les maîtres de cette maison jouissent d'un bien médiocre
selon les idées de fortune qu'on a dans le monde ; mais au
fond je ne connais personne de plus opulent qu'eux. Il n'y a
point de richesse absolue. Ce mot ne signifie qu'un rapport
de surabondance entre les désirs et les facultés de l'homme
riche. Tel est riche avec un arpent de terre ; tel est gueux au
milieu de ses monceaux d'or. Le désordre et les fantaisies
n'ont point de bornes, et font plus de pauvres que les vrais
besoins. Ici la proportion est établie sur un fondement qui la
rend inébranlable, savoir le parfait accord des deux époux.
Le mari s'est chargé du recouvrement des rentes, la femme
en dirige l'emploi, et c'est dans l'harmonie qui règne entre
eux qu'est la source de leur richesse.

Ce qui m'a d'abord le plus frappé dans cette maison, c'est
d'y trouver l'aisance, la liberté, la gaieté au milieu de l'ordre
et de l'exactitude. Le grand défaut des maisons bien réglées
est d'avoir un air triste et contraint. L'extrême sollicitude
des chefs sent toujours un peu l'avarice. Tout respire la gêne
autour d'eux ; la rigueur de l'ordre a quelque chose de
servile qu'on ne supporte point sans peine. Les Domesti-

ques font leur devoir, mais ils le font d'un air mécontent et craintif. Les hôtes sont bien reçus, mais ils n'usent qu'avec défiance de la liberté qu'on leur donne, et comme on s'y voit toujours hors de la règle, on n'y fait rien qu'en tremblant de se rendre indiscret. On sent que ces pères esclaves ne vivent point pour eux, mais pour leurs enfants ; sans songer qu'ils ne sont pas seulement pères, mais hommes, et qu'ils doivent à leurs enfants l'exemple de la vie de l'homme et du bonheur attaché à la sagesse. On suit ici des règles plus judicieuses. On y pense qu'un des principaux devoirs d'un bon père de famille n'est pas seulement de rendre son séjour riant afin que ses enfants s'y plaisent, mais d'y mener lui-même une vie agréable et douce, afin qu'ils sentent qu'on est heureux en vivant comme lui, et ne soient jamais tentés de prendre pour l'être une conduite opposée à la sienne. Une des maximes que M. de Wolmar répète le plus souvent au sujet des amusements des deux Cousines, est que la vie triste et mesquine des pères et mères est presque toujours la première source du désordre des enfants.

Pour Julie, qui n'eut jamais d'autre règle que son cœur et n'en saurait avoir de plus sûre, elle s'y livre sans scrupule, et pour bien faire, elle fait tout ce qu'il lui demande. Il ne laisse pas de lui demander beaucoup, et personne ne sait mieux qu'elle mettre un prix aux douceurs de la vie. Comment cette âme si sensible serait-elle insensible aux plaisirs ? Au contraire, elle les aime, elle les recherche, elle ne s'en refuse aucun de ceux qui la flattent ; on voit qu'elle sait les goûter : mais ces plaisirs sont les plaisirs de Julie. Elle ne néglige ni ses propres commodités ni celles des gens qui lui sont chers, c'est-à-dire, de tous ceux qui l'environnent. Elle ne compte pour superflu rien de ce qui peut contribuer au bien-être d'une personne sensée ; mais elle appelle ainsi tout ce qui ne sert qu'à briller aux yeux d'autrui, de sorte qu'on trouve dans sa maison le luxe de plaisir et de sensualité sans raffinement ni mollesse. Quant au luxe de magnificence et de vanité, on n'y en voit que ce qu'elle n'a pu refuser au goût de son père ; encore y reconnaît-on toujours le sien qui consiste à donner moins de lustre et d'éclat que d'élégance et de grâce aux choses. Quand je lui parle des moyens qu'on invente journellement à Paris ou à Londres pour suspendre plus doucement les Carrosses, elle approuve assez cela ; mais quand je lui dis jusqu'à quel prix on a poussé les vernis [1], elle ne comprend plus, et me demande toujours si ces beaux vernis rendent les Carrosses plus commodes ? Elle ne doute pas que je n'exagère beaucoup sur les peintures scandaleuses dont on orne à grands frais ces voitures au lieu des armes qu'on y mettait autrefois, comme s'il était plus beau de s'annoncer aux passants pour un homme de mauvaises mœurs que pour un homme de qualité ! Ce qui l'a surtout révoltée a été d'apprendre que les femmes avaient introduit ou soutenu cet usage, et que leurs Carrosses ne se distinguaient de ceux des hommes que par des tableaux un peu plus lascifs. J'ai été forcé de lui citer là-dessus un mot de votre illustre ami [2] qu'elle a bien de la peine à digérer. J'étais chez lui un jour qu'on lui montrait un vis-à-vis [3] de cette espèce. À peine eut-il jeté les yeux sur les panneaux, qu'il partit en disant au maître, montrez ce Carrosse à des femmes de la Cour ; un honnête homme n'oserait s'en servir.

Comme le premier pas vers le bien est de ne point faire de mal [4], le premier pas vers le bonheur est de ne point souffrir. Ces deux maximes qui bien entendues épargneraient beaucoup de préceptes de morale, sont chères à Madame de Wolmar. Le mal-être lui est extrêmement sensible et pour elle et pour les autres, et il ne lui serait pas plus aisé d'être heureuse en voyant des misérables, qu'à l'homme droit de conserver sa vertu toujours pure, en vivant sans cesse au milieu des méchants. Elle n'a point cette pitié barbare qui se contente de détourner les yeux des maux qu'elle pourrait soulager. Elle les va chercher pour les guérir ; c'est l'existence et non la vue des malheureux qui la tourmente : il ne lui suffit pas de ne point savoir qu'il y en a, il faut pour son bonheur qu'elle sache qu'il n'y en a pas, du moins autour d'elle : car ce serait sortir des termes de la raison que de faire dépendre son bonheur de celui de tous les hommes[1]. Elle s'informe des besoins de son voisinage avec la chaleur qu'on met à son propre intérêt ; elle en connaît tous les habitants ; elle y étend, pour ainsi dire, l'enceinte de sa famille, et n'épargne aucun soin pour en écarter tous les sentiments de douleur et de peine auxquels la vie humaine est assujettie.

Milord, je veux profiter de vos leçons ; mais pardonnez-moi un enthousiasme que je ne me reproche plus et que vous partagez. Il n'y aura jamais qu'une Julie au monde. La providence a veillé sur elle, et rien de ce qui la regarde n'est un effet du hasard. Le Ciel semble l'avoir donnée à la terre pour y montrer à la fois l'excellence dont une âme humaine est susceptible, et le bonheur dont elle peut jouir dans l'obscurité de la vie privée, sans le secours des vertus éclatantes qui peuvent l'élever au-dessus d'elle-même, ni de la gloire qui les peut honorer. Sa faute, si c'en fut une, n'a servi qu'à déployer sa force et son courage. Ses parents, ses amis, ses domestiques, tous heureusement nés, étaient faits pour l'aimer et pour en être aimés. Son pays était le seul où il lui convînt de naître, la simplicité qui la rend sublime, devait régner autour d'elle ; il lui fallait pour être heureuse vivre parmi des gens heureux. Si pour son malheur elle fût née chez des peuples infortunés qui gémissent sous le poids de l'oppression, et luttent sans espoir et sans fruit contre la misère qui les consume, chaque plainte des opprimés eût empoisonné sa vie ; la désolation commune l'eût accablée, et son cœur bienfaisant, épuisé de peine et d'ennuis, lui eût fait éprouver sans cesse les maux qu'elle n'eût pu soulager.

Au lieu de cela, tout anime et soutient ici sa bonté naturelle. Elle n'a point à pleurer les calamités publiques. Elle n'a point sous les yeux l'image affreuse de la misère et du désespoir. Le Villageois à son aise* a plus besoin de ses

---

* Il y a près de Clarens un Village appelé Moutru, dont la Commune seule est assez riche pour entretenir tous les Communiers, n'eussent-ils pas

avis que de ses dons. S'il se trouve quelque orphelin trop jeune pour gagner sa vie, quelque veuve oubliée qui souffre en secret, quelque vieillard sans enfants, dont les bras affaiblis par l'âge ne fournissent plus à son entretien, elle ne craint pas que ses bienfaits leur deviennent onéreux, et fassent aggraver sur eux les charges publiques pour en exempter des coquins accrédités. Elle jouit du bien qu'elle fait, et le voit profiter. Le bonheur qu'elle goûte se multiplie et s'étend autour d'elle. Toutes les maisons où elle entre offrent bientôt un tableau de la sienne ; l'aisance et le bien-être y sont une de ses moindres influences, la concorde et les mœurs la suivent de ménage en ménage. En sortant de chez elle ses yeux ne sont frappés que d'objets agréables ; en y rentrant elle en retrouve de plus doux encore ; elle voit partout ce qui plaît à son cœur, et cette âme si peu sensible à l'amour-propre apprend à s'aimer dans ses bienfaits. Non, Milord, je le répète ; rien de ce qui touche à Julie n'est indifférent pour la vertu. Ses charmes, ses talents, ses goûts, ses combats, ses fautes, ses regrets, son séjour, ses amis, sa famille, ses peines, ses plaisirs et toute sa destinée, font de sa vie un exemple unique, que peu de femmes voudront imiter, mais qu'elles aimeront en dépit d'elles.

Ce qui me plaît le plus dans les soins qu'on prend ici du bonheur d'autrui, c'est qu'ils sont tous dirigés par la sagesse, et qu'il n'en résulte jamais d'abus. N'est pas toujours bienfaisant qui veut, et souvent tel croit rendre de grands services, qui fait de grands maux qu'il ne voit pas, pour un petit bien qu'il aperçoit. Une qualité rare dans les femmes du meilleur caractère et qui brille éminemment dans celui de Madame de Wolmar ; c'est un discernement exquis dans la distribution de ses bienfaits, soit par le choix des moyens de les rendre utiles, soit par le choix des gens sur

---

un pouce de terre en propre. Aussi la bourgeoisie de ce village est-elle presque aussi difficile à acquérir que celle de Berne. Quel dommage qu'il n'y ait pas là quelque honnête homme de subdélégué, pour rendre Messieurs de Moutru plus sociables, et leur bourgeoisie un peu moins chère [1] !

qui elle les répand. Elle s'est fait des règles dont elle ne se
départ point. Elle sait accorder et refuser ce qu'on lui
demande, sans qu'il y ait ni faiblesse dans sa bonté, ni
caprice dans son refus. Quiconque a commis en sa vie une
méchante action n'a rien à espérer d'elle que justice, et
pardon s'il l'a offensée, jamais faveur ni protection qu'elle
puisse placer sur un meilleur sujet. Je l'ai vue refuser assez
sèchement à un homme de cette espèce une grâce qui
dépendait d'elle seule. « Je vous souhaite du bonheur », lui
dit-elle, « mais je n'y veux pas contribuer, de peur de faire
« du mal à d'autres en vous mettant en état d'en faire. Le
« monde n'est pas assez épuisé de gens de bien qui souffrent,
« pour qu'on soit réduit à songer à vous. » Il est vrai que
cette dureté lui coûte extrêmement et qu'il lui est rare de
l'exercer. Sa maxime est de compter pour bons tous ceux
dont la méchanceté ne lui est pas prouvée, et il y a bien peu
de méchants qui n'aient l'adresse de se mettre à l'abri des
preuves. Elle n'a point cette charité paresseuse des riches
qui payent en argent aux malheureux le droit de rejeter leurs
prières, et pour un bienfait imploré ne savent jamais donner
que l'aumône. Sa bourse n'est pas inépuisable, et depuis
qu'elle est mère de famille, elle en sait mieux régler l'usage.
De tous les secours dont on peut soulager les malheureux,
l'aumône est à la vérité celui qui coûte le moins de peine ;
mais il est aussi le plus passager et le moins solide ; et Julie
ne cherche pas à se délivrer d'eux, mais à leur être utile.

Elle n'accorde pas non plus indistinctement des recom-
mandations et des services sans bien savoir si l'usage qu'on
en veut faire est raisonnable et juste. Sa protection n'est
jamais refusée à quiconque en a un véritable besoin et mérite
de l'obtenir ; mais pour ceux que l'inquiétude ou l'ambition
porte à vouloir s'élever et quitter un état où ils sont bien,
rarement peuvent-ils l'engager à se mêler de leurs affaires.
La condition naturelle à l'homme est de cultiver la terre et
de vivre de ses fruits. Le paisible habitant des champs n'a
besoin pour sentir son bonheur que de le connaître. Tous
les vrais plaisirs de l'homme sont à sa portée ; il n'a que les

peines inséparables de l'humanité, des peines que celui qui croit s'en délivrer ne fait qu'échanger contre d'autres plus cruelles*. Cet état est le seul nécessaire et le plus utile. Il n'est malheureux que quand les autres le tyrannisent par leur violence, ou le séduisent par l'exemple de leurs vices : C'est en lui que consiste la véritable prospérité d'un pays, la force et la grandeur qu'un peuple tire de lui-même, qui ne dépend en rien des autres nations, qui ne contraint jamais d'attaquer pour se soutenir, et donne les plus sûrs moyens de se défendre. Quand il est question d'estimer la puissance publique, le bel esprit visite les palais du prince, ses ports, ses troupes, ses arsenaux, ses villes ; le vrai politique parcourt les terres et va dans la chaumière du laboureur. Le premier voit ce qu'on a fait, et le second ce qu'on peut faire.

Sur ce principe on s'attache ici, et plus encore à Étange, à contribuer autant qu'on peut à rendre aux paysans leur condition douce, sans jamais leur aider[1] à en sortir. Les plus aisés et les plus pauvres ont également la fureur d'envoyer leurs enfants dans les villes, les uns pour étudier et devenir un jour des Messieurs, les autres pour entrer en condition et décharger leurs parents de leur entretien. Les jeunes gens de leur côté aiment souvent à courir ; les filles aspirent à la parure bourgeoise, les garçons s'engagent dans un service étranger ; ils croient valoir mieux en rapportant dans leur village, au lieu de l'amour de la patrie et de la liberté, l'air à la fois rogue et rampant des soldats mercenaires, et le ridicule mépris de leur ancien état. On leur montre à tous l'erreur de ces préjugés, la corruption des enfants, l'abandon des pères, et les risques continuels de la vie, de la fortune et des mœurs, où cent périssent pour un qui réussit. S'ils s'obstinent, on ne favorise point leur fantaisie insensée, on les laisse courir au vice et à la misère, et l'on s'applique à dédommager ceux qu'on a persuadés, des sacrifices qu'ils

---

* L'homme sorti de sa première simplicité devient si stupide qu'il ne sait pas même désirer. Ses souhaits exaucés le mèneraient tous à la fortune, jamais à la félicité.

font à la raison. On leur apprend à honorer leur condition naturelle en l'honorant soi-même ; on n'a point avec les paysans les façons des villes, mais on use avec eux d'une honnête et grave familiarité, qui, maintenant chacun dans son état, leur apprend pourtant à faire cas du leur. Il n'y a point de bon paysan qu'on ne porte à se considérer lui-même, en lui montrant la différence qu'on fait de lui à ces petits parvenus qui viennent briller un moment dans leur village et ternir leurs parents de leur éclat. M. de Wolmar et le Baron quand il est ici manquent rarement d'assister aux exercices, aux prix, aux revues du village et des environs. Cette jeunesse déjà naturellement ardente et guerrière, voyant de vieux Officiers se plaire à ses assemblées, s'en estime davantage et prend plus de confiance en elle-même. On lui en donne encore plus en lui montrant des soldats retirés du service étranger en savoir moins qu'elle à tous égards ; car quoi qu'on fasse, jamais cinq sols de paye et la peur des coups de canne ne produiront une émulation pareille à celle que donne à un homme libre et sous les armes la présence de ses parents, de ses voisins, de ses amis, de sa maîtresse, et la gloire de son pays[1].

La grande maxime de Madame de Wolmar[2] est donc de ne point favoriser les changements de condition, mais de contribuer à rendre heureux chacun dans la sienne, et surtout d'empêcher que la plus heureuse de toutes, qui est celle du villageois dans un État libre, ne se dépeuple en faveur des autres.

Je lui faisais là-dessus l'objection des talents divers que la nature semble avoir partagés aux hommes, pour leur donner à chacun leur emploi, sans égard à la condition dans laquelle ils sont nés. À cela elle me répondit qu'il y avait deux choses à considérer avant le talent, savoir les mœurs, et la félicité. L'homme, dit-elle, est un être trop noble pour devoir servir simplement d'instrument à d'autres, et l'on ne doit point l'employer à ce qui leur convient sans consulter aussi ce qui lui convient à lui-même ; car les hommes ne sont pas faits pour les places, mais les places sont faites pour eux, et pour

distribuer convenablement les choses il ne faut pas tant
chercher dans leur partage l'emploi auquel chaque homme
est le plus propre, que celui qui est le plus propre à chaque
homme, pour le rendre bon et heureux autant qu'il est
possible. Il n'est jamais permis de détériorer une âme
humaine pour l'avantage des autres, ni de faire un scélérat
pour le service des honnêtes gens[1].

Or de mille sujets qui sortent du Village il n'y en a pas dix
qui n'aillent se perdre à la ville, ou qui n'en portent les vices
plus loin que les gens dont ils les ont appris. Ceux qui
réussissent et font fortune, la font presque tous par les voies
déshonnêtes qui y mènent. Les malheureux qu'elle n'a point
favorisés ne reprennent plus leur ancien état et se font
mendiants ou voleurs, plutôt que de redevenir paysans. De
ces mille s'il s'en trouve un seul qui résiste à l'exemple et se
conserve honnête homme, pensez-vous qu'à tout prendre
celui-là passe une vie aussi heureuse qu'il l'eût passée à l'abri
des passions violentes, dans la tranquille obscurité de sa
première condition ?

Pour suivre son talent il le faut connaître. Est-ce une
chose aisée de discerner toujours les talents des hommes, et
à l'âge où l'on prend un parti si l'on a tant de peine à bien
connaître ceux des enfants qu'on a le mieux observés,
comment un petit paysan saura-t-il de lui-même distinguer
les siens ? Rien n'est plus équivoque que les signes d'inclination qu'on donne dès l'enfance ; l'esprit imitateur y a
souvent plus de part que le talent ; ils dépendront plutôt
d'une rencontre fortuite que d'un penchant décidé, et le
penchant même n'annonce pas toujours la disposition. Le
vrai talent, le vrai génie a une certaine simplicité qui le rend
moins inquiet, moins remuant, moins prompt à se montrer
qu'un apparent et faux talent qu'on prend pour véritable, et
qui n'est qu'une vaine ardeur de briller, sans moyens pour y
réussir. Tel entend un tambour et veut être Général ; un
autre voit bâtir et se croit Architecte. Gustin mon jardinier
prit le goût du dessin pour m'avoir vu dessiner ; je l'envoyai
apprendre à Lausanne ; il se croyait déjà peintre, et n'est

qu'un jardinier[1]. L'occasion, le désir de s'avancer, décident
de l'état qu'on choisit[2]. Ce n'est pas assez de sentir son
génie, il faut aussi vouloir s'y livrer. Un Prince ira-t-il se
faire cocher, parce qu'il mène bien son carrosse ? Un Duc se
fera-t-il Cuisinier parce qu'il invente de bons ragoûts ? On
n'a des talents que pour s'élever, personne n'en a pour
descendre ; pensez-vous que ce soit là l'ordre de la nature ?
Quand chacun connaîtrait son talent et voudrait le suivre,
combien le pourraient ? Combien surmonteraient d'injustes
obstacles ? combien vaincraient d'indignes Concurrents ?
Celui qui sent sa faiblesse appelle à son secours le manège et
la brigue, que l'autre plus sûr de lui dédaigne. Ne m'avez-
vous pas cent fois dit vous-même que tant d'établissements
en faveur des arts ne font que leur nuire ? En multipliant
indiscrètement les Sujets[3] on les confond, le vrai mérite reste
étouffé dans la foule, et les honneurs dus au plus habile sont
tous pour le plus intrigant. S'il existait une société où les
emplois et les rangs fussent exactement mesurés sur les
talents et le mérite personnel, chacun pourrait aspirer à la
place qu'il saurait le mieux remplir ; mais il faut se conduire
par des règles plus sûres et renoncer au prix des talents,
quand le plus vil de tous est le seul qui mène à la fortune.

Je vous dirai plus, continua-t-elle ; j'ai peine à croire que
tant de talents divers doivent être tous développés ; car il
faudrait pour cela que le nombre de ceux qui les possèdent
fût exactement proportionné aux besoins de la société, et si
l'on ne laissait au travail de la terre que ceux qui ont
éminemment le talent de l'agriculture, ou qu'on enlevât à ce
travail tous ceux qui sont plus propres à un autre, il ne
resterait pas assez de laboureurs pour la cultiver et nous
faire vivre. Je penserais que les talents des hommes sont
comme les vertus des drogues que la nature nous donne
pour guérir nos maux, quoique son intention soit que nous
n'en ayons pas besoin[4]. Il y a des plantes qui nous
empoisonnent, des animaux qui nous dévorent, des talents
qui nous sont pernicieux. S'il fallait toujours employer
chaque chose selon ses principales propriétés, peut-être

ferait-on moins de bien que de mal aux hommes. Les peuples bons et simples n'ont pas besoin de tant de talents ; ils se soutiennent mieux par leur seule simplicité que les autres par toute leur industrie. Mais à mesure qu'ils se corrompent leurs talents se développent comme pour servir de supplément aux vertus qu'ils perdent, et pour forcer les méchants eux-mêmes d'être utiles en dépit d'eux.

Une autre chose sur laquelle j'avais peine à tomber d'accord avec elle était l'assistance des mendiants. Comme c'est ici une grande route, il en passe beaucoup, et l'on ne refuse l'aumône à aucun. Je lui représentai que ce n'était pas seulement un bien jeté à pure perte[1], et dont on privait ainsi le vrai pauvre ; mais que cet usage contribuait à multiplier les gueux et les vagabonds qui se plaisent à ce lâche métier, et, se rendant à charge à la société, la privent encore du travail qu'ils y pourraient faire.

Je vois bien, me dit-elle, que vous avez pris dans les grandes villes les maximes dont de complaisants raisonneurs aiment à flatter la dureté des riches ; vous en avez même pris les termes. Croyez-vous dégrader un pauvre de sa qualité d'homme, en lui donnant le nom méprisant de gueux ? compatissant comme vous l'êtes, comment avez-vous pu vous résoudre à l'employer ? Renoncez-y, mon ami, ce mot ne va point dans votre bouche. Il est plus déshonorant pour l'homme dur qui s'en sert que pour le malheureux qui le porte. Je ne déciderai point si ces détracteurs de l'aumône ont tort ou raison ; ce que je sais, c'est que mon mari qui ne cède point en bon sens à vos philosophes[2], et qui m'a souvent rapporté tout ce qu'ils disent là-dessus pour étouffer dans le cœur la pitié naturelle et l'exercer à l'insensibilité, m'a toujours paru mépriser ces discours et n'a point désapprouvé ma conduite. Son raisonnement est simple. On souffre, dit-il, et l'on entretient à grands frais des multitudes de professions inutiles dont plusieurs ne servent qu'à corrompre et gâter les mœurs. À ne regarder l'état de mendiant que comme un métier, loin qu'on en ait rien de pareil à craindre, on n'y trouve que de quoi nourrir en nous les sentiments d'intérêt et d'humanité qui devraient unir tous les hommes. Si l'on veut le considérer par le talent, pourquoi ne récompenserais-je pas l'éloquence de ce mendiant qui me remue le cœur[1] et me porte à le secourir, comme je paye un Comédien qui me fait verser quelques larmes stériles ? Si l'un me fait aimer les bonnes actions d'autrui, l'autre me porte à en faire moi-même : tout ce qu'on sent à la tragédie s'oublie à l'instant qu'on en sort ; mais la mémoire des malheureux qu'on a soulagés donne un plaisir qui renaît sans cesse. Si le grand nombre des mendiants est onéreux à l'État, de combien d'autres professions qu'on encourage et qu'on tolère n'en peut-on pas dire autant ? C'est au Souverain de faire en sorte qu'il n'y ait point de mendiants[2] : mais pour les rebuter de leur profession * faut-il rendre les citoyens inhumains et dénaturés ? Pour moi, continua Julie, sans savoir ce que les pauvres sont à l'État je sais qu'ils sont tous mes frères, et que je ne puis sans une inexcusable dureté leur refuser le faible secours qu'ils me demandent. La plupart sont des vagabonds, j'en conviens ; mais je connais trop les peines de la vie pour ignorer par combien de malheurs un honnête homme peut se trouver réduit à leur sort[4], et comment puis-je être sûre que l'inconnu qui vient implorer au nom de Dieu mon

---

* Nourrir les mendiants c'est, disent-ils, former des pépinières de voleurs ; et tout au contraire, c'est empêcher qu'ils ne le deviennent. Je conviens qu'il ne faut pas encourager les pauvres à se faire mendiants, mais quand une fois ils le sont, il faut les nourrir, de peur qu'ils ne se fassent voleurs. Rien n'engage tant à changer de profession que de ne pouvoir vivre dans la sienne : or tous ceux qui ont une fois goûté de ce métier oiseux prennent tellement le travail en aversion qu'ils aiment mieux voler et se faire pendre, que de reprendre l'usage de leurs bras. Un liard est bientôt demandé et refusé, mais vingt liards auraient payé le souper d'un pauvre que vingt refus peuvent impatienter. Qui est-ce qui voudrait jamais refuser une si légère aumône s'il songeait qu'elle peut sauver deux hommes, l'un du crime et l'autre de la mort ? J'ai lu quelque part[3] que les mendiants sont une vermine qui s'attache aux riches. Il est naturel que les enfants s'attachent aux pères ; mais ces pères opulents et durs les méconnaissent, et laissent aux pauvres le soin de les nourrir.

assistance et mendier un pauvre morceau de pain n'est pas, peut-être, cet honnête homme prêt à périr de misère, et que mon refus va réduire au désespoir ? L'aumône que je fais donner à la porte est légère. Un demi-crutz * et un morceau de pain sont ce qu'on ne refuse à personne, on donne une ration double à ceux qui sont évidemment estropiés. S'ils en trouvent autant sur leur route dans chaque maison aisée, cela suffit pour les faire vivre en chemin, et c'est tout ce qu'on doit au mendiant étranger qui passe. Quand ce ne serait pas pour eux un secours réel, c'est au moins un témoignage qu'on prend part à leur peine, un adoucissement à la dureté du refus, une sorte de salutation qu'on leur rend. Un demi-crutz et un morceau de pain ne coûtent guère plus à donner et sont une réponse plus honnête qu'un, *Dieu vous assiste ;* comme si les dons de Dieu n'étaient pas dans la main des hommes, et qu'il eût d'autres greniers sur la terre que les magasins des riches [2] ? Enfin, quoi qu'on puisse penser de ces infortunés, si l'on ne doit rien au gueux qui mendie, au moins se doit-on à soi-même de rendre honneur à l'humanité souffrante ou à son image, et de ne point s'endurcir le cœur à l'aspect de ses misères.

Voilà comment j'en use avec ceux qui mendient, pour ainsi dire, sans prétexte et de bonne foi : à l'égard de ceux qui se disent ouvriers et se plaignent de manquer d'ouvrage, il y a toujours ici pour eux des outils et du travail qui les attendent. Par cette méthode on les aide, on met leur bonne volonté à l'épreuve, et les menteurs le savent si bien qu'il ne s'en présente plus chez nous.

C'est ainsi, Milord, que cette âme angélique trouve toujours dans ses vertus de quoi combattre les vaines subtilités dont les gens cruels pallient leurs vices. Tous ces soins et d'autres semblables sont mis par elle au rang de ses plaisirs, et remplissent une partie du temps que lui laissent ses devoirs les plus chéris. Quand, après s'être acquittée de

* Petite monnaie du pays [1].

tout ce qu'elle doit aux autres elle songe ensuite à elle-même, ce qu'elle fait pour se rendre la vie agréable peut encore être compté parmi ses vertus ; tant son motif est toujours louable et honnête, et tant il y a de tempérance et de raison dans tout ce qu'elle accorde à ses désirs ! Elle veut plaire à son mari qui aime à la voir contente et gaie ; elle veut inspirer à ses enfants le goût des innocents plaisirs que la modération l'ordre et la simplicité font valoir, et qui détournent le cœur des passions impétueuses. Elle s'amuse pour les amuser, comme la colombe amollit dans son estomac le grain dont elle veut nourrir ses petits.

Julie a l'âme et le corps également sensibles. La même délicatesse règne dans ses sentiments et dans ses organes. Elle était faite pour connaître et goûter tous les plaisirs, et longtemps elle n'aima si chèrement la vertu même que comme la plus douce des voluptés[1]. Aujourd'hui qu'elle sent en paix cette volupté suprême, elle ne se refuse aucune de celles qui peuvent s'associer avec celle-là ; mais sa manière de les goûter ressemble à l'austérité de ceux qui s'y refusent, et l'art de jouir[2] est pour elle celui des privations ; non de ces privations pénibles et douloureuses qui blessent la nature et dont son auteur dédaigne l'hommage insensé, mais des privations passagères et modérées, qui conservent à la raison son empire, et servant d'assaisonnement au plaisir en préviennent le dégoût et l'abus. Elle prétend que tout ce qui tient aux sens et n'est pas nécessaire à la vie change de nature aussitôt qu'il tourne en habitude, qu'il cesse d'être un plaisir en devenant un besoin, que c'est à la fois une chaîne qu'on se donne et une jouissance dont on se prive, et que prévenir toujours les désirs n'est pas l'art de les contenter mais de les éteindre[3]. Tout celui qu'elle emploie à donner du prix aux moindres choses est de se les refuser vingt fois pour en jouir une. Cette âme simple se conserve ainsi son premier ressort ; son goût ne s'use point ; elle n'a jamais besoin de le ranimer par des excès, et je la vois souvent savourer avec délice un plaisir d'enfant, qui serait insipide à tout autre.

Un objet plus noble qu'elle se propose encore en cela, est de rester maîtresse d'elle-même, d'accoutumer ses passions à l'obéissance, et de plier tous ses désirs à la règle. C'est un nouveau moyen d'être heureuse, car on ne jouit sans inquiétude que de ce qu'on peut perdre sans peine, et si le vrai bonheur appartient au sage, c'est parce qu'il est de tous les hommes celui à qui la fortune peut le moins ôter.

Ce qui me paraît le plus singulier dans sa tempérance, c'est qu'elle la suit sur les mêmes raisons qui jettent les voluptueux dans l'excès. La vie est courte, il est vrai, dit-elle ; c'est une raison d'en user jusqu'au bout, et de dispenser avec art sa durée afin d'en tirer le meilleur parti qu'il est possible[1]. Si un jour de satiété nous ôte un an de jouissance, c'est une mauvaise philosophie d'aller toujours jusqu'où le désir nous mène, sans considérer si nous ne serons point plus tôt au bout de nos facultés que de notre carrière, et si notre cœur épuisé ne mourra point avant nous. Je vois que ces vulgaires Épicuriens pour ne vouloir jamais perdre une occasion les perdent toutes, et toujours ennuyés au sein des plaisirs n'en savent jamais trouver aucun. Ils prodiguent le temps qu'ils pensent économiser, et se ruinent comme les avares pour ne savoir rien perdre à propos. Je me trouve bien de la maxime opposée, et je crois que j'aimerais encore mieux sur ce point trop de sévérité que de relâchement. Il m'arrive quelquefois de rompre une partie de plaisir par la seule raison qu'elle m'en fait trop ; en la renouant j'en jouis deux fois. Cependant, je m'exerce à conserver sur moi l'empire de ma volonté, et j'aime mieux être taxée de caprice que de me laisser dominer par mes fantaisies.

Voilà sur quel principe on fonde ici les douceurs de la vie, et les choses de pur agrément. Julie a du penchant à la gourmandise, et dans les soins qu'elle donne à toutes les parties du ménage, la cuisine surtout n'est pas négligée. La table se sent de l'abondance générale, mais cette abondance n'est point ruineuse ; il y règne une sensualité sans raffinement ; tous les mets sont communs, mais excellents dans

leurs espèces, l'apprêt en est simple et pourtant exquis. Tout
ce qui n'est que d'appareil, tout ce qui tient à l'opinion, tous
les plats fins et recherchés, dont la rareté fait tout le prix et
qu'il faut nommer pour les trouver bons, en sont bannis à
jamais, et même dans la délicatesse et le choix de ceux qu'on
se permet, on s'abstient journellement de certaines choses
qu'on réserve pour donner à quelques repas un air de fête
qui les rend plus agréables sans être plus dispendieux. Que
croiriez-vous que sont ces mets si sobrement ménagés ? Du
gibier rare ? du poisson de mer ? des productions étrangères ? Mieux que tout cela. Quelque excellent légume du
pays, quelqu'un des savoureux herbages [1] qui croissent dans
nos jardins, certains poissons du lac apprêtés d'une certaine
manière, certains laitages de nos montagnes, quelque pâtis-
serie à l'allemande, à quoi l'on joint quelque pièce de la
chasse des gens de la maison ; voilà tout l'extraordinaire
qu'on y remarque ; voilà ce qui couvre et orne la table, ce
qui excite et contente notre appétit les jours de réjouis-
sance ; le service est modeste et champêtre, mais propre et
riant, la grâce et le plaisir y sont, la joie et l'appétit
l'assaisonnent ; des surtouts [2] dorés autour desquels on
meurt de faim, des cristaux pompeux chargés de fleurs pour
tout dessert ne remplissent point la place des mets, on n'y
sait point l'art de nourrir l'estomac par les yeux ; mais on y
sait celui d'ajouter du charme à la bonne chère, de manger
beaucoup sans s'incommoder, de s'égayer à boire sans
altérer sa raison, de tenir table longtemps sans ennui, et d'en
sortir toujours sans dégoût.

Il y a au premier étage une petite salle à manger différente
de celle où l'on mange ordinairement laquelle est au rez-de-
chaussée. Cette salle particulière est à l'angle de la maison et
éclairée de deux côtés. Elle donne par l'un sur le jardin au
delà duquel on voit le lac à travers les arbres ; par l'autre on
aperçoit ce grand coteau de vignes qui commence d'étaler
aux yeux les richesses qu'on y recueillira [3] dans deux mois [4].
Cette pièce est petite mais ornée de tout ce qui peut la
rendre agréable et riante. C'est là que Julie donne ses petits

festins à son père, à son mari, à sa cousine, à moi, à elle-même, et quelquefois à ses enfants. Quand elle ordonne d'y mettre le couvert, on sait d'avance ce que cela veut dire, et M. de Wolmar l'appelle en riant le salon d'Apollon[1] ; mais ce salon ne diffère pas moins de celui de Lucullus par le choix des Convives que par celui des mets. Les simples hôtes n'y sont point admis ; jamais on n'y mange quand on a des étrangers ; c'est l'asile inviolable de la confiance, de l'amitié, de la liberté. C'est la société des cœurs qui lie en ce lieu celle de la table ; elle est une sorte d'initiation à l'intimité, et jamais il ne s'y rassemble que des gens qui voudraient n'être plus séparés. Milord, la fête vous attend, et c'est dans cette salle que vous ferez ici votre premier repas.

Je n'eus pas d'abord le même honneur. Ce ne fut qu'à mon retour de chez Madame d'Orbe que je fus traité dans le salon d'Apollon. Je n'imaginais pas qu'on pût rien ajouter d'obligeant à la réception qu'on m'avait faite : Mais ce souper me donna d'autres idées. J'y trouvai je ne sais quel délicieux mélange de familiarité, de plaisir, d'union, d'aisance, que je n'avais point encore éprouvé. Je me sentais plus libre sans qu'on m'eût averti de l'être ; il me semblait que nous nous entendions mieux qu'auparavant. L'éloignement des domestiques m'invitait à n'avoir plus de réserve au fond de mon cœur, et c'est là qu'à l'instance de Julie je repris l'usage quitté depuis tant d'années de boire avec mes hôtes du vin pur à la fin du repas.

Ce souper m'enchanta. J'aurais voulu que tous nos repas se fussent passés de même. Je ne connaissais point cette charmante salle, dis-je à Madame de Wolmar ; pourquoi n'y mangez-vous pas toujours ? Voyez, dit-elle, elle est si jolie ! ne serait-ce pas dommage de la gâter ? Cette réponse me parut trop loin de son caractère pour n'y pas soupçonner quelque sens caché. Pourquoi du moins, repris-je, ne rassemblez-vous pas toujours autour de vous les mêmes commodités qu'on trouve ici, afin de pouvoir éloigner vos domestiques et causer plus en liberté ? C'est, me répondit-

elle encore, que cela serait trop agréable, et que l'ennui
d'être toujours à son aise est enfin le pire de tous. Il ne m'en
fallut pas davantage pour concevoir son système, et je jugeai
qu'en effet, l'art d'assaisonner les plaisirs n'est que celui
d'en être avare.

Je trouve qu'elle se met avec plus de soin qu'elle ne faisait
autrefois. La seule vanité qu'on lui ait jamais reprochée était
de négliger son ajustement. L'orgueilleuse avait ses raisons,
et ne me laissait point de prétexte pour méconnaître son
empire. Mais elle avait beau faire, l'enchantement était trop
fort pour me sembler naturel ; je m'opiniâtrais à trouver de
l'art dans sa négligence ; elle se serait coiffée d'un sac, que je
l'aurais accusée de coquetterie. Elle n'aurait pas moins de
pouvoir aujourd'hui ; mais elle dédaigne de l'employer et je
dirais qu'elle affecte une parure plus recherchée pour ne
sembler plus qu'une jolie femme, si je n'avais découvert la
cause de ce nouveau soin. J'y fus trompé les premiers jours,
et sans songer qu'elle n'était pas mise autrement qu'à mon
arrivée où je n'étais point attendu, j'osai m'attribuer l'honneur de cette recherche. Je me désabusai durant l'absence de
M. de Wolmar. Dès le lendemain ce n'était plus cette
élégance de la veille dont l'œil ne pouvait se lasser, ni cette
simplicité touchante et voluptueuse qui m'enivrait autrefois.
C'était une certaine modestie qui parle au cœur par les
yeux, qui n'inspire que du respect, et que la beauté rend
plus imposante. La dignité d'épouse et de mère régnait sur
tous ses charmes ; ce regard timide et tendre était devenu
plus grave ; et l'on eût dit qu'un air plus grand et plus noble
avait voilé la douceur de ses traits. Ce n'était pas qu'il y eût
la moindre altération dans son maintien ni dans ses
manières ; son égalité sa candeur ne connurent jamais les
simagrées. Elle usait seulement du talent naturel aux
femmes de changer quelquefois nos sentiments et nos idées
par un ajustement différent, par une coiffure d'une autre
forme, par une robe d'une autre couleur, et d'exercer sur les
cœurs l'empire du goût en faisant de rien quelque chose. Le
jour qu'elle attendait son mari de retour, elle retrouva l'art

d'animer ses grâces naturelles sans les couvrir ; elle était éblouissante en sortant de sa toilette ; je trouvai qu'elle ne savait pas moins effacer la plus brillante parure qu'orner la plus simple, et je me dis avec dépit en pénétrant l'objet de ses soins : En fit-elle jamais autant pour l'amour [1] ?

Ce goût de parure s'étend de la maîtresse de la maison à tout ce qui la compose. Le maître, les enfants, les domestiques, les chevaux, les bâtiments, les jardins, les meubles, tout est tenu avec un soin qui marque qu'on n'est pas au-dessous de la magnificence, mais qu'on la dédaigne. Ou plutôt, la magnificence y est en effet, s'il est vrai qu'elle consiste moins dans la richesse de certaines choses que dans un bel ordre du tout, qui marque le concert des parties et l'unité d'intention de l'ordonnateur *. Pour moi je trouve au moins que c'est une idée plus grande et plus noble de voir dans une maison simple et modeste un petit nombre de gens heureux d'un bonheur commun que de voir régner dans un palais la discorde et le trouble, et chacun de ceux qui l'habitent chercher sa fortune et son bonheur dans la ruine d'un autre et dans le désordre général. La maison bien réglée est une, et forme un tout agréable à voir : dans le palais on ne trouve qu'un assemblage confus de divers objets, dont la liaison n'est qu'apparente. Au premier coup d'œil on croit voir une fin commune ; en y regardant mieux on est bientôt détrompé.

À ne consulter que l'impression la plus naturelle, il semblerait que pour dédaigner l'éclat et le luxe on a moins besoin de modération que de goût. La symétrie et la régularité plaît [3] à tous les yeux. L'image du bien-être et de

---

* Cela me paraît incontestable. Il y a de la magnificence dans la symétrie d'un grand Palais ; il n'y en a point dans une foule de maisons confusément entassées. Il y a de la magnificence dans l'uniforme d'un Régiment en bataille ; il n'y en a point dans le peuple qui le regarde ; quoiqu'il ne s'y trouve peut-être pas un seul homme dont l'habit en particulier ne vaille mieux que celui d'un soldat. En un mot, la véritable magnificence n'est que l'ordre rendu sensible dans le grand ; ce qui fait que de tous les spectacles imaginables le plus magnifique est celui de la nature [2].

la félicité touche le cœur humain qui en est avide : mais un vain appareil qui ne se rapporte ni à l'ordre ni au bonheur et n'a pour objet que de frapper les yeux, quelle idée favorable à celui qui l'étale peut-il exciter dans l'esprit du spectateur ? L'idée du goût ? Le goût ne paraît-il pas cent fois mieux dans les choses simples que dans celles qui sont offusquées [1] de richesse. L'idée de la commodité ? Y a-t-il rien de plus incommode que le faste * ? L'idée de la grandeur ? C'est précisément le contraire. Quand je vois qu'on a voulu faire un grand palais, je me demande aussitôt pourquoi ce palais n'est pas plus grand ? Pourquoi celui qui a cinquante domestiques n'en a-t-il pas cent ? Cette belle vaisselle d'argent pourquoi n'est-elle pas d'or ? Cet homme qui dore son Carrosse pourquoi ne dore-t-il pas ses lambris ? Si ses lambris sont dorés pourquoi son toit ne l'est-il pas ? Celui qui voulut bâtir une haute tour faisait bien de la vouloir porter jusqu'au Ciel ; autrement il eût eu beau l'élever ; le point où il se fût arrêté n'eût servi qu'à donner de plus loin la preuve de son impuissance. Ô homme petit et vain, montre-moi ton pouvoir, je te montrerai ta misère !

Au contraire, un ordre de choses où rien n'est donné à l'opinion, où tout a son utilité réelle et qui se borne aux vrais besoins de la nature n'offre pas seulement un spectacle approuvé par la raison, mais qui contente les yeux et le cœur, en ce que l'homme ne s'y voit que sous des rapports agréables, comme se suffisant à lui-même, que l'image de sa

---

* Le bruit des gens d'une maison trouble incessamment le repos du maître. Il ne peut rien cacher à tant d'Argus. La foule de ses créanciers lui fait payer cher celle de ses admirateurs. Ses appartements sont si superbes qu'il est forcé de coucher dans une bouge [2] pour être à son aise, et son singe est quelquefois mieux logé que lui. S'il veut dîner, il dépend de son cuisinier et jamais de sa faim ; s'il veut sortir, il est à la merci de ses chevaux ; mille embarras l'arrêtent dans les rues ; il brûle d'arriver et ne sait plus qu'il a des jambes. Chloé [3] l'attend, les boues le retiennent, le poids de l'or de son habit l'accable, et il ne peut faire vingt pas à pied : mais s'il perd un rendez-vous avec sa maîtresse, il en est bien dédommagé par les passants : chacun remarque sa livrée, l'admire, et dit tout haut que c'est Monsieur un tel.

faiblesse n'y paraît point, et que ce riant tableau n'excite jamais de réflexions attristantes. Je défie aucun homme sensé de contempler une heure durant le palais d'un prince et le faste qu'on y voit briller sans tomber dans la mélancolie et déplorer le sort de l'humanité. Mais l'aspect de cette maison et de la vie uniforme et simple de ses habitants répand dans l'âme des spectateurs un charme secret qui ne fait qu'augmenter sans cesse. Un petit nombre de gens doux et paisibles, unis par des besoins mutuels et par une réciproque bienveuillance[1] y concourt par divers soins à une fin commune : chacun trouvant dans son état tout ce qu'il faut pour en être content et ne point désirer d'en sortir, on s'y attache comme y devant rester toute la vie, et la seule ambition qu'on garde est celle d'en bien remplir les devoirs. Il y a tant de modération dans ceux qui commandent et tant de zèle dans ceux qui obéissent que des égaux eussent pu distribuer entre eux les mêmes emplois, sans qu'aucun se fût plaint de son partage. Ainsi nul n'envie celui d'un autre ; nul ne croit pouvoir augmenter sa fortune que par l'augmentation du bien commun ; les maîtres mêmes ne jugent de leur bonheur que par celui des gens qui les environnent. On ne saurait qu'ajouter ni que retrancher ici, parce qu'on n'y trouve que les choses utiles et qu'elles y sont toutes, en sorte qu'on n'y souhaite rien de ce qu'on n'y voit pas, et qu'il n'y a rien de ce qu'on y voit dont on puisse dire, pourquoi n'y en a-t-il pas davantage[2] ? Ajoutez-y du galon, des tableaux, un lustre, de la dorure, à l'instant vous appauvrirez tout. En voyant tant d'abondance dans le nécessaire, et nulle trace de superflu, on est porté à croire que s'il n'y est pas c'est qu'on n'a pas voulu qu'il y fût, et que si on le voulait, il y régnerait avec la même profusion : En voyant continuellement les biens refluer au dehors par l'assistance du pauvre, on est porté à dire ; cette maison ne peut contenir toutes ses richesses. Voilà, ce me semble, la véritable magnificence.

Cet air d'opulence m'effraya moi-même, quand je fus instruit de ce qui servait à l'entretenir. Vous vous ruinez, dis-je à M. et Mad^e de Wolmar. Il n'est pas possible qu'un si

modique revenu suffise à tant de dépenses. Ils se mirent à
rire, et me firent voir que, sans rien retrancher dans leur
maison, il ne tiendrait qu'à eux d'épargner beaucoup et
d'augmenter leur revenu plutôt que de se ruiner. Notre
grand secret pour être riches, me dirent-ils est d'avoir peu
d'argent, et d'éviter autant qu'il se peut dans l'usage de nos
biens les échanges intermédiaires entre le produit et l'emploi. Aucun de ces échanges ne se fait sans perte, et ces
pertes multipliées réduisent presque à rien d'assez grands
moyens, comme à force d'être brocantée une belle boîte
d'or devient un mince colifichet. Le transport de nos
revenus s'évite en les employant sur le lieu, l'échange s'en
évite encore en les consommant en nature, et dans l'indispensable conversion de ce que nous avons de trop en ce qui
nous manque, au lieu des ventes et des achats pécuniaires
qui doublent le préjudice, nous cherchons des échanges
réels où la commodité de chaque contractant tienne lieu de
profit à tous deux [1].

Je conçois, leur dis-je, les avantages de cette méthode ;
mais elle ne me paraît pas sans inconvénient. Outre les soins
importuns auxquels elle assujettit, le profit doit être plus
apparent que réel, et ce que vous perdez dans le détail de la
régie de vos biens l'emporte probablement sur le gain que
feraient avec vous vos Fermiers : car le travail se fera
toujours avec plus d'économie et la récolte avec plus de soin
par un paysan que par vous. C'est une erreur, me répondit
Wolmar ; le paysan se soucie moins d'augmenter le produit
que d'épargner sur les frais, parce que les avances lui sont
plus pénibles que les profits ne lui sont utiles ; comme son
objet n'est pas tant de mettre un fonds en valeur que d'y
faire peu de dépense, s'il s'assure un gain actuel c'est bien
moins en améliorant la terre qu'en l'épuisant, et le mieux
qui puisse arriver est qu'au lieu de l'épuiser il la néglige.
Ainsi pour un peu d'argent comptant [2] recueilli sans embarras, un propriétaire oisif prépare à lui ou à ses enfants de
grandes pertes, de grands travaux, et quelquefois la ruine de
son patrimoine.

D'ailleurs, poursuivit M. de Wolmar, je ne disconviens pas que je ne fasse la culture de mes terres à plus grands frais que ne ferait un fermier ; mais aussi le profit du fermier c'est moi qui le fais, et cette culture étant beaucoup meilleure le produit est beaucoup plus grand ; de sorte qu'en dépensant davantage, je ne laisse pas de gagner encore. Il y a plus ; cet excès de dépense n'est qu'apparent et produit réellement une très grande économie : car, si d'autres cultivaient nos terres, nous serions oisifs ; il faudrait demeurer à la ville, la vie y serait plus chère, il nous faudrait des amusements qui nous coûteraient beaucoup plus que ceux que nous trouvons ici, et nous seraient moins sensibles. Ces soins que vous appelez importuns font à la fois nos devoirs et nos plaisirs ; grâce à la prévoyance avec laquelle on les ordonne, ils ne sont jamais pénibles ; ils nous tiennent lieu d'une foule de fantaisies ruineuses dont la vie champêtre prévient ou détruit le goût, et tout ce qui contribue à notre bien-être devient pour nous un amusement.

Jetez les yeux tout autour de vous, ajoutait ce judicieux père de famille, vous n'y verrez que des choses utiles, qui ne nous coûtent presque rien et nous épargnent mille vaines dépenses. Les seules denrées du cru couvrent notre table, les seules étoffes du pays composent presque nos meubles[1] et nos habits : rien n'est méprisé parce qu'il est commun, rien n'est estimé parce qu'il est rare. Comme tout ce qui vient de loin est sujet à être déguisé ou falsifié, nous nous bornons, par délicatesse autant que par modération au choix de ce qu'il y a de meilleur auprès de nous et dont la qualité n'est pas suspecte. Nos mets sont simples, mais choisis. Il ne manque à notre table pour être somptueuse que d'être servie loin d'ici ; car tout y est bon, tout y serait rare, et tel gourmand trouverait les truites du lac bien meilleures, s'il les mangeait à Paris.

La même règle a lieu dans le choix de la parure, qui comme vous voyez n'est pas négligée ; mais l'élégance y préside seule, la richesse ne s'y montre jamais, encore moins la mode. Il y a une grande différence entre le prix que l'opinion donne aux choses et celui qu'elles ont réellement. C'est à ce dernier seul que Julie s'attache, et quand il est question d'une étoffe, elle ne cherche pas tant si elle est ancienne ou nouvelle que si elle est bonne et si elle lui sied. Souvent même la nouveauté seule est pour elle un motif d'exclusion, quand cette nouveauté donne aux choses un prix qu'elles n'ont pas ou qu'elles ne sauraient garder.

Considérez encore qu'ici l'effet de chaque chose vient moins d'elle-même que de son usage et de son accord avec le reste, de sorte qu'avec des parties de peu de valeur Julie a fait un tout d'un grand prix. Le goût aime à créer, à donner seul la valeur aux choses. Autant la loi de la mode est inconstante et ruineuse, autant la sienne est économe et durable. Ce que le bon goût approuve une fois est toujours bien ; s'il est rarement à la mode, en revanche il n'est jamais ridicule, et dans sa modeste simplicité il tire de la convenance des choses des règles inaltérables et sûres, qui restent quand les modes ne sont plus.

Ajoutez enfin que l'abondance du seul nécessaire ne peut dégénérer en abus ; parce que le nécessaire a sa mesure naturelle, et que les vrais besoins n'ont jamais d'excès. On peut mettre la dépense de vingt habits en un seul, et manger en un repas le revenu d'une année ; mais on ne saurait porter deux habits en même temps ni dîner deux fois en un jour[1]. Ainsi l'opinion est illimitée, au lieu que la nature nous arrête de tous côtés, et celui qui dans un état médiocre se borne au bien-être ne risque point de se ruiner.

Voilà, mon cher, continuait le sage Wolmar, comment avec de l'économie et des soins on peut se mettre au-dessus de sa fortune. Il ne tiendrait qu'à nous d'augmenter la nôtre sans changer notre manière de vivre ; car il ne se fait ici presque aucune avance qui n'ait un produit pour objet, et tout ce que nous dépensons nous rend de quoi dépenser beaucoup plus.

Hé bien, Milord, rien de tout cela ne paraît au premier coup d'œil. Partout un air de profusion couvre l'ordre qui le

donne ; il faut du temps pour apercevoir des lois somp-
tuaires qui mènent à l'aisance et au plaisir, et l'on a d'abord
peine à comprendre comment on jouit de ce qu'on épargne.
En y réfléchissant le contentement augmente, parce qu'on
voit que la source en est intarissable et que l'art de goûter le
bonheur de la vie sert encore à le prolonger. Comment se
lasserait-on d'un état si conforme à la nature ? Comment
épuiserait-on son héritage en l'améliorant tous les jours ?
Comment ruinerait-on sa fortune en ne consommant que
ses revenus ? Quand chaque année on est sûr de la suivante,
qui peut troubler la paix de celle qui court ? Ici le fruit du
labeur passé soutient l'abondance présente, et le fruit du
labeur présent annonce l'abondance à venir ; on jouit à la
fois de ce qu'on dépense et de ce qu'on recueille, et les
divers temps se rassemblent pour affermir la sécurité du
présent [1].

Je suis entré dans tous les détails du ménage et j'ai partout
vu régner le même esprit. Toute la broderie et la dentelle
sortent du gynécée ; toute la toile est filée dans la basse-
cour [2] ou par de pauvres femmes que l'on nourrit. La laine
s'envoie à des manufactures dont on tire en échange des
draps pour habiller les gens ; le vin, l'huile, et le pain se font
dans la maison ; on a des bois en coupe réglée autant qu'on
en peut consommer ; le boucher se paye en bétail, l'épicier
reçoit du blé pour ses fournitures ; le salaire des ouvriers et
des domestiques se prend sur le produit des terres qu'ils
font valoir ; le loyer des maisons de la ville suffit pour
l'ameublement de celles qu'on habite ; les rentes sur les
fonds publics fournissent à l'entretien des maîtres, et au peu
de vaisselle qu'on se permet, la vente des vins et des blés qui
restent donne un fonds qu'on laisse en réserve pour les
dépenses extraordinaires ; fonds que la prudence de Julie ne
laisse jamais tarir, et que sa charité laisse encore moins
augmenter. Elle n'accorde aux choses de pur agrément que
le profit du travail qui se fait dans sa maison, celui des terres
qu'ils ont défrichées, celui des arbres qu'ils ont fait planter
etc. Ainsi le produit et l'emploi se trouvant toujours

compensés par la nature des choses, la balance ne peut être rompue, et il est impossible de se déranger.

Bien plus ; les privations qu'elle s'impose par cette volupté tempérante dont j'ai parlé sont à la fois de nouveaux moyens de plaisir et de nouvelles ressources d'économie. Par exemple elle aime beaucoup le café ; chez sa mère elle en prenait tous les jours. Elle en a quitté l'habitude pour en augmenter le goût ; elle s'est bornée à n'en prendre que quand elle a des hôtes, et dans le salon d'Apollon, afin d'ajouter cet air de fête à tous les autres. C'est une petite sensualité qui la flatte plus, qui lui coûte moins, et par laquelle elle aiguise et règle à la fois sa gourmandise. Au contraire, elle met à deviner et satisfaire les goûts de son père et de son mari une attention sans relâche, une prodigalité naturelle et pleine de grâces qui leur fait mieux goûter ce qu'elle leur offre par le plaisir qu'elle trouve à le leur offrir. Ils aiment tous deux à prolonger un peu la fin du repas, à la Suisse [1] : Elle ne manque jamais après le souper de faire servir une bouteille de vin plus délicat, plus vieux que celui de l'ordinaire. Je fus d'abord la dupe des noms pompeux qu'on donnait à ces vins, qu'en effet je trouve excellents, et, les buvant comme étant des lieux dont ils portaient les noms, je fis la guerre à Julie d'une infraction si manifeste à ses maximes ; mais elle me rappela en riant un passage de Plutarque [2], où Flaminius compare les troupes Asiatiques d'Antiochus sous mille noms barbares, aux ragoûts divers sous lesquels un ami lui avait déguisé la même viande. Il en est de même, dit-elle, de ces vins étrangers que vous me reprochez. Le rancio, le cherez [3], le malaga, le chassaigne, le syracuse dont vous buvez avec tant de plaisir ne sont en effet que des vins de Lavaux diversement préparés, et vous pouvez voir d'ici le vignoble qui produit toutes ces boissons lointaines. Si elles sont inférieures en qualités aux vins fameux dont elles portent les noms, elles n'en ont pas les inconvénients, et comme on est sûr de ce qui les compose, on peut au moins les boire sans risque. J'ai lieu de croire, continua-t-elle, que mon père et

mon mari les aiment autant que les vins les plus rares. Les
siens, me dit alors M. de Wolmar ont pour nous un goût
dont manquent tous les autres ; c'est le plaisir qu'elle a pris à
les préparer. Ah, reprit-elle, ils seront toujours exquis !

Vous jugez bien qu'au milieu de tant de soins divers le
désœuvrement et l'oisiveté qui rendent nécessaires la
compagnie les visites et les sociétés extérieures, ne trouvent
guère ici de place. On fréquente les voisins, assez pour
entretenir un commerce agréable, trop peu pour s'y assujettir. Les hôtes sont toujours bien venus et ne sont jamais
désirés. On ne voit précisément qu'autant de monde qu'il
faut pour se conserver le goût de la retraite ; les occupations
champêtres tiennent lieu d'amusements, et pour qui trouve
au sein de sa famille une douce société, toutes les autres sont
bien insipides. La manière dont on passe ici le temps est
trop simple et trop uniforme pour tenter beaucoup de
gens * ; mais c'est par la disposition du cœur de ceux qui
l'ont adoptée qu'elle leur est intéressante. Avec une âme
saine, peut-on s'ennuyer à remplir les plus chers et les plus
charmants devoirs de l'humanité, et à se rendre mutuellement la vie heureuse ? Tous les soirs Julie contente de sa
journée n'en désire point une différente pour le lendemain,
et tous les matins elle demande au Ciel un jour semblable à
celui de la veille [2] : elle fait toujours les mêmes choses parce
qu'elles sont bien, et qu'elle ne connaît rien de mieux à faire.
Sans doute elle jouit ainsi de toute la félicité permise à
l'homme. Se plaire dans la durée de son état n'est-ce pas un
signe assuré qu'on y vit heureux ?

Si l'on voit rarement ici de ces tas de désœuvrés qu'on
appelle bonne compagnie, tout ce qui s'y rassemble inté-

---

* Je crois qu'un de nos beaux esprits voyageant dans ce pays-là, reçu et
caressé dans cette maison à son passage, ferait ensuite à ses amis une relation
bien plaisante de la vie de manants qu'on y mène. Au reste, je vois par les
lettres de Miladi Catesby que ce goût n'est pas particulier à la France, et que
c'est apparemment aussi l'usage en Angleterre de tourner ses hôtes en
ridicule, pour prix de leur hospitalité [1].

resse le cœur par quelque endroit avantageux, et rachète quelques ridicules par mille vertus. De paisibles campagnards sans monde et sans politesse ; mais bons, simples, honnêtes et contents de leur sort ; d'anciens officiers retirés du service ; des commerçants ennuyés de s'enrichir ; de sages mères de famille qui amènent leurs filles à l'école de la modestie et des bonnes mœurs ; voilà le cortège que Julie aime à rassembler autour d'elle. Son mari n'est pas fâché d'y joindre quelquefois de ces aventuriers corrigés par l'âge et l'expérience, qui, devenus sages à leurs dépens, reviennent sans chagrin cultiver le champ de leur père qu'ils voudraient n'avoir point quitté. Si quelqu'un récite à table les événements de sa vie, ce ne sont point les aventures merveilleuses du riche Sindbad racontant au sein de la mollesse orientale comment il a gagné ses trésors : Ce sont les relations plus simples de gens sensés que les caprices du sort et les injustices des hommes ont rebutés des faux biens vainement poursuivis, pour leur rendre le goût des véritables.

Croiriez-vous que l'entretien même des paysans a des charmes pour ces âmes élevées avec qui le sage aimerait à s'instruire ? Le judicieux Wolmar trouve dans la naïveté villageoise des caractères plus marqués, plus d'hommes pensant par eux-mêmes que sous le masque uniforme des habitants des villes, où chacun se montre comme sont les autres, plutôt que comme il est lui-même. La tendre Julie trouve en eux des cœurs sensibles aux moindres caresses, et qui s'estiment heureux de l'intérêt qu'elle prend à leur bonheur. Leur cœur ni leur esprit ne sont point façonnés par l'art ; ils n'ont point appris à se former sur nos modèles, et l'on n'a pas peur de trouver en eux l'homme de l'homme, au lieu de celui de la nature.

Souvent dans ses tournées M. de Wolmar rencontre quelque bon Vieillard dont le sens et la raison le frappent, et qu'il se plaît à faire causer. Il l'amène à sa femme ; elle lui fait un accueil charmant, qui marque, non la politesse et les airs de son état, mais la bienveillance [1] et l'humanité de son caractère. On retient le bonhomme à dîner. Julie le place à côté d'elle, le sert, le caresse[1], lui parle avec intérêt, s'informe de sa famille, de ses affaires, ne sourit point de son embarras, ne donne point une attention gênante à ses manières rustiques, mais le met à son aise par la facilité des siennes, et ne sort point avec lui de ce tendre et touchant respect dû à la vieillesse infirme qu'honore une longue vie passée sans reproche. Le vieillard enchanté se livre à l'épanchement de son cœur ; il semble reprendre un moment la vivacité de sa jeunesse. Le vin bu à la santé d'une jeune Dame en réchauffe mieux son sang à demi glacé. Il se ranime à parler de son ancien temps, de ses amours, de ses campagnes, des combats où il s'est trouvé, du courage de ses compatriotes[2], de son retour au pays, de sa femme, de ses enfants, des travaux champêtres, des abus qu'il a remarqués, des remèdes qu'il imagine. Souvent des longs discours de son âge sortent d'excellents préceptes moraux, ou des leçons d'agriculture ; et quand il n'y aurait dans les choses qu'il dit que le plaisir qu'il prend à les dire, Julie en prendrait à les écouter.

Elle passe après le dîné dans sa chambre, et en rapporte un petit présent de quelque nippe[3] convenable à la femme ou aux filles du vieux bonhomme. Elle le lui fait offrir par les enfants, et réciproquement il rend aux enfants quelque don simple et de leur goût dont elle l'a secrètement[4] chargé pour eux. Ainsi se forme de bonne heure l'étroite et douce bienveuillance qui fait la liaison des états divers[5]. Les enfants s'accoutument à honorer la vieillesse, à estimer la simplicité, et à distinguer le mérite dans tous les rangs. Les paysans, voyant leurs vieux pères fêtés dans une maison respectable et admis à la table des maîtres, ne se tiennent point offensés d'en être exclus ; ils ne s'en prennent point à leur rang mais à leur âge ; ils ne disent point, nous sommes trop pauvres, mais, nous sommes trop jeunes pour être ainsi traités : l'honneur qu'on rend à leurs vieillards et l'espoir de le partager un jour les consolent d'en être privés et les excitent à s'en rendre dignes.

Cependant, le vieux bonhomme, encore attendri des

caresses qu'il a reçues, revient dans sa chaumière, empressé de montrer à sa femme et à ses enfants les dons qu'il leur apporte. Ces bagatelles répandent la joie dans toute une famille qui voit qu'on a daigné s'occuper d'elle. Il leur raconte avec emphase la réception qu'on lui a faite, les mets dont on l'a servi, les vins dont il a goûté, les discours obligeants qu'on lui a tenus, combien on s'est informé d'eux, l'affabilité des maîtres, l'attention des serviteurs, et généralement ce qui peut donner du prix aux marques d'estime et de bonté qu'il a reçues ; en le racontant il en jouit une seconde fois, et toute la maison croit jouir aussi des honneurs rendus à son chef. Tous bénissent de concert cette famille illustre et généreuse qui donne exemple aux grands et refuge aux petits, qui ne dédaigne point le pauvre et rend honneur aux cheveux blancs. Voilà l'encens qui plaît aux âmes bienfaisantes. S'il est des bénédictions humaines que le Ciel daigne exaucer, ce ne sont point celles qu'arrache[1] la flatterie et la bassesse en présence des gens qu'on loue, mais celles que dicte en secret un cœur simple et reconnaissant au coin d'un foyer rustique.

C'est ainsi qu'un sentiment agréable et doux peut couvrir de son charme une vie insipide à des cœurs indifférents : c'est ainsi que les soins, les travaux, la retraite peuvent devenir des amusements par l'art de les diriger. Une âme saine peut donner du goût à des occupations communes, comme la santé du corps fait trouver bons les aliments les plus simples. Tous ces gens ennuyés qu'on amuse avec tant de peine doivent leur dégoût à leurs vices, et ne perdent le sentiment du plaisir qu'avec celui du devoir. Pour Julie, il lui est arrivé précisément le contraire, et des soins qu'une certaine langueur d'âme lui eût laissé négliger autrefois, lui deviennent intéressants par le motif qui les inspire. Il faudrait être insensible pour être toujours sans vivacité[2]. La sienne s'est développée par les mêmes causes qui la réprimaient autrefois. Son cœur cherchait la retraite et la solitude pour se livrer en paix aux affections dont il était pénétré ; maintenant elle a pris une activité nouvelle en formant de nouveaux liens. Elle n'est point de ces indolentes mères de famille, contentes d'étudier quand il faut agir, qui perdent à s'instruire des devoirs d'autrui le temps qu'elles devraient mettre à remplir les leurs. Elle pratique aujourd'hui ce qu'elle apprenait autrefois. Elle n'étudie plus, elle ne lit plus ; elle agit. Comme elle se lève une heure plus tard que son mari, elle se couche aussi plus tard d'une heure. Cette heure est le seul temps qu'elle donne encore à l'étude, et la journée ne lui paraît jamais assez longue pour tous les soins dont elle aime à la remplir.

Voilà, Milord, ce que j'avais à vous dire sur l'économie de cette maison, et sur la vie privée des maîtres qui la gouvernent. Contents de leur sort, ils en jouissent paisiblement ; contents de leur fortune, ils ne travaillent pas à l'augmenter pour leurs enfants ; mais à leur laisser avec l'héritage qu'ils ont reçu, des terres en bon état, des domestiques affectionnés, le goût du travail, de l'ordre, de la modération, et tout ce qui peut rendre douce et charmante à des gens sensés la jouissance d'un bien médiocre, aussi sagement conservé qu'il fut honnêtement acquis.

LETTRE III

À Milord Édouard[1]*

Nous avons eu des hôtes ces jours derniers. Ils sont repartis hier, et nous recommençons entre nous trois une société d'autant plus charmante qu'il n'est rien resté dans le fond des cœurs qu'on veuille se cacher l'un à l'autre. Quel

---

* Deux Lettres écrites en différents temps roulaient sur le sujet de celle-ci, ce qui occasionnait bien des répétitions inutiles. Pour les retrancher, j'ai réuni ces deux Lettres en une seule. Au reste ; sans prétendre justifier l'excessive longueur de plusieurs des lettres dont ce recueil est composé, je remarquerai que les lettres des solitaires sont longues et rares ; celles des gens du monde fréquentes et courtes. Il ne faut qu'observer cette différence pour en sentir à l'instant la raison[2].

plaisir je goûte à reprendre un nouvel être qui me rend digne de votre confiance ! Je ne reçois pas une marque d'estime de Julie et de son mari, que je ne me dise avec une certaine fierté d'âme ; enfin j'oserai me montrer à lui. C'est par vos soins, c'est sous vos yeux que j'espère honorer mon état présent de mes fautes passées. Si l'amour éteint jette l'âme dans l'épuisement, l'amour subjugué lui donne avec la conscience de sa victoire une élévation nouvelle, et un attrait plus vif pour tout ce qui est grand et beau. Voudrait-on perdre le fruit d'un sacrifice qui nous a coûté si cher ? Non, Milord, je sens qu'à votre exemple mon cœur va mettre à profit tous les ardents sentiments qu'il a vaincus. Je sens qu'il faut avoir été ce que je fus pour devenir ce que je veux être.

Après six jours perdus aux entretiens frivoles des gens indifférents, nous avons passé aujourd'hui une matinée à l'anglaise[1], réunis et dans le silence, goûtant à la fois le plaisir d'être ensemble et la douceur du recueillement. Que les délices de cet état sont connues de peu de gens ! Je n'ai vu personne en France en avoir la moindre idée. La conversation des amis ne tarit jamais, disent-ils. Il est vrai, la langue fournit un babil facile aux attachements médiocres. Mais l'amitié, Milord, l'amitié ! sentiment vif et céleste, quels discours sont dignes de toi ? Quelle langue ose être ton interprète ? Jamais ce qu'on dit à son ami peut-il valoir ce qu'on sent à ses côtés ? Mon Dieu ! qu'une main serrée, qu'un regard animé, qu'une étreinte contre la poitrine, que le soupir qui la suit disent de choses, et que le premier mot qu'on prononce est froid après tout cela ! Ô veillées de Besançon[2] ! moments consacrés au silence et recueillis par l'amitié ! Ô Bomston ! âme grande, ami sublime ! Non, je n'ai point avili ce que tu fis pour moi, et ma bouche ne t'en a jamais rien dit.

Il est sûr que cet état de contemplation fait un des grands charmes des hommes sensibles. Mais j'ai toujours trouvé que les importuns empêchaient de le goûter, et que les amis ont besoin d'être sans témoin pour pouvoir ne se rien dire, à leur aise. On veut être recueillis, pour ainsi dire, l'un dans l'autre : les moindres distractions sont désolantes, la moindre contrainte est insupportable. Si quelquefois le cœur porte un mot à la bouche, il est si doux de pouvoir le prononcer sans gêne. Il semble qu'on n'ose penser librement ce qu'on n'ose dire de même : il semble que la présence d'un seul étranger retienne le sentiment, et comprime des âmes qui s'entendraient si bien sans lui.

Deux heures se sont ainsi écoulées entre nous dans cette immobilité d'extase, plus douce mille fois que le froid repos des Dieux d'Épicure. Après le déjeuné, les enfants sont entrés comme à l'ordinaire dans la chambre de leur mère[1] ; mais au lieu d'aller ensuite s'enfermer avec eux dans le gynécée selon sa coutume ; pour nous dédommager en quelque sorte du temps perdu sans nous voir, elle les a fait rester avec elle, et nous ne nous sommes point quittés jusqu'au dîné. Henriette qui commence à savoir tenir l'aiguille, travaillait assise devant la Fanchon qui faisait de la dentelle, et dont l'oreiller[2] posait sur le dossier de sa petite chaise. Les deux garçons feuilletaient sur une table un recueil d'images, dont l'aîné expliquait les sujets au cadet. Quand il se trompait, Henriette attentive et qui sait le recueil par cœur avait soin de le corriger. Souvent feignant d'ignorer à quelle estampe ils étaient, elle en tirait un prétexte de se lever, d'aller et venir de sa chaise à la table et de la table à sa chaise. Ces promenades ne lui déplaisaient pas et lui attiraient toujours quelque agacerie de la part du petit mali ; quelquefois même il s'y joignait un baiser, que sa bouche enfantine sait mal appliquer encore, mais dont Henriette, déjà plus savante, lui épargne volontiers la façon. Pendant ces petites leçons qui se prenaient et se donnaient sans beaucoup de soin, mais aussi sans la moindre gêne, le cadet comptait furtivement des onchets[3] de buis, qu'il avait cachés sous le livre.

Madame de Wolmar brodait près de la fenêtre vis-à-vis des enfants ; nous étions son mari et moi encore autour de la table à thé lisants la gazette, à laquelle elle prêtait assez peu

d'attention. Mais à l'article de la maladie du Roi de France
et de l'attachement singulier de son peuple[1], qui n'eut
jamais d'égal que celui des Romains pour Germanicus[2], elle
a fait quelques réflexions sur le bon naturel de cette nation
douce et bienveillante que toutes haïssent et qui n'en hait
aucune, ajoutant qu'elle n'enviait du rang suprême, que le
plaisir de s'y faire aimer. N'enviez rien, lui a dit son mari
d'un ton qu'il m'eût dû laisser prendre[3] ; il y a longtemps
que nous sommes tous vos sujets. À ce mot, son ouvrage est
tombé de ses mains ; elle a tourné la tête, et jeté sur son
digne époux un regard si touchant, si tendre, que j'en ai
tressailli moi-même. Elle n'a rien dit : qu'eût-elle dit qui
valût ce regard ? Nos yeux se sont aussi rencontrés. J'ai senti
à la manière dont son mari m'a serré la main que la même
émotion nous gagnait tous trois, et que la douce influence
de cette âme expansive agissait autour d'elle, et triomphait
de l'insensibilité même.

C'est dans ces dispositions qu'a commencé le silence dont
je vous parlais ; vous pouvez juger qu'il n'était pas de
froideur et d'ennui. Il n'était interrompu que par le petit
manège des enfants ; encore, aussitôt que nous avons cessé
de parler, ont-ils modéré par imitation leur caquet, comme
craignant de troubler le recueillement universel. C'est la
petite Surintendante[4] qui la première s'est mise à baisser la
voix, à faire signe aux autres, à courir sur la pointe du pied,
et leurs jeux sont devenus d'autant plus amusants que cette
légère contrainte y ajoutait un nouvel intérêt. Ce spectacle
qui semblait être mis sous nos yeux pour prolonger notre
attendrissement a produit son effet naturel.

Ammutiscon le lingue, e parlan l'alme[5].

Que de choses se sont dites sans ouvrir la bouche ! Que
d'ardents sentiments se sont communiqués sans la froide
entremise de la parole ! Insensiblement Julie s'est laissée
absorber à celui qui dominait tous les autres. Ses yeux se
sont tout à fait fixés sur ses trois enfants, et son cœur ravi
dans une si délicieuse extase animait son charmant visage de

tout ce que la tendresse maternelle eut jamais de plus touchant.

Livrés nous-mêmes à cette double contemplation, nous nous laissions entraîner Wolmar et moi à nos rêveries, quand les enfants, qui les causaient, les ont fait finir. L'aîné, qui s'amusait aux images, voyant que les onchets empêchaient son frère d'être attentif, a pris le temps qu'il les avait rassemblés, et lui donnant un coup sur la main, les a fait sauter par la chambre. Marcellin s'est mis à pleurer ; et sans s'agiter pour le faire taire, Mad^e de Wolmar a dit à Fanchon d'emporter les onchets. L'enfant s'est tu sur-le-champ, mais les onchets n'ont pas moins été emportés, sans qu'il ait recommencé de pleurer comme je m'y étais attendu. Cette circonstance qui n'était rien m'en a rappelé beaucoup d'autres auxquelles je n'avais fait nulle attention, et je ne me souviens pas, en y pensant, d'avoir vu d'enfants à qui l'on parlât si peu et qui fussent moins incommodes. Ils ne quittent presque jamais leur mère, et à peine s'aperçoit-on qu'ils soient là. Ils sont vifs, étourdis, sémillants, comme il convient à leur âge, jamais importuns ni criards, et l'on voit qu'ils sont discrets avant de savoir ce que c'est que discrétion. Ce qui m'étonnait le plus dans les réflexions où ce sujet m'a conduit, c'était que cela se fît comme de soi-même, et qu'avec une si vive tendresse pour ses enfants, Julie se tourmentât si peu autour d'eux. En effet, on ne la voit jamais s'empresser à les faire parler ou taire, ni à leur prescrire ou défendre ceci ou cela. Elle ne dispute point avec eux, elle ne les contrarie point dans leurs amusements ; on dirait qu'elle se contente de les voir et de les aimer, et que quand ils ont passé leur journée avec elle, tout son devoir de mère est rempli.

Quoique cette paisible tranquillité me parût plus douce à considérer que l'inquiète sollicitude des autres mères, je n'en étais pas moins frappé d'une indolence qui s'accordait mal avec mes idées. J'aurais voulu qu'elle n'eût pas encore été contente avec tant de sujets de l'être : une activité superflue sied si bien à l'amour maternel ! Tout ce que je voyais de bon dans ses enfants, j'aurais voulu l'attribuer à ses soins ; j'aurais voulu qu'ils dussent moins à la nature et davantage à leur mère, je leur aurais presque désiré des défauts pour la voir plus empressée à les corriger.

Après m'être occupé longtemps de ces réflexions en silence, je l'ai rompu pour les lui communiquer. Je vois, lui ai-je dit, que le Ciel récompense la vertu des mères par le bon naturel des enfants : mais ce bon naturel veut être cultivé. C'est dès leur naissance que doit commencer leur éducation. Est-il un temps plus propre à les former, que celui où ils n'ont encore aucune forme à détruire ? Si vous les livrez à eux-mêmes dès leur enfance, à quel âge attendrez-vous d'eux de la docilité ? Quand vous n'auriez rien à leur apprendre, il faudrait leur apprendre à vous obéir. Vous apercevez-vous, a-t-elle répondu, qu'ils me désobéissent ? Cela serait difficile, ai-je dit, quand vous ne leur commandez rien. Elle s'est mise à sourire en regardant son mari, et me prenant par la main, elle m'a mené dans le cabinet, où nous pouvions causer tous trois sans être entendus des enfants.

C'est là que m'expliquant à loisir ses maximes, elle m'a fait voir sous cet air de négligence la plus vigilante attention qu'ait jamais donné[1] la tendresse maternelle. Longtemps m'a-t-elle dit, j'ai pensé comme vous sur les instructions prématurées, et durant ma première grossesse, effrayée de tous mes devoirs et des soins que j'aurais bientôt à remplir, j'en parlais souvent à M. de Wolmar avec inquiétude. Quel meilleur guide pouvais-je prendre en cela qu'un observateur éclairé, qui joignait à l'intérêt d'un père le sens-froid[2] d'un philosophe ? Il remplit et passa mon attente ; il dissipa mes préjugés et m'apprit à m'assurer avec moins de peine un succès beaucoup plus étendu. Il me fit sentir que la première et plus importante éducation, celle précisément que tout le monde oublie* est de rendre un enfant propre à être élevé.

---

* Locke lui-même, le sage Locke l'a oubliée ; il dit bien plus ce qu'on doit exiger des enfants, que ce qu'il faut faire pour l'obtenir[3].

Une erreur commune à tous les parents qui se piquent de lumières est de supposer leurs enfants raisonnables dès leur naissance, et de leur parler comme à des hommes avant même qu'ils sachent parler. La raison est l'instrument qu'on pense employer à les instruire, au lieu que les autres instruments doivent servir à former celui-là, et que de toutes les instructions propres à l'homme, celle qu'il acquiert le plus tard et le plus difficilement est la raison même. En leur parlant dès leur bas âge une langue qu'ils n'entendent point, on les accoutume à se payer de mots, à en payer les autres, à contrôler tout ce qu'on leur dit, à se croire aussi sages que leurs maîtres, à devenir disputeurs et mutins, et tout ce qu'on pense obtenir d'eux par des motifs raisonnables, on ne l'obtient en effet que par ceux de crainte ou de vanité qu'on est toujours forcé d'y joindre.

Il n'y a point de patience que ne lasse enfin l'enfant qu'on veut élever ainsi ; et voilà comment, ennuyés, rebutés, excédés de l'éternelle importunité dont ils leur ont donné l'habitude eux-mêmes, les parents ne pouvant plus supporter le tracas des enfants sont forcés de les éloigner d'eux en les livrant à des maîtres ; comme si l'on pouvait jamais espérer d'un Précepteur plus de patience et de douceur que n'en peut avoir un père [1].

La nature, a continué Julie, veut que les enfants soient enfants avant que d'être hommes. Si nous voulons pervertir cet ordre, nous produirons des fruits précoces qui n'auront ni maturité ni saveur, et ne tarderont pas à se corrompre ; nous aurons de jeunes docteurs et de vieux enfants. L'enfance a des manières de voir, de penser, de sentir qui lui sont propres. Rien n'est moins sensé que d'y vouloir substituer les nôtres, et j'aimerais autant exiger qu'un enfant eût cinq pieds de haut que du jugement à dix ans.

La raison ne commence à se former qu'au bout de plusieurs années, et quand le corps a pris une certaine consistance. L'intention de la nature est donc que le corps se fortifie avant que l'esprit s'exerce. Les enfants sont toujours en mouvement ; le repos et la réflexion sont l'aversion de leur âge ; une vie appliquée et sédentaire les empêche de croître et de profiter ; leur esprit ni leur corps ne peuvent supporter la contrainte. Sans cesse enfermés dans une chambre avec des livres, ils perdent toute leur vigueur ; ils deviennent délicats, faibles, malsains, plutôt hébétés que raisonnables ; et l'âme se sent toute la vie du dépérissement du corps.

Quand toutes ces instructions prématurées profiteraient à leur jugement autant qu'elles y nuisent, encore y aurait-il un très grand inconvénient à les leur donner indistinctement, et sans égard à celles qui conviennent par préférence au génie de chaque enfant. Outre la constitution commune à l'espèce chacun apporte en naissant un tempérament particulier qui détermine son génie et son caractère, et qu'il ne s'agit ni de changer ni de contraindre, mais de former et de perfectionner. Tous les caractères sont bons et sains en eux-mêmes, selon M. de Wolmar. Il n'y a point, dit-il, d'erreurs dans la nature[1]*. Tous les vices qu'on impute au naturel sont l'effet des mauvaises formes qu'il a reçues. Il n'y a point de scélérat dont les penchants mieux dirigés n'eussent produit de grandes vertus. Il n'y a point d'esprit faux dont on n'eût tiré des talents utiles en le prenant d'un certain biais, comme ces figures difformes et monstrueuses qu'on rend belles et bien proportionnées en les mettant à leur point de vue. Tout concourt au bien commun dans le système universel. Tout homme a sa place assignée dans le meilleur ordre des choses[3], il s'agit de trouver cette place et de ne pas pervertir cet ordre. Qu'arrive-t-il d'une éducation commencée dès le berceau et toujours sous une même formule, sans égard à la prodigieuse diversité des esprits ? Qu'on donne à la plupart des instructions nuisibles ou déplacées, qu'on les prive de celles qui leur conviendraient, qu'on gêne de toutes parts la nature, qu'on efface les grandes qualités de l'âme, pour en substituer de petites et d'apparentes qui n'ont aucune

* Cette doctrine si vraie me surprend dans M. de Wolmar ; on verra bientôt pourquoi[2].

réalité ; qu'en exerçant indistinctement aux mêmes choses tant de talents divers on efface les uns par les autres, on les confond tous ; qu'après bien des soins perdus à gâter dans les enfants les vrais dons de la nature, on voit bientôt ternir cet éclat passager et frivole qu'on leur préfère, sans que le naturel étouffé revienne jamais ; qu'on perd à la fois ce qu'on a détruit et ce qu'on a fait ; qu'enfin pour le prix de tant de peine indiscrètement prise, tous ces petits prodiges deviennent des esprits sans force et des hommes sans mérite, uniquement remarquables par leur faiblesse et par leur inutilité.

J'entends ces maximes, ai-je dit à Julie ; mais j'ai peine à les accorder avec vos propres sentiments sur le peu d'avantage qu'il y a de développer le génie et les talents naturels de chaque individu, soit pour son propre bonheur, soit pour le vrai bien de la société. Ne vaut-il pas infiniment mieux former un parfait modèle de l'homme raisonnable et de l'honnête homme ; puis rapprocher chaque enfant de ce modèle par la force de l'éducation, en excitant l'un, en retenant l'autre, en réprimant les passions, en perfectionnant la raison, en corrigeant la nature.... Corriger la nature ! a dit Wolmar en m'interrompant ; ce mot est beau ; mais avant que de l'employer [1], il fallait répondre à ce que Julie vient de vous dire.

Une réponse très péremptoire, à ce qu'il me semblait, était de nier le principe ; c'est ce que j'ai fait. Vous supposez toujours que cette diversité d'esprits et de génies qui distingue les individus est l'ouvrage de la nature ; et cela n'est rien moins qu'évident. Car enfin, si les esprits sont différents ils sont inégaux, et si la nature les a rendus inégaux, c'est en douant les uns préférablement aux autres d'un peu plus de finesse de sens, d'étendue de mémoire, ou de capacité d'attention. Or quant aux sens et à la mémoire, il est prouvé, par l'expérience que leurs divers degrés d'étendue et de perfection ne sont point la mesure de l'esprit des hommes ; et quant à la capacité d'attention, elle dépend uniquement de la force des passions qui nous animent, et il est encore prouvé que tous les hommes sont par leur nature susceptibles de passions assez fortes pour les douer du degré d'attention auquel est attachée la supériorité de l'esprit[1].

Que si la diversité des esprits, au lieu de venir de la nature, était un effet de l'éducation, c'est-à-dire, des diverses idées, des divers sentiments qu'excitent en nous dès l'enfance les objets qui nous frappent, les circonstances où nous nous trouvons, et toutes les impressions que nous recevons ; bien loin d'attendre pour élever les enfants qu'on connût le caractère de leur esprit, il faudrait au contraire se hâter de déterminer convenablement ce caractère, par une éducation propre à celui qu'on veut leur donner[2].

À cela il m'a répondu que ce n'était pas sa méthode de nier ce qu'il voyait, lorsqu'il ne pouvait l'expliquer. Regardez, m'a-t-il dit, ces deux chiens qui sont dans la cour[3] : Ils sont de la même portée ; ils ont été nourris et traités de même ; ils ne se sont jamais quittés : cependant l'un des deux est vif, gai, caressant, plein d'intelligence : l'autre lourd, pesant, hargneux, et jamais on n'a pu lui rien apprendre. La seule différence des tempéraments a produit en eux celle des caractères, comme la seule différence de l'organisation intérieure produit en nous celle des esprits ; tout le reste a été semblable.... semblable ? ai-je interrompu ; quelle différence ? Combien de petits objets ont agi sur l'un et non pas sur l'autre ! combien de petites circonstances les ont frappés diversement, sans que vous vous en soyez aperçu ! Bon, a-t-il repris ; vous voilà raisonnant comme les astrologues. Quand on leur opposait que deux hommes nés sous le même aspect avaient des fortunes si diverses, ils rejetaient bien loin cette identité. Ils soutenaient que, vu la rapidité des cieux, il y avait une distance immense du thème de l'un de ces hommes à celui de l'autre, et que, si l'on eût pu marquer les deux instants précis de leurs naissances, l'objection se fût tournée en preuve.

Laissons je vous prie toutes ces subtilités, et nous en tenons à l'observation. Elle nous apprend qu'il y a des caractères qui s'annoncent presque en naissant, et des

enfants qu'on peut étudier sur le sein de leur nourrice.
Ceux-là font une classe à part, et s'élèvent en commençant
de vivre. Mais quant aux autres qui se développent moins
vite, vouloir former leur esprit avant de le connaître, c'est
s'exposer à gâter le bien que la nature a fait et à faire plus
mal à sa place. Platon votre maître ne soutenait-il pas que
tout le savoir humain, toute la philosophie ne pouvait tirer
d'une âme humaine que ce que la nature[1] y avait mis ;
comme toutes les opérations chimiques n'ont jamais tiré
d'aucun mixte qu'autant d'or qu'il en contenait déjà[2] ? Cela
n'est vrai ni de nos sentiments ni de nos idées ; mais cela est
vrai de nos dispositions à les acquérir. Pour changer un
esprit, il faudrait changer l'organisation intérieure ; pour
changer un caractère, il faudrait changer le tempérament
dont il dépend. Avez-vous jamais ouï dire qu'un emporté
soit devenu flegmatique, et qu'un esprit méthodique et froid
ait acquis de l'imagination ? Pour moi je trouve qu'il serait
tout aussi aisé de faire un blond d'un brun, et d'un sot un
homme d'esprit. C'est donc en vain qu'on prétendrait
refondre les divers esprits sur un modèle commun. On peut
les contraindre et non les changer : on peut empêcher les
hommes de se montrer tels qu'ils sont, mais non les faire
devenir autres ; et s'ils se déguisent dans le cours ordinaire
de la vie, vous les verrez dans toutes les occasions importantes reprendre leur caractère originel, et s'y livrer avec
d'autant moins de règle, qu'ils n'en connaissent plus en s'y
livrant. Encore une fois il ne s'agit point de changer le
caractère et de plier le naturel, mais au contraire de le
pousser aussi loin qu'il peut aller, de le cultiver et d'empêcher qu'il ne dégénère ; car c'est ainsi qu'un homme devient
tout ce qu'il peut être, et que l'ouvrage de la nature s'achève
en lui par l'éducation. Or avant de cultiver le caractère il
faut l'étudier, attendre paisiblement qu'il se montre, lui
fournir les occasions de se montrer[3], et toujours s'abstenir
de rien faire, plutôt que d'agir mal à propos. À tel génie il
faut donner des ailes, à d'autres des entraves ; l'un veut être
pressé, l'autre retenu ; l'un veut qu'on le flatte, et l'autre

qu'on l'intimide ; il faudrait tantôt éclairer, tantôt abrutir[1]. Tel homme est fait pour porter la connaissance humaine jusqu'à son dernier terme ; à tel autre il est même funeste de savoir lire. Attendons la première étincelle de la raison ; c'est elle qui fait sortir le caractère et lui donne sa véritable forme ; c'est par elle aussi qu'on le cultive, et il n'y a point avant la raison de véritable éducation pour l'homme.

Quant aux maximes de Julie que vous mettez en opposition, je ne sais ce que vous y voyez de contradictoire : Pour moi, je les trouve parfaitement d'accord. Chaque homme apporte en naissant un caractère, un génie, et des talents qui lui sont propres. Ceux qui sont destinés à vivre dans la simplicité champêtre n'ont pas besoin pour être heureux du développement de leurs facultés, et leurs talents enfouis sont comme les mines d'or du Valais que le bien public ne permet pas qu'on exploite[2]. Mais dans l'état civil où l'on a moins besoin de bras que de tête[3], et où chacun doit compte à soi-même et aux autres de tout son prix, il importe d'apprendre à tirer des hommes tout ce que la nature leur a donné, à les diriger du côté où ils peuvent aller le plus loin, et surtout à nourrir leurs inclinations de tout ce qui peut les rendre utiles. Dans le premier cas on n'a d'égard qu'à l'espèce, chacun fait ce que font tous les autres, l'exemple est la seule règle, l'habitude est le seul talent, et nul n'exerce de son âme que la partie commune à tous. Dans le second, on s'applique à l'individu : À l'homme en général on ajoute en lui tout ce qu'il peut avoir de plus qu'un autre ; on le suit aussi loin que la nature le mène, et l'on en fera le plus grand des hommes s'il a ce qu'il faut pour le devenir. Ces maximes se contredisent si peu que la pratique en est la même pour le premier âge. N'instruisez point l'enfant du villageois, car il ne lui convient pas d'être instruit[4] ; n'instruisez pas l'enfant du Citadin, car vous ne savez encore quelle instruction lui convient. En tout état de cause, laissez former le corps, jusqu'à ce que la raison commence à poindre : Alors c'est le moment de la cultiver.

Tout cela me paraîtrait fort bien, ai-je dit, si je n'y voyais un inconvénient qui nuit fort aux avantages que vous attendez de cette méthode ; c'est de laisser prendre aux enfants mille mauvaises habitudes qu'on ne prévient que par les bonnes. Voyez ceux qu'on abandonne à eux-mêmes ; ils contractent bientôt tous les défauts dont l'exemple frappe leurs yeux, parce que cet exemple est commode à suivre, et n'imitent jamais le bien, qui coûte plus à pratiquer. Accoutumés à tout obtenir, à faire en toute occasion leur indiscrète volonté, ils deviennent mutins, têtus, indomptables.... mais, a repris M. de Wolmar, il me semble que vous avez remarqué le contraire dans les nôtres, et que c'est ce qui a donné lieu à cet entretien. Je l'avoue, ai-je dit, et c'est précisément ce qui m'étonne. Qu'a-t-elle fait pour les rendre dociles ? Comment s'y est-elle prise ? Qu'a-t-elle substitué au joug de la discipline ? Un joug bien plus inflexible, a-t-il dit à l'instant, celui de la nécessité[1] : mais en vous détaillant sa conduite, elle vous fera mieux entendre ses vues. Alors il l'a engagée à m'expliquer sa méthode, et après une courte pause, voici à peu près comme elle m'a parlé.

Heureux les bien nés[2], mon aimable ami ! Je ne présume pas autant de nos soins que M. de Wolmar. Malgré ses maximes, je doute qu'on puisse jamais tirer un bon parti d'un mauvais caractère, et que tout naturel puisse être tourné à bien : mais au surplus convaincue de la bonté de sa méthode, je tâche d'y conformer en tout ma conduite dans le gouvernement de la famille. Ma première espérance est que des méchants ne seront pas sortis de mon sein ; la seconde est d'élever assez bien les enfants que Dieu m'a donnés, sous la direction de leur père, pour qu'ils aient un jour le bonheur de lui ressembler. J'ai tâché pour cela de m'approprier les règles qu'il m'a prescrites, en leur donnant un principe moins philosophique et plus convenable à l'amour maternel ; c'est de voir mes enfants heureux. Ce fut le premier vœu de mon cœur en portant le doux nom de mère, et tous les soins de mes jours sont destinés à l'accomplir. La première fois que je tins mon fils aîné dans mes bras, je songeai que l'enfance est presque un quart des plus longues vies, qu'on parvient rarement aux trois autres quarts, et que c'est une bien cruelle prudence de rendre cette première portion malheureuse pour assurer le bonheur du reste, qui peut-être ne viendra jamais. Je songeai que durant la faiblesse du premier âge, la nature assujettit les enfants de tant de manières, qu'il est barbare d'ajouter à cet assujettissement l'empire de nos caprices, en leur ôtant une liberté si bornée, et dont ils peuvent si peu abuser. Je résolus d'épargner au mien toute contrainte autant qu'il serait possible, de lui laisser tout l'usage de ses petites forces, et de ne gêner en lui nul des mouvements de la nature. J'ai déjà gagné à cela deux grands avantages ; l'un d'écarter de son âme naissante le mensonge, la vanité, la colère, l'envie, en un mot tous les vices qui naissent de l'esclavage, et qu'on est contraint de fomenter dans les enfants, pour obtenir d'eux ce qu'on en exige : l'autre de laisser fortifier librement son corps par l'exercice continuel que l'instinct lui demande. Accoutumé tout comme les paysans à courir tête nue au soleil, au froid, à s'essouffler, à se mettre en sueur, il s'endurcit comme eux aux injures de l'air, et se rend plus robuste en vivant plus content. C'est le cas de songer à l'âge d'homme et aux accidents de l'humanité. Je vous l'ai déjà dit, je crains cette pusillanimité meurtrière qui, à force de délicatesse et de soins, affaiblit, effémine un enfant, le tourmente par une éternelle contrainte, l'enchaîne par mille vaines précautions, enfin l'expose pour toute sa vie aux périls inévitables dont elle veut le préserver un moment, et pour lui sauver quelques rhumes dans son enfance, lui prépare de loin des fluxions de poitrine, des pleurésies, des coups de soleil, et la mort étant grand [1].

Ce qui donne aux enfants livrés à eux-mêmes la plupart des défauts dont vous parliez, c'est lorsque non contents de faire leur propre volonté, ils la font encore faire aux autres, et cela, par l'insensée indulgence des mères à qui l'on ne complaît qu'en servant toutes les fantaisies de leur enfant. Mon ami, je me flatte que vous n'avez rien vu dans les miens qui sentît l'empire et l'autorité, même avec le dernier domestique, et que vous ne m'avez pas vu, non plus, applaudir en secret aux fausses complaisances qu'on a pour eux. C'est ici que je crois suivre une route nouvelle et sûre pour rendre à la fois un enfant libre, paisible, caressant, docile, et cela par un moyen fort simple, c'est de le convaincre qu'il n'est qu'un enfant[1].

À considérer l'enfance en elle-même, y a-t-il au monde un être plus faible, plus misérable, plus à la merci de tout ce qui l'environne, qui ait si grand besoin de pitié, d'amour, de protection qu'un enfant ? Ne semble-t-il pas que c'est pour cela que les premières voix qui lui sont suggérées par la nature sont les cris et les plaintes, qu'elle lui a donné une figure si douce et un air si touchant, afin que tout ce qui l'approche s'intéresse à sa faiblesse et s'empresse à le secourir ? Qu'y a-t-il donc de plus choquant, de plus contraire à l'ordre, que de voir un enfant impérieux et mutin, commander à tout ce qui l'entoure, prendre impudemment un ton de maître avec ceux qui n'ont qu'à l'abandonner pour le faire périr, et d'aveugles parents approuvant cette audace l'exercer à devenir le tyran de sa nourrice, en attendant qu'il devienne le leur.

Quant à moi je n'ai rien épargné pour éloigner de mon fils la dangereuse image de l'empire et de la servitude, et pour ne jamais lui donner lieu de penser qu'il fût plutôt servi par devoir que par pitié. Ce point est, peut-être, le plus difficile et le plus important de toute l'éducation, et c'est un détail qui ne finirait point que celui de toutes les précautions qu'il m'a fallu prendre, pour prévenir en lui cet instinct si prompt à distinguer les services mercenaires des domestiques, de la tendresse des soins maternels.

L'un des principaux moyens que j'aie employés a été, comme je vous l'ai dit, de le bien convaincre de l'impossibilité où le tient son âge de vivre sans notre assistance. Après quoi je n'ai pas eu peine à lui montrer que tous les secours qu'on est forcé de recevoir d'autrui sont des actes de dépendance, que les domestiques ont une véritable supériorité sur lui, en ce qu'il ne saurait se passer d'eux, tandis qu'il ne leur est bon à rien ; de sorte que, bien loin de tirer vanité de leurs services, il les reçoit avec une sorte d'humiliation, comme un témoignage de sa faiblesse, et il aspire ardemment au temps où il sera assez grand et assez fort pour avoir l'honneur de se servir lui-même.

Ces idées, ai-je dit, seraient difficiles à établir dans des maisons où le père et la mère se font servir comme des enfants : Mais dans celle-ci où chacun, à commencer par vous, a ses fonctions à remplir, et où le rapport des valets aux maîtres n'est qu'un échange perpétuel de services et de soins, je ne crois pas cet établissement impossible. Cependant il me reste à concevoir comment des enfants accoutumés à voir prévenir leurs besoins n'étendent pas ce droit à leurs fantaisies, ou comment ils ne souffrent pas quelquefois de l'humeur d'un domestique qui traitera de fantaisie un véritable besoin ?

Mon ami, a repris Madame de Wolmar, une mère peu éclairée se fait des monstres de tout. Les vrais besoins sont très bornés dans les enfants comme dans les hommes, et l'on doit plus regarder à la durée du bien-être qu'au bien-être d'un seul moment. Pensez-vous qu'un enfant qui n'est point gêné, puisse assez souffrir de l'humeur de sa gouvernante sous les yeux d'une mère, pour en être incommodé ? Vous supposez des inconvénients qui naissent de vices déjà contractés, sans songer que tous mes soins ont été d'empêcher ces vices de naître. Naturellement les femmes aiment les enfants. La mésintelligence ne s'élève entre eux que quand l'un veut assujettir l'autre à ses caprices. Or cela ne peut arriver ici, ni sur l'enfant, dont on n'exige rien, ni sur la gouvernante à qui l'enfant n'a rien à commander. J'ai suivi en cela tout le contre-pied des autres mères, qui font semblant de vouloir que l'enfant obéisse au domestique, et veulent en effet que le domestique obéisse à l'enfant. Personne ici ne commande ni n'obéit. Mais l'enfant n'obtient jamais de ceux qui l'approchent qu'autant de complaisance qu'il en a pour eux. Par là, sentant qu'il n'a sur tout ce

qui l'environne d'autre autorité que celle de la bienveuillance, il se rend docile et complaisant ; en cherchant à
s'attacher les cœurs des autres le sien s'attache à eux à son
tour ; car on aime en se faisant aimer ; c'est l'infaillible effet
de l'amour-propre [1], et, de cette affection réciproque, née de
l'égalité, résultent sans effort les bonnes qualités qu'on
prêche sans cesse à tous les enfants, sans jamais en obtenir
aucune.

    J'ai pensé que la partie la plus essentielle de l'éducation
d'un enfant, celle dont il n'est jamais question dans les
éducations les plus soignées, c'est de lui bien faire sentir sa
misère, sa faiblesse, sa dépendance, et, comme vous a dit
mon mari, le pesant joug de la nécessité que la nature
impose à l'homme ; et cela, non seulement afin qu'il soit
sensible à ce qu'on fait pour lui alléger ce joug, mais surtout
afin qu'il connaisse de bonne heure en quel rang l'a placé la
providence, qu'il ne s'élève point au-dessus de sa portée, et
que rien d'humain ne lui semble étranger à lui [2].

    Induits dès leur naissance par la mollesse dans laquelle ils
sont nourris, par les égards que tout le monde a pour eux,
par la facilité d'obtenir tout ce qu'ils désirent, à penser que
tout doit céder à leurs fantaisies, les jeunes gens entrent dans
le monde avec cet impertinent préjugé, et souvent ils ne s'en
corrigent qu'à force d'humiliations, d'affronts et de déplaisirs ; or je voudrais bien sauver à mon fils cette seconde et
mortifiante éducation en lui donnant par la première une
plus juste opinion des choses. J'avais d'abord résolu de lui
accorder tout ce qu'il demanderait, persuadée que les
premiers mouvements de la nature sont toujours bons et
salutaires. Mais je n'ai pas tardé de connaître qu'en se faisant
un droit d'être obéis les enfants sortaient de l'état de nature
presque en naissant, et contractaient nos vices par notre
exemple, les leurs par notre indiscrétion. J'ai vu que si je
voulais contenter toutes ses fantaisies, elles croîtraient avec
ma complaisance, qu'il y aurait toujours un point où il
faudrait s'arrêter, et où le refus lui deviendrait d'autant plus
sensible qu'il y serait moins accoutumé. Ne pouvant donc,

en attendant la raison lui sauver tout chagrin, j'ai préféré le moindre et le plus tôt passé. Pour qu'un refus lui fût moins cruel je l'ai plié d'abord au refus ; et pour lui épargner de longs déplaisirs, des lamentations, des mutineries, j'ai rendu tout refus irrévocable. Il est vrai que j'en fais le moins que je puis, et que j'y regarde à deux fois avant que d'en venir là. Tout ce qu'on lui accorde est accordé sans condition dès la première demande, et l'on est très indulgent là-dessus : mais il n'obtient jamais rien par importunité ; les pleurs et les flatteries sont également inutiles. Il en est si convaincu qu'il a cessé de les employer ; du premier mot il prend son parti, et ne se tourmente pas plus de voir fermer un cornet de bonbons qu'il voudrait manger, qu'envoler un oiseau qu'il voudrait tenir ; car il sent la même impossibilité d'avoir l'un et l'autre. Il ne voit rien dans ce qu'on lui ôte sinon qu'il ne l'a pu garder, ni dans ce qu'on lui refuse, sinon qu'il n'a pu l'obtenir, et loin de battre la table contre laquelle il se blesse, il ne battrait pas la personne qui lui résiste. Dans tout ce qui le chagrine il sent l'empire de la nécessité, l'effet de sa propre faiblesse, jamais l'ouvrage du mauvais vouloir d'autrui.... un moment ! dit-elle un peu vivement, voyant que j'allais répondre ; je pressens votre objection ; j'y vais venir à l'instant.

Ce qui nourrit les criailleries des enfants, c'est l'attention qu'on y fait, soit pour leur céder, soit pour les contrarier. Il ne leur faut quelquefois pour pleurer tout un jour, que s'apercevoir qu'on ne veut pas qu'ils pleurent. Qu'on les flatte ou qu'on les menace, les moyens qu'on prend pour les faire taire sont tous pernicieux et presque toujours sans effet. Tant qu'on s'occupe de leurs pleurs, c'est une raison pour eux de les continuer ; mais ils s'en corrigent bientôt quand ils voient qu'on n'y prend pas garde ; car grands et petits, nul n'aime à prendre une peine inutile. Voilà précisément ce qui est arrivé à mon aîné. C'était d'abord un petit criard qui étourdissait tout le monde, et vous êtes témoin qu'on ne l'entend pas plus à présent dans la maison que s'il n'y avait point d'enfant. Il pleure quand il souffre ;

c'est la voix de la nature qu'il ne faut jamais contraindre ; mais il se tait à l'instant qu'il ne souffre plus. Aussi fais-je une très grande attention à ses pleurs, bien sûre qu'il n'en verse jamais en vain. Je gagne à cela de savoir à point nommé quand il sent de la douleur et quand il n'en sent pas, quand il se porte bien et quand il est malade ; avantage qu'on perd avec ceux qui pleurent par fantaisie, et seulement pour se faire apaiser. Au reste, j'avoue que ce point n'est pas facile à obtenir des Nourrices et des gouvernantes : car comme rien n'est plus ennuyeux que d'entendre toujours lamenter [1] un enfant, et que ces bonnes femmes ne voient jamais que l'instant présent, elles ne songent pas qu'à faire taire l'enfant aujourd'hui il en pleurera demain davantage. Le pis est que l'obstination qu'il contracte tire à conséquence dans un âge avancé. La même cause qui le rend criard à trois ans, le rend mutin à douze, querelleur à vingt, impérieux à trente, et insupportable toute sa vie.

Je viens maintenant à vous ; me dit-elle en souriant. Dans tout ce qu'on accorde aux enfants, ils voient aisément le désir de leur complaire ; dans tout ce qu'on en exige ou qu'on leur refuse, ils doivent supposer des raisons sans les demander. C'est un autre avantage qu'on gagne à user avec eux d'autorité plutôt que de persuasion dans les occasions nécessaires : car comme il n'est pas possible qu'ils n'aperçoivent quelquefois la raison qu'on a d'en user ainsi, il est naturel qu'ils la supposent encore quand ils sont hors d'état de la voir. Au contraire, dès qu'on a soumis quelque chose à leur jugement, ils prétendent juger de tout, ils deviennent sophistes, subtils, de mauvaise foi, féconds en chicanes, cherchant toujours à réduire au silence ceux qui ont la faiblesse de s'exposer à leurs petites lumières. Quand on est contraint de leur rendre compte des choses qu'ils ne sont point en état d'entendre, ils attribuent au caprice la conduite la plus prudente, sitôt qu'elle est au-dessus de leur portée. En un mot, le seul moyen de les rendre dociles à la raison n'est pas de raisonner avec eux, mais de les bien convaincre que la raison est au-dessus de leur âge : car alors ils la supposent du côté où elle doit être, à moins qu'on ne leur donne un juste sujet de penser autrement. Ils savent bien qu'on ne veut pas les tourmenter quand ils sont sûrs qu'on les aime, et les enfants se trompent rarement là-dessus. Quand donc je refuse quelque chose aux miens, je n'argumente point avec eux, je ne leur dis point pourquoi je ne veux pas, mais je fais en sorte qu'ils le voient autant qu'il est possible, et quelquefois après coup. De cette manière ils s'accoutument à comprendre que jamais je ne les refuse sans en avoir une bonne raison, quoiqu'ils ne l'aperçoivent pas toujours.

Fondée sur le même principe, je ne souffrirai pas, non plus, que mes enfants se mêlent dans la conversation des gens raisonnables, et s'imaginent sottement y tenir leur rang comme les autres quand on y souffre leur babil indiscret. Je veux qu'ils répondent modestement et en peu de mots quand on les interroge sans jamais parler de leur chef, et surtout sans qu'ils s'ingèrent à questionner hors de propos les gens plus âgés qu'eux, auxquels ils doivent du respect.

En vérité, Julie, dis-je en l'interrompant, voilà bien de la rigueur pour une mère aussi tendre ! Pythagore n'était pas plus sévère à ses disciples que vous l'êtes aux vôtres [1]. Non seulement vous ne les traitez pas en hommes, mais on dirait que vous craignez de les voir cesser trop tôt d'être enfants. Quel moyen plus agréable et plus sûr peuvent-ils avoir de s'instruire, que d'interroger sur les choses qu'ils ignorent les gens plus éclairés qu'eux ? Que penseraient de vos maximes les Dames de Paris, qui trouvent que leurs enfants ne jasent jamais assez tôt ni assez longtemps, et qui jugent de l'esprit qu'ils auront étant grands par les sottises qu'ils débitent étant jeunes ? Wolmar me dira que cela peut être bon dans un pays où le premier mérite est de bien babiller, et où l'on est dispensé de penser pourvu qu'on parle. Mais vous qui voulez faire à vos enfants un sort si doux, comment accorderez-vous tant de bonheur avec tant de contrainte, et que devient, parmi toute cette gêne, la liberté que vous prétendez leur laisser ?

Quoi donc ? a-t-elle repris à l'instant : est-ce gêner leur liberté que de les empêcher d'attenter à la nôtre, et ne sauraient-ils être heureux à moins que toute une compagnie en silence n'admire leurs puérilités ? Empêchons leur vanité de naître, ou du moins arrêtons-en les progrès ; c'est là vraiment travailler à leur félicité : Car la vanité de l'homme est la source de ses plus grandes peines, et il n'y a personne de si parfait et de si fêté, à qui elle ne donne encore plus de chagrins que de plaisirs *.

Que peut penser un enfant de lui-même, quand il voit autour de lui tout un cercle de gens sensés l'écouter, l'agacer, l'admirer, attendre avec un lâche empressement les oracles qui sortent de sa bouche, et se récrier avec des retentissements de joie à chaque impertinence qu'il dit ? La tête d'un homme aurait bien de la peine à tenir à tous ces faux applaudissements ; jugez de ce que deviendra la sienne ! Il en est du babil des enfants comme des prédictions des Almanachs. Ce serait un prodige si sur tant de vaines paroles, le hasard ne fournissait jamais une rencontre heureuse. Imaginez ce que font alors les exclamations de la flatterie sur une pauvre mère déjà trop abusée par son propre cœur, et sur un enfant qui ne sait ce qu'il dit et se voit célébrer ! Ne pensez pas que pour démêler l'erreur, je m'en garantisse. Non, je vois la faute, et j'y tombe. Mais si j'admire les reparties de mon fils, au moins je les admire en secret ; il n'apprend point en me les voyant applaudir à devenir babillard et vain, et les flatteurs en me les faisant répéter n'ont pas le plaisir de rire de ma faiblesse [1].

Un jour qu'il nous était venu du monde, étant allé donner quelques ordres, je vis en rentrant quatre ou cinq grands nigauds occupés à jouer avec lui, et s'apprêtant à me raconter d'un air d'emphase je ne sais combien de gentillesses qu'ils venaient d'entendre, et dont ils semblaient tout émerveillés. Messieurs, leur dis-je assez froidement, je ne

---

* Si jamais la vanité fit quelque heureux sur la terre, à coup sûr cet heureux-là n'était qu'un sot.

doute pas que vous ne sachiez faire dire à des marionnettes de fort jolies choses : mais j'espère qu'un jour mes enfants seront hommes, qu'ils agiront et parleront d'eux-mêmes, et alors j'apprendrai toujours dans la joie de mon cœur tout ce qu'ils auront dit et fait de bien. Depuis qu'on a vu que cette manière de faire sa cour ne prenait pas, on joue avec mes enfants comme avec des enfants, non comme avec Polichinelle ; il ne leur vient plus de compère[1], et ils en valent sensiblement mieux depuis qu'on ne les admire plus.

À l'égard des questions, on ne les leur défend pas indistinctement. Je suis la première à leur dire de demander doucement en particulier à leur père ou à moi tout ce qu'ils ont besoin de savoir. Mais je ne souffre pas qu'ils coupent un entretien sérieux pour occuper tout le monde de la première impertinence qui leur passe par la tête. L'art d'interroger n'est pas si facile qu'on pense. C'est bien plus l'art des maîtres que des disciples ; il faut avoir déjà beaucoup appris de choses pour savoir demander ce qu'on ne sait pas. Le savant sait et s'enquiert, dit un proverbe Indien ; mais l'ignorant ne sait pas même de quoi s'enquérir[*]. Faute de cette science préliminaire les enfants en liberté ne font presque jamais que des questions ineptes qui ne servent à rien, ou profondes et scabreuses dont la solution passe leur portée, et puisqu'il ne faut pas qu'ils sachent tout, il importe qu'ils n'aient pas le droit de tout demander. Voilà pourquoi, généralement parlant, ils s'instruisent mieux par les interrogations qu'on leur fait que par celles qu'ils font eux-mêmes.

Quand cette méthode leur serait aussi utile qu'on croit, la première et la plus importante science qui leur convient, n'est-elle pas d'être discrets et modestes, et y en a-t-il quelque autre qu'ils doivent apprendre au préjudice de celle-là ? Que produit donc dans les enfants cette émancipation de parole avant l'âge de parler, et ce droit de soumettre effrontément les hommes à leur interrogatoire ? De petits

[*] Ce proverbe est tiré de Chardin. Tome V, p. 170, in-12[2].

questionneurs babillards, qui questionnent moins pour s'instruire que pour importuner, pour occuper d'eux tout le monde, et qui prennent encore plus de goût à ce babil par l'embarras où ils s'aperçoivent que jettent quelquefois leurs questions indiscrètes, en sorte que chacun est inquiet aussitôt qu'ils ouvrent la bouche. Ce n'est pas tant un moyen de les instruire que de les rendre étourdis et vains ; inconvénient plus grand à mon avis que l'avantage qu'ils acquièrent par là n'est utile ; car par degrés l'ignorance diminue, mais la vanité ne fait jamais qu'augmenter.

Le pis qui pût arriver de cette réserve trop prolongée serait que mon fils en âge de raison eût la conversation moins légère, le propos moins vif et moins abondant, et en considérant combien cette habitude de passer sa vie à dire des riens rétrécit l'esprit, je regarderais plutôt cette heureuse stérilité comme un bien que comme un mal. Les gens oisifs toujours ennuyés d'eux-mêmes s'efforcent de donner un grand prix à l'art de les amuser, et l'on dirait que le savoir-vivre consiste à ne dire que de vaines paroles, comme à ne faire que des dons inutiles : mais la société humaine a un objet plus noble et ses vrais plaisirs ont plus de solidité. L'organe de la vérité, le plus digne organe de l'homme, le seul dont l'usage le distingue des animaux, ne lui a point été donné pour n'en pas tirer un meilleur parti qu'ils ne font de leurs cris. Il se dégrade au-dessous d'eux quand il parle pour ne rien dire, et l'homme doit être homme jusque dans ses délassements. S'il y a de la politesse à étourdir tout le monde d'un vain caquet, j'en trouve une bien plus véritable à laisser parler les autres par préférence, à faire plus grand cas de ce qu'ils disent que de ce qu'on dirait soi-même, et à montrer qu'on les estime trop pour croire les amuser par des niaiseries. Le bon usage du monde, celui qui nous y fait le plus rechercher et chérir n'est pas tant d'y briller que d'y faire briller les autres, et de mettre, à force de modestie leur orgueil plus en liberté. Ne craignons pas qu'un homme d'esprit qui ne s'abstient de parler que par retenue et discrétion, puisse jamais passer pour un sot. Dans quelque pays que ce puisse être il n'est pas possible qu'on juge un homme sur ce qu'il n'a pas dit, et qu'on le méprise pour s'être tu. Au contraire on remarque en général que les gens silencieux en imposent, qu'on s'écoute devant eux, et qu'on leur donne beaucoup d'attention quand ils parlent ; ce qui, leur laissant le choix des occasions et faisant qu'on ne perd rien de ce qu'ils disent, met tout l'avantage de leur côté. Il est si difficile à l'homme le plus sage de garder toute sa présence d'esprit dans un long flux de paroles, il est si rare qu'il ne lui échappe des choses dont il se repent à loisir, qu'il aime mieux retenir le bon que risquer le mauvais. Enfin, quand ce n'est pas faute d'esprit qu'il se tait, s'il ne parle pas, quelque discret qu'il puisse être, le tort en est à ceux qui sont avec lui.

Mais il y a bien loin de six ans à vingt ; mon fils ne sera pas toujours enfant, et à mesure que sa raison commencera de naître, l'intention de son père est bien de la laisser excercer. Quant à moi, ma mission ne va pas jusque-là. Je nourris des enfants et n'ai pas la présomption de vouloir former des hommes. J'espère, dit-elle en regardant son mari, que de plus dignes mains se chargeront de ce noble emploi. Je suis femme et mère, je sais me tenir à mon rang. Encore une fois, la fonction dont je suis chargée n'est pas d'élever mes fils, mais de les préparer pour être élevés.

Je ne fais même en cela que suivre de point en point le système de M. de Wolmar, et plus j'avance, plus j'éprouve combien il est excellent et juste, et combien il s'accorde avec le mien. Considérez mes enfants et surtout l'aîné ; en connaissez-vous de plus heureux sur la terre, de plus gais, de moins importuns ? Vous les voyez sauter, rire, courir toute la journée sans jamais incommoder personne. De quels plaisirs, de quelle indépendance leur âge est-il susceptible, dont ils ne jouissent pas ou dont ils abusent ? Ils se contraignent aussi peu devant moi qu'en mon absence. Au contraire, sous les yeux de leur mère ils ont toujours un peu plus de confiance, et quoique je sois l'auteur de toute la sévérité qu'ils éprouvent, ils me trouvent toujours la moins sévère : car je ne pourrais supporter de n'être pas ce qu'ils aiment le plus au monde [1].

Les seules lois qu'on leur impose auprès de nous sont celles de la liberté même, savoir de ne pas plus gêner la compagnie qu'elle ne les gêne, de ne pas crier plus haut qu'on ne parle, et comme on ne les oblige point de s'occuper de nous, je ne veux pas, non plus, qu'ils prétendent nous occuper d'eux. Quand ils manquent à de si justes lois, toute leur peine est d'être à l'instant renvoyés, et tout mon art pour que c'en soit une, de faire qu'ils ne se trouvent nulle part aussi bien qu'ici. À cela près, on ne les assujettit à rien ; on ne les force jamais de rien apprendre ; on ne les ennuie point de vaines corrections ; jamais on ne les reprend ; les seules leçons qu'ils reçoivent sont des leçons de pratique prises dans la simplicité de la nature. Chacun bien instruit là-dessus se conforme à mes intentions avec une intelligence et un soin qui ne me laissent rien à désirer, et si quelque faute est à craindre, mon assiduité la prévient ou la répare aisément.

Hier, par exemple, l'aîné ayant ôté un tambour au cadet, l'avait fait pleurer. Fanchon ne dit rien, mais une heure après, au moment que le ravisseur du tambour en était le plus occupé, elle le lui reprit ; il la suivait en le redemandant, et pleurant à son tour. Elle lui dit ; vous l'avez pris par force à votre frère ; je vous le reprends de même ; qu'avez-vous à dire ? Ne suis-je pas la plus forte ? Puis elle se mit à battre la caisse à son imitation, comme si elle y eût pris beaucoup de plaisir. Jusque-là tout était à merveilles [2]. Mais quelque temps après elle voulut rendre le tambour au cadet, alors je l'arrêtai ; car ce n'était plus la leçon de la nature, et de là pouvait naître un premier germe d'envie entre les deux frères. En perdant le tambour le cadet supporta la dure loi de la nécessité, l'aîné sentit son injustice, tous deux connurent leur faiblesse et furent consolés le moment d'après.

Un plan si nouveau et si contraire aux idées reçues m'avait d'abord effarouché. À force de me l'expliquer ils m'en rendirent enfin l'admirateur, et je sentis que pour guider l'homme, la marche de la nature est toujours la meilleure. Le seul inconvénient que je trouvais à cette méthode, et cet inconvénient me parut fort grand, c'était de négliger dans les enfants la seule faculté qu'ils aient dans toute sa vigueur et qui ne fait que s'affaiblir en avançant en âge. Il me semblait que selon leur propre système, plus les opérations de l'entendement étaient faibles insuffisantes, plus on devait exercer et fortifier la mémoire, si propre alors à soutenir le travail. C'est elle, disais-je qui doit suppléer à la raison jusqu'à sa naissance, et l'enrichir quand elle est née. Un esprit qu'on n'exerce à rien devient lourd et pesant dans l'inaction. Le semence ne prend point dans un champ mal préparé, et c'est une étrange préparation pour apprendre à devenir raisonnable que de commencer par être stupide. Comment, stupide ! s'est écriée aussitôt Mad^e de Wolmar. Confondriez-vous deux qualités aussi différentes et presque aussi contraires que la mémoire et le jugement * ? Comme si la quantité des choses mal digérées et sans liaison dont on remplit une tête encore faible, n'y faisait pas plus de tort que de profit à la raison ! J'avoue que de toutes les facultés de l'homme, la mémoire est la première qui se développe et la plus commode à cultiver dans les enfants : mais à votre avis lequel est à préférer de ce qu'il leur est le plus aisé d'apprendre, ou de ce qu'il leur importe le plus de savoir ?

Regardez à l'usage qu'on fait en eux de cette facilité, à la violence qu'il faut leur faire, à l'éternelle contrainte où il les faut assujettir pour mettre en étalage leur mémoire, et comparez l'utilité qu'ils en retirent au mal qu'on leur fait souffrir pour cela. Quoi ! Forcer un enfant d'étudier des langues qu'il ne parlera jamais, même avant qu'il ait bien appris la sienne ; lui faire incessamment répéter et construire des vers qu'il n'entend point, et dont toute l'harmonie n'est pour lui qu'au bout de ses doigts ; embrouiller son esprit de

---

* Cela ne me paraît pas bien vu. Rien n'est si nécessaire au jugement que la mémoire : il est vrai que ce n'est pas la mémoire des mots[1].

cercles et de sphères dont il n'a pas la moindre idée ;
l'accabler de mille noms de villes et de rivières qu'il confond
sans cesse et qu'il rapprend tous les jours ; est-ce cultiver sa
mémoire au profit de son jugement, et tout ce frivole acquis
vaut-il une seule des larmes qu'il lui coûte ?

Si tout cela n'était qu'inutile, je m'en plaindrais moins ;
mais n'est-ce rien que d'instruire un enfant à se payer de
mots, et à croire savoir ce qu'il ne peut comprendre ? se
pourrait-il qu'un tel amas ne nuisît point aux premières
idées dont on doit meubler une tête humaine, et ne
vaudrait-il pas mieux n'avoir point de mémoire, que de la
remplir de tout ce fatras au préjudice des connaissances
nécessaires dont il tient la place ?

Non [1], si la nature a donné au cerveau des enfants cette
souplesse qui le rend propre à recevoir toutes sortes
d'impressions, ce n'est pas pour qu'on y grave des noms de
Rois, des dates, des termes de blason, de sphère, de
géographie, et tous ces mots sans aucun sens pour leur âge
et sans aucune utilité pour quelque âge que ce soit dont on
accable leur triste et stérile enfance ; mais c'est pour que
toutes les idées relatives à l'état de l'homme, toutes celles
qui se rapportent à son bonheur et l'éclairent sur ses devoirs
s'y tracent de bonne heure en caractères ineffaçables, et lui
servent à se conduire pendant sa vie d'une manière convenable à son être et à ses facultés.

Sans étudier dans les livres, la mémoire d'un enfant ne
reste pas pour cela oisive : tout ce qu'il voit, tout ce qu'il
entend le frappe, et il s'en souvient ; il tient registre en lui-
même des actions des discours des hommes [2], et tout ce qui
l'environne est le livre dans lequel sans y songer il enrichit
continuellement sa mémoire, en attendant que son jugement
puisse en profiter. C'est dans le choix de ces objets, c'est
dans le soin de lui présenter sans cesse ceux qu'il doit
connaître et de lui cacher ceux qu'il doit ignorer que
consiste le véritable art de cultiver la première de ses
facultés, et c'est par là qu'il faut tâcher de lui former un
magasin de connaissances qui serve à son éducation durant

la jeunesse, et à sa conduite dans tous les temps. Cette méthode, il est vrai, ne forme point de petits prodiges, et ne fait pas briller les gouvernantes et les précepteurs ; mais elle forme des hommes judicieux, robustes, sains de corps et d'entendement, qui, sans s'être fait admirer étant jeunes, se font honorer étant grands.

Ne pensez pas, pourtant, continua Julie, qu'on néglige ici tout à fait ces soins dont vous faites un si grand cas. Une mère un peu vigilante tient dans ses mains les passions de ses enfants. Il y a des moyens pour exciter et nourrir en eux le désir d'apprendre ou de faire telle ou telle chose ; et autant que ces moyens peuvent se concilier avec la plus entière liberté de l'enfant et n'engendrent en lui nulle semence de vice, je les emploie assez volontiers, sans m'opiniâtrer quand le succès n'y répond pas ; car il aura toujours le temps d'apprendre, mais il n'y a pas un moment à perdre pour lui former un bon naturel ; et M. de Wolmar a une telle idée du premier développement de la raison, qu'il soutient que quand son fils ne saurait rien à douze ans, il n'en serait pas moins instruit à quinze ; sans compter que rien n'est moins nécessaire que d'être savant, et rien plus que d'être sage et bon.

Vous savez que notre aîné lit déjà passablement. Voici comment lui est venu le goût d'apprendre à lire. J'avais dessein de lui dire de temps en temps quelque fable de La Fontaine pour l'amuser, et j'avais déjà commencé, quand il me demanda si les corbeaux parlaient[1] ? À l'instant je vis la difficulté de lui faire sentir bien nettement la différence de l'apologue au mensonge, je me tirai d'affaire comme je pus, et convaincue que les fables sont faites pour les hommes, mais qu'il faut toujours dire la vérité nue aux enfants, je supprimai La Fontaine. Je lui substituai un recueil de petites histoires intéressantes et intructives, la plupart tirées de la bible ; puis voyant que l'enfant prenait goût à mes contes, j'imaginai de les lui rendre encore plus utiles, en essayant d'en composer moi-même d'aussi amusants qu'il me fut possible, et les appropriant toujours au besoin du moment.

Je les écrivais à mesure, dans un beau livre orné d'images[1], que je tenais bien enfermé, et dont je lui lisais de temps en temps quelques contes, rarement, peu longtemps, et répétant souvent les mêmes avec des commentaires, avant de passer à de nouveaux. Un enfant oisif est sujet à l'ennui ; les petits contes servaient de ressource ; mais quand je le voyais le plus avidement attentif, je me souvenais quelquefois d'un ordre à donner, et je le quittais à l'endroit le plus intéressant en laissant négligemment le livre. Aussitôt il allait prier sa Bonne ou Fanchon ou quelqu'un d'achever la lecture : mais comme il n'a rien à commander à personne et qu'on était prévenu, l'on n'obéissait pas toujours. L'un refusait, l'autre avait à faire, l'autre balbutiait lentement et mal, l'autre laissait à mon exemple un conte à moitié. Quand on le vit bien ennuyé de tant de dépendance, quelqu'un lui suggéra secrètement[2] d'apprendre à lire, pour s'en délivrer et feuilleter le livre à son aise. Il goûta ce projet. Il fallut trouver des gens assez complaisants pour vouloir lui donner leçon ; nouvelle difficulté qu'on n'a poussée qu'aussi loin qu'il fallait. Malgré toutes ces précautions, il s'est lassé trois ou quatre fois ; on l'a laissé faire. Seulement je me suis efforcée de rendre les contes encore plus amusants, et il est revenu à la charge avec tant d'ardeur que quoiqu'il n'y ait pas six mois qu'il a tout de bon commencé d'apprendre, il sera bientôt en état de lire seul le recueil.

C'est à peu près ainsi que je tâcherai d'exciter son zèle et sa bonne volonté pour acquérir les connaissances qui demandent de la suite et de l'application, et qui peuvent convenir à son âge ; mais quoiqu'il apprenne à lire, ce n'est point des livres qu'il tirera ces connaissances ; car elles ne s'y trouvent point, et la lecture ne convient en aucune manière aux enfants. Je veux aussi l'habituer de bonne heure à nourrir sa tête d'idées et non de mots ; c'est pourquoi je ne lui fais jamais rien apprendre par cœur[3].

Jamais ? interrompis-je : C'est beaucoup dire ; car encore faut-il bien qu'il sache son catéchisme et ses prières. C'est ce qui vous trompe, reprit-elle. À l'égard de la prière, tous les

matins et tous les soirs je fais la mienne à haute voix dans la
chambre de mes enfants, et c'est assez pour qu'ils l'apprennent sans qu'on les y oblige : quant au catéchisme, ils ne
savent ce que c'est. Quoi, Julie ! vos enfants n'apprennent
pas leur catéchisme ? Non, mon ami ; mes enfants n'apprennent pas leur catéchisme. Comment ! ai-je dit tout étonné,
une mère si pieuse !.... je ne vous comprends point. Et
pourquoi vos enfants n'apprennent-ils pas leur catéchisme[1] ? Afin qu'ils le croient un jour, dit-elle, j'en veux
faire un jour des Chrétiens. Ah, j'y suis ! m'écriai-je ; vous
ne voulez pas que leur foi ne soit qu'en paroles, ni qu'ils
sachent seulement leur Religion, mais qu'ils la croient, et
vous pensez avec raison qu'il est impossible à l'homme de
croire ce qu'il n'entend point[2]. Vous êtes bien difficile, me
dit en souriant M. de Wolmar ; seriez-vous Chrétien, par
hasard ? Je m'efforce de l'être, lui dis-je avec fermeté. Je
crois de la Religion tout ce que j'en puis comprendre, et
respecte le reste sans le rejeter. Julie me fit un signe
d'approbation, et nous reprîmes le sujet de notre entretien[3].

Après être entrée dans d'autres détails qui m'ont fait
concevoir combien le zèle maternel est actif infatigable et
prévoyant, elle a conclu, en observant que sa méthode se
rapportait exactement aux deux objets qu'elle s'était propo-
sés, savoir de laisser développer le naturel des enfants, et de
l'étudier. Les miens ne sont gênés en rien, dit-elle, et ne
sauraient abuser de leur liberté ; leur caractère ne peut ni se
dépraver ni se contraindre ; on laisse en paix renforcer leur
corps et germer leur jugement ; l'esclavage n'avilit point leur
âme, les regards d'autrui ne font point fermenter leur
amour-propre, ils ne se croient ni des hommes puissants ni
des animaux enchaînés, mais des enfants heureux et libres.
Pour les garantir des vices qui ne sont pas en eux, ils ont, ce
me semble, un préservatif plus fort que des discours qu'ils
n'entendraient point, ou dont ils seraient bientôt ennuyés.
C'est l'exemple des mœurs de tout ce qui les environne ; ce
sont les entretiens qu'ils entendent, qui sont ici naturels à
tout le monde et qu'on n'a pas besoin de composer exprès

pour eux ; c'est la paix et l'union dont ils sont témoins ; c'est l'accord qu'ils voient régner sans cesse et dans la conduite respective de tous, et dans la conduite et les discours de chacun.

Nourris encore dans leur première simplicité, d'où leur viendraient des vices dont ils n'ont point vu d'exemple, des passions qu'ils n'ont nulle occasion de sentir, des préjugés que rien ne leur inspire ? Vous voyez qu'aucune erreur ne les gagne, qu'aucun mauvais penchant ne se montre en eux. Leur ignorance n'est point entêtée, leurs désirs ne sont point obstinés ; les inclinations au mal sont prévenues, la nature est justifiée, et tout me prouve que les défauts dont nous l'accusons ne sont point son ouvrage mais le nôtre.

C'est ainsi que livrés au penchant de leur cœur, sans que rien le déguise ou l'altère, nos enfants ne reçoivent point une forme extérieure et artificielle, mais conservent exactement celle de leur caractère originel : c'est ainsi que ce caractère se développe journellement à nos yeux sans réserve, et que nous pouvons étudier les mouvements de la nature jusque dans leurs principes les plus secrets. Sûrs de n'être jamais ni grondés ni punis, ils ne savent ni mentir, ni se cacher, et dans tout ce qu'ils disent soit entre eux soit à nous, ils laissent voir sans contrainte tout ce qu'ils ont au fond de l'âme. Libres de babiller entre eux toute la journée, ils ne songent pas même à se gêner un moment devant moi. Je ne les reprends jamais, ni ne les fais taire, ni ne feins de les écouter, et ils diraient les choses du monde les plus blâmables que je ne ferais pas semblant d'en rien savoir : mais en effet, je les écoute avec la plus grande attention sans qu'ils s'en doutent ; je tiens un registre exact de ce qu'ils font et de ce qu'ils disent ; ce sont les productions naturelles du fonds qu'il faut cultiver. Un propos vicieux dans leur bouche est une herbe étrangère dont le vent apporta la graine ; si je la coupe par une réprimande, bientôt elle repoussera : au lieu de cela j'en cherche en secret la racine, et j'ai soin de l'arracher. Je ne suis, m'a-t-elle dit en riant, que la servante du Jardinier[1] ; je sarcle le jardin, j'en ôte la mauvaise herbe, c'est à lui de cultiver la bonne.

Convenons aussi qu'avec toute la peine que j'aurais pu prendre, il fallait être aussi bien secondée pour espérer de réussir, et que le succès de mes soins dépendait d'un concours de circonstances qui ne s'est peut-être jamais trouvé qu'ici. Il fallait les lumières d'un père éclairé, pour démêler à travers les préjugés établis le véritable art de gouverner les enfants dès leur naissance ; il fallait toute sa patience pour se prêter à l'exécution, sans jamais démentir ses leçons par sa conduite ; il fallait des enfants bien nés en qui la nature eût assez fait pour qu'on pût aimer son seul ouvrage ; il fallait n'avoir autour de soi que des domestiques intelligents et bien intentionnés, qui ne se lassassent point d'entrer dans les vues des maîtres ; un seul valet brutal ou flatteur eût suffi pour tout gâter. En vérité, quand on songe combien de causes étrangères peuvent nuire aux meilleurs desseins et renverser les projets les mieux concertés, on doit remercier la fortune de tout ce qu'on fait de bien dans la vie, et dire que la sagesse dépend beaucoup du bonheur.

Dites, me suis-je écrié, que le bonheur dépend encore plus de la sagesse ! Ne voyez-vous pas que ce concours dont vous vous félicitez est votre ouvrage, et que tout ce qui vous approche est contraint de vous ressembler ? Mères de famille ! Quand vous vous plaignez de n'être pas secondées, que vous connaissez mal votre pouvoir ! soyez tout ce que vous devez être, vous surmonterez tous les obstacles ; vous forcerez chacun de remplir ses devoirs si vous remplissez bien tous les vôtres. Vos droits ne sont-ils pas ceux de la nature ? Malgré les maximes du vice, ils seront toujours chers au cœur humain. Ah veuillez être femmes et mères, et le plus doux empire qui soit sur la terre sera aussi le plus respecté !

En achevant cette conversation, Julie a remarqué que tout prenait une nouvelle facilité depuis l'arrivée d'Henriette. Il est certain, dit-elle, que j'aurais besoin de beaucoup moins de soins et d'adresse, si je voulais introduire l'émulation entre les deux frères; mais ce moyen me paraît trop dangereux; j'aime mieux avoir plus de peine et ne rien risquer. Henriette supplée à cela; comme elle est d'un autre sexe, leur aînée, qu'ils l'aiment tous deux à la folie, et qu'elle a du sens au-dessus de son âge, j'en fais en quelque sorte leur première gouvernante, et avec d'autant plus de succès que ses leçons leur sont moins suspectes.

Quant à elle, son éducation me regarde; mais les principes en sont si différents qu'ils méritent un entretien à part [1]. Au moins puis-je bien dire d'avance qu'il sera difficile d'ajouter en elle aux dons de la nature, et qu'elle vaudra sa mère elle-même, si quelqu'un au monde la peut valoir.

Milord, on vous attend de jour en jour, et ce devrait être ici ma dernière Lettre. Mais je comprends ce qui prolonge votre séjour à l'armée, et j'en frémis. Julie n'en est pas moins inquiète; elle vous prie de nous donner plus souvent de vos nouvelles, et vous conjure de songer en exposant votre personne, combien vous prodiguez le repos de vos amis. Pour moi je n'ai rien à vous dire. Faites votre devoir; un conseil timide ne peut non plus sortir de mon cœur qu'approcher du vôtre. Cher Bomston, je le sais trop; la seule mort digne de ta vie serait de verser ton sang pour la gloire de ton pays; mais ne dois-tu nul compte de tes jours à celui qui n'a conservé les siens que pour toi?

LETTRE IV
De Milord Édouard

Je vois par vos deux dernières lettres qu'il m'en manque une antérieure à ces deux-là, apparemment la première que vous m'ayez écrite à l'armée, et dans laquelle était l'explication des chagrins secrets de Madame de Wolmar. Je n'ai point reçu cette Lettre, et je conjecture qu'elle pouvait être dans la malle d'un Courrier qui nous a été enlevé. Répétez-moi donc, mon ami, ce qu'elle contenait; ma raison s'y perd et mon cœur s'en inquiète : Car encore une fois, si le bonheur et la paix ne sont pas dans l'âme de Julie, où sera leur asile ici-bas ?

Rassurez-la sur les risques auxquels elle me croit exposé ; nous avons affaire à un ennemi trop habile[1] pour nous en laisser courir. Avec une poignée de monde, il rend toutes nos forces inutiles, et nous ôte partout les moyens de l'attaquer. Cependant, comme nous sommes confiants, nous pourrions bien lever des difficultés insurmontables pour de meilleurs Généraux et forcer à la fin les Français de nous battre. J'augure que nous payerons cher nos premiers succès, et que la bataille gagnée à Dettingue[2] nous en fera perdre une en Flandres. Nous avons en tête[3] un grand Capitaine ; ce n'est pas tout ; il a la confiance de ses troupes, et le soldat français qui compte sur son Général est invincible. Au contraire, on en a si bon marché quand il est commandé par des Courtisans qu'il méprise, et cela arrive si souvent, qu'il ne faut qu'attendre les intrigues de Cour et l'occasion, pour vaincre à coup sûr la plus brave nation du continent. Ils le savent fort bien eux-mêmes. Milord Marlboroug voyant la bonne mine et l'air guerrier d'un soldat pris à Bleinheim*, lui dit ; s'il y eût eu cinquante mille hommes comme toi à l'armée française, elle ne se fût pas ainsi laissé battre. Eh morbleu ! repartit le grenadier, nous avions assez d'hommes comme moi ; il ne nous en manquait qu'un comme vous. Or cet homme comme lui commande à présent l'armée de France[5] et manque à la nôtre ; mais nous ne songeons guère à cela.

Quoi qu'il en soit, je veux voir les manœuvres du reste de cette campagne, et j'ai résolu de rester à l'armée jusqu'à ce qu'elle entre en quartiers[6]. Nous gagnerons tous à ce délai. La saison étant trop avancée pour traverser les monts, nous passerons l'hiver où vous êtes, et n'irons en Italie qu'au commencement du Printemps. Dites à M. et Made de Wolmar que je fais ce nouvel arrangement pour jouir à mon aise du touchant spectacle que vous décrivez si bien, et pour

* C'est le nom que les Anglais donnent à la bataille d'Hochstet[4].

voir Mad^e^ d'Orbe établie avec eux. Continuez, mon cher, à m'écrire avec le même soin, et vous me ferez plus de plaisir que jamais : Mon équipage a été pris, et je suis sans livres ; mais je lis vos lettres.

LETTRE V [1]

À Milord Édouard

Quelle joie vous me donnez en m'annonçant que nous passerons l'hiver à Clarens ! mais que vous me la faites payer cher en prolongeant votre séjour à l'armée ! Ce qui me déplaît surtout, c'est de voir clairement qu'avant notre séparation le parti de faire la campagne était déjà pris, et que vous ne m'en voulûtes rien dire. Milord, je sens la raison de ce mystère et ne puis vous en savoir bon gré. Me méprise-riez-vous assez pour croire qu'il me fût bon de vous survivre, ou m'avez-vous connu des attachements si bas que je les préfère à l'honneur de mourir avec mon ami ? Si je ne méritais pas de vous suivre, il fallait me laisser à Londres, vous m'auriez moins offensé que de m'envoyer ici.

Il est clair par la dernière de vos lettres qu'en effet une des miennes s'est perdue, et cette perte a dû vous rendre les deux lettres suivantes fort obscures à bien des égards ; mais les éclaircissements nécessaires pour les bien entendre viendront à loisir. Ce qui presse le plus à présent est de vous tirer de l'inquiétude où vous êtes sur le chagrin secret de Madame de Wolmar.

Je ne vous redirai point la suite de la conversation que j'eus avec elle après le départ de son mari. Il s'est passé depuis bien des choses qui m'en ont fait oublier une partie, et nous la reprîmes tant de fois durant son absence que je m'en tiens au sommaire pour épargner des répétitions.

Elle m'apprit donc que ce même Époux qui faisait tout pour la rendre heureuse était l'unique auteur de toute sa peine, et que plus leur attachement mutuel était sincère, plus

il lui donnait à souffrir. Le diriez-vous, Milord ? Cet
homme si sage, si raisonnable, si loin de toute espèce de
vice, si peu soumis aux passions humaines, ne croit rien de
ce qui donne un prix aux vertus, et, dans l'innocence d'une
vie irréprochable, il porte au fond de son cœur l'affreuse
paix des méchants. La réflexion qui naît de ce contraste
augmente la douleur de Julie, et il semble qu'elle lui
pardonnerait plutôt de méconnaître l'Auteur de son être,
s'il avait plus de motifs pour le craindre ou plus d'orgueil
pour le braver. Qu'un coupable apaise sa conscience aux
dépens de sa raison, que l'honneur de penser autrement que
le vulgaire anime celui qui dogmatise, cette erreur au moins
se conçoit ; mais, poursuit-elle en soupirant, pour un si
honnête homme et si peu vain de son savoir, c'était bien la
peine d'être incrédule !

Il faut être instruit du caractère des deux époux, il faut les
imaginer concentrés dans le sein de leur famille, et se tenant
l'un à l'autre lieu du reste de l'univers ; il faut connaître
l'union qui règne entre eux dans tout le reste, pour
concevoir combien leur différend sur ce seul point est
capable d'en troubler les charmes. M. de Wolmar, élevé
dans le rite grec, n'était pas fait pour supporter l'absurdité
d'un culte aussi ridicule [1]. Sa raison trop supérieure à
l'imbécile joug qu'on lui voulait imposer le secoua bientôt
avec mépris, et rejetant à la fois tout ce qui lui venait d'une
autorité si suspecte, forcé d'être impie il se fit athée.

Dans la suite ayant toujours vécu dans des pays catholiques il n'apprit pas à concevoir une meilleure opinion de la
foi Chrétienne par celle qu'on y professe. Il n'y vit d'autre
religion que l'intérêt de ses ministres. Il vit que tout y
consistait encore en vaines simagrées, plâtrées un peu plus
subtilement par des mots qui ne signifiaient rien, il s'aperçut
que tous les *honnêtes gens* y étaient unanimement de son
avis et ne s'en cachaient guère, que le clergé même, un peu
plus discrètement, se moquait en secret de ce qu'il ensei-
gnait en public, et il m'a protesté souvent qu'après bien du
temps et des recherches, il n'avait trouvé de sa vie que trois

Prêtres qui crussent en Dieu[1]*. En voulant s'éclaircir de bonne foi[4] sur ces matières, il s'était enfoncé dans les ténèbres de la métaphysique où l'homme n'a d'autres guides que les systèmes qu'il y porte, et ne voyant partout que doutes et contradictions, quand enfin il est venu parmi des Chrétiens[5] il y est venu trop tard, sa foi s'était déjà fermée à la vérité, sa raison n'était plus accessible à la certitude ; tout ce qu'on lui prouvait détruisant plus un sentiment qu'il n'en établissait un autre, il a fini par combattre également les dogmes de toute espèce, et n'a cessé d'être athée que pour devenir sceptique[6].

Voilà le mari que le Ciel destinait à cette Julie en qui vous connaissez une foi si simple et une piété si douce : mais il faut avoir vécu aussi familièrement avec elle que sa cousine et moi, pour savoir combien cette âme tendre est naturellement portée à la dévotion. On dirait que rien de terrestre ne pouvant suffire au besoin d'aimer dont elle est dévorée, cet excès de sensibilité soit forcé de remonter à sa source[7]. Ce n'est point, comme Ste Thérèse, un cœur amoureux qui se donne le change et veut se tromper d'objet[8] ; c'est un cœur vraiment intarissable que l'amour ni l'amitié n'ont pu épuiser, et qui porte ses affections surabondantes au seul Être digne de les absorber**. L'amour de Dieu ne la détache point des créatures ; il ne lui donne ni dureté ni aigreur. Tous ces attachements produits par la même cause, en

---

* À Dieu ne plaise que je veuille approuver ces assertions dures et téméraires ; j'affirme seulement qu'il y a des gens qui les font[2] et dont la conduite du clergé de tous les pays et de toutes les sectes n'autorise que trop souvent l'indiscrétion. Mais loin que mon dessein dans cette note soit de me mettre lâchement à couvert, voici bien nettement mon propre sentiment sur ce point. C'est que nul vrai croyant ne saurait être intolérant ni persécuteur. Si j'étais magistrat, et que la loi portât peine de mort contre les athées, je commencerais par faire brûler comme tel quiconque en viendrait dénoncer un autre[3].

** Comment ! Dieu n'aura donc que les restes des créatures ? Au contraire, ce que les créatures peuvent occuper du cœur humain est si peu de chose, que quand on croit l'avoir rempli d'elles, il est encore vide. Il faut un objet infini pour le remplir.

s'animant l'un par l'autre en deviennent plus charmants et plus doux, et pour moi je crois qu'elle serait moins dévote, si elle aimait moins tendrement son père, son mari, ses enfants, sa cousine, et moi-même.

Ce qu'il y a de singulier, c'est que plus elle l'est, moins elle croit l'être, et qu'elle se plaint de sentir en elle-même une âme aride qui ne sait point aimer Dieu. On a beau faire, dit-elle souvent, le cœur ne s'attache que par l'entremise des sens ou de l'imagination qui les représente, et le moyen de voir ou d'imaginer l'immensité du grand Être*! Quand je veux m'élever à lui, je ne sais où je suis; n'apercevant aucun rapport entre lui et moi, je ne sais par où l'atteindre, je ne vois ni ne sens plus rien, je me trouve dans une espèce d'anéantissement, et si j'osais juger d'autrui par moi-même, je craindrais que les extases des mystiques ne vinssent moins d'un cœur plein que d'un cerveau vide[2].

Que faire donc, continue-t-elle, pour me dérober aux fantômes d'une raison qui s'égare? Je substitue un culte grossier mais à ma portée à ces sublimes contemplations qui passent mes facultés. Je rabaisse à regret la majesté divine; j'interpose entre elle et moi des objets sensibles; ne la pouvant contempler dans son essence, je la contemple au moins dans ses œuvres, je l'aime dans ses bienfaits; mais de quelque manière que je m'y prenne, au lieu de l'amour pur qu'elle exige, je n'ai qu'une reconnaissance intéressée à lui présenter.

C'est ainsi que tout devient sentiment dans un cœur sensible. Julie ne trouve dans l'univers entier que sujets d'attendrissement et de gratitude. Partout elle aperçoit la

---

* Il est certain qu'il faut se fatiguer l'âme pour l'élever aux sublimes idées de la divinité; un culte plus sensible repose l'esprit du peuple. Il aime qu'on lui offre des objets de piété qui le dispensent de penser à Dieu. Sur ces maximes les catholiques ont-ils mal fait de remplir leurs Légendes, leurs Calendriers, leurs Églises, de petits Anges, de beaux garçons, et de jolies saintes? L'enfant Jésus entre les bras d'une mère charmante et modeste, est en même temps un des plus touchants et des plus agréables spectacles que la dévotion Chrétienne puisse offrir aux yeux des fidèles[1].

bienfaisante main de la providence ; ses enfants sont le cher dépôt qu'elle en a reçu ; elle recueille ses dons dans les productions de la terre ; elle voit sa table couverte par ses soins ; elle s'endort sous sa protection ; son paisible réveil lui vient d'elle ; elle sent ses leçons dans les disgrâces, et ses faveurs dans les plaisirs ; les biens dont jouit tout ce qui lui est cher sont autant de nouveaux sujets d'hommages ; si le Dieu de l'univers échappe à ses faibles yeux, elle voit partout le père commun des hommes. Honorer ainsi ses bienfaits suprêmes, n'est-ce pas servir autant qu'on peut l'Être infini ?

Concevez, Milord, quel tourment c'est de vivre dans la retraite avec celui qui partage notre existence, et ne peut partager l'espoir qui nous la rend chère ! De ne pouvoir avec lui ni bénir les œuvres de Dieu, ni parler de l'heureux avenir que nous promet sa bonté ! de le voir insensible en faisant le bien à tout ce qui le rend agréable à faire, et par la plus bizarre inconséquence penser en impie et vivre en Chrétien ! Imaginez Julie à la promenade avec son mari ; l'une admirant dans la riche et brillante parure que la terre étale l'ouvrage et les dons de l'Auteur de l'univers ; l'autre ne voyant en tout cela qu'une combinaison fortuite où rien n'est lié que par une force aveugle : Imaginez deux époux sincèrement unis, n'osant de peur de s'importuner mutuellement se livrer, l'un aux réflexions l'autre aux sentiments que leur inspirent les objets qui les entourent, et tirer de leur attachement même le devoir de se contraindre incessamment. Nous ne nous promenons presque jamais Julie et moi, que quelque vue frappante et pittoresque ne lui rappelle ces idées douloureuses. Hélas ! dit-elle avec attendrissement ; le spectacle de la nature, si vivant si animé pour nous, est mort aux yeux de l'infortuné Wolmar, et dans cette grande harmonie des êtres, où tout parle de Dieu d'une voix si douce, il n'aperçoit qu'un silence éternel [1].

Vous qui connaissez Julie, vous qui savez combien cette âme communicative aime à se répandre, concevez ce qu'elle souffrirait de ces réserves, quand elles n'auraient d'autre inconvénient qu'un si triste partage entre ceux à qui tout doit être commun. Mais des idées plus funestes s'élèvent malgré qu'elle en ait à la suite de celle-là. Elle a beau vouloir rejeter ces terreurs involontaires, elles reviennent la troubler à chaque instant. Quelle horreur pour une tendre épouse d'imaginer l'Être suprême vengeur de sa divinité méconnue, de songer que le bonheur de celui qui fait le sien doit finir avec sa vie, et de ne voir qu'un réprouvé dans le père de ses enfants ! À cette affreuse image, toute sa douceur la garantit à peine du désespoir, et la Religion, qui lui rend amère l'incrédulité de son mari lui donne seule la force de la supporter. Si le Ciel, dit-elle souvent, me refuse la conversion de cet honnête homme, je n'ai plus qu'une grâce à lui demander c'est de mourir la première[1].

Telle est, Milord, la trop juste cause de ses chagrins secrets ; telle est la peine intérieure qui semble charger sa conscience de l'endurcissement d'autrui, et ne lui devient que plus cruelle par le soin qu'elle prend de la dissimuler. L'athéisme qui marche à visage découvert chez les papistes[2], est obligé de se cacher dans tout pays où la raison permettant de croire en Dieu, la seule excuse des incrédules leur est ôtée. Ce Système est naturellement désolant ; s'il trouve des partisans chez les Grands et les riches qu'il favorise, il est partout en horreur au peuple opprimé et misérable, qui voyant délivrer ses tyrans du seul frein propre à les contenir, se voit encore enlever dans l'espoir d'une autre vie la seule consolation qu'on lui laisse en celle-ci[3]. Madame de Wolmar sentant donc le mauvais effet que ferait ici le pyrrhonisme de son mari, et voulant surtout garantir ses enfants d'un si dangereux exemple, n'a pas eu de peine à engager au secret un homme sincère et vrai, mais discret, simple, sans vanité, et fort éloigné de vouloir ôter aux autres un bien dont il est fâché d'être privé lui-même. Il ne dogmatise jamais, il vient au temple avec nous, il se conforme aux usages établis ; sans professer de bouche une foi qu'il n'a pas, il évite le scandale, et fait sur le culte réglé par les lois tout ce que l'État peut exiger d'un Citoyen.

Depuis près de huit ans[1] qu'ils sont unis, la seule Mad^e d'Orbe est du secret parce qu'on le lui a confié. Au surplus, les apparences sont si bien sauvées, et avec si peu d'affectation, qu'au bout de six semaines passées ensemble dans la plus grande intimité, je n'avais pas même conçu le moindre soupçon, et n'aurais peut-être jamais pénétré la vérité sur ce point, si Julie elle-même ne me l'eût apprise.

Plusieurs motifs l'ont déterminée à cette confidence. Premièrement quelle réserve est compatible avec l'amitié qui règne entre nous ? N'est-ce pas aggraver ses chagrins à pure perte[2] que s'ôter la douceur de les partager avec un ami ? De plus, elle n'a pas voulu que ma présence fût plus longtemps un obstacle aux entretiens qu'ils ont souvent ensemble sur un sujet qui lui tient si fort au cœur. Enfin, sachant que vous deviez bientôt venir nous joindre, elle a désiré, du consentement de son mari, que vous fussiez d'avance instruit de ses sentiments ; car elle attend de votre sagesse un supplément à nos vains efforts, et des effets dignes de vous.

Le temps qu'elle choisit pour me confier sa peine m'a fait soupçonner une autre raison dont elle n'a eu garde de me parler. Son mari nous quittait ; nous restions seuls ; nos cœurs s'étaient aimés ; ils s'en souvenaient encore ; s'ils s'étaient un instant oubliés tout nous livrait à l'opprobre. Je voyais clairement qu'elle avait craint ce tête-à-tête et tâché de s'en garantir, et la scène de Meillerie m'a trop appris que celui des deux qui se défiait le moins de lui-même devait seul s'en défier.

Dans l'injuste crainte que lui inspirait sa timidité naturelle, elle n'imagina point de précaution plus sûre que de se donner incessamment un témoin qu'il fallût respecter, d'appeler en tiers le juge intègre et redoutable qui voit les actions secrètes et sait lire au fond des cœurs. Elle s'environnait de la majesté suprême ; je voyais Dieu sans cesse entre elle et moi. Quel coupable désir eût pu franchir une telle sauvegarde[3] ? mon cœur s'épurait au feu de son zèle, et je partageais sa vertu.

Ces graves entretiens remplirent presque tous nos tête-à-tête durant l'absence de son mari, et depuis son retour nous les reprenons fréquemment en sa présence. Il s'y prête comme s'il était question d'un autre, et sans mépriser nos soins, il nous donne souvent de bons conseils sur la manière dont nous devons raisonner avec lui. C'est cela même qui me fait désespérer du succès ; car s'il avait moins de bonne foi, l'on pourrait attaquer le vice de l'âme qui nourrirait son incrédulité ; mais s'il n'est question que de convaincre, où chercherons-nous des lumières qu'il n'ait point eues et des raisons qui lui aient échappé ? Quand j'ai voulu disputer avec lui, j'ai vu que tout ce que je pouvais employer d'arguments avait été déjà vainement épuisé par Julie, et que ma sécheresse était bien loin de cette éloquence du cœur et de cette douce persuasion qui coule de sa bouche. Milord, nous ne ramènerons jamais cet homme ; il est trop froid et n'est point méchant, il ne s'agit pas de le toucher ; la preuve intérieure ou de sentiment lui manque, et celle-là seule peut rendre invincibles toutes les autres [1].

Quelque soin que prenne sa femme de lui déguiser sa tristesse, il la sent et la partage : ce n'est pas un œil aussi clairvoyant qu'on abuse. Ce chagrin dévoré ne lui en est que plus sensible. Il m'a dit avoir été tenté plusieurs fois de céder en apparence, et de feindre pour la tranquilliser des sentiments qu'il n'avait pas ; mais une telle bassesse d'âme est trop loin de lui. Sans en imposer à Julie, cette dissimulation n'eût été qu'un nouveau tourment pour elle. La bonne foi, la franchise, l'union des cœurs qui console de tant de maux se fût éclipsée entre eux. Était-ce en se faisant moins estimer de sa femme qu'il pouvait la rassurer sur ses craintes ? Au lieu d'user de déguisement avec elle, il lui dit sincèrement ce qu'il pense ; mais il le dit d'un ton si simple, avec si peu de mépris des opinions vulgaires, si peu de cette ironique fierté des esprits forts, que ces tristes aveux donnent bien plus d'affliction que de colère à Julie, et que, ne pouvant transmettre à son mari ses sentiments et ses espérances, elle en cherche avec plus de soin à rassembler autour de lui ces douceurs passagères auxquelles il borne sa félicité. Ah! dit-elle avec douleur, si l'infortuné fait son paradis en ce monde, rendons-le-lui au moins aussi doux qu'il est possible *.

Le voile de tristesse dont cette opposition de sentiments couvre leur union, prouve mieux que toute autre chose l'invincible ascendant de Julie par les consolations dont cette tristesse est mêlée, et qu'elle seule au monde était peut-être capable d'y joindre. Tous leurs démêlés, toutes leurs disputes sur ce point important, loin de se tourner en aigreur, en mépris, en querelles, finissent toujours par quelque scène attendrissante, qui ne fait que les rendre plus chers l'un à l'autre.

Hier l'entretien s'étant fixé sur ce texte qui revient souvent quand nous ne sommes que nous trois, nous tombâmes sur l'origine du mal, et je m'efforçais de montrer que non seulement il n'y avait point de mal absolu et général dans le système des êtres, mais que même les maux particuliers étaient beaucoup moindres qu'ils ne le semblent au premier coup d'œil, et qu'à tout prendre ils étaient surpassés de beaucoup par les biens particuliers et individuel. Je citais à M. de Wolmar son propre exemple, et pénétré du bonheur de sa situation, je la peignais avec des traits si vrais qu'il en parut ému lui-même. Voilà, dit-il en m'interrompant, les séductions de Julie. Elle met toujours le sentiment à la place des raisons, et le rend si touchant qu'il faut toujours l'embrasser pour toute réponse : serait-ce point de son maître de philosophie, ajouta-t-il en riant, qu'elle aurait appris cette manière d'argumenter ?

Deux mois plus tôt, la plaisanterie m'eût déconcerté cruellement, mais le temps de l'embarras est passé ; je n'en

---

* Combien ce sentiment plein d'humanité n'est-il pas plus naturel que le zèle affreux des persécuteurs, toujours occupés à tourmenter les incrédules, comme pour les damner dès cette vie, et se faire les précurseurs des démons ? Je ne cesserai jamais de le redire ; c'est que ces persécuteurs-là ne sont point des croyants ; ce sont des fourbes [1].

fis que rire à mon tour, et quoique Julie eût un peu rougi,
elle ne parut pas plus embarrassée que moi. Nous conti-
nuâmes. Sans disputer sur la quantité du mal, Wolmar se
contentait de l'aveu qu'il fallut bien faire que, peu ou
beaucoup, enfin le mal existe ; et de cette seule existence il
déduisait défaut de puissance d'intelligence ou de bonté
dans la première cause. Moi de mon côté je tâchais de
montrer l'origine du mal physique dans la nature de la
matière, et du mal moral dans la liberté de l'homme. Je lui
soutenais que Dieu pouvait tout faire, hors de créer d'autres
substances aussi parfaites que la sienne et qui ne laissassent
aucune prise au mal. Nous étions dans la chaleur de la
dispute quand je m'aperçus que Julie avait disparu. Devinez
où elle est, me dit son mari voyant que je la cherchais des
yeux ? Mais, dis-je, elle est allée donner quelque ordre dans
le ménage. Non, dit-il, elle n'aurait point pris pour d'autres
affaires le temps de celle-ci. Tout se fait sans qu'elle me
quitte, et je ne la vois jamais rien faire. Elle est donc dans la
chambre des enfants ? Tout aussi peu ; ses enfants ne lui
sont pas plus chers que mon salut. Hé bien, repris-je, ce
qu'elle fait, je n'en sais rien ; mais je suis très sûr qu'elle ne
s'occupe qu'à des soins utiles. Encore moins, dit-il froidement ; venez, venez ; vous verrez si j'ai bien deviné.

Il se mit à marcher doucement ; je le suivis sur la pointe
du pied. Nous arrivâmes à la porte du cabinet ; elle était
fermée. Il l'ouvrit brusquement. Milord, quel spectacle ! Je
vis Julie à genoux, les mains jointes, et tout en larmes. Elle
se lève avec précipitation, s'essuyant les yeux, se cachant le
visage, et cherchant à s'échapper : on ne vit jamais une
honte pareille[1]. Son mari ne lui laissa pas le temps de fuir. Il
courut à elle dans une espèce de transport. Chère épouse !
lui dit-il en l'embrassant ; l'ardeur même de tes vœux trahit
ta cause. Que leur manque-t-il pour être efficaces ? Va, s'ils
étaient entendus, ils seraient bientôt exaucés. Ils le seront,
lui dit-elle d'un ton ferme et persuadé ; j'en ignore l'heure et
l'occasion. Pussé-je[2] l'acheter aux dépens de ma vie ! mon
dernier jour serait le mieux employé.

Venez, Milord, quittez vos malheureux combats, venez remplir un devoir plus noble. Le sage préfère-t-il l'honneur de tuer des hommes aux soins qui peuvent en sauver un * ?

LETTRE VI
À Milord Édouard

Quoi ! même après la séparation de l'armée, encore un voyage à Paris ! Oubliez-vous donc tout à fait Clarens, et celle qui l'habite ? Nous êtes-vous moins cher qu'à Milord Hyde[2] ? Êtes-vous plus nécessaire à cet ami qu'à ceux qui vous attendent ici ? Vous nous forcez à faire des vœux opposés aux vôtres, et vous me faites souhaiter d'avoir du crédit à la Cour de France pour vous empêcher d'obtenir les passeports que vous en attendez. Contentez-vous, toutefois : allez voir votre digne compatriote. Malgré lui, malgré vous, nous serons vengés de cette préférence, et quelque plaisir que vous goûtiez à vivre avec lui, je sais que quand vous serez avec nous vous regretterez le temps que vous ne nous aurez pas donné.

En recevant votre lettre j'avais d'abord soupçonné qu'une commission secrète.... quel plus digne médiateur de paix[3] ?.... mais les Rois donnent-ils leur confiance à des hommes vertueux ? Osent-ils écouter la vérité ? savent-ils même honorer le vrai mérite ?..... Non, non, cher Édouard, vous n'êtes pas fait pour le ministère, et je pense trop bien de vous pour croire que si vous n'étiez pas né Pair d'Angleterre, vous le fussiez jamais devenu.

Viens, Ami, tu seras mieux à Clarens qu'à la Cour. Ô quel hiver nous allons passer tous ensemble, si l'espoir de notre réunion ne m'abuse pas ! Chaque jour la prépare en ramenant ici quelqu'une de ces âmes privilégiées qui sont si

---

* Il y avait ici une grande Lettre de Milord Édouard à Julie. Dans la suite il sera parlé de cette Lettre ; mais pour de bonnes raisons j'ai été forcé de la supprimer[1].

chères l'une à l'autre, qui sont si dignes de s'aimer, et qui semblent n'attendre que vous pour se passer du reste de l'univers. En apprenant quel heureux hasard a fait passer ici la partie adverse du Baron d'Étange, vous avez prévu tout ce qui devait arriver de cette rencontre*, et ce qui est arrivé réellement. Ce vieux plaideur, quoique inflexible et entier presque autant que son adversaire, n'a pu résister à l'ascendant qui nous a tous subjugués. Après avoir vu Julie, après l'avoir entendue, après avoir conversé avec elle, il a eu honte de plaider contre son père. Il est parti pour Berne si bien disposé, et l'accommodement est actuellement en si bon train, que sur la dernière lettre du Baron nous l'attendons de retour dans peu de jours[1].

Voilà ce que vous aurez déjà su par M. de Wolmar. Mais ce que probablement vous ne savez point encore, c'est que Mad^e d'Orbe ayant enfin terminé ses affaires est ici depuis Jeudi, et n'aura plus d'autre demeure que celle de son amie. Comme j'étais prévenu du jour de son arrivée, j'allai au-devant d'elle à l'insu de Mad^e de Wolmar qu'elle voulait surprendre, et l'ayant rencontrée au deçà de Lutri[2], je revins sur mes pas avec elle.

Je la trouvai plus vive et plus charmante que jamais, mais inégale, distraite, n'écoutant point, répondant encore moins, parlant sans suite et par saillies, enfin livrée à cette inquiétude dont on ne peut se défendre sur le point d'obtenir ce qu'on a fortement désiré. On eût dit à chaque instant qu'elle tremblait de retourner en arrière. Ce départ, quoique longtemps différé, s'était fait si à la hâte que la tête en tournait à la maîtresse et aux domestiques. Il régnait un désordre risible dans le menu bagage qu'on amenait. À mesure que la femme de chambre craignait d'avoir oublié quelque chose, Claire assurait toujours l'avoir fait mettre

---

* On voit qu'il manque ici plusieurs lettres intermédiaires, ainsi qu'en beaucoup d'autres endroits. Le lecteur dira qu'on se tire fort commodément d'affaire avec de pareilles omissions, et je suis tout à fait de son avis.

dans le coffre du Carrosse, et le plaisant quand on y regarda, fut qu'il ne s'y trouva rien du tout.

Comme elle ne voulait pas que Julie entendît sa voiture, elle descendit dans l'avenue, traversa la cour en courant comme une folle, et monta si précipitamment qu'il fallut respirer après la première rampe[1] avant d'achever de monter. M. de Wolmar vint au-devant d'elle ; elle ne put lui dire un seul mot.

En ouvrant la porte de la chambre, je vis Julie assise vers la fenêtre et tenant sur ses genoux la petite Henriette, comme elle faisait souvent. Claire avait médité un beau discours à sa manière mêlé de sentiment et de gaieté ; mais en mettant le pied sur le seuil de la porte, le discours, la gaieté, tout fut oublié ; elle vole à son amie en s'écriant avec un emportement impossible à peindre ; Cousine, toujours, pour toujours, jusqu'à la mort ! Henriette apercevant sa mère saute et court au-devant d'elle en criant aussi ; *Maman ! maman !* de toute sa force, et la rencontre si rudement que la pauvre petite tomba du coup. Cette subite apparition, cette chute, la joie, le trouble saisirent Julie à tel point, que s'étant levée en étendant les bras avec un cri très aigu, elle se laissa retomber et se trouva mal. Claire voulant relever sa fille, voit pâlir son amie, elle hésite, elle ne sait à laquelle courir. Enfin, me voyant relever Henriette, elle s'élance pour secourir Julie défaillante, et tombe sur elle dans le même état.

Henriette les apercevant toutes deux sans mouvement se mit à pleurer et pousser des cris qui firent accourir la Fanchon ; l'une court à sa mère, l'autre à sa maîtresse. Pour moi, saisi, transporté, hors de sens, j'errais à grands pas par la chambre sans savoir ce que je faisais, avec des exclamations interrompues, et dans un mouvement convulsif dont je n'étais pas le maître. Wolmar lui-même, le froid Wolmar se sentit ému. Ô sentiment, sentiment ! douce vie de l'âme ! quel est le cœur de fer que tu n'as jamais touché ? quel est l'infortuné mortel à qui tu n'arrachas jamais de larmes ? Au lieu de courir à Julie, cet heureux époux se jeta sur un fauteuil pour contempler avidement ce ravissant spectacle. Ne craignez rien, dit-il, en voyant notre empressement. Ces Scènes de plaisir et de joie n'épuisent un instant la nature que pour la ranimer d'une vigueur nouvelle ; elles ne sont jamais dangereuses. Laissez-moi jouir du bonheur que je goûte et que vous partagez. Que doit-il être pour vous ? Je n'en connus jamais de semblable, et je suis le moins heureux des six [1].

Milord, sur ce premier moment vous pouvez juger du reste. Cette réunion excita dans toute la maison un retentissement d'allégresse, et une fermentation qui n'est pas encore calmée. Julie hors d'elle-même était dans une agitation où je ne l'avais jamais vue ; il fut impossible de songer à rien de toute la journée qu'à se voir et s'embrasser sans cesse avec de nouveaux transports. On ne s'avisa pas même du salon d'Apollon, le plaisir était partout, on n'avait pas besoin d'y songer. À peine le lendemain eut-on assez de sang-froid pour préparer une fête. Sans Wolmar tout serait allé de travers : chacun se para de son mieux. Il n'y eut de travail permis que ce qu'il en fallait pour les amusements. La fête fut célébrée, non pas avec pompe, mais avec délire ; il y régnait une confusion qui la rendait touchante, et le désordre en faisait le plus bel ornement.

La matinée se passa à mettre Made d'Orbe en possession de son emploi d'Intendante ou de maîtresse d'hôtel, et elle se hâtait d'en faire les fonctions avec un empressement d'enfant qui nous fit rire. En entrant pour dîner dans le beau Salon les deux Cousines virent de tous côtés leurs chiffres unis, et formés avec des fleurs. Julie devina dans l'instant d'où venait ce soin ; elle m'embrassa dans un saisissement de joie. Claire contre son ancienne coutume hésita d'en faire autant. Wolmar lui en fit la guerre ; elle prit, en rougissant, le parti d'imiter sa cousine. Cette rougeur, que je remarquai trop, me fit un effet que je ne saurais dire ; mais je ne me sentis pas dans ses bras sans émotion.

L'après-midi il y eut une belle collation dans le gynécée, où pour le coup le maître et moi fûmes admis. Les hommes

tirèrent au blanc[1] une mise donnée par Mad[e] d'Orbe. Le
nouveau venu l'emporta, quoique moins exercé que les
autres ; Claire ne fut pas la dupe de son adresse. Hanz lui-
même ne s'y trompa pas, et refusa d'accepter le prix ; mais
tous ses camarades l'y forcèrent, et vous pouvez juger que
cette honnêteté de leur part ne fut pas perdue.

Le soir, toute la maison, augmentée de trois personnes[2],
se rassembla pour danser. Claire semblait parée par la main
des grâces ; elle n'avait jamais été si brillante que ce jour-là.
Elle dansait, elle causait, elle riait, elle donnait ses ordres,
elle suffisait à tout. Elle avait juré de m'excéder de fatigue, et
après cinq ou six contredanses très vives tout d'une haleine,
elle n'oublia pas le reproche ordinaire que je dansais comme
un philosophe. Je lui dis, moi, qu'elle dansait comme un
lutin, qu'elle ne faisait pas moins de ravage, et que j'avais
peur qu'elle ne me laissât reposer ni jour ni nuit : Au
contraire, dit-elle, voici de quoi vous faire dormir tout
d'une pièce ; et à l'instant, elle me reprit pour danser.

Elle était infatigable ; mais il n'en était pas ainsi de Julie ;
elle avait peine à se tenir ; les genoux lui tremblaient en
dansant ; elle était trop touchée pour pouvoir être gaie.
Souvent on voyait des larmes de joie couler de ses yeux ; elle
contemplait sa Cousine avec une sorte de ravissement ; elle
aimait à se croire l'étrangère à qui l'on donnait la fête, et à
regarder Claire comme la maîtresse de la maison, qui
l'ordonnait. Après le souper, je tirai des fusées que j'avais
apportées de la Chine, et qui firent beaucoup d'effet. Nous
veillâmes fort avant dans la nuit ; il fallut enfin se quitter ;
Mad[e] d'Orbe était lasse ou devait l'être, et Julie voulut
qu'on se couchât de bonne heure.

Insensiblement le calme renaît, et l'ordre avec lui. Claire,
toute folâtre qu'elle est, sait prendre, quand il lui plaît, un
ton d'autorité qui en impose. Elle a d'ailleurs du sens, un
discernement exquis, la pénétration de Wolmar, la bonté de
Julie, et quoique extrêmement libérale, elle ne laisse pas
d'avoir aussi beaucoup de prudence. En sorte que restée
Veuve si jeune, et chargée de la garde-noble[3] de sa fille, les

biens de l'une et de l'autre n'ont fait que prospérer dans ses mains ; ainsi l'on n'a pas lieu de craindre que sous ses ordres la maison soit moins bien gouvernée qu'auparavant. Cela donne à Julie le plaisir de se livrer toute entière à l'occupation qui est le plus de son goût, savoir l'éducation des enfants, et je ne doute pas qu'Henriette ne profite extrêmement de tous les soins dont une de ses mères aura soulagé l'autre. Je dis, ses mères ; car à voir la manière dont elles vivent avec elle, il est difficile de distinguer la véritable, et des étrangers qui nous sont venus aujourd'hui sont ou paraissent là-dessus encore en doute. En effet, toutes deux l'appellent, Henriette, ou, ma fille, indifféremment. Elle appelle, *maman* l'une, et l'autre *petite maman ;* la même tendresse règne de part et d'autre ; elle obéit également à toutes deux. S'ils demandent aux Dames à laquelle elle appartient, chacune répond, à moi. S'ils interrogent Henriette, il se trouve qu'elle a deux mères ; on serait embarrassé à moins. Les plus clairvoyants se décident pourtant à la fin pour Julie. Henriette dont le père était blond est blonde comme elle et lui ressemble beaucoup. Une certaine tendresse de mère se peint encore mieux dans ses yeux si doux que dans les regards plus enjoués de Claire. La petite prend auprès de Julie un air plus respectueux, plus attentif sur elle-même. Machinalement elle se met plus souvent à ses côtés, parce que Julie a plus souvent quelque chose à lui dire. Il faut avouer que toutes les apparences sont en faveur de la petite maman, et je me suis aperçu que cette erreur est si agréable aux deux Cousines, qu'elle pourrait bien être quelquefois volontaire, et devenir un moyen de leur faire sa cour.

Milord, dans quinze jours il ne manquera plus ici que vous. Quand vous y serez, il faudra mal penser de tout homme dont le cœur cherchera sur le reste de la terre des vertus des plaisirs qu'il n'aura pas trouvés dans cette maison.

LETTRE VII

À Milord Édouard[1]

Il y a trois jours[2] que j'essaye chaque soir de vous écrire. Mais après une journée laborieuse, le sommeil me gagne en rentrant : le matin dès le point du jour il faut retourner à l'ouvrage. Une ivresse plus douce que celle du vin me jette au fond de l'âme un trouble délicieux, et je ne puis dérober un moment à des plaisirs devenus tout nouveaux pour moi.

Je ne conçois pas quel séjour pourrait me déplaire avec la société que je trouve dans celui-ci : mais savez-vous en quoi Clarens me plaît pour lui-même ? C'est que je m'y sens vraiment à la campagne, et que c'est presque la première fois que j'en ai pu dire autant. Les gens de ville ne savent point aimer la Campagne ; ils ne savent pas même y être : à peine quand ils y sont savent-ils ce qu'on y fait. Ils en dédaignent les travaux, les plaisirs, ils les ignorent ; ils sont chez eux comme en pays étranger, je ne m'étonne pas qu'ils s'y déplaisent. Il faut être villageois au village, ou n'y point aller ; car qu'y va-t-on faire ? Les habitants de Paris qui croient aller à la campagne, n'y vont point ; ils portent Paris avec eux. Les chanteurs, les beaux esprits, les auteurs, les parasites sont le cortège qui les suit. Le jeu, la musique, la comédie y sont leur seule occupation*. Leur table est couverte comme à Paris ; ils y mangent aux mêmes heures, on leur y sert les mêmes mets, avec le même appareil, ils n'y font que les mêmes choses ; autant valait y rester ; car quelque riche qu'on puisse être et quelque soin qu'on ait pris, on sent toujours quelque privation, et l'on ne saurait apporter avec soi Paris tout entier. Ainsi cette variété qui leur est si chère ils la fuient ; ils ne connaissent jamais qu'une manière de vivre, et s'en ennuient toujours.

---

* Il y faut ajouter la chasse. Encore la font-ils si commodément qu'ils n'en ont pas la moitié de la fatigue ni du plaisir. Mais je n'entame point ici cet article de la chasse ; il fournit trop pour être traité dans une note. J'aurai peut-être occasion d'en parler ailleurs[3].

Le travail de la campagne est agréable à considérer, et n'a rien d'assez pénible en lui-même pour émouvoir à compassion[1]. L'objet de l'utilité publique et privée le rend intéressant ; et puis, c'est la première vocation de l'homme, il rappelle à l'esprit une idée agréable, et au cœur tous les charmes de l'âge d'or. L'imagination ne reste point froide à l'aspect du labourage et des moissons. La simplicité de la vie pastorale et champêtre a toujours quelque chose qui touche. Qu'on regarde les prés couverts de gens qui fanent et chantent[2], et des troupeaux épars dans l'éloignement : insensiblement on se sent attendrir sans savoir pourquoi. Ainsi quelquefois encore la voix de la nature amollit nos cœurs farouches, et quoiqu'on l'entende avec un regret inutile, elle est si douce qu'on ne l'entend jamais sans plaisir.

J'avoue que la misère qui couvre les champs en certains pays où le publicain[3] dévore les fruits de la terre, l'âpre avidité d'un fermier avare, l'inflexible rigueur d'un maître inhumain ôtent beaucoup d'attrait à ces tableaux. Des chevaux étiques près d'expirer sous les coups ; de malheureux paysans exténués de jeûne excédés de fatigue et couverts de haillons, des hameaux de masures, offrent un triste spectacle à la vue ; on a presque regret d'être homme quand on songe aux malheureux dont il faut manger le sang. Mais quel charme de voir de bons et sages régisseurs faire de la culture de leurs terres l'instrument de leurs bienfaits, leurs amusements, leurs plaisirs, verser à pleines mains les dons de la providence ; engraisser tout ce qui les entoure, hommes et bestiaux, des biens dont regorgent leurs granges, leurs caves, leurs greniers ; accumuler l'abondance et la joie autour d'eux, et faire du travail qui les enrichit une fête continuelle ! Comment se dérober à la douce illusion que ces objets font naître ? On oublie son siècle et ses contemporains ; on se transporte au temps des patriarches ; on veut mettre soi-même la main à l'œuvre, partager les travaux rustiques, et le bonheur qu'on y voit attaché. Ô temps de l'amour et de l'innocence, où les femmes étaient tendres et modestes, où les hommes étaient simples et vivaient contents[1] ! Ô Rachel ! fille charmante et si constamment aimée, heureux celui qui pour t'obtenir ne regretta pas quatorze ans d'esclavage ! Ô douce élève de Noémi, heureux le bon vieillard dont tu réchauffais les pieds et le cœur[2] ! Non, jamais la beauté ne règne avec plus d'empire qu'au milieu des soins champêtres. C'est là que les grâces sont sur leur trône, que la simplicité les pare, que la gaieté les anime, et qu'il faut les adorer malgré soi. Pardon, Milord, je reviens à nous.

Depuis un mois les chaleurs de l'automne apprêtaient d'heureuses vendanges ; les premières gelées en ont amené l'ouverture* ; le pampre grillé laissant la grappe à découvert étale aux yeux les dons du père Lyée[3], et semble inviter les mortels à s'en emparer. Toutes les vignes chargées de ce fruit bienfaisant que le Ciel offre aux infortunés pour leur faire oublier leur misère ; le bruit des tonneaux, des Cuves, les Légrefass** qu'on relie[4] de toutes parts ; le chant des vendangeuses dont ces coteaux retentissent ; la marche continuelle de ceux qui portent la vendange au pressoir ; le rauque son des instruments rustiques qui les anime au travail ; l'aimable et touchant tableau d'une allégresse générale qui semble en ce moment étendu sur la face de la terre ; enfin le voile de brouillard que le soleil élève au matin comme une toile de théâtre pour découvrir à l'œil un si charmant spectacle ; tout conspire à lui donner un air de fête, et cette fête n'en devient que plus belle à la réflexion, quand on songe qu'elle est la seule où les hommes aient su joindre l'agréable à l'utile[5].

M. de Wolmar dont ici le meilleur terrain consiste en vignobles a fait d'avance tous les préparatifs nécessaires. Les cuves, le pressoir, le cellier, les futailles n'attendaient que la douce liqueur pour laquelle ils sont destinés. Made de

---

* On vendange fort tard dans le pays de Vaud ; parce que la principale récolte est en vins blancs, et que la gelée leur est salutaire.
** Sorte de foudre ou de grand tonneau du pays.

Wolmar s'est chargée de la récolte, le choix des ouvriers, l'ordre et la distribution du travail la regardent. Made d'Orbe préside aux festins de vendange, et au salaire des journaliers selon la police établie [1], dont les lois ne s'enfreignent jamais ici. Mon inspection, à moi, est de faire observer au pressoir les directions [2] de Julie dont la tête ne supporte pas la vapeur des cuves, et Claire n'a pas manqué d'applaudir à cet emploi, comme étant tout à fait du ressort d'un buveur.

Les tâches ainsi partagées, le métier commun pour remplir les vides est celui de vendangeur. Tout le monde est sur pied de grand matin ; on se rassemble pour aller à la vigne. Made d'Orbe, qui n'est jamais assez occupée au gré de son activité, se charge pour surcroît, de faire avertir et tancer les paresseux, et je puis me vanter qu'elle s'acquitte envers moi de ce soin avec une maligne vigilance. Quant au vieux Baron, tandis que nous travaillons tous, il se promène avec un fusil, et vient de temps en temps m'ôter aux vendangeuses pour aller avec lui tirer des grives, à quoi l'on ne manque pas de dire que je l'ai secrètement engagé, si bien que j'en perds peu à peu le nom de philosophe pour gagner celui de fainéant, qui dans le fond n'en diffère pas de beaucoup [3].

Vous voyez par ce que je viens de vous marquer du Baron, que notre réconciliation est sincère, et que Wolmar a lieu d'être content de sa seconde épreuve *. Moi de la haine

---

* Ceci s'entendra mieux par l'extrait suivant d'une Lettre de Julie, qui n'est pas dans ce recueil [4].

« Voilà, me dit M. de Wolmar en me tirant à part, la seconde épreuve que « je lui destinais. S'il n'eût pas caressé votre père je me serais défié de lui. « Mais, dis-je, comment concilier ces caresses et votre épreuve avec l'antipathie « que vous avez vous-même trouvée entre eux ? Elle n'existe plus, reprit-il ; « les préjugés de votre père ont fait à St. Preux tout le mal qu'ils pouvaient « lui faire : Il n'en a plus rien à craindre, il ne les hait plus, il les plaint. Le « Baron de son côté ne le craint plus ; il a le cœur bon, il sent qu'il lui a fait « bien du mal, il en a pitié. Je vois qu'ils seront fort bien ensemble, et se verront « avec plaisir. Aussi dès cet instant, je compte sur lui tout à fait. »

pour le père de mon amie ! Non, quand j'aurais été son fils, je ne l'aurais pas plus parfaitement honoré. En vérité, je ne connais point d'homme plus droit, plus franc, plus généreux, plus respectable à tous égards que ce bon gentilhomme. Mais la bizarrerie de ses préjugés est étrange. Depuis qu'il est sûr que je ne saurais lui appartenir, il n'y a sorte d'honneur qu'il ne me fasse ; et pourvu que je ne sois pas son gendre, il se mettrait volontiers au-dessous de moi. La seule chose que je ne puis lui pardonner, c'est quand nous sommes seuls de railler quelquefois le prétendu philosophe sur ses anciennes leçons. Ces plaisanteries me sont amères et je les reçois toujours fort mal[1] ; mais il rit de ma colère, et dit ; allons tirer des grives, c'est assez pousser d'arguments. Puis il crie en passant ; Claire, Claire ! un bon souper à ton maître, car je lui vais faire gagner de l'appétit. En effet, à son âge il court les vignes avec son fusil tout aussi vigoureusement que moi, et tire incomparablement mieux. Ce qui me venge un peu de ses railleries, c'est que devant sa fille il n'ose plus souffler, et la petite écolière n'en impose guère moins à son père même qu'à son précepteur. Je reviens à nos vendanges.

Depuis huit jours que cet agréable travail nous occupe on est à peine à la moitié de l'ouvrage. Outre les vins destinés pour la vente et pour les provisions ordinaires, lesquels n'ont d'autre façon que d'être recueillis avec soin, la bienfaisante fée en prépare d'autres plus fins pour nos buveurs, et j'aide aux opérations magiques dont je vous ai parlé, pour tirer d'un même vignoble des vins de tous les pays. Pour l'un elle fait tordre la grappe quand elle est mûre et la laisse flétrir au soleil sur la souche ; pour l'autre elle fait égrapper le raisin et trier les grains avant de les jeter dans la cuve ; pour un autre elle fait cueillir avant le lever du soleil du raisin rouge, et le porter doucement sur le pressoir couvert encore de sa fleur et de sa rosée, pour en exprimer du vin blanc ; elle prépare un vin de liqueur en mêlant dans les tonneaux du moût réduit en sirop sur le feu, un vin sec en l'empêchant de cuver[2], un vin d'absinthe pour l'esto-

mac*, un vin muscat avec des simples. Tous ces vins
différents ont leur apprêt particulier ; toutes ces préparations sont saines et naturelles : c'est ainsi qu'une économe
industrie supplée à la diversité des terrains, et rassemble
vingt climats en un seul[1].

Vous ne sauriez concevoir avec quel zèle, avec quelle
gaieté tout cela se fait. On chante, on rit toute la journée, et
le travail n'en va que mieux. Tout vit dans la plus grande
familiarité ; tout le monde est égal, et personne ne s'oublie.
Les Dames sont sans airs[2], les paysannes sont décentes, les
hommes badins et non grossiers. C'est à qui trouvera les
meilleures chansons, à qui fera les meilleurs contes, à qui
dira les meilleurs traits. L'union même engendre les folâtres
querelles, et l'on ne s'agace mutuellement que pour montrer
combien on est sûr les uns des autres. On ne revient point
ensuite[3] faire chez soi les messieurs ; on passe aux vignes
toute la journée ; Julie y a fait une loge où l'on va se chauffer
quand on a froid, et dans laquelle on se réfugie en cas de
pluie. On dîne avec les paysans et à leur heure, aussi bien
qu'on travaille avec eux. On mange avec appétit leur soupe
un peu grossière, mais bonne, saine, et chargée d'excellents
légumes. On ne ricane point orgueilleusement de leur air
gauche et de leurs compliments rustauds ; pour les mettre à
leur aise on s'y prête sans affectation. Ces complaisances ne
leur échappent pas ; ils y sont sensibles, et voyant qu'on
veut bien sortir pour eux de sa place, ils s'en tiennent
d'autant plus volontiers dans la leur. À dîner, on amène les
enfants, et ils passent le reste de la journée à la vigne. Avec
quelle joie ces bons villageois les voient arriver ! Ô bienheureux enfants, disent-ils en les pressant dans leurs bras
robustes, que le bon Dieu prolonge vos jours aux dépens
des nôtres ! ressemblez à vos père et mères[4], et soyez
comme eux la bénédiction du pays ! Souvent en songeant

---

* En Suisse on boit beaucoup de vin d'absinthe ; et en général, comme les
herbes des Alpes ont plus de vertu que dans les plaines, on y fait plus d'usage
des infusions.

que la plupart de ces hommes ont porté les armes et savent
manier l'épée et le mousquet aussi bien que la serpette et la
houe ; en voyant Julie au milieu d'eux, si charmante et si
respectée, recevoir, elle et ses enfants, leurs touchantes
acclamations, je me rappelle l'illustre et vertueuse Agrippine
montrant son fils aux troupes de Germanicus[1]. Julie !
femme incomparable ! vous exercez dans la simplicité de la
vie privée le despotique empire de la sagesse et des
bienfaits : vous êtes pour tout le pays un dépôt[2] cher et sacré
que chacun voudrait défendre et conserver au prix de son
sang, et vous vivez plus sûrement, plus honorablement au
milieu d'un peuple entier qui vous aime, que les Rois
entourés de tous leurs soldats.

Le soir on revient gaiement tous ensemble. On nourrit et
loge les ouvriers tout le temps de la vendange, et même le
dimanche après le prêche du soir on se rassemble avec eux et
l'on danse jusqu'au souper. Les autres jours on ne se sépare
point non plus en rentrant au logis, hors le Baron qui ne
soupe jamais et se couche de fort bonne heure, et Julie qui
monte avec ses enfants chez lui jusqu'à ce qu'il s'aille
coucher. À cela près, depuis le moment qu'on prend le
métier de vendangeur jusqu'à celui qu'on le quitte, on ne
mêle plus la vie citadine à la vie rustique. Ces saturnales sont
bien plus agréables et plus sages que celles des Romains[3]. Le
renversement qu'ils affectaient était trop vain pour instruire
le maître ni l'esclave : mais la douce égalité qui règne ici
rétablit l'ordre de la nature, forme une instruction pour les
uns, une consolation pour les autres et un lien d'amitié pour
tous[4]*.

---

* Si de là naît un commun état de fête, non moins doux à ceux qui
descendent qu'à ceux qui montent, ne s'ensuit-il pas que tous les états sont
presque indifférents par eux-mêmes, pourvu qu'on puisse et qu'on veuille en
sortir quelquefois ? Les gueux sont malheureux parce qu'ils sont toujours
gueux ; les Rois sont malheureux parce qu'ils sont toujours Rois. Les états
moyens[5], dont on sort plus aisément offrent des plaisirs au-dessus et au-
dessous de soi ; ils étendent aussi les lumières de ceux qui les remplissent, en
leur donnant plus de préjugés à connaître et plus de degrés à comparer. Voilà,

Le lieu d'assemblée est une Salle à l'antique avec une grande cheminée où l'on fait bon feu. La pièce est éclairée de trois lampes, auxquelles M. de Wolmar a seulement fait ajouter des capuchons de fer-blanc pour intercepter la fumée et réfléchir la lumière. Pour prévenir l'envie et les regrets on tâche de ne rien étaler aux yeux de ces bonnes gens qu'ils ne puissent retrouver chez eux, de ne leur montrer d'autre opulence que le choix du bon dans les choses communes et un peu plus de largesse dans la distribution. Le souper est servi sur deux longues tables. Le luxe et l'appareil des festins n'y sont pas, mais l'abondance et la joie y sont. Tout le monde se met à table, maîtres, journaliers, domestiques ; chacun se lève indifféremment pour servir, sans exclusion, sans préférence, et le service se fait toujours avec grâce et avec plaisir. On boit à discrétion, la liberté n'a point d'autres bornes que l'honnêteté. La présence de maîtres si respectés contient tout le monde et n'empêche pas qu'on ne soit à son aise et gai. Que s'il arrive à quelqu'un de s'oublier, on ne trouble point la fête par des réprimandes, mais il est congédié sans rémission dès le lendemain.

Je me prévaux aussi des plaisirs du pays et de la saison. Je reprends la liberté de vivre à la Valaisane, et de boire assez souvent du vin pur : mais je n'en bois point qui n'ait été versé de la main d'une des deux Cousines. Elles se chargent de mesurer ma soif à mes forces et de ménager ma raison. Qui sait mieux qu'elles comment il la faut gouverner, et l'art de me l'ôter et de me la rendre ? Si le travail de la journée, la durée et la gaieté du repas donnent plus de force au vin versé de ces mains chéries, je laisse exhaler mes transports sans contrainte ; ils n'ont plus rien que je doive taire, rien que gêne la présence du sage Wolmar[1]. Je ne crains point que son œil éclairé lise au fond de mon cœur ; et quand un

---

ce me semble, la principale raison pourquoi c'est généralement dans les conditions médiocres qu'on trouve les hommes les plus heureux et du meilleur sens.

tendre souvenir y veut renaître, un regard de Claire lui donne le change, un regard de Julie m'en fait rougir.

Après le souper on veille encore une heure ou deux en teillant[1] du chanvre ; chacun dit sa chanson tour à tour. Quelquefois les vendangeuses chantent en chœur toutes ensemble, ou bien alternativement à voix seule et en refrain. La plupart de ces chansons sont de vieilles romances dont les airs ne sont pas piquants ; mais ils ont je ne sais quoi d'antique et de doux qui touche à la longue. Les paroles sont simples, naïves, souvent tristes ; elles plaisent pourtant. Nous ne pouvons nous empêcher, Claire de sourire, Julie de rougir, moi de soupirer, quand nous retrouvons dans ces chansons des tours et des expressions dont nous nous sommes servis autrefois. Alors en jetant les yeux sur elles et me rappelant les temps éloignés, un tressaillement me prend, un poids insupportable me tombe tout à coup sur le cœur, et me laisse une impression funeste qui ne s'efface qu'avec peine[2]. Cependant je trouve à ces veillées une sorte de charme que je ne puis vous expliquer, et qui m'est pourtant fort sensible. Cette réunion des différents états, la simplicité de cette occupation, l'idée de délassement d'accord de tranquillité, le sentiment de paix qu'elle porte à l'âme, a quelque chose d'attendrissant qui dispose à trouver ces chansons plus intéressantes. Ce concert des voix de femmes n'est pas non plus sans douceur. Pour moi, je suis convaincu que de toutes les harmonies, il n'y en a point d'aussi agréable que le chant à l'unisson, et que s'il nous faut des accords, c'est parce que nous avons le goût dépravé. En effet, toute l'harmonie ne se trouve-t-elle pas dans un son quelconque ? et qu'y pouvons-nous ajouter sans altérer les proportions que la nature a établies dans la force relative des sons harmonieux ? En doublant les uns et non pas les autres, en ne les renforçant pas en même rapport, n'ôtons-nous pas à l'instant ces proportions ? La nature a tout fait le mieux qu'il était possible ; mais nous voulons mieux faire encore, et nous gâtons tout[3].

Il y a une grande émulation pour ce travail du soir aussi

bien que pour celui de la journée, et la filouterie que j'y voulais employer m'attira hier un petit affront. Comme je ne suis pas des plus adroits à teiller et que j'ai souvent des distractions, ennuyé d'être toujours noté pour avoir fait le moins d'ouvrage, je tirais doucement avec le pied des chenevottes[1] de mes voisins pour grossir mon tas ; mais cette impitoyable Madame d'Orbe s'en étant aperçue fit signe à Julie, qui m'ayant pris sur le fait, me tança sévèrement. Monsieur le fripon, me dit-elle tout haut, point d'injustice, même en plaisantant ; c'est ainsi qu'on s'accoutume à devenir méchant tout de bon, et qui pis est, à plaisanter encore*.

Voilà comment se passe la soirée. Quand l'heure de la retraite approche, Mad[e] de Wolmar dit, allons tirer le feu d'artifice. À l'instant, chacun prend son paquet de chenevottes, signe honorable de son travail ; on les porte en triomphe au milieu de la Cour, on les rassemble en un tas, on en fait un trophée, on y met le feu ; mais n'a pas cet honneur qui veut ; Julie l'adjuge, en présentant le flambeau à celui ou celle qui a fait ce soir-là le plus d'ouvrage ; fût-ce elle-même, elle se l'attribue sans façon. L'auguste cérémonie est accompagnée d'acclamations et de battements de mains. Les chenevottes font un feu clair et brillant qui s'élève jusqu'aux nues, un vrai feu de joie autour duquel on saute, on rit. Ensuite on offre à boire à toute l'assemblée ; chacun boit à la santé du vainqueur et va se coucher content d'une journée passée dans le travail, la gaieté, l'innocence, et qu'on ne serait pas fâché de recommencer le lendemain, le surlendemain, et toute sa vie[3].

---

* L'homme au beurre ! Il me semble que cet avis vous irait assez bien[2].

LETTRE VIII

À M. de Wolmar [1]

Jouissez, cher Wolmar, du fruit de vos soins. Recevez les hommages d'un cœur épuré, qu'avec tant de peine vous avez rendu digne de vous être offert. Jamais homme n'entreprit ce que vous avez entrepris, jamais homme ne tenta ce que vous avez exécuté ; jamais âme reconnaissante et sensible ne sentit ce que vous m'avez inspiré. La mienne avait perdu son ressort, sa vigueur, son être ; vous m'avez tout rendu [2]. J'étais mort aux vertus ainsi qu'au bonheur : je vous dois cette vie morale à laquelle je me sens renaître. Ô mon Bienfaiteur ! ô mon Père ! En me donnant à vous tout entier, je ne puis vous offrir, comme à Dieu même, que les dons que je tiens de vous.

Faut-il vous avouer ma faiblesse et mes craintes ? Jusqu'à présent je me suis toujours défié de moi. Il n'y a pas huit jours que j'ai rougi de mon cœur et cru toutes vos bontés perdues [3]. Ce moment fut cruel, et décourageant pour la vertu ; grâce au Ciel, grâce à vous, il est passé pour ne plus revenir. Je ne me crois plus guéri seulement parce que vous me le dites, mais parce que je le sens. Je n'ai plus besoin que vous me répondiez de moi. Vous m'avez mis en état d'en répondre moi-même. Il m'a fallu séparer de vous et d'elle pour savoir ce que je pouvais être sans votre appui. C'est loin des lieux qu'elle habite que j'apprends à ne plus craindre d'en approcher.

J'écris à Madame d'Orbe le détail de notre voyage. Je ne vous le répéterai point ici. Je veux bien que vous connaissiez toutes mes faiblesses, mais je n'ai pas la force de vous les dire. Cher Wolmar, c'est ma dernière faute ; je m'en sens déjà si loin que je n'y songe point sans fierté ; mais l'instant en est si près encore que je ne puis l'avouer sans peine. Vous qui sûtes pardonner mes égarements, comment ne pardonneriez-vous pas la honte qu'a produit leur repentir ?

Rien ne manque plus à mon bonheur, Milord m'a tout

dit. Cher ami, je serai donc à vous ? J'élèverai donc vos enfants ? L'aîné des trois élèvera les deux autres ? Avec quelle ardeur je l'ai désiré ! Combien l'espoir d'être trouvé digne d'un si cher emploi redoublait mes soins pour répondre aux vôtres ! combien de fois j'osai montrer là-dessus mon empressement à Julie ! Qu'avec plaisir j'interprétais souvent en ma faveur vos discours et les siens ! Mais quoiqu'elle fût sensible à mon zèle et qu'elle en parût approuver l'objet, je ne la vis point entrer assez précisément dans mes vues pour oser en parler plus ouvertement. Je sentis qu'il fallait mériter cet honneur et ne pas le demander. J'attendais de vous et d'elle ce gage de votre confiance et de votre estime. Je n'ai point été trompé dans mon espoir : mes amis, croyez-moi, vous ne serez point trompés dans le vôtre.

Vous savez qu'à la suite de nos conversations sur l'éducation de vos enfants j'avais jeté sur le papier quelques idées qu'elles m'avaient fournies et que vous approuvâtes. Depuis mon départ il m'est venu de nouvelles réflexions sur le même sujet, et j'ai réduit le tout en une espèce de système que je vous communiquerai quand je l'aurai mieux digéré, afin que vous l'examiniez à votre tour. Ce n'est qu'après notre arrivée à Rome que j'espère pouvoir le mettre en état de vous être montré. Ce système commence où finit celui de Julie, ou plutôt il n'en est que la suite et le développement ; car tout consiste à ne pas gâter l'homme de la nature en l'appropriant à la société[1].

J'ai recouvré ma raison par vos soins ; redevenu libre et sain de cœur, je me sens aimé de tout ce qui m'est cher ; l'avenir le plus charmant se présente à moi[2] ; ma situation devrait être délicieuse, mais il est dit que je n'aurai jamais l'âme en paix. En approchant du terme de notre voyage, j'y vois l'époque[3] du sort de mon illustre ami ; c'est moi qui dois, pour ainsi dire, en décider. Saurai-je faire au moins une fois pour lui ce qu'il a fait si souvent pour moi ? Saurai-je remplir dignement le plus grand le plus important devoir de ma vie[4] ? Cher Wolmar, j'emporte au fond de mon cœur toutes vos leçons, mais pour savoir les rendre utiles que ne puis-je de même emporter votre sagesse ! Ah ! si je puis voir un jour Édouard heureux ; si selon son projet et le vôtre, nous nous rassemblons tous pour ne nous plus séparer, quel vœu me restera-t-il à faire ? Un seul, dont l'accomplissement ne dépend ni de vous, ni de moi, ni de personne au monde ; mais de celui qui doit un prix aux vertus de votre épouse, et compte en secret vos bienfaits[1].

LETTRE IX
À Mad^e d'Orbe[2]

Où êtes-vous, charmante Cousine ? Où êtes-vous, aimable confidente de ce faible cœur que vous partagez à tant de titres, et que vous avez consolé tant de fois ? venez, qu'il verse aujourd'hui dans le vôtre l'aveu de sa dernière erreur. N'est-ce pas à vous qu'il appartient toujours de le purifier, et sait-il se reprocher encore les torts qu'il vous a confessés ? Non, je ne suis plus le même, et ce changement vous est dû : c'est un nouveau cœur que vous m'avez fait, et qui vous offre ses prémices ; mais je ne me croirai délivré de celui que je quitte qu'après l'avoir déposé dans vos mains. Ô vous qui l'avez vu naître, recevez ses derniers soupirs !

L'eussiez-vous jamais pensé ? le moment de ma vie où je fus le plus content de moi-même fut celui où je me séparai de vous. Revenu de mes longs égarements, je fixais à cet instant la tardive époque[3] de mon retour à mes devoirs. Je commençais à payer enfin les immenses dettes de l'amitié en m'arrachant d'un séjour si chéri pour suivre un bienfaiteur, un sage, qui feignant d'avoir besoin de mes soins, mettait le succès des siens à l'épreuve[4]. Plus ce départ m'était douloureux, plus je m'honorais d'un pareil sacrifice. Après avoir perdu la moitié de ma vie à nourrir une passion malheureuse, je consacrais l'autre à la justifier, à rendre par mes vertus un plus digne hommage à celle qui reçut si longtemps tous ceux de mon cœur. Je marquais hautement le premier de mes jours où je ne faisais rougir de moi, ni vous, ni elle, ni rien de tout ce qui m'était cher.

Milord Édouard avait craint l'attendrissement des adieux, et nous voulions partir sans être aperçus : mais tandis que tout dormait encore, nous ne pûmes tromper votre vigilante amitié. En apercevant votre porte entrouverte et votre femme de chambre au guet, en vous voyant venir au-devant de nous, en entrant et trouvant une table à thé préparée, le rapport des circonstances me fit songer à d'autres temps, et comparant ce départ à celui dont il me rappelait l'idée, je me sentis si différent de ce que j'étais alors, que me félicitant d'avoir Édouard pour témoin de ces différences, j'espérai bien lui faire oublier à Milan l'indigne scène de Besançon [1]. Jamais je ne m'étais senti tant de courage ; je me faisais une gloire de vous le montrer ; je me parais auprès de vous de cette fermeté que vous ne m'aviez jamais vue, et je me glorifiais en vous quittant de paraître un moment à vos yeux tel que j'allais être. Cette idée ajoutait à mon courage, je me fortifiais de votre estime, et peut-être vous eussé-je dit adieu d'un œil sec, si vos larmes coulant sur ma joue n'eussent forcé les miennes de s'y confondre.

Je partis le cœur plein de tous mes devoirs, pénétré surtout de ceux que votre amitié m'impose, et bien résolu d'employer le reste de ma vie à la mériter. Édouard passant en revue toutes mes fautes, me remit devant les yeux un tableau qui n'était pas flatté, et je connus par sa juste rigueur à blâmer tant de faiblesses, qu'il craignait peu de les imiter. Cependant il feignait d'avoir cette crainte ; il me parlait avec inquiétude de son voyage de Rome et des indignes attachements qui l'y rappelaient malgré lui ; mais je jugeai facilement qu'il augmentait ses propres dangers pour m'en occuper davantage, et m'éloigner d'autant plus de ceux auxquels j'étais exposé.

Comme nous approchions de Villeneuve [2], un laquais qui montait un mauvais cheval se laissa tomber et se fit une légère contusion à la tête. Son maître le fit saigner et voulut coucher là cette nuit. Ayant dîné de bonne heure, nous

prîmes des chevaux pour aller à Bex[1] voir la Saline, et
Milord ayant des raisons particulières qui lui rendaient cet
examen intéressant, je pris les mesures et le dessin du
bâtiment de graduation ; nous ne rentrâmes à Villeneuve
qu'à la nuit. Après le soupé, nous causâmes en buvant du
punch, et veillâmes assez tard. Ce fut alors qu'il m'apprit
quels soins m'étaient confiés, et ce qui avait été fait pour
rendre cet arrangement praticable. Vous pouvez juger de
l'effet que fit sur moi cette nouvelle ; une telle conversation
n'amenait pas le sommeil. Il fallut pourtant enfin se
coucher.

En entrant dans la chambre qui m'était destinée, je la
reconnus pour la même que j'avais occupée autrefois en
allant à Sion. À cet aspect, je sentis une impression que
j'aurais peine à vous rendre. J'en fus si vivement frappé que
je crus redevenir à l'instant tout ce que j'étais alors : Dix
années[2] s'effacèrent de ma vie et tous mes malheurs furent
oubliés. Hélas ! cette erreur fut courte, et le second instant
me rendit plus accablant le poids de toutes mes anciennes
peines. Quelles tristes réflexions succédèrent à ce premier
enchantement ! Quelles comparaisons douloureuses s'offri-
rent à mon esprit ! Charmes de la première jeunesse, délices
des premières amours, pourquoi vous retracer encore à ce
cœur accablé d'ennuis et surchargé de lui-même ? Ô temps,
temps heureux, tu n'es plus[3] ! J'aimais, j'étais aimé. Je me
livrais dans la paix de l'innocence aux transports d'un
amour partagé : Je savourais à longs traits le délicieux
sentiment qui me faisait vivre : La douce vapeur de
l'espérance enivrait mon cœur. Une extase, un ravissement,
un délire absorbait[4] toutes mes facultés : Ah ! sur les
rochers de Meillerie, au milieu de l'hiver et des glaces,
d'affreux abîmes devant les yeux[5], quel être au monde
jouissait d'un sort comparable au mien ?.... et je pleurais ! et
je me trouvais à plaindre ! et la tristesse osait approcher de
moi !.... que ferai-je[6] donc aujourd'hui que j'ai tout possédé,
tout perdu ?.... J'ai bien mérité ma misère, puisque j'ai si peu
senti mon bonheur !.... je pleurais alors ?.... tu pleurais ?....

Infortuné, tu ne pleures plus.... tu n'as pas même le droit de
pleurer.... Que n'est-elle morte ! osai-je m'écrier dans un
transport de rage ; oui, je serais moins malheureux : j'oserais me livrer à mes douleurs ; j'embrasserais sans remords
sa froide tombe, mes regrets seraient dignes d'elle ; je dirais ;
elle entend mes cris, elle voit mes pleurs, mes gémissements
la touchent, elle approuve et reçoit mon pur hommage....
j'aurais au moins l'espoir de la rejoindre.... Mais elle vit ;
elle est heureuse !.... elle vit, et sa vie est ma mort, et son
bonheur est mon supplice, et le Ciel après me l'avoir
arrachée, m'ôte jusqu'à la douceur de la regretter !.... elle
vit, mais non pas pour moi ; elle vit pour mon désespoir. Je
suis cent fois plus loin d'elle que si elle n'était plus.

Je me couchai dans ces tristes idées. Elles me suivirent
durant mon sommeil, et le remplirent d'images funèbres.
Les amères douleurs, les regrets, la mort se peignirent dans
mes songes, et tous les maux que j'avais soufferts repre-
naient à mes yeux cent formes nouvelles, pour me tourmenter une seconde fois. Un rêve surtout, le plus cruel de tous,
s'obstinait à me poursuivre, et de fantôme en fantôme,
toutes leurs apparitions confuses finissaient toujours par
celui-là.

Je crus voir la digne mère de votre amie, dans son lit
expirante, et sa fille à genoux devant elle, fondant en larmes,
baisant ses mains et recueillant ses derniers soupirs. Je revis
cette scène que vous m'avez autrefois dépeinte, et qui ne
sortira jamais de mon souvenir. Ô ma mère, disait Julie d'un
ton à me navrer l'âme, celle qui vous doit le jour vous l'ôte !
Ah ! reprenez votre bienfait, sans vous il n'est pour moi
qu'un don funeste. Mon enfant, répondit sa tendre mère,....
il faut remplir son sort.... Dieu est juste.... tu seras mère à
ton tour.... elle ne put achever.... Je voulus lever les yeux sur
elle ; je ne la vis plus. Je vis Julie à sa place ; je la vis, je la
reconnus, quoique son visage fût couvert d'un voile. Je fais
un cri ; je m'élance pour écarter le voile ; je ne pus
l'atteindre ; j'étendais les bras, je me tourmentais et ne
touchais rien. Ami, calme-toi ; me dit-elle d'une voix faible,

Le voile redoutable me couvre, nulle main ne peut l'écarter[1]. À ce mot, je m'agite et fais un nouvel effort ; cet effort me réveille : je me trouve dans mon lit, accablé de fatigue, et trempé de sueur et de larmes.

Bientôt ma frayeur se dissipe, l'épuisement me rendort ; le même songe me rend les mêmes agitations ; je m'éveille, et me rendors une troisième fois. Toujours ce spectacle lugubre, toujours ce même appareil de mort ; toujours ce voile impénétrable échappe à mes mains et dérobe à mes yeux l'objet expirant qu'il couvre[2].

À ce dernier réveil ma terreur fut si forte que je ne la pus vaincre étant éveillé. Je me jette à bas de mon lit, sans savoir ce que je faisais. Je me mets à errer par la chambre, effrayé comme un enfant des ombres de la nuit, croyant me voir environné de fantômes, et l'oreille encore frappée de cette voix plaintive[3] dont je n'entendis jamais le son sans émotion. Le crépuscule[4] en commençant d'éclairer les objets, ne fit que les transformer au gré de mon imagination troublée. Mon effroi redouble et m'ôte le jugement : après avoir trouvé ma porte avec peine, je m'enfuis de ma chambre ; j'entre brusquement dans celle d'Édouard : J'ouvre son rideau et me laisse tomber sur son lit en m'écriant hors d'haleine : C'en est fait, je ne la verrai plus[5] ! Il s'éveille en sursaut, il saute à ses armes, se croyant surpris par un voleur. À l'instant, il me reconnaît ; je me reconnais moi-même, et pour la seconde fois de ma vie, je me vois devant lui dans la confusion que vous pouvez concevoir.

Il me fit asseoir, me remettre et parler. Sitôt qu'il sut de quoi il s'agissait, il voulut tourner la chose en plaisanterie ; mais voyant que j'étais vivement frappé, et que cette impression ne serait pas facile à détruire, il changea de ton. Vous ne méritez ni mon amitié ni mon estime, me dit-il assez durement ; si j'avais pris pour mon laquais le quart des soins que j'ai pris pour vous, j'en aurais fait un homme ; mais vous n'êtes rien. Ah ! lui dis-je, il est trop vrai. Tout ce que j'avais de bon me venait d'elle : je ne la reverrai jamais ; je ne suis plus rien. Il sourit, et m'embrassa. Tranquillisez-

vous aujourd'hui, me dit-il, demain vous serez raisonnable.
Je me charge de l'événement. Après cela, changeant de
conversation, il me proposa de partir. J'y consentis, on fit
mettre les chevaux, nous nous habillâmes : En entrant dans
la chaise, Milord dit un mot à l'oreille au postillon, et nous
partîmes.

Nous marchions sans rien dire. J'étais si occupé de mon
funeste rêve que je n'entendais et ne voyais rien. Je ne fis pas
même attention que le lac, qui la veille était à ma droite, était
maintenant à ma gauche. Il n'y eut qu'un bruit de pavé qui
me tira de ma léthargie, et me fit apercevoir, avec un
étonnement facile à comprendre, que nous rentrions dans
Clarens. À trois cents pas de la grille Milord fit arrêter, et
me tirant à l'écart, vous voyez, me dit-il, mon projet ; il n'a
pas besoin d'explication. Allez, visionnaire, ajouta-t-il en
me serrant la main ; allez la revoir. Heureux de ne montrer
vos folies qu'à des gens qui vous aiment ! Hâtez-vous, je
vous attends ; mais surtout ne revenez qu'après avoir
déchiré ce fatal voile tissu dans votre cerveau.

Qu'aurais-je dit ? Je partis sans répondre. Je marchais
d'un pas précipité que la réflexion ralentit en approchant de
la maison. Quel personnage allais-je faire ? Comment oser
me montrer ? De quel prétexte couvrir ce retour imprévu ?
Avec quel front irais-je alléguer mes ridicules terreurs, et
supporter le regard méprisant du généreux Wolmar ? Plus
j'approchais, plus ma frayeur me paraissait puérile, et mon
extravagance me faisait pitié. Cependant un noir pressentiment m'agitait encore, et je ne me sentais point rassuré.
J'avançais toujours quoique lentement, et j'étais déjà près de
la cour, quand j'entendis ouvrir et refermer la porte de
l'Élysée. N'en voyant sortir personne, je fis le tour en
dehors, et j'allai par le rivage côtoyer la volière autant qu'il
me fut possible. Je ne tardai pas de juger qu'on en
approchait. Alors prêtant l'oreille, je vous entendis parler
toutes deux, et, sans qu'il me fût possible de distinguer un
seul mot, je trouvai dans le son de votre voix je ne sais quoi
de languissant et de tendre qui me donna de l'émotion [1], et

dans la sienne un accent affectueux et doux à son ordinaire, mais paisible et serein, qui me remit à l'instant, et qui fit le vrai réveil de mon rêve.

Sur-le-champ je me sentis tellement changé, que je me moquai de moi-même et de mes vaines alarmes. En songeant que je n'avais qu'une haie et quelques buissons à franchir pour voir pleine de vie et de santé celle que j'avais cru ne revoir jamais, j'abjurai pour toujours mes craintes, mon effroi, mes chimères, et je me déterminai sans peine à repartir, même sans la voir. Claire, je vous le jure, non seulement je ne la vis point ; mais je m'en retournai fier de ne l'avoir point vue, de n'avoir pas été faible et crédule jusqu'au bout, et d'avoir au moins rendu cet honneur à l'ami d'Édouard, de le mettre au-dessus d'un songe.

Voilà, chère Cousine, ce que j'avais à vous dire et le dernier aveu qui me restait à vous faire. Le détail du reste de notre voyage n'a plus rien d'intéressant ; il me suffit de vous protester que depuis lors non seulement Milord est content de moi ; mais que je le suis encore plus moi-même qui sens mon entière guérison, bien mieux qu'il ne la peut voir. De peur de lui laisser une défiance inutile, je lui ai caché que je ne vous avais point vues. Quand il me demanda si le voile était levé, je l'affirmai sans balancer, et nous n'en avons plus parlé. Oui, Cousine, il est levé pour jamais, ce voile dont ma raison fut longtemps offusquée. Tous mes transports inquiets sont éteints. Je vois tous mes devoirs et je les aime. Vous m'êtes toutes deux plus chères que jamais ; mais mon cœur ne distingue plus l'une de l'autre, et ne sépare point les inséparables.

Nous arrivâmes avant-hier à Milan. Nous en repartons après-demain. Dans huit jours nous comptons être à Rome, et j'espère y trouver de vos nouvelles en arrivant. Qu'il me tarde de voir ces deux étonnantes personnes qui troublent depuis si longtemps le repos du plus grand des hommes. Ô Julie ! ô Claire ! il faudrait votre égale pour mériter de le rendre heureux.

LETTRE X

Réponse de Mad^e d'Orbe

Nous attendions tous de vos nouvelles avec impatience, et je n'ai pas besoin de vous dire combien vos lettres ont fait de plaisir à la petite communauté : mais ce que vous ne devinerez pas de même, c'est que de toute la maison je suis peut-être celle qu'elles ont le moins réjouie. Ils ont tous appris que vous aviez heureusement passé les Alpes ; moi, j'ai songé que vous étiez au delà.

À l'égard du détail que vous m'avez fait, nous n'en avons rien dit au Baron, et j'en ai passé à tout le monde quelques soliloques fort inutiles [1]. M. de Wolmar a eu l'honnêteté de ne faire que se moquer de vous : Mais Julie n'a pu se rappeler les derniers moments de sa mère sans de nouveaux regrets et de nouvelles larmes. Elle n'a remarqué de votre rêve que ce qui ranimait ses douleurs.

Quant à moi, je vous dirai, mon cher Maître, que je ne suis plus surprise de vous voir en continuelle admiration de vous-même, toujours achevant quelque folie, et toujours commençant d'être sage : car il y a longtemps que vous passez votre vie à vous reprocher le jour de la veille, et à vous applaudir pour le lendemain.

Je vous avoue aussi que ce grand effort de courage, qui, si près de nous vous a fait retourner comme vous étiez venu, ne me paraît pas aussi merveilleux qu'à vous. Je le trouve plus vain que sensé, et je crois qu'à tout prendre j'aimerais autant moins de force avec un peu plus de raison. Sur cette manière de vous en aller pourrait-on vous demander ce que vous êtes venu faire ? Vous avez eu honte de vous montrer, et c'était de n'oser vous montrer qu'il fallait avoir honte ; comme si la douceur de voir ses amis n'effaçait pas cent fois le petit chagrin de leur raillerie ! N'étiez-vous pas trop heureux de venir nous offrir votre air effaré pour nous faire rire ? Hé bien donc, je ne me suis pas moquée de vous alors ; mais je m'en moque tant plus [2] aujourd'hui ; quoique n'ayant pas le plaisir de vous mettre en colère, je ne puisse pas rire de si bon cœur.

Malheureusement, il y a pis encore ; c'est que j'ai gagné toutes vos terreurs sans me rassurer comme vous. Ce rêve a quelque chose d'effrayant qui m'inquiète et m'attriste malgré que j'en aie. En lisant votre lettre, je blâmais vos agitations ; en la finissant, j'ai blâmé votre sécurité. L'on ne saurait voir à la fois pourquoi vous étiez si ému, et pourquoi vous êtes devenu si tranquille. Par quelle bizarrerie avez-vous gardé les plus tristes pressentiments jusqu'au moment où vous avez pu les détruire et ne l'avez pas voulu. Un pas, un geste, un mot, tout était fini. Vous vous étiez alarmé sans raison, vous vous êtes rassuré de même ; mais vous m'avez transmis la frayeur que vous n'avez plus, et il se trouve qu'ayant eu de la force une seule fois en votre vie, vous l'avez eue à mes dépens. Depuis votre fatale lettre un serrement de cœur ne m'a pas quittée ; je n'approche point de Julie sans trembler de la perdre. À chaque instant je crois voir sur son visage la pâleur de la mort, et ce matin la pressant dans mes bras, je me suis sentie en pleurs sans savoir pourquoi. Ce voile ! Ce voile !.... Il a je ne sais quoi de sinistre qui me trouble chaque fois que j'y pense. Non, je ne puis vous pardonner d'avoir pu l'écarter sans l'avoir fait, et j'ai bien peur de n'avoir plus désormais un moment de contentement que je ne vous revoie auprès d'elle. Convenez aussi qu'après avoir si longtemps parlé de philosophie, vous vous êtes montré philosophe à la fin bien mal à propos. Ah ! rêvez, et voyez vos amis ; cela vaut mieux que de les fuir et d'être un sage.

Il paraît par la Lettre de Milord à M. de Wolmar qu'il songe sérieusement à venir s'établir avec nous. Sitôt qu'il aura pris son parti là-bas, et que son cœur sera décidé, revenez tous deux heureux et fixés ; c'est le vœu de la petite communauté, et surtout celui de votre amie,

Claire d'Orbe.

P.S. Au reste, s'il est vrai que vous n'avez rien entendu de notre conversation dans l'Élysée, c'est peut-être tant mieux pour vous ; car vous me savez assez alerte pour voir les gens sans qu'ils m'aperçoivent, et assez maligne pour persifler les écouteurs [1].

LETTRE XI

Réponse de M. de Wolmar

J'écris à Milord Édouard, et je lui parle de vous si au long, qu'il ne me reste en vous écrivant à vous-même qu'à vous renvoyer à sa lettre. La vôtre exigerait peut-être de ma part un retour d'honnêtetés ; mais vous appeler dans ma famille ; vous traiter en frère, en ami, faire votre sœur de celle qui fut votre amante ; vous remettre l'autorité paternelle sur mes enfants ; vous confier mes droits après avoir usurpé les vôtres ; voilà les compliments dont je vous ai cru digne. De votre part, si vous justifiez ma conduite et mes soins, vous m'aurez assez loué. J'ai tâché de vous honorer par mon estime, honorez-moi par vos vertus. Tout autre éloge doit être banni d'entre nous.

Loin d'être surpris de vous voir frappé d'un songe, je ne vois pas trop pourquoi vous vous reprochez de l'avoir été. Il me semble que pour un homme à systèmes ce n'est pas une si grande affaire qu'un rêve de plus.

Mais ce que je vous reprocherais volontiers, c'est moins l'effet de votre songe que son espèce, et cela par une raison fort différente de celle que vous pourriez penser. Un Tyran fit autrefois mourir un homme qui dans un songe avait cru le poignarder [2]. Rappelez-vous la raison qu'il donna de ce meurtre, et faites-vous-en l'application. Quoi ! vous allez décider du sort de votre ami et vous songez à vos anciennes amours ! sans les conversations du soir précédent, je ne vous pardonnerais jamais ce rêve-là. Pensez le jour à ce que vous allez faire à Rome, vous songerez moins la nuit à ce qui s'est fait à Vevai.

La Fanchon est malade ; cela tient ma femme occupée et lui ôte le temps de vous écrire. Il y a ici quelqu'un qui supplée volontiers à ce soin. Heureux jeune homme ! Tout conspire à votre bonheur : tous les prix de la vertu vous recherchent pour vous forcer à les mériter. Quant à celui de mes bienfaits n'en chargez personne que vous-même ; c'est de vous seul que je l'attends.

LETTRE XII

À M. de Wolmar

Que cette Lettre demeure entre vous et moi. Qu'un profond secret cache à jamais les erreurs du plus vertueux des hommes. Dans quel pas dangereux je me trouve engagé ? Ô mon sage et bienfaisant ami ! que n'ai-je tous vos conseils dans la mémoire, comme j'ai vos bontés dans le cœur ! Jamais je n'eus si grand besoin de prudence, et jamais la peur d'en manquer ne nuisit tant au peu que j'en ai. Ah ! où sont vos soins paternels, où sont vos leçons, vos lumières ? Que deviendrai-je sans vous ? Dans ce moment de crise, je donnerais tout l'espoir de ma vie pour vous avoir ici durant huit jours.

Je me suis trompé dans toutes mes conjectures ; je n'ai fait que des fautes jusqu'à ce moment. Je ne redoutais que la Marquise. Après l'avoir vue, effrayé de sa beauté, de son adresse, je m'efforçais d'en détacher tout à fait l'âme noble de son ancien amant. Charmé de le ramener du côté d'où je ne voyais rien à craindre, je lui parlais de Laure avec l'estime et l'admiration qu'elle m'avait inspirée ; en relâchant son plus fort attachement par l'autre, j'espérais les rompre enfin tous les deux [1].

Il se prêta d'abord à mon projet ; il outra même la complaisance, et voulant peut-être punir mes importunités par un peu d'alarmes, il affecta pour Laure encore plus d'empressement qu'il ne croyait en avoir. Que vous dirai-je aujourd'hui ? son empressement est toujours le même, mais il n'affecte plus rien. Son cœur épuisé par tant de combats s'est trouvé dans un état de faiblesse dont elle a profité. Il serait difficile à tout autre de feindre longtemps de l'amour auprès d'elle, jugez pour l'objet même de la passion qui la consume. En vérité, l'on ne peut voir cette infortunée sans être touché de son air et de sa figure ; une impression de langueur et d'abattement qui ne quitte point son charmant visage, en éteignant la vivacité de sa physionomie, la rend plus intéressante, et comme les rayons du soleil échappés à travers les nuages, ses yeux ternis par la douleur lancent des feux plus piquants. Son humiliation même a toutes les grâces de la modestie : en la voyant on la plaint, en l'écoutant on l'honore ; enfin je dois dire à la justification de mon ami que je ne connais que deux hommes au monde qui puissent rester sans risque auprès d'elle.

Il s'égare, ô Wolmar ! je le vois, je le sens ; je vous l'avoue dans l'amertume de mon cœur. Je frémis en songeant jusqu'où son égarement peut lui faire oublier ce qu'il est et ce qu'il se doit. Je tremble que cet intrépide amour de la vertu, qui lui fait mépriser l'opinion publique, ne le porte à l'autre extrémité, et ne lui fasse braver encore les lois sacrées de la décence et de l'honnêteté. Édouard Bomston faire un tel mariage !.... vous concevez !.... sous les yeux de son ami !.... qui le permet !.... qui le souffre !.... et qui lui doit tout !.... Il faudra qu'il m'arrache le cœur de sa main avant de la profaner ainsi.

Cependant, que faire ? Comment me comporter ? Vous connaissez sa violence. On ne gagne rien avec lui par les discours, et les siens depuis quelque temps ne sont pas propres à calmer mes craintes. J'ai feint d'abord de ne pas l'entendre. J'ai fait indirectement parler la raison en maximes générales : à son tour il ne m'entend point. Si j'essaye de le toucher un peu plus au vif, il répond des sentences, et croit m'avoir réfuté. Si j'insiste, il s'emporte, il prend un ton qu'un ami devrait ignorer, et auquel l'amitié ne sait point répondre. Croyez que je ne suis en cette occasion ni craintif, ni timide ; quand on est dans son devoir, on n'est que trop tenté d'être fier ; mais il ne s'agit pas ici de fierté, il s'agit de réussir, et de fausses tentatives peuvent nuire aux meilleurs moyens. Je n'ose presque entrer avec lui dans aucune discussion ; car je sens tous les jours la vérité de l'avertissement que vous m'avez donné, qu'il est plus fort que moi de raisonnement, et qu'il ne faut point l'enflammer par la dispute.

Il paraît d'ailleurs un peu refroidi pour moi. On dirait que je l'inquiète. Combien avec tant de supériorité à tous égards un homme est rabaissé par un moment de faiblesse ! Le grand, le sublime Édouard a peur de son ami, de sa créature, de son élève [1] ! Il semble même, par quelques mots jetés sur le choix de son séjour s'il ne se marie pas, vouloir tenter ma fidélité par mon intérêt. Il sait bien que je ne dois ni ne veux le quitter. Ô Wolmar, je ferai mon devoir et suivrai partout mon bienfaiteur. Si j'étais lâche et vil, que gagnerais-je à ma perfidie ? Julie et son digne époux confieraient-ils leurs enfants à un traître ?

Vous m'avez dit souvent que les petites passions ne prennent jamais le change et vont toujours à leur fin ; mais qu'on peut armer les grandes contre elles-mêmes. J'ai cru pouvoir ici faire usage de cette maxime. En effet, la compassion, le mépris des préjugés, l'habitude [2], tout ce qui détermine Édouard en cette occasion, échappe à force de petitesse et devient presque inattaquable. Au lieu que le véritable amour est inséparable de la générosité, et que par elle on a toujours sur lui quelque prise. J'ai tenté cette voie indirecte, et je ne désespère pas du succès. Ce moyen paraît cruel [3] ; je ne l'ai pris qu'avec répugnance. Cependant, tout bien pesé, je crois rendre service à Laure elle-même. Que ferait-elle dans l'état auquel elle peut monter, qu'y montrer son ancienne ignominie ? Mais qu'elle peut être grande en demeurant ce qu'elle est ! Si je connais bien cette étrange fille, elle est faite pour jouir de son sacrifice, plus que du rang qu'elle doit refuser.

Si cette ressource me manque, il m'en reste une de la part du gouvernement à cause de la Religion ; mais ce moyen ne doit être employé qu'à la dernière extrémité et au défaut de tout autre : quoi qu'il en soit, je n'en veux épargner aucun pour prévenir une alliance indigne et déshonnête. Ô respectable Wolmar ! je suis jaloux de votre estime durant tous les moments de ma vie : Quoi que puisse vous écrire Édouard, quoi que vous puissiez entendre dire[1], souvenez-vous qu'à quelque prix que ce puisse être, tant que mon cœur battra dans ma poitrine, jamais *Lauretta Pisana* ne sera Ladi Bomston.

Si vous approuvez mes mesures, cette Lettre n'a pas besoin de réponse. Si je me trompe, instruisez-moi. Mais hâtez-vous, car il n'y a pas un moment à perdre. Je ferai mettre l'adresse par une main étrangère. Faites de même en me répondant. Après avoir examiné ce qu'il faut faire, brûlez ma lettre et oubliez ce qu'elle contient. Voici le premier et le seul secret que j'aurai eu de ma vie à cacher aux deux Cousines : si j'osais me fier davantage à mes lumières, vous-même n'en sauriez jamais rien*.

LETTRE XIII

De Mad^e de Wolmar à Mad^e d'Orbe[3]

Le Courrier d'Italie semblait n'attendre pour arriver que le moment de ton départ, comme pour te punir de ne l'avoir différé qu'à cause de lui. Ce n'est pas moi qui ai fait cette jolie découverte ; c'est mon mari qui a remarqué qu'ayant fait mettre les chevaux à huit heures, tu tardas de partir jusqu'à onze, non pour l'amour de nous, mais après avoir demandé vingt fois s'il en était dix, parce que c'est ordinairement l'heure où la poste passe.

---

* Pour bien entendre cette lettre et la 3e de la VIe partie, il faudrait savoir les aventures de Milord Édouard ; et j'avais d'abord résolu de les ajouter à ce recueil. En y repensant, je n'ai pu me résoudre à gâter la simplicité de l'histoire des deux amants par le romanesque de la sienne. Il vaut mieux laisser quelque chose à deviner au lecteur[2].

Tu es prise, pauvre Cousine, tu ne peux plus t'en dédire. Malgré l'augure de la Chaillot, cette Claire si folle, ou plutôt si sage, n'a pu l'être jusqu'au bout ; te voilà dans les mêmes las * dont tu pris tant de peine à me dégager, et tu n'as pu conserver pour toi la liberté que tu m'as rendue. Mon tour de rire est-il donc venu ? Chère amie, il faudrait avoir ton charme et tes grâces pour savoir plaisanter comme toi, et donner à la raillerie elle-même l'accent tendre et touchant des caresses. Et puis, quelle différence entre nous ! De quel front pourrais-je me jouer d'un mal dont je suis la cause et que tu t'es fait pour me l'ôter. Il n'y a pas un sentiment dans ton cœur qui n'offre au mien quelque sujet de reconnaissance, et tout jusqu'à ta faiblesse est en toi l'ouvrage de ta vertu. C'est cela même qui me console et m'égaye. Il fallait me plaindre et pleurer de mes fautes ; mais on peut se moquer de la mauvaise honte qui te fait rougir d'un attachement aussi pur que toi.

Revenons au Courrier d'Italie, et laissons un moment les moralités. Ce serait trop abuser de mes anciens titres ; car il est permis d'endormir son auditoire, mais non pas de l'impatienter. Hé bien donc, ce Courrier que je fais si lentement arriver, qu'a-t-il apporté ? Rien que de bien sur la santé de nos amis, et de plus une grande Lettre pour toi. Ah bon ! je te vois déjà sourire et reprendre haleine ; la lettre venue te fait attendre plus patiemment ce qu'elle contient.

Elle a pourtant bien son prix encore, même après s'être fait désirer ; car elle respire une si [2].... mais je ne veux te parler que de nouvelles, et sûrement ce que j'allais dire n'en est pas une.

Avec cette Lettre, il en est venu une autre de Milord Édouard pour mon mari, et beaucoup d'amitiés pour nous. Celle-ci contient véritablement des nouvelles, et d'autant moins attendues que la première n'en dit rien. Ils devaient le lendemain partir pour Naples, où Milord a quelques

---

* Je n'ai pas voulu laisser *lacs*, à cause de la prononciation genevoise remarquée par Made d'Orbe. VIe partie ; lettre V, p. 64 [1].

affaires, et d'où ils iront voir le Vésuve...... Conçois-tu, ma chère, ce que cette vue a de si attrayant [1] ? Revenus à Rome, Claire, pense, imagine..... Édouard est sur le point d'épouser.... non, grâce au Ciel cette indigne Marquise ; il marque, au contraire, qu'elle est fort mal. Qui donc ?.... Laure, l'aimable Laure ; qui.... mais pourtant.... quel mariage !.... Notre ami n'en dit pas un mot. Aussitôt après ils partiront tous trois, et viendront ici prendre leurs derniers arrangements. Mon mari ne m'a pas dit quels ; mais il compte toujours que St. Preux nous restera.

Je t'avoue que son silence m'inquiète un peu. J'ai peine à voir clair dans tout cela. J'y trouve des situations bizarres, et des jeux du cœur humain qu'on n'entend guère. Comment un homme aussi vertueux a-t-il pu se prendre d'une passion si durable pour une aussi méchante femme que cette Marquise ? Comment elle-même avec un caractère violent et cruel a-t-elle pu concevoir et nourrir un amour aussi vif pour un homme qui lui ressemblait si peu ; si tant est cependant qu'on puisse honorer du nom d'amour une fureur capable d'inspirer des crimes ? Comment un jeune cœur aussi généreux, aussi tendre, aussi désintéressé que celui de Laure a-t-il pu supporter ses premiers désordres [2] ? Comment s'en est-il retiré par ce penchant trompeur fait pour égarer son sexe, et comment l'amour qui perd tant d'honnêtes femmes a-t-il pu venir à bout d'en faire une ? Dis-moi, ma Claire, désunir deux cœurs qui s'aimaient sans se convenir ; joindre ceux qui se convenaient sans s'entendre ; faire triompher l'amour de l'amour même ; du sein du vice et de l'opprobre tirer le bonheur et la vertu ; délivrer son ami d'un monstre en lui créant, pour ainsi dire, une compagne [3].... infortunée, il est vrai, mais aimable, honnête même, au moins si, comme je l'ose croire, on peut le redevenir : Dis ; celui qui aurait fait tout cela serait-il coupable ? celui qui l'aurait souffert serait-il à blâmer ?

Ladi Bomston viendra donc ici ? Ici, mon ange ? Qu'en penses-tu ? Après tout, quel prodige ne doit pas être cette étonnante fille que son éducation perdit, que son cœur a sauvée, et pour qui l'amour fut la route de la vertu ? Qui doit plus l'admirer que moi qui fis tout le contraire, et que mon penchant seul égara, quand tout concourait à me bien conduire ? Je m'avilis moins, il est vrai ; mais me suis-je élevée comme elle ? Ai-je évité tant de pièges et fait tant de sacrifices ? Du dernier degré de la honte elle a su remonter au premier degré de l'honneur ; elle est plus respectable cent fois que si jamais elle n'eût été coupable. Elle est sensible et vertueuse : que lui faut-il pour nous ressembler ? S'il n'y a point de retour aux fautes de la jeunesse, quel droit ai-je à plus d'indulgence, devant qui dois-je espérer de trouver grâce, et à quel honneur pourrais-je prétendre en refusant de l'honorer ?

Hé bien Cousine [1], quand ma raison me dit cela, mon cœur en murmure, et, sans que je puisse expliquer pourquoi, j'ai peine à trouver bon qu'Édouard ait fait ce mariage, et que son ami s'en soit mêlé. Ô l'opinion, l'opinion ! Qu'on a de peine à secouer son joug [2] ! Toujours elle nous porte à l'injustice : le bien passé s'efface par le mal présent ; le mal passé ne s'effacera-t-il jamais par aucun bien ?

J'ai laissé voir à mon mari mon inquiétude sur la conduite de St. Preux dans cette affaire. Il semble, ai-je dit, avoir honte d'en parler à ma cousine. Il est incapable de lâcheté, mais il est faible.... trop d'indulgence pour les fautes d'un ami.... Non, m'a-t-il dit ; il a fait son devoir ; il le fera, je le sais ; je ne puis rien vous dire de plus : mais St. Preux est un honnête garçon. Je réponds de lui, vous en serez contente.... Claire, il est impossible que Wolmar me trompe, et qu'il se trompe. Un discours si positif m'a fait rentrer en moi-même : j'ai compris que tous mes scrupules ne venaient que de fausse délicatesse, et que si j'étais moins vaine et plus équitable, je trouverais Ladi Bomston plus digne de son rang.

Mais laissons un peu Ladi Bomston et revenons à nous. Ne sens-tu point trop en lisant cette lettre que nos amis reviendront plus tôt qu'ils n'étaient attendus, et le cœur ne te dit-il rien ? Ne bat-il point à présent plus fort qu'à l'ordinaire, ce cœur trop tendre et trop semblable au mien ?

Ne songe-t-il point au danger de vivre familièrement avec un objet chéri ? de le voir tous les jours ? de loger sous le même toit ? et si mes erreurs ne m'ôtèrent point ton estime, mon exemple ne te fait-il rien craindre pour toi ? Combien dans nos jeunes ans la raison, l'amitié, l'honneur t'inspirèrent pour moi de craintes que l'aveugle amour me fit mépriser ! C'est mon tour, maintenant, ma douce amie, et j'ai de plus pour me faire écouter la triste autorité de l'expérience. Écoute-moi donc tandis qu'il est temps, de peur qu'après avoir passé la moitié de ta vie à déplorer mes fautes, tu ne passes l'autre à déplorer les tiennes. Surtout, ne te fie plus à cette gaieté folâtre qui garde celles qui n'ont rien à craindre, et perd celles qui sont en danger. Claire, Claire ! tu te moquais de l'amour une fois, mais c'est parce que tu ne le connaissais pas, et pour n'en avoir pas senti les traits, tu te croyais au-dessus de ses atteintes. Il se venge, et rit à son tour. Apprends à te défier de sa traîtresse joie, ou crains qu'elle ne te coûte un jour bien des pleurs. Chère amie, il est temps de te montrer à toi-même ; car jusqu'ici tu ne t'es pas bien vue : tu t'es trompée sur ton caractère, et n'as pas su t'estimer ce que tu valais. Tu t'es fiée aux discours de la Chaillot ; sur ta vivacité badine elle te jugea peu sensible ; mais un cœur comme le tien était au-dessus de sa portée. La Chaillot n'était pas faite pour te connaître ; personne au monde ne t'a bien connue, excepté moi seule. Notre ami même a plutôt senti que vu tout ton prix. Je t'ai laissé ton erreur tant qu'elle a pu t'être utile ; à présent qu'elle te perdrait il faut te l'ôter.

Tu es vive, et te crois peu sensible. Pauvre enfant, que tu t'abuses ! ta vivacité même prouve le contraire. N'est-ce pas toujours sur des choses de sentiment qu'elle s'exerce ? N'est-ce pas de ton cœur que viennent les grâces de ton enjouement ? Tes railleries sont des signes d'intérêt plus touchants que les compliments d'un autre ; tu caresses quand tu folâtres ; tu ris, mais ton rire pénètre l'âme ; tu ris, mais tu fais pleurer de tendresse, et je te vois presque toujours sérieuse avec les indifférents.

Si tu n'étais que ce que tu prétends être, dis-moi ce qui nous unirait si fort l'une à l'autre ? où serait entre nous le lien d'une amitié sans exemple ? par quel prodige un tel attachement serait-il venu chercher par préférence un cœur si peu capable d'attachement ? Quoi ! celle qui n'a vécu que pour son amie ne sait pas aimer ? Celle qui voulut quitter père, époux, parents, et son pays pour la suivre ne sait préférer l'amitié à rien [1] ? Et qu'ai-je donc fait, moi qui porte un cœur sensible ? Cousine, je me suis laissée aimer, et j'ai beaucoup fait, avec toute ma sensibilité, de te rendre une amitié qui valût la tienne.

Ces contradictions t'ont donné de ton caractère l'idée la plus bizarre qu'une folle comme toi pût jamais concevoir ; c'est de te croire à la fois ardente amie et froide amante. Ne pouvant disconvenir du tendre attachement dont tu te sentais pénétrée, tu crus n'être capable que de celui-là. Hors ta Julie, tu ne pensais pas que rien pût t'émouvoir au monde ; comme si les cœurs naturellement sensibles pouvaient ne l'être que pour un objet, et que, ne sachant aimer que moi, tu m'eusses pu bien aimer moi-même. Tu demandais plaisamment si l'âme avait un sexe [2] ? Non, mon enfant, l'âme n'a point de sexe ; mais ses affections les distinguent, et tu commences trop à le sentir. Parce que le premier amant qui s'offrit ne t'avait pas émue, tu crus aussitôt ne pouvoir l'être ; parce que tu manquais d'amour pour ton soupirant, tu crus n'en pouvoir sentir pour personne. Quand il fut ton mari tu l'aimas pourtant, et si fort, que notre intimité même en souffrit ; cette âme si peu sensible sut trouver à l'amour un supplément encore assez tendre pour satisfaire un honnête homme.

Pauvre Cousine ! C'est à toi désormais de résoudre tes propres doutes, et s'il est vrai

Ch'un freddo amante è mal sicuro amico [*][4],

* Ce vers est renversé de l'original, et, n'en déplaise aux belles Dames, le sens de l'auteur [3] est plus véritable et plus beau.

j'ai grand'peur d'avoir maintenant une raison de trop pour
compter sur toi : mais il faut que j'achève de te dire là-
dessus tout ce que je pense.

Je soupçonne que tu as aimé sans le savoir, bien plus tôt
que tu ne crois, ou du moins, que le même penchant qui me
perdit t'eût séduite si je ne t'avais prévenue. Conçois-tu
qu'un sentiment si naturel et si doux puisse tarder si
longtemps à naître ? Conçois-tu qu'à l'âge où nous étions
on puisse impunément se familiariser avec un jeune homme
aimable, ou qu'avec tant de conformité dans tous nos goûts
celui-ci seul ne nous eût pas été commun ? Non, mon ange,
tu l'aurais aimé j'en suis sûre, si je ne l'eusse aimé la
première. Moins faible et non moins sensible, tu aurais été
plus sage que moi sans être plus heureuse. Mais quel
penchant eût pu vaincre dans ton âme honnête l'horreur de
la trahison et de l'infidélité ? l'amitié te sauva des pièges de
l'amour ; tu ne vis plus qu'un ami dans l'amant de ton amie,
et tu rachetas ainsi ton cœur aux dépens du mien.

Ces conjectures ne sont pas même si conjectures que tu
penses, et si je voulais rappeler des temps qu'il faut oublier,
il me serait aisé de trouver dans l'intérêt que tu croyais ne
prendre qu'à moi seule un intérêt non moins vif pour ce qui
m'était cher. N'osant l'aimer, tu voulais que je l'aimasse ; tu
jugeas chacun de nous nécessaire au bonheur de l'autre, et
ce cœur, qui n'a point d'égal au monde, nous en chérit plus
tendrement tous les deux. Sois sûre que sans ta propre
faiblesse tu m'aurais été moins indulgente ; mais tu te serais
reprochée [1] sous le nom de jalousie une juste sévérité. Tu ne
te sentais pas en droit de combattre en moi le penchant qu'il
eût fallu vaincre, et craignant d'être perfide plutôt que sage,
en immolant ton bonheur au nôtre tu crus avoir assez fait
pour la vertu.

Ma Claire, voilà ton histoire ; voilà comment ta tyranni-
que amitié me force à te savoir gré de ma honte, et à te
remercier de mes torts. Ne crois pas, pourtant, que je veuille
t'imiter en cela. Je ne suis pas plus disposée à suivre ton
exemple que toi le mien, et comme tu n'as pas à craindre

mes fautes, je n'ai plus, grâce au Ciel, tes raisons d'indulgence. Quel plus digne usage ai-je à faire de la vertu que tu
m'as rendue, que de t'aider à la conserver ?

Il faut donc te dire encore mon avis sur ton état présent.
La longue absence de notre maître n'a pas changé tes
dispositions pour lui. Ta liberté recouvrée, et son retour ont
produit une nouvelle époque dont l'amour a su profiter. Un
nouveau sentiment n'est pas né dans ton cœur, celui qui s'y
cacha si longtemps n'a fait que se mettre plus à l'aise. Fière
d'oser te l'avouer à toi-même, tu t'es pressée de me le dire.
Cet aveu[1] te semblait presque nécessaire pour le rendre tout
à fait innocent ; en devenant un crime pour ton amie il
cessait d'en être un pour toi, et peut-être ne t'es-tu livrée au
mal que tu combattais depuis tant d'années, que pour mieux
achever de m'en guérir.

J'ai senti tout cela, ma chère ; je me suis peu alarmée d'un
penchant qui me servait de sauvegarde, et que tu n'avais
point à te reprocher. Cet hiver que nous avons passé tous
ensemble au sein de la paix et de l'amitié m'a donné plus de
confiance encore, en voyant que loin de rien perdre de ta
gaieté, tu semblais l'avoir augmentée. Je t'ai vue tendre,
empressée, attentive ; mais franche dans tes caresses, naïve
dans tes jeux, sans mystère, sans ruse en toute chose, et dans
tes plus vives agaceries la joie de l'innocence réparait tout.

Depuis notre entretien de l'Élysée[2] je ne suis plus si
contente de toi. Je te trouve triste et rêveuse. Tu te plais
seule autant qu'avec ton amie ; tu n'as pas changé de langage
mais d'accent ; tes plaisanteries sont plus timides ; tu n'oses
plus parler de lui si souvent ; on dirait que tu crains toujours
qu'il ne t'écoute, et l'on voit à ton inquiétude que tu attends
de ses nouvelles plutôt que tu n'en demandes.

Je tremble, bonne Cousine, que tu ne sentes pas tout ton
mal, et que le trait ne soit enfoncé plus avant que tu n'as
paru le craindre. Crois-moi, sonde bien ton cœur malade ;
dis-toi bien, je le répète, si, quelque sage qu'on puisse être,
on peut sans risque demeurer longtemps avec ce qu'on
aime, et si la confiance qui me perdit est tout à fait sans

danger pour toi ; vous êtes libres tous deux ; c'est précisément ce qui rend les occasions plus suspectes. Il n'y a point,
dans un cœur vertueux, de faiblesse qui cède au remords [1],
et je conviens avec toi qu'on est toujours assez forte contre
le crime ; mais hélas ! qui peut se garantir d'être faible ?
Cependant, regarde les suites, songe aux effets de la honte.
Il faut s'honorer pour être honorée, comment peut-on
mériter le respect d'autrui sans en avoir pour soi-même, et
où s'arrêtera dans la route du vice celle qui fait le premier
pas sans effroi ? Voilà ce que je dirais à ces femmes du
monde pour qui la morale et la religion ne sont rien, et qui
n'ont de loi que l'opinion d'autrui. Mais toi, femme
vertueuse et chrétienne ; toi qui vois ton devoir et qui
l'aimes ; toi qui connais et suis d'autres règles que les
jugements publics, ton premier honneur est celui que te
rend ta conscience, et c'est celui-là qu'il s'agit de conserver.

Veux-tu savoir quel est ton tort en toute cette affaire ?
C'est, je te le redis, de rougir d'un sentiment honnête que tu
n'as qu'à déclarer pour le rendre innocent* : mais avec
toute ton humeur folâtre, rien n'est si timide que toi. Tu
plaisantes pour faire la brave, et je vois ton pauvre cœur
tout tremblant. Tu fais avec l'amour dont tu feins de rire,
comme ces enfants qui chantent la nuit quand ils ont peur.
Ô chère amie ! Souviens-toi de l'avoir dit mille fois ; c'est la
fausse honte qui mène à la véritable, et la vertu ne sait rougir
que de ce qui est mal. L'amour en lui-même est-il un crime ?
N'est-il pas le plus pur ainsi que le plus doux penchant de
la nature ? N'a-t-il pas une fin bonne et louable ? Ne
dédaigne-t-il pas les âmes basses et rampantes ? N'anime-
t-il pas les âmes grandes et fortes ? N'anoblit-il pas tous leurs
sentiments ? Ne double-t-il pas leur être ? Ne les élève-t-il
pas au-dessus d'elles-mêmes ? Ah ! si pour être honnête et

---

* Pourquoi l'Éditeur laisse-t-il les continuelles répétitions dont cette
Lettre est pleine, ainsi que beaucoup d'autres ? Par une raison fort simple ;
c'est qu'il ne se soucie point du tout que ces Lettres plaisent à ceux qui feront
cette question [2].

sage, il faut être inaccessible à ses traits, dis, que reste-t-il pour la vertu sur la terre ? Le rebut de la nature, et les plus vils des mortels.

Qu'as-tu donc fait que tu puisses te reprocher ? N'as-tu pas fait choix d'un honnête homme ? N'est-il pas libre ? Ne l'es-tu pas ? Ne mérite-t-il pas toute ton estime ? N'as-tu pas toute la sienne ? Ne seras-tu pas trop heureuse de faire le bonheur d'un ami si digne de ce nom, de payer de ton cœur et de ta personne les anciennes dettes de ton amie, et d'honorer en l'élevant à toi le mérite outragé par la fortune ?

Je vois les petits scrupules qui t'arrêtent. Démentir une résolution prise et déclarée, donner un successeur au défunt, montrer sa faiblesse au public, épouser un aventurier ; car les âmes basses, toujours prodigues de titres flétrissants, sauront bien trouver celui-ci. Voilà donc les raisons sur lesquelles tu aimes mieux te reprocher ton penchant que le justifier, et couver tes feux au fond de ton cœur que les rendre légitimes ? Mais, je te prie, la honte est-elle d'épouser celui qu'on aime ou de l'aimer sans l'épouser ? Voilà le choix qui te reste à faire. L'honneur que tu dois au défunt est de respecter assez sa Veuve pour lui donner un mari plutôt qu'un amant, et si ta jeunesse te force à remplir sa place [1], n'est-ce pas rendre encore hommage à sa mémoire, de choisir un homme qui lui fut cher.

Quant à l'inégalité, je croirais t'offenser de combattre une objection si frivole, lorsqu'il s'agit de sagesse et de bonnes mœurs. Je ne connais d'inégalité déshonorante que celle qui vient du caractère ou de l'éducation. À quelque état que parvienne un homme imbu de maximes basses, il est toujours honteux de s'allier à lui. Mais un homme élevé dans des sentiments d'honneur est l'égal de tout le monde, il n'y a point de rang où il ne soit à sa place. Tu sais quel était l'avis de ton père même quand il fut question de moi pour notre ami. Sa famille est honnête quoique obscure. Il jouit de l'estime publique, il la mérite. Avec cela fût-il le dernier des hommes, encore ne faudrait-il pas balancer ; car il vaut mieux déroger à la noblesse qu'à la vertu, et la femme d'un Charbonnier est plus respectable que la maîtresse d'un Prince[1].

J'entrevois bien encore une autre espèce d'embarras dans la nécessité de te déclarer la première ; car comme tu dois le sentir, pour qu'il ose aspirer à toi, il faut que tu le lui permettes ; et c'est un des justes retours de l'inégalité, qu'elle coûte souvent au plus élevé des avances mortifiantes. Quant à cette difficulté, je te la pardonne, et j'avoue même qu'elle me paraîtrait fort grave si je ne prenais soin de la lever : J'espère que tu comptes assez sur ton amie pour croire que ce sera sans te compromettre ; de mon côté je compte assez sur le succès pour m'en charger avec confiance ; car quoi que vous m'ayez dit autrefois tous deux sur la difficulté de transformer une amie en maîtresse[2], si je connais bien un cœur dans lequel j'ai trop appris à lire, je ne crois pas qu'en cette occasion l'entreprise exige une grande habileté de ma part. Je te propose donc de me laisser charger de cette négociation, afin que tu puisses te livrer au plaisir que te fera son retour, sans mystère, sans regrets, sans danger, sans honte. Ah Cousine ! quel charme pour moi de réunir à jamais deux cœurs si bien faits l'un pour l'autre, et qui se confondent depuis si longtemps dans le mien. Qu'ils s'y confondent mieux encore, s'il est possible ; ne soyez plus qu'un pour vous et pour moi. Oui, ma Claire, tu serviras encore ton amie en couronnant ton amour, et j'en serai plus sûre de mes propres sentiments quand je ne pourrai plus les distinguer entre vous[3].

Que si, malgré mes raisons, ce projet ne te convient pas, mon avis est qu'à quelque prix que ce soit nous écartions de nous cet homme dangereux, toujours redoutable à l'une ou à l'autre ; car, quoi qu'il arrive, l'éducation de nos enfants nous importe encore moins que la vertu de leurs mères. Je te laisse le temps de réfléchir sur tout ceci durant ton voyage. Nous en parlerons après ton retour.

Je prends le parti de t'envoyer cette Lettre en droiture[4] à Genève, parce que tu n'as dû coucher qu'une nuit à

Lausanne et qu'elle ne t'y trouverait plus. Apporte-moi bien des détails de la petite République. Sur tout le bien qu'on dit de cette ville charmante, je t'estimerais heureuse de l'aller voir, si je pouvais faire cas des plaisirs qu'on achète aux dépens de ses amis. Je n'ai jamais aimé le luxe, et je le hais maintenant de t'avoir ôtée à moi pour je ne sais combien d'années[1]. Mon enfant, nous n'allâmes ni l'une ni l'autre faire nos emplettes de noce à Genève ; mais quelque mérite que puisse avoir ton frère, je doute que ta Belle-sœur soit plus heureuse avec sa dentelle de Flandre et ses étoffes des Indes, que nous dans notre simplicité. Je te charge pourtant, malgré ma rancune, de l'engager à venir faire la noce à Clarens. Mon père écrit au tien, et mon mari à la mère de l'épouse pour les en prier : Voilà les lettres, donne-les, et soutiens l'invitation de ton crédit renaissant[2] ; c'est tout ce que je puis faire pour que la fête ne se fasse pas sans moi : car je te déclare qu'à quelque prix que ce soit je ne veux pas quitter ma famille. Adieu, Cousine ; un mot de tes nouvelles, et que je sache au moins quand je dois t'attendre. Voici le deuxième jour depuis ton départ, et je ne sais plus vivre si longtemps sans toi.

P.S. Tandis que j'achevais cette lettre interrompue, Mademoiselle Henriette se donnait les airs d'écrire aussi de son côté. Comme je veux que les enfants disent toujours ce qu'ils pensent et non ce qu'on leur fait dire, j'ai laissé la petite curieuse écrire tout ce qu'elle a voulu, sans y changer un seul mot. Troisième Lettre ajoutée à la mienne. Je me doute bien que ce n'est pas encore celle que tu cherchais du coin de l'œil en furetant ce paquet. Pour celle-là dispense-toi de l'y chercher plus longtemps, car tu ne la trouveras pas. Elle est adressée à Clarens ; c'est à Clarens qu'elle doit être lue ; arrange-toi là-dessus.

LETTRE XIV

D'Henriette à sa Mère

Où êtes-vous donc, Maman ? On dit que vous êtes à Genève et que c'est si loin, si loin, qu'il faudrait marcher deux jours tout le jour pour vous atteindre : voulez-vous donc faire aussi le tour du monde ? Mon petit papa est parti ce matin pour Étange[1] ; mon petit grand-papa est à la chasse ; ma petite maman vient de s'enfermer pour écrire ; il ne reste que ma mie Pernette et ma mie Fanchon. Mon Dieu ! je ne sais plus comment tout va, mais depuis le départ de notre bon ami, tout le monde s'éparpille. Maman, vous avez commencé la première. On s'ennuyait déjà bien quand nous n'aviez plus personne à faire endêver[2] ; oh ! c'est encore pis depuis que vous êtes partie ; car la petite maman n'est pas non plus de si bonne humeur que quand vous y êtes. Maman, mon petit mali se porte bien, mais il ne vous aime plus, parce que vous ne l'avez pas fait sauter hier comme à l'ordinaire. Moi, je crois que je vous aimerais encore un peu si vous reveniez bien vite, afin qu'on ne s'ennuyât pas tant. Si vous voulez m'apaiser tout à fait, apportez à mon petit mali quelque chose qui lui fasse plaisir. Pour l'apaiser, lui, vous aurez bien l'esprit de trouver aussi ce qu'il faut faire. Ah mon Dieu ! si notre bon ami était ici comme il l'aurait déjà deviné ! mon bel éventail est tout brisé ; mon ajustement bleu n'est plus qu'un chiffon ; ma pièce de blonde[3] est en loques ; mes mitaines à jour ne valent plus rien. Bonjour, Maman ; il faut finir ma Lettre, car la petite maman vient de finir la sienne et sort de son cabinet. Je crois qu'elle a les yeux rouges, mais je n'ose le lui dire ; mais en lisant ceci elle verra bien que je l'ai vu. Ma bonne Maman, que vous êtes méchante, si vous faites pleurer ma petite Maman !

P.S. J'embrasse mon grand-papa, j'embrasse mes oncles, j'embrasse ma nouvelle tante et sa maman ; j'embrasse tout le monde excepté vous. Maman, vous m'entendez bien ; je n'ai pas pour vous de si longs bras[1].

Fin de la cinquième partie

LETTRES DE DEUX AMANTS
HABITANTS D'UNE PETITE VILLE
AU PIED DES ALPES

Sixième partie

LETTRE I

De Mad^e d'Orbe à Mad^e de Wolmar

Avant de partir de Lausanne il faut t'écrire un petit mot
pour t'apprendre que j'y suis arrivée ; non pas pourtant
aussi joyeuse que j'espérais. Je me faisais une fête de ce petit
voyage qui t'a toi-même si souvent tentée ; mais en refusant
d'en être tu me l'as rendu presque importun ; car quelle
ressource y trouverai-je ? S'il est ennuyeux, j'aurai l'ennui
pour mon compte ; et s'il est agréable, j'aurai le regret de
m'amuser sans toi. Si je n'ai rien à dire contre tes raisons,
crois-tu pour cela que je m'en contente ? Ma foi, Cousine,
tu te trompes bien fort, et c'est encore ce qui me fâche, de
n'être pas même en droit de me fâcher. Dis, mauvaise, n'as-
tu pas honte d'avoir toujours raison avec ton amie, et de
résister à ce qui lui fait plaisir, sans lui laisser même celui de
gronder ? Quand tu aurais planté là pour huit jours ton
mari, ton ménage, et tes marmots, ne dirait-on pas que tout
eût été perdu ? Tu aurais fait une étourderie, il est vrai ; mais
tu en vaudrais cent fois mieux ; au lieu qu'en te mêlant
d'être parfaite, tu ne seras plus bonne à rien, et tu n'auras
qu'à te chercher des amis parmi les anges.

Malgré les mécontentements passés, je n'ai pu sans

attendrissement me retrouver au milieu de ma famille ; j'y ai été reçue avec plaisir, ou du moins avec beaucoup de caresses. J'attends pour te parler de mon frère que j'aie fait connaissance avec lui. Avec une assez belle figure, il a l'air empesé du pays d'où il vient. Il est sérieux et froid ; je lui trouve même un peu de morgue : j'ai grand'peur pour la petite personne, qu'au lieu d'être un aussi bon mari que les nôtres, il ne tranche un peu du Seigneur et maître.

Mon père a été si charmé de me voir qu'il a quitté pour m'embrasser la relation d'une grande bataille que les Français viennent de gagner en Flandres[1], comme pour vérifier la prédiction de l'ami de notre ami. Quel bonheur qu'il n'ait pas été là ! Imagines-tu le brave Édouard voyant fuir les Anglais, et fuyant lui-même ?.... jamais, jamais !... il se fût fait tuer cent fois.

Mais à propos de nos amis, il y a longtemps qu'ils ne nous ont écrit. N'était-ce pas hier, je crois, jour de Courrier ? Si tu reçois de leurs Lettres, j'espère que tu n'oublieras pas l'intérêt que j'y prends.

Adieu, Cousine, il faut partir. J'attends de tes nouvelles à Genève, où nous comptons arriver demain pour dîner. Au reste, je t'avertis que de manière ou d'autres[2] la noce ne se fera pas sans toi, et que si tu ne veux pas venir à Lausanne, moi je viens avec tout mon monde mettre Clarens au pillage, et boire les vins de tout l'univers[3].

LETTRE II

De Mad^e d'Orbe à Mad^e de Wolmar[4]

À merveilles[5], sœur prêcheuse ! mais tu comptes un peu trop, ce me semble, sur l'effet salutaire de tes sermons : sans juger s'ils endormaient beaucoup autrefois ton ami, je t'avertis qu'ils n'endorment point aujourd'hui ton amie ; et celui que j'ai reçu hier au soir, loin de m'exciter au sommeil, me l'a ôté durant la nuit entière. Gare la paraphrase de mon argus, s'il voit cette lettre ! mais j'y mettrai bon ordre, et je te

jure que tu te brûleras les doigts plutôt que de la lui
montrer.

Si j'allais te récapituler point par point, j'empiéterais sur
tes droits ; il vaut mieux suivre ma tête ; et puis, pour avoir
l'air plus modeste et ne pas te donner trop beau jeu, je ne
veux pas d'abord parler de nos voyageurs et du Courrier
d'Italie. Le pis aller, si cela m'arrive, sera de récrire ma
lettre, et de mettre le commencement à la fin. Parlons de la
prétendue Ladi Bomston [1].

Je m'indigne [2] à ce seul titre. Je ne pardonnerais pas plus à
St. Preux de le laisser prendre à cette fille, qu'à Édouard de
le lui donner, et à toi de le reconnaître. Julie de Wolmar
recevoir *Lauretta Pisana* dans sa maison ! la souffrir auprès
d'elle ! Eh mon enfant, y penses-tu ? Quelle douceur cruelle
est-ce là ? Ne sais-tu pas que l'air qui t'entoure est mortel à
l'infamie ? La pauvre malheureuse oserait-elle mêler son
haleine à la tienne, oserait-elle respirer près de toi ? Elle y
serait plus mal à son aise qu'un possédé touché par des
reliques ; ton seul regard la ferait rentrer en terre ; ton
ombre seule la tuerait.

Je ne méprise point Laure ; à Dieu ne plaise : au
contraire, je l'admire et la respecte d'autant plus qu'un
pareil retour est héroïque et rare. En est-ce assez pour
autoriser les comparaisons basses avec lesquelles tu t'oses
profaner toi-même ; comme si dans ses plus grandes faiblesses le véritable amour ne gardait pas la personne, et ne
rendait pas l'honneur plus jaloux ? Mais je t'entends, et je
t'excuse. Les objets éloignés et bas se confondent maintenant à ta vue ; dans ta sublime élévation tu regardes la terre,
et n'en vois plus les inégalités. Ta dévote humilité sait
mettre à profit jusqu'à ta vertu.

Hé bien que sert tout cela ? Les sentiments naturels en
reviennent-ils moins ? L'amour-propre en fait-il moins son
jeu ? Malgré toi tu sens ta répugnance, tu la taxes d'orgueil,
tu la voudrais combattre, tu l'imputes à l'opinion. Bonne
fille ! et depuis quand l'opprobre du vice n'est-il que dans
l'opinion ? Quelle société conçois-tu possible avec une

femme devant qui l'on ne saurait nommer la chasteté, l'honnêteté, la vertu, sans lui faire verser des larmes de honte, sans ranimer ses douleurs, sans insulter presque à son repentir ? Crois-moi, mon ange, il faut respecter Laure et ne la point voir. La fuir est un égard que lui doivent d'honnêtes femmes ; elle aurait trop à souffrir avec nous.

Écoute. Ton cœur te dit que ce mariage ne se doit point faire ? N'est-ce pas te dire qu'il ne se fera point ?... Notre ami, dis-tu, n'en parle pas dans sa lettre ?... dans la lettre que tu dis qu'il m'écrit ?... et tu dis que cette lettre est fort longue ?... et puis vient le discours de ton mari... il est mystérieux, ton mari !... Vous êtes un couple de fripons qui me jouez d'intelligence ; mais... son sentiment, au reste, n'était pas ici fort nécessaire... surtout pour toi qui as vu la lettre... ni pour moi qui ne l'ai pas vue... car je suis plus sûre de ton ami, du mien, que de toute la philosophie.

Ah çà ! Ne voilà-t-il pas déjà cet importun qui revient, on ne sait comment ? Ma foi, de peur qu'il ne revienne encore, puisque je suis sur son chapitre, il faut que je l'épuise, afin de n'en pas faire à deux fois.

N'allons point nous perdre dans le pays des chimères [1]. Si tu n'avais pas été Julie, si ton ami n'eût pas été ton amant, j'ignore ce qu'il eût été pour toi ; je ne sais ce que j'aurais été moi-même. Tout ce que je sais bien, c'est que si sa mauvaise étoile me l'eût adressé d'abord, c'était fait de sa pauvre tête et, que je sois folle ou non, je l'aurais infailliblement rendu fou. Mais qu'importe ce que je pouvais être ? Parlons de ce que je suis. La première chose que j'ai faite a été de t'aimer. Dès nos premiers ans mon cœur s'absorba dans le tien. Toute tendre et sensible que j'eusse été, je ne sus plus aimer ni sentir par moi-même. Tous mes sentiments me vinrent de toi ; toi seule me tins lieu de tout, et je ne vécus que pour être ton amie. Voilà ce que vit la Chaillot ; voilà sur quoi elle me jugea ; réponds, Cousine, se trompa-t-elle ?

Je fis mon frère de ton ami, tu le sais : l'amant de mon amie me fut comme le fils de ma mère. Ce ne fut point ma raison, mais mon cœur qui fit ce choix. J'eusse été plus

sensible encore, que je ne l'aurais pas autrement aimé. Je
t'embrassais en embrassant la plus chère moitié de toi-
même ; j'avais pour garant de la pureté de mes caresses leur
propre vivacité. Une fille traite-t-elle ainsi ce qu'elle aime ?
Le traitais-tu toi-même ainsi ? Non, Julie, l'amour chez
nous est craintif et timide ; la réserve et la honte sont ses
avances, il s'annonce par ses refus, et sitôt qu'il transforme
en faveurs les caresses, il en sait bien distinguer le prix.
L'amitié est prodigue, mais l'amour est avare.

J'avoue que de trop étroites liaisons sont toujours
périlleuses à l'âge où nous étions lui et moi ; mais tous deux
le cœur plein du même objet, nous nous accoutumâmes
tellement à le placer entre nous, qu'à moins de t'anéantir
nous ne pouvions plus arriver l'un à l'autre. La familiarité
même dont nous avions pris la douce habitude, cette
familiarité dans tout autre cas si dangereuse, fut alors ma
sauvegarde. Nos sentiments dépendent de nos idées, et
quand elles ont pris un certain cours, elles en changent
difficilement. Nous en avions trop dit sur un ton pour
recommencer sur un autre ; nous étions déjà trop loin pour
revenir sur nos pas. L'amour veut faire tout son progrès lui-
même, il n'aime point que l'amitié lui épargne la moitié du
chemin. Enfin, je l'ai dit autrefois, et j'ai lieu de le croire
encore ; on ne prend guère de baisers coupables sur la même
bouche où l'on en prit d'innocents [1].

À l'appui de tout cela vint celui que le Ciel destinait à
faire le court bonheur de ma vie. Tu le sais, Cousine, il était
jeune, bien fait, honnête, attentif, complaisant ; il ne savait
pas aimer comme ton ami ; mais c'était moi qu'il aimait, et
quand on a le cœur libre, la passion qui s'adresse à nous a
toujours quelque chose de contagieux. Je lui rendis donc du
mien tout ce qu'il en restait à prendre, et sa part fut encore
assez bonne pour ne lui pas laisser de regret à son choix.
Avec cela, qu'avais-je à redouter ? J'avoue même que les
droits du sexe joints à ceux du devoir portèrent un moment
préjudice aux tiens [2], et que livrée à mon nouvel état je fus
d'abord plus épouse qu'amie ; mais en revenant à toi je te

rapportai deux cœurs au lieu d'un, et je n'ai pas oublié depuis, que je suis restée seule chargée de cette double dette.

Que te dirai-je encore ma douce amie ? Au retour de notre ancien maître, c'était, pour ainsi dire, une nouvelle connaissance à faire : je crus le voir avec d'autres yeux ; je crus sentir en l'embrassant un frémissement qui jusque-là m'avait été inconnu ; plus cette émotion me fut délicieuse, plus elle me fit de peur : je m'alarmai comme d'un crime d'un sentiment qui n'existait peut-être que parce qu'il n'était plus criminel. Je pensai trop que ton amant ne l'était plus et qu'il ne pouvait plus l'être ; je sentis trop qu'il était libre et que je l'étais aussi. Tu sais le reste, aimable Cousine, mes frayeurs, mes scrupules te furent connus aussitôt qu'à moi. Mon cœur sans expérience s'intimidait tellement d'un état si nouveau pour lui, que je me reprochais mon empressement de te rejoindre, comme s'il n'eût pas précédé le retour de cet ami. Je n'aimais point qu'il fût précisément où je désirais si fort d'être, et je crois que j'aurais moins souffert de sentir ce désir plus tiède que d'imaginer qu'il ne fût pas tout pour toi.

Enfin, je te rejoignis, et je fus presque rassurée. Je m'étais moins reproché ma faiblesse après t'en avoir fait l'aveu. Près de toi je me la reprochais moins encore ; je crus m'être mise à mon tour sous ta garde, et je cessai de craindre pour moi. Je résolus, par ton conseil même, de ne point changer de conduite avec lui. Il est constant qu'une plus grande réserve eût été une espèce de déclaration, et ce n'était que trop de celles qui pouvaient m'échapper malgré moi, sans en faire une volontaire. Je continuai donc d'être badine par honte, et familière par modestie : mais peut-être tout cela se faisant moins naturellement ne se faisait-il plus avec la même mesure. De folâtre que j'étais, je devins tout à fait folle, et ce qui m'en accrut la confiance fut de sentir que je pouvais l'être impunément. Soit que l'exemple de ton retour à toi-même me donnât plus de force pour t'imiter ; soit que ma Julie épure tout ce qui l'approche ; je me trouvai tout à fait tranquille, et il ne me resta de mes premières émotions qu'un sentiment très doux, il est vrai, mais calme et paisible, et qui ne demandait rien de plus à mon cœur que la durée de l'état où j'étais.

Oui, chère amie, je suis tendre et sensible aussi bien que toi ; mais je le suis d'une autre manière. Mes affections sont plus vives ; les tiennes sont plus pénétrantes. Peut-être avec des sens plus animés ai-je plus de ressources pour leur donner le change, et cette même gaieté qui coûte l'innocence à tant d'autres me l'a toujours conservée. Ce n'a pas toujours été sans peine, il faut l'avouer. Le moyen de rester veuve à mon âge, et de ne pas sentir quelquefois que les jours ne sont que la moitié de la vie ? Mais comme tu l'as dit, et comme tu l'éprouves, la sagesse est un grand moyen d'être sage ; car avec toute ta bonne contenance, je ne te crois pas dans un cas fort différent du mien [1]. C'est alors que l'enjouement vient à mon secours et fait plus, peut-être, pour la vertu que n'eussent fait les graves leçons de la raison. Combien de fois dans le silence de la nuit où l'on ne peut s'échapper à soi-même, j'ai chassé des idées importunes en méditant des tours pour le lendemain ! Combien de fois j'ai sauvé les dangers d'un tête-à-tête par une saillie extravagante ? Tiens, ma chère, il y a toujours, quand on est faible, un moment où la gaieté devient sérieuse, et ce moment ne viendra point pour moi. Voilà ce que je crois sentir, et de quoi je t'ose répondre.

Après cela, je te confirme librement tout ce que je t'ai dit dans l'Élysée sur l'attachement que j'ai senti naître, et sur tout le bonheur dont j'ai joui cet hiver. Je m'en livrais de meilleur cœur au charme de vivre avec ce que j'aime, en sentant que je ne désirais rien de plus. Si ce temps eût duré toujours, je n'en aurais jamais souhaité un autre. Ma gaieté venait de contentement et non d'artifice. Je tournais en espièglerie le plaisir de m'occuper de lui sans cesse. Je sentais qu'en me bornant à rire je ne m'apprêtais point de pleurs.

Ma foi, Cousine, j'ai cru m'apercevoir quelquefois que le jeu ne lui déplaisait pas trop à lui-même. Le rusé n'était pas fâché d'être fâché, et il ne s'apaisait avec tant de peine que pour se faire apaiser plus longtemps. J'en tirais occasion de lui tenir des propos assez tendres en paraissant me moquer de lui ; c'était à qui des deux serait le plus enfant. Un jour qu'en ton absence il jouait aux échecs avec ton mari, et que je jouais au volant avec la Fanchon dans la même salle, elle avait le mot et j'observais notre philosophe. À son air humblement fier et à la promptitude de ses coups, je vis qu'il avait beau jeu. La table était petite, et l'échiquier débordait. J'attendis le moment, et sans paraître y tâcher, d'un revers de raquette je renversai l'échec et mat. Tu ne vis de tes jours pareille colère ; il était si furieux que lui ayant laissé le choix d'un soufflet ou d'un baiser pour ma pénitence, il se détourna quand je lui présentai la joue. Je lui demandai pardon ; il fut inflexible : il m'aurait laissée à genoux si je m'y étais mise. Je finis par lui faire une autre pièce qui lui fit oublier la première, et nous fûmes meilleurs amis que jamais.

Avec une autre méthode, infailliblement je m'en serais moins bien tirée ; et je m'aperçus une fois que si le jeu fût devenu sérieux, il eût pu trop l'être. C'était un soir qu'il nous accompagnait ce duo si simple et si touchant de Leo, *vado a morir, ben mio*[1]. Tu chantais avec assez de négligence, je n'en faisais pas de même ; et, comme j'avais une main appuyée sur le Clavecin, au moment le plus pathétique et où j'étais moi-même émue, il appliqua sur cette main un baiser que je sentis sur mon cœur. Je ne connais pas bien les baisers de l'amour, mais ce que je peux te dire, c'est que jamais l'amitié, pas même la nôtre, n'en a donné ni reçu de semblable à celui-là. Hé bien, mon enfant, après de pareils moments que devient-on quand on s'en va rêver seule, et qu'on emporte avec soi leur souvenir ? Moi, je troublai la musique, il fallut danser, je fis danser le philosophe, on soupa presque en l'air, on veilla fort avant dans la nuit, je fus me coucher bien lasse, et je ne fis qu'un sommeil.

J'ai donc de fort bonnes raisons pour ne point gêner mon

humeur ni changer de manières. Le moment qui rendra ce changement nécessaire est si près, que ce n'est pas la peine d'anticiper. Le temps ne viendra que trop tôt d'être prude et réservée ; tandis que je compte encore par vingt, je me dépêche d'user de mes droits ; car passé la trentaine on n'est plus folle mais ridicule, et ton épilogueur d'homme ose bien me dire qu'il ne me reste que six mois encore à retourner la salade avec les doigts[1]. Patience ! pour payer ce sarcasme je prétends la lui retourner dans six ans, et je te jure qu'il faudra qu'il la mange ; mais revenons.

Si l'on n'est pas maître de ses sentiments, au moins on l'est de sa conduite. Sans doute, je demanderais au Ciel un cœur plus tranquille ; mais puissé-je à mon dernier jour offrir au Souverain juge une vie aussi peu criminelle que celle que j'ai passée cet hiver ! En vérité, je ne me reprochais rien auprès du seul homme qui pouvait me rendre coupable. Ma chère, il n'en est pas de même depuis qu'il est parti ; en m'accoutumant à penser à lui dans son absence, j'y pense à tous les instants du jour, et je trouve son image plus dangereuse que sa personne. S'il est loin, je suis amoureuse ; s'il est près, je ne suis que folle ; qu'il revienne, et je ne le crains plus[2].

Au chagrin de son éloignement s'est jointe l'inquiétude de son rêve. Si tu as tout mis sur le compte de l'amour, tu t'es trompée ; l'amitié avait part à ma tristesse. Depuis leur départ je te voyais pâle et changée ; à chaque instant je pensais te voir tomber malade. Je ne suis pas crédule mais craintive. Je sais bien qu'un songe n'amène pas un événement, mais j'ai toujours peur que l'événement n'arrive à sa suite. À peine ce maudit rêve m'a-t-il laissé une nuit tranquille, jusqu'à ce que je t'aie vue bien remise et reprendre tes couleurs. Dussé-je avoir mis sans le savoir un intérêt suspect à cet empressement, il est sûr que j'aurais donné tout au monde pour qu'il se fût montré quand il s'en retourna comme un imbécile. Enfin ma vaine terreur s'en est allée avec ton mauvais visage. Ta santé, ton appétit ont plus fait que tes plaisanteries, et je t'ai vue si bien argumenter à table contre mes frayeurs, qu'elles se sont tout à fait dissipées. Pour surcroît de bonheur il revient, et j'en suis charmée à tous égards. Son retour ne m'alarme point, il me rassure ; et sitôt que nous le verrons, je ne craindrai plus rien pour tes jours ni pour mon repos. Cousine, conserve-moi mon amie, et ne sois point en peine de la tienne ; je réponds d'elle tant qu'elle t'aura.... Mais, mon Dieu, qu'ai-je donc qui m'inquiète encore, et me serre le cœur sans savoir pourquoi ? Ah, mon enfant, faudra-t-il un jour qu'une des deux survive à l'autre ? Malheur à celle sur qui doit tomber un sort si cruel ! Elle restera peu digne de vivre, ou sera morte avant sa mort[1].

Pourrais-tu me dire à propos de quoi je m'épuise en sottes lamentations ? Foin de ces terreurs paniques qui n'ont pas le sens commun ! Au lieu de parler de mort, parlons de mariage ; cela sera plus amusant. Il y a longtemps que cette idée est venue à ton mari, et s'il ne m'en eût jamais parlé, peut-être ne me fût-elle point venue à moi-même. Depuis lors j'y ai pensé quelquefois, et toujours avec dédain. Fi ! cela vieillit une jeune veuve ; si j'avais des enfants d'un second lit, je me croirais la grand'mère de ceux du premier. Je te trouve aussi fort bonne de faire avec légèreté les honneurs de ton amie, et de regarder cet arrangement comme un soin de ta bénigne charité. Oh bien je t'apprends, moi, que toutes les raisons fondées sur tes soucis obligeants ne valent pas la moindre des miennes contre un second mariage.

Parlons sérieusement ; je n'ai pas l'âme assez basse pour faire entrer dans ces raisons la honte de me rétracter d'un engagement téméraire pris avec moi seule, ni la crainte du blâme en faisant mon devoir, ni l'inégalité des fortunes dans un'cas où tout l'honneur est pour celui des deux à qui l'autre veut bien devoir la sienne : mais sans répéter ce que je t'ai dit tant de fois sur mon humeur indépendante et sur mon éloignement naturel pour le joug du mariage, je me tiens à une seule objection, et je la tire de cette voix si sacrée que personne au monde ne respecte autant que toi ; lève cette objection, Cousine, et je me rends. Dans tous ces jeux qui te donnent tant d'effroi ma conscience est tranquille. Le souvenir de mon mari ne me fait point rougir ; j'aime à l'appeler à témoin de mon innocence, et pourquoi craindrais-je de faire devant son image tout ce que je faisais autrefois devant lui ? En serait-il de même, ô Julie ! si je violais les saints engagements qui nous unirent, que j'osasse jurer à un autre l'amour éternel que je lui jurai tant de fois, que mon cœur indignement partagé dérobât à sa mémoire ce qu'il donnerait à son successeur, et ne pût sans offenser l'un des deux remplir ce qu'il doit à l'autre ? Cette même image qui m'est si chère ne me donnerait qu'épouvante et qu'effroi, sans cesse elle viendrait empoisonner mon bonheur, et son souvenir qui fait la douceur de ma vie en ferait le tourment. Comment oses-tu me parler de donner un successeur à mon mari, après avoir juré de n'en jamais donner au tien[1] ? comme si les raisons que tu m'allègues t'étaient moins applicables en pareil cas ! Ils s'aimèrent ? C'est pis encore. Avec quelle indignation verrait-il un homme qui lui fut cher usurper ses droits et rendre sa femme infidèle ! Enfin quand il serait vrai que je ne lui dois plus rien à lui-même, ne dois-je rien au cher gage de son amour, et puis-je croire qu'il eût jamais voulu de moi, s'il eût prévu que j'eusse un jour exposé sa fille unique à se voir confondue avec les enfants d'un autre ?

Encore un mot, et j'ai fini. Qui t'a dit que tous les obstacles viendraient de moi seule ? En répondant de celui que cet engagement regarde, n'as-tu point plutôt consulté ton désir que ton pouvoir ? Quand tu serais sûre de son aveu, n'aurais-tu donc aucun scrupule de m'offrir un cœur usé par une autre passion ? Crois-tu que le mien dût s'en contenter, et que je pusse être heureuse avec un homme que je ne rendrais pas heureux ? Cousine, penses-y mieux ; sans exiger plus d'amour que je n'en puis ressentir moi-même, tous les sentiments que j'accorde je veux qu'ils me soient rendus, et je suis trop honnête femme pour pouvoir me passer de plaire à mon mari. Quel garant as-tu donc de tes

espérances ? Un certain plaisir à se voir qui peut être l'effet
de la seule amitié ; un transport passager qui peut naître à
notre âge de la seule différence du sexe ; tout cela suffit-il
pour les fonder ? si ce transport eût produit quelque
sentiment durable est-il croyable qu'il s'en fût tu, non
seulement à moi, mais à toi, mais à ton mari de qui ce
propos n'eût pu qu'être favorablement reçu[1] ? En a-t-il
jamais dit un mot à personne ? Dans nos tête-à-tête a-t-il
jamais été question que de toi ? a-t-il jamais été question de
moi dans les vôtres ? Puis-je penser que s'il avait eu là-
dessus quelque secret pénible à garder, je n'aurais jamais
aperçu sa contrainte, ou qu'il ne lui serait jamais échappé
d'indiscrétion ? Enfin, même depuis son départ, de laquelle
de nous deux parle-t-il le plus dans ses lettres, de laquelle
est-il occupé dans ses songes ? Je t'admire de me croire
sensible et tendre, et de ne pas imaginer que je me dirai tout
cela ! Mais j'aperçois vos ruses, ma mignonne. C'est pour
vous donner droit de représailles que vous m'accusez
d'avoir jadis sauvé mon cœur aux dépens du vôtre. Je ne
suis pas la dupe de ce tour-là.

Voilà toute ma confession, Cousine. Je l'ai faite pour
t'éclairer, et non pour te contredire. Il me reste à te déclarer
ma résolution sur cette affaire. Tu connais à présent mon
intérieur aussi bien et peut-être mieux que moi-même ; mon
honneur, mon bonheur te sont chers autant qu'à moi, et
dans le calme des passions, la raison te fera mieux voir où je
dois trouver l'un et l'autre. Charge-toi donc de ma
conduite, je t'en remets l'entière direction. Rentrons dans
notre état naturel et changeons entre nous de métier, nous
nous en tirerons mieux toutes deux. Gouverne, je serai
docile ; c'est à toi de vouloir ce que je dois faire, à moi de
faire ce que tu voudras. Tiens mon âme à couvert dans la
tienne, que sert aux inséparables d'en avoir deux ?

Ah çà ! Revenons à présent à nos voyageurs ; mais j'ai
déjà tant parlé de l'un que je n'ose plus parler de l'autre, de
peur que la différence du style ne se fît un peu trop sentir, et
que l'amitié même que j'ai pour l'Anglais ne dît trop en

faveur du Suisse. Et puis, que dire sur des Lettres qu'on n'a
pas vues ? Tu devais bien au moins m'envoyer celle de
Milord Édouard ; mais tu n'as osé l'envoyer sans l'autre, et
tu as fort bien fait... tu pouvais pourtant faire mieux
encore... Ah vivent les Duègnes de vingt ans [1] ! elles sont
plus traitables qu'à trente.

Il faut au moins que je me venge en t'apprenant ce que tu
as opéré par cette belle réserve ? C'est de me faire imaginer
la Lettre en question,.... cette lettre si.... cent fois plus si
qu'elle ne l'est réellement [2]. De dépit, je me plais à la remplir
de choses qui n'y sauraient être. Va, si je n'y suis pas adorée,
c'est à toi que je ferai payer tout ce qu'il en faudra rabattre.

En vérité, je ne sais après tout cela comment tu m'oses
parler du Courrier d'Italie. Tu prouves que mon tort ne fut
pas de l'attendre, mais de ne pas l'attendre assez longtemps.
Un pauvre petit quart d'heure de plus, j'allais au-devant du
paquet, je m'en emparais la première, je lisais le tout à mon
aise, et c'était mon tour de me faire valoir. Les raisins sont
trop verts ; on me retient deux lettres ; mais j'en ai deux
autres que, quoi que tu puisses croire, je ne changerais
sûrement pas contre celles-là, quand tous les *si* du monde y
seraient. Je te jure que si celle d'Henriette ne tient pas sa
place à côté de la tienne c'est qu'elle la passe, et que ni toi ni
moi n'écrirons de la vie rien d'aussi joli. Et puis on se
donnera les airs de traiter ce prodige de petite impertinente !
Ah, c'est assurément pure jalousie. En effet, te voit-on
jamais à genoux devant elle lui baiser humblement les deux
mains l'une après l'autre ? Grâce à toi, la voilà modeste
comme une vierge, et grave comme un Caton ; respectant
tout le monde, jusqu'à sa mère ; il n'y a plus le mot pour rire
à ce qu'elle dit ; à ce qu'elle écrit, passe encore. Aussi depuis
que j'ai découvert ce nouveau talent, avant que tu gâtes ses
lettres comme ses propos, je compte établir de sa chambre à
la mienne un Courrier d'Italie, dont on n'escamotera point
les paquets.

Adieu, petite Cousine, voilà des réponses qui t'apprendront à respecter mon crédit renaissant [3]. Je voulais te parler

de ce pays et de ses habitants, mais il faut mettre fin à ce volume, et puis tu m'as toute brouillée avec tes fantaisies, et le mari m'a presque fait oublier les hôtes. Comme nous avons encore cinq ou six jours à rester ici et que j'aurai le temps de mieux revoir le peu que j'ai vu, tu ne perdras rien pour attendre, et tu peux compter sur un second tome avant mon départ [1].

LETTRE III

De Milord Édouard
À M. de Wolmar

Non, cher Wolmar, vous ne vous êtes point trompé ; le jeune homme est sûr ; mais moi je ne le suis guère, et j'ai failli payer cher l'expérience qui m'en a convaincu. Sans lui, je succombais moi-même à l'épreuve que je lui avais destinée [2]. Vous savez que pour contenter sa reconnaissance et remplir son cœur de nouveaux objets, j'affectais de donner à ce voyage plus d'importance qu'il n'en avait réellement. D'anciens penchants à flatter, une vieille habitude à suivre encore une fois, voilà avec ce qui se rapportait à St. Preux tout ce qui m'engageait à l'entreprendre. Dire les derniers adieux aux attachements de ma jeunesse, ramener un ami parfaitement guéri, voilà tout le fruit que j'en voulais recueillir.

Je vous ai marqué que le songe de Villeneuve m'avait laissé des inquiétudes. Ce songe me rendit suspects les transports de joie auxquels il s'était livré quand je lui avais annoncé qu'il était le maître d'élever vos enfants et de passer sa vie avec vous. Pour mieux l'observer dans les effusions de son cœur, j'avais d'abord prévenu ses difficultés ; en lui déclarant que je m'établirais moi-même avec vous, je ne laissais plus à son amitié d'objections à me faire ; mais de nouvelles résolutions me firent changer de langage.

Il n'eut pas vu trois fois la Marquise que nous fûmes d'accord sur son compte. Malheureusement pour elle, elle voulut le gagner, et ne fit que lui montrer ses artifices. L'infortunée! Que de grandes qualités sans vertu! que d'amour sans honneur! Cet amour ardent et vrai me touchait, m'attachait, nourrissait le mien; mais il prit la teinte de son âme noire, et finit par me faire horreur. Il ne fut plus question d'elle.

Quand il eut vu Laure, qu'il connut son cœur, sa beauté, son esprit, et cet attachement sans exemple trop fait pour me rendre heureux, je résolus de me servir d'elle pour bien éclaircir l'état de St. Preux. Si j'épouse Laure, lui dis-je, mon dessein n'est point de la mener à Londres où quelqu'un pourrait la reconnaître; mais dans des lieux où l'on sait honorer la vertu partout où elle est; vous remplirez votre emploi, et nous ne cesserons point de vivre ensemble. Si je ne l'épouse pas, il est temps de me recueillir[1]. Vous connaissez ma maison d'Oxfort-Shire, et vous choisirez d'élever les enfants d'un de vos amis, ou d'accompagner l'autre dans sa solitude. Il me fit la réponse à laquelle je pouvais m'attendre; mais je voulais l'observer par sa conduite : Car si pour vivre à Clarens il favorisait un mariage qu'il eût dû blâmer, ou si dans cette occasion délicate il préférait à son bonheur la gloire de son ami, dans l'un et dans l'autre cas l'épreuve était faite, et son cœur était jugé.

Je le trouvai d'abord tel que je le désirais; ferme contre le projet que je feignais d'avoir, et armé de toutes les raisons qui devaient m'empêcher d'épouser Laure. Je sentais ces raisons mieux que lui, mais je la voyais sans cesse, et je la voyais affligée et tendre. Mon cœur tout à fait détaché de la Marquise, se fixa par ce commerce assidu. Je trouvai dans les sentiments de Laure de quoi redoubler l'attachement qu'elle m'avait inspiré. J'eus honte de sacrifier à l'opinion, que je méprisais, l'estime que je devais à son mérite; ne devais-je rien aussi à l'espérance que je lui avais donnée, sinon par mes discours, au moins par mes soins? sans avoir rien promis, ne rien tenir c'était la tromper; cette tromperie était barbare. Enfin joignant à mon penchant une espèce de devoir, et songeant plus à mon bonheur qu'à ma gloire, j'achevai de l'aimer par raison ; je résolus de pousser la feinte aussi loin qu'elle pouvait aller, et jusqu'à la réalité même, si je ne pouvais m'en tirer autrement sans injustice[1].

Cependant je sentis augmenter mon inquiétude sur le compte du jeune homme, voyant qu'il ne remplissait pas dans toute sa force le rôle dont il s'était chargé. Il s'opposait à mes vues, il improuvait[2] le nœud que je voulais former ; mais il combattait mal mon inclination naissante, et me parlait de Laure avec tant d'éloges, qu'en paraissant me détourner de l'épouser, il augmentait mon penchant pour elle. Ces contradictions m'alarmèrent. Je ne le trouvais point aussi ferme qu'il aurait dû l'être. Il semblait n'oser heurter de front mon sentiment, il mollissait contre ma résistance, il craignait de me fâcher, il n'avait point à mon gré pour son devoir l'intrépidité qu'il inspire à ceux qui l'aiment.

D'autres observations augmentèrent ma défiance ; je sus qu'il voyait Laure en secret, je remarquais entre eux des signes d'intelligence. L'espoir de s'unir à celui qu'elle avait tant aimé ne la rendait point gaie. Je lisais bien la même tendresse dans ses regards, mais cette tendresse n'était plus mêlée de joie à mon abord, la tristesse y dominait toujours. Souvent dans les plus doux épanchements de son cœur, je la voyais jeter sur le jeune homme un coup d'œil à la dérobée, et ce coup d'œil était suivi de quelques larmes qu'on cherchait à me cacher. Enfin le mystère fut poussé, au point que j'en fus alarmé. Jugez de ma surprise. Que pouvais-je penser ? N'avais-je réchauffé qu'un serpent dans mon sein ? Jusqu'où n'osais-je point porter mes soupçons et lui rendre son ancienne injustice ? Faibles et malheureux que nous sommes, c'est nous qui faisons nos propres maux ! Pourquoi nous plaindre que les méchants nous tourmentent, si les bons se tourmentent encore entre eux ?

Tout cela ne fit qu'achever de me déterminer. Quoique j'ignorasse le fond de cette intrigue, je voyais que le cœur de Laure était toujours le même, et cette épreuve ne me la rendait que plus chère. Je me proposais d'avoir une explication avec elle avant la conclusion ; mais je voulais attendre jusqu'au dernier moment, pour prendre auparavant par moi-même tous les éclaircissements possibles. Pour lui, j'étais résolu de me convaincre, de le convaincre, enfin d'aller jusqu'au bout avant que de lui rien dire ni de prendre un parti par rapport à lui, prévoyant une rupture infaillible, et ne voulant pas mettre un bon naturel et vingt ans d'honneur en balance avec des soupçons.

La Marquise n'ignorait rien de ce qui se passait entre nous. Elle avait des épies[1] dans le Couvent de Laure, et parvint à savoir qu'il était question de mariage. Il n'en fallut pas davantage pour réveiller ses fureurs ; elle m'écrivit des lettres menaçantes. Elle fit plus que d'écrire[2] ; mais comme ce n'était pas la première fois et que nous étions sur nos gardes, ses tentatives furent vaines. J'eus seulement le plaisir de voir dans l'occasion, que St. Preux savait payer de sa personne, et ne marchandait pas sa vie pour sauver celle d'un ami.

Vaincue par les transports de sa rage, la Marquise tomba malade, et ne se releva plus. Ce fut là le terme de ses tourments* et de ses crimes. Je ne pus apprendre son état sans en être affligé. Je lui envoyai le Docteur Eswin[4] ; St. Preux y fut de ma part ; elle ne voulut voir ni l'un ni l'autre ; elle ne voulut pas même entendre parler de moi, et m'accabla d'imprécations horribles chaque fois qu'elle entendit prononcer mon nom. Je gémis sur elle, et sentis mes blessures prêtes à se rouvrir ; la raison vainquit encore, mais j'eusse été le dernier des hommes de songer au mariage, tandis qu'une femme qui me fut si chère était à l'extrémité. St. Preux, craignant qu'enfin je ne pusse résister au désir de la voir, me proposa le voyage de Naples, et j'y consentis.

Le surlendemain de notre arrivée, je le vis entrer dans ma

---

* Par la lettre de Milord Édouard ci-devant supprimée, on voit qu'il pensait qu'à la mort des méchants leurs âmes étaient anéanties[3].

chambre avec une contenance ferme et grave, et tenant une Lettre à la main. Je m'écriai, la Marquise est morte ! Plût à Dieu ! reprit-il froidement : il vaut mieux n'être plus, que d'exister pour mal faire ; mais ce n'est pas d'elle que je viens vous parler ; écoutez-moi. J'attendis en silence.

Milord, me dit-il, en me donnant le saint nom d'ami, vous m'apprîtes à le porter. J'ai rempli la fonction dont vous m'avez chargé, et vous voyant prêt à vous oublier, j'ai dû vous rappeler à vous-même. Vous n'avez pu rompre une chaîne que par une autre. Toutes deux étaient indignes de vous. S'il n'eût été question que d'un mariage inégal, je vous aurais dit : Songez que vous êtes Pair d'Angleterre, et renoncez aux honneurs du monde, ou respectez l'opinion. Mais un mariage abject !.... vous !.... choisissez mieux votre épouse. Ce n'est pas assez qu'elle soit vertueuse ; elle doit être sans tache.... la femme d'Édouard Bomston n'est pas facile à trouver. Voyez ce que j'ai fait.

Alors il me remit la lettre. Elle était de Laure. Je ne l'ouvris pas sans émotion. *L'amour a vaincu*, me disait-elle ; *vous avez voulu m'épouser ; je suis contente. Votre ami m'a dicté mon devoir ; je le remplis sans regret. En vous déshonorant j'aurais vécu malheureuse ; en vous laissant votre gloire je crois la partager. Le sacrifice de tout mon bonheur à un devoir si cruel me fait oublier la honte de ma jeunesse. Adieu ; dès cet instant je cesse d'être en votre pouvoir et au mien. Adieu pour jamais. Ô Édouard ! ne portez pas le désespoir dans ma retraite ; écoutez mon dernier vœu. Ne donnez à nulle autre une place que je n'ai pu remplir*[1]. *Il fut au monde un cœur fait pour vous, et c'était celui de Laure.*

L'agitation m'empêchait de parler. Il profita de mon silence pour me dire qu'après mon départ elle avait pris le voile dans le Couvent où elle était pensionnaire ; que la Cour de Rome informée qu'elle devait épouser un Luthérien[2] avait donné des ordres pour m'empêcher de la revoir, et il m'avoua franchement qu'il avait pris tous ces soins de concert avec elle. Je ne m'opposai point à vos projets, continua-t-il, aussi vivement que je l'aurais pu, craignant un retour à la Marquise, et voulant donner le change à cette ancienne passion par celle de Laure. En vous voyant aller plus loin qu'il ne fallait, je fis d'abord parler la raison ; mais ayant trop acquis par mes propres fautes le droit de me défier d'elle, je sondai le cœur de Laure, et y trouvant toute la générosité qui est inséparable du véritable amour [1], je m'en prévalus pour la porter au sacrifice qu'elle vient de faire. L'assurance de n'être plus l'objet de votre mépris lui releva le courage et la rendit plus digne de votre estime. Elle a fait son devoir ; il faut faire le vôtre.

Alors s'approchant avec transport, il me dit en me serrant contre sa poitrine. Ami, je lis dans le sort commun que le Ciel nous envoie la loi commune qu'il nous prescrit [2]. Le règne de l'amour est passé, que celui de l'amitié commence ; mon cœur n'entend plus que sa voix sacrée, il ne connaît plus d'autre chaîne que celle qui me lie à toi. Choisis le séjour que tu veux habiter. Clarens, Oxfort, Londres, Paris, ou Rome ; tout me convient, pourvu que nous y vivions ensemble. Va, viens où tu voudras ; cherche un asile en quelque lieu que ce puisse être, je te suivrai partout. J'en fais le serment solennel à la face du Dieu vivant, je ne te quitte plus qu'à la mort.

Je fus touché. Le zèle et le feu de cet ardent jeune homme éclataient dans ses yeux. J'oubliai la Marquise et Laure. Que peut-on regretter au monde quand on y conserve un ami [3] ? Je vis aussi par le parti qu'il prit sans hésiter dans cette occasion qu'il était guéri véritablement et que vous n'aviez pas perdu vos peines ; enfin j'osai croire, par le vœu qu'il fit de si bon cœur de rester attaché à moi, qu'il l'était plus à la vertu qu'à ses anciens penchants. Je puis donc vous le ramener en toute confiance ; oui, cher Wolmar, il est digne d'élever des hommes, et qui plus est, d'habiter votre maison.

Peu de jours après j'appris la mort de la Marquise ; il y avait longtemps pour moi qu'elle était morte : cette perte ne me toucha plus. Jusqu'ici j'avais regardé le mariage comme une dette que chacun contracte à sa naissance envers son espèce, envers son pays, et j'avais résolu de me marier, moins par inclination que par devoir : j'ai changé de sentiment. L'obligation de se marier n'est pas commune à tous : elle dépend pour chaque homme de l'état où le sort l'a placé ; c'est pour le peuple, pour l'artisan, pour le villageois, pour les hommes vraiment utiles que le célibat est illicite : pour les ordres qui dominent les autres, auxquels tout tend sans cesse, et qui ne sont toujours que trop remplis, il est permis et même convenable. Sans cela, l'État ne fait que se dépeupler par la multiplication des sujets qui lui sont à charge. Les hommes auront toujours assez de maîtres, et l'Angleterre manquera plus tôt de Laboureurs que de Pairs [1].

Je me crois donc libre et maître de moi dans la condition où le Ciel m'a fait naître. À l'âge où je suis on ne répare plus les pertes que mon cœur a faites. Je le dévoue à cultiver ce qui me reste, et ne puis mieux le rassembler qu'à Clarens. J'accepte donc toutes vos offres, sous les conditions que ma fortune y doit mettre, afin qu'elle ne me soit pas inutile. Après l'engagement qu'a pris St. Preux, je n'ai plus d'autre moyen de le tenir auprès de vous que d'y demeurer moi-même, et si jamais il y est de trop, il me suffira d'en partir. Le seul embarras qui me reste est pour mes voyages d'Angleterre ; car quoique je n'aie plus aucun crédit dans le Parlement, il me suffit d'en être membre pour faire mon devoir jusqu'à la fin. Mais j'ai un collègue et un ami sûr, que je puis charger de ma voix dans les affaires courantes. Dans les occasions où je croirai devoir m'y trouver moi-même notre élève pourra m'accompagner, même avec les siens quand ils seront un peu plus grands et que vous voudrez bien nous les confier. Ces voyages ne sauraient que leur être utiles, et ne seront pas assez longs pour affliger beaucoup leur mère.

Je n'ai point montré cette lettre à St. Preux : Ne la montrez pas entière à vos Dames ; il convient que le projet de cette épreuve ne soit jamais connu que de vous et de moi.

Au surplus ne leur cachez rien de ce qui fait honneur à mon digne ami, même à mes dépens. Adieu, cher Wolmar. Je vous envoie les dessins de mon Pavillon. Réformez, changez comme il vous plaira, mais faites-y travailler dès à présent, s'il se peut. J'en voulais ôter le salon de musique, car tous mes goûts sont éteints, et je ne me soucie plus de rien[1]. Je le laisse à la prière de St. Preux qui se propose d'exercer dans ce salon vos enfants. Vous recevrez aussi quelques livres pour l'augmentation de votre bibliothèque. Mais que trouverez-vous de nouveau dans des livres ? Ô Wolmar, il ne vous manque que d'apprendre à lire dans celui de la nature, pour être le plus sage des mortels.

LETTRE IV

Réponse

Je me suis attendu, cher Bomston, au dénoûment de vos longues aventures. Il eût paru bien étrange qu'ayant résisté si longtemps à vos penchants vous eussiez attendu pour vous laisser vaincre qu'un ami vînt vous soutenir ; quoiqu'à vrai dire on soit souvent plus faible en s'appuyant sur un autre, que quand on ne compte que sur soi. J'avoue pourtant que je fus alarmé de votre dernière lettre où vous m'annonciez votre mariage avec Laure comme une affaire absolument décidée. Je doutai de l'événement malgré votre assurance, et si mon attente eût été trompée, de mes jours je n'aurais revu St. Preux[2]. Vous avez fait tous deux ce que j'avais espéré de l'un et de l'autre, et vous avez trop bien justifié le jugement que j'avais porté de vous, pour que je ne sois pas charmé de vous voir reprendre nos premiers arrangements. Venez, hommes rares, augmenter et partager le bonheur de cette maison. Quoi qu'il en soit de l'espoir des Croyants dans l'autre vie, j'aime à passer avec eux celle-ci, et je sens que vous me convenez tous mieux tels que vous êtes que si vous aviez le malheur de penser comme moi.

Au reste vous savez ce que je vous dis sur son sujet à votre départ. Je n'avais pas besoin pour le juger de votre épreuve ; car la mienne était faite, et je crois le connaître autant qu'un homme en peut connaître un autre. J'ai d'ailleurs plus d'une raison de compter sur son cœur, et de bien meilleures cautions de lui que lui-même. Quoique dans votre renoncement au mariage il paraisse vouloir vous imiter, peut-être trouverez-vous ici de quoi l'engager à changer de système. Je m'expliquerai mieux après votre retour.

Quant à vous, je trouve vos distinctions sur le célibat toutes nouvelles et fort subtiles. Je les crois même judicieuses pour le politique qui balance les forces respectives de l'État, afin d'en maintenir l'équilibre. Mais je ne sais si dans vos principes ces raisons sont assez solides pour dispenser les particuliers de leur devoir envers la nature. Il semblerait que la vie est un bien qu'on ne reçoit qu'à la charge de le transmettre, une sorte de substitution qui doit passer de race en race, et que quiconque eut un père est obligé de le devenir. C'était votre sentiment jusqu'ici, c'était une des raisons de votre voyage [1] ; mais je sais d'où vous vient cette nouvelle philosophie, et j'ai vu dans le billet de Laure un argument auquel votre cœur n'a point de réplique.

La petite Cousine est depuis huit ou dix jours à Genève avec sa famille pour des emplettes et d'autres affaires. Nous l'attendons de retour de jour en jour. J'ai dit à ma femme de votre lettre tout ce qu'elle en devait savoir. Nous avions appris par M. Miol que le mariage était rompu ; mais elle ignorait la part qu'avait St. Preux à cet événement. Soyez sûr qu'elle n'apprendra jamais qu'avec la plus vive joie tout ce qu'il fera pour mériter vos bienfaits et justifier votre estime. Je lui ai montré les dessins de votre pavillon ; elle les trouve de très bon goût ; nous y ferons pourtant quelques changements que le local exige et qui rendront votre logement plus commode ; vous les approuverez sûrement. Nous attendons l'avis de Claire avant d'y toucher ; car vous savez qu'on ne peut rien faire sans elle. En attendant j'ai déjà mis du monde en œuvre, et j'espère qu'avant l'hiver la maçonnerie sera fort avancée.

Je vous remercie de vos livres ; mais je ne lis plus ceux que j'entends, et il est trop tard pour apprendre à lire ceux que je n'entends pas. Je suis pourtant moins ignorant que vous ne m'accusez de l'être. Le vrai livre de la nature est pour moi le cœur des hommes, et la preuve que j'y sais lire est dans mon amitié pour vous [1].

LETTRE V

De Mad^e d'Orbe à Mad^e de Wolmar [2]

J'ai bien des griefs, Cousine, à la charge de ce séjour. Le plus grave est qu'il me donne envie d'y rester. La ville est charmante, les habitants sont hospitaliers, les mœurs sont honnêtes, et la liberté, que j'aime sur toutes choses, semble s'y être refugiée. Plus je contemple ce petit État, plus je trouve qu'il est beau d'avoir une patrie, et Dieu garde de mal tous ceux qui pensent en avoir une, et n'ont pourtant qu'un pays ! Pour moi, je sens que si j'étais née dans celui-ci, j'aurais l'âme toute Romaine. Je n'oserais pourtant pas trop dire à présent ;

Rome n'est plus à Rome, elle est toute où je suis [3],

car j'aurais peur que dans ta malice tu n'allasses penser le contraire. Mais pourquoi donc Rome, et toujours Rome [4] ? Restons à Genève.

Je ne te dirai rien de l'aspect du pays. Il ressemble au nôtre, excepté qu'il est moins montueux, plus champêtre, et qu'il n'a pas des Chalets si voisins *. Je ne te dirai rien, non plus, du gouvernement. Si Dieu ne t'aide, mon père t'en parlera de reste : il passe toute la journée à politiquer avec les magistrats dans la joie de son cœur, et je le vois déjà très mal édifié que la gazette [5] parle si peu de Genève. Tu peux juger de leurs conférences par mes lettres. Quand ils

---

* L'éditeur les croit un peu rapprochés.

m'excèdent, je me dérobe, et je t'ennuie pour me désennuyer.

Tout ce qui m'est resté de leurs longs entretiens, c'est beaucoup d'estime pour le grand sens qui règne en cette ville. À voir l'action et réaction mutuelles de toutes les parties de l'État qui le tiennent en équilibre, on ne peut douter qu'il n'y ait plus d'art et de vrai talent employés au gouvernement de cette petite République, qu'à celui des plus vastes Empires, où tout se soutient par sa propre masse, et où les rênes de l'État peuvent tomber entre les mains d'un sot, sans que les affaires cessent d'aller. Je te réponds qu'il n'en serait pas de même ici. Je n'entends jamais parler à mon père de tous ces grands ministres des grandes cours, sans songer à ce pauvre musicien qui barbouillait si fièrement sur notre grand Orgue * à Lausanne, et qui se croyait un fort habile homme parce qu'il faisait beaucoup de bruit. Ces gens-ci n'ont qu'une petite épinette, mais ils en savent tirer une bonne harmonie, quoiqu'elle soit souvent assez mal d'accord [3].

Je ne te dirai rien non plus.... mais à force de ne te rien dire, je ne finirais pas. Parlons de quelque chose pour avoir plus tôt fait. Le Genevois est de tous les peuples du monde celui qui cache le moins son caractère, et qu'on connaît le plus promptement. Ses mœurs, ses vices mêmes sont mêlés de franchise. Il se sent naturellement bon, et cela lui suffit pour ne pas craindre de se montrer tel qu'il est. Il a de la générosité, du sens, de la pénétration ; mais il aime trop l'argent ; défaut que j'attribue à sa situation qui le lui rend nécessaire ; car le territoire ne suffirait pas pour nourrir les habitants.

Il arrive de là que les Génevois épars dans l'Europe pour s'enrichir imitent les grands airs des étrangers, et après avoir

---

* Il y avait, *grande Orgue*. Je remarquerai pour ceux de nos Suisses et Genevois qui se piquent de parler correctement, que le mot *orgue* est masculin au singulier, féminin au pluriel [1], et s'emploie également dans les deux nombres ; mais le singulier est plus élégant [2].

pris les vices des pays où ils ont vécu*, les rapportent chez eux en triomphe avec leurs trésors. Ainsi le luxe des autres peuples leur fait mépriser leur antique simplicité ; la fière liberté leur paraît ignoble ; ils se forgent des fers d'argent, non comme une chaîne, mais comme un ornement.

Hé bien ! ne me voilà-t-il pas encore dans cette maudite politique ? Je m'y perds, je m'y noie, j'en ai par-dessus la tête, je ne sais plus par où m'en tirer. Je n'entends parler ici d'autre chose, si ce n'est quand mon père n'est pas avec nous, ce qui n'arrive qu'aux heures des Courriers. C'est nous, mon enfant, qui portons partout notre influence ; car d'ailleurs, les entretiens du pays sont utiles et variés, et l'on n'apprend rien de bon dans les livres qu'on ne puisse apprendre ici dans la conversation. Comme autrefois les mœurs anglaises ont pénétré jusqu'en ce pays les hommes y vivant encore un peu plus séparés des femmes que dans le nôtre contractent entre eux un ton plus grave, et généralement plus de solidité dans leurs discours. Mais aussi cet avantage a son inconvénient qui se fait bientôt sentir. Des longueurs toujours excédantes, des arguments, des exordes, un peu d'apprêt, quelquefois des phrases, rarement de la légèreté, jamais de cette simplicité naïve qui dit le sentiment avant la pensée, et fait si bien valoir ce qu'elle dit. Au lieu que le Français écrit comme il parle, ceux-ci parlent comme ils écrivent, ils dissertent au lieu de causer ; on les croirait toujours prêts à soutenir thèse. Ils distinguent, ils divisent, ils traitent la conversation par points ; ils mettent dans leurs propos la même méthode que dans leurs livres ; ils sont Auteurs, et toujours Auteurs. Ils semblent lire en parlant, tant ils observent bien les étymologies, tant ils font sonner toutes les Lettres avec soin. Ils articulent le *marc* du raisin comme *Marc* nom d'homme ; ils disent exactement du *tabak* et non pas du *taba*, un *pare-sol* et non pas un *parasol*, *avan-t-hier* et non pas *avanhier*, *Secrétaire* et non pas

---

* Maintenant on ne leur donne plus la peine de les aller chercher, on les leur porte[1].

Segretaire, un *lac-d'amour* où l'on se noie[1] et non pas où l'on s'étrangle ; partout les *s* finales, partout les *r* des infinitifs ; enfin leur parler est toujours soutenu, leurs discours sont des harangues, et ils jasent comme s'ils prêchaient.

Ce qu'il y a de singulier, c'est qu'avec ce ton dogmatique et froid, ils sont vifs, impétueux, et ont les passions très ardentes ; ils diraient même assez bien les choses de sentiment s'ils ne disaient pas tout, ou s'ils ne parlaient qu'à des oreilles. Mais leurs points leurs virgules sont tellement insupportables, ils peignent si posément des émotions si vives, que quand ils ont achevé leur dire, on chercherait volontiers autour d'eux où est l'homme qui sent ce qu'ils ont écrit.

Au reste il faut t'avouer que je suis un peu payée pour bien penser de leurs cœurs, et croire qu'ils ne sont pas de mauvais goût. Tu sauras en confidence qu'un joli Monsieur à marier et, dit-on, fort riche, m'honore de ses attentions, et qu'avec des propos assez tendres, il ne m'a point fait chercher ailleurs l'Auteur de ce qu'il me disait. Ah ! s'il était venu il y a dix-huit mois[2], quel plaisir j'aurais pris à me donner un Souverain pour esclave, et à faire tourner la tête à un magnifique Seigneur[3]. Mais à présent la mienne n'est plus assez droite pour que le jeu me soit agréable, et je sens que toutes mes folies s'en vont avec ma raison.

Je reviens à ce goût de lecture qui porte les Genevois à penser. Il s'étend à tous les états, et se fait sentir dans tous avec avantage. Le Français lit beaucoup ; mais il ne lit que les livres nouveaux, ou plutôt il les parcourt, moins pour les lire, que pour dire qu'il les a lus. Le Genevois ne lit que les bons livres ; il les lit, il les digère ; il ne les juge pas, mais il les sait ; Le jugement et le choix se font à Paris, les livres choisis sont presque les seuls qui vont à Genève. Cela fait que la lecture y est moins mêlée et s'y fait avec plus de profit. Les femmes dans leur retraite* lisent de leur côté, et

---

* On se souviendra que cette Lettre est de vieille date, et je crains bien que cela ne soit trop facile à voir.

leur ton s'en ressent aussi mais d'une autre manière. Les belles Madames y sont petites-maîtresses et beaux esprits tout comme chez nous. Les petites Citadines elles-mêmes prennent dans les livres un babil plus arrangé, et certain choix d'expressions qu'on est étonné d'entendre sortir de leur bouche, comme quelquefois de celle des enfants. Il faut tout le bon sens des hommes, toute la gaieté des femmes, et tout l'esprit qui leur est commun, pour qu'on ne trouve pas les premiers un peu pédants et les autres un peu précieuses.

Hier vis-à-vis de ma fenêtre deux filles d'ouvriers, fort jolies, causaient devant leur boutique d'un air assez enjoué pour me donner de la curiosité. Je prêtai l'oreille, et j'entendis qu'une des deux proposait en riant d'écrire leur journal. Oui, reprit l'autre à l'instant ; le journal tous les matins, et tous les soirs le commentaire. Qu'en dis-tu, Cousine ? Je ne sais si c'est là le ton des filles d'artisans, mais je sais qu'il faut faire un furieux emploi du temps pour ne tirer du cours des journées que le commentaire de son journal. Assurément la petite personne avait lu les aventures des mille et une nuits !

Avec ce style un peu guindé, les Genevoises ne laissent pas d'être vives et piquantes, et l'on voit autant de grandes passions ici qu'en ville du monde. Dans la simplicité de leur parure elles ont de la grâce et du goût ; elles en ont dans leur entretien, dans leurs manières. Comme les hommes sont moins galants que tendres, les femmes sont moins coquettes que sensibles, et cette sensibilité donne, même aux plus honnêtes un tour d'esprit agréable et fin qui va au cœur, et qui en tire toute sa finesse. Tant que les Genevoises seront Genevoises, elles seront les plus aimables femmes de l'Europe ; mais bientôt elles voudront être Françaises, et alors les Françaises vaudront mieux qu'elles.

Ainsi tout dépérit avec les mœurs [1]. Le meilleur goût tient à la vertu même ; il disparaît avec elle, et fait place à un goût factice et guindé qui n'est plus que l'ouvrage de la mode. Le véritable esprit est presque dans le même cas. N'est-ce pas la modestie de notre sexe qui nous oblige d'user d'adresse pour repousser les agaceries des hommes, et s'ils ont besoin d'art pour se faire écouter, nous en faut-il moins pour savoir ne les pas entendre ? N'est-ce pas eux qui nous délient l'esprit et la langue, qui nous rendent plus vives à la riposte*, et nous forcent de nous moquer d'eux ? Car enfin, tu as beau dire, une certaine coquetterie maligne et railleuse désoriente encore plus les soupirants que le silence ou le mépris. Quel plaisir de voir un beau Céladon tout déconcerté, se confondre se troubler se perdre à chaque repartie, de s'environner contre lui de traits moins brûlants mais plus aigus que ceux de l'amour, de le cribler de pointes de glace, qui piquent à l'aide du froid ! Toi même qui ne fais semblant de rien, crois-tu que tes manières naïves et tendres, ton air timide et doux, cachent moins de ruse et d'habileté que toutes mes étourderies ? Ma foi, Mignonne, s'il fallait compter les galants que chacune de nous a persiflés, je doute fort qu'avec ta mine hypocrite, ce fût toi qui serais en reste ! Je ne puis m'empêcher de rire encore en songeant à ce pauvre Conflans, qui venait tout en furie me reprocher que tu l'aimais trop. Elle est si caressante, me disait-il, que je ne sais de quoi me plaindre : elle me parle avec tant de raison que j'ai honte d'en manquer devant elle, et je la trouve si fort mon amie que je n'ose être son amant.

Je ne crois pas qu'il y ait nulle part au monde des époux plus unis et de meilleurs ménages que dans cette ville, la vie domestique y est agréable et douce ; on y voit des maris complaisants[2] et presque d'autres Julies. Ton système se vérifie très bien ici[3]. Les deux sexes gagnent de toutes manières à se donner des travaux et des amusements différents qui les empêchent de se rassasier l'un de l'autre, et font qu'ils se retrouvent avec plus de plaisir. Ainsi s'aiguise la volupté du sage : s'abstenir pour jouir c'est ta philosophie ; c'est l'épicuréisme de la raison[4].

Malheureusement cette antique modestie commence à

---

* Il fallait *risposte,* de l'italien *risposta,* toutefois *riposte* se dit aussi, et je le laisse. Ce n'est au pis aller qu'une faute de plus[1].

décliner. On se rapproche, et les cœurs s'éloignent. Ici comme chez nous tout est mêlé de bien et de mal ; mais à différentes mesures. Le Genevois tire ses vertus de lui-même, ses vices lui viennent d'ailleurs. Non seulement il voyage beaucoup, mais il adopte aisément les mœurs et les manières des autres peuples ; il parle avec facilité toutes les langues ; il prend sans peine leurs divers accents, quoiqu'il ait lui-même un accent traînant très sensible, surtout dans les femmes qui voyagent moins. Plus humble de sa petitesse que fier de sa liberté, il se fait chez les nations étrangères une honte de sa patrie ; il se hâte pour ainsi dire de se naturaliser dans le pays où il vit, comme pour faire oublier le sien ; peut-être la réputation qu'il a d'être âpre au gain contribue-t-elle à cette coupable honte. Il vaudrait mieux, sans doute, effacer par son désintéressement l'opprobre du nom genevois, que de l'avilir encore en craignant de le porter : mais le Genevois le méprise, même en le rendant estimable, et il a plus de tort encore de ne pas honorer son pays de son propre mérite[1].

Quelque avide qu'il puisse être, on ne le voit guère aller à la fortune par des moyens serviles et bas ; il n'aime point s'attacher aux Grands et ramper dans les Cours. L'esclavage personnel ne lui est pas moins odieux que l'esclavage civil. Flexible et liant comme Alcibiade[2], il supporte aussi peu la servitude, et quand il se plie aux usages des autres, il les imite sans s'y assujettir. Le commerce étant de tous les moyens de s'enrichir le plus compatible avec la liberté, est aussi celui que les Genevois préfèrent. Ils sont presque tous marchands ou banquiers, et ce grand objet de leurs désirs leur fait souvent enfouir de rares talents que leur prodigua la nature. Ceci me ramène au commencement de ma Lettre. Ils ont du génie et du courage, ils sont vifs et pénétrants, il n'y a rien d'honnête et de grand au-dessus de leur portée : Mais plus passionnés d'argent que de gloire, pour vivre dans l'abondance ils meurent dans l'obscurité, et laissent à leurs enfants pour tout exemple l'amour des trésors qu'ils leur ont acquis.

Je tiens tout cela des Genevois mêmes ; car ils parlent d'eux fort impartialement. Pour moi, je ne sais comment ils sont chez les autres, mais je les trouve aimables chez eux, et je ne connais qu'un moyen de quitter sans regret Genève. Quel est ce moyen, Cousine ? oh ! ma foi tu as beau prendre ton air humble ; si tu dis ne l'avoir pas déjà deviné, tu mens. C'est après-demain que s'embarque la bande joyeuse dans un joli Brigantin appareillé de fête ; car nous avons choisi l'eau à cause de la saison, et pour demeurer tous rassemblés. Nous comptons coucher le même soir à Morges, le lendemain à Lausanne * pour la Cérémonie, et le surlendemain.... tu m'entends. Quand tu verras de loin briller des flammes, flotter des banderoles, quand tu entendras ronfler le canon ; cours par toute la maison comme une folle, en criant armes ! armes ! Voici les ennemis ! voici les ennemis !

P.S. Quoique la distribution des logements entre incontestablement dans les droits de ma charge, je veux bien m'en désister en cette occasion. J'entends seulement que mon Père soit logé chez Milord Édouard à cause des cartes de géographie, et qu'on achève d'en tapisser du haut en bas tout l'appartement.

LETTRE VI

De Mad^e de Wolmar

Quel sentiment délicieux j'éprouve en commençant cette lettre ! Voici la première fois de ma vie où j'ai pu vous écrire sans crainte et sans honte. Je m'honore de l'amitié qui nous joint comme d'un retour sans exemple. On étouffe de grandes passions ; rarement on les épure. Oublier ce qui

---

* Comment cela ? Lausanne n'est pas au bord du lac ; il y a du port à la ville une demi-lieue de fort mauvais chemin ; et puis il faut un peu supposer que tous ces jolis arrangements ne seront point contrariés par le vent.

nous fut cher quand l'honneur le veut, c'est l'effort d'une âme honnête et commune ; mais après avoir été ce que nous fûmes être ce que nous sommes aujourd'hui, voilà le vrai triomphe de la vertu. La cause qui fait cesser d'aimer peut être un vice, celle qui change un tendre amour en une amitié non moins vive ne saurait être équivoque.

Aurions-nous jamais fait ce progrès par nos seules forces ? Jamais, jamais mon bon ami, le tenter même était une témérité. Nous fuir était pour nous la première loi du devoir, que rien ne nous eût permis d'enfreindre. Nous nous serions toujours estimés, sans doute ; mais nous aurions cessé de nous voir, de nous écrire ; nous nous serions efforcés de ne plus penser l'un à l'autre, et le plus grand honneur que nous pouvions nous rendre mutuellement était de rompre tout commerce entre nous.

Voyez, au lieu de cela, quelle est notre situation présente. En est-il au monde une plus agréable, et ne goûtons-nous pas mille fois le jour le prix des combats qu'elle nous a coûtés ? Se voir, s'aimer, le sentir, s'en féliciter, passer les jours ensemble dans la familiarité fraternelle et dans la paix de l'innocence, s'occuper l'un de l'autre, y penser sans remords, en parler sans rougir, et s'honorer à ses propres yeux du même attachement qu'on s'est si longtemps reproché ; voilà le point où nous en sommes. Ô ami ! quelle carrière d'honneur nous avons déjà parcourue ! Osons nous en glorifier pour savoir nous y maintenir, et l'achever comme nous l'avons commencée.

À qui devons-nous un bonheur si rare ? Vous le savez. J'ai vu votre cœur sensible, plein des bienfaits du meilleur des hommes, aimer à s'en pénétrer ; et comment nous seraient-ils à charge, à vous et à moi ? Ils ne nous imposent point de nouveaux devoirs, ils ne font que nous rendre plus chers ceux qui nous étaient déjà si sacrés. Le seul moyen de reconnaître ses soins est d'en être dignes, et tout leur prix est dans leur succès. Tenons-nous-en donc là dans l'effusion de notre zèle. Payons de nos vertus celles de notre bienfaiteur ; voilà tout ce que nous lui devons. Il a fait assez pour nous et pour lui s'il nous a rendus à nous-mêmes. Absents ou présents, vivants ou morts, nous porterons partout un témoignage qui ne sera perdu pour aucun des trois [1].

Je faisais ces réflexions en moi-même quand mon mari vous destinait l'éducation de ses enfants. Quand Milord Édouard m'annonça son prochain retour et le vôtre, ces mêmes réflexions revinrent et d'autres encore qu'il importe de vous communiquer, tandis qu'il est temps de les faire.

Ce n'est point de moi qu'il est question c'est de vous ; je me crois plus en droit de vous donner des conseils depuis qu'ils sont tout à fait désintéressés, et que n'ayant plus ma sûreté pour objet ils ne se rapportent qu'à vous-même. Ma tendre amitié ne vous est pas suspecte, et je n'ai que trop acquis de lumières pour faire écouter mes avis.

Permettez-moi de vous offrir le tableau de l'état où vous allez être, afin que vous examiniez vous-même s'il n'a rien qui vous doive effrayer. Ô bon jeune homme ! Si vous aimez la vertu, écoutez d'une oreille chaste les conseils de votre amie. Elle commence en tremblant un discours qu'elle voudrait taire ; mais comment le taire sans vous trahir ? sera-t-il temps de voir les objets que vous devez craindre quand ils vous auront égaré ! Non, mon ami, je suis la seule personne au monde assez familière avec vous pour vous les présenter. N'ai-je pas le droit de vous parler au besoin comme une sœur, comme une mère ? Ah ! si les leçons d'un cœur honnête étaient capables de souiller le vôtre, il y a longtemps que je n'en aurais plus à vous donner.

Votre carrière, dites-vous, est finie. Mais convenez qu'elle est finie avant l'âge. L'amour est éteint ; les sens lui survivent, et leur délire est d'autant plus à craindre que le seul sentiment qui le bornait n'existant plus, tout est occasion de chute à qui ne tient plus à rien. Un homme ardent et sensible, jeune et garçon, veut être continent et chaste ; il sait, il sent, il l'a dit mille fois, que la force de l'âme qui produit toutes les vertus tient à la pureté qui les nourrit toutes. Si l'amour le préserva des mauvaises mœurs dans sa jeunesse, il veut que la raison l'en préserve dans tous les temps ; il connaît pour les devoirs pénibles un prix qui console de leur rigueur, et s'il en coûte des combats quand on veut se vaincre, fera-t-il moins aujourd'hui pour le Dieu qu'il adore qu'il ne fit pour la maîtresse qu'il servit autrefois ? Ce sont là, ce me semble, des maximes de votre morale ; ce sont donc aussi des règles de votre conduite ; car vous avez toujours méprisé ceux qui contents de l'apparence parlent autrement qu'ils n'agissent, et chargent les autres de lourds fardeaux auxquels ils ne veulent pas toucher eux-mêmes.

Quel genre de vie a choisi cet homme sage pour suivre les lois qu'il se prescrit ? Moins philosophe encore qu'il n'est vertueux et chrétien, sans doute il n'a point pris son orgueil pour guide : il sait que l'homme est plus libre d'éviter les tentations que de les vaincre, et qu'il n'est pas question de réprimer les passions irritées, mais de les empêcher de naître. Se dérobe-t-il donc aux occasions dangereuses ? fuit-il les objets capables de l'émouvoir ? fait-il d'une humble défiance de lui-même la sauvegarde de sa vertu ? Tout au contraire ; il n'hésite pas à s'offrir aux plus téméraires combats. À trente ans il va s'enfermer dans une solitude avec des femmes de son âge [1], dont une lui fut trop chère pour qu'un si dangereux souvenir se puisse effacer, dont l'autre vit avec lui dans une étroite familiarité, et dont une troisième lui tient encore par les droits qu'ont les bienfaits sur les âmes reconnaissantes [2]. Il va s'exposer à tout ce qui peut réveiller en lui des passions mal éteintes ; il va s'enlacer dans les pièges qu'il devrait le plus redouter. Il n'y a pas un rapport dans sa situation qui ne dût le faire défier de sa force, et pas un qui ne l'avilît à jamais s'il était faible un moment. Où est-elle donc, cette grande force d'âme à laquelle il ose tant se fier ? Qu'a-t-elle fait jusqu'ici qui lui réponde de l'avenir ? Le tira-t-elle à Paris de la maison du colonel ? Est-ce elle qui lui dicta l'été dernier [3] la Scène de Meillerie ? L'a-t-elle bien sauvé cet hiver des charmes d'un autre objet, et ce printemps des frayeurs d'un rêve ? S'est-il vaincu pour elle[1] au moins une fois, pour espérer de se vaincre sans cesse ? Il sait, quand le devoir l'exige combattre les passions d'un ami ; mais les siennes ?.... Hélas sur la plus belle moitié de sa vie, qu'il doit penser modestement de l'autre !

On supporte un état violent, quand il passe. Six mois, un an ne sont rien ; on envisage un terme et l'on prend courage. Mais quand cet état doit durer toujours, qui est-ce qui le supporte ? Qui est-ce qui sait triompher de lui-même jusqu'à la mort ? Ô mon ami ! si la vie est courte pour le plaisir, qu'elle est longue pour la vertu ! Il faut être incessamment sur ses gardes. L'instant de jouir passe et ne revient plus ; celui de mal faire passe et revient sans cesse : On s'oublie un moment, et l'on est perdu. Est-ce dans cet état effrayant qu'on peut couler des jours tranquilles, et ceux mêmes qu'on a sauvés du péril n'offrent-ils pas une raison de n'y plus exposer les autres ?

Que d'occasions peuvent renaître, aussi dangereuses que celles dont vous avez échappé[2], et qui pis est, non moins imprévues ! Croyez-vous que les monuments[3] à craindre n'existent qu'à Meillerie ? Ils existent partout où nous sommes ; car nous les portons avec nous. Eh ! vous savez trop qu'une âme attendrie intéresse l'univers entier à sa passion, et que même après la guérison, tous les objets de la nature nous rappellent encore ce qu'on sentit autrefois en les voyant. Je crois pourtant, oui j'ose le croire, que ces périls ne reviendront plus, et mon cœur me répond du vôtre. Mais pour être au-dessus d'une lâcheté, ce cœur facile est-il au-dessus d'une faiblesse[4], et suis-je la seule ici qu'il lui en coûtera peut-être de respecter ? Songez, St. Preux, que tout ce qui m'est cher doit être couvert de ce même respect que vous me devez ; songez que vous aurez sans cesse à porter[5] innocemment les jeux innocents d'une femme charmante ; songez aux mépris éternels que vous auriez mérités, si jamais votre cœur osait s'oublier un moment, et profaner ce qu'il doit honorer à tant de titres.

Je veux que le devoir, la foi, l'ancienne amitié vous

arrêtent ; que l'obstacle opposé par la vertu vous ôte un vain espoir, et qu'au moins par raison vous étouffiez des vœux inutiles, serez-vous pour cela délivré de l'empire des sens, et des pièges de l'imagination ? Forcé de nous respecter toutes deux et d'oublier en nous notre sexe, vous le verrez dans celles qui nous servent, et en vous abaissant vous croirez vous justifier : mais serez-vous moins coupable en effet, et la différence des rangs change-t-elle ainsi la nature des fautes ? Au contraire vous vous avilirez d'autant plus que les moyens de réussir seront moins honnêtes. Quels moyens ! Quoi ! vous ?.... Ah périsse l'homme indigne qui marchande un cœur, et rend l'amour mercenaire ! C'est lui qui couvre la terre des crimes que la débauche y fait commettre. Comment ne serait pas toujours à vendre celle qui se laisse acheter une fois ? et dans l'opprobre où bientôt elle tombe, lequel est l'auteur de sa misère, du brutal qui la maltraite en un mauvais lieu, ou du séducteur qui l'y traîne, en mettant le premier ses faveurs à prix ?

Oserai-je ajouter une considération qui vous touchera, si je ne me trompe ? Vous avez vu quels soins j'ai pris pour établir ici la règle et les bonnes mœurs ; la modestie et la paix y règnent, tout y respire le bonheur et l'innocence. Mon ami, songez à vous, à moi, à ce que nous fûmes, à ce que nous sommes, à ce que nous devons être. Faudra-t-il que je dise un jour en regrettant mes peines perdues ; c'est de lui que vient le désordre de ma maison ?

Disons tout, s'il est nécessaire, et sacrifions la modestie elle-même au véritable amour de la vertu. L'homme n'est pas fait pour le célibat, et il est bien difficile qu'un état si contraire à la nature n'amène pas quelque désordre public ou caché. Le moyen d'échapper toujours à l'ennemi qu'on porte sans cesse avec soi. Voyez en d'autres pays ces téméraires qui font vœu de n'être pas hommes. Pour les punir d'avoir tenté Dieu, Dieu les abandonne ; ils se disent saints et sont déshonnêtes ; leur feinte continence n'est que souillure, et pour avoir dédaigné l'humanité, ils s'abaissent au-dessous d'elle. Je comprends qu'il en coûte peu de se rendre difficile sur des lois qu'on n'observe qu'en apparence*; mais celui qui veut être sincèrement vertueux se sent assez chargé des devoirs de l'homme sans s'en imposer de nouveaux. Voilà, cher St. Preux, la véritable humilité du Chrétien; c'est de trouver toujours sa tâche au-dessus de ses forces, bien loin d'avoir l'orgueil de la doubler. Faites-vous l'application de cette règle, et vous sentirez qu'un état qui devrait seulement alarmer un autre homme doit par mille raisons vous faire trembler. Moins vous craignez, plus vous avez à craindre, et si vous n'êtes point effrayé de vos devoirs, n'espérez pas de les remplir.

Tels sont les dangers qui vous attendent ici. Pensez-y tandis qu'il en est temps. Je sais que jamais de propos délibéré vous ne vous exposerez à mal faire, et le seul mal que je crains de vous est celui que vous n'aurez pas prévu. Je ne vous dis donc pas de vous déterminer sur mes raisons, mais de les peser. Trouvez-y quelque réponse dont vous soyez content et je m'en contente; osez compter sur vous, et j'y compte. Dites-moi, je suis un ange, et je vous reçois à bras ouverts.

Quoi! toujours des privations et des peines! toujours des devoirs cruels à remplir! toujours fuir les gens qui nous sont chers! Non, mon aimable ami. Heureux qui peut dès cette vie offrir un prix à la vertu! J'en vois un digne d'un homme qui sut combattre et souffrir pour elle. Si je ne présume pas trop de moi, ce prix que j'ose vous destiner acquittera tout ce que mon cœur redoit au vôtre, et vous aurez plus que vous n'eussiez obtenu si le Ciel eût béni nos premières inclinations. Ne pouvant vous faire ange vous-

---

* Quelques hommes sont continents sans mérite, d'autres le sont par vertu, et je ne doute point que plusieurs Prêtres Catholiques ne soient dans ce dernier cas : mais imposer le célibat à un corps aussi nombreux que le Clergé de l'Église Romaine, ce n'est pas tant lui défendre de n'avoir point de femmes, que lui ordonner de se contenter de celles d'autrui [1]. Je suis surpris que dans tout pays où les bonnes mœurs sont encore en estime, les lois et les magistrats tolèrent un vœu si scandaleux.

même, je vous en veux donner un qui garde votre âme, qui l'épure, qui la ranime, et sous les auspices duquel vous puissiez vivre avec nous dans la paix du séjour céleste[1]. Vous n'aurez pas, je crois, beaucoup de peine à deviner qui je veux dire ; c'est l'objet qui se trouve à peu près établi d'avance dans le cœur qu'il doit remplir un jour, si mon projet réussit.

Je vois toutes les difficultés de ce projet sans en être rebutée ; car il est honnête. Je connais tout l'empire que j'ai sur mon amie et ne crains point d'en abuser en l'exerçant en votre faveur. Mais ses résolutions vous sont connues, et avant de les ébranler je dois m'assurer de vos dispositions, afin qu'en l'exhortant de vous permettre d'aspirer à elle, je puisse répondre de vous et de vos sentiments ; car si l'inégalité que le sort a mise entre l'un et l'autre vous ôte le droit de vous proposer vous-même, elle permet encore moins que ce droit vous soit accordé sans savoir quel usage vous en pourrez faire.

Je connais toute votre délicatesse, et si vous avez des objections à m'opposer, je sais qu'elles seront pour elle bien plus que pour vous. Laissez ces vains scrupules. Serez-vous plus jaloux que moi de l'honneur de mon amie ? Non, quelque cher que vous me puissiez être, ne craignez point que je préfère votre intérêt à sa gloire. Mais autant je mets de prix à l'estime des gens sensés, autant je méprise les jugements téméraires de la multitude, qui se laisse éblouir par un faux éclat, et ne voit rien de ce qui est honnête. La différence fût-elle cent fois plus grande, il n'est point de rang auquel les talents et les mœurs n'aient droit d'atteindre, et à quel titre une femme oserait-elle dédaigner pour époux celui qu'elle s'honore d'avoir pour ami ? Vous savez quels sont là-dessus nos principes à toutes deux. La fausse honte, et la crainte du blâme inspirent plus de mauvaises actions que de bonnes, et la vertu ne sait rougir que de ce qui est mal.

À votre égard, la fierté que je vous ai quelquefois connue ne saurait être plus déplacée que dans cette occasion, et ce serait à vous une ingratitude de craindre d'elle un bienfait de plus. Et puis, quelque difficile que vous puissiez être, convenez qu'il est plus doux et mieux séant de devoir sa fortune à son épouse qu'à son ami ; car on devient le protecteur de l'une et le protégé de l'autre, et quoi que l'on puisse dire, un honnête homme n'aura jamais de meilleur ami que sa femme[1].

Que s'il reste au fond de votre âme quelque répugnance à former de nouveaux engagements, vous ne pouvez trop vous hâter de la détruire pour votre honneur et pour mon repos ; car je ne serai jamais contente de vous et de moi, que quand vous serez en effet tel que vous devez être, et que vous aimerez les devoirs que vous avez à remplir. Eh, mon ami ! je devrais moins craindre cette répugnance qu'un empressement trop relatif à vos anciens penchants. Que ne fais-je point pour m'acquitter auprès de vous ? Je tiens plus que je n'avais promis. N'est-ce pas aussi Julie que je vous donne ? n'aurez-vous pas la meilleure partie de moi-même, et n'en serez-vous pas plus cher à l'autre ? Avec quel charme alors je me livrerai sans contrainte à tout mon attachement pour vous ! Oui, portez-lui la foi que vous m'avez jurée[2] ; que votre cœur remplisse avec elle tous les engagements qu'il prit avec moi : qu'il lui rende s'il est possible tout ce que vous redevez au mien. Ô St. Preux ! je lui transmets cette ancienne dette. Souvenez-vous qu'elle n'est pas facile à payer.

Voilà, mon ami, le moyen que j'imagine de nous réunir sans danger, en vous donnant dans notre famille la même place que vous tenez dans nos cœurs. Dans le nœud cher et sacré qui nous unira tous, nous ne serons plus entre nous que des sœurs et des frères ; vous ne serez plus votre propre ennemi ni le nôtre : les plus doux sentiments devenus légitimes ne seront plus dangereux ; quand il ne faudra plus les étouffer on n'aura plus à les craindre. Loin de résister à des sentiments si charmants, nous en ferons à la fois nos devoirs et nos plaisirs ; c'est alors que nous nous aimerons tous plus parfaitement, et que nous goûterons véritablement

réunis les charmes de l'amitié de l'amour et de l'innocence.
Que si dans l'emploi dont vous vous chargez le Ciel
récompense du bonheur d'être père le soin que vous
prendrez de nos enfants, alors vous connaîtrez par vous-
même le prix de ce que vous aurez fait pour nous. Comblé
des vrais biens de l'humanité, vous apprendrez à porter avec
plaisir le doux fardeau d'une vie utile à vos proches ; vous
sentirez, enfin, ce que la vaine sagesse des méchants n'a
jamais pu croire ; qu'il est un bonheur réservé dès ce monde
aux seuls amis de la vertu.

Réfléchissez à loisir sur le parti que je vous propose ; non
pour savoir s'il vous convient, je n'ai pas besoin là-dessus de
votre réponse, mais s'il convient à Madame d'Orbe, et si
vous pouvez faire son bonheur, comme elle doit faire le
vôtre. Vous savez comment elle a rempli ses devoirs dans
tous les états de son sexe ; sur ce qu'elle est jugez ce qu'elle a
droit d'exiger. Elle aime comme Julie, elle doit être aimée
comme elle. Si vous sentez pouvoir la mériter, parlez ; mon
amitié tentera le reste et se promet tout de la sienne : mais si
j'ai trop espéré de vous, au moins vous êtes honnête
homme, et vous connaissez sa délicatesse ; vous ne voudriez
pas d'un bonheur qui lui coûterait le sien : que votre cœur
soit digne d'elle, ou qu'il ne lui soit jamais offert[1].

Encore une fois, consultez-vous bien. Pesez votre
réponse avant de la faire. Quand il s'agit du sort de la vie, la
prudence ne permet pas de se déterminer légèrement ; mais
toute délibération légère est un crime quand il s'agit du
destin de l'âme et du choix de la vertu. Fortifiez la vôtre, ô
mon bon ami, de tous les secours de la sagesse. La mauvaise
honte m'empêcherait-elle de vous rappeler le plus nécessaire ? Vous avez de la Religion ; mais j'ai peur que vous
n'en tiriez pas tout l'avantage qu'elle offre dans la conduite
de la vie, et que la hauteur philosophique ne dédaigne la
simplicité du Chrétien. Je vous ai vu sur la prière des
maximes que je ne saurais goûter. Selon vous, cet acte
d'humilité ne nous est d'aucun fruit, et Dieu nous ayant
donné dans la conscience tout ce qui peut nous porter au

bien, nous abandonne ensuite à nous-mêmes et laisse agir notre liberté. Ce n'est pas là vous le savez la doctrine de St. Paul ni celle qu'on professe dans notre Église. Nous sommes libres, il est vrai, mais nous sommes ignorants, faibles, portés au mal, et d'où nous viendraient la lumière et la force, si ce n'est de celui qui en est la source, et pourquoi les obtiendrions-nous si nous ne daignons pas les demander ? Prenez garde, mon ami, qu'aux idées sublimes que vous vous faites du grand Être, l'orgueil humain ne mêle des idées basses qui se rapportent à l'homme, comme si les moyens qui soulagent notre faiblesse convenaient à la puissance divine, et qu'elle eût besoin d'art comme nous pour généraliser les choses, afin de les traiter plus facilement. Il semble, à vous entendre, que ce soit un embarras pour elle de veiller sur chaque individu ; vous craignez qu'une attention partagée et continuelle ne la fatigue, et vous trouvez bien plus beau qu'elle fasse tout par des lois générales, sans doute parce qu'elles lui coûtent moins de soin. Ô grands Philosophes [1], que Dieu vous est obligé de lui fournir ainsi des méthodes commodes, et de lui abréger le travail !

À quoi bon lui rien demander, dites-vous encore, ne connaît-il pas tous nos besoins ? N'est-il pas notre Père pour y pourvoir ? Savons-nous mieux que lui ce qu'il nous faut, et voulons-nous notre bonheur plus véritablement qu'il ne le veut lui-même ? Cher St. Preux, que de vains sophismes ! Le plus grand de nos besoins, le seul auquel nous pouvons pourvoir, est celui de sentir nos besoins, et le premier pas pour sortir de notre misère est de la connaître. Soyons humbles pour être sages ; voyons notre faiblesse, et nous serons forts. Ainsi s'accorde la justice avec la clémence ; ainsi règnent à la fois la grâce et la liberté. Esclaves par notre faiblesse nous sommes libres par la prière ; car il dépend de nous de demander et d'obtenir la force qu'il ne dépend pas de nous d'avoir par nous-mêmes.

Apprenez donc à ne pas prendre toujours conseil de vous seul dans les occasions difficiles, mais de celui qui joint le pouvoir à la prudence, et sait faire le meilleur parti du parti qu'il nous fait préférer. Le grand défaut de la sagesse humaine, même de celle qui n'a que la vertu pour objet, est un excès de confiance qui nous fait juger de l'avenir par le présent, et par un moment de la vie entière. On se sent ferme un instant et l'on compte n'être jamais ébranlé. Plein d'un orgueil que l'expérience confond tous les jours, on croit n'avoir plus à craindre un piège une fois évité. Le modeste langage de la vaillance est, je fus brave un tel jour ; mais celui qui dit, je suis brave, ne sait ce qu'il sera demain, et tenant pour sienne une valeur qu'il ne s'est pas donnée, il mérite de la perdre au moment de s'en servir.

Que tous nos projets doivent être ridicules, que tous nos raisonnements doivent être insensés devant l'Être pour qui les temps n'ont point de succession ni les lieux de distance ! Nous comptons pour rien ce qui est loin de nous, nous ne voyons que ce qui nous touche : quand nous aurons changé de lieu nos jugements seront tout contraires, et ne seront pas mieux fondés. Nous réglons l'avenir sur ce qui nous convient aujourd'hui, sans savoir s'il nous conviendra demain ; nous jugeons de nous comme étant toujours les mêmes, et nous changeons tous les jours. Qui sait si nous aimerons ce que nous aimons, si nous voudrons ce que nous voulons, si nous serons ce que nous sommes, si les objets étrangers et les altérations de nos corps n'auront pas autrement modifié nos âmes, et si nous ne trouverons pas notre misère dans ce que nous aurons arrangé pour notre bonheur[1] ? Montrez-moi la règle de la sagesse humaine, et je vais la prendre pour guide. Mais si sa meilleure leçon est de nous apprendre à nous défier d'elle, recourons à celle qui ne trompe point et faisons ce qu'elle nous inspire. Je lui demande d'éclairer mes conseils, demandez-lui d'éclairer vos résolutions. Quelque parti que vous preniez, vous ne voudrez que ce qui est bon et honnête ; je le sais bien : Mais ce n'est pas assez encore ; il faut vouloir ce qui le sera toujours ; et ni vous ni moi n'en sommes les juges.

LETTRE VII

Réponse

Julie ! une lettre de vous !.... après sept ans de silence....
oui c'est elle ; je le vois, je le sens : mes yeux méconnaî-
traient-ils des traits que mon cœur ne peut oublier ? Quoi ?
vous vous souvenez de mon nom ? vous le savez encore
écrire ?.... en formant ce nom* votre main n'a-t-elle point
tremblé ?.... Je m'égare, et c'est votre faute. La forme, le pli,
le cachet, l'adresse, tout dans cette lettre m'en rappelle de
trop différentes. Le cœur et la main semblent se contredire.
Ah ! deviez-vous employer la même écriture pour tracer
d'autres sentiments ?

Vous trouverez, peut-être que songer si fort à vos
anciennes lettres, c'est trop justifier la dernière. Vous vous
trompez. Je me sens bien ; je ne suis plus le même, ou vous
n'êtes plus la même ; et ce qui me le prouve est qu'excepté
les charmes et la bonté, tout ce que je retrouve en vous de ce
que j'y trouvais autrefois m'est un nouveau sujet de
surprise. Cette observation répond d'avance à vos craintes.
Je ne me fie point à mes forces, mais au sentiment qui me
dispense d'y recourir. Plein de tout ce qu'il faut que
j'honore en celle que j'ai cessé d'adorer, je sais à quels
respects doivent s'élever mes anciens hommages. Pénétré de
la plus tendre reconnaissance, je vous aime autant que
jamais [2], il est vrai ; mais ce qui m'attache le plus à vous est le
retour de ma raison. Elle vous montre à moi telle que vous
êtes ; elle vous sert mieux que l'amour même. Non, si j'étais
resté coupable vous ne me seriez pas aussi chère.

Depuis que j'ai cessé de prendre le change et que le
pénétrant Wolmar m'a éclairé sur mes vrais sentiments j'ai
mieux appris à me connaître, et je m'alarme moins de ma
faiblesse. Qu'elle abuse mon imagination, que cette erreur

---

* On a dit que *St. Preux* était un nom controuvé. Peut-être le véritable
était-il sur l'adresse [1].

me soit douce encore, il suffit pour mon repos qu'elle ne puisse plus vous offenser, et la chimère qui m'égare à sa poursuite me sauve d'un danger réel[1].

Ô Julie ! il est des impressions éternelles que le temps ni les soins n'effacent point. La blessure guérit, mais la marque reste, et cette marque est un sceau respecté qui préserve le cœur d'une autre atteinte. L'inconstance et l'amour sont incompatibles : l'amant qui change, ne change pas ; il commence ou finit d'aimer. Pour moi, j'ai fini ; mais en cessant d'être à vous, je suis resté sous votre garde. Je ne vous crains plus ; mais vous m'empêchez d'en craindre une autre. Non, Julie, non, femme respectable, vous ne verrez jamais en moi que l'ami de votre personne et l'amant de vos vertus : mais nos amours, nos premières et uniques amours ne sortiront jamais de mon cœur. La fleur de mes ans ne se flétrira point dans ma mémoire. Dussé-je vivre des siècles entiers, le doux temps de ma jeunesse ne peut ni renaître pour moi, ni s'effacer de mon souvenir. Nous avons beau n'être plus les mêmes, je ne puis oublier ce que nous avons été[2]. Mais parlons de votre Cousine.

Chère Amie, il faut l'avouer : depuis que je n'ose plus contempler vos charmes, je deviens plus sensible aux siens. Quels yeux peuvent errer toujours de beautés en beautés sans jamais se fixer sur aucune ? Les miens l'ont revue avec trop de plaisir peut-être, et depuis mon éloignement ses traits déjà gravés dans mon cœur y font une impression plus profonde. Le sanctuaire est fermé, mais son image est dans le temple. Insensiblement je deviens pour elle ce que j'aurais été si je ne vous avais jamais vue, et il n'appartenait qu'à vous seule de me faire sentir la différence de ce qu'elle m'inspire à l'amour. Les sens, libres de cette passion terrible se joignent au doux sentiment de l'amitié. Devient-elle amour pour cela ? Julie, ah quelle différence ! Où est l'enthousiasme ? où est l'idolâtrie ? Où sont ces divins égarements de la raison, plus brillants, plus sublimes, plus forts, meilleurs cent fois que la raison même ? Un feu passager m'embrase, un délire d'un moment me saisit, me trouble, et me quitte. Je retrouve entre elle et moɪ deux amis qui s'aiment tendrement et qui se le disent. Mais deux amants s'aiment-ils l'un l'autre ? Non ; *vous* et *moi* sont des mots proscrits de leur langue ; ils ne sont plus deux, ils sont un.

Suis-je donc tranquille en effet ? Comment puis-je l'être ? Elle est charmante, elle est votre amie et la mienne : la reconnaissance m'attache à elle ; elle entre dans mes souvenirs les plus doux ; que de droits sur une âme sensible, et comment écarter un sentiment plus tendre de tant de sentiments si bien dus ! Hélas ! il est dit qu'entre elle et vous, je ne serai jamais un moment paisible !

Femmes, femmes ! objets chers et funestes, que la nature orna pour notre supplice, qui punissez quand on vous brave, qui poursuivez quand on vous craint, dont la haine et l'amour sont également nuisibles, et qu'on ne peut ni rechercher ni fuir impunément ! Beauté, charme, attrait, sympathie ! être ou chimère inconcevable, abîme de douleurs et de voluptés ! beauté, plus terrible aux mortels que l'élément où l'on t'a fait naître, malheureux qui se livre à ton calme trompeur ! C'est toi qui produis les tempêtes qui tourmentent le genre humain [1]. Ô Julie ! ô Claire ! que vous me vendez cher cette amitié cruelle dont vous osez vous vanter à moi !.... J'ai vécu dans l'orage et c'est toujours vous qui l'avez excité ; mais quelles agitations diverses vous avez fait éprouver à mon cœur ! Celles du lac de Genève ne ressemblent pas plus aux flots du vaste océan. L'un n'a que des ondes vives et courtes dont le perpétuel tranchant agite, émeut, sumerge [2] quelquefois, sans jamais former de longs cours. Mais sur la mer tranquille en apparence, on se sent élevé, porté doucement et loin par un flot lent et presque insensible ; on croit ne pas sortir de la place, et l'on arrive au bout du monde.

Telle est la différence de l'effet qu'ont produit sur moi vos attraits et les siens. Ce premier cet unique amour qui fit le destin de ma vie et que rien n'a pu vaincre que lui-même, était né sans que je m'en fusse aperçu ; il m'entraînait que je

l'ignorais encore : je me perdis sans croire m'être égaré.
Durant le vent j'étais au Ciel ou dans les abîmes ; le calme
vient, je ne sais plus où je suis. Au contraire, je vois je sens
mon trouble auprès d'elle, et me le figure plus grand qu'il
n'est ; j'éprouve des transports passagers et sans suite, je
m'emporte un moment et suis paisible un moment après :
l'onde tourmente en vain le vaisseau, le vent n'enfle point
les voiles ; mon cœur content de ses charmes ne leur prête
point son illusion ; je la vois plus belle que je ne l'imagine, et
je la redoute plus de près que de loin ; c'est presque l'effet
contraire à celui qui me vient de vous, et j'éprouvais
constamment l'un et l'autre à Clarens[1].

Depuis mon départ, il est vrai qu'elle se présente à moi
quelquefois avec plus d'empire. Malheureusement, il m'est
difficile de la voir seule. Enfin je la vois, et c'est bien assez ;
elle ne m'a pas laissé de l'amour, mais de l'inquiétude.

Voilà fidèlement ce que je suis pour l'une et pour l'autre.
Tout le reste de votre sexe ne m'est plus rien ; mes longues
peines me l'ont fait oublier ;

È fornito 'l mio tempo a mezzo gli anni[2].

Le malheur m'a tenu lieu de force pour vaincre la nature et
triompher des tentations. On a peu de désirs quand on
souffre, et vous m'avez appris à les éteindre en leur
résistant. Une grande passion malheureuse est un grand
moyen de sagesse. Mon cœur est devenu, pour ainsi dire,
l'organe de tous mes besoins ; je n'en ai point quand il est
tranquille. Laissez-le en paix l'une et l'autre, et désormais il
l'est pour toujours.

Dans cet état qu'ai-je à craindre de moi-même, et par
quelle précaution cruelle voulez-vous m'ôter mon bonheur
pour ne pas m'exposer à le perdre ? Quel caprice de m'avoir
fait combattre et vaincre, pour m'enlever le prix après la
victoire ! N'est-ce pas vous qui rendez blâmable un danger
bravé sans raison ? Pourquoi m'avoir appelé près de vous
avec tant de risques, ou pourquoi m'en bannir quand je suis

digne d'y rester ? Deviez-vous laisser prendre à votre mari tant de peine à pure perte [1] ? Que ne le faisiez-vous renoncer à des soins que vous aviez résolu de rendre inutiles ! que ne lui disiez-vous, laissez-le au bout du monde, puisque aussi bien je l'y veux renvoyer ? Hélas ! plus vous craignez pour moi, plus il faudrait vous hâter de me rappeler. Non, ce n'est pas près de vous qu'est le danger, c'est en votre absence, et je ne vous crains qu'où vous n'êtes pas. Quand cette redoutable Julie me poursuit, je me réfugie auprès de Madame de Wolmar et je suis tranquille ; où fuirai-je si cet asile m'est ôté ? Tous les temps tous les lieux me sont dangereux loin d'elle ; partout je trouve Claire ou Julie. Dans le passé, dans le présent l'une et l'autre m'agite à son tour ; ainsi mon imagination toujours troublée ne se calme qu'à votre vue, et ce n'est qu'auprès de vous que je suis en sûreté contre moi. Comment vous expliquer le changement que j'éprouve en vous abordant ? Toujours vous exercez le même empire, mais son effet est tout opposé ; en réprimant les transports que vous causiez autrefois, cet empire est plus grand, plus sublime encore ; la paix la sérénité succède [2] au trouble des passions ; mon cœur toujours formé sur le vôtre aima comme lui, et devient paisible à son exemple. Mais ce repos passager n'est qu'une trêve, et j'ai beau m'élever jusqu'à vous en votre présence, je retombe en moi-même en vous quittant. Julie, en vérité je crois avoir deux âmes, dont la bonne est en dépôt dans vos mains. Ah voulez-vous me séparer d'elle ?

Mais les erreurs des sens vous alarment ? vous craignez les restes d'une jeunesse éteinte par les ennuis ? vous craignez pour les jeunes personnes qui sont sous votre garde ? vous craignez de moi ce que le sage Wolmar n'a pas craint ! Ô Dieu ! que toutes ces frayeurs m'humilient ! Estimez-vous donc votre ami moins que le dernier de vos gens ? Je puis vous pardonner de mal penser de moi, jamais de ne vous pas rendre à vous-même l'honneur que vous vous devez. Non non, les feux dont j'ai brûlé m'ont purifié ; je n'ai plus rien d'un homme ordinaire. Après ce que je fus, si je pouvais être vil un moment, j'irais me cacher au bout du monde, et ne me croirais jamais assez loin de vous.

Quoi ! je troublerais cet ordre aimable que j'admirais avec tant de plaisir ? Je souillerais ce séjour d'innocence et de paix que j'habitais avec tant de respect ? Je pourrais être assez lâche ?.... eh comment le plus corrompu des hommes ne serait-il pas touché d'un si charmant tableau ? comment ne reprendrait-il pas dans cet asile l'amour de l'honnêteté ? Loin d'y porter ses mauvaises mœurs, c'est là qu'il irait s'en défaire.... qui ? moi, Julie, moi ?... si tard ?.... sous vos yeux ?.... Chère amie, ouvrez-moi votre maison sans crainte ; elle est pour moi le temple de la vertu ; partout j'y vois son simulacre[1] auguste, et ne puis servir qu'elle auprès de vous. Je ne suis pas un ange, il est vrai ; mais j'habiterai leur demeure, j'imiterai leurs exemples ; on les fuit quand on ne leur veut pas ressembler.

Vous le voyez, j'ai peine à venir au point principal de votre Lettre, le premier auquel il fallait songer, le seul dont je m'occuperais si j'osais prétendre au bien qu'il m'annonce. Ô Julie ! âme bienfaisante, amie incomparable ! en m'offrant la digne moitié de vous-même, et le plus précieux trésor qui soit au monde après vous, vous faites plus s'il est possible, que vous ne fîtes jamais pour moi. L'amour, l'aveugle amour put vous forcer à vous donner, mais donner votre amie est une preuve d'estime non suspecte. Dès cet instant je crois vraiment être homme de mérite ; car je suis honoré de vous ; mais que le témoignage de cet honneur m'est cruel ! En l'acceptant, je le démentirais, et pour le mériter il faut que j'y renonce. Vous me connaissez ; jugez-moi. Ce n'est pas assez que votre adorable Cousine soit aimée ; elle doit l'être comme vous, je le sais ; le sera-t-elle ? le peut-elle être ? et dépend-il de moi de lui rendre sur ce point ce qui lui est dû ? Ah si vous vouliez m'unir avec elle que ne me laissiez-vous un cœur à lui donner, un cœur auquel elle inspirât des sentiments nouveaux dont il lui pût offrir les prémices ! En est-il un moins digne d'elle que celui qui sut vous aimer ? Il faudrait avoir l'âme libre et paisible du bon

et sage d'Orbe pour s'occuper d'elle seule à son exemple. Il
faudrait le valoir pour lui succéder ; autrement la comparaison de son ancien état lui rendrait le dernier plus insupportable, et l'amour faible et distrait d'un second époux loin de
la consoler du premier le lui ferait regretter davantage. D'un
ami tendre et reconnaissant elle aurait fait un mari vulgaire.
Gagnerait-elle à cet échange ? elle y perdrait doublement.
Son cœur délicat et sensible sentirait trop cette perte, et moi
comment supporterais-je le spectacle continuel d'une tristesse dont je serais cause, et dont je ne pourrais la guérir ?
Hélas ! j'en mourrais de douleur même avant elle. Non
Julie, je ne ferai point mon bonheur aux dépens du sien. Je
l'aime trop pour l'épouser.

Mon bonheur ? Non. Serais-je heureux moi-même en ne
la rendant pas heureuse ? l'un des deux peut-il se faire un
sort exclusif dans le mariage ? les biens les maux n'y sont-ils
pas communs malgré qu'on en ait, et les chagrins qu'on se
donne l'un à l'autre ne retombent-ils pas toujours sur celui
qui les cause ? Je serais malheureux par ses peines sans être
heureux par ses bienfaits. Grâces, beauté, mérite, attachement, fortune, tout concourrait à ma félicité ; mon cœur,
mon cœur seul empoisonnerait tout cela, et me rendrait
misérable au sein du bonheur [1].

Si mon état présent est plein de charme auprès d'elle, loin
que ce charme pût augmenter par une union plus étroite, les
plus doux plaisirs que j'y goûte me seraient ôtés. Son
humeur badine peut laisser un aimable essor à son amitié,
mais c'est quand elle a des témoins de ses caresses. Je puis
avoir quelque émotion trop vive auprès d'elle, mais c'est
quand votre présence me distrait de vous. Toujours entre
elle et moi dans nos tête-à-tête, c'est vous qui nous les
rendez délicieux. Plus notre attachement augmente, plus
nous songeons aux chaînes qui l'ont formé ; le doux lien de
notre amitié se resserre, et nous nous aimons pour parler de
vous. Ainsi mille souvenirs chers à votre amie, plus chers à
votre ami, les réunissent ; unis par d'autres nœuds, il y
faudra renoncer. Ces souvenirs trop charmants ne seraient-

ils pas autant d'infidélités envers elle ? et de quel front
prendrais-je une épouse respectée et chérie pour confidente
des outrages que mon cœur lui ferait malgré lui ? Ce cœur
n'oserait donc plus s'épancher dans le sien, il se fermerait à
son abord. N'osant plus lui parler de vous, bientôt je ne lui
parlerais plus de moi. Le devoir, l'honneur, en m'imposant
pour elle une réserve nouvelle me rendraient ma femme
étrangère, et je n'aurais plus ni guide ni conseil pour éclairer
mon âme et corriger mes erreurs. Est-ce là l'hommage
qu'elle doit attendre ? Est-ce là le tribut de tendresse et de
reconnaissance que j'irais lui porter ? Est-ce ainsi que je
ferais son bonheur et le mien ?

Julie, oubliâtes-vous mes serments avec les vôtres[1] ? Pour
moi, je ne les ai point oubliés. J'ai tout perdu ; ma foi seule
m'est restée ; elle me restera jusqu'au tombeau. Je n'ai pu
vivre à vous ; je mourrai libre. Si l'engagement en était à
prendre, je le prendrais aujourd'hui : Car si c'est un devoir
de se marier, un devoir plus indispensable encore est de ne
faire le malheur de personne, et tout ce qui me reste à sentir
en d'autres nœuds, c'est l'éternel regret de ceux auxquels
j'osai prétendre. Je porterais dans ce lien sacré l'idée de ce
que j'espérais y trouver une fois. Cette idée ferait mon
supplice et celui d'une infortunée. Je lui demanderais
compte des jours heureux que j'attendis de vous. Quelles
comparaisons j'aurais à faire ! Quelle femme au monde les
pourrait soutenir ? Ah ! comment me consolerais-je à la fois
de n'être pas à vous, et d'être à une autre ?

Chère amie, n'ébranlez point des résolutions dont
dépend le repos de mes jours ; ne cherchez point à me tirer
de l'anéantissement[2] où je suis tombé ; de peur qu'avec le
sentiment de mon existence je ne reprenne celui de mes
maux, et qu'un état violent ne rouvre toutes mes blessures.
Depuis mon retour j'ai senti sans m'en alarmer l'intérêt plus
vif que je prenais à votre amie ; car je savais bien que l'état
de mon cœur ne lui permettrait jamais d'aller trop loin, et
voyant ce nouveau goût ajouter à l'attachement déjà si
tendre que j'eus pour elle dans tous les temps, je me suis

félicité d'une émotion qui m'aidait à prendre le change, et me faisait supporter votre image avec moins de peine. Cette émotion a quelque chose des douceurs de l'amour et n'en a pas les tourments. Le plaisir de la voir n'est point troublé par le désir de la posséder ; content de passer ma vie entière comme j'ai passé cet hiver, je trouve entre vous deux cette situation paisible* et douce qui tempère l'austérité de la vertu et rend ses leçons aimables. Si quelque vain transport m'agite un moment, tout le réprime et le fait taire : j'en ai trop vaincu de plus dangereux pour qu'il m'en reste aucun à craindre. J'honore votre amie comme je l'aime, et c'est tout dire. Quand je ne songerais qu'à mon intérêt, tous les droits de la tendre amitié me sont trop chers auprès d'elle pour que je m'expose à les perdre en cherchant à les étendre, et je n'ai pas même eu besoin de songer au respect que je lui dois pour ne jamais lui dire un seul mot dans le tête-à-tête, qu'elle eût besoin d'interpréter ou de ne pas entendre. Que si peut-être elle a trouvé quelquefois un peu trop d'empressement dans mes manières, sûrement elle n'a point vu dans mon cœur la volonté de le témoigner. Tel que je fus six mois[2] auprès d'elle, tel je serai toute ma vie. Je ne connais rien après vous de si parfait qu'elle ; mais fût-elle plus parfaite que vous encore, je sens qu'il faudrait n'avoir jamais été votre amant pour pouvoir devenir le sien.

Avant d'achever cette lettre, il faut vous dire ce que je pense de la vôtre. J'y trouve avec toute la prudence de la vertu, les scrupules d'une âme craintive qui se fait un devoir de s'épouvanter, et croit qu'il faut tout craindre pour se garantir de tout. Cette extrême timidité a son danger ainsi qu'une confiance excessive. En nous montrant sans cesse des monstres où il n'y en a point, elle nous épuise à combattre des chimères, et à force de nous effaroucher sans sujet, elle nous tient moins en garde contre les périls

---

* Il a dit précisément le contraire quelques pages auparavant[1]. Le pauvre philosophe entre deux jolies femmes me paraît dans un plaisant embarras. On dirait qu'il veut n'aimer ni l'une ni l'autre, afin de les aimer toutes deux.

véritables et nous les laisse moins discerner. Relisez quelquefois la lettre que Milord Édouard vous écrivit l'année
dernière au sujet de votre mari[1] ; vous y trouverez de bons
avis à votre usage à plus d'un égard. Je ne blâme point votre
dévotion, elle est touchante, aimable et douce comme vous,
elle doit plaire à votre mari même. Mais prenez garde qu'à
force de vous rendre timide et prévoyante elle ne vous mène
au quiétisme par une route opposée, et que vous montrant
partout du risque à courir, elle ne vous empêche enfin
d'acquiescer à rien[2]. Chère amie, ne savez-vous pas que la
vertu est un état de guerre, et que pour y vivre on a toujours
quelque combat à rendre contre soi ? Occupons-nous moins
des dangers que de nous, afin de tenir notre âme prête à tout
événement. Si chercher les occasions c'est mériter d'y
succomber, les fuir avec trop de soin c'est souvent nous
refuser à de grands devoirs, et il n'est pas bon de songer sans
cesse aux tentations, même pour les éviter. On ne me verra
jamais rechercher des moments dangereux ni des tête-à-tête
avec des femmes ; mais dans quelque situation que me place
désormais la providence, j'ai pour sûreté de moi les huit
mois[3] que j'ai passés à Clarens, et ne crains plus que
personne m'ôte le prix que vous m'avez fait mériter. Je ne
serai pas plus faible que je l'ai été, je n'aurai pas de plus
grands combats à rendre ; j'ai senti l'amertume des remords,
j'ai goûté les douceurs de la victoire, après de telles
comparaisons on n'hésite plus sur le choix ; tout jusqu'à
mes fautes passées m'est garant de l'avenir.

Sans vouloir entrer avec vous dans de nouvelles discussions sur l'ordre de l'univers et sur la direction des êtres qui
le composent, je me contenterai de vous dire que sur des
questions si fort au-dessus de l'homme, il ne peut juger des
choses qu'il ne voit pas que par induction sur celles qu'il
voit, et que toutes les analogies sont pour ces lois générales
que vous semblez rejeter. La raison même et les plus saines
idées que nous pouvons nous former de l'Être suprême sont
très favorables à cette opinion ; car bien que sa puissance
n'ait pas besoin de méthode pour abréger le travail, il est

digne de sa sagesse de préférer pourtant les voies les plus simples, afin qu'il n'y ait rien d'inutile dans les moyens non plus que dans les effets [1]. En créant l'homme il l'a doué de toutes les facultés nécessaires pour accomplir ce qu'il exigeait de lui, et quand nous lui demandons le pouvoir de bien faire, nous ne lui demandons rien qu'il ne nous ait déjà donné. Il nous a donné la raison pour connaître ce qui est bien, la conscience pour l'aimer*, et la liberté pour le choisir [3]. C'est dans ces dons sublimes que consiste la grâce divine, et comme nous les avons tous reçus, nous en sommes tous comptables.

J'entends beaucoup raisonner contre la liberté de l'homme, et je méprise tous ces sophismes; parce qu'un raisonneur a beau me prouver que je ne suis pas libre, le sentiment intérieur, plus fort que tous ses arguments les dément sans cesse [4], et quelque parti que je prenne dans quelque délibération que ce soit, je sens parfaitement qu'il ne tient qu'à moi de prendre le parti contraire. Toutes ces subtilités de l'école sont vaines précisément parce qu'elles prouvent trop, qu'elles combattent tout aussi bien la vérité que le mensonge, et que soit que la liberté existe ou non, elles peuvent servir également à prouver qu'elle n'existe pas. À entendre ces gens-là Dieu même ne serait pas libre, et ce mot de liberté n'aurait aucun sens. Ils triomphent, non d'avoir résolu la question, mais d'avoir mis à sa place une chimère. Ils commencent par supposer que tout être intelligent est purement passif, et puis ils déduisent de cette supposition des conséquences pour prouver qu'il n'est pas actif; la commode méthode qu'ils ont trouvée là! S'ils accusent leurs adversaires de raisonner de même, ils ont tort. Nous ne nous supposons point actifs et libres; nous sentons que nous le sommes. C'est à eux de prouver non seulement que ce sentiment pourrait nous tromper, mais

---

* St. Preux fait de la conscience morale un sentiment et non pas un jugement, ce qui est contre les définitions des philosophes. Je crois pourtant qu'en ceci leur prétendu confrère a raison [2].

qu'il nous trompe en effet*. L'Évêque de Cloyne a démontré que sans rien changer aux apparences, la matière et les corps pourraient ne pas exister[2] ; est-ce assez pour affirmer qu'ils n'existent pas ? En tout ceci la seule apparence coûte plus que la réalité ; je m'en tiens à ce qui est plus simple.

Je ne crois donc pas qu'après avoir pourvu de toute manière aux besoins de l'homme, Dieu accorde à l'un plutôt qu'à l'autre des secours extraordinaires, dont celui qui abuse des secours communs à tous est indigne, et dont celui qui en use bien n'a pas besoin. Cette acception de personnes est injurieuse à la justice divine. Quand cette dure et décourageante doctrine se déduirait de l'Écriture elle-même, mon premier devoir n'est-il pas d'honorer Dieu ? Quelque respect que je doive au texte sacré, j'en dois plus encore à son Auteur, et j'aimerais mieux croire la Bible falsifiée ou inintelligible[3] que Dieu injuste ou malfaisant[4]. St. Paul ne veut pas que le vase dise au potier, pourquoi m'as-tu fait ainsi[5] ? Cela est fort bien si le potier n'exige du vase que des services qu'il l'a mis en état de lui rendre ; mais s'il s'en prenait au vase de n'être pas propre à un usage pour lequel il ne l'aurait pas fait, le vase aurait-il tort de lui dire, pourquoi m'as-tu fait ainsi ?

S'ensuit-il de là que la prière soit inutile ? À Dieu ne plaise que je m'ôte cette ressource contre mes faiblesses. Tous les actes de l'entendement qui nous élèvent à Dieu nous portent au-dessus de nous-mêmes ; en implorant son secours nous apprenons à le trouver. Ce n'est pas lui qui nous change, c'est nous qui nous changeons en nous élevant à lui**. Tout ce qu'on lui demande comme il faut, on se le

---

* Ce n'est pas de tout cela qu'il s'agit. Il s'agit de savoir si la volonté se détermine sans cause, ou quelle est la cause qui détermine la volonté[1] ?

** Notre galant philosophe après avoir imité la conduite d'Abélard semble en vouloir prendre aussi la doctrine[6]. Leurs sentiments sur la prière ont beaucoup de rapport. Bien des gens relevant cette hérésie trouveront qu'il eût mieux valu persister dans l'égarement que de tomber dans l'erreur ; je ne pense pas ainsi. C'est un petit mal de se tromper ; c'en est un grand de se mal

donne, et, comme vous l'avez dit, on augmente sa force en reconnaissant sa faiblesse. Mais si l'on abuse de l'oraison et qu'on devienne mystique, on se perd à force de s'élever ; en cherchant la grâce on renonce à la raison ; pour obtenir un don du Ciel on en foule aux pieds un autre ; en s'obstinant à vouloir qu'il nous éclaire on s'ôte les lumières qu'il nous a données. Qui sommes-nous pour vouloir forcer Dieu de faire un miracle [2] ?

Vous le savez ; il n'y a rien de bien qui n'ait un excès blâmable ; même la dévotion qui tourne en délire. La vôtre est trop pure pour arriver jamais à ce point : mais l'excès qui produit l'égarement commence avant lui, et c'est de ce premier terme que vous avez à vous défier. Je vous ai souvent entendu blâmer les extases des ascétiques ; savez-vous comment elles viennent ? En prolongeant le temps qu'on donne à la prière plus que ne le permet la faiblesse humaine. Alors l'esprit s'épuise, l'imagination s'allume et donne des visions, on devient inspiré, prophète, et il n'y a plus ni sens ni génie qui garantisse du fanatisme. Vous vous enfermez fréquemment dans votre cabinet ; vous vous recueillez, vous priez sans cesse : vous ne voyez pas encore les piétistes*, mais vous lisez leurs livres. Je n'ai jamais blâmé votre goût pour les écrits du bon Fénelon : mais que faites-vous de ceux de sa disciple [4] ? Vous lisez Muralt, je le lis aussi ; mais je choisis ses lettres, et vous choisissez son instinct divin [5]. Voyez comment il a fini, déplorez les égarements de cet homme sage, et songez à vous. Femme pieuse et chrétienne, allez-vous n'être plus qu'une dévote ?

_____

conduire. Ceci ne contredit point, à mon avis, ce que j'ai dit ci-devant sur le danger des fausses maximes de morale [1]. Mais il faut laisser quelque chose à faire au lecteur.

* Sorte de fous qui avaient la fantaisie d'être Chrétiens, et de suivre l'Évangile à la lettre : à peu près comme sont aujourd'hui les méthodistes en Angleterre, les moraves en Allemagne, les Jansénistes en France ; excepté pourtant qu'il ne manque à ces derniers que d'être les maîtres, pour être plus durs et plus intolérants que leurs ennemis [3].

Chère et respectable amie, je reçois vos avis avec la docilité d'un enfant et vous donne les miens avec le zèle d'un père. Depuis que la vertu loin de rompre nos liens les a rendus indissolubles, ses devoirs se confondent avec les droits de l'amitié. Les mêmes leçons nous conviennent, le même intérêt nous conduit. Jamais nos cœurs ne se parlent, jamais nos yeux ne se rencontrent sans offrir à tous deux un objet d'honneur et de gloire qui nous élève conjointement, et la perfection de chacun de nous importera toujours à l'autre. Mais si les délibérations sont communes, la décision ne l'est pas, elle appartient à vous seule. Ô vous qui fîtes toujours mon sort, ne cessez point d'en être l'arbitre, pesez mes réflexions, prononcez ; quoi que vous ordonniez de moi je me soumets, je serai digne au moins que vous ne cessiez pas de me conduire. Dussé-je ne vous plus revoir, vous me serez toujours présente, vous présiderez toujours à mes actions ; dussiez-vous m'ôter l'honneur d'élever vos enfants, vous ne m'ôterez point les vertus que je tiens de vous ; ce sont les enfants de votre âme, la mienne les adopte, et rien ne les lui peut ravir.

Parlez-moi[1] sans détour, Julie. À présent que je vous ai bien expliqué ce que je sens et ce que je pense, dites-moi ce qu'il faut que je fasse. Vous savez à quel point mon sort est lié à celui de mon illustre ami. Je ne l'ai point consulté dans cette occasion ; je ne lui ai montré ni cette lettre ni la vôtre. S'il apprend que vous désapprouviez son projet ou plutôt celui de votre époux, il le désapprouvera lui-même, et je suis bien éloigné d'en vouloir tirer une objection contre vos scrupules ; il convient seulement qu'il les ignore jusqu'à votre entière décision. En attendant je trouverai pour différer notre départ des prétextes qui pourront le surprendre, mais auxquels il acquiescera sûrement. Pour moi j'aime mieux ne vous plus voir que de vous revoir pour vous dire un nouvel adieu. Apprendre à vivre chez vous en étranger, est une humiliation que je n'ai pas méritée.

LETTRE VIII

De Mad^e de Wolmar

Hé bien ! ne voilà-t-il pas encore votre imagination effarouchée ? et sur quoi, je vous prie ? Sur les plus vrais témoignages d'estime et d'amitié que vous ayez jamais reçus de moi ; sur les paisibles réflexions que le soin de votre vrai bonheur m'inspire ; sur la proposition la plus obligeante, la plus avantageuse, la plus honorable qui vous ait jamais été faite ; sur l'empressement indiscret, peut-être, de vous unir a ma famille par des nœuds indissolubles ; sur le désir de faire mon allié, mon parent, d'un ingrat qui croit ou qui feint de croire que je ne veux plus de lui pour ami. Pour vous tirer de l'inquiétude où vous paraissez être, il ne fallait que prendre ce que je vous écris dans son sens le plus naturel. Mais il y a longtemps que vous aimez à vous tourmenter par vos injustices. Votre lettre est comme votre vie, sublime et rampante, pleine de force et de puérilités. Mon cher Philosophe, ne cesserez-vous jamais d'être enfant ?

Où avez-vous donc pris que je songeasse à vous imposer des lois, à rompre avec vous, et pour me servir de vos termes, à vous renvoyer au bout du monde ? De bonne foi, trouvez-vous là l'esprit de ma Lettre ? Tout au contraire. En jouissant d'avance du plaisir de vivre avec vous, j'ai craint les inconvénients qui pouvaient le troubler ; je me suis occupée des moyens de prévenir ces inconvénients d'une manière agréable et douce, en vous faisant un sort digne de votre mérite et de mon attachement pour vous. Voilà tout mon crime ; il n'y avait pas là, ce me semble, de quoi vous alarmer si fort.

Vous avez tort, mon ami, car vous n'ignorez pas combien vous m'êtes cher ; mais vous aimez à vous le faire redire, et comme je n'aime guère moins à le répéter, il vous est aisé d'obtenir ce que vous voulez sans que la plainte et l'humeur s'en mêlent.

Soyez donc bien sûr que si votre séjour ici vous est agréable, il me l'est tout autant qu'à vous, et que de tout ce que M. de Wolmar a fait pour moi, rien ne m'est plus sensible que le soin qu'il a pris de vous appeler dans sa maison, et de vous mettre en état d'y rester. J'en conviens avec plaisir, nous sommes utiles l'un à l'autre. Plus propres à recevoir de bons avis qu'à les prendre de nous-mêmes, nous avons tous deux besoin de guides, et qui saura mieux ce qui convient à l'un, que l'autre qui le connaît si bien ? Qui sentira mieux le danger de s'égarer, par tout ce que coûte un retour pénible ? Quel objet peut mieux nous rappeler ce danger ? Devant qui rougirions-nous autant d'avilir un si grand sacrifice ? Après avoir rompu de tels liens, ne devons-nous pas à leur mémoire de ne rien faire d'indigne du motif qui nous les fit rompre ? Oui, c'est une fidélité que je veux vous garder toujours, de vous prendre à témoin de toutes les actions de ma vie, et de vous dire à chaque sentiment qui m'anime ; voilà ce que je vous ai préféré. Ah mon ami ! je sais rendre honneur à ce que mon cœur a si bien senti ; je puis être faible devant toute la terre ; mais je réponds de moi devant vous.

C'est dans cette délicatesse qui survit toujours au véritable amour, plutôt que dans les subtiles distinctions de M. de Wolmar, qu'il faut chercher la raison de cette élévation d'âme et de cette force intérieure que nous éprouvons l'un près de l'autre, et que je crois sentir comme vous[1]. Cette explication du moins est plus naturelle, plus honorable à nos cœurs que la sienne, et vaut mieux pour s'encourager à bien faire ; ce qui suffit pour la préférer. Ainsi croyez que loin d'être dans la disposition bizarre où vous me supposez, celle où je suis est directement contraire. Que s'il fallait renoncer au projet de nous réunir, je regarderais ce changement comme un grand malheur pour vous, pour moi, pour mes enfants, et pour mon mari même qui, vous le savez, entre pour beaucoup dans les raisons que j'ai de vous désirer ici. Mais pour ne parler que de mon inclination particulière, souvenez-vous du moment de votre arrivée, marquai-je moins de joie à vous voir que vous n'en eûtes en m'abordant ? Vous a-t-il paru que votre séjour à Clarens me fût ennuyeux ou pénible ? avez-vous jugé que je vous en visse partir avec plaisir ? Faut-il aller jusqu'au bout, et vous parler avec ma franchise ordinaire ? Je vous avouerai sans détour que les six derniers mois que nous avons passés ensemble ont été le temps le plus doux de ma vie, et que j'ai goûté dans ce court espace tous les biens dont ma sensibilité m'ait fourni l'idée.

Je n'oublierai jamais un jour de cet hiver, où, après avoir fait en commun la lecture de vos voyages et celle des aventures de votre ami, nous soupâmes dans la salle d'Apollon, et où, songeant à la félicité que Dieu m'envoyait en ce monde, je vis tout autour de moi, mon père, mon mari, mes enfants, ma cousine, Milord Édouard, vous ; sans compter la Fanchon qui ne gâtait rien au tableau ; et tout cela rassemblé pour l'heureuse Julie. Je me disais ; cette petite chambre contient tout ce qui est cher à mon cœur, et peut-être tout ce qu'il y a de meilleur sur la terre ; je suis environnée de tout ce qui m'intéresse, tout l'univers est ici pour moi ; je jouis à la fois de l'attachement que j'ai pour mes amis, de celui qu'ils me rendent, de celui qu'ils ont l'un pour l'autre ; leur bienveillance [1] mutuelle ou vient de moi ou s'y rapporte ; je ne vois rien qui n'étende mon être, et rien qui le divise ; il est dans tout ce qui m'environne, il n'en reste aucune portion loin de moi ; mon imagination n'a plus rien à faire, je n'ai rien à désirer ; sentir et jouir sont pour moi la même chose ; je vis à la fois dans tout ce que j'aime, je me rassasie de bonheur et de vie : Ô mort, viens quand tu voudras ! je ne te crains plus, j'ai vécu, je t'ai prévenue, je n'ai plus de nouveaux sentiments à connaître, tu n'as plus rien à me dérober [2].

Plus j'ai senti le plaisir de vivre avec vous, plus il m'était doux d'y compter, et plus aussi tout ce qui pouvait troubler ce plaisir m'a donné d'inquiétude. Laissons un moment à part cette morale craintive et cette prétendue dévotion que vous me reprochez. Convenez, du moins, que tout le charme de la société qui régnait entre nous est dans cette ouverture de cœur qui met en commun tous les sentiments, toutes les pensées, et qui fait que chacun se sentant tel qu'il doit être se montre à tous tel qu'il est. Supposez un moment quelque intrigue secrète, quelque liaison qu'il faille cacher, quelque raison de réserve et de mystère ; à l'instant tout le plaisir de se voir s'évanouit, on est contraint l'un devant l'autre, on cherche à se dérober, quand on se rassemble on voudrait se fuir : la circonspection, la bienséance amènent la défiance et le dégoût. Le moyen d'aimer longtemps ceux qu'on craint ? on se devient importuns l'un à l'autre.... Julie importune !.... importune à son ami !.... non non, cela ne saurait être ; on n'a jamais de maux à craindre que ceux qu'on peut supporter.

En vous exposant naïvement mes scrupules, je n'ai point prétendu changer vos résolutions, mais les éclairer ; de peur que, prenant un parti dont vous n'auriez pas prévu toutes les suites, vous n'eussiez peut-être à vous en repentir quand vous n'oseriez plus vous en dédire. À l'égard des craintes que M. de Wolmar n'a pas eues, ce n'est pas à lui de les avoir, c'est à vous : Nul n'est juge du danger qui vient de vous que vous-même. Réfléchissez-y bien, puis dites-moi qu'il n'existe pas, et je n'y pense plus : car je connais votre droiture et ce n'est pas de vos intentions que je me défie. Si votre cœur est capable d'une faute imprévue, très sûrement le mal prémédité n'en approcha jamais. C'est ce qui distingue l'homme fragile du méchant homme.

D'ailleurs, quand mes objections auraient plus de solidité que je n'aime à le croire, pourquoi mettre d'abord la chose au pis comme vous faites ? Je n'envisage point les précautions à prendre, aussi sévèrement que vous. S'agit-il pour cela de rompre aussitôt tous vos projets, et de nous fuir pour toujours ? Non, mon aimable ami, de si tristes ressources ne sont point nécessaires. Encore enfant par la tête, vous êtes déjà vieux par le cœur. Les grandes passions usées dégoûtent des autres : la paix de l'âme qui leur succède est le seul sentiment qui s'accroît par la jouissance.

Un cœur sensible craint le repos qu'il ne connaît pas ; qu'il le sente une fois, il ne voudra plus le perdre. En comparant deux états si contraires on apprend à préférer le meilleur ; mais pour les comparer il les faut connaître. Pour moi, je vois le moment de votre sûreté plus près, peut-être, que vous ne le voyez vous-même. Vous avez trop senti pour sentir longtemps ; vous avez trop aimé pour ne pas devenir indifférent : on ne rallume plus la cendre qui sort de la fournaise, mais il faut attendre que tout soit consumé. Encore quelques années d'attention sur vous-même, et vous n'avez plus de risque à courir.

Le sort que je voulais vous faire eût anéanti ce risque ; mais indépendamment de cette considération, ce sort était assez doux pour devoir être envié pour lui-même, et si votre délicatesse vous empêche d'oser y prétendre, je n'ai pas besoin que vous me disiez ce qu'une telle retenue a pu vous coûter. Mais j'ai peur qu'il ne se mêle à vos raisons des prétextes plus spécieux que solides ; j'ai peur qu'en vous piquant de tenir des engagements dont tout vous dispense et qui n'intéressent plus personne [1], vous ne vous fassiez une fausse vertu de je ne sais quelle vaine constance plus à blâmer qu'à louer, et désormais tout à fait déplacée. Je vous l'ai déjà dit autrefois, c'est un second crime de tenir un serment criminel ; si le vôtre ne l'était pas, il l'est devenu ; c'en est assez pour l'annuler. La promesse qu'il faut tenir sans cesse est celle d'être honnête homme et toujours ferme dans son devoir ; changer quand il change, ce n'est pas légèreté, c'est constance. Vous fîtes bien, peut-être, alors de promettre ce que vous feriez mal aujourd'hui de tenir. Faites dans tous les temps ce que la vertu demande, vous ne vous démentirez jamais.

Que s'il y a parmi vos scrupules quelque objection solide, c'est ce que nous pourrons examiner à loisir. En attendant, je ne suis pas trop fâchée que vous n'ayez pas saisi mon idée avec la même avidité que moi, afin que mon étourderie vous soit moins cruelle, si j'en ai fait une. J'avais médité ce projet durant l'absence de ma Cousine. Depuis son retour et le départ de ma Lettre, ayant eu avec elle quelques conversations générales sur un second mariage, elle m'en a paru si éloignée, que, malgré tout le penchant que je lui connais pour vous, je craindrais qu'il ne fallût user de plus d'autorité qu'il ne me convient pour vaincre sa répugnance, même en votre faveur ; car il est un point où l'empire de l'amitié doit respecter celui des inclinations et les principes que chacun se fait sur des devoirs arbitraires en eux-mêmes, mais relatifs à l'état du cœur qui se les impose.

Je vous avoue pourtant que je tiens encore à mon projet ; il nous convient si bien à tous, il vous tirerait si honorablement de l'état précaire où vous vivez dans le monde, il confondrait tellement nos intérêts, il nous ferait un devoir si naturel de cette amitié qui nous est si douce, que je n'y puis renoncer tout à fait. Non, mon ami, vous ne m'appartiendrez jamais de trop près ; ce n'est pas même assez que vous soyez mon cousin ; ah ! je voudrais que vous fussiez mon frère !

Quoi qu'il en soit de toutes ces idées, rendez plus de justice à mes sentiments pour vous. Jouissez sans réserve de mon amitié, de ma confiance, de mon estime. Souvenez-vous que je n'ai plus rien à vous prescrire, et que je ne crois point en avoir besoin. Ne m'ôtez pas le droit de vous donner des conseils, mais n'imaginez jamais que j'en fasse des ordres. Si vous sentez pouvoir habiter Clarens sans danger, venez-y, demeurez-y, j'en serai charmée. Si vous croyez devoir donner encore quelques années d'absence aux restes toujours suspects d'une jeunesse impétueuse, écrivez-moi souvent, venez nous voir quand vous voudrez, entretenons la correspondance la plus intime. Quelle peine n'est pas adoucie par cette consolation ? Quel éloignement ne supporte-t-on pas par l'espoir de finir ses jours ensemble ? Je ferai plus ; je suis prête à vous confier un de mes enfants[1] ; je le croirai mieux dans vos mains que dans les miennes : Quand vous me le ramènerez, je ne sais duquel des deux le retour me touchera le plus. Si tout à fait devenu raisonnable vous bannissez enfin vos chimères[2] et voulez

mériter ma cousine ; venez, aimez-la, servez-la, achevez de
lui plaire ; en vérité, je crois que vous avez déjà commencé ;
triomphez de son cœur et des obstacles qu'il vous oppose,
je vous aiderai de tout mon pouvoir : Faites, enfin, le
bonheur l'un de l'autre, et rien ne manquera plus au mien.
Mais, quelque parti que vous puissiez prendre, après y avoir
sérieusement pensé, prenez-le en toute assurance, et n'ou-
tragez plus votre amie en l'accusant de se défier de vous.

A force de songer à vous, je m'oublie. Il faut pourtant que
mon tour vienne ; car vous faites avec vos amis dans la
dispute comme avec votre adversaire aux échecs, vous
attaquez en vous défendant. Vous vous excusez d'être
philosophe en m'accusant d'être dévote ; c'est comme si
j'avais renoncé au vin lorsqu'il vous eut enivré. Je suis donc
dévote, à votre compte, ou prête à le devenir ? Soit ; les
dénominations méprisantes changent-elles la nature des
choses ? Si la dévotion est bonne, où est le tort d'en avoir ?
Mais peut-être ce mot est-il trop bas pour vous. La dignité
philosophique dédaigne un culte vulgaire ; elle veut servir
Dieu plus noblement ; elle porte jusqu'au Ciel même ses
prétentions et sa fierté. Ô mes pauvres philosophes !.....
revenons à moi.

J'aimai la vertu dès mon enfance, et cultivai ma raison
dans tous les temps. Avec du sentiment et des lumières j'ai
voulu me gouverner, et je me suis mal conduite. Avant de
m'ôter le guide [1] que j'ai choisi, donnez-m'en quelque autre
sur lequel je puisse compter. Mon bon ami ! toujours de
l'orgueil, quoi qu'on fasse ; c'est lui qui vous élève, et c'est
lui qui m'humilie. Je crois valoir autant qu'une autre, et
mille autres ont vécu plus sagement que moi. Elles avaient
donc des ressources que je n'avais pas. Pourquoi me sentant
bien née ai-je eu besoin de cacher ma vie ? Pourquoi
haïssais-je le mal que j'ai fait malgré moi [2] ? Je ne connaissais
que ma force ; elle n'a pu me suffire. Toute la résistance
qu'on peut tirer de soi je crois l'avoir faite, et toutefois j'ai
succombé ; comment font celles qui résistent ? Elles ont un
meilleur appui.

Après l'avoir pris à leur exemple, j'ai trouvé dans ce choix un autre avantage auquel je n'avais pas pensé. Dans le règne des passions elles aident à supporter les tourments qu'elles donnent ; elles tiennent l'espérance à côté du désir. Tant qu'on désire on peut se passer d'être heureux ; on s'attend à le devenir ; si le bonheur ne vient point, l'espoir se prolonge, et le charme de l'illusion dure autant que la passion qui le cause. Ainsi cet état se suffit à lui-même, et l'inquiétude qu'il donne est une sorte de jouissance qui supplée à la réalité.

Qui vaut mieux, peut-être[1]. Malheur à qui n'a plus rien à désirer ! il perd pour ainsi dire tout ce qu'il possède. On jouit moins de ce qu'on obtient que de ce qu'on espère, et l'on n'est heureux qu'avant d'être heureux. En effet, l'homme avide et borné, fait pour tout vouloir et peu obtenir, a reçu du ciel une force consolante qui rapproche de lui tout ce qu'il désire, qui le soumet à son imagination, qui le lui rend présent et sensible, qui le lui livre en quelque sorte, et pour lui rendre cette imaginaire propriété plus douce, le modifie au gré de sa passion. Mais tout ce prestige disparaît devant l'objet même ; rien n'embellit plus cet objet aux yeux du possesseur ; on ne se figure point ce qu'on voit ; l'imagination ne pare plus rien de ce qu'on possède, l'illusion cesse où commence la jouissance[2]. Le pays des chimères est en ce monde le seul digne d'être habité, et tel est le néant des choses humaines, qu'hors * l'Être existant par lui-même, il n'y a rien de beau que ce qui n'est pas.

Si cet effet n'a pas toujours lieu sur les objets particuliers de nos passions, il est infaillible dans le sentiment commun qui les comprend toutes. Vivre sans peine n'est pas un état d'homme ; vivre ainsi c'est être mort. Celui qui pourrait

---

* Il fallait, *que hors*, et sûrement Mad^e de Wolmar ne l'ignorait pas. Mais, outre les fautes qui lui échappaient par ignorance ou par inadvertance, il paraît qu'elle avait l'oreille trop délicate pour s'asservir toujours aux règles mêmes qu'elle savait. On peut employer un style plus pur, mais non pas plus doux ni plus harmonieux que le sien[3].

tout sans être Dieu, serait une misérable créature; il serait privé du plaisir de désirer; toute autre privation serait plus supportable*.

Voilà ce que j'éprouve en partie depuis mon mariage, et depuis votre retour. Je ne vois partout que sujets de contentement, et je ne suis pas contente. Une langueur secrète s'insinue au fond de mon cœur; je le sens vide et gonflé, comme vous disiez autrefois du vôtre; l'attachement que j'ai pour tout ce qui m'est cher ne suffit pas pour l'occuper, il lui reste une force inutile dont il ne sait que faire. Cette peine est bizarre, j'en conviens; mais elle n'est pas moins réelle. Mon ami; je suis trop heureuse; le bonheur m'ennuie**.

Concevez-vous quelque remède à ce dégoût du bien-être? Pour moi, je vous avoue qu'un sentiment si peu raisonnable et si peu volontaire a beaucoup ôté du prix que je donnais à la vie, et je n'imagine pas quelle sorte de charme on y peut trouver qui me manque ou qui me suffise. Une autre sera-t-elle plus sensible que moi? Aimera-t-elle mieux son père, son mari, ses enfants, ses amis, ses proches? En sera-t-elle mieux aimée? Mènera-t-elle une vie plus de son goût? Sera-t-elle plus libre d'en choisir une autre? Jouira-t-elle d'une meilleure santé? Aura-t-elle plus de ressources contre l'ennui, plus de liens qui l'attachent au monde? Et toutefois j'y vis inquiète; mon cœur ignore ce qui lui manque; il désire sans savoir quoi.

Ne trouvant donc rien ici-bas qui lui suffise, mon âme avide cherche ailleurs de quoi la remplir; en s'élevant à la

---

* D'où il suit que tout Prince qui aspire au despotisme, aspire à l'honneur de mourir d'ennui. Dans tous les Royaumes du monde cherchez-vous l'homme le plus ennuyé du pays? allez toujours directement au souverain; surtout s'il est très absolu. C'est bien la peine de faire tant de misérables! ne saurait-il s'ennuyer à moindres frais¹?

** Quoi Julie! aussi des contradictions! Ah! je crains bien, charmante dévote, que vous ne soyez pas, non plus, trop d'accord avec vous-même! Au reste, j'avoue que cette lettre me paraît le chant du cygne.

source du sentiment et de l'être, elle y perd sa sécheresse et
sa langueur : elle y renaît, elle s'y ranime, elle y trouve un
nouveau ressort, elle y puise une nouvelle vie ; elle y prend
une autre existence qui ne tient point aux passions du
corps, ou plutôt elle n'est plus en moi-même ; elle est toute
dans l'Être immense qu'elle contemple, et dégagée un
moment de ses entraves, elle se console d'y rentrer, par cet
essai d'un état plus sublime, qu'elle espère être un jour le
sien.

Vous souriez ; je vous entends, mon bon ami ; j'ai
prononcé mon propre jugement en blâmant autrefois cet
état d'oraison que je confesse aimer aujourd'hui[1]. À cela je
n'ai qu'un mot à vous dire, c'est que je ne l'avais pas
éprouvé. Je ne prétends pas même le justifier de toutes
manières. Je ne dis pas que ce goût soit sage, je dis seulement
qu'il est doux, qu'il supplée au sentiment du bonheur qui
s'épuise, qu'il remplit le vide de l'âme, et qu'il jette un
nouvel intérêt sur la vie passée à le mériter. S'il produit
quelque mal, il faut le rejeter sans doute ; s'il abuse le cœur
par une fausse jouissance, il faut encore le rejeter. Mais enfin
lequel tient le mieux à la vertu, du philosophe avec ses
grands principes, ou du Chrétien dans sa simplicité ? Lequel
est le plus heureux dès ce monde, du sage avec sa raison, ou
du dévot dans son délire ? Qu'ai-je besoin de penser,
d'imaginer, dans un moment où toutes mes facultés sont
aliénées ? L'ivresse a ses plaisirs, disiez-vous ! Eh bien,
ce délire en est une. Ou laissez-moi dans cet état qui
m'est agréable, ou montrez-moi comment je puis être
mieux.

J'ai blâmé les extases des mystiques. Je les blâme
encore quand elles nous détachent de nos devoirs, et que
nous dégoûtant de la vie active par les charmes de la
contemplation, elles nous mènent à ce quiétisme dont vous
me croyez si proche, et dont je crois être aussi loin que
vous.

Servir Dieu, ce n'est point passer sa vie à genoux dans un
oratoire, je le sais bien ; c'est remplir sur la terre les devoirs

qu'il nous impose ; c'est faire en vue de lui plaire tout ce qui
convient à l'état où il nous a mis :

> *Il cor gradisce ;*
> *E serve a lui chi' l suo dover compisce* [1].

Il faut premièrement faire ce qu'on doit, et puis prier quand
on le peut. Voilà la règle que je tâche de suivre ; je ne prends
point le recueillement que vous me reprochez comme une
occupation, mais comme une récréation, et je ne vois pas
pourquoi, parmi les plaisirs qui sont à ma portée, je
m'interdirais le plus sensible et le plus innocent de tous.

Je me suis examinée avec plus de soin depuis votre lettre.
J'ai étudié les effets que produit sur mon âme ce penchant
qui semble si fort vous déplaire, et je n'y sais rien voir
jusqu'ici qui me fasse craindre, au moins sitôt, l'abus d'une
dévotion mal entendue.

Premièrement je n'ai point pour cet exercice un goût trop
vif qui me fasse souffrir quand j'en suis privée, ni qui me
donne de l'humeur quand on m'en distrait. Il ne me donne
point, non plus, de distractions dans la journée, et ne jette ni
dégoût ni impatience sur la pratique de mes devoirs. Si
quelquefois mon cabinet m'est nécessaire, c'est quand
quelque émotion m'agite et que je serais moins bien partout
ailleurs. C'est là que rentrant en moi-même j'y retrouve le
calme de la raison. Si quelque souci me trouble, si quelque
peine m'afflige, c'est là que je les vais déposer. Toutes ces
misères s'évanouissent devant un plus grand objet. En
songeant à tous les bienfaits de la providence, j'ai honte
d'être sensible à de si faibles chagrins et d'oublier de si
grandes grâces. Il ne me faut des séances ni fréquentes ni
longues. Quand la tristesse m'y suit malgré moi, quelques
pleurs versés devant celui qui console soulagent mon cœur à
l'instant. Mes réflexions ne sont jamais amères ni douloureuses ; mon repentir même est exempt d'alarmes ; mes
fautes me donnent moins d'effroi que de honte ; j'ai des
regrets et non des remords [2]. Le Dieu que je sers est un Dieu

clément, un père ; ce qui me touche est sa bonté ; elle efface
à mes yeux tous ses autres attributs ; elle est le seul que je
conçois. Sa puissance m'étonne, son immensité me confond,
sa justice…. il a fait l'homme faible ; puisqu'il est juste, il est
clément. Le Dieu vengeur est le Dieu des méchants, je ne
puis ni le craindre pour moi, ni l'implorer contre un autre.
Ô Dieu de paix, Dieu de bonté, c'est toi que j'adore ! c'est
de toi, je le sens, que je suis l'ouvrage, et j'espère te
retrouver au dernier jugement tel que tu parles à mon cœur
durant ma vie [1].

Je ne saurais vous dire combien ces idées jettent de
douceur sur mes jours et de joie au fond de mon cœur. En
sortant de mon cabinet ainsi disposée, je me sens plus légère
et plus gaie. Toute la peine s'évanouit, tous les embarras
disparaissent ; rien de rude, rien d'anguleux ; tout devient
facile et coulant ; tout prend à mes yeux une face plus
riante ; la complaisance ne me coûte plus rien ; j'en aime
encore mieux ceux que j'aime et leur en suis plus agréable.
Mon mari même en est plus content de mon humeur. La
dévotion prétend-il est un opium pour l'âme [2]. Elle égaye,
anime et soutient quand on en prend peu : une trop forte
dose endort, ou rend furieux, ou tue ; j'espère ne pas aller
jusque-là.

Vous voyez que je ne m'offense pas de ce titre de dévote
autant peut-être que vous l'auriez voulu ; mais je ne lui
donne pas non plus tout le prix que vous pourriez croire. Je
n'aime point, par exemple, qu'on affiche cet état par un
extérieur affecté, et comme une espèce d'emploi qui dispense de tout autre. Ainsi cette Madame Guyon dont vous
me parlez eût mieux fait, ce me semble, de remplir avec soin
ses devoirs de mère de famille, d'élever chrétiennement ses
enfants, de gouverner sagement sa maison, que d'aller
composer des livres de dévotion, disputer avec des Évêques,
et se faire mettre à la Bastille pour des rêveries où l'on ne
comprend rien. Je n'aime pas, non plus, ce langage mystique
et figuré qui nourrit le cœur des chimères de l'imagination,
et substitue au véritable amour de Dieu des sentiments

imités de l'amour terrestre, et trop propres à le réveiller. Plus on a le cœur tendre et l'imagination vive, plus on doit éviter ce qui tend à les émouvoir ; car enfin, comment voir les rapports de l'objet mystique, si l'on ne voit aussi l'objet sensuel, et comment une honnête femme ose-t-elle imaginer avec assurance des objets qu'elle n'oserait regarder * [1] ?

Mais ce qui m'a donné le plus d'éloignement pour les dévots de profession, c'est cette âpreté de mœurs qui les rend insensibles à l'humanité, c'est cet orgueil excessif qui leur fait regarder en pitié le reste du monde. Dans leur élévation sublime s'ils daignent s'abaisser à quelque acte de bonté, c'est d'une manière si humiliante, ils plaignent les autres d'un ton si cruel, leur justice est si rigoureuse, leur charité est si dure, leur zèle est si amer, leur mépris ressemble si fort à la haine, que l'insensibilité même des gens du monde est moins barbare que leur commisération. L'amour de Dieu leur sert d'excuse pour n'aimer personne, ils ne s'aiment pas même l'un l'autre ; vit-on jamais d'amitié véritable entre les dévots ? Mais plus ils se détachent des hommes, plus ils en exigent, et l'on dirait qu'ils ne s'élèvent à Dieu que pour exercer son autorité sur la terre.

Je me sens pour tous ces abus une aversion qui doit naturellement m'en garantir. Si j'y tombe, ce sera sûrement sans le vouloir, et j'espère de l'amitié de tous ceux qui m'environnent que ce ne sera pas sans être avertie. Je vous avoue que j'ai été longtemps sur le sort de mon mari d'une inquiétude qui m'eût peut-être altéré l'humeur à la longue. Heureusement la sage lettre de Milord Édouard [2] à laquelle vous me renvoyez avec grande raison, ses entretiens consolants et sensés, les vôtres, ont tout à fait dissipé ma crainte et changé mes principes. Je vois qu'il est impossible que l'intolérance [3] n'endurcisse l'âme. Comment chérir tendre-

---

* Cette objection me paraît tellement solide et sans réplique que si j'avais le moindre pouvoir dans l'Église, je l'emploierais à faire retrancher de nos livres sacrés le Cantique des Cantiques, et j'aurais bien du regret d'avoir attendu si tard.

ment les gens qu'on réprouve ? Quelle charité peut-on
conserver parmi des damnés ? Les aimer ce serait haïr Dieu
qui les punit. Voulons-nous donc être humains ? jugeons les
actions et non pas les hommes. N'empiétons point sur
l'horrible fonction des Démons : N'ouvrons point si légèrement l'enfer à nos frères. Eh, s'il était destiné pour ceux qui
se trompent, quel mortel pourrait l'éviter [1] ?

Ô mes amis, de quel poids vous avez soulagé mon cœur !
En m'apprenant que l'erreur n'est point un crime, vous
m'avez délivrée de mille inquiétants scrupules. Je laisse la
subtile interprétation des dogmes que je n'entends pas. Je
m'en tiens aux vérités lumineuses qui frappent mes yeux et
convainquent ma raison, aux vérités de pratique qui m'instruisent de mes devoirs. Sur tout le reste, j'ai pris pour règle
votre ancienne réponse à M. de Wolmar *. Est-on maître de
croire ou de ne pas croire ? Est-ce un crime de n'avoir pas su
bien argumenter ? Non ; la conscience ne nous dit point la
vérité des choses, mais la règle de nos devoirs ; elle ne nous
dicte point ce qu'il faut penser, mais ce qu'il faut faire ; elle
ne nous apprend point à bien raisonner, mais à bien agir. En
quoi mon mari peut-il être coupable devant Dieu ?
Détourne-t-il les yeux de lui ? Dieu lui-même a voilé sa face.
Il ne fuit point la vérité, c'est la vérité qui le fuit. L'orgueil
ne le guide point ; il ne veut égarer personne, il est bien aise
qu'on ne pense pas comme lui. Il aime nos sentiments, il
voudrait les avoir, il ne peut. Notre espoir, nos consolations, tout lui échappe. Il fait le bien sans attendre de
récompense ; il est plus vertueux, plus désintéressé que
nous. Hélas, il est à plaindre ! mais de quoi sera-t-il puni ?
Non non, la bonté, la droiture, les mœurs, l'honnêteté, la
vertu ; voilà ce que le Ciel exige et qu'il récompense ; voilà
le véritable culte que Dieu veut de nous, et qu'il reçoit de lui
tous les jours de sa vie. Si Dieu juge la foi par les œuvres,
c'est croire en lui que d'être homme de bien. Le vrai

* Voyez Part. V. lett. III, p. 163[2].

chrétien c'est l'homme juste ; les vrais incrédules sont les méchants [1].

Ne soyez donc pas étonné, mon aimable ami, si je ne dispute pas avec vous sur plusieurs points de votre lettre où nous ne sommes pas de même avis. Je sais trop bien ce que vous êtes pour être en peine de ce que vous croyez. Que m'importent toutes ces questions oiseuses sur la liberté ? Que je sois libre de vouloir le bien par moi-même, ou que j'obtienne en priant cette volonté, si je trouve enfin le moyen de bien faire, tout cela ne revient-il pas au même ? Que je me donne ce qui me manque en le demandant, ou que Dieu l'accorde à ma prière ; s'il faut toujours pour l'avoir que je le demande, ai-je besoin d'autre éclaircissement ? Trop heureux de convenir sur les points principaux de notre croyance, que cherchons-nous au delà ? Voulons-nous pénétrer dans ces abîmes de métaphysique qui n'ont ni fond ni rive, et perdre à disputer sur l'essence divine ce temps si court qui nous est donné pour l'honorer [2] ? Nous ignorons ce qu'elle est, mais nous savons qu'elle est, que cela nous suffise ; elle se fait voir dans ses œuvres, elle se fait sentir au dedans de nous. Nous pouvons bien disputer contre elle, mais non pas la méconnaître de bonne foi. Elle nous a donné ce degré de sensibilité qui l'aperçoit et la touche : plaignons ceux à qui elle ne l'a pas départi, sans nous flatter de les éclairer à son défaut. Qui de nous fera ce qu'elle n'a pas voulu faire ? Respectons ses décrets en silence et faisons notre devoir ; c'est le meilleur moyen d'apprendre le leur aux autres.

Connaissez-vous quelqu'un plus plein de sens et de raison que M. de Wolmar ? quelqu'un plus sincère, plus droit, plus juste, plus vrai, moins livré à ses passions, qui ait plus à gagner à la justice divine et à l'immortalité de l'âme ? Connaissez-vous un homme plus fort, plus élevé, plus grand, plus foudroyant dans la dispute que Milord Edouard ? plus digne par sa vertu de défendre la cause de Dieu, plus certain de son existence, plus pénétré de sa majesté suprême, plus zélé pour sa gloire et plus fait pour la soutenir ? Vous avez vu ce qui s'est passé durant trois mois[1] à Clarens ; vous avez vu deux hommes pleins d'estime et de respect l'un pour l'autre, éloignés par leur état et par leur goût des pointilleries de collège, passer un hiver entier à chercher dans des disputes sages et paisibles, mais vives et profondes à s'éclairer mutuellement, s'attaquer, se défendre, se saisir par toutes les prises que peut avoir l'entendement humain, et sur une matière où tous deux n'ayant que le même intérêt ne demandaient pas mieux que d'être d'accord.

Qu'est-il arrivé ? Ils ont redoublé d'estime l'un pour l'autre, mais chacun est resté dans son sentiment. Si cet exemple ne guérit pas à jamais un homme sage de la dispute, l'amour de la vérité ne le touche guère ; il cherche à briller.

Pour moi j'abandonne à jamais cette arme inutile, et j'ai résolu de ne plus dire à mon mari un seul mot de Religion que quand il s'agira de rendre raison de la mienne. Non que l'idée de la tolérance divine m'ait rendue indifférente sur le besoin qu'il en a. Je vous avoue même que, tranquillisée sur son sort à venir, je ne sens point pour cela diminuer mon zèle pour sa conversion. Je voudrais au prix de mon sang le voir une fois convaincu, si ce n'est pour son bonheur dans l'autre monde c'est pour son bonheur dans celui-ci. Car de combien de douceurs n'est-il point privé ? Quel sentiment peut le consoler dans ses peines ? Quel spectateur anime les bonnes actions qu'il fait en secret ? Quelle voix peut parler au fond de son âme ? Quel prix peut-il attendre de sa vertu ? Comment doit-il envisager la mort ? Non, je l'espère, il ne l'attendra pas dans cet état horrible. Il me reste une ressource pour l'en tirer, et j'y consacre le reste de ma vie ; ce n'est plus de le convaincre, mais de le toucher ; c'est de lui montrer un exemple qui l'entraîne, et de lui rendre la Religion si aimable qu'il ne puisse lui résister. Ah, mon ami ! quel argument contre l'incrédule, que la vie du vrai Chrétien ! croyez-vous qu'il y ait quelque âme à l'épreuve de celui-là ? Voilà désormais la tâche que je m'impose ; aidez-moi tous à la remplir. Wolmar est froid, mais il n'est pas insensible. Quel tableau nous pouvons offrir à son cœur, quand ses amis, ses enfants, sa femme, concourront tous à l'instruire en l'édifiant ! quand sans lui prêcher Dieu dans leurs discours, ils le lui montreront dans les actions qu'il inspire, dans les vertus dont il est l'auteur, dans le charme qu'on trouve à lui plaire ! quand il verra briller l'image du Ciel dans sa maison ! Quand cent fois le jour il sera forcé de se dire : non, l'homme n'est pas ainsi par lui-même, quelque chose de plus qu'humain règne ici !

Si cette entreprise est de votre goût, si vous vous sentez digne d'y concourir, venez, passons nos jours ensemble et ne nous quittons plus qu'à la mort. Si le projet vous déplaît ou vous épouvante, écoutez votre conscience ; elle vous dicte votre devoir. Je n'ai rien de plus à vous dire.

Selon ce que Milord Édouard nous marque, je vous attends tous deux[1] vers la fin du mois prochain. Vous ne reconnaîtrez pas votre appartement ; mais dans les changements qu'on y a faits, vous reconnaîtrez les soins et le cœur d'une bonne amie, qui s'est fait un plaisir de l'orner. Vous y trouverez aussi un petit assortiment de livres qu'elle a choisis à Genève, meilleurs et de meilleur goût que *l'Adone*[2], quoiqu'il y soit aussi par plaisanterie. Au reste, soyez discret, car comme elle ne veut pas que vous sachiez que tout cela vient d'elle, je me dépêche de vous l'écrire, avant qu'elle me défende de vous en parler.

Adieu mon ami. Cette partie du Château de Chillon * que

---

* Le Château de Chillon, ancien séjour des Baillis de Vevai, est situé dans le lac sur un rocher qui forme une presqu'Île, et autour duquel j'ai vu sonder à plus de cent cinquante brasses qui font près de 800 pieds, sans trouver le fond. On a creusé dans ce rocher des caves et des cuisines au-dessous du niveau de l'eau, qu'on y introduit quand on veut par des robinets. C'est là que fut détenu six ans prisonnier François Bonnivard Prieur de St. Victor, homme d'un mérite rare, d'une droiture et d'une fermeté à toute épreuve, ami de la liberté quoique Savoyard, et tolérant quoique Prêtre[3]. Au reste, l'année où ces dernières lettres paraissent avoir été écrites, il y avait très longtemps que les Baillis de Vevai n'habitaient plus le Château de Chillon. On supposera, si l'on veut, que celui de ce temps-là y était allé passer quelques jours[4].

nous devions tous faire ensemble, se fera demain sans vous. Elle n'en vaudra pas mieux, quoiqu'on la fasse avec plaisir. M. le Bailli nous a invités avec nos enfants, ce qui ne m'a point laissé d'excuse ; mais je ne sais pourquoi je voudrais être déjà de retour.

LETTRE IX

De Fanchon Anet

Ah Monsieur ! Ah mon bienfaiteur ! que me charge-t-on de vous apprendre ?.... Madame !.... ma pauvre maîtresse.... Ô Dieu ! je vois déjà votre frayeur.... mais vous ne voyez pas notre désolation.... Je n'ai pas un moment à perdre ; il faut vous dire,.... il faut courir.... je voudrais déjà vous avoir tout dit.... Ah que deviendrez-vous quand vous saurez notre malheur[1] ?

Toute la famille alla hier dîner à Chillon. Monsieur le Baron, qui allait en Savoie passer quelques jours au Château de Blonay, partit après le dîné. On l'accompagna quelques pas ; puis on se promena le long de la digue. Madame d'Orbe et Madame la Baillive marchaient devant avec Monsieur. Madame suivait, tenant d'une main Henriette et de l'autre Marcellin. J'étais derrière avec l'aîné. Monseigneur le Bailli, qui s'était arrêté pour parler à quelqu'un, vint rejoindre la compagnie et offrit le bras à Madame. Pour le prendre elle me renvoie Marcellin ; il court à moi, j'accours à lui ; en courant l'enfant fait un faux pas, le pied lui manque, il tombe dans l'eau. Je pousse un cri perçant ; Madame se retourne, voit tomber son fils, part comme un trait, et s'élance après lui....

Ah ! misérable que n'en fis-je autant ! que n'y suis-je restée !.... Hélas ! je retenais l'aîné qui voulait sauter après sa mère.... elle se débattait en serrant l'autre entre ses bras.... On n'avait là ni gens ni bateau, il fallut du temps pour les retirer... l'enfant est remis, mais la mère.... le saisissement, la chute, l'état où elle était.... qui sait mieux que moi combien

cette chute est dangereuse !.... elle resta très longtemps sans
connaissance. A peine l'eut-elle reprise qu'elle demanda son
fils.... avec quels transports de joie elle l'embrassa ! je la crus
sauvée ; mais sa vivacité ne dura qu'un moment ; elle voulut
être ramenée ici ; durant la route elle s'est trouvée mal
plusieurs fois. Sur quelques ordres qu'elle m'a donnés je
vois qu'elle ne croit pas en revenir. Je suis trop malheureuse,
elle n'en reviendra pas. Madame d'Orbe est plus changée
qu'elle. Tout le monde est dans une agitation.... Je suis la
plus tranquille de toute la maison.... de quoi m'inquiéterais-
je ?.... Ma bonne maîtresse ! Ah si je vous perds, je n'aurai
plus besoin de personne.... Oh mon cher Monsieur, que le
bon Dieu vous soutienne dans cette épreuve.... Adieu.... le
Médecin sort de la chambre. Je cours au-devant de lui... s'il
nous donne quelque bonne espérance, je vous le marquerai.
Si je ne dis rien....

LETTRE X

*Commencée par Mad^e^ d'Orbe,
et achevée par M. de Wolmar.*

C'en est fait. Homme imprudent, homme infortuné,
malheureux visionnaire[1] ! Jamais vous ne la reverrez... le
voile[2].... Julie n'est....

Elle vous a écrit. Attendez sa lettre : honorez ses
dernières volontés. Il vous reste de grands devoirs à remplir
sur la terre.

LETTRE XI

De M. de Wolmar[3]

J'ai laissé passer vos premières douleurs en silence ; ma
lettre n'eût fait que les aigrir ; vous n'étiez pas plus en état
de supporter ces détails que moi de les faire. Aujourd'hui

peut-être nous seront-ils doux à tous deux. Il ne me reste d'elle que des souvenirs, mon cœur se plaît à les recueillir ! Vous n'avez plus que des pleurs à lui donner ; vous aurez la consolation d'en verser pour elle. Ce plaisir des infortunés m'est refusé dans ma misère ; je suis plus malheureux que vous [1].

Ce n'est point de sa maladie c'est d'elle que je veux vous parler. D'autres mères peuvent se jeter après leur enfant : L'accident, la fièvre, la mort sont de la nature : c'est le sort commun des mortels ; mais l'emploi de ses derniers moments, ses discours, ses sentiments, son âme, tout cela n'appartient qu'à Julie. Elle n'a point vécu comme une autre : personne, que je sache, n'est mort comme elle. Voilà ce que j'ai pu seul observer, et que vous n'apprendrez que de moi.

Vous savez que l'effroi, l'émotion, la chute, l'évacuation de l'eau lui laissèrent une longue faiblesse dont elle ne revint tout à fait qu'ici. En arrivant, elle redemanda son fils, il vint ; à peine le vit-elle marcher et répondre à ses caresses qu'elle devint tout à fait tranquille, et consentit à prendre un peu de repos. Son sommeil fut court, et comme le Médecin n'arrivait point encore, en l'attendant elle nous fit asseoir autour de son lit, la Fanchon, sa cousine et moi. Elle nous parla de ses enfants, des soins assidus qu'exigeait auprès d'eux la forme d'éducation qu'elle avait prise, et du danger de les négliger un moment. Sans donner une grande importance à sa maladie, elle prévoyait qu'elle l'empêcherait quelque temps de remplir sa part des mêmes soins, et nous chargeait tous de répartir cette part sur les nôtres.

Elle s'étendit sur tous ses projets, sur les vôtres, sur les moyens les plus propres à les faire réussir, sur les observations qu'elle avait faites et qui pouvaient les favoriser ou leur nuire, enfin sur tout ce qui devait nous mettre en état de suppléer à ses fonctions de mère, aussi longtemps qu'elle serait forcée à les suspendre. C'était, pensai-je, bien des précautions pour quelqu'un qui ne se croyait privé que durant quelques jours d'une occupation si chère ; mais ce qui m'effraya tout à fait, ce fut de voir qu'elle entrait pour Henriette dans un bien plus grand détail encore. Elle s'était bornée à ce qui regardait la première enfance de ses fils comme se déchargeant sur un autre du soin de leur jeunesse ; pour sa fille elle embrassa tous les temps, et sentant bien que personne ne suppléerait sur ce point aux réflexions que sa propre expérience lui avait fait faire, elle nous exposa en abrégé, mais avec force et clarté le plan d'éducation qu'elle avait fait pour elle [1], employant près de la mère les raisons les plus vives et les plus touchantes exhortations pour l'engager à le suivre.

Toutes ces idées sur l'éducation des jeunes personnes et sur les devoirs des mères, mêlées de fréquents retours sur elle-même, ne pouvaient manquer de jeter de la chaleur dans l'entretien ; je vis qu'il s'animait trop. Claire tenait une des mains de sa Cousine, et la pressait à chaque instant contre sa bouche en sanglotant pour toute réponse ; la Fanchon n'était pas plus tranquille ; et pour Julie, je remarquai que les larmes lui roulaient aussi dans les yeux, mais qu'elle n'osait pleurer, de peur de nous alarmer davantage. Aussitôt je me dis ; elle se voit morte. Le seul espoir qui me resta fut que la frayeur pouvait l'abuser sur son état et lui montrer le danger plus grand qu'il n'était peut-être. Malheureusement je la connaissais trop pour compter beaucoup sur cette erreur. J'avais essayé plusieurs fois de la calmer ; je la priai derechef de ne pas s'agiter hors de propos par des discours qu'on pouvait reprendre à loisir. Ah, dit-elle, rien ne fait tant de mal aux femmes que le silence ! et puis je me sens un peu de fièvre ; autant vaut employer le babil qu'elle donne à des sujets utiles, qu'à battre sans raison la campagne.

L'arrivée du Médecin causa dans la maison un trouble impossible à peindre. Tous les domestiques l'un sur l'autre à la porte de la chambre attendaient, l'œil inquiet et les mains jointes [2], son jugement sur l'état de leur maîtresse, comme l'arrêt de leur sort. Ce spectacle jeta la pauvre Claire dans une agitation qui me fit craindre pour sa tête. Il fallut les éloigner sous différents prétextes pour écarter de ses yeux cet objet d'effroi. Le Médecin donna vaguement un peu d'espérance, mais d'un ton propre à me l'ôter. Julie ne dit pas non plus ce qu'elle pensait ; la présence de sa Cousine la tenait en respect. Quand il sortit, je le suivis ; Claire en voulut faire autant, mais Julie la retint et me fit de l'œil un signe que j'entendis. Je me hâtai d'avertir le Médecin que s'il y avait du danger il fallait le cacher à Mad^e d'Orbe avec autant et plus de soin qu'à la malade, de peur que le désespoir n'achevât de la troubler, et ne la mît hors d'état de servir son amie. Il déclara qu'il y avait en effet du danger, mais que vingt-quatre heures étant à peine écoulées depuis l'accident, il fallait plus de temps pour établir un pronostic assuré, que la nuit prochaine déciderait du sort de la maladie, et qu'il ne pouvait prononcer que le troisième jour. La Fanchon seule fut témoin de ce discours, et après l'avoir engagée, non sans peine, à se contenir, on convint de ce qui serait dit à Mad^e d'Orbe et au reste de la maison.

Vers le soir Julie obligea sa Cousine, qui avait passé la nuit précédente auprès d'elle et qui voulait encore y passer la suivante, à s'aller reposer quelques heures. Durant ce temps, la malade ayant su qu'on allait la saigner du pied et que le Médecin préparait des ordonnances, elle le fit appeler et lui tint ce discours. « Monsieur du Bosson[1], quand on croit devoir tromper un malade craintif sur son état, c'est une précaution d'humanité que j'approuve ; mais c'est une cruauté de prodiguer également à tous des soins superflus et désagréables, dont plusieurs n'ont aucun besoin. Prescrivez-moi tout ce que vous jugerez m'être véritablement utile, j'obéirai ponctuellement. Quant aux remèdes qui ne sont que pour l'imagination, faites-m'en grâce ; c'est mon corps et non mon esprit qui souffre ; et je n'ai pas peur de finir mes jours mais d'en mal employer le reste. Les derniers moments de la vie sont trop précieux pour qu'il soit permis d'en abuser. Si vous ne pouvez prolonger la mienne, au moins ne l'abrégez pas, en m'ôtant l'emploi du peu d'instants qui me sont laissés par la nature. Moins il m'en reste, plus vous devez les respecter. Faites-moi vivre ou

laissez-moi : je saurai bien mourir seule. » Voilà comment
cette femme si timide et si douce dans le commerce
ordinaire, savait trouver un ton ferme et sérieux dans les
occasions importantes.

La nuit fut cruelle et décisive. Étouffement, oppression,
syncope, la peau sèche et brûlante. Une ardente fièvre,
durant laquelle on l'entendait souvent appeler vivement
Marcellin, comme pour le retenir ; et prononcer aussi
quelquefois un autre nom, jadis si répété dans une occasion
pareille [1]. Le lendemain le Médecin me déclara sans détour
qu'il n'estimait pas qu'elle eût trois jours à vivre. Je fus seul
dépositaire de cet affreux secret, et la plus terrible heure de
ma vie fut celle où je le portai dans le fond de mon cœur,
sans savoir quel usage j'en devais faire. J'allai seul errer dans
les bosquets, rêvant au parti que j'avais à prendre ; non sans
quelques tristes réflexions sur le sort qui me ramenait dans
ma vieillesse à cet état solitaire, dont je m'ennuyais, même
avant d'en connaître un plus doux.

La veille, j'avais promis à Julie de lui rapporter fidèlement
le jugement du Médecin ; elle m'avait intéressé par tout ce
qui pouvait toucher mon cœur à lui tenir parole. Je sentais
cet engagement sur ma conscience : Mais quoi ! pour un
devoir chimérique et sans utilité fallait-il contrister son âme,
et lui faire à longs traits savourer la mort ? Quel pouvait être
à mes yeux l'objet d'une précaution si cruelle ? Lui annoncer sa dernière heure n'était-ce pas l'avancer ? Dans un
intervalle si court que deviennent les désirs, l'espérance,
éléments de la vie ? Est-ce en jouir encore que de se voir si
près du moment de la perdre ? Était-ce à moi de lui donner
la mort ?

Je marchais à pas précipités avec une agitation que je
n'avais jamais éprouvée. Cette longue et pénible anxiété me
suivait partout ; j'en traînais après moi l'insupportable
poids. Une idée vint enfin me déterminer. Ne vous efforcez
pas de la prévoir ; il faut vous la dire.

Pour qui est-ce que je délibère, est-ce pour elle ou pour
moi ? Sur quel principe est-ce que je raisonne, est-ce sur son

système ou sur le mien ? Qu'est-ce qui m'est démontré sur l'un ou sur l'autre ? Je n'ai pour croire ce que je crois que mon opinion armée de quelques probabilités. Nulle démonstration ne la renverse, il est vrai, mais quelle démonstration l'établit ? Elle a pour croire ce qu'elle croit son opinion de même, mais elle y voit l'évidence ; cette opinion à ses yeux est une démonstration. Quel droit ai-je de préférer quand il s'agit d'elle, ma simple opinion que je reconnais douteuse à son opinion qu'elle tient pour démontrée ? Comparons les conséquences des deux sentiments. Dans le sien, la disposition de sa dernière heure doit décider de son sort durant l'éternité. Dans le mien, les ménagements que je veux avoir pour elle lui seront indifférents dans trois jours. Dans trois jours, selon moi, elle ne sentira plus rien : Mais si peut-être elle avait raison, quelle différence[1] ! Des biens ou des maux éternels !.... Peut-être !... ce mot est terrible.... malheureux ! risque ton âme et non la sienne.

Voilà le premier doute qui m'ait rendu suspecte l'incertitude que vous avez si souvent attaquée[2]. Ce n'est pas la dernière fois qu'il est revenu depuis ce temps-là. Quoi qu'il en soit, ce doute me délivra de celui qui me tourmentait. Je pris sur-le-champ mon parti, et de peur d'en changer, je courus en hâte au lit de Julie. Je fis sortir tout le monde, et je m'assis ; vous pouvez juger avec quelle contenance ! Je n'employai point auprès d'elle les précautions nécessaires pour les petites âmes. Je ne dis rien ; mais elle me vit, et me comprit à l'instant. Croyez-vous me l'apprendre, dit-elle en me tendant la main ? Non mon ami, je me sens bien : la mort me presse ; il faut nous quitter.

Alors elle me tint un long discours dont j'aurai à vous parler quelque jour[3], et durant lequel elle écrivit son testament dans mon cœur. Si j'avais moins connu le sien, ses dernières dispositions auraient suffi pour me le faire connaître.

Elle me demanda si son état était connu dans la maison. Je lui dis que l'alarme y régnait, mais qu'on ne savait rien de positif et que du Bosson s'était ouvert à moi seul. Elle me conjura que le secret fût soigneusement gardé le reste de la journée. Claire, ajouta-t-elle, ne supportera jamais ce coup que de ma main ; elle en mourra s'il lui vient d'une autre. Je destine la nuit prochaine à ce triste devoir. C'est pour cela surtout que j'ai voulu avoir l'avis du Médecin, afin de ne pas exposer sur mon seul sentiment cette infortunée à recevoir à faux une si cruelle atteinte. Faites qu'elle ne soupçonne rien avant le temps, ou vous risquez de rester sans amie et de laisser vos enfants sans mère.

Elle me parla de son père. J'avouai lui avoir envoyé un Exprès ; mais je me gardai d'ajouter que cet homme, au lieu de se contenter de donner ma lettre comme je lui avais ordonné, s'était hâté de parler, et si lourdement, que mon vieux ami croyant sa fille noyée était tombé d'effroi sur l'escalier, et s'était fait une blessure qui le retenait à Blonay[1] dans son lit. L'espoir de revoir son père la toucha sensiblement, et la certitude que cette espérance était vaine ne fut pas le moindre des maux qu'il me fallut dévorer.

Le redoublement[2] de la nuit précédente l'avait extrêmement affaiblie. Ce long entretien n'avait pas contribué à la fortifier ; dans l'accablement où elle était elle essaya de prendre un peu de repos durant la journée ; je n'appris que le surlendemain qu'elle ne l'avait pas passée tout entière à dormir[3].

Cependant la consternation régnait dans la maison. Chacun dans un morne silence attendait qu'on le tirât de peine, et n'osait interroger personne, crainte d'apprendre plus qu'il ne voulait savoir. On se disait, s'il y a quelque bonne nouvelle on s'empressera de la dire ; s'il y en a de mauvaises, on ne les saura toujours que trop tôt. Dans la frayeur dont ils étaient saisis, c'était assez pour eux qu'il n'arrivât rien qui fît nouvelle. Au milieu de ce morne repos, Madame d'Orbe était la seule active et parlante. Sitôt qu'elle était hors de la chambre de Julie, au lieu de s'aller reposer dans la sienne, elle parcourait toute la maison, elle arrêtait tout le monde, demandant ce qu'avait dit le Médecin, ce qu'on disait ? Elle avait été témoin de la nuit précédente, elle ne pouvait ignorer ce qu'elle avait vu ; mais elle cherchait à se tromper elle-même, et à récuser le témoignage de ses yeux. Ceux qu'elle questionnait ne lui répondant rien que de favorable, cela l'encourageait à questionner les autres, et toujours avec une inquiétude si vive, avec un air si effrayant, qu'on eût su la vérité mille fois sans être tenté de la lui dire.

Auprès de Julie elle se contraignait, et l'objet touchant qu'elle avait sous les yeux la disposait plus à l'affliction qu'à l'emportement. Elle craignait surtout de lui laisser voir ses alarmes, mais elle réussissait mal à les cacher. On apercevait son trouble dans son affectation même à paraître tranquille. Julie de son côté n'épargnait rien pour l'abuser. Sans exténuer[1] son mal elle en parlait presque comme d'une chose passée, et ne semblait en peine que du temps qu'il lui faudrait pour se remettre. C'était encore un de mes supplices de les voir chercher à se rassurer mutuellement, moi qui savais si bien qu'aucune des deux n'avait dans l'âme l'espoir qu'elle s'efforçait de donner à l'autre.

Made d'Orbe avait veillé les deux nuits précédentes ; il y avait trois jours qu'elle ne s'était déshabillée. Julie lui proposa de s'aller coucher ; elle n'en voulut rien faire. Hé bien donc, dit Julie, qu'on lui tende un petit lit dans ma chambre, à moins, ajouta-t-elle comme par réflexion, qu'elle ne veuille partager le mien. Qu'en dis-tu, Cousine ? mon mal ne se gagne pas, tu ne te dégoûtes pas de moi, couche dans mon lit ; le parti fut accepté. Pour moi, l'on me renvoya, et véritablement j'avais besoin de repos.

Je fus levé de bonne heure. Inquiet de ce qui s'était passé durant la nuit, au premier bruit que j'entendis j'entrai dans la chambre. Sur l'état où Made d'Orbe était la veille, je jugeai du désespoir où j'allais la trouver et des fureurs dont je serais le témoin. En entrant je la vis assise dans un fauteuil, défaite et pâle, ou plutôt livide, les yeux plombés et presque éteints ; mais douce, tranquille, parlant peu, et faisant tout ce qu'on lui disait, sans répondre. Pour Julie, elle paraissait moins faible que la veille, sa voix était plus ferme, son geste plus animé ; elle semblait avoir pris la

vivacité de sa Cousine. Je connus aisément à son teint que ce
mieux apparent était l'effet de la fièvre : mais je vis aussi
briller dans ses regards je ne sais quelle secrète joie qui
pouvait y contribuer, et dont je ne démêlais pas la cause. Le
Médecin n'en confirma pas moins son jugement de la veille ;
la malade n'en continua pas moins de penser comme lui, et il
ne me resta plus aucune espérance.

Ayant été forcé de m'absenter pour quelque temps, je
remarquai en rentrant que l'appartement était arrangé avec
soin ; il y régnait de l'ordre et de l'élégance ; elle avait fait
mettre des pots de fleurs sur sa cheminée ; ses rideaux
étaient entr'ouverts et rattachés ; l'air avait été changé ; on y
sentait une odeur agréable ; on n'eût jamais cru être dans la
chambre d'un malade. Elle avait fait sa toilette avec le même
soin : la grâce et le goût se montraient encore dans sa parure
négligée. Tout cela lui donnait plutôt l'air d'une femme du
monde qui attend compagnie, que d'une campagnarde qui
attend sa dernière heure. Elle vit ma surprise, elle en sourit,
et lisant dans ma pensée elle allait me répondre, quand on
amena les enfants. Alors il ne fut plus question que d'eux, et
vous pouvez juger si, se sentant prête à les quitter, ses
caresses furent tièdes et modérées ! J'observai même qu'elle
revenait plus souvent et avec des étreintes encore plus
ardentes à celui qui lui coûtait la vie, comme s'il lui fût
devenu plus cher à ce prix.

Tous ces embrassements, ces soupirs, ces transports
étaient des mystères pour ces pauvres enfants. Ils l'aimaient
tendrement, mais c'était la tendresse de leur âge ; ils ne
comprenaient rien à son état, au redoublement de ses
caresses, à ses regrets de ne les voir plus ; ils nous voyaient
tristes et ils pleuraient : Ils n'en savaient pas davantage.
Quoiqu'on apprenne aux enfants le nom de la mort, ils n'en
ont aucune idée ; ils ne la craignent ni pour eux ni pour les
autres ; ils craignent de souffrir et non de mourir. Quand la
douleur arrachait quelque plainte à leur mère, ils perçaient
l'air de leurs cris ; quand on leur parlait de la perdre, on les
aurait crus stupides. La seule Henriette, un peu plus âgée, et

d'un sexe où le sentiment et les lumières se développent plus
tôt, paraissait troublée et alarmée de voir sa petite maman
dans un lit, elle qu'on voyait toujours levée avant ses
enfants. Je me souviens qu'à ce propos Julie fit une réflexion
tout à fait dans son caractère sur l'imbécile vanité de
Vespasien qui resta couché tandis qu'il pouvait agir, et se
leva lorsqu'il ne put plus rien faire*. Je ne sais pas, dit-elle,
s'il faut qu'un Empereur meure debout, mais je sais bien
qu'une mère de famille ne doit s'aliter que pour mourir.

Après avoir épanché son cœur sur ses enfants ; après les
avoir pris chacun à part, surtout Henriette qu'elle tint fort
longtemps, et qu'on entendait plaindre[2] et sangloter en
recevant ses baisers, elle les appela tous trois, leur donna sa
bénédiction, et leur dit en leur montrant Mad^e d'Orbe,
allez, mes enfants, allez vous jeter aux pieds de votre mère :
voilà celle que Dieu vous donne, il ne vous a rien ôté. À l'instant ils courent à elle, se mettent à ses genoux, lui prennent
les mains, l'appellent leur bonne maman, leur seconde mère.
Claire se pencha sur eux ; mais en les serrant dans ses bras
elle s'efforça vainement de parler, elle ne trouva que des
gémissements, elle ne put jamais prononcer un seul mot, elle
étouffait. Jugez si Julie était émue ! Cette scène commençait
à devenir trop vive ; je la fis cesser.

Ce moment d'attendrissement passé, l'on se remit à
causer autour du lit, et quoique la vivacité de Julie se fût un
peu éteinte avec le redoublement, on voyait le même air de
contentement sur son visage ; elle parlait de tout avec une
attention et un intérêt qui montraient un esprit très libre de
soins ; rien ne lui échappait, elle était à la conversation
comme si elle n'avait eu autre chose à faire. Elle nous

---

* Ceci n'est pas bien exact. Suétone[1] dit que Vespasien travaillait comme à
l'ordinaire dans son lit de mort, et donnait même ses audiences : mais peut-
être, en effet, eût-il mieux valu se lever pour donner ses audiences, et se
recoucher pour mourir. Je sais que Vespasien sans être un grand homme était
au moins un grand Prince. N'importe, quelque rôle qu'on ait pu faire durant
sa vie, on ne doit point jouer la comédie à sa mort.

proposa de dîner dans sa chambre, pour nous quitter le
moins qu'il se pourrait ; vous pouvez croire que cela ne fut
pas refusé. On servit sans bruit, sans confusion, sans
désordre, d'un air aussi rangé que si l'on eût été dans le
salon d'Apollon. La Fanchon, les enfants dînèrent à table.
Julie voyant qu'on manquait d'appétit trouva le secret de
faire manger de tout, tantôt prétextant l'instruction de sa
cuisinière, tantôt voulant savoir si elle oserait en goûter,
tantôt nous intéressant par notre santé même dont nous
avions besoin pour la servir, toujours montrant le plaisir
qu'on pouvait lui faire de manière à ôter tout moyen de s'y
refuser, et mêlant à tout cela un enjouement propre à nous
distraire du triste objet qui nous occupait. Enfin une
maîtresse de maison, attentive à faire ses honneurs, n'aurait
pas en pleine santé pour des étrangers, des soins plus
marqués, plus obligeants, plus aimables que ceux que Julie
mourante avait pour sa famille. Rien de tout ce que j'avais
cru prévoir n'arrivait, rien de ce que je voyais ne s'arrangeait
dans ma tête. Je ne savais plus qu'imaginer ; je n'y étais plus.

Après le dîné, on annonça Monsieur le Ministre. Il venait
comme ami de la maison, ce qui lui arrivait fort souvent.
Quoique je ne l'eusse point fait appeler, parce que Julie ne
l'avait pas demandé, je vous avoue que je fus charmé de son
arrivée, et je ne crois pas qu'en pareille circonstance le plus
zélé croyant l'eût pu voir avec plus de plaisir. Sa présence
allait éclaircir bien des doutes et me tirer d'une étrange
perplexité [1].

Rappelez-vous le motif qui m'avait porté à lui annoncer
sa fin prochaine. Sur l'effet qu'aurait dû selon moi produire
cette affreuse nouvelle, comment concevoir celui qu'elle
avait produit réellement ? Quoi ! cette femme dévote qui
dans l'état de santé ne passe pas un jour sans se recueillir,
qui fait un de ses plaisirs de la prière, n'a plus que deux jours
à vivre, elle se voit prête à paraître devant le juge redoutable ; et au lieu de se préparer à ce moment terrible, au lieu de
mettre ordre à sa conscience, elle s'amuse à parer sa
chambre, à faire sa toilette, à causer avec ses amis, à égayer

leur repas ; et dans tous ses entretiens pas un seul mot de Dieu ni du salut ! Que devais-je penser d'elle et de ses vrais sentiments ? Comment arranger sa conduite avec les idées que j'avais de sa piété ? Comment accorder l'usage qu'elle faisait des derniers moments de sa vie avec ce qu'elle avait dit au Médecin de leur prix ? Tout cela formait à mon sens une énigme inexplicable. Car enfin quoique je ne m'attendisse pas à lui trouver toute la petite cagoterie des dévotes, il me semblait pourtant que c'était le temps de songer à ce qu'elle estimait d'une si grande importance, et qui ne souffrait aucun retard. Si l'on est dévot durant le tracas de cette vie, comment ne le sera-t-on pas au moment qu'il la faut quitter, et qu'il ne reste plus qu'à penser à l'autre ?

Ces réflexions m'amenèrent à un point où je ne me serais guère attendu d'arriver[1]. Je commençai presque d'être inquiet que mes opinions indiscrètement soutenues n'eussent enfin trop gagné sur elle. Je n'avais pas adopté les siennes, et pourtant je n'aurais pas voulu qu'elle y eût renoncé. Si j'eusse été malade je serais certainement mort dans mon sentiment, mais je désirais qu'elle mourût dans le sien, et je trouvais, pour ainsi dire, qu'en elle je risquais plus qu'en moi. Ces contradictions vous paraîtront extravagantes ; je ne les trouve pas raisonnables, et cependant elles ont existé. Je ne me charge pas de les justifier ; je vous les rapporte.

Enfin le moment vint où mes doutes allaient être éclaircis. Car il était aisé de prévoir que tôt ou tard le Pasteur amènerait la conversation sur ce qui fait l'objet de son ministère ; et quand Julie eût été capable de déguisement dans ses réponses, il lui eût été bien difficile de se déguiser assez pour qu'attentif et prévenu, je n'eusse pas démêlé ses vrais sentiments.

Tout arriva comme je l'avais prévu. Je laisse à part les lieux communs mêlés d'éloges, qui servirent de transitions au ministre pour venir à son sujet ; je laisse encore ce qu'il lui dit de touchant sur le bonheur de couronner une bonne vie par une fin chrétienne. Il ajouta qu'à la vérité il lui avait quelquefois trouvé sur certains points des sentiments qui ne s'accordaient pas entièrement avec la doctrine de l'Église, c'est-à-dire avec celle que la plus saine raison pouvait déduire de l'Écriture ; mais comme elle ne s'était jamais aheurtée [1] à les défendre, il espérait qu'elle voulait mourir ainsi qu'elle avait vécu dans la communion des fidèles, et acquiescer en tout à la commune profession de foi.

Comme la réponse de Julie était décisive sur mes doutes, et n'était pas, à l'égard des lieux communs, dans le cas de l'exhortation [2], je vais vous la rapporter presque mot à mot, car je l'avais bien écoutée, et j'allai l'écrire dans le moment [3].

« Permettez-moi, Monsieur, de commencer par vous remercier de tous les soins que vous avez pris de me conduire dans la droite route de la morale et de la foi chrétienne, et de la douceur avec laquelle vous avez corrigé ou supporté mes erreurs quand je me suis égarée. Pénétrée de respect pour votre zèle et de reconnaissance pour vos bontés, je déclare avec plaisir que je vous dois toutes mes bonnes résolutions, et que vous m'avez toujours portée à faire ce qui était bien, et à croire ce qui était vrai.

« J'ai vécu et je meurs dans la communion protestante qui tire son unique règle de l'Écriture Sainte et de la raison ; mon cœur a toujours confirmé ce que prononçait ma bouche, et quand je n'ai pas eu pour vos lumières toute la docilité qu'il eût fallu peut-être, c'était un effet de mon aversion pour toute espèce de déguisement ; ce qu'il m'était impossible de croire, je n'ai pu dire que je le croyais ; j'ai toujours cherché sincèrement ce qui était conforme à la gloire de Dieu et à la vérité [4]. J'ai pu me tromper dans ma recherche ; je n'ai pas l'orgueil de penser avoir eu toujours raison ; j'ai peut-être eu toujours tort ; mais mon intention a toujours été pure, et j'ai toujours cru ce que je disais croire. C'était sur ce point tout ce qui dépendait de moi. Si Dieu n'a pas éclairé ma raison au-delà, il est clément et juste ; pourrait-il me demander compte d'un don qu'il ne m'a pas fait ?

« Voilà, Monsieur, ce que j'avais d'essentiel à vous dire

sur les sentiments que j'ai professés. Sur tout le reste mon
état présent vous répond pour moi. Distraite par le mal,
livrée au délire de la fièvre, est-il temps d'essayer de
raisonner mieux que je n'ai fait jouissant d'un entendement
aussi sain que je l'ai reçu ? Si je me suis trompée alors, me
tromperais-je moins aujourd'hui, et dans l'abattement où je
suis dépend-il de moi de croire autre chose que ce que j'ai
cru étant en santé[1] ? C'est la raison qui décide du sentiment
qu'on préfère, et la mienne ayant perdu ses meilleures
fonctions, quelle autorité peut donner ce qui m'en reste aux
opinions que j'adopterais sans elle ? Que me reste-t-il donc
désormais à faire ? C'est de m'en rapporter à ce que j'ai cru
ci-devant : car la droiture d'intention est la même, et j'ai le
jugement de moins. Si je suis dans l'erreur, c'est sans
l'aimer ; cela suffit pour me tranquilliser sur ma croyance.

« Quant à la préparation à la mort, Monsieur, elle est
faite ; mal, il est vrai ; mais de mon mieux, et mieux du
moins que je ne la pourrais faire à présent. J'ai tâché de ne
pas attendre pour remplir cet important devoir que j'en
fusse incapable. Je priais en santé ; maintenant je me résigne.
La prière du malade est la patience : La préparation à la
mort est une bonne vie ; je n'en connais point d'autre[2].
Quand je conversais avec vous, quand je me recueillais
seule, quand je m'efforçais de remplir les devoirs que Dieu
m'impose ; c'est alors que je me disposais à paraître devant
lui ; c'est alors que je l'adorais de toutes les forces qu'il m'a
données ; que ferais-je aujourd'hui que je les ai perdues ?
Mon âme aliénée est-elle en état de s'élever à lui ? Ces restes
d'une vie à demi éteinte, absorbés par la souffrance, sont-ils
dignes de lui être offerts ? Non, Monsieur ; il me les laisse
pour être donnés à ceux qu'il m'a fait aimer et qu'il veut que
je quitte ; je leur fais mes adieux pour aller à lui ; c'est d'eux
qu'il faut que je m'occupe : bientôt je m'occuperai de lui
seul. Mes derniers plaisirs sur la terre sont aussi mes
derniers devoirs ; n'est-ce pas le servir encore et faire sa
volonté que de remplir les soins que l'humanité m'impose,
avant d'abandonner sa dépouille ? Que faire pour apaiser

des troubles que je n'ai pas ? Ma conscience n'est point
agitée ; si quelquefois elle m'a donné des craintes, j'en avais
plus en santé qu'aujourd'hui. Ma confiance les efface ; elle
me dit que Dieu est plus clément que je ne suis coupable, et
ma sécurité redouble en me sentant approcher de lui. Je ne
lui porte point un repentir imparfait, tardif, et forcé, qui,
dicté par la peur ne saurait être sincère, et n'est qu'un piège
pour le tromper. Je ne lui porte pas le reste et le rebut de
mes jours, pleins de peine et d'ennuis, en proie à la maladie,
aux douleurs, aux angoisses de la mort, et que je ne lui
donnerais que quand je n'en pourrais plus rien faire. Je lui
porte ma vie entière, pleine de péchés et de fautes, mais
exempte des remords de l'impie et des crimes du méchant [1].

« À quels tourments Dieu pourrait-il condamner mon
âme ? Les réprouvés, dit-on, le haïssent ! Il faudrait donc
qu'il m'empêchât de l'aimer ? Je ne crains pas d'augmenter
leur nombre. Ô grand Être ! Être éternel, suprême intelligence, source de vie et de félicité, créateur, conservateur,
père de l'homme et Roi de la nature, Dieu très puissant, très
bon, dont je ne doutai jamais un moment, et sous les yeux
duquel j'aimai toujours à vivre ! Je le sais, je m'en réjouis, je
vais paraître devant ton trône. Dans peu de jours mon âme
libre de sa dépouille commencera de t'offrir plus dignement
cet immortel hommage qui doit faire mon bonheur durant
l'éternité. Je compte pour rien [2] tout ce que je serai jusqu'à
ce moment. Mon corps vit encore, mais ma vie morale est
finie. Je suis au bout de ma carrière et déjà jugée sur le passé.
Souffrir et mourir est tout ce qui me reste à faire ; c'est
l'affaire de la nature : Mais moi j'ai tâché de vivre de
manière à n'avoir pas besoin de songer à la mort, et maintenant qu'elle approche, je la vois venir sans effroi. Qui s'endort dans le sein d'un père n'est pas en souci du réveil. »

Ce discours prononcé d'abord d'un ton grave et posé,
puis avec plus d'accent et d'une voix plus élevée, fit sur tous
les assistants, sans m'en excepter, une impression d'autant
plus vive que les yeux de celle qui le prononça brillaient
d'un feu surnaturel ; un nouvel éclat animait son teint, elle

paraissait rayonnante, et s'il y a quelque chose au monde qui mérite le nom de céleste, c'était son visage tandis qu'elle parlait.

Le Pasteur lui-même saisi, transporté de ce qu'il venait d'entendre, s'écria en levant les mains et les yeux au ciel ; Grand Dieu ! voilà le culte qui t'honore ; daigne t'y rendre propice, les humains t'en offrent peu de pareils.

Madame, dit-il en s'approchant du lit, je croyais vous instruire, et c'est vous qui m'instruisez. Je n'ai plus rien à vous dire. Vous avez la véritable foi, celle qui fait aimer Dieu. Emportez ce précieux repos d'une bonne conscience, il ne vous trompera pas ; j'ai vu bien des Chrétiens dans l'état où vous êtes, je ne l'ai trouvé qu'en vous seule. Quelle différence d'une fin si paisible à celle de ces pécheurs bourrelés qui n'accumulent tant de vaines et sèches prières que parce qu'ils sont indignes d'être exaucés ! Madame, votre mort est aussi belle que votre vie : Vous avez vécu pour la charité ; vous mourez martyre de l'amour maternel. Soit que Dieu vous rende à nous pour nous servir d'exemple, soit qu'il vous appelle à lui pour couronner vos vertus ; puissions-nous tous tant que nous sommes vivre et mourir comme vous ! Nous serons bien sûrs du bonheur de l'autre vie.

Il voulut s'en aller ; elle le retint. Vous êtes de mes amis, lui dit-elle, et l'un de ceux que je vois avec le plus de plaisir ; c'est pour eux que mes derniers moments me sont précieux. Nous allons nous quitter pour si longtemps qu'il ne faut pas nous quitter si vite. Il fut charmé de rester, et je sortis là-dessus.

En rentrant, je vis que la conversation avait continué sur le même sujet, mais d'un autre ton, et comme sur une matière indifférente. Le Pasteur parlait de l'esprit faux qu'on donnait au Christianisme en n'en faisant que la Religion des mourants, et de ses ministres des hommes de mauvais augure. On nous regarde, disait-il, comme des messagers de mort, parce que dans l'opinion commode qu'un quart d'heure de repentir suffit pour effacer cinquante ans de crimes, on n'aime à nous voir que dans ce temps-là. Il faut nous vêtir d'une couleur lugubre ; il faut affecter un air sévère ; on n'épargne rien pour nous rendre effrayants. Dans les autres cultes, c'est pis encore. Un catholique mourant n'est environné que d'objets qui l'épouvantent, et de cérémonies qui l'enterrent tout vivant. Au soin qu'on prend d'écarter de lui les Démons, il croit en voir sa chambre pleine ; il meurt cent fois de terreur avant qu'on l'achève, et c'est dans cet état d'effroi que l'Église aime à le plonger pour avoir meilleur marché de sa bourse [1]. Rendons grâces au Ciel, dit Julie, de n'être point nés dans ces Religions vénales qui tuent les gens pour en hériter, et qui, vendant le paradis aux riches, portent jusqu'en l'autre monde l'injuste inégalité qui règne dans celui-ci. Je ne doute point que toutes ces sombres idées ne fomentent l'incrédulité, et ne donnent une aversion naturelle pour le culte qui les nourrit. J'espère, dit-elle en me regardant, que celui qui doit élever nos enfants prendra des maximes tout opposées, et qu'il ne leur rendra point la Religion lugubre et triste, en y mêlant incessamment des pensées de mort. S'il leur apprend à bien vivre, ils sauront assez bien mourir.

Dans la suite de cet entretien, qui fut moins serré et plus interrompu que je ne vous le rapporte, j'achevai de concevoir les maximes de Julie et la conduite qui m'avait scandalisé. Tout cela tenait à ce que sentant son état parfaitement désespéré, elle ne songeait plus qu'à en écarter l'inutile et funèbre appareil dont l'effroi des mourants les environne ; soit pour donner le change à notre affliction, soit pour s'ôter à elle-même un spectacle attristant à pure perte [2]. La mort, disait-elle, est déjà si pénible ! pourquoi la rendre encore hideuse ? Les soins que les autres perdent à vouloir prolonger leur vie, je les emploie à jouir de la mienne jusqu'au bout : il ne s'agit que de savoir prendre son parti ; tout le reste va de lui-même. Ferai-je de ma chambre un hôpital, un objet de dégoût et d'ennui, tandis que mon dernier soin est d'y rassembler tout ce qui m'est cher ? si j'y laisse croupir le mauvais air, il en faudra écarter mes enfants, ou exposer leur santé. Si je reste dans un équipage[1] à faire peur, personne ne me reconnaîtra plus ; je ne serai plus la même, vous vous souviendrez tous de m'avoir aimée, et ne pourrez plus me souffrir. J'aurai, moi vivante, l'affreux spectacle de l'horreur que je ferai même à mes amis, comme si j'étais déjà morte. Au lieu de cela, j'ai trouvé l'art d'étendre ma vie sans la prolonger. J'existe, j'aime, je suis aimée, je vis jusqu'à mon dernier soupir. L'instant de la mort n'est rien ; le mal de la nature est peu de chose ; j'ai banni tous ceux de l'opinion.

Tous ces entretiens et d'autres semblables se passaient entre la malade, le pasteur, quelquefois le médecin, la Fanchon, et moi. Made d'Orbe y était toujours présente, et ne s'y mêlait jamais. Attentive aux besoins de son amie, elle était prompte à la servir. Le reste du temps, immobile et presque inanimée, elle la regardait sans rien dire, et sans rien entendre de ce qu'on disait.

Pour moi ; craignant que Julie ne parlât jusqu'à s'épuiser, je pris le moment que le Ministre et le médecin s'étaient mis à causer ensemble, et m'approchant d'elle, je lui dis à l'oreille ; voilà bien des discours pour une malade ! voilà bien de la raison pour quelqu'un qui se croit hors d'état de raisonner !

Oui, me dit-elle tout bas, je parle trop pour une malade, mais non pas pour une mourante ; bientôt je ne dirai plus rien. À l'égard des raisonnements, je n'en fais plus, mais j'en ai fait. Je savais en santé qu'il fallait mourir. J'ai souvent réfléchi sur ma dernière maladie ; je profite aujourd'hui de ma prévoyance. Je ne suis plus en état de penser ni de résoudre ; je ne fais que dire ce que j'avais pensé, et pratiquer ce que j'avais résolu[2].

Le reste de la journée, à quelques accidents près, se passa avec la même tranquillité, et presque de la même manière que quand tout le monde se portait bien. Julie était, comme en pleine santé, douce et caressante ; elle parlait avec le même sens, avec la même liberté d'esprit ; même d'un air serein qui allait quelquefois jusqu'à la gaieté : Enfin je continuais de démêler dans ses yeux un certain mouvement de joie qui m'inquiétait de plus en plus, et sur lequel je résolus de m'éclaircir avec elle.

Je n'attendis pas plus tard que le même soir. Comme elle vit que je m'étais ménagé un tête-à-tête, elle me dit, vous m'avez prévenue, j'avais à vous parler. Fort bien, lui dis-je ; mais puisque j'ai pris les devants, laissez-moi m'expliquer le premier.

Alors m'étant assis auprès d'elle et la regardant fixement, je lui dis. Julie, ma chère Julie ! vous avez navré mon cœur : hélas, vous avez attendu bien tard ! Oui, continuai-je voyant qu'elle me regardait avec surprise ; je vous ai pénétrée ; vous vous réjouissez de mourir ; vous êtes bien aise de me quitter. Rappelez-vous la conduite de votre Époux depuis que nous vivons ensemble ; ai-je mérité de votre part un sentiment si cruel ? À l'instant elle me prit les mains, et de ce ton qui savait aller chercher l'âme ; qui, moi ? je veux vous quitter ? Est-ce ainsi que vous lisez dans mon cœur ? Avez-vous sitôt oublié notre entretien d'hier ? Cependant, repris-je, vous mourez contente.... je l'ai vu.... je le vois.... Arrêtez, dit-elle ; il est vrai, je meurs contente ; mais c'est de mourir comme j'ai vécu, digne d'être votre épouse. Ne m'en demandez pas davantage, je ne vous dirai rien de plus ; mais voici, continua-t-elle en tirant un papier de dessous son chevet, où vous achèverez d'éclaircir ce mystère. Ce papier était une Lettre, et je vis qu'elle vous était adressée. Je vous la remets ouverte, ajouta-t-elle en me la donnant, afin qu'après l'avoir lue vous vous déterminiez à l'envoyer ou à la supprimer, selon ce que vous trouverez le plus convenable à votre sagesse et à mon honneur. Je vous prie de ne la lire que quand je ne serai plus, et je suis si sûre de ce que vous ferez à ma prière que je ne veux pas même que vous me le promettiez. Cette Lettre, cher St. Preux, est celle que vous trouverez ci-jointe. J'ai beau savoir que celle qui l'a écrite est morte ; j'ai peine à croire qu'elle n'est plus rien [1].

Elle me parla ensuite de son père avec inquiétude. Quoi !

dit-elle, il sait sa fille en danger, et je n'entends point parler
de lui ! Lui serait-il arrivé quelque malheur ? Aurait-il cessé
de m'aimer ? Quoi, mon père !... ce père si tendre...
m'abandonner ainsi !.... me laisser mourir sans le voir !...
sans recevoir sa bénédiction.... ses derniers embrassements !.... Ô Dieu ! quels reproches amers il se fera quand il
ne me trouvera plus !... Cette réflexion lui était doulou-
reuse. Je jugeai qu'elle supporterait plus aisément l'idée de
son père malade, que celle de son père indifférent. Je pris le
parti de lui avouer la vérité. En effet, l'alarme qu'elle en
conçut se trouva moins cruelle que ses premiers soupçons.
Cependant la pensée de ne plus le revoir l'affecta vivement.
Hélas ! dit-elle, que deviendra-t-il après moi ? À quoi
tiendra-t-il ? Survivre à toute sa famille [1] !.... Quelle vie sera
la sienne ? Il sera seul ; il ne vivra plus. Ce moment fut un de
ceux où l'horreur de la mort se faisait sentir, et où la nature
reprenait son empire. Elle soupira, joignit les mains, leva les
yeux, et je vis qu'en effet elle employait cette difficile prière
qu'elle avait dit être celle du malade.

Elle revint à moi. Je me sens faible, dit-elle ; je prévois
que cet entretien pourrait être le dernier que nous aurons
ensemble. Au nom de notre union, au nom de nos chers
enfants qui en sont le gage, ne soyez plus injuste envers
votre épouse. Moi, me réjouir de vous quitter ! vous qui
n'avez vécu que pour me rendre heureuse et sage ; vous de
tous les hommes celui qui me convenait le plus ; le seul,
peut-être avec qui je pouvais faire un bon ménage, et
devenir une femme de bien ! Ah, croyez que si je mettais un
prix à la vie, c'était pour la passer avec vous ! Ces mots
prononcés avec tendresse m'émurent au point qu'en portant
fréquemment à ma bouche ses mains que je tenais dans les
miennes, je les sentis se mouiller de mes pleurs [2]. Je ne
croyais pas mes yeux faits pour en répandre. Ce furent les
premiers depuis ma naissance ; ce seront les derniers jusqu'à
ma mort. Après en avoir versé pour Julie, il n'en faut plus
verser pour rien.

Ce jour fut pour elle un jour de fatigue. La préparation de

Mad^e d'Orbe durant la nuit, la scène des enfants le matin, celle du ministre l'après-midi, l'entretien du soir avec moi l'avaient jetée dans l'épuisement. Elle eut un peu plus de repos cette nuit-là que les précédentes, soit à cause de sa faiblesse, soit qu'en effet la fièvre et le redoublement fussent moindres.

Le lendemain dans la matinée on vint me dire qu'un homme très mal mis demandait avec beaucoup d'empressement à voir Madame en particulier. On lui avait dit l'état où elle était, il avait insisté, disant qu'il s'agissait d'une bonne action, qu'il connaissait bien Madame de Wolmar, et qu'il savait bien que tant qu'elle respirerait, elle aimerait à en faire de telles. Comme elle avait établi pour règle inviolable de ne jamais rebuter personne, et surtout les malheureux, on me parla de cet homme avant de le renvoyer. Je le fis venir. Il était presque en guenilles, il avait l'air et le ton de la misère ; au reste, je n'aperçus rien dans sa physionomie et dans ses propos qui me fît mal augurer de lui. Il s'obstinait à ne vouloir parler qu'à Julie. Je lui dis que s'il ne s'agissait que de quelques secours pour lui aider à vivre, sans importuner pour cela une femme à l'extrémité, je ferais ce qu'elle aurait pu faire. Non, dit-il, je ne demande point d'argent, quoique j'en aie grand besoin : Je demande un bien qui m'appartient, un bien que j'estime plus que tous les trésors de la terre, un bien que j'ai perdu par ma faute, et que Madame seule, de qui je le tiens, peut me rendre une seconde fois.

Ce discours, auquel je ne compris rien, me détermina pourtant. Un malhonnête homme eût pu dire la même chose ; mais il ne l'eût jamais dite du même ton. Il exigeait du mystère ; ni laquais, ni femme de chambre. Ces précautions me semblaient bizarres ; toutefois je les pris. Enfin je le lui menai. Il m'avait dit être connu de Mad^e d'Orbe ; il passa devant elle ; elle ne le reconnut point, et j'en fus peu surpris. Pour Julie, elle le reconnut à l'instant, et le voyant dans ce triste équipage, elle me reprocha de l'y avoir laissé. Cette reconnaissance fut touchante. Claire éveillée par le bruit s'approche et le reconnaît à la fin, non sans donner aussi quelques signes de joie ; mais les témoignages de son bon cœur s'éteignaient dans sa profonde affliction : un seul sentiment absorbait tout ; elle n'était plus sensible à rien.

Je n'ai pas besoin, je crois, de vous dire qui était cet homme[1]. Sa présence rappela bien des souvenirs : Mais tandis que Julie le consolait et lui donnait de bonnes espérances, elle fut saisie d'un violent étouffement et se trouva si mal qu'on crut qu'elle allait expirer. Pour ne pas faire scène, et prévenir les distractions dans un moment où il ne fallait songer qu'à la secourir, je fis passer l'homme dans le cabinet, l'avertissant de le fermer sur lui ; la Fanchon fut appelée, et à force de temps et de soins la malade revint enfin de sa pâmoison. En nous voyant tous consternés autour d'elle, elle nous dit ; mes enfants, ce n'est qu'un essai : cela n'est pas si cruel qu'on pense[2].

Le calme se rétablit ; mais l'alarme avait été si chaude qu'elle me fit oublier l'homme dans le cabinet, et quand Julie me demanda tout bas ce qu'il était devenu, le couvert était mis, tout le monde était là. Je voulus entrer pour lui parler, mais il avait fermé la porte en dedans, comme je lui avais dit ; il fallut attendre après le dîné pour le faire sortir.

Durant le repas, du Bosson, qui s'y trouvait, parlant d'une jeune veuve qu'on disait se remarier, ajouta quelque chose sur le triste sort des veuves. Il y en a, dis-je, de bien plus à plaindre encore ; ce sont les veuves dont les maris sont vivants. Cela est vrai, reprit Fanchon qui vit que ce discours s'adressait à elle ; surtout quand ils leur sont chers. Alors l'entretien tomba sur le sien, et comme elle en avait parlé avec affection dans tous les temps, il était naturel qu'elle en parlât de même au moment où la perte de sa bienfaitrice allait lui rendre la sienne encore plus rude. C'est aussi ce qu'elle fit en termes très touchants, louant son bon naturel, déplorant les mauvais exemples qui l'avaient séduit, et le regrettant si sincèrement, que déjà disposée à la tristesse, elle s'émut jusqu'à pleurer. Tout à coup le cabinet s'ouvre, l'homme en guenilles en sort impétueusement, se précipite à ses genoux, les embrasse, et fond en larmes. Elle tenait un

verre ; il lui échappe : Ah, malheureux, d'où viens-tu ? se
laisse aller sur lui, et serait tombée en faiblesse, si l'on n'eût
été prompt à la secourir.

Le reste est facile à imaginer. En un moment on sut par
toute la maison que Claude Anet était arrivé. Le mari de la
bonne Fanchon ! quelle fête ! À peine était-il hors de la
chambre qu'il fut équipé. Si chacun n'avait eu que deux
chemises, Anet en aurait autant eu lui tout seul, qu'il en
serait resté à tous les autres. Quand je sortis pour le faire
habiller, je trouvai qu'on m'avait si bien prévenu, qu'il fallut
user d'autorité pour faire tout reprendre à ceux qui l'avaient
fourni.

Cependant Fanchon ne voulait point quitter sa maîtresse.
Pour lui faire donner quelques heures à son mari, on
prétexta que les enfants avaient besoin de prendre l'air, et
tous deux furent chargés de les conduire.

Cette scène n'incommoda point la malade, comme les
précédentes ; elle n'avait rien eu que d'agréable, et ne lui fit
que du bien. Nous passâmes l'après-midi Claire et moi seuls
auprès d'elle, et nous eûmes deux heures d'un entretien
paisible, qu'elle rendit le plus intéressant, le plus charmant
que nous eussions jamais eu.

Elle commença par quelques observations sur le touchant
spectacle qui venait de nous frapper et qui lui rappelait si
vivement les premiers temps de sa jeunesse. Puis suivant le
fil des événements, elle fit une courte récapitulation de sa vie
entière, pour montrer qu'à tour prendre elle avait été douce
et fortunée, que de degrés en degrés elle était montée au
comble du bonheur permis sur la terre, et que l'accident qui
terminait ses jours au milieu de leur course, marquait selon
toute apparence dans sa carrière naturelle, le point de
séparation des biens et des maux.

Elle remercia le Ciel de lui avoir donné un cœur sensible [1]
et porté au bien, un entendement sain, une figure préve-
nante, de l'avoir fait naître dans un pays de liberté et non
parmi des esclaves, d'une famille honorable et non d'une
race de malfaiteurs, dans une honnête fortune et non dans

les grandeurs du monde qui corrompent l'âme, ou dans l'indigence qui l'avilit. Elle se félicita d'être née d'un père et d'une mère tous deux vertueux et bons, pleins de droiture et d'honneur, et qui tempérant les défauts l'un de l'autre, avaient formé sa raison sur la leur, sans lui donner leur faiblesse ou leurs préjugés. Elle vanta l'avantage d'avoir été élevée dans une religion raisonnable et sainte qui, loin d'abrutir l'homme, l'ennoblit et l'élève, qui ne favorisant ni l'impiété ni le fanatisme, permet d'être sage et de croire, d'être humain et pieux tout à la fois[1].

Après cela, serrant la main de sa Cousine qu'elle tenait dans la sienne, et la regardant de cet œil que vous devez connaître et que la langueur rendait encore plus touchant ; tous ces biens, dit-elle, ont été donnés à mille autres ; mais celui-ci !.... le ciel ne l'a donné qu'à moi. J'étais femme, et j'eus une amie. Il nous fit naître en même temps ; il mit dans nos inclinations un accord qui ne s'est jamais démenti ; il fit nos cœurs l'un pour l'autre, il nous unit dès le berceau, je l'ai conservée tout le temps de ma vie, et sa main me ferme les yeux. Trouvez un autre exemple pareil au monde, et je ne me vante plus de rien. Quels sages conseils ne m'a-t-elle pas donnés ? De quels périls ne m'a-t-elle pas sauvée ? De quels maux ne me consolait-elle pas ? Qu'eussé-je été sans elle ? Que n'eût-elle pas fait de moi, si je l'avais mieux écoutée ? Je la vaudrais peut-être aujourd'hui ! Claire pour toute réponse baissa la tête sur le sein de son amie, et voulut soulager ses sanglots par des pleurs : il ne fut pas possible. Julie la pressa longtemps contre sa poitrine en silence. Ces moments n'ont ni mots ni larmes.

Elles se remirent, et Julie continua. Ces biens étaient mêlés d'inconvénients ; c'est le sort des choses humaines. Mon cœur était fait pour l'amour, difficile en mérite personnel, indifférent sur tous les biens de l'opinion. Il était presque impossible que les préjugés de mon père s'accordassent avec mon penchant. Il me fallait un amant que j'eusse choisi moi-même. Il s'offrit ; je crus le choisir : sans doute le Ciel le choisit pour moi, afin que, livrée aux erreurs de ma passion, je ne le fusse pas aux horreurs du crime, et que l'amour de la vertu restât au moins dans mon âme après elle. Il prit le langage honnête et insinuant avec lequel mille fourbes séduisent tous les jours autant de filles bien nées : mais seul parmi tant d'autres il était honnête homme et pensait ce qu'il disait. Était-ce ma prudence qui l'avait discerné ? Non ; je ne connus d'abord de lui que son langage et je fus séduite. Je fis par désespoir ce que d'autres font par effronterie : je me jetai comme disait mon père à sa tête ; il me respecta : Ce fut alors seulement que je pus le connaître. Tout homme capable d'un pareil trait a l'âme belle. Alors on y peut compter ; mais j'y comptais auparavant, ensuite j'osai compter sur moi-même, et voilà comment on se perd.

Elle s'étendit avec complaisance sur le mérite de cet amant ; elle lui rendait justice, mais on voyait combien son cœur se plaisait à la lui rendre. Elle le louait même à ses propres dépens. A force d'être équitable envers lui elle était inique envers elle, et se faisait tort pour lui faire honneur. Elle alla jusqu'à soutenir qu'il eut plus d'horreur qu'elle de l'adultère, sans se souvenir qu'il avait lui-même réfuté cela.

Tous les détails du reste de sa vie furent suivis dans le même esprit. Milord Édouard, son mari, ses enfants, votre retour, notre amitié, tout fut mis sous un jour avantageux. Ses malheurs mêmes lui en avaient épargné de plus grands. Elle avait perdu sa mère au moment que cette perte lui pouvait être la plus cruelle, mais si le Ciel la lui eût conservée, bientôt il fût survenu du désordre dans sa famille. L'appui de sa mère, quelque faible qu'il fût, eût suffi pour la rendre plus courageuse à résister à son père, et de là seraient sortis la discorde et les scandales ; peut-être les désastres et le déshonneur ; peut-être pis encore si son frère avait vécu. Elle avait épousé malgré elle un homme qu'elle n'aimait point, mais elle soutint qu'elle n'aurait pu jamais être aussi heureuse avec un autre, pas même avec celui qu'elle avait aimé. La mort de M. d'Orbe lui avait ôté un ami, mais en lui rendant son amie. Il n'y avait pas jusqu'à ses chagrins et ses peines qu'elle ne comptât pour des avantages, en ce qu'ils avaient empêché son cœur de s'endurcir aux malheurs d'autrui[1]. On ne sait pas, disait-elle, quelle douceur c'est de s'attendrir sur ses propres maux et sur ceux des autres. La sensibilité porte toujours dans l'âme un certain contentement de soi-même indépendant de la fortune et des événements. Que j'ai gémi ! que j'ai versé de larmes ! Hé bien, s'il fallait renaître aux mêmes conditions, le mal que j'ai commis serait le seul que je voudrais retrancher : celui que j'ai souffert me serait agréable encore. St. Preux, je vous rends ses propres mots ; quand vous aurez lu sa lettre, vous les comprendrez peut-être mieux.

Voyez donc, continuait-elle, à quelle félicité je suis parvenue. J'en avais beaucoup, j'en attendais davantage. La prospérité de ma famille, une bonne éducation pour mes enfants, tout ce qui m'était cher rassemblé autour de moi ou prêt à l'être. Le présent, l'avenir me flattaient également ; la jouissance et l'espoir se réunissaient pour me rendre heureuse : Mon bonheur monté par degrés était au comble, il ne pouvait plus que déchoir ; il était venu sans être attendu, il se fût enfui quand je l'aurais cru durable. Qu'eût fait le sort pour me soutenir à ce point ? Un état permanent est-il fait pour l'homme[2] ? Non, quand on a tout acquis, il faut perdre ; ne fût-ce que le plaisir de la possession, qui s'use par elle. Mon père est déjà vieux ; mes enfants sont dans l'âge tendre où la vie est encore mal assurée : que de pertes pouvaient m'affliger, sans qu'il me restât plus rien à pouvoir acquérir ! L'affection maternelle augmente sans cesse, la tendresse filiale diminue à mesure que les enfants vivent plus loin de leur mère. En avançant en âge, les miens se seraient plus séparés de moi. Ils auraient vécu dans le monde ; ils m'auraient pu négliger. Vous en voulez envoyer un en Russie ; que de pleurs son départ m'aurait coûtés ! Tout se serait détaché de moi peu à peu, et rien n'eût suppléé aux pertes que j'aurais faites. Combien de fois j'aurais pu me trouver dans l'état où je vous laisse ! Enfin n'eût-il pas fallu mourir ? Peut-être mourir la dernière de tous ! Peut-être seule et abandonnée ! Plus on vit, plus on aime à vivre, même sans jouir de rien : j'aurais eu l'ennui de la vie et la terreur de la mort, suite ordinaire de la vieillesse. Au lieu de cela, mes derniers instants sont encore agréables, et j'ai de la vigueur pour mourir ; si même on peut appeler mourir, que laisser vivant ce qu'on aime. Non mes amis, non mes enfants, je ne vous quitte pas, pour ainsi dire ; je reste avec vous ; en vous laissant tous unis mon esprit mon cœur vous demeurent[1]. Vous me verrez sans cesse entre vous ; vous vous sentirez sans cesse environnés de moi…. Et puis, nous nous rejoindrons, j'en suis sûre ; le bon Wolmar lui-même ne m'échappera pas. Mon retour à Dieu tranquillise mon âme, et m'adoucit un moment pénible ; il me promet pour vous le même destin qu'à moi. Mon sort me suit et s'assure. Je fus heureuse, je le suis, je vais l'être : mon bonheur est fixé, je l'arrache à la fortune ; il n'a plus de bornes que l'éternité.

Elle en était là quand le Ministre entra. Il l'honorait et l'estimait véritablement. Il savait mieux que personne combien sa foi était vive et sincère. Il n'en avait été que plus frappé de l'entretien de la veille, et en tout, de la contenance qu'il lui avait trouvée. Il avait vu souvent mourir avec ostentation, jamais avec sérénité. Peut-être à l'intérêt qu'il prenait à elle se joignait-il un désir secret de voir si ce calme se soutiendrait jusqu'au bout.

Elle n'eut pas besoin de changer beaucoup le sujet de l'entretien pour en amener un convenable au caractère du survenant. Comme ses conversations en pleine santé n'étaient jamais frivoles, elle ne faisait alors que continuer à traiter dans son lit avec la même tranquillité des sujets intéressants pour elle et pour ses amis ; elle agitait indifféremment des questions qui n'étaient pas indifférentes.

En suivant[2] le fil de ses idées sur ce qui pouvait rester d'elle avec nous, elle nous parlait de ses anciennes réflexions sur l'état des âmes séparées des corps. Elle admirait la simplicité des gens qui promettaient à leurs amis de venir leur donner des nouvelles de l'autre monde. Cela, disait-elle, est aussi raisonnable que les contes de Revenants qui font mille désordres et tourmentent les bonnes femmes, comme si les esprits avaient des voix pour parler et des mains pour battre* ! Comment un pur Esprit agirait-il sur une âme enfermée dans un corps, et qui, en vertu de cette union, ne peut rien apercevoir que par l'entremise de ses organes ? Il n'y a pas de sens à cela. Mais j'avoue que je ne vois point ce qu'il y a d'absurde à supposer qu'une âme libre d'un corps qui jadis habita la terre puisse y revenir encore, errer, demeurer peut-être autour de ce qui lui fut cher ; non pas pour nous avertir de sa présence ; elle n'a nul moyen pour cela ; non pas pour agir sur nous et nous communiquer ses pensées ; elle n'a point de prise pour ébranler les organes de notre cerveau ; non pas pour apercevoir non plus ce que nous faisons, car il faudrait qu'elle eût des sens ; mais pour connaître elle-même ce que nous pensons et ce que nous sentons, par une communication immédiate, semblable à celle par laquelle Dieu lit nos pensées dès cette vie, et par laquelle nous lirons réciproquement les siennes dans l'autre, puisque nous le verrons face à face** : Car enfin, ajouta-t-elle en regardant le Ministre, à quoi serviraient des sens lorsqu'ils n'auront plus rien à faire ? L'Être éternel ne se voit ni ne s'entend ; il se fait sentir ; il ne parle ni aux yeux ni aux oreilles, mais au cœur.

Je compris à la réponse du pasteur et à quelques signes d'intelligence, qu'un des points ci-devant contestés entre

---

* Platon[1] dit qu'à la mort les âmes des justes qui n'ont point contracté de souillure sur la terre, se dégagent seules de la matière dans toute leur pureté. Quant à ceux qui se sont ici-bas asservis à leurs passions, il ajoute que leurs âmes ne reprennent point sitôt leur pureté primitive, mais qu'elles entraînent avec elles des parties terrestres qui les tiennent comme enchaînées autour des débris de leurs corps ; voilà, dit-il, ce qui produit ces simulacres sensibles qu'on voit quelquefois errants sur les cimetières, en attendant de nouvelles transmigrations. C'est une manie commune aux philosophes de tous les âges de nier ce qui est, et d'expliquer ce qui n'est pas.

** Cela me paraît très bien dit : car qu'est-ce que voir Dieu face à face, si ce n'est lire dans la suprême intelligence ?

eux était la résurrection des corps. Je m'aperçus aussi que je commençais à donner un peu plus d'attention aux articles de la religion de Julie où la foi se rapprochait de la raison.

Elle se complaisait tellement à ces idées que quand elle n'eût pas pris son parti sur ses anciennes opinions, c'eût été une cruauté d'en détruire une qui lui semblait si douce dans l'état où elle se trouvait. Cent fois, disait-elle, j'ai pris plus de plaisir à faire quelque bonne œuvre en imaginant ma mère présente, qui lisait dans le cœur de sa fille et l'applaudissait. Il y a quelque chose de si consolant à vivre encore sous les yeux de ce qui nous fut cher ! Cela fait qu'il ne meurt qu'à moitié pour nous. Vous pouvez juger si durant ces discours la main de Claire était souvent serrée.

Quoique le Pasteur répondît à tout avec beaucoup de douceur et de modération, et qu'il affectât même de ne la contrarier en rien, de peur qu'on ne prît son silence sur d'autres points pour un aveu, il ne laissa pas d'être Ecclésiastique un moment, et d'exposer sur l'autre vie une doctrine opposée. Il dit que l'immensité, la gloire et les attributs de Dieu seraient le seul objet dont l'âme des bienheureux serait occupée, que cette contemplation sublime effacerait tout autre souvenir, qu'on ne se verrait point, qu'on ne se reconnaîtrait point, même dans le Ciel, et qu'à cet aspect ravissant on ne songerait plus à rien de terrestre.

Cela peut-être, reprit Julie, il y a si loin de la bassesse de nos pensées à l'essence divine, que nous ne pouvons juger des effets qu'elle produira sur nous quand nous serons en état de la contempler. Toutefois ne pouvant maintenant raisonner que sur mes idées, j'avoue que je me sens des affections si chères, qu'il m'en coûterait de penser que je ne les aurai plus. Je me suis même fait une espèce d'argument qui flatte mon espoir. Je me dis qu'une partie de mon bonheur consistera dans le témoignage d'une bonne conscience. Je me souviendrai donc de ce que j'aurai fait sur la terre ; je me souviendrai donc aussi des gens qui m'y ont été chers ; ils me le seront donc encore : ne les voir * plus serait une peine, et le séjour des bienheureux n'en admet point [1]. Au reste, ajouta-t-elle en regardant le ministre d'un air assez gai, si je me trompe, un jour ou deux d'erreur seront bientôt passés. Dans peu j'en saurai là-dessus plus que vous-même. En attendant, ce qu'il y a pour moi de très sûr, c'est que tant que je me souviendrai d'avoir habité la terre, j'aimerai ceux que j'y ai aimés, et mon pasteur n'aura pas la dernière place.

Ainsi se passèrent les entretiens de cette journée, où la sécurité, l'espérance, le repos de l'âme brillèrent plus que jamais dans celle de Julie, et lui donnaient d'avance, au jugement du Ministre, la paix des bienheureux dont elle allait augmenter le nombre. Jamais elle ne fut plus tendre, plus vraie, plus caressante, plus aimable, en un mot, plus elle-même. Toujours du sens, toujours du sentiment, toujours la fermeté du sage [2], et toujours la douceur du chrétien. Point de prétention, point d'apprêt, point de sentence ; partout la naïve expression de ce qu'elle sentait ; partout la simplicité de son cœur. Si quelquefois elle contraignait les plaintes que la souffrance aurait dû lui arracher, ce n'était point pour jouer l'intrépidité stoïque, c'était de peur de navrer ceux qui étaient autour d'elle ; et quand les horreurs de la mort faisaient quelque instant pâtir la nature, elle ne cachait point ses frayeurs, elle se laissait consoler. Sitôt qu'elle était remise, elle consolait les autres. On voyait, on sentait son retour, son air caressant le disait à tout le monde. Sa gaieté n'était point contrainte, sa plaisanterie même était touchante ; on avait le sourire à la bouche et les yeux en pleurs [3]. Ôtez cet effroi qui ne permet pas de jouir de ce qu'on va perdre, elle plaisait plus, elle était plus

---

* Il est aisé de comprendre que par ce mot *voir* elle entend un pur acte de l'entendement, semblable à celui par lequel Dieu nous voit et par lequel nous verrons Dieu. Les sens ne peuvent imaginer l'immédiate communication des esprits : mais la raison la conçoit très bien, et mieux, ce me semble, que la communication du mouvement dans les corps.

aimable qu'en santé même ; et le dernier jour de sa vie en fut aussi le plus charmant.

Vers le soir elle eut encore un accident qui, bien que moindre que celui du matin, ne lui permit pas de voir longtemps ses enfants. Cependant elle remarqua qu'Henriette était changée ; on lui dit qu'elle pleurait beaucoup et ne mangeait point. On ne la guérira pas de cela, dit-elle en regardant Claire ; la maladie est dans le sang.

Se sentant bien revenue, elle voulut qu'on soupât dans sa chambre. Le médecin s'y trouva comme le matin. La Fanchon, qu'il fallait toujours avertir, quand elle devait venir manger à notre table, vint ce soir-là sans se faire appeler. Julie s'en aperçut et sourit. Oui, mon enfant, lui dit-elle, soupe encore avec moi ce soir ; tu auras plus longtemps ton mari que ta maîtresse. Puis elle me dit, je n'ai pas besoin de vous recommander Claude Anet : Non, repris-je, tout ce que vous avez honoré de votre bienveuillance[1] n'a pas besoin de m'être recommandé.

Le soupé fut encore plus agréable que je ne m'y étais attendu. Julie, voyant qu'elle pouvait soutenir la lumière, fit approcher la table, et, ce qui semblait inconcevable dans l'état où elle était, elle eut appétit. Le médecin, qui ne voyait plus d'inconvénient à le satisfaire lui offrit un blanc de poulet ; non, dit-elle, mais je mangerais bien de cette Ferra*. On lui en donna un petit morceau ; elle le mangea avec un peu de pain et le trouva bon. Pendant qu'elle mangeait, il fallait voir Mad^e d'Orbe la regarder ; il fallait le voir, car cela ne peut se dire. Loin que ce qu'elle avait mangé lui fît mal, elle en parut mieux le reste du soupé. Elle se trouva même de si bonne humeur qu'elle s'avisa de remarquer par forme de reproche qu'il y avait longtemps que je n'avais bu de vin étranger. Donnez, dit-elle, une bouteille de vin d'Espagne à ces Messieurs. À la contenance du Médecin elle vit qu'il s'attendait à boire de vrai vin

---

* Excellent poisson particulier au lac de Genève, et qu'on n'y trouve qu'en certain temps[2].

d'Espagne, et sourit encore en regardant sa Cousine. J'aperçus aussi que, sans faire attention à tout cela, Claire de son côté commençait de temps à autre à lever les yeux avec un peu d'agitation, tantôt sur Julie et tantôt sur Fanchon à qui ces yeux semblaient dire ou demander quelque chose.

Le vin tardait à venir. On eut beau chercher la clé de la Cave, on ne la trouva point, et l'on jugea, comme il était vrai, que le Valet de chambre du Baron, qui en était chargé, l'avait emportée par mégarde. Après quelques autres informations, il fut clair que la provision d'un seul jour en avait duré cinq, et que le vin manquait sans que personne s'en fût aperçu, malgré plusieurs nuits de veille*. Le médecin tombait des nues. Pour moi, soit qu'il fallût attribuer cet oubli à la tristesse ou à la sobriété des Domestiques, j'eus honte d'user avec de telles gens des précautions ordinaires. Je fis enfoncer la porte de la cave, et j'ordonnai que désormais tout le monde eût du vin à discrétion.

La bouteille arrivée, on en but. Le vin fut trouvé excellent. La malade en eut envie. Elle en demanda une cuillerée avec de l'eau : le médecin le lui donna dans un verre et voulut qu'elle le bût pur. Ici les coups d'œil devinrent plus fréquents entre Claire et la Fanchon ; mais comme à la dérobée et craignant toujours d'en trop dire.

Le jeûne, la faiblesse, le régime ordinaire à Julie donnèrent au vin une grande activité. Ah ! dit-elle, vous m'avez enivrée ! après avoir attendu si tard ce n'était pas la peine de commencer, car c'est un objet bien odieux qu'une femme ivre. En effet, elle se mit à babiller, très sensément pourtant, à son ordinaire, mais avec plus de vivacité qu'auparavant. Ce qu'il y avait d'étonnant, c'est que son teint n'était point allumé ; ses yeux ne brillaient que d'un feu modéré par la

---

* Lecteurs à beaux laquais, ne demandez point avec un ris moqueur où l'on avait pris ces gens-là. On vous a répondu d'avance : on ne les avait point pris, on les avait faits. Le problème entier dépend d'un point unique : Trouvez seulement Julie, et tout le reste est trouvé. Les hommes en général ne sont point ceci ou cela, ils sont ce qu'on les fait être.

langueur de la maladie ; à la pâleur près on l'aurait crue en
santé. Pour alors[1], l'émotion de Claire devint tout à fait
visible. Elle élevait un œil craintif alternativement sur Julie,
sur moi, sur la Fanchon, mais principalement sur le
médecin : tous ces regards étaient autant d'interrogations
qu'elle voulait et n'osait faire. On eût dit toujours qu'elle
allait parler, mais que la peur d'une mauvaise réponse la
retenait ; son inquiétude était si vive qu'elle en paraissait
oppressée.

Fanchon, enhardie par tous ces signes, hasarda de dire,
mais en tremblant et à demi-voix, qu'il semblait que
Madame avait un peu moins souffert aujourd'hui ;.... que la
dernière convulsion avait été moins forte ;.... que la soirée...
elle resta interdite. Et Claire, qui pendant qu'elle avait parlé
tremblait comme la feuille, leva des yeux craintifs sur le
médecin, les regards attachés aux siens, l'oreille attentive, et
n'osant respirer, de peur de ne pas bien entendre ce qu'il
allait dire.

Il eût fallu être stupide pour ne pas concevoir tout cela.
Du Bosson se lève, va tâter le pouls de la malade, et dit ; il
n'y a point là d'ivresse, ni de fièvre ; le pouls est fort bon. À
l'instant Claire s'écrie en tendant à demi les deux bras ; Hé
bien Monsieur !... le pouls ?... la fièvre ?.... la voix lui
manquait ; mais ses mains écartées restaient toujours en
avant ; ses yeux pétillaient d'impatience ; il n'y avait pas un
muscle à son visage qui ne fût en action. Le médecin ne
répond rien, reprend le poignet, examine les yeux, la langue,
reste un moment pensif, et dit : Madame, je vous entends
bien. Il m'est impossible de dire à présent rien de positif ;
mais si demain matin à pareille heure elle est encore dans le
même état, je réponds de sa vie. À ce moment Claire part
comme un éclair, renverse deux chaises et presque la table,
saute au cou du médecin, l'embrasse, le baise mille fois en
sanglotant et pleurant à chaudes larmes, et toujours avec la
même impétuosité[2] s'ôte du doigt une bague de prix, la met
au sien malgré lui, et lui dit hors d'haleine. Ah Monsieur ! si
vous nous la rendez, vous ne la sauverez pas seule.

Julie vit tout cela. Ce spectacle la déchira. Elle regarde son amie, et lui dit d'un ton tendre et douloureux. Ah cruelle ! que tu me fais regretter la vie ! veux-tu me faire mourir désespérée ? Faudra-t-il te préparer deux fois ? Ce peu de mots fut un coup de foudre ; il amortit aussitôt les transports de joie ; mais il ne put étouffer tout à fait l'espoir renaissant.

En un instant la réponse du Médecin fut sue par toute la maison. Ces bonnes gens crurent déjà leur maîtresse guérie. Ils résolurent tout d'une voix de faire au Médecin, si elle en revenait, un présent en commun pour lequel chacun donna trois mois de ses gages, et l'argent fut sur-le-champ consigné dans les mains de la Fanchon, les uns prêtant aux autres ce qui leur manquait pour cela. Cet accord se fit avec tant d'empressement que Julie entendait de son lit le bruit de leurs acclamations. Jugez de l'effet, dans le cœur d'une femme qui se sent mourir ! Elle me fit signe, et me dit à l'oreille : On m'a fait boire jusqu'à la lie la coupe amère et douce de la sensibilité [1].

Quand il fut question de se retirer, Mad^e d'Orbe, qui partagea le lit de sa Cousine comme les deux nuits précédentes, fit appeler sa femme de chambre pour relayer cette nuit la Fanchon ; mais celle-ci s'indigna de cette proposition, plus même, ce me sembla, qu'elle n'eût fait si son mari ne fût pas arrivé. Mad^e d'Orbe s'opiniâtra de son côté, et les deux femmes de chambre passèrent la nuit ensemble dans le cabinet. Je la passai dans la chambre voisine, et l'espoir avait tellement ranimé le zèle, que ni par ordres ni par menaces je ne pus envoyer coucher un seul domestique. Ainsi toute la maison resta sur pied cette nuit avec une telle impatience qu'il y avait peu de ses habitants qui n'eussent donné beaucoup de leur vie pour être à neuf heures du matin.

J'entendis durant la nuit quelques allées et venues qui ne m'alarmèrent pas : mais sur le matin que tout était tranquille, un bruit sourd frappa mon oreille. J'écoute, je crois distinguer des gémissements. J'accours, j'entre, j'ouvre le

rideau.... St. Preux !.... cher St. Preux !.... je vois les deux
amies sans mouvement, et se tenant embrassées ; l'une
évanouie, et l'autre expirante. Je m'écrie, je veux retarder ou
recueillir son dernier soupir, je me précipite. Elle n'était plus.

Adorateur de Dieu, Julie n'était plus.... Je ne vous dirai
pas ce qui se fit durant quelques heures. J'ignore ce que je
devins moi-même. Revenu du premier saisissement je
m'informai de Madᵉ d'Orbe. J'appris qu'il avait fallu la
porter dans sa chambre, et même l'y renfermer : car elle
rentrait à chaque instant dans celle de Julie, se jetait sur son
corps, le réchauffait du sien, s'efforçait de le ranimer, le
pressait, s'y collait avec une espèce de rage, l'appelait à
grands cris de mille noms passionnés, et nourrissait son
désespoir de tous ces efforts inutiles.

En entrant, je la trouvai tout à fait hors de sens, ne voyant
rien, n'entendant rien, ne connaissant personne, se roulant
par la chambre en se tordant les mains et mordant les pieds
des chaises, murmurant d'une voix sourde quelques paroles
extravagantes, puis poussant par longs intervalles des cris
aigus qui faisaient tressaillir. Sa femme de chambre au pied
de son lit consternée, épouvantée, immobile, n'osant souffler, cherchait à se cacher d'elle, et tremblait de tout son
corps. En effet, les convulsions dont elle était agitée avaient
quelque chose d'effrayant. Je fis signe à la femme de
chambre de se retirer ; car je craignais qu'un seul mot de
consolation lâché mal à propos ne la mît en fureur.

Je n'essayai pas de lui parler ; elle ne m'eût point écouté,
ni même entendu ; mais au bout de quelque temps la voyant
épuisée de fatigue, je la pris et la portai dans un fauteuil. Je
m'assis auprès d'elle, en lui tenant les mains ; j'ordonnai
qu'on amenât les enfants, et les fis venir autour d'elle.
Malheureusement, le premier qu'elle aperçut fut précisément la cause innocente de la mort de son amie. Cet aspect
la fit frémir. Je vis ses traits s'altérer, ses regards s'en
détourner avec une espèce d'horreur, et ses bras en contrac-
tion se roidir pour le repousser. Je tirai l'enfant à moi.
Infortuné ! lui dis-je, pour avoir été trop cher à l'une tu

deviens odieux à l'autre ; elles n'eurent pas en tout le même cœur. Ces mots l'irritèrent violemment et m'en attirèrent de très piquants. Ils ne laissèrent pourtant pas de faire impression. Elle prit l'enfant dans ses bras et s'efforça de le caresser ; ce fut en vain ; elle le rendit presque au même instant. Elle continue même à le voir avec moins de plaisir que l'autre, et je suis bien aise que ce ne soit pas celui-là qu'on a destiné à sa fille.

Gens sensibles, qu'eussiez-vous fait à ma place [1] ? Ce que faisait Mad^e d'Orbe. Après avoir mis ordre aux enfants, à Mad^e d'Orbe, aux funérailles de la seule personne que j'aie aimée, il fallut monter à cheval et partir la mort dans le cœur pour la porter au plus déplorable père. Je le trouvai souffrant de sa chute, agité, troublé de l'accident de sa fille. Je le laissai accablé de douleur, de ces douleurs de vieillard, qu'on n'aperçoit pas au dehors, qui n'excitent ni gestes ni cris, mais qui tuent. Il n'y résistera jamais, j'en suis sûr, et je prévois de loin le dernier coup qui manque au malheur de son ami. Le lendemain je fis toute la diligence possible pour être de retour de bonne heure et rendre les derniers honneurs à la plus digne des femmes : Mais tout n'était pas dit encore. Il fallait qu'elle ressuscitât, pour me donner l'horreur de la perdre une seconde fois.

En approchant du logis, je vois un de mes gens accourir à perte d'haleine, et s'écrier d'aussi loin que je pus l'entendre ; Monsieur, Monsieur, hâtez-vous ; Madame n'est pas morte. Je ne compris rien à ce propos insensé : j'accours toutefois. Je vois la cour pleine de gens qui versaient des larmes de joie en donnant à grands cris des bénédictions à Madame de Wolmar. Je demande ce que c'est ; tout le monde est dans le transport, personne ne peut me répondre : la tête avait tourné à mes propres gens. Je monte à pas précipités dans l'appartement de Julie. Je trouve plus de vingt personnes à genoux autour de son lit, et les yeux fixés sur elle. Je m'approche ; je la vois sur ce lit habillée et parée ; le cœur me bat ; je l'examine.... Hélas, elle était morte ! Ce moment de fausse joie si tôt et si cruellement éteinte fut le plus amer de ma vie. Je ne suis pas colère : je me sentis vivement irrité. Je voulus savoir le fond de cette extravagante scène. Tout était déguisé, altéré, changé : j'eus toute la peine du monde à démêler la vérité. Enfin j'en vins à bout, et voici l'histoire du prodige[1].

Mon beau-père alarmé de l'accident qu'il avait appris, et croyant pouvoir se passer de son Valet de chambre, l'avait envoyé un peu avant mon arrivée auprès de lui savoir des nouvelles de sa fille. Le vieux domestique, fatigué du cheval, avait pris un bateau, et traversant le lac pendant la nuit était arrivé à Clarens le matin même de mon retour. En arrivant il voit la consternation, il en apprend le sujet, il monte en gémissant à la chambre de Julie ; il se met à genoux au pied de son lit, il la regarde, il pleure, il la contemple. Ah, ma bonne maîtresse ! ah, que Dieu ne m'a-t-il pris au lieu de vous ! moi qui suis vieux, qui ne tiens à rien, qui ne suis bon à rien, que fais-je sur la terre ? Et vous qui étiez jeune, qui faisiez la gloire de votre famille, le bonheur de votre maison, l'espoir des malheureux ;.... hélas quand je vous vis naître, était-ce pour vous voir mourir ?...

Au milieu des exclamations que lui arrachaient son zèle et son bon cœur, les yeux toujours collés sur ce visage, il crut apercevoir un mouvement : son imagination se frappe ; il voit Julie tourner les yeux, le regarder, lui faire un signe de tête. Il se lève avec transport et court par toute la maison, en criant que Madame n'est pas morte, qu'elle l'a reconnu, qu'il en est sûr, qu'elle en reviendra. Il n'en fallut pas davantage ; tout le monde accourt, les voisins, les pauvres qui faisaient retentir l'air de leurs lamentations, tous s'écrient, elle n'est pas morte ! Le bruit s'en répand et s'augmente : le peuple ami du merveilleux se prête avidement à la nouvelle ; on la croit comme on la désire ; chacun cherche à se faire fête[2] en appuyant la crédulité commune. Bientôt la défunte n'avait pas seulement fait signe, elle avait agi, elle avait parlé, et il y avait vingt témoins oculaires de faits circonstanciés qui n'arrivèrent jamais.

Sitôt qu'on crut qu'elle vivait encore, on fit mille efforts

pour la ranimer ; on s'empressait autour d'elle, on lui
parlait, on l'inondait d'eaux spiritueuses, on touchait si le
pouls ne revenait point. Ses femmes, indignées que le corps
de leur maîtresse restât environné d'hommes dans un état si
négligé, firent sortir tout le monde, et ne tardèrent pas à
connaître combien on s'abusait. Toutefois ne pouvant se
résoudre à détruire une erreur si chère ; peut-être espérant
encore elles-mêmes quelque événement miraculeux, elles
vêtirent le corps avec soin, et quoique sa garde-robe leur eût
été laissée, elles lui prodiguèrent la parure. Ensuite l'exposant sur un lit et laissant les rideaux ouverts, elles se
remirent à la pleurer au milieu de la joie publique.

C'était au plus fort de cette fermentation que j'étais
arrivé. Je reconnus bientôt qu'il était impossible de faire
entendre raison à la multitude, que si je faisais fermer la
porte et porter le corps à la sépulture il pourrait arriver du
tumulte, que je passerais au moins pour un mari parricide
qui faisait enterrer sa femme en vie, et que je serais en
horreur dans tout le pays. Je résolus d'attendre. Cependant
après plus de trente-six heures, par l'extrême chaleur qu'il
faisait, les chairs commençaient à se corrompre, et quoique
le visage eût gardé ses traits et sa douceur, on y voyait déjà
quelques signes d'altération. Je le dis à Mad^e d'Orbe qui
restait demi-morte au chevet du lit. Elle n'avait pas le
bonheur d'être la dupe d'une illusion si grossière ; mais elle
feignait de s'y prêter pour avoir un prétexte d'être incessamment dans la chambre, d'y navrer son cœur à plaisir, de l'y
repaître de ce mortel spectacle, de s'y rassasier de douleur.

Elle m'entendit, et prenant son parti sans rien dire, elle
sortit de la chambre. Je la vis rentrer un moment après
tenant un voile d'or brodé de perles que vous lui aviez
apporté des Indes *. Puis s'approchant du lit, elle baisa le

---

* On voit assez que c'est le songe de St. Preux, dont Mad^e d'Orbe avait
l'imagination toujours pleine, qui lui suggère l'expédient de ce voile. Je crois
que si l'on y regardait de bien près, on trouverait ce même rapport dans
l'accomplissement de beaucoup de prédictions. L'événement n'est pas prédit
parce qu'il arrivera ; mais il arrive parce qu'il a été prédit [1].

voile, en couvrit en pleurant la face de son amie, et s'écria d'une voix éclatante : « Maudite soit l'indigne main qui jamais lèvera ce voile ! maudit soit l'œil impie qui verra ce visage défiguré ! » Cette action, ces mots frappèrent tellement les spectateurs, qu'aussitôt comme par une inspiration soudaine la même imprécation fut répétée par mille cris. Elle a fait tant d'impression sur tous nos gens et sur tout le peuple, que la défunte ayant été mise au cercueil dans ses habits et avec les plus grandes précautions, elle a été portée et inhumée dans cet état, sans qu'il se soit trouvé personne assez hardi pour toucher au voile *.

Le sort du plus à plaindre est d'avoir encore à consoler les autres. C'est ce qui me reste à faire auprès de mon beau-père, de Mad^e d'Orbe, des amis, des parents, des voisins, et de mes propres gens. Le reste n'est rien ; mais mon vieux ami ! mais Mad^e d'Orbe ! il faut voir l'affliction de celle-ci pour juger de ce qu'elle ajoute à la mienne. Loin de me savoir gré de mes soins, elle me les reproche ; mes attentions l'irritent, ma froide tristesse l'aigrit ; il lui faut des regrets amers semblables aux siens, et sa douleur barbare voudrait voir tout le monde au désespoir. Ce qu'il y a de plus désolant est qu'on ne peut compter sur rien avec elle, et ce qui la soulage un moment la dépite un moment après. Tout ce qu'elle fait, tout ce qu'elle dit approche de la folie, et serait risible pour des gens de sens-froid [1]. J'ai beaucoup à souffrir ; je ne me rebuterai jamais. En servant ce qu'aima Julie, je crois l'honorer mieux que par des pleurs.

Un seul trait vous fera juger des autres. Je croyais avoir tout fait en engageant Claire à se conserver pour remplir les soins dont la chargea son amie. Exténuée d'agitations, d'abstinences, de veilles, elle semblait enfin résolue à revenir sur elle-même, à recommencer sa vie ordinaire, à reprendre ses repas dans la salle à manger. La première fois qu'elle y vint je fis dîner les enfants dans leur chambre, ne voulant

---

* Le peuple du pays de Vaud, quoique protestant, ne laisse pas d'être extrêmement superstitieux.

pas courir le hasard de cet essai devant eux : car le spectacle des passions violentes de toute espèce est un des plus dangereux qu'on puisse offrir aux enfants. Ces passions ont toujours dans leurs excès quelque chose de puérile [1] qui les amuse, qui les séduit, et leur fait aimer ce qu'ils devraient craindre *. Ils n'en avaient déjà que trop vu.

En entrant, elle jeta un coup d'œil sur la table et vit deux couverts. À l'instant elle s'assit sur la première chaise qu'elle trouva derrière elle, sans vouloir se mettre à table ni dire la raison de ce caprice. Je crus la deviner, et je fis mettre un troisième couvert à la place qu'occupait ordinairement sa Cousine. Alors elle se laissa prendre par la main et mener à table sans résistance, rangeant sa robe avec soin, comme si elle eût craint d'embarrasser cette place vide. À peine avait-elle porté la première cuillerée de potage à sa bouche qu'elle la repose, et demande d'un ton brusque ce que faisait là ce couvert, puisqu'il n'était point occupé ? Je lui dis qu'elle avait raison, et fis ôter le couvert. Elle essaya de manger, sans pouvoir en venir à bout. Peu à peu son cœur se gonflait, sa respiration devenait haute et ressemblait à des soupirs. Enfin elle se leva tout à coup de table, s'en retourna dans sa chambre sans dire un seul mot ni rien écouter de tout ce que je voulus lui dire, et de toute la journée elle ne prit que du thé.

Le lendemain ce fut à recommencer. J'imaginai un moyen de la ramener à la raison par ses propres caprices, et d'amollir la dureté du désespoir par un sentiment plus doux. Vous savez que sa fille ressemble beaucoup à Madame de Wolmar [3]. Elle se plaisait à marquer cette ressemblance par des robes de même étoffe, et elle leur avait apporté de Genève plusieurs ajustements semblables, dont elles se paraient les mêmes jours. Je fis donc habiller Henriette le plus à l'imitation de Julie qu'il fût possible, et après l'avoir

---

* Voilà pourquoi nous aimons tous le théâtre, et plusieurs d'entre nous les romans [2].

bien instruite, je lui fis occuper à table le troisième couvert, qu'on avait mis comme la veille.

Claire au premier coup d'œil comprit mon intention ; elle en fut touchée ; elle me jeta un regard tendre et obligeant. Ce fut là le premier de mes soins auquel elle parut sensible, et j'augurai bien d'un expédient qui la disposait à l'attendrissement.

Henriette, fière de représenter sa petite Maman, joua parfaitement son rôle, et si parfaitement que je vis pleurer les domestiques. Cependant elle donnait toujours à sa mère le nom de Maman, et lui parlait avec le respect convenable. Mais enhardie par le succès, et par mon approbation qu'elle remarquait fort bien, elle s'avisa de porter la main sur une cuillère et de dire dans une saillie ; Claire, veux-tu de cela ? Le geste et le ton de voix furent imités au point que sa mère en tressaillit. Un moment après elle part d'un grand éclat de rire, tend son assiette en disant, oui, mon enfant, donne ; tu es charmante : et puis elle se mit à manger avec une avidité qui me surprit. En la considérant avec attention, je vis de l'égarement dans ses yeux, et dans son geste un mouvement plus brusque et plus décidé qu'à l'ordinaire. Je l'empêchai de manger davantage, et je fis bien ; car une heure après elle eut une violente indigestion qui l'eût infailliblement étouffée, si elle eût continué de manger. Dès ce moment, je résolus de supprimer tous ces jeux, qui pouvaient allumer son imagination au point qu'on n'en serait plus maître. Comme on guérit plus aisément de l'affliction que de la folie, il vaut mieux la laisser souffrir davantage, et ne pas exposer sa raison.

Voilà, mon cher, à peu près où nous en sommes. Depuis le retour du Baron, Claire monte chez lui tous les matins, soit tandis que j'y suis, soit quand j'en sors ; ils passent une heure ou deux ensemble, et les soins qu'elle lui rend facilitent un peu ceux qu'on prend d'elle. D'ailleurs, elle commence à se rendre plus assidue auprès des enfants. Un des trois a été malade, précisément celui qu'elle aime le moins. Cet accident lui a fait sentir qu'il lui reste des pertes à faire, et lui a rendu le zèle de ses devoirs. Avec tout cela, elle n'est pas encore au point de la tristesse ; les larmes ne coulent pas encore ; on vous attend pour en répandre, c'est à vous de les essuyer. Vous devez m'entendre. Pensez au dernier conseil de Julie ; il est venu de moi le premier, et je le crois plus que jamais utile et sage [1]. Venez vous réunir à tout ce qui reste d'elle. Son père, son amie, son mari, ses enfants, tout vous attend, tout vous désire, vous êtes nécessaire à tous. Enfin, sans m'expliquer davantage, venez partager et guérir mes ennuis ; je vous devrai peut-être plus que personne.

LETTRE XII

De Julie
(Cette Lettre était incluse dans la précédente)

Il faut renoncer à nos projets. Tout est changé, mon bon ami ; souffrons ce changement sans murmure ; il vient d'une main plus sage que nous. Nous songions à nous réunir : cette réunion n'était pas bonne. C'est un bienfait du Ciel de l'avoir prévenue ; sans doute il prévient des malheurs [2].

Je me suis longtemps fait illusion. Cette illusion me fut salutaire ; elle se détruit au moment que je n'en ai plus besoin [3]. Vous m'avez crue guérie, et j'ai cru l'être. Rendons grâce à celui qui fit durer cette erreur autant qu'elle était utile ; qui sait si me voyant si près de l'abîme, la tête ne m'eût point tourné ? Oui, j'eus beau vouloir étouffer le premier sentiment qui m'a fait vivre, il s'est concentré dans mon cœur. Il s'y réveille au moment qu'il n'est plus à craindre ; il me soutient quand mes forces m'abandonnent ; il me ranime quand je me meurs. Mon ami, je fais cet aveu sans honte ; ce sentiment resté malgré moi fut involontaire, il n'a rien coûté à mon innocence ; tout ce qui dépend de ma volonté fut pour mon devoir. Si le cœur qui n'en dépend pas fut pour vous, ce fut mon tourment et non pas mon crime.

J'ai fait ce que j'ai dû faire ; la vertu me reste sans tache, et l'amour m'est resté sans remords.

J'ose m'honorer du passé ; mais qui m'eût pu répondre de l'avenir ? Un jour de plus, peut-être, et j'étais coupable ! Qu'était-ce de la vie entière passée avec vous ? Quels dangers j'ai courus sans le savoir ! À quels dangers plus grands j'allais être exposée ! Sans doute je sentais pour moi les craintes que je croyais sentir pour vous. Toutes les épreuves ont été faites, mais elles pouvaient trop revenir [1]. N'ai-je pas assez vécu pour le bonheur et pour la vertu ? Que me restait-il d'utile à tirer de la vie ? En me l'ôtant le Ciel ne m'ôte plus rien de regrettable, et met mon honneur à couvert. Mon ami, je pars au moment favorable ; contente de vous et de moi ; je pars avec joie [2], et ce départ n'a rien de cruel. Après tant de sacrifices je compte pour peu celui qui me reste à faire : Ce n'est que mourir une fois de plus.

Je prévois vos douleurs, je les sens : vous restez à plaindre, je le sais trop ; et le sentiment de votre affliction est la plus grande peine que j'emporte avec moi ; mais voyez aussi que de consolations je vous laisse ! Que de soins à remplir envers celle qui vous fut chère vous font un devoir de vous conserver pour elle ! il vous reste à la servir dans la meilleure partie d'elle-même. Vous ne perdez de Julie que ce que vous en avez perdu depuis longtemps. Tout ce qu'elle eut de meilleur vous reste. Venez vous réunir à sa famille. Que son cœur demeure au milieu de vous [3]. Que tout ce qu'elle aima se rassemble pour lui donner un nouvel être. Vos soins, vos plaisirs, votre amitié, tout sera son ouvrage. Le nœud de votre union formé par elle la fera revivre ; elle ne mourra qu'avec le dernier de tous.

Songez qu'il vous reste une autre Julie et n'oubliez pas ce que vous lui devez. Chacun de vous va perdre la moitié de sa vie ; unissez-vous pour conserver l'autre ; c'est le seul moyen qui vous reste à tous deux de me survivre, en servant ma famille et mes enfants. Que ne puis-je inventer des nœuds plus étroits encore pour unir tout ce qui m'est cher ! Combien vous devez l'être l'un à l'autre ! Combien cette idée doit renforcer votre attachement mutuel! Vos objections contre cet engagement vont être de nouvelles raisons pour le former. Comment pourrez-vous jamais vous parler de moi sans vous attendrir ensemble? Non: Claire et Julie seront si bien confondues qu'il ne sera plus possible à votre cœur de les séparer. Le sien vous rendra tout ce que vous aurez senti pour son amie, elle en sera la confidente et l'objet: vous serez heureux par celle qui vous restera, sans cesser d'être fidèle à celle que vous aurez perdue, et après tant de regrets et de peines, avant que l'âge de vivre et d'aimer se passe, vous aurez brûlé d'un feu légitime et joui d'un bonheur innocent.

C'est dans ce chaste lien que vous pourrez sans distractions et sans craintes vous occuper des soins que je vous laisse, et après lesquels vous ne serez plus en peine de dire quel bien vous aurez fait ici-bas. Vous le savez, il existe un homme digne du bonheur auquel il ne sait pas aspirer. Cet homme est votre libérateur, le mari de l'amie qu'il vous a rendue. Seul, sans intérêt à la vie, sans attente de celle qui la suit, sans plaisir, sans consolation, sans espoir, il sera bientôt le plus infortuné des mortels. Vous lui devez les soins qu'il a pris de vous, et vous savez ce qui peut les rendre utiles. Souvenez-vous de ma lettre précédente. Passez vos jours avec lui. Que rien de ce qui m'aima ne le quitte. Il vous a rendu le goût de la vertu, montrez-lui-en l'objet et le prix. Soyez Chrétien pour l'engager à l'être. Le succès est plus près que vous ne pensez: Il a fait son devoir, je ferai le mien[1], faites le vôtre. Dieu est juste; ma confiance ne me trompera pas.

Je n'ai qu'un mot à vous dire sur mes enfants. Je sais quels soins va vous coûter leur éducation: mais je sais bien aussi que ces soins ne vous seront pas pénibles. Dans les moments de dégoût inséparables de cet emploi, dites-vous, ils sont les enfants de Julie, il ne vous coûtera plus rien. M. de Wolmar vous remettra les observations que j'ai faites sur votre mémoire et sur le caractère de mes deux fils. Cet écrit n'est que commencé: Je ne vous le donne pas pour règle, je le

soumets à vos lumières. N'en faites point des savants, faites-
en des hommes bienfaisants et justes. Parlez-leur quelquefois de leur mère.... vous savez s'ils lui étaient chers.... dites
à Marcellin qu'il ne m'en coûta pas de mourir pour lui.
Dites à son frère que c'était pour lui que j'aimais la vie.
Dites-leur.... je me sens fatiguée. Il faut finir cette Lettre. En
vous laissant mes enfants, je m'en sépare avec moins de
peine ; je crois rester avec eux.

Adieu, adieu, mon doux ami..... Hélas ! j'achève de vivre
comme j'ai commencé. J'en dis trop, peut-être, en ce
moment où le cœur ne déguise plus rien.... Eh pourquoi
craindrais-je d'exprimer tout ce que je sens ? Ce n'est plus
moi qui te parle ; je suis déjà dans les bras de la mort. Quand
tu verras cette Lettre, les vers rongeront le visage de ton
amante, et son cœur où tu ne seras plus. Mais mon âme
existerait-elle sans toi, sans toi quelle félicité goûterais-je ?
Non, je ne te quitte pas, je vais t'attendre. La vertu qui nous
sépara sur la terre, nous unira dans le séjour éternel. Je
meurs dans cette douce attente. Trop heureuse d'acheter au
prix de ma vie le droit de t'aimer toujours sans crime, et de
te le dire encore une fois [1].

LETTRE XIII

De Madame d'Orbe

J'apprends que vous commencez à vous remettre assez
pour qu'on puisse espérer de vous voir bientôt ici. Il faut,
mon ami, faire effort sur votre faiblesse ; il faut tâcher de
passer les monts avant que l'hiver achève de vous les fermer.
Vous trouverez en ce pays l'air qui vous convient ; vous n'y
verrez que douleur et tristesse, et peut-être l'affliction
commune sera-t-elle un soulagement pour la vôtre. La
mienne pour s'exhaler a besoin de vous. Moi seule je ne puis
ni pleurer, ni parler, ni me faire entendre. Wolmar m'entend
et ne me répond pas [2]. La douleur d'un père infortuné se
concentre en lui-même ; il n'en imagine pas une plus

cruelle ; il ne la sait ni voir ni sentir : il n'y a plus
d'épanchement pour les vieillards. Mes enfants m'attendris-
sent et ne savent pas s'attendrir. Je suis seule au milieu de
tout le monde. Un morne silence règne autour de moi. Dans
mon stupide abattement je n'ai plus de commerce avec
personne. Je n'ai qu'assez de force et de vie pour sentir les
horreurs de la mort. Ô venez, vous qui partagez ma perte !
Venez partager mes douleurs : Venez nourrir mon cœur de
vos regrets ; venez l'abruver[1] de vos larmes. C'est la seule
consolation que je puisse attendre ; c'est le seul plaisir qui
me reste à goûter.

Mais avant que vous arriviez, et que j'apprenne votre avis
sur un projet dont je sais qu'on vous a parlé, il est bon que
vous sachiez le mien d'avance. Je suis ingénue et franche ; je
ne veux rien vous dissimuler. J'ai eu de l'amour pour vous,
je l'avoue ; peut-être en ai-je encore ; peut-être en aurai-je
toujours ; je ne le sais ni ne le veux savoir. On s'en doute, je
ne l'ignore pas ; je ne m'en fâche ni ne m'en soucie. Mais
voici ce que j'ai à vous dire et que vous devez bien retenir.
C'est qu'un homme qui fut aimé de Julie d'Étange et
pourrait se résoudre à en épouser un autre[2], n'est à mes
yeux qu'un indigne et un lâche que je tiendrais à déshonneur d'avoir pour ami ; et quant à moi, je vous déclare que
tout homme, quel qu'il puisse être, qui désormais m'osera
parler d'amour, ne m'en reparlera de sa vie[3].

Songez aux soins qui vous attendent, aux devoirs qui
vous sont imposés, à celle à qui vous les avez promis. Ses
enfants se forment et grandissent, son père se consume
insensiblement ; son mari s'inquiète et s'agite ; il a beau
faire, il ne peut la croire anéantie ; son cœur, malgré qu'il en
ait, se révolte contre sa vaine raison. Il parle d'elle, il lui
parle, il soupire. Je crois déjà voir s'accomplir les vœux
qu'elle a faits tant de fois, et c'est à vous d'achever ce grand
ouvrage. Quels motifs pour vous attirer ici l'un et l'autre ! Il
est bien digne du généreux Édouard que nos malheurs ne lui
aient pas fait changer de résolution.

Venez donc, chers et respectables amis, venez vous réunir

à tout ce qui reste d'elle. Rassemblons tout ce qui lui fut cher. Que son esprit nous anime ; que son cœur joigne tous les nôtres ; vivons toujours sous ses yeux. J'aime à croire que du lieu qu'elle habite, du séjour de l'éternelle paix, cette âme encore aimante et sensible se plaît à revenir parmi nous, à retrouver ses amis pleins de sa mémoire, à les voir imiter ses vertus, à s'entendre honorer par eux, à les sentir embrasser sa tombe, et gémir en prononçant son nom. Non, elle n'a point quitté ces lieux qu'elle nous rendit si charmants. Ils sont encore tout remplis d'elle. Je la vois sur chaque objet, je la sens à chaque pas, à chaque instant du jour j'entends les accents de sa voix. C'est ici qu'elle a vécu ; c'est ici que repose sa cendre.... la moitié de sa cendre. Deux fois la semaine, en allant au Temple.... j'aperçois.... j'aperçois le lieu triste et respectable.... beauté, c'est donc là ton dernier asile !.... confiance, amitié, vertus, plaisirs, folâtres jeux, la terre a tout englouti.... je me sens entraînée.... j'approche en frissonnant.... je crains de fouler cette terre sacrée.... je crois la sentir palpiter et frémir sous mes pieds.... j'entends murmurer une voix plaintive [1] !.... Claire, ô ma Claire, où es-tu ? que fais-tu loin de ton amie ?.... son cercueil ne la contient pas toute entière.... il attend le reste de sa proie.... il ne l'attendra pas longtemps *.

---

* En achevant de relire ce recueil, je crois voir pourquoi l'intérêt, tout faible qu'il est, m'en est si agréable, et le sera, je pense, à tout lecteur d'un bon naturel. C'est qu'au moins ce faible intérêt est pur et sans mélange de peine ; qu'il n'est point excité par des noirceurs, par des crimes, ni mêlé du tourment de haïr [2]. Je ne saurais concevoir quel plaisir on peut prendre à imaginer et composer le personnage d'un Scélérat, à se mettre à sa place tandis qu'on le représente, à lui prêter l'éclat le plus imposant. Je plains beaucoup les auteurs de tant de tragédies [3] pleines d'horreurs, lesquels passent leur vie à faire agir et parler des gens qu'on ne peut écouter ni voir sans souffrir. Il me semble qu'on devrait gémir d'être condamné à un travail si cruel ; ceux qui s'en font un amusement doivent être bien dévorés du zèle de l'utilité publique. Pour moi, j'admire de bon cœur leurs talents et leurs beaux génies ; mais je remercie Dieu de ne me les avoir pas donnés.

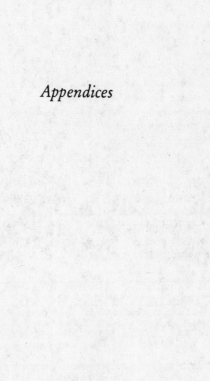

Appendices

PRÉFACE DE LA NOUVELLE HÉLOÏSE :
OU ENTRETIEN SUR LES ROMANS,
ENTRE L'ÉDITEUR
ET UN HOMME DE LETTRES.
Par J. J. ROUSSEAU
CITOYEN DE GENÈVE

AVERTISSEMENT[1]

Ce Dialogue ou Entretien supposé était d'abord destiné à servir de Préface aux Lettres des deux Amants. Mais sa forme et sa longueur ne m'ayant permis de le mettre que par extrait à la tête du recueil, je le donne ici tout entier, dans l'espoir qu'on y trouvera quelques vues utiles sur l'objet de ces sortes d'Écrits. J'ai cru d'ailleurs devoir attendre que le Livre eût fait son effet, avant d'en discuter les inconvénients et les avantages, ne voulant ni faire tort au Libraire, ni mendier l'indulgence du Public.

PRÉFACE DE LA NOUVELLE HÉLOÏSE
OU
ENTRETIEN SUR LES ROMANS

N. Voilà votre Manuscrit. Je l'ai lu tout entier.

R. Tout entier ? J'entends : vous comptez sur peu d'imitateurs.

N. *Vel duo, vel nemo.*

R. *Turpe et miserabile*[1] ! Mais je veux un jugement positif.

N. Je n'ose.

R. Tout est osé par ce seul mot. Expliquez-vous.

N. Mon jugement dépend de la réponse que vous m'allez faire. Cette correspondance est-elle réelle, ou si c'est une fiction ?

R. Je ne vois point la conséquence. Pour dire si un Livre est bon ou mauvais, qu'importe de savoir comment on l'a fait ?

N. Il importe beaucoup pour celui-ci. Un Portrait a toujours son prix, pourvu qu'il ressemble, quelque étrange que soit l'Original. Mais dans un Tableau d'imagination, toute figure humaine doit avoir les traits communs à l'homme, ou le Tableau ne vaut rien. Tous deux supposés bons, il reste encore cette différence que le Portrait intéresse peu de Gens ; le Tableau seul peut plaire au Public.

R. Je vous suis. Si ces Lettres sont des Portraits, ils n'intéressent point : si ce sont des Tableaux, ils imitent mal. N'est-ce pas cela ?

N. Précisément.

R. Ainsi, j'arracherai toutes vos réponses avant que vous m'ayez répondu. Au reste, comme je ne puis satisfaire à votre question, il faut vous en passer pour résoudre la mienne. Mettez la chose au pis : ma Julie.....

N. Oh ! si elle avait existé !

R. Hé bien ?

N. Mais sûrement ce n'est qu'une fiction.

R. Supposez[2].

N. En ce cas, je ne connais rien de si maussade : Ces Lettres ne sont point des Lettres ; ce Roman n'est point un Roman ; les personnages sont des gens de l'autre monde[3].

R. J'en suis fâché pour celui-ci.

N. Consolez-vous ; les fous n'y manquent pas non plus ; mais les vôtres ne sont pas dans la nature.

R. Je pourrais..... Non, je vois le détour que prend votre curiosité. Pourquoi décidez-vous ainsi ? Savez-vous jusqu'où les Hommes diffèrent les uns des autres ; combien les caractères sont opposés ; combien les mœurs, les préjugés varient selon les temps, les lieux, les âges ? Qui est-ce qui ose assigner des bornes précises à la Nature, et dire : Voilà jusqu'où l'Homme peut aller, et pas au delà ?

N. Avec ce beau raisonnement les Monstres inouïs, les Géants, les Pygmées, les chimères de toute espèce, tout pourrait être admis spécifiquement dans la nature ; tout serait défiguré, nous n'aurions plus de modèle commun ? Je le répète, dans les Tableaux de l'humanité chacun doit reconnaître l'Homme.

R. J'en conviens, pourvu qu'on sache aussi discerner ce qui fait les variétés de ce qui est essentiel à l'espèce. Que diriez-vous de ceux qui ne reconnaîtraient la nôtre que dans un habit à la Française ?

N. Que diriez-vous de celui qui, sans exprimer ni traits ni taille, voudrait peindre une figure humaine, avec un voile pour vêtement ? N'aurait-on pas droit de lui demander où est l'homme ?

R. Ni traits, ni taille ? Êtes-vous juste ? Point de gens parfaits : voilà la chimère. Une jeune fille offensant la vertu qu'elle aime, et ramenée au devoir par l'horreur d'un plus grand crime ; une amie trop facile, punie enfin par son propre cœur de l'excès de son indulgence ; un jeune homme honnête et sensible, plein de faiblesse et de beaux discours ; un vieux Gentilhomme entêté de sa noblesse, sacrifiant tout à l'opinion ; un Anglais généreux et brave, toujours passionné par sagesse, toujours raisonnant sans raison......

N. Un mari débonnaire et hospitalier empressé d'établir dans sa maison l'ancien amant de sa femme....

R. Je vous renvoie à l'inscription de l'Estampe *.

N. *Les belles Âmes !*... Le beau mot !

R. O philosophie ! combien tu prends de peine à rétrécir les cœurs, à rendre les hommes petits.

N. L'esprit romanesque les agrandit et les trompe. Mais

* Voyez la septième Estampe.

revenons. Les deux amies ?... Qu'en dites-vous ?... Et cette conversion subite au Temple ?... La Grâce, sans doute ?.....

R. Monsieur !.......

N. Une femme chrétienne, une dévote qui n'apprend point le catéchisme à ses enfants ; qui meurt sans vouloir prier Dieu ; dont la mort cependant édifie un Pasteur, et convertit un Athée !.... Oh !...

R. Monsieur......

N. Quant à l'intérêt, il est pour tout le monde, il est nul. Pas une mauvaise action ; pas un méchant homme qui fasse craindre pour les bons ; des événements si naturels, si simples qu'ils le sont trop ; rien d'inopiné ; point de coup de Théâtre. Tout est prévu longtemps d'avance ; tout arrive comme il est prévu. Est-ce la peine de tenir registre de ce que chacun peut voir tous les jours dans sa maison, ou dans celle de son voisin [1] ?

R. C'est-à-dire, qu'il vous faut des hommes communs et des événements rares ? Je crois que j'aimerais mieux le contraire. D'ailleurs, vous jugez ce que vous avez lu comme un Roman. Ce n'en est point un ; vous l'avez dit vous-même. C'est un Recueil de Lettres...

N. Qui ne sont point des Lettres : je crois l'avoir dit aussi. Quel style épistolaire ! Qu'il est guindé ! Que d'exclamations ! Que d'apprêts ! Quelle emphase pour ne dire que des choses communes ! Quels grands mots pour de petits raisonnements ! Rarement du sens, de la justesse ; jamais ni finesse, ni force, ni profondeur. Une diction toujours dans les nues, et des pensées qui rampent toujours. Si vos personnages sont dans la nature, avouez que leur style est peu naturel ?

R. Je conviens que dans le point de vue où vous êtes, il doit vous paraître ainsi.

N. Comptez-vous que le Public le verra d'un autre œil ; et n'est-ce pas mon jugement que vous demandez ?

R. C'est pour l'avoir plus au long que je vous réplique. Je vois que vous aimeriez mieux des Lettres faites pour être imprimées.

N. Ce souhait paraît assez bien fondé pour celles qu'on donne à l'impression.

R. On ne verra donc jamais les hommes dans les livres que comme ils veulent s'y montrer ?

N. L'Auteur comme il veut s'y montrer ; ceux qu'il dépeint tels qu'ils sont. Mais cet avantage manque encore ici. Pas un Portrait vigoureusement peint ; pas un caractère assez bien marqué ; nulle observation solide ; aucune connaissance du monde. Qu'apprend-on dans la petite sphère de deux ou trois Amants ou Amis toujours occupés d'eux seuls ?

R. On apprend à aimer l'humanité. Dans les grandes sociétés on n'apprend qu'à haïr les hommes.

Votre jugement est sévère ; celui du Public doit l'être encore plus. Sans le taxer d'injustice, je veux vous dire à mon tour de quel œil je vois ces Lettres ; moins pour excuser les défauts que vous y blâmez, que pour en trouver la source.

Dans la retraite on a d'autres manières de voir et de sentir que dans le commerce du monde ; les passions, autrement modifiées ont aussi d'autres expressions : l'imagination toujours frappée des mêmes objets, s'en affecte plus vivement. Ce petit nombre d'images revient toujours, se mêle à toutes les idées, et leur donne ce tour bizarre et peu varié qu'on remarque dans les discours des Solitaires. S'ensuit-il de là que leur langage soit fort énergique ? Point du tout ; il n'est qu'extraordinaire [1]. Ce n'est que dans le monde qu'on apprend à parler avec énergie : premièrement, parce qu'il faut toujours dire autrement et mieux que les autres, et puis, que forcé d'affirmer à chaque instant ce qu'on ne croit pas, d'exprimer des sentiments qu'on n'a point, on cherche à donner à ce qu'on dit un tour persuasif qui supplée à la persuasion intérieure. Croyez-vous que les gens vraiment passionnés aient ces manières de parler vives, fortes, coloriées [2], que vous admirez dans vos Drames et dans vos Romans ? Non ; la passion pleine d'elle-même, s'exprime avec plus d'abondance que de force ; elle ne songe pas même à persuader ; elle ne soupçonne pas qu'on puisse douter d'elle. Quand elle dit ce qu'elle sent, c'est moins pour l'exposer aux autres que pour se soulager. On peint plus vivement l'amour dans les grandes villes ; l'y sent-on mieux que dans les hameaux ?

N. C'est-à-dire, que la faiblesse du langage prouve la force du sentiment ?

R. Quelquefois du moins elle en montre la vérité. Lisez une lettre d'amour faite par un Auteur dans son cabinet, par un bel esprit qui veut briller. Pour peu qu'il ait de feu dans la tête, sa lettre va, comme on dit, brûler le papier ; la chaleur n'ira pas plus loin. Vous serez enchanté, même agité peut-être ; mais d'une agitation passagère et sèche, qui ne vous laissera que des mots pour tout souvenir. Au contraire, une lettre que l'amour a réellement dictée ; une lettre d'un Amant vraiment passionné, sera lâche, diffuse, toute en longueurs, en désordre, en répétitions. Son cœur, plein d'un sentiment qui déborde, redit toujours la même chose, et n'a jamais achevé de dire ; comme une source vive qui coule sans cesse et ne s'épuise jamais. Rien de saillant, rien de remarquable ; on ne retient ni mots, ni tours, ni phrases ; on n'admire rien, l'on n'est frappé de rien. Cependant on se sent l'âme attendrie ; on se sent ému sans savoir pourquoi. Si la force du sentiment ne nous frappe pas, sa vérité nous touche, et c'est ainsi que le cœur sait parler au cœur. Mais ceux qui ne sentent rien, ceux qui n'ont que le jargon paré des passions, ne connaissent point ces sortes de beautés et les méprisent.

N. J'attends.

R. Fort bien. Dans cette dernière espèce de lettres, si les pensées sont communes, le style pourtant n'est pas familier, et ne doit pas l'être. L'amour n'est qu'illusion ; il se fait, pour ainsi dire, un autre Univers ; il s'entoure d'objets qui ne sont point, ou auxquels lui seul a donné l'être ; et comme il rend tous ses sentiments en images, son langage est toujours figuré. Mais ces figures sont sans justesse et sans suite ; son éloquence est dans son désordre ; il prouve d'autant plus qu'il raisonne moins. L'enthousiasme est le dernier degré de la passion. Quand elle est à son comble, elle voit son objet parfait ; elle en fait alors son idole ; elle le place dans le Ciel ; et comme l'enthousiasme de la dévotion emprunte le langage de l'amour, l'enthousiasme de l'amour emprunte aussi le langage de la dévotion. Il ne voit plus que le Paradis, les Anges, les vertus des Saints, les délices du séjour céleste. Dans ces transports, entouré de si hautes images, en parlera-t-il en termes rampants ? Se résoudra-t-il d'abaisser, d'avilir ses idées par des expressions vulgaires ? N'élèvera-t-il pas son style ? Ne lui donnera-t-il pas de la noblesse, de la dignité ? Que parlez-vous de Lettres, de style épistolaire ? En écrivant à ce qu'on aime, il est bien question de cela ! ce ne sont plus des lettres que l'on écrit, ce sont des Hymnes.

N. Citoyen, voyons votre pouls ?

R. Non : voyez l'hiver sur ma tête[1]. Il est un âge pour l'expérience ; un autre pour le souvenir. Le sentiment s'éteint à la fin ; mais l'âme sensible demeure toujours.

Je reviens à nos Lettres. Si vous les lisez comme l'ouvrage d'un Auteur qui veut plaire, ou qui se pique d'écrire, elles sont détestables. Mais prenez-les pour ce qu'elles sont, et jugez-les dans leur espèce. Deux ou trois jeunes gens simples, mais sensibles, s'entretiennent entre eux des intérêts de leurs cœurs. Ils ne songent point à briller aux yeux les uns des autres. Ils se connaissent et s'aiment trop mutuellement pour que l'amour-propre ait plus rien à faire entre eux. Ils sont enfants, penseront-ils en hommes ? Ils sont étrangers, écriront-ils correctement ? Ils sont solitaires, connaîtront-ils le monde et la société ? Pleins du seul sentiment qui les occupe, ils sont dans le délire, et pensent philosopher. Voulez-vous qu'ils sachent observer, juger, réfléchir ? Ils ne savent rien de tout cela. Ils savent aimer ; ils rapportent tout à leur passion. L'importance qu'ils donnent à leurs folles idées, est-elle moins amusante que tout l'esprit qu'ils pourraient étaler ? Ils parlent de tout ; ils se trompent sur tout ; ils ne font rien connaître qu'eux ; mais en se faisant connaître, ils se font aimer : Leurs erreurs valent mieux que le savoir des Sages : Leurs cœurs honnêtes portent partout, jusque dans leurs fautes, les préjugés de la vertu, toujours confiante et toujours trahie. Rien ne les entend, rien ne leur répond, tout les détrompe. Ils se refusent aux vérités décourageantes : ne trouvant nulle part ce qu'ils sentent, ils se replient sur eux-mêmes ; ils se détachent du reste de l'Univers ; et créant entre eux un petit monde différent du nôtre, ils y forment un spectacle véritablement nouveau.

N. Je conviens qu'un homme de vingt ans et des filles de dix-huit, ne doivent pas, quoique instruits, parler en Philosophes, même en pensant l'être. J'avoue encore, et cette différence ne m'a pas échappé, que ces filles deviennent des femmes de mérite, et ce jeune homme un meilleur observateur. Je ne fais point de comparaison entre le commencement et la fin de l'ouvrage. Les détails de la vie domestique effacent les fautes du premier âge : la chaste épouse, la femme sensée, la digne mère de famille font oublier la coupable amante. Mais cela même est un sujet de critique : la fin du recueil rend le commencement d'autant plus répréhensible ; on dirait que ce sont deux livres différents que les mêmes personnes ne doivent pas lire. Ayant à montrer des gens raisonnables, pourquoi les prendre avant qu'ils le soient devenus ? Les jeux d'enfants qui précèdent les leçons de la sagesse empêchent de les attendre ; le mal scandalise avant que le bien puisse édifier ; enfin le lecteur indigné se rebute et quitte le livre au moment d'en tirer du profit.

R. Je pense, au contraire, que la fin de ce recueil serait superflue aux lecteurs rebutés du commencement, et que ce même commencement doit être agréable à ceux pour qui la fin peut être utile. Ainsi, ceux qui n'achèveront pas le livre, ne perdront rien, puisqu'il ne leur est pas propre ; et ceux qui peuvent en profiter ne l'auraient pas lu, s'il eût commencé plus gravement. Pour rendre utile ce qu'on veut dire, il faut d'abord se faire écouter de ceux qui doivent en faire usage.

J'ai changé de moyen, mais non pas d'objet. Quand j'ai tâché de parler aux hommes on ne m'a point entendu ; peut-être en parlant aux enfants me ferai-je mieux entendre ; et les enfants ne goûtent pas mieux la raison nue que les remèdes mal déguisés [1].

> *Cosi all' egro fanciul porgiamo aspersi*
> *Di soave licor gl' orli del vaso ;*
> *Succhi amari ingannato in tanto ei beve,*
> *E dall' inganno suo vita riceve* [2].

N. J'ai peur que vous ne vous trompiez encore : ils suceront les bords du vase, et ne boiront point la liqueur.

R. Alors ce ne sera plus ma faute ; j'aurai fait de mon mieux pour la faire passer.

Mes jeunes gens sont aimables ; mais pour les aimer à trente ans, il faut les avoir connus à vingt. Il faut avoir vécu longtemps avec eux pour s'y plaire ; et ce n'est qu'après avoir déploré leurs fautes qu'on vient à goûter leurs vertus. Leurs lettres n'intéressent pas tout d'un coup ; mais peu à peu elles attachent : on ne peut ni les prendre ni les quitter. La grâce et la facilité n'y sont pas, ni la raison, ni l'esprit, ni l'éloquence ; le sentiment y est, il se communique au cœur par degrés, et lui seul à la fin supplée à tout. C'est une longue romance dont les couplets pris à part n'ont rien qui touche, mais dont la suite produit à la fin son effet [3]. Voilà ce que j'éprouve en les lisant : dites-moi si vous sentez la même chose ?

N. Non. Je conçois pourtant cet effet par rapport à vous. Si vous êtes l'auteur, l'effet est tout simple. Si vous ne l'êtes pas, je le conçois encore. Un homme qui vit dans le monde ne peut s'accoutumer aux idées extravagantes, au pathos affecté, au déraisonnement continuel de vos bonnes gens. Un Solitaire peut les goûter ; vous en avez dit la raison vous-même. Mais, avant que de publier ce manuscrit, songez que le public n'est pas composé d'Hermites. Tout ce qui pourrait arriver de plus heureux serait qu'on prît votre petit bonhomme pour un Céladon[1], votre Édouard pour un D. Quichotte, vos caillettes[2] pour deux Astrées, et qu'on s'en amusât comme d'autant de vrais fous. Mais les longues folies n'amusent guère : il faut écrire comme Cervantès, pour faire lire six volumes de visions.

R. La raison qui vous ferait supprimer cet Ouvrage m'encourage à le publier.

N. Quoi ! la certitude de n'être point lu ?

R. Un peu de patience, et vous allez m'entendre.

En matière de morale, il n'y a point, selon moi, de lecture utile aux gens du monde. Premièrement, parce que la multitude des livres nouveaux qu'ils parcourent, et qui disent tour à tour le pour et le contre, détruit l'effet de l'un par l'autre, et rend le tout comme non avenu. Les livres choisis qu'on relit ne font point d'effet encore : s'ils soutiennent les maximes du monde, ils sont superflus ; et s'ils les combattent, ils sont inutiles. Ils trouvent ceux qui les lisent liés aux vices de la société, par des chaînes qu'ils ne peuvent rompre. L'homme du monde qui veut remuer un instant son âme pour la remettre dans l'ordre moral, trouvant de toutes parts une résistance invincible, est toujours forcé de garder ou reprendre sa première situation. Je suis persuadé qu'il y a peu de gens bien nés qui n'aient fait cet essai, du moins une fois en leur vie ; mais bientôt découragé d'un vain effort on ne le répète plus, et l'on s'accoutume à regarder la morale des livres comme un babil de gens oisifs. Plus on s'éloigne des affaires, des grandes villes, des nombreuses sociétés, plus les obstacles diminuent. Il est un terme où ces obstacles cessent d'être invincibles, et c'est alors que les livres peuvent avoir quelque utilité. Quand on vit isolé, comme on ne se hâte pas de lire pour faire parade de ses lectures, on les varie moins, on les médite davantage[3] ; et comme elles ne trouvent pas un si grand contrepoids au dehors, elles font beaucoup plus d'effet au dedans. L'ennui, ce fléau de la solitude aussi bien que du grand monde, force de recourir aux livres amusants, seule ressource de qui vit seul et n'en a pas en lui-même. On lit beaucoup plus de romans dans les Provinces qu'à Paris, on en lit plus dans les campagnes que dans les villes, et ils y font beaucoup plus d'impression : vous voyez pourquoi cela doit être.

Mais ces livres qui pourraient servir à la fois d'amusement, d'instruction, de consolation au campagnard, malheureux seulement parce qu'il pense l'être, ne semblent faits au contraire que pour le rebuter de son état, en étendant et fortifiant le préjugé qui le lui rend méprisable. Les gens du bel air, les femmes à la mode, les grands, les militaires ; voilà les acteurs de tous vos romans. Le raffinement du goût des villes, les maximes de la Cour, l'appareil du luxe, la morale épicurienne ; voilà les leçons qu'ils prêchent et les préceptes qu'ils donnent. Le coloris de leurs fausses vertus ternit l'éclat des véritables ; le manège des procédés est substitué aux devoirs réels ; les beaux discours font dédaigner les belles actions, et la simplicité des bonnes mœurs passe pour grossièreté.

Quel effet produiront de pareils tableaux sur un gentilhomme de campagne, qui voit railler la franchise avec laquelle il reçoit ses hôtes, et traiter de brutale orgie la joie qu'il fait régner dans son canton ? Sur sa femme qui apprend que les soins d'une mère de famille sont au-dessous des Dames de son rang ? Sur sa fille à qui les airs contournés et le jargon de la ville font dédaigner l'honnête et rustique voisin qu'elle eût épousé ? Tous de concert ne voulant plus être des manants, se dégoûtent de leur village, abandonnent leur vieux château, qui bientôt devient masure, et vont dans la capitale, où, le père, avec sa croix de Saint-Louis, de Seigneur qu'il était, devient valet ou chevalier d'industrie ; la mère établit un brelan ; la fille attire les joueurs, et souvent tous trois, après avoir mené une vie infâme, meurent de misère et déshonorés.

Les Auteurs, les Gens de Lettres, les Philosophes ne cessent de crier que, pour remplir ses devoirs de citoyen, pour servir ses semblables, il faut habiter les grandes villes ;

selon eux fuir Paris, c'est haïr le genre humain ; le peuple de la campagne est nul à leurs yeux ; à les entendre on croirait qu'il n'y a des hommes qu'où il y a des pensions, des académies et des dînés[1].

De proche en proche la même pente entraîne tous les états. Les Contes, les Romans, les Pièces de Théâtre, tout tire sur les Provinciaux ; tout tourne en dérision la simplicité des mœurs rustiques ; tout prêche les manières et les plaisirs du grand monde : c'est une honte de ne les pas connaître ; c'est un malheur de ne les pas goûter. Qui sait de combien de filous et de filles publiques l'attrait de ces plaisirs imaginaires peuple Paris de jour en jour ? Ainsi les préjugés et l'opinion renforçant l'effet des systèmes politiques, amoncellent, entassent les habitants de chaque pays sur quelques points du territoire, laissant tout le reste en friche et désert : ainsi pour faire briller les Capitales, se dépeuplent les Nations ; et ce frivole éclat qui frappe les yeux des sots, fait courir l'Europe à grands pas vers sa ruine. Il importe au bonheur des hommes qu'on tâche d'arrêter ce torrent de maximes empoisonnées. C'est le métier des Prédicateurs de nous crier : *Soyez bons et sages,* sans beaucoup s'inquiéter du succès de leurs discours ; le citoyen qui s'en inquiète ne doit point nous crier sottement : *Soyez bons* ; mais nous faire aimer l'état qui nous porte à l'être.

N. Un moment : reprenez haleine. J'aime les vues utiles ; et je vous ai si bien suivi dans celle-ci que je crois pouvoir pérorer pour vous.

Il est clair, selon votre raisonnement, que pour donner aux ouvrages d'imagination, la seule utilité qu'ils puissent avoir, il faudrait les diriger vers un but opposé à celui que leurs Auteurs se proposent ; éloigner toutes les choses d'institution ; ramener tout à la nature ; donner aux hommes l'amour d'une vie égale et simple ; les guérir des fantaisies de l'opinion ; leur rendre le goût des vrais plaisirs ; leur faire aimer la solitude et la paix ; les tenir à quelques distances les uns des autres ; et au lieu de les exciter à s'entasser dans les Villes, les porter à s'étendre également sur le territoire pour le vivifier de toutes parts. Je comprends encore qu'il ne s'agit pas de faire des Daphnis, des Sylvandres, des Pasteurs d'Arcadie, des Bergers du Lignon [1], d'illustres Paysans cultivant leurs champs de leurs propres mains, et philosophant sur la nature, ni d'autres pareils êtres romanesques qui ne peuvent exister que dans les livres ; mais de montrer aux gens aisés que la vie rustique et l'agriculture ont des plaisirs qu'ils ne savent pas connaître ; que ces plaisirs sont moins insipides, moins grossiers qu'ils ne pensent ; qu'il y peut régner du goût, du choix, de la délicatesse ; qu'un homme de mérite qui voudrait se retirer à la campagne avec sa famille et devenir lui-même son propre fermier, y pourrait couler une vie aussi douce qu'au milieu des amusements des Villes ; qu'une ménagère des champs peut être une femme charmante, aussi pleine de grâces, et de grâces plus touchantes que toutes les petites-maîtresses [2] ; qu'enfin les plus doux sentiments du cœur y peuvent animer une société plus agréable que le langage apprêté des cercles, où nos rires mordants et satiriques sont le triste supplément de la gaieté qu'on n'y connaît plus ? Est-ce bien cela ?

R. C'est cela même. À quoi j'ajouterai seulement une réflexion. L'on se plaint que les Romans troublent les têtes : je le crois bien. En montrant sans cesse à ceux qui les lisent, les prétendus charmes d'un état qui n'est pas le leur, ils les séduisent, ils leur font prendre leur état en dédain, et en faire un échange imaginaire contre celui qu'on leur fait aimer. Voulant être ce qu'on n'est pas, on parvient à se croire autre chose que ce qu'on est, et voilà comment on devient fou [3]. Si les Romans n'offraient à leurs Lecteurs que des tableaux d'objets qui les environnent, que des devoirs qu'ils peuvent remplir, que des plaisirs de leur condition, les Romans ne les rendraient point fous, ils les rendraient sages. Il faut que les écrits faits pour les Solitaires parlent la langue des Solitaires : pour les instruire, il faut qu'ils leur plaisent, qu'ils les intéressent ; il faut qu'ils les attachent à leur état en le leur rendant agréable. Ils doivent combattre et détruire les

maximes des grandes sociétés; ils doivent les montrer
fausses et méprisables, c'est-à-dire, telles qu'elles sont. À
tous ces titres un Roman, s'il est bien fait, au moins s'il est
utile, doit être sifflé, haï, décrié par les gens à la mode,
comme un livre plat, extravagant, ridicule; et voilà, Monsieur, comment la folie du monde est sagesse.

N. Votre conclusion se tire d'elle-même. On ne peut
mieux prévoir sa chute, ni s'apprêter à tomber plus fièrement. Il me reste une seule difficulté. Les Provinciaux, vous
le savez, ne lisent que sur notre parole : il ne leur parvient
que ce que nous leur envoyons. Un livre destiné pour les
Solitaires est d'abord jugé par les gens du monde; si ceux-ci
le rebutent, les autres ne le lisent point. Répondez.

R. La réponse est facile. Vous parlez des beaux esprits de
Province; et moi je parle des vrais campagnards. Vous avez,
vous autres qui brillez dans la Capitale, des préjugés dont il
faut vous guérir : vous croyez donner le ton à toute la
France, et les trois quarts de la France ne savent pas que
vous existez. Les livres qui tombent à Paris font la fortune
des Libraires de Province [1].

N. Pourquoi voulez-vous les enrichir aux dépens des
nôtres [2] ?

R. Raillez. Moi, je persiste. Quand on aspire à la gloire, il
faut se faire lire à Paris; quand on veut être utile, il faut se
faire lire en Province. Combien d'honnêtes gens passent
leur vie dans des campagnes éloignées à cultiver le patrimoine de leurs pères, où ils se regardent comme exilés par
une fortune étroite? Durant les longues nuits d'hiver,
dépourvus de sociétés, ils emploient la soirée à lire au coin
de leur feu les livres amusants qui leur tombent sous la
main. Dans leur simplicité grossière, ils ne se piquent ni de
littérature ni de bel esprit; ils lisent pour se désennuyer et
non pour s'instruire; les livres de morale et de philosophie
sont pour eux comme n'existant pas : on en ferait en vain
pour leur usage; ils ne leur parviendraient jamais. Cependant, loin de leur rien offrir de convenable à leur situation,
vos romans ne servent qu'à la leur rendre encore plus amère.

Ils changent leur retraite en un désert affreux, et pour quelques heures de distraction qu'ils leur donnent, ils leur préparent des mois de malaise et de vains regrets. Pourquoi n'oserais-je supposer que, par quelque heureux hasard, ce livre, comme tant d'autres plus mauvais encore, pourra tomber dans les mains de ces Habitants des champs, et que l'image des plaisirs d'un état tout semblable au leur, le leur rendra plus supportable? J'aime à me figurer deux époux lisant ce recueil ensemble, y puisant un nouveau courage pour supporter leurs travaux communs, et peut-être de nouvelles vues pour les rendre utiles. Comment pourraient-ils y contempler le tableau d'un ménage heureux, sans vouloir imiter un si doux modèle? Comment s'attendriront-ils sur le charme de l'union conjugale, même privé de celui de l'amour, sans que la leur se resserre et s'affermisse? En quittant leur lecture, ils ne seront ni attristés de leur état, ni rebutés de leurs soins. Au contraire, tout semblera prendre autour d'eux une face plus riante; leurs devoirs s'ennobliront[1] à leurs yeux; ils reprendront le goût des plaisirs de la nature : ses vrais sentiments renaîtront dans leurs cœurs, et en voyant le bonheur à leur portée, ils apprendront à le goûter. Ils rempliront les mêmes fonctions; mais ils les rempliront avec une autre âme, et feront, en vrais Patriarches, ce qu'ils faisaient en paysans.

N. Jusqu'ici tout va fort bien. Les maris, les femmes, les mères de famille..... Mais les filles; n'en dites-vous rien?

R. Non. Une honnête fille ne lit point de livres d'amour. Que celle qui lira celui-ci, malgré son titre, ne se plaigne point du mal qu'il lui aura fait : elle ment. Le mal était fait d'avance; elle n'a plus rien à risquer.

N. À merveille! Auteurs érotiques venez à l'école : vous voilà tous justifiés.

R. Oui, s'ils le sont par leur propre cœur et par l'objet de leurs écrits.

N. L'êtes-vous aux mêmes conditions?

R. Je suis trop fier pour répondre à cela; mais Julie s'était fait une règle pour juger des livres* : si vous la trouvez bonne, servez-vous-en pour juger celui-ci.

On a voulu rendre la lecture des Romans utile à la jeunesse. Je ne connais point de projet plus insensé. C'est commencer par mettre le feu à la maison pour faire jouer les pompes. D'après cette folle idée, au lieu de diriger vers son objet la morale de ces sortes d'ouvrages, on adresse toujours cette morale aux jeunes filles**, sans songer que les jeunes filles n'ont point de part aux désordres dont on se plaint. En général, leur conduite est régulière, quoique leurs cœurs soient corrompus. Elles obéissent à leurs mères en attendant qu'elles puissent les imiter. Quand les femmes feront leur devoir, soyez sûr que les filles ne manqueront point au leur.

N. L'observation vous est contraire en ce point. Il semble qu'il faut toujours au sexe un temps de libertinage, ou dans un état, ou dans l'autre. C'est un mauvais levain qui fermente tôt ou tard. Chez les peuples qui ont des mœurs, les filles sont faciles et les femmes sévères : c'est le contraire chez eux qui n'en ont pas. Les premiers n'ont égard qu'au délit, et les autres qu'au scandale. Il ne s'agit que d'être à l'abri des preuves ; le crime est compté pour rien.

R. À l'envisager par ses suites on n'en jugerait pas ainsi. Mais soyons justes envers les femmes ; la cause de leur désordre est moins en elles que dans nos mauvaises institutions.

Depuis que tous les sentiments de la nature sont étouffés par l'extrême inégalité, c'est de l'inique despotisme des pères que viennent les vices et les malheurs des enfants ; c'est dans des nœuds forcés et mal assortis, que victimes de l'avarice ou de la vanité des parents, de jeunes femmes effacent par un désordre, dont elles font gloire, le scandale de leur première honnêteté. Voulez-vous donc remédier au mal ? remontez à sa source. S'il y a quelque réforme à tenter dans les mœurs publiques, c'est par les mœurs domestiques

---

* 2ᵉ partie, page 194[1].
** Ceci ne regarde que les modernes Romans Anglais.

qu'elle doit commencer, et cela dépend absolument des pères et mères. Mais ce n'est point ainsi qu'on dirige les instructions ; vos lâches Auteurs ne prêchent jamais que ceux qu'on opprime ; et la morale des livres sera toujours vaine, parce qu'elle n'est que l'art de faire sa cour au plus fort.

N. Assurément la vôtre n'est pas servile ; mais à force d'être libre, ne l'est-elle point trop ? Est-ce assez qu'elle aille à la source du mal ? Ne craignez-vous point qu'elle en fasse ?

R. Du mal ? À qui ? Dans des temps d'épidémie et de contagion, quand tout est atteint dès l'enfance, faut-il empêcher le débit des drogues bonnes aux malades, sous prétexte qu'elles pourraient nuire aux gens sains ? Monsieur, nous pensons si différemment sur ce point, que, si l'on pouvait espérer quelque succès pour ces Lettres, je suis très persuadé qu'elles feraient plus de bien qu'un meilleur livre.

N. Il est vrai que vous avez une excellente Prêcheuse. Je suis charmé de vous voir raccommodé avec les femmes : j'étais fâché que vous leur défendissiez de nous faire des sermons *.

R. Vous êtes pressant ; il faut me taire : je ne suis ni assez fou ni assez sage pour avoir toujours raison. Laissons cet os à ronger à la Critique.

N. Bénignement : de peur qu'elle n'en manque. Mais n'eût-on sur tout le reste rien à dire à tout autre, comment passer au sévère censeur des spectacles, les situations vives et les sentiments passionnés dont tout ce recueil est rempli ? Montrez-moi une scène de théâtre qui forme un tableau pareil à ceux du bosquet de Clarens ** et du cabinet de toilette ? Relisez la lettre sur les spectacles ; relisez ce recueil..... Soyez conséquent, ou quittez vos principes..... Que voulez-vous qu'on pense ?

---

* Voyez la Lettre à M. d'Alembert sur les Spectacles, p. 81, 1ʳᵉ édition [1].
** On prononce *Claran*.

R. Je veux, Monsieur, qu'un critique soit conséquent lui-même, et qu'il ne juge qu'après avoir examiné. Relisez mieux l'écrit que vous venez de citer ; relisez aussi la préface de Narcisse, vous y verrez la réponse à l'inconséquence que vous me reprochez. Les étourdis qui prétendent en trouver dans le Devin du Village, en trouveront sans doute bien plus ici. Ils feront leur métier : mais vous...

N. Je me rappelle deux passages *[1]... Vous estimez peu vos contemporains.

R. Monsieur, je suis aussi leur contemporain. Ô ! que ne suis-je né dans un siècle où je dusse jeter ce recueil au feu !

N. Vous outrez, à votre ordinaire ; mais jusqu'à certain point vos maximes sont assez justes. Par exemple, si votre Héloïse eût été toujours sage, elle instruirait beaucoup moins ; car à qui servirait-elle de modèle ? C'est dans les siècles les plus dépravés qu'on aime les leçons de la morale la plus parfaite. Cela dispense de les pratiquer ; et l'on contente à peu de frais, par une lecture oisive, un reste de goût pour la vertu.

R. Sublimes Auteurs, rabaissez un peu vos modèles, si vous voulez qu'on cherche à les imiter. À qui vantez-vous la pureté qu'on n'a point souillée ? Eh ! parlez-nous de celle qu'on peut recouvrer ; peut-être au moins quelqu'un pourra vous entendre.

N. Votre jeune homme a déjà fait ces réflexions : mais n'importe ; on ne vous fera pas moins un crime d'avoir dit ce qu'on fait, pour montrer ensuite ce qu'on devrait faire. Sans compter, qu'inspirer l'amour aux filles et la réserve aux femmes, c'est renverser l'ordre établi, et ramener toute cette petite morale que la Philosophie a proscrite. Quoi que vous en puissiez dire, l'amour dans les filles est indécent et scandaleux, et il n'y a qu'un mari qui puisse autoriser un amant. Quelle étrange maladresse que d'être indulgent pour les filles, qui ne doivent point vous lire, et sévère pour les femmes, qui vous jugeront ! Croyez-moi, si vous avez peur

* Préface de Narcisse, p. 28 et 32 ; lettre à M. d'Alembert, p. 223, 224.

de réussir, tranquillisez-vous : vos mesures sont trop bien prises pour vous laisser craindre un pareil affront. Quoi qu'il en soit, je vous garderai le secret ; ne soyez imprudent qu'à demi. Si vous croyez donner un livre utile, à la bonne heure ; mais gardez-vous de l'avouer.

R. De l'avouer, Monsieur ? Un honnête homme se cache-t-il quand il parle au Public ? Ose-t-il imprimer ce qu'il n'oserait reconnaître ? Je suis l'Éditeur de ce livre, et je m'y nommerai comme Éditeur.

N. Vous vous y nommerez ? Vous ?

R. Moi-même.

N. Quoi ! Vous y mettrez votre nom ?

R. Oui, Monsieur.

N. Votre vrai nom ? *Jean-Jacques ROUSSEAU*, en toutes lettres ?

R. *Jean-Jacques Rousseau* en toutes lettres.

N. Vous n'y pensez pas ! Que dira-t-on de vous ?

R. Ce qu'on voudra. Je me nomme à la tête de ce recueil, non pour me l'approprier ; mais pour en répondre. S'il y a du mal, qu'on me l'impute ; s'il y a du bien, je n'entends point m'en faire honneur. Si l'on trouve le livre mauvais en lui-même, c'est une raison de plus pour y mettre mon nom. Je ne veux pas passer pour meilleur que je ne suis.

N. Êtes-vous content de cette réponse ?

R. Oui, dans des temps où il n'est possible à personne d'être bon.

N. Et les belles âmes, les oubliez-vous ?

R. La nature les fit, vos institutions les gâtent.

N. À la tête d'un livre d'amour on lira ces mots : *Par J.-J. Rousseau, Citoyen de Genève.*

R. *Citoyen de Genève ?* Non pas cela. Je ne profane point le nom de ma patrie ; je ne le mets qu'aux écrits que je crois lui pouvoir faire honneur.

N. Vous portez vous-même un nom qui n'est pas sans honneur, et vous avez aussi quelque chose à perdre. Vous donnez un livre faible et plat qui vous fera tort. Je voudrais pouvoir vous en empêcher ; mais si vous en faites la sottise,

j'approuve que vous la fassiez hautement et franchement.
Cela du moins sera dans votre caractère. Mais à propos ;
mettrez-vous aussi votre devise à ce livre ?

R. Mon Libraire m'a déjà fait cette plaisanterie, et je l'ai
trouvée si bonne, que j'ai promis de lui en faire honneur [1].
Non, Monsieur, je ne mettrai point ma devise à ce livre ;
mais je ne la quitterai pas pour cela, et je m'effraye moins
que jamais de l'avoir prise. Souvenez-vous que je songeais à
faire imprimer ces Lettres quand j'écrivais contre les
Spectacles, et que le soin d'excuser un de ces Écrits ne m'a
point fait altérer la vérité dans l'autre. Je me suis accusé
d'avance plus fortement peut-être que personne ne m'accu-
sera. Celui qui préfère la vérité à sa gloire peut espérer de la
préférer à sa vie. Vous voulez qu'on soit toujours conséquent ; je doute que cela soit possible à l'homme ; mais ce
qui lui est possible est d'être toujours vrai : voilà ce que je
veux tâcher d'être.

N. Quand je vous demande si vous êtes l'auteur de ces
Lettres, pourquoi donc éludez-vous ma question ?

R. Pour cela même que je ne veux pas dire un mensonge.

N. Mais vous refusez aussi de dire la vérité ?

R. C'est encore lui rendre honneur que de déclarer qu'on
la veut taire : Vous auriez meilleur marché d'un homme qui
voudrait mentir. D'ailleurs les gens de goût se trompent-ils
sur la plume des Auteurs ? Comment osez-vous faire une
question que c'est à vous de résoudre ?

N. Je la résoudrais bien pour quelques Lettres ; elles sont
certainement de vous ; mais je ne vous reconnais plus dans
les autres, et je doute qu'on se puisse contrefaire à ce point.
La nature qui n'a pas peur qu'on la méconnaisse change
souvent d'apparence, et souvent l'art se décèle en voulant
être plus naturel qu'elle : c'est le Grogneur de la Fable [2] qui
rend la voix de l'animal mieux que l'animal même. Ce
recueil est plein de choses d'une maladresse que le dernier
barbouilleur eût évitée. Les déclamations, les répétitions, les
contradictions, les éternelles rabâcheries ; où est l'homme
capable de mieux faire qui pourrait se résoudre à faire si

mal ? Où est celui qui aurait laissé la choquante proposition
que ce fou d'Édouard fait à Julie ? Où est celui qui n'aurait
pas corrigé le ridicule du petit bonhomme qui voulant
toujours mourir a soin d'en avertir tout le monde, et finit
par se porter toujours bien ? Où est celui qui n'eût pas
commencé par se dire : il faut marquer avec soin les
caractères ; il faut exactement varier les styles ? Infailliblement avec ce projet il aurait mieux fait que la nature.

J'observe que dans une société très intime, les styles se
rapprochent ainsi que les caractères, et que les amis
confondant leurs âmes, confondent aussi leurs manières de
penser, de sentir, et de dire. Cette Julie, telle qu'elle est, doit
être une créature enchanteresse ; tout ce qui l'approche doit
lui ressembler ; tout doit devenir Julie autour d'elle ; tous
ses amis ne doivent avoir qu'un ton ; mais ces choses se
sentent, et ne s'imaginent pas. Quand elles s'imagineraient,
l'inventeur n'oserait les mettre en pratique. Il ne lui faut que
des traits qui frappent la multitude ; ce qui redevient simple
à force de finesse, ne lui convient plus. Or c'est là qu'est le
sceau de la vérité ; c'est là qu'un œil attentif cherche et
retrouve la nature.

R. Eh bien, vous concluez donc ?

N. Je ne conclus pas ; je doute, et je ne saurais vous dire,
combien ce doute m'a tourmenté durant la lecture de ces
lettres. Certainement, si tout cela n'est que fiction, vous
avez fait un mauvais livre : mais dites que ces deux femmes
ont existé ; et je relis ce Recueil tous les ans jusqu'à la fin de
ma vie.

R. Eh ! qu'importe qu'elles aient existé ? Vous les cher-
cheriez en vain sur la terre. Elles ne sont plus.

N. Elles ne sont plus ? Elles furent donc ?

R. Cette conclusion est conditionnelle : si elles furent,
elles ne sont plus.

N. Entre nous, convenez que ces petites subtilités sont
plus déterminantes qu'embarrassantes.

R. Elles sont ce que vous les forcez d'être pour ne point
me trahir ni mentir.

N. Ma foi, vous aurez beau faire, on vous devinera malgré vous. Ne voyez-vous pas que votre épigraphe seule dit tout.

R. Je vois qu'elle ne dit rien sur le fait en question : car qui peut savoir si j'ai trouvé cette épigraphe dans le manuscrit, ou si c'est moi qui l'y ai mise ? Qui peut dire, si je ne suis point dans le même doute où vous êtes ? Si tout cet air de mystère n'est pas peut-être une feinte pour vous cacher ma propre ignorance sur ce que vous voulez savoir ?

N. Mais enfin, vous connaissez les lieux ? Vous avez été à Vevai ; dans le pays de Vaud ?

R. Plusieurs fois ; et je vous déclare que je n'y ai point ouï parler du Baron d'Étange ni de sa fille ; le nom de M. de Wolmar n'y est pas même connu. J'ai été à Clarens : je n'y ai rien vu de semblable à la maison décrite dans ces Lettres. J'y ai passé, revenant d'Italie, l'année même de l'événement funeste, et l'on n'y pleurait ni Julie de Wolmar, ni rien qui lui ressemblât, que je sache. Enfin, autant que je puis me rappeler la situation du pays, j'ai remarqué dans ces Lettres, des transpositions de lieux et des erreurs de Topographie ; soit que l'Auteur n'en sût pas davantage ; soit qu'il voulût dépayser ses Lecteurs[1]. C'est là tout ce que vous apprendrez de moi sur ce point, et soyez sûr que d'autres ne m'arracheront pas ce que j'aurai refusé de vous dire.

N. Tout le monde aura la même curiosité que moi. Si vous publiez cet Ouvrage, dites donc au Public ce que vous m'avez dit. Faites plus, écrivez cette conversation pour toute Préface : Les éclaircissements nécessaires y sont tous.

R. Vous avez raison ; elle vaut mieux que ce que j'aurais dit de mon chef. Au reste ces sortes d'apologies ne réussissent guère.

N. Non, quand on voit que l'Auteur s'y ménage ; mais j'ai pris soin qu'on ne trouvât pas ce défaut dans celle-ci. Seulement, je vous conseille d'en transposer les rôles. Feignez que c'est moi qui vous presse de publier ce Recueil, et que vous vous en défendez. Donnez-vous les objections, et à moi les réponses. Cela sera plus modeste, et fera un meilleur effet.

R. Cela sera-t-il aussi dans le caractère dont vous m'avez loué ci-devant ?

N. Non, je vous tendais un piège. Laissez les choses comme elles sont.

LES AMOURS
DE
MILORD ÉDOUARD BOMSTON[1]

Les bizarres aventures de Milord Édouard à Rome étaient trop romanesques pour pouvoir être mêlées avec celle de Julie sans en gâter la simplicité. Je me contenterai donc d'en extraire et abréger ici ce qui sert à l'intelligence de deux ou trois lettres où il en est question.

Milord Édouard dans ses tournées d'Italie avait fait connaissance à Rome avec une femme de qualité Napolitaine dont il ne tarda pas à devenir fortement amoureux ; elle de son côté conçut pour lui une passion violente qui la dévora le reste de sa vie, et finit par la mettre au tombeau. Cet homme, âpre et peu galant, mais ardent et sensible, extrême et grand en tout, ne pouvait guère inspirer ni sentir d'attachement médiocre.

Les principes stoïques de ce vertueux Anglais inquiétaient la Marquise. Elle prit le parti de se faire passer pour veuve durant l'absence de son mari, ce qui lui fut aisé, parce qu'ils étaient tous deux étrangers à Rome et que le Marquis servait dans les troupes de l'Empereur. L'amoureux Édouard ne tarda pas à parler de mariage, la Marquise allégua la différence de religion et d'autres prétextes Enfin ils lièrent ensemble un commerce intime et libre, jusqu'à ce qu'Édouard ayant découvert que le mari vivait, voulut rompre avec elle, après l'avoir accablée des plus vifs reproches ; outré de se trouver coupable sans le savoir, d'un crime qu'il avait en horreur.

La Marquise femme sans principes, mais adroite et pleine de charmes, n'épargna rien pour le retenir et en vint à bout. Le commerce adultère fut supprimé, mais les liaisons continuèrent. Toute indigne qu'elle était d'aimer, elle aimait pourtant : il fallut consentir à voir sans fruit un homme adoré qu'elle ne pouvait conserver autrement ; et cette barrière volontaire irritant l'amour des deux côtés, il en devint plus ardent par la contrainte. La Marquise ne négligea pas les soins qui pouvaient faire oublier à son amant ses résolutions : elle était séduisante et belle ; tout fut inutile. L'Anglais resta ferme ; sa grande âme était à l'épreuve. La première de ses passions était la vertu. Il eût sacrifié sa vie à sa maîtresse, et sa maîtresse à son devoir. Une fois la séduction devint trop pressante ; le moyen qu'il allait prendre pour s'en délivrer retint la Marquise et rendit vains tous ses pièges. Ce n'est point parce que nous sommes faibles, mais parce que nous sommes lâches que nos sens nous subjuguent toujours. Quiconque craint moins la mort que le crime n'est jamais forcé d'être criminel[1].

Il y a peu de ces âmes fortes qui entraînent les autres et les élèvent à leur sphère, mais il y en a. Celle d'Édouard était de ce nombre. La Marquise espérait le gagner, c'était lui qui la gagnait insensiblement. Quand les leçons de la vertu prenaient dans sa bouche les accents de l'amour, il la touchait, il la faisait pleurer ; ses feux sacrés animaient cette âme rampante, un sentiment de justice et d'honneur y portait son charme étranger ; le vrai beau commençait à lui plaire : si le méchant pouvait changer de nature, le cœur de la Marquise en aurait changé.

L'amour seul profita de ces émotions légères ; il en acquit plus de délicatesse : elle commença d'aimer avec générosité ; avec un tempérament ardent, et dans un climat où les sens ont tant d'empire, elle oublia ses plaisirs pour songer à ceux de son amant, et ne pouvant les partager, elle voulut au moins qu'il les tînt d'elle. Telle fut de sa part l'interprétation favorable d'une démarche où son caractère, et celui d'Édouard qu'elle connaissait bien pourraient [1] faire trouver un raffinement de séduction.

Elle n'épargna ni soins, ni dépense pour faire chercher dans tout Rome une jeune personne facile et sûre ; on la trouva, non sans peine. Un soir après un entretien fort tendre, elle la lui présenta ; disposez-en lui dit-elle avec un soupir [2], qu'elle jouisse du prix de mon amour ; mais qu'elle soit la seule. C'est assez pour moi si quelquefois auprès d'elle vous songez à la main dont vous la tenez. Elle voulut sortir, Édouard la retint. Arrêtez, lui dit-il ; si vous me croyez assez lâche pour profiter de votre offre dans votre propre maison, le sacrifice n'est pas d'un grand prix, et je ne vaux pas la peine d'être beaucoup regretté. Puisque vous ne devez pas être à moi, je souhaite dit la Marquise que vous ne soyez à personne ; mais si l'amour doit perdre ses droits, souffrez au moins qu'il en dispose. Pourquoi mon bienfait vous est-il à charge ? avez-vous peur d'être un ingrat ? Alors elle l'obligea d'accepter l'adresse de Laure, (c'était le nom de la jeune personne) et lui fit jurer qu'il s'abstiendrait de tout autre commerce. Il dut être touché, il le fut. Sa reconnaissance lui donna plus de peine à contenir que son amour, et ce fut le piège le plus dangereux que la Marquise lui ait tendu de sa vie.

Extrême en tout, ainsi que son amant, elle fit souper Laure avec elle, et lui prodigua ses caresses, comme pour jouir avec plus de pompe du plus grand sacrifice que l'amour ait jamais fait. Édouard pénétré se livrait à ses transports ; son âme émue et sensible s'exhalait dans ses regards, dans ses gestes ; il ne disait pas un mot qui ne fût l'expression de la passion la plus vive. Laure était charmante ; à peine la regardait-il. Elle n'imita pas cette indifférence ; elle regardait, et voyait dans le vrai tableau de l'amour un objet tout nouveau pour elle.

Après le soupé, la Marquise renvoya Laure et resta seule avec son amant. Elle avait compté sur les dangers de ce tête-à-tête ; elle ne s'était pas trompée en cela ; mais en comptant qu'il y succomberait, elle se trompa ; toute son adresse ne fit que rendre le triomphe de la vertu plus éclatant et plus douloureux à l'un et à l'autre. C'est à cette soirée que se rapporte, à la fin de la quatrième partie de la Julie, l'admiration de St. Preux pour la force de son ami[1].

Édouard était vertueux mais homme. Il avait toute la simplicité du véritable honneur et rien de ces fausses bienséances qu'on lui substitue, et dont les gens du monde font si grand cas. Après plusieurs jours passés dans les mêmes transports près de la Marquise, il sentit augmenter le péril et prêt à se laisser vaincre il aima mieux manquer de délicatesse que de vertu ; il fut voir Laure.

Elle tressaillit à sa vue. Il la trouva triste ; il entreprit de l'égayer, et ne crut pas avoir besoin de beaucoup de soins pour y réussir. Cela ne lui fut pas si facile qu'il l'avait cru. Ses caresses furent mal reçues, ses offres furent rejetées d'un air qu'on ne prend point en disputant ce qu'on veut accorder.

Un accueil aussi ridicule ne le rebuta pas, il l'irrita. Devait-il des égards d'enfant à une fille de cet ordre ? Il usa sans ménagement de ses droits. Laure malgré ses cris, ses pleurs, sa résistance, se sentant vaincue, fait un effort, s'élance à l'autre extrémité de la chambre, et lui crie d'une voix animée ; tuez-moi si vous voulez ; jamais vous ne me toucherez vivante. Le geste, le regard, le ton, n'étaient pas équivoques. Édouard, dans un étonnement qu'on peut concevoir[2], se calme, la prend par la main, la fait rasseoir, s'asseye[3] à côté d'elle, et la regardant sans parler, attend froidement le dénoûment de cette comédie.

Elle ne disait rien ; elle avait les yeux baissés ; sa respiration était inégale, son cœur palpitait ; et tout marquait en elle une agitation extraordinaire. Édouard rompit enfin le silence pour lui demander ce que signifiait cette étrange scène ? Me serais-je trompé lui dit-il ? ne seriez-vous point Lauretta Pisana ? Plût à Dieu ! dit-elle d'une voix tremblante. Quoi donc ! reprit-il avec un sourire moqueur ; auriez-vous par hasard changé de métier ? Non, dit Laure ; je suis toujours la même : on ne revient plus de l'état où je

suis. Il trouva dans ce tour de phrase, et dans l'accent dont il
fut prononcé quelque chose de si extraordinaire qu'il ne
savait plus que penser et qu'il crut que cette fille était
devenue folle. Il continua : Pourquoi donc charmante
Laure, ai-je seul l'exclusion ? Dites-moi ce qui m'attire
votre haine. Ma haine s'écria-t-elle d'un ton plus vif. Je n'ai
point aimé ceux que j'ai reçus. Je puis souffrir tout le
monde, hors vous seul.

Mais pourquoi cela ? Laure, expliquez-vous mieux, je ne
vous entends point. Eh ! m'entends-je moi-même ? Tout ce
que je sais, c'est que vous ne me toucherez jamais...... non !
s'écria-t-elle avec emportement, jamais vous ne me toucherez. En me sentant dans vos bras, je songerais que vous n'y
tenez qu'une fille publique, et j'en mourrais de rage.

Elle s'animait en parlant. Édouard aperçut dans ses yeux
des signes de douleur et de désespoir qui l'attendrirent. Il
prit avec elle des manières moins méprisantes ; un ton plus
honnête et plus caressant[1]. Elle se cachait le visage ; elle
évitait ses regards. Il lui prit la main d'un air affectueux. À
peine elle sentit cette main qu'elle y porta la bouche et la
pressa de ses lèvres en poussant des sanglots et versant des
torrents de larmes.

Ce langage, quoique assez clair, n'était pas précis.
Édouard ne l'amena qu'avec peine à lui parler plus nettement. La pudeur éteinte était revenue avec l'amour, et Laure
n'avait jamais prodigué sa personne avec tant de honte
qu'elle en eut d'avouer qu'elle aimait.

À peine cet amour était né qu'il était déjà dans toute sa
force. Laure était vive et sensible ; assez belle pour faire une
passion ; assez tendre pour la partager : Mais vendue par
d'indignes parents dès sa première jeunesse, ses charmes
souillés par la débauche avaient perdu leur empire. Au sein
des honteux plaisirs, l'amour fuyait devant elle ; de malheureux corrupteurs ne pouvaient ni le sentir ni l'inspirer. Les
corps combustibles ne brûlent point d'eux-mêmes ; qu'une
étincelle approche, et tout part. Ainsi prit feu le cœur de
Laure aux transports de ceux d'Édouard et de la Marquise.

À ce nouveau langage, elle sentit un frémissement délicieux : elle prêtait une oreille attentive ; ses avides regards
ne laissaient rien échapper. La flamme humide qui sortait
des yeux de l'amant pénétrait par les siens jusqu'au fond de
son cœur ; un sang plus brûlant courait[1] dans ses veines ; la
voix d'Édouard avait un accent qui l'agitait ; le sentiment lui
semblait peint dans tous ses gestes ; tous ses traits animés
par la passion la lui faisaient ressentir. Ainsi la première
image de l'amour lui fit aimer l'objet qui la lui avait offerte.
S'il n'eût rien senti pour une autre, peut-être n'eût-elle rien
senti pour lui.

Toute cette agitation la suivit chez elle. Le trouble de
l'amour naissant est toujours doux. Son premier mouvement fut de se livrer à ce nouveau charme ; le second fut
d'ouvrir les yeux sur elle. Pour la première fois de sa vie elle
vit son état ; elle en eut horreur. Tout ce qui nourrit
l'espérance et les désirs des amants se tournait en désespoir
dans son âme. La possession même de ce qu'elle aimait
n'offrait à ses yeux que l'opprobre d'une abjecte et vile
créature, à laquelle on prodigue son mépris avec ses
caresses ; dans le prix d'un amour heureux elle ne vit que
l'infâme prostitution. Ses tourments les plus insupportables
lui venaient ainsi de ses propres désirs. Plus il lui était aisé
de les satisfaire, plus son sort lui semblait affreux ; sans
honneur, sans espoir, sans ressources, elle ne connut
l'amour que pour en regretter les délices. Ainsi commencèrent ses longues peines, et finit son bonheur d'un moment.

La passion naissante qui l'humiliait à ses propres yeux,
l'élevait à ceux d'Édouard. La voyant capable d'aimer, il ne
la méprisa plus. Mais quelles consolations pouvait-elle
attendre de lui ? quel sentiment pouvait-il lui marquer, si ce
n'est le faible intérêt qu'un cœur honnête qui n'est pas libre
peut prendre à un objet de pitié, qui n'a plus d'honneur
qu'assez pour sentir sa honte ?

Il la consola comme il put, et promit de la venir revoir. Il
ne lui dit pas un mot de son état ; pas même pour l'exhorter
d'en sortir. Que servait d'augmenter l'effroi qu'elle en avait

puisque cet effroi même la faisait désespérer d'elle ? Un seul
mot sur un tel sujet tirait à conséquence et semblait la
rapprocher de lui : c'était ce qui ne pouvait jamais être. Le
plus grand malheur des métiers infâmes est qu'on ne gagne
rien à les quitter.

Après une seconde visite, Édouard n'oubliant pas la
magnificence anglaise lui envoya un cabinet de laque et
plusieurs bijoux d'Angleterre. Elle lui renvoya le tout avec
ce billet.

J'ai perdu le droit de refuser des présents. J'ose pourtant
vous renvoyer le vôtre ; car peut-être n'aviez-vous pas
dessein d'en faire un signe de mépris. Si vous le renvoyez
encore, il faudra que je l'accepte : mais vous avez une bien
cruelle générosité.

Édouard fut frappé de ce billet, il le trouvait à la fois
humble et fier. Sans sortir de la bassesse de son état, Laure y
montrait une sorte de dignité. C'était presque effacer son
opprobre à force de s'en avilir. Il avait cessé d'avoir du
mépris pour elle ; il commença de l'estimer. Il continua de la
voir sans plus parler de présents ; et s'il ne s'honora pas
d'être aimé d'elle, il ne put s'empêcher de s'en applaudir.

Il ne cacha pas ces visites à la Marquise. Il n'avait nulle
raison de les lui cacher, et c'eût été de sa part une
ingratitude. Elle en voulut savoir davantage. Il jura qu'il
n'avait point touché Laure. Sa modération eut un effet tout
contraire à celui qu'il en attendait. Quoi ! s'écria la Marquise en fureur, vous la voyez et ne la touchez point ?
Qu'allez-vous donc faire chez elle ? Alors s'éveilla cette
jalousie infernale qui la fit cent fois attenter à la vie de l'un et
de l'autre, et la consuma de rage jusqu'au moment de sa mort.

D'autres circonstances achevèrent d'allumer cette passion
furieuse, et rendirent cette femme à son vrai caractère. J'ai
déjà remarqué que dans son intègre probité Édouard
manquait de délicatesse. Il fit à la Marquise le même présent
que lui avait renvoyé Laure. Elle l'accepta ; non par avarice ;
mais parce qu'ils étaient sur le pied de s'en faire l'un à
l'autre ; échange auquel à la vérité, la Marquise ne perdait

pas. Malheureusement elle vint à savoir la première destination de ce présent, et comment il lui était revenu. Je n'ai pas besoin de dire qu'à l'instant tout fut brisé et jeté par les fenêtres. Qu'on juge de ce que dut sentir en pareil cas une Maîtresse jalouse, et une femme de qualité.

Cependant plus Laure sentait sa honte, moins elle tentait de s'en délivrer ; elle y restait par désespoir, et le dédain qu'elle avait pour elle-même rejaillissait sur ses corrupteurs. Elle n'était pas fière ; quel droit eût-elle eu de l'être ? Mais un profond sentiment d'ignominie qu'on voudrait en vain repousser ; l'affreuse tristesse de l'opprobre qui se sent et ne peut se fuir ; l'indignation d'un cœur qui s'honore encore, et se sent à jamais déshonoré ; tout versait le remords et l'ennui sur des plaisirs abhorrés par l'amour. Un respect étranger à ces âmes viles leur faisait oublier le ton de la débauche ; un trouble involontaire empoisonnait leurs transports, et touchés du sort de leur victime, ils s'en retournaient pleurant sur elle et rougissant d'eux.

La douleur la consumait. Édouard qui peu à peu la prenait en amitié, vit qu'elle n'était que trop affligée, et qu'il fallait plutôt la ranimer que l'abattre. Il la voyait ; c'était déjà beaucoup pour la consoler. Ses entretiens firent plus : ils l'encouragèrent ; ses discours élevés et grands rendaient à son âme accablée le ressort qu'elle avait perdu. Quel effet ne faisaient-ils point partant d'une bouche aimée, et pénétrant un cœur [1] bien né que le sort livrait à la honte, mais que la nature avait fait pour l'honnêteté ? C'est dans ce cœur qu'ils trouvaient de la prise, et qu'ils portaient avec fruit les leçons de la vertu.

Par ces soins bienfaisants, il la fit enfin mieux penser d'elle. S'il n'y a de flétrissure éternelle que celle d'un cœur corrompu, je sens en moi de quoi pouvoir effacer ma honte. Je serai toujours méprisée, mais je ne mériterai plus de l'être ; je ne me mépriserai plus. Echappée à l'horreur du vice, celle du mépris m'en sera moins amère. Eh ! que m'importent les dédains de toute la terre quand Édouard m'estimera ? Qu'il voie son ouvrage et qu'il s'y complaise ;

seul il me dédommagera de tout. Quand l'honneur n'y gagnerait rien, du moins l'amour y gagnera. Oui, donnons au cœur qu'il enflamme une habitation plus pure. Sentiment délicieux ! je ne profanerai plus tes transports. Je ne puis être heureuse ; je ne le serai jamais, je le sais. Hélas ! je suis indigne des caresses de l'amour, mais je n'en souffrirai jamais d'autres.

Son état était trop violent pour pouvoir durer ; mais quand elle tenta d'en sortir, elle y trouva des difficultés qu'elle n'avait pas prévues. Elle éprouva que celle qui renonce au droit sur sa personne ne le recouvre pas comme il lui plaît, et que l'honneur est une sauvegarde civile qui laisse bien faibles ceux qui l'ont perdu. Elle ne trouva d'autre parti pour se retirer de l'oppression que d'aller brusquement se jeter dans un couvent et d'abandonner sa maison presque au pillage ; car elle vivait dans une opulence commune à ses pareilles, surtout en Italie, quand l'âge et la figure les font valoir. Elle n'avait rien dit à Bomston de son projet, trouvant une sorte de bassesse à en parler avant l'exécution. Quand elle fut dans son asile, elle le lui marqua par un billet, le priant de la protéger contre les gens puissants qui s'intéressaient à son désordre et que sa retraite allait offenser. Il courut chez elle assez tôt pour sauver ses effets. Quoique étranger dans Rome, un grand seigneur considéré, riche, et plaidant avec force la cause de l'honnê- teté, y trouva bientôt assez de crédit pour la maintenir dans son couvent, et même l'y faire jouir d'une pension que lui avait laissé [1] le cardinal auquel ses parents l'avaient vendue.

Il fut la voir. Elle était belle ; elle aimait ; elle était pénitente ; elle lui devait tout ce qu'elle allait être. Que de titres pour toucher un cœur comme le sien ! Il vint, plein de tous les sentiments qui peuvent porter au bien les cœurs sensibles ; il n'y manquait que celui qui pouvait la rendre heureuse, et qui ne dépendait pas de lui. Jamais elle n'en avait tant espéré ; elle était transportée ; elle se sentait déjà dans l'état auquel on remonte si rarement. Elle disait ; je suis honnête ; un homme vertueux s'intéresse à moi : amour, je

ne regrette plus les pleurs les soupirs, que tu me coûtes ; tu
m'as déjà payé.[1] de tout. Tu fis ma force et tu fais ma
récompense ; en me faisant aimer mes devoirs, tu deviens le
premier de tous. Quel bonheur n'était réservé qu'à moi
seule ! C'est l'amour qui m'élève et m'honore ; c'est lui qui
m'arrache au crime, à l'opprobre ; il ne peut plus sortir de
mon cœur qu'avec la vertu. Ô Édouard ! quand je redevien-
drai méprisable, j'aurai cessé de t'aimer.

Cette retraite fit du bruit ; les âmes basses, qui jugent des
autres par elles-mêmes, ne purent imaginer qu'Edouard
n'eût mis à cette affaire que l'intérêt de l'honnêteté[2]. Laure
était trop aimable pour que les soins qu'un homme prenait
d'elle ne fussent pas toujours suspects. La Marquise qui
avait ses espions fut instruite de tout la première, et ses
emportements qu'elle ne put contenir achevèrent de divul-
guer son intrigue. Le bruit en parvint au Marquis jusqu'à
Vienne ; et l'hiver suivant il vint à Rome chercher un coup
d'épée pour rétablir son honneur qui n'y gagna rien.

Ainsi commencèrent ces doubles liaisons, qui, dans un
pays comme l'Italie, exposèrent Édouard à mille périls de
toute espèce ; tantôt de la part d'un militaire outragé, tantôt
de la part d'une femme jalouse et vindicative ; tantôt de la
part de ceux qui s'étaient attachés à Laure et que sa perte mit
en fureur. Liaisons bizarres s'il en fut jamais ; qui l'environ-
nant de périls sans utilité le partageaient entre deux
maîtresses passionnées, sans en pouvoir posséder aucune ;
refusé de la courtisane qu'il n'aimait pas ; refusant l'honnête
femme qu'il adorait ; toujours vertueux, il est vrai, mais
toujours croyant servir la sagesse en n'écoutant que ses
passions.

Il n'est pas aisé de dire quelle espèce de sympathie
pouvait unir deux caractères si opposés que ceux d'Édouard
et de la Marquise ; mais, malgré la différence de leurs
principes, ils ne purent jamais se détacher parfaitement l'un
de l'autre. On peut juger du désespoir de cette femme
emportée quand elle crut s'être donnée[3] une rivale, et quelle
rivale ! par son imprudente générosité. Les reproches, les

dédains, les outrages, les menaces, les tendres caresses tout
fut employé tour à tour pour détacher Édouard de cet
indigne commerce, où jamais elle ne put croire que son
cœur n'eût point de part. Il demeura ferme ; il l'avait
promis. Laure avait borné son espérance et son bonheur à le
voir quelquefois. Sa vertu naissante avait besoin d'appui,
elle tenait à celui qui l'avait fait naître ; c'était à lui de la
soutenir. Voilà ce qu'il disait à la Marquise, à lui-même,
et peut-être ne se disait-il pas tout. Où est l'homme assez
sévère pour fuir les regards d'un objet charmant, qui ne lui
demande que de se laisser aimer ? où est celui dont les
larmes de deux beaux yeux n'enflent pas un peu le cœur
honnête ? où est l'homme bienfaisant dont l'utile amour-
propre n'aime pas à jouir du fruit de ses soins ? Il avait
rendu Laure trop estimable pour ne faire que l'estimer.

La Marquise n'ayant pu obtenir qu'il cessât de voir cette
infortunée, devint furieuse. Sans avoir le courage de rompre
avec lui, elle le prit dans une espèce d'horreur. Elle
frémissait en voyant entrer son carrosse, le bruit de ses pas
en montant l'escalier la faisait palpiter d'effroi. Elle était
prête à se trouver mal à sa vue. Elle avait le cœur serré tant
qu'il restait auprès d'elle ; quand il partait elle l'accablait
d'imprécations ; sitôt qu'elle ne le voyait plus elle pleurait
de rage ; elle ne parlait que de vengeance : son dépit
sanguinaire ne lui dictait que des projets dignes d'elle. Elle
fit plusieurs fois attaquer Édouard sortant du couvent de
Laure. Elle lui tendit des pièges à elle-même pour l'en faire
sortir et l'enlever. Tout cela ne put le guérir. Il retournait le
lendemain chez celle qui l'avait voulu faire assassiner la
veille ; et toujours avec son chimérique projet de la rendre à
la raison, il exposait la sienne, et nourrissait sa faiblesse du
zèle de sa vertu.

Au bout de quelques mois le Marquis mal guéri de sa
blessure mourut en Allemagne, peut-être de douleur de la
mauvaise conduite de sa femme. Cet événement qui devait
rapprocher Édouard de la Marquise, ne servit qu'à l'en
éloigner encore plus. Il lui trouva tant d'empressement à

mettre à profit sa liberté recouvrée qu'il frémit de s'en prévaloir. Le seul doute si la blessure du Marquis n'avait point contribué à sa mort effraya son cœur, et fit taire ses désirs. Il se disait ; les droits d'un époux meurent avec lui pour tout autre ; mais pour son meurtrier ils lui survivent et deviennent inviolables. Quand l'humanité, la vertu, les lois ne prescriraient rien sur ce point, la raison seule ne nous dit-elle pas que les plaisirs attachés à la reproduction des hommes ne doivent point être le prix de leur sang ; sans quoi les moyens destinés à nous donner la vie seraient des sources de mort, et le genre humain périrait par les soins qui doivent le conserver ?

Il passa plusieurs années ainsi partagé entre deux maîtresses ; flottant sans cesse de l'une à l'autre : souvent voulant renoncer à toutes deux et n'en pouvant quitter aucune, repoussé par cent raisons rappelé par mille sentiments, et chaque jour plus serré dans ses liens, par ses vains efforts pour les rompre : cédant tantôt au penchant, et tantôt au devoir ; allant de Londres[1] à Rome et de Rome à Londres sans pouvoir se fixer nulle part. Toujours ardent, vif, passionné, jamais faible ni coupable, et fort de son âme grande et belle quand il pensait ne l'être que de sa raison. Enfin tous les jours méditant des folies, et tous les jours revenant à lui, prêt à briser ses indignes fers. C'est dans ses premiers moments de dégoût qu'il faillit s'attacher à Julie, et il paraît sûr qu'il l'eût fait, s'il n'eût pas trouvé la place prise.

Cependant la Marquise perdait toujours du terrain par ses vices ; Laure en gagnait par ses vertus. Au surplus la constance était égale des deux côtés ; mais le mérite n'était pas le même et la Marquise avilie, dégradée par tant de crimes finit par donner à son amour sans espoir les suppléments que n'avait pu supporter celui de Laure. À chaque voyage, Bomston trouvait à celle-ci de nouvelles perfections. Elle avait appris l'anglais ; elle savait par cœur tout ce qu'il lui avait conseillé de lire ; elle s'instruisait dans toutes les connaissances qu'il paraissait aimer : elle cherchait à mouler son âme sur la sienne et ce qu'il y restait de son fonds [1] ne la déparait pas. Elle était encore dans l'âge où la beauté croît avec les années : La Marquise était dans celui où elle ne fait plus que décliner ; et quoiqu'elle eût ce ton du sentiment qui plaît et qui touche, qu'elle parlât d'humanité, de fidélité de vertus avec grâce ; tout cela devenait ridicule par sa conduite, et sa réputation démentait tous ces beaux discours. Édouard la connaissait trop pour en espérer plus rien. Il s'en détachait insensiblement sans pouvoir s'en détacher tout à fait, il s'approchait toujours de l'indifférence sans y pouvoir jamais arriver. Son cœur le rappelait sans cesse chez la Marquise ; ses pieds l'y portaient sans qu'il y songeât. Un homme sensible n'oublie jamais, quoi qu'il fasse l'intimité dans laquelle ils avaient vécu. À force d'intrigues, de ruses, de noirceurs, elle parvint enfin à s'en faire mépriser ; mais il la méprisa sans cesser de la plaindre ; sans pouvoir jamais oublier ce qu'elle avait fait pour lui ni ce qu'il avait senti pour elle.

Ainsi dominé par ses habitudes encore plus que par ses penchants, Édouard ne pouvait rompre les attachements qui l'attiraient à Rome. Les douceurs d'un ménage heureux lui firent désirer d'en établir un semblable avant de vieillir. Quelquefois il se taxait d'injustice, d'ingratitude même envers la Marquise, et n'imputait qu'à sa passion les vices de son caractère. Quelquefois il oubliait le premier état de Laure et son cœur franchissait sans y songer la barrière qui le séparait d'elle. Toujours cherchant dans sa raison des excuses à son penchant, il se fit de son dernier voyage un motif pour éprouver son ami ; sans songer qu'il s'exposait lui-même à une épreuve dans laquelle il aurait succombé sans lui.

Le succès de cette entreprise et le dénoûment des scènes qui s'y rapportent sont détaillés dans la 12e lettre de la 5e partie, et dans la 3e de la 6e de manière à n'avoir plus rien d'obscur à la suite de l'abrégé précédent. Édouard aimé de deux maîtresses sans en posséder aucune paraît d'abord, dans une situation risible. Mais sa vertu lui donnait en lui-même une jouissance plus douce que celle de la beauté, et qui ne s'épuise pas comme elle. Plus heureux des plaisirs qu'il se refusait que le voluptueux n'est de ceux qu'il goûte, il aima plus longtemps, resta libre et jouit mieux de la vie que ceux qui l'usent. Aveugles que nous sommes, nous la passons tous à courir après nos chimères. Eh ! ne saurons-nous jamais que de toutes les folies des hommes il n'y a que celle du juste qui le rende heureux [1] ?

SUJETS D'ESTAMPES [1]

La plupart de ces Sujets sont détaillés pour les faire entendre, beaucoup plus qu'ils ne peuvent l'être dans l'exécution : car pour rendre heureusement un dessin, l'Artiste ne doit pas le voir tel qu'il sera sur son papier, mais tel qu'il est dans la Nature. Le crayon ne distingue pas une blonde d'une brune, mais l'imagination qui le guide doit les distinguer. Le burin marque mal les clairs et les ombres, si le Graveur n'imagine aussi les couleurs. De même dans les figures en mouvement, il faut voir ce qui précède et ce qui suit, et donner au temps de l'action une certaine latitude ; sans quoi l'on ne saisira jamais bien l'unité du moment qu'il faut exprimer. L'habileté de l'Artiste consiste à faire imaginer au Spectateur beaucoup de choses qui ne sont pas sur la planche ; et cela dépend d'un heureux choix de circonstances, dont celles qu'il rend font supposer celles qu'il ne rend pas. On ne saurait donc entrer dans un trop grand détail quand on veut exposer des Sujets d'Estampes, et qu'on est absolument ignorant dans l'art. Au reste, il est aisé de comprendre que ceci n'avait pas été écrit pour le Public ; mais en donnant séparément les estampes, on a cru devoir y joindre l'explication [2].

Quatre ou cinq personnages reviennent dans toutes les planches, et en composent à peu près toutes les figures. Il faudrait tâcher de les distinguer par leur air et par le goût de leur vêtement, en sorte qu'on les reconnût toujours.

1. Julie est la Figure principale. Blonde, une physionomie douce, tendre, modeste, enchanteresse. Des grâces naturelles sans la moindre affectation : une élégante simplicité, même un peu de négligence dans son vêtement, mais qui lui sied mieux qu'un air plus arrangé : peu d'ornements, toujours du goût ; la gorge couverte en fille modeste, et non pas en dévote.

2. Claire ou la Cousine. Une brune piquante ; l'air plus fin, plus éveillé, plus gai ; d'une parure un peu plus ornée, et visant presque à la coquetterie ; mais toujours pourtant de la modestie et de la bienséance. Jamais de panier ni à l'une ni à l'autre.

3. St. Preux ou l'Ami. Un jeune homme d'une figure ordinaire ; rien de distingué ; seulement une physionomie sensible et intéressante. L'habillement très simple : une contenance assez timide, même un peu embarrassé de sa personne quand il est de sang-froid ; mais bouillant et emporté dans la passion.

4. Le Baron d'Étange ou le père : il ne paraît qu'une fois, et l'on dira comment il doit être.

5. Milord Édouard ou l'Anglais. Un air de grandeur qui vient de l'âme plus que du rang ; l'empreinte du courage et de la vertu, mais un peu de rudesse et d'âpreté dans les traits. Un maintien grave et stoïque sous lequel il cache avec peine une extrême sensibilité. La parure à l'Anglaise, et d'un grand Seigneur sans faste. S'il était possible d'ajouter à tout cela le port un peu spadassin, il n'y aurait pas de mal.

6. M. de Wolmar, le Mari de Julie. Un air froid et posé. Rien de faux ni de contraint ; peu de geste, beaucoup d'esprit, l'œil assez fin ; étudiant les gens sans affectation.

Tels doivent être à peu près les caractères des Figures[1]. Je passe aux sujets des Planches.

PREMIÈRE ESTAMPE
Tome I. *Lettre* XIV. *pag.* 87[1].

Le lieu de la Scène est un bosquet. Julie vient de donner à son ami un baiser *cosi saporito*[2], qu'elle en tombe dans une espèce de défaillance. On la voit dans un état de langueur se pencher, se laisser couler sur les bras de sa Cousine, et celle-ci la recevoir avec un empressement qui ne l'empêche pas de sourire en regardant du coin de l'œil son ami. Le jeune homme a les deux bras étendus vers Julie ; de l'un, il vient de l'embrasser, et l'autre s'avance pour la soutenir : son chapeau est à terre. Un ravissement, un transport très vif de plaisir et d'alarmes doit régner dans son geste et sur son visage. Julie doit se pâmer et non s'évanouir. Tout le tableau doit respirer une ivresse de volupté qu'une certaine modestie rende encore plus touchante.

Inscription *de la 1ʳᵉ Planche.*

Le premier baiser de l'amour.

DEUXIÈME ESTAMPE
Tome I. *Lettre* LX. *pag.* 343[3].

Le lieu de la Scène est une chambre fort simple. Cinq personnages remplissent l'Estampe. Milord Édouard sans épée, et appuyé sur une canne, se met à genoux devant l'Ami, qui est assis à côté d'une table sur laquelle sont son épée et son chapeau, avec un livre plus près de lui. La posture humble de l'Anglais ne doit rien avoir de honteux ni de timide ; au contraire, il règne sur son visage une fierté sans arrogance, une hauteur de courage ; non pour braver celui devant lequel il s'humilie, mais à cause de l'honneur qu'il se rend à lui-même de faire une belle action par un motif de justice et non de crainte. L'Ami, surpris, troublé de voir l'Anglais à ses pieds, cherche à le relever avec beaucoup d'inquiétude et un air très confus. Les trois Spectateurs, tous en épée, marquent l'étonnement et l'admiration, chacun par une attitude différente. L'esprit de ce sujet est que le personnage qui est à genoux imprime du respect aux autres, et qu'ils semblent tous à genoux devant lui.

Inscription *de la 2e Planche.*

L'héroïsme de la valeur.

TROISIÈME ESTAMPE

Tome II. *Lettre* X. *pag.* 79[1].

Le lieu est une chambre de cabaret, dont la porte ouverte, donne dans une autre chambre. Sur une table, auprès du feu, devant laquelle est assis Milord Édouard en robe de chambre, sont deux bougies, quelques lettres ouvertes, et un paquet encore fermé. Édouard tient de la main droite une lettre qu'il baisse de surprise, en voyant entrer le jeune homme. Celui-ci encore habillé, a le chapeau enfoncé sur les yeux, tient son épée d'une main, et de l'autre, montre à l'Anglais d'un air emporté et menaçant la sienne, qui est sur un fauteuil à côté de lui. L'Anglais fait de la main gauche un geste de dédain froid et marqué. Il regarde en même temps l'étourdi d'un air de compassion propre à le faire rentrer en lui-même ; et l'on doit remarquer en effet dans son attitude que ce regard commence à le décontenancer.

Inscription *de la 3e Planche.*

Ah ! jeune Homme ! à ton Bienfaiteur !

QUATRIÈME ESTAMPE

Tome II. *Lettre* XXVI. *pag.* 294[2].

La Scène est dans la rue devant une maison de mauvaise apparence. Près de la porte ouverte, un laquais éclaire avec deux flambeaux de table. Un fiacre est à quelques pas de là ; le cocher tient la portière ouverte, et un jeune homme s'avance pour y monter. Ce jeune homme est St. Preux sortant d'un lieu de débauche dans une attitude qui marque le remords, la tristesse, et l'abattement. Une des habitantes de cette maison l'a reconduit jusque dans la rue ; et dans ses adieux on voit la joie, l'impudence, et l'air d'une personne qui se félicite d'avoir triomphé de lui. Accablé de douleur et de honte, il ne fait pas même attention à elle. Aux fenêtres sont de jeunes Officiers avec deux ou trois compagnes de celle qui est en bas. Ils battent des mains et applaudissent d'un air railleur en voyant passer le jeune homme qui ne les regarde ni ne les écoute. Il doit régner une immodestie dans le maintien des femmes et un désordre dans leur ajustement, qui ne laisse pas douter un moment de ce qu'elles sont, et qui fasse mieux sortir la tristesse du principal personnage.

Inscription *de la 4e Planche.*

La honte et les remords vengent l'amour outragé.

CINQUIÈME ESTAMPE

Tome III. *Lettre* XIV. *pag.* 76 [1].

La Scène se passe de nuit, et représente la chambre de Julie, dans le désordre où est ordinairement celle d'une personne malade. Julie est dans son lit avec la petite vérole ; elle a le transport. Ses rideaux fermés, étaient entrouverts pour le passage de son bras, qui est en dehors ; mais sentant baiser sa main, de l'autre elle ouvre brusquement le rideau, et reconnaissant son ami, elle paraît surprise, agitée, transportée de joie, et prête à s'élancer vers lui. L'amant, à genoux près du lit, tient la main de Julie, qu'il vient de saisir, et la baise avec un emportement de douleur et d'amour dans lequel on voit, non seulement qu'il ne craint pas la communication du venin, mais qu'il la désire. À l'instant Claire, un bougeoir à la main, remarquant le mouvement de Julie, prend le jeune homme par le bras, et l'arrachant du lieu où il est, l'entraîne hors de la chambre. Une femme de chambre, un peu âgée, s'avance en même temps au chevet de Julie pour la retenir. Il faut qu'on remarque dans tous les personnages une action très vive, et bien prise dans l'unité du moment.

Inscription *de la 5ᵉ Planche.*

L'inoculation de l'amour.

SIXIÈME ESTAMPE

Tome III. Lettre XVIII. pag. 117[1].

La Scène se passe dans la chambre du Baron d'Étange, père de Julie. Julie est assise, et près de sa chaise est un fauteuil vide : son père qui l'occupait est à genoux devant elle, lui serrant les mains, versant des larmes, et dans une attitude suppliante et pathétique. Le trouble, l'agitation, la douleur sont dans les yeux de Julie. On voit, à un certain air de lassitude, qu'elle a fait tous ses efforts pour relever son père ou se dégager ; mais, n'en pouvant venir à bout, elle laisse pencher sa tête sur le dos de sa chaise, comme une personne prête à se trouver mal ; tandis que ses deux mains en avant portent encore sur les bras de son père. Le Baron doit avoir une physionomie vénérable, une chevelure blanche, le port militaire, et, quoique suppliant, quelque chose de noble et de fier dans le maintien.

Inscription *de la 6ᵉ Planche.*

La force paternelle.

SEPTIÈME ESTAMPE

Tome IV. Lettre VI. pag. 59[2].

La Scène se passe dans l'avenue d'une maison de campagne, quelques pas au delà de la grille, devant laquelle on voit en dehors une chaise arrêtée, une malle derrière, et un Postillon. Comme l'ordonnance de cette estampe est très simple, et demande pourtant une grande expression, il la faut expliquer.

L'ami de Julie revient d'un voyage de long cours ; et, quoique le mari sache qu'avant son mariage cet ami a été amant favorisé, il prend une telle confiance dans la vertu de tous deux, qu'il invite lui-même le jeune homme à venir dans sa maison. Le moment de son arrivée est le sujet de l'Estampe. Julie vient de l'embrasser, et le prenant par la main le présente à son mari, qui s'avance pour l'embrasser à son tour. M. de Wolmar, naturellement froid et posé, doit avoir l'air ouvert, presque riant, un regard serein qui invite à la confiance.

Le jeune homme, en habit de voyage, s'approche avec un air de respect dans lequel on démêle, à la vérité, un peu de contrainte et de confusion, mais non pas une gêne pénible ni un embarras suspect. Pour Julie, on voit sur son visage et dans son maintien un caractère d'innocence et de candeur qui montre en cet instant toute la pureté de son âme. Elle doit regarder son mari avec une assurance modeste où se peignent l'attendrissement et la reconnaissance que lui donne un si grand témoignage d'estime, et le sentiment qu'elle en est digne.

Inscription *de la 7e Planche.*
La confiance des belles âmes.

HUITIÈME ESTAMPE

Tome IV. Lettre XVII. pag. 323 [1].

Le paysage est ici ce qui demande le plus d'exactitude. Je ne puis mieux le représenter qu'en transcrivant le passage où il est décrit.

Nous y arrivâmes après une demi-heure de marche, par quelques sentiers ombragés et tortueux qui montaient insensiblement entre les rochers, et n'avaient rien de plus incommode que la longueur du chemin. Ce lieu solitaire formait un réduit sauvage et désert, plein de ces sortes de beautés qui ne touchent que les âmes sensibles, et paraissent horribles aux autres. Un torrent formé par la fonte des neiges, roulait à cent pas de nous une eau bourbeuse, et charriait avec fracas du limon, du sable et des pierres. Derrière nous, une chaîne de roches inaccessibles séparait l'esplanade où nous étions de cette partie des Alpes qu'on nomme les Glacières, parce que d'énormes sommets de glace qui s'accroissent incessamment, les couvrent depuis le commencement du monde. Des forêts de noirs sapins nous ombrageaient tristement à droite ; un grand bois de chênes était à gauche au delà du torrent ; et, presque à pic au-dessous de nous, cette immense plaine d'eau que le lac forme au sein des montagnes nous séparait des riches côtes du pays de Vaud, dont le spectacle était couronné par la cime du majestueux Jura.

Au milieu de ces grands et superbes objets, le petit terrain où nous étions étalait les charmes d'un séjour riant et champêtre. Quelques ruisseaux filtraient à travers les rochers, et roulaient sur la verdure en filets de cristal. Quelques arbres fruitiers sauvages enracinés dans les hauteurs, penchaient leurs têtes sur les nôtres. La terre humide était couverte d'herbe et de fleurs. En comparant un si doux réduit aux objets qui l'environnaient, il semblait que ce lieu désert dût être l'asile de deux amants échappés seuls au bouleversement de la nature.

Il faut ajouter à cette description que deux quartiers de rocher tombés du haut et pouvant servir de table et de siège doivent être presque au bord de l'esplanade ; que dans la perspective des côtes du pays de Vaud qu'on voit dans l'éloignement, on distingue sur le rivage des villes de distance en distance, et qu'il est nécessaire au moins qu'on en aperçoive une vis-à-vis de l'esplanade ci-dessus décrite.

C'est sur cette esplanade que sont Julie et son Ami ; les deux seuls personnages de l'Estampe. L'Ami posant une main sur l'un des deux quartiers lui montre de l'autre main et d'un peu loin des caractères gravés sur les rochers des environs. Il lui parle en même temps avec feu ; on lit dans les yeux de Julie l'attendrissement que lui causent ses discours et les objets qu'il lui rappelle ; mais on y lit aussi que la vertu préside, et ne craint rien de ces dangereux souvenirs.

Il y a un intervalle de dix ans entre la première Estampe et celle-ci, et dans cet intervalle Julie est devenue femme et mère : mais il est dit qu'étant fille, elle laissait dans son ajustement un peu de négligence qui la rendait plus touchante ; et qu'étant femme elle se parait avec plus de soin. C'est ainsi qu'elle doit être dans la Planche septième ; mais dans celle-ci, elle est sans parure, et en robe du matin.

Inscription *de la 8ᵉ Planche.*

Les monuments des anciennes amours.

NEUVIÈME ESTAMPE

Tome V. Lettre III. pag. 99[1].

Un salon : sept figures. Au fond vers la gauche une table à thé couverte de trois tasses, la théière, le pot à sucre, etc. Autour de la table sont, dans le fond et en face, M. de Wolmar, à sa droite en tournant, l'Ami tenant la gazette ; en sorte que l'un et l'autre voient tout ce qui se passe dans la chambre.

À droite aussi dans le fond, Madame de Wolmar assise tenant de la broderie ; sa femme de chambre assise à côté d'elle et faisant de la dentelle ; son oreiller est appuyé sur une chaise plus petite. Cette femme de chambre, la même dont il est parlé ci-après, Planche onzième, est plus jeune que celle de la Planche sixième[2].

Sur le devant, à sept ou huit pas des uns et des autres, est une petite table couverte d'un livre d'Estampes que parcourent deux petits garçons. L'aîné, tout occupé des figures, les montre au cadet ; mais celui-ci compte furtivement des onchets qu'il tient sous la table[1] cachés par un des côtés du livre. Une petite fille de huit ans, leur aînée, s'est levée de la chaise qui est devant la femme de chambre, et s'avance lestement sur la pointe des pieds vers les deux garçons. Elle parle d'un petit ton d'autorité, en montrant de loin la figure du livre, et tenant un ouvrage à l'aiguille de l'autre main.

Madame de Wolmar doit paraître avoir suspendu son travail pour contempler le manège des enfants : les hommes ont de même suspendu leur lecture pour contempler à la fois Madame de Wolmar et les trois enfants. La femme de chambre est à son ouvrage.

Un air fort occupé dans les enfants ; un air de contemplation rêveuse et douce dans les trois spectateurs. La mère surtout doit paraître dans une extase délicieuse.

Inscription *de la 9ᵉ Planche.*

La matinée à l'anglaise.

DIXIÈME ESTAMPE

Tome V. Lettre IX. pag. 256[2].

Une chambre de cabaret. Le moment, vers la fin de la nuit. Le crépuscule commence à montrer quelques objets ; mais l'obscurité permet à peine qu'on les distingue.

L'ami qu'un rêve pénible vient d'agiter, s'est jeté à bas de son lit, et a pris sa robe de chambre à la hâte. Il erre avec un air d'effroi, cherchant à écarter de la main des objets fantastiques dont il paraît épouvanté. Il tâtonne pour trouver la porte. La noirceur de l'Estampe, l'attitude expressive du personnage, son visage effaré doivent faire un effet lugubre et donner aux regardants une impression de terreur.

Inscription *de la 10ᵉ Planche.*

Où veux-tu fuir ? Le Fantôme est dans ton cœur.

ONZIÈME ESTAMPE

Tome VI. Lettre II. pag. 19 [1].

La scène est dans un salon. Vers la cheminée, où il y a du feu, est une table de jeu à laquelle sont, contre le mur, M. de Wolmar qu'on voit en face, et vis-à-vis, St. Preux, dont on voit le corps de profil, parce que sa chaise est un peu dérangée ; mais dont on ne voit la tête que par derrière, parce qu'il la retourne vers M. de Wolmar.

Par terre est un échiquier renversé dont les pièces sont éparses. Claire, d'un air moitié suppliant, moitié railleur, présente au jeune homme la joue, pour y appliquer un soufflet ou un baiser, à son choix, en punition du coup qu'elle vient de faire. Ce coup est indiqué par une raquette qu'elle tient pendante d'une main, tandis qu'elle avance l'autre main sur le bras du jeune homme pour lui faire retourner la tête qu'il baisse et qu'il détourne d'un air boudeur. Pour que le coup ait pu se faire sans grand fracas, il faut un de ces petits échiquiers de maroquin, qui se ferment comme des livres, et le représenter à moitié ouvert contre un des pieds de la table.

Sur le devant est une autre personne qu'on reconnaît, au tablier, pour la femme de chambre ; à côté d'elle est sa raquette sur une chaise. Elle tient d'une main le volant élevé, et de l'autre elle fait semblant d'en raccommoder les plumes ; mais elle regarde à travers en souriant, la scène qui se passe vers la cheminée.

M. de Wolmar un bras passé sur le dos de la chaise, comme pour contempler plus commodément, fait signe du doigt à la femme de chambre de ne pas troubler la scène par un éclat de rire.

Inscription *de la 11ᵉ Planche.*

Claire, Claire ! Les enfants chantent la nuit quand ils ont peur [2].

DOUZIÈME ESTAMPE

Tome VI. Lettre XI. pag. 288[1].

Une chambre à coucher dans laquelle on remarque de l'élégance, mais simple et sans luxe ; des pots de fleurs sur la cheminée. Les rideaux du lit sont à moitié ouverts et rattachés. Julie, morte, y paraît habillée et même parée. Il y a du peuple dans la chambre, hommes et femmes, les plus proches du lit sont à genoux, les autres debout, quelques-uns joignant les mains. Tous regardent le corps d'un air touché mais attentif ; comme cherchant encore quelque signe de vie.

Claire est debout auprès du lit, le visage élevé vers le Ciel, et les yeux en pleurs. Elle est dans l'attitude de quelqu'un qui parle avec véhémence. Elle tient des deux mains un riche voile en broderie, qu'elle vient de baiser, et dont elle va couvrir la face de son amie.

On distingue au pied du lit M. de Wolmar debout dans l'attitude d'un homme triste et même inquiet, mais toujours grave et modéré.

Dans cette dernière Estampe la figure de Claire tenant le voile est importante et difficile à rendre. L'habillement français ne laisse pas assez de décence à la négligence et au dérangement. Je me représente une robe à peigner très simple, arrêtée avec une épingle sur la poitrine, et pour éviter l'air mesquin, flottant et traînant un peu plus qu'une robe ordinaire. Un fichu tout uni noué sur la gorge avec peu de soin ; une boucle ou touffe de cheveux échappée de la coiffure et pendante sur l'épaule. Enfin, un désordre dans toute la personne qui peigne la profonde affliction sans malpropreté, et qui soit touchant, non risible.

Dans tout autre temps, Claire n'est que jolie ; mais il faut que ses larmes la rendent belle, et surtout que la véhémence de la douleur soit relevée par une noblesse d'attitude qui ajoute au pathétique.

Cette Planche est sans Inscription.

DOSSIER

BIOGRAPHIE
1712-1778

1712. *28 juin*. Naissance, à Genève, de Jean-Jacques Rousseau, dans une famille protestante d'origine française.
7 juillet. Mort de sa mère.

1721. Le frère de Jean-Jacques, voué au vagabondage, disparaît.

1722. *21 octobre*. Le père de Rousseau, obligé de s'expatrier à la suite d'une querelle, confie son fils au pasteur Lambercier, à Bossey. Jean-Jacques ne se réinstallera à Genève qu'en 1724.

1725. Après un stage chez un greffier, Rousseau entre en apprentissage chez un graveur.

1728. *14 mars*. Au retour d'une promenade, il trouve les portes de la cité fermées, et choisit alors l'aventure.
21 mars. À Annecy, Mme de Warens, jeune veuve nouvellement convertie au catholicisme, le recueille.
21 avril. Rousseau abjure le protestantisme, à Turin, où l'avait envoyé sa protectrice.

1729-1730. Après divers emplois et diverses aventures, il quitte Turin, retrouve Mme de Warens, séjourne à Annecy, Lyon, Fribourg, Lausanne, poursuit ses vagabondages à Neuchâtel, Berne et Soleure.

1731. Premier voyage à Paris ; à la fin de l'année il rejoint sa protectrice à Chambéry, et trouve au cadastre de Savoie un emploi qu'il ne gardera que huit mois.

1732. *Juin*. Il commence à donner des leçons de musique.

1735 ou 1736. Premier séjour aux Charmettes avec Mme de Warens.

1737. *11 septembre*. Rousseau, las de ses malaises persistants, part pour Montpellier, où il va chercher un diagnostic à la Faculté de médecine.

1738. Mme de Warens s'installe aux Charmettes pour une résidence durable. Rousseau va y rester de 1738 à 1740.

1740-1741. Préceptorat à Lyon.

1742. *Août.* Arrivée de Rousseau à Paris avec un nouveau système de notation musicale, mis au point aux Charmettes.
22 août. Présentation à l'Académie des sciences du *Mémoire sur un projet de notation musicale,* qui est publié en janvier 1743. Premières rencontres avec Diderot.

1743. *Été.* Il suit, comme secrétaire, M. de Montaigu, ambassadeur de France à Venise. Ses loisirs lui permettent de publier une *Dissertation sur la musique moderne.*

1744. *22 août.* Il quitte Venise à la suite d'une querelle avec l'ambassadeur et arrive à Paris en octobre.

1745. Il se lie avec Thérèse Levasseur, lingère, âgée de vingt-trois ans ; il fait représenter *Les Muses galantes,* retouche *Les Fêtes de Ramire* de Rameau et Voltaire, avec qui il est alors en bons termes.

1746. *Fin de l'automne.* Naissance du premier enfant de Rousseau, qui est mis à l'hospice des Enfants-Trouvés.

1748. Naissance d'un deuxième enfant, également mis aux Enfants-Trouvés.

1749. *Janvier-mars.* Sur la demande de d'Alembert, rédaction des articles sur la musique destinés à l'*Encyclopédie.*
Octobre. Visite à Diderot, incarcéré à Vincennes pour sa *Lettre sur les aveugles.* C'est alors que Rousseau prend connaissance du sujet proposé par l'Académie de Dijon pour son prix annuel : « *Si le rétablissement des sciences et des arts a contribué à corrompre ou à épurer les mœurs.* » Il s'enflamme.
Les progrès de son amitié avec Grimm et Diderot datent de cette année.

1750. *23 août.* L'Académie de Dijon couronne le *Discours sur les sciences et les arts,* qui est publié à la fin de l'année ou dans les premiers jours de 1751.

1751. Rousseau abandonne tout autre emploi pour se faire copiste de musique. Naissance de son troisième enfant. Vives controverses autour du *Discours.*

1752. *18 octobre.* Son opéra-comique *Le Devin du village* est représenté à Fontainebleau, devant la Cour. Rousseau se dérobe à une audience du Roi et sans doute à une pension.

1753. *1ᵉʳ mars.* Le Devin du village est joué à l'Opéra.
Novembre. Rousseau publie une *Lettre sur la musique française.*
L'Académie de Dijon annonce un nouveau sujet de concours : « *Quelle est l'origine de l'inégalité parmi les hommes et si elle est autorisée par la loi naturelle ?* » Démêlés avec l'Opéra.

1754. Genève, par Lyon et Chambéry. Composition du *Discours sur l'origine de l'inégalité parmi les hommes.* Retour au calvinisme. Travaux littéraires divers.

1755. *Mai.* Publication en Hollande du *Discours sur l'inégalité*.

1er novembre. Le tremblement de terre de Lisbonne bouleverse les esprits et fournit à Voltaire l'argument d'un long poème ; Rousseau y répondra en août 1756.

1756. *9 avril.* Rousseau, Thérèse et la mère de celle-ci s'installent à l'Ermitage, à la lisière de la forêt de Montmorency, dans la propriété de Mme d'Épinay, chez qui il avait séjourné au mois de septembre précédent.

Été-automne. Il rêve et commence à travailler à ce qui sera *La Nouvelle Héloïse*.

1757. *Mars.* Querelle avec Diderot à propos du *Fils naturel*, où Rousseau lit qu' « il n'y a que le méchant qui soit seul ». Réconciliation en avril.

11 juillet. Mme d'Épinay trouve Saint-Lambert et Mme d'Houdetot chez Jean-Jacques, et sa jalousie s'éveille.

10 octobre. Publication du tome VII de l'*Encyclopédie*, contenant l'article de d'Alembert sur Genève.

Novembre. Rupture avec Grimm.

10 décembre. Mme d'Épinay rompt avec Rousseau et lui donne son congé.

15 décembre. Rousseau s'installe à Montmorency chez le procureur fiscal Mathas, dans la petite maison de Montlouis.

1758. *Mars.* Rousseau accepte l'hospitalité du maréchal de Luxembourg dans son Petit-Château de Montmorency. Il achève la *Lettre sur les spectacles*, où il s'oppose à d'Alembert et à Voltaire.

6 mai. Mme d'Houdetot à son tour rompt avec lui.

Septembre. Achèvement de *La Nouvelle Héloïse*.

Octobre. Publication de la *Lettre sur les spectacles*.

1759-1760. Montmorency. Rousseau travaille à *Émile* et au *Contrat social*.

1761. *Janvier.* Arrivée à Paris de l'édition de *La Nouvelle Héloïse* ; le succès est immense.

1762. *Janvier.* Composition des quatre *Lettres à Malesherbes*. Il envoie à Moultou la *Profession de foi du Vicaire savoyard*.

Avril. Publication à Amsterdam du *Contrat social ou Principes du droit politique*, interdit à Paris en mai.

27 mai. Publication d'*Émile*, mis en vente par autorisation tacite.

Juin. *Émile* est dénoncé à la Sorbonne, condamné par le parlement, brûlé ; Rousseau, décrété de prise de corps, s'enfuit précipitamment en Suisse. Genève à son tour prend les mêmes mesures contre les deux ouvrages et leur auteur. Celui-ci, pourchassé, se réfugie dans la principauté prussienne de Neuchâtel.

29 juillet. Mort de Mme de Warens à Chambéry.

28 août. Mandement de l'archevêque de Paris, Christophe de Beaumont, contre *Émile.*

1763. *Mars.* Rousseau publie sa *Lettre à Christophe de Beaumont,* datée du 18 novembre.

12 mai. Rousseau renonce à son titre de citoyen de Genève, qui lui avait été rendu en 1754.

Septembre-octobre. Tronchin fait paraître ses *Lettres écrites de la campagne,* contre Rousseau.

1764. Celui-ci riposte par ses *Lettres écrites de la montagne.* Botanique. Il entreprend *Les Confessions.*

1765. *21 janvier.* Les *Lettres écrites de la montagne* sont brûlées à La Haye et à Paris, attaquées à Genève. Rousseau est en butte à l'hostilité du pasteur de Môtiers, Montmollin, et de son consistoire.

Nuit du 6 septembre, jour de foire. Les habitants de Môtiers-Travers jettent des pierres contre sa maison.

Septembre-octobre. Il trouve asile le 12 septembre à l'île de Saint-Pierre, d'où il est expulsé après quelques semaines. Il part pour Berlin, par Bâle, puis Strasbourg, où il est reçu avec honneur, et d'où, en fin de compte, abandonnant Berlin, il repart pour Paris, où il arrive le 16 décembre et où on lui fait fête.

1766. *4 janvier.* Avec Hume il part pour l'Angleterre.

13 janvier. Arrivée à Londres.

19 mars. Installation à Wootton (Staffordshire).

Avril. Lettre au docteur J. J. Pansophe, de Voltaire, ridiculisant l'auteur d'*Émile.* Durant la suite de l'année, démêlés avec Hume et rupture.

1767. *21 mai.* Rousseau s'embarque à Douvres pour la France.

À son retour, il réside à Fleury, près de Meudon, puis à Trye, en Normandie, chez le prince de Conti. Vie errante, maladie, angoisses.

26 novembre. Mise en vente à Paris du *Dictionnaire de musique.*

1768. Rousseau, qui s'apaise un peu, séjourne à Lyon, herborise à la Grande-Chartreuse, s'arrête à Grenoble, visite à Chambéry la tombe de Mme de Warens, se fixe à Bourgoin, en Dauphiné.

30 août. Il s'y marie civilement avec Thérèse Levasseur.

1769-1770. Par Lyon, Dijon, Montbard, Auxerre, il regagne Paris, et s'établit rue Plâtrière. Il a repris et probablement achevé ses *Confessions,* dont il commence à donner des lectures.

1771. *10 mai.* Mme d'Épinay prie Sartine, lieutenant de police, d'interdire ces lectures.

Juillet. Début des relations de Rousseau avec Bernardin de Saint-Pierre.

1772-1773. Copies de musique, botanique, rédaction des *Dialogues de Rousseau juge de Jean-Jacques.*

1774. Musique. Introduction à son *Dictionnaire des termes d'usage en botanique.*

1776. *24 février.* Rousseau ne réussit pas à déposer le manuscrit des *Dialogues* — sa défense — dans le chœur de Notre-Dame.

Automne. Il commence *Les Rêveries du Promeneur solitaire* dont il poursuit la rédaction durant l'année 1777.

24 octobre. Il est renversé, à Ménilmontant, par un chien : l'accident, grave en soi, détermine la dernière orientation de sa pensée.

1778. *12 avril.* Début de la rédaction de la Dixième Promenade des *Rêveries,* qui sera la dernière et restera inachevée.

2 mai. Rousseau confie à Moultou une partie de ses manuscrits.

20 mai. Il accepte l'hospitalité du marquis de Girardin à Ermenonville. Herborisation.

2 juillet. Malaises. Rousseau meurt à onze heures du matin.

4 juillet. À onze heures du soir, son corps est inhumé dans l'île des Peupliers, au cœur du parc d'Ermenonville.

1794. *9-11 octobre.* Transfert de ses cendres au Panthéon.

CHRONOLOGIE DU ROMAN

1732. *Automne (?)* : Premier regard. Amour soudain mais inavoué. Saint-Preux a environ dix-neuf ans, Claire et Julie, dix-sept ans (VI, 11, t. 2, p. 367) : « le ciel nous fit naître en même temps ». Les jeunes gens demeurent « une année entière dans le plus rigoureux silence » (III, 18, t. 1, p. 420).

1733. *Automne* : Premier aveu. Les héros sont alors « un homme de vingt ans et des filles de dix-huit » (Entretiens sur le roman, t. 2, p. 400). Voir I, 7, t. 1, p. 89 : « une Duègne de dix-huit ans ».

1734. *Été* : Programme d'études (I, 12, p. 101) : « Depuis un an que nous étudions ensemble » (chiffre rond). Julie emporte ce programme à la campagne, I, 13.
   Scène du bosquet, I, 14.
   Automne : Départ de Saint-Preux pour le Valais : « Quoique l'automne soit encore agréable ici, vous voyez déjà blanchir la pointe de la Dent-de-Jamant » (p. 110). Voyage de Saint-Preux dans le Valais. Saint-Preux a vingt et un ans (II, 27 : « À vingt-un ans vous m'écriviez du Valais… », p. 366). Il fait connaissance de Milord Édouard (voir I, 45).
   Wolmar et Julie font connaissance à Vevey (I, 22, fin) : « la saison est fort avancée ».
   Fin de l'automne et hiver : Saint-Preux à Meillerie.
   Première chute de Julie, un an environ après l'aveu (« une autre année dans une réserve non moins sévère », III, 18, p. 420).

1735. *Printemps* : Le projet du Chalet, « la vigne en fleurs », I, 38, p. 166.
   Voyage de Saint-Preux à Neuchâtel pour le rachat de Claude Anet.
   Milord Édouard à Vevey. Découverte de la musique italienne. Julie sait qu'elle n'aura pas d'enfant (I, 49, fin).

Été : Souvenir d'une promenade sur l'eau faite « il y a deux ans » avec Saint-Preux et la Chaillot (*P.S.* de I, 52). La Chaillot vient de mourir quand commence le roman.

Automne : La nuit d'amour : « la nuit dans cette saison est déjà obscure » à l'heure du souper, I, 53, p. 196.

Fin de l'automne : Querelle Saint-Preux-Milord Édouard. « L'engagement » entre Julie et Saint-Preux dure « depuis plus de deux ans », I, 56 (p. 202). Julie croit être enceinte (I, 57 fin, p. 213).

Colère de M. d'Étange contre Julie. Fausse couche de Julie. Les marques de la grossesse n'étaient pas encore visibles (Voir III, 18, p. 411). La saison est très avancée, on allume le feu le soir dans la chambre de Mme d'Étange (I, 63, p. 229).

Hiver : Départ de Saint-Preux pour Paris. Il n'a pas vingt-quatre ans (I, 65, p. 241, note de Rousseau ; Voir II, 11, p. 278). Étape à Besançon : « trois ans d'intervalle ont fermé le cercle fortuné de mes jours » (II, 1, p. 244), du premier regard à la nuit d'amour. « L'hiver s'avance » (II, 2, p. 250). Les deux amis passent quinze jours à Besançon, d'où Milord Édouard repartira pour l'Italie : il compte en revenir « l'été prochain » (II, 9, p. 272).

1736. *Janvier (ou printemps ?) :* Début du séjour de Saint-Preux à Paris. Il est à Paris depuis trois semaines quand Claire va se marier et que Milord Édouard, regagnant l'Italie, passe à Vevey (II, 15, p. 296).

1737. À Vevey, Julie a lu la *Réfutation de Pope* par Crousaz (parue en 1737).

Saint-Preux a vingt-cinq ans (II, 27 : « à vingt-cinq [ans] vous m'envoyez de Paris des colifichets de lettres », p. 366). Découverte des lettres, mort de Mme d'Étange, Saint-Preux rend sa parole à Julie. Maladie de Julie ; « inoculation de l'amour ».

Été : Milord Édouard revenant d'Italie passe à Vevey juste après l'apparition que vient d'y faire Saint-Preux. C'est la seule incohérence de cette première moitié du roman : Édouard avait annoncé, au cours de l'hiver 1735-1736, qu'il reviendrait d'Italie « l'été prochain ». En fait, il a dû prolonger son séjour d'un an. (III, 14, p. 399).

Wolmar est attendu à Vevey après « trois ans d'absence » (III, 14, p. 400 ; Voir IV, 12, t. 2, p. 111).

Automne : Julie pressée d'épouser Wolmar écrit à Saint-Preux la lettre 15 (IIIe partie). Saint-Preux est encore à Paris, mais va partir pour Londres.

1738. *Printemps-été :* Mariage de Julie. Elle écrit à Saint-Preux moins de deux mois après, voir la grande lettre récapitulative (III, 18) : « Il y a six ans à peu près que je vous vis pour la première fois » (t. 1, p. 407), chiffre arrondi.

1740. *Automne* (date historique) : Départ de George Anson. Saint-Preux, à Londres depuis le début de 1738, y a traîné un désespoir qu'il l'a conduit finalement au désir de mourir (III, 21). Il en a été détourné par la lettre d'Édouard (III, 22) et par l'offre de le faire participer à l'expédition d'Anson.

1744. *Printemps :* Julie est mariée depuis « près de six ans » (IV, 1, t. 2, p. 9), Saint-Preux est parti depuis « près de quatre ans » (p. 12). Claire a vingt-huit ans (IV, 2, p. 18), donc Julie aussi. Chiffre approximatif.

14 juin (Date historique) : Anson aborde en Angleterre après un voyage de « près de quatre ans » (IV, 3, p. 23).

Été : Saint-Preux arrive à Clarens dans la « douceur de la saison » (IV, 6, p. 31). Il a trente ans passés (IV, 7, p. 40 ; Voir V, 1, p. 145).

Saint-Preux passe huit jours à Lausanne (IV, 9) ; Claire pense regagner Clarens avant les vendanges (IV, 9, p. 54), deux mois plus tard. Henriette a sept ans.

Août : Extrême chaleur ; on va prendre le frais dans l'Élysée ; la saison des nids est passée depuis deux mois (IV, 11, *passim*). « Douze ans de pleurs et six ans de gloire » (IV, 13, p. 123 ; Voir V, 1, p. 146) : « Dans un espace de douze ans. »

Promenade sur le lac. L'exil de Meillerie a eu lieu « il y a dix ans ». On est en plein été (note de Rousseau, IV, 17, p. 142). Édouard, avant de partir pour les Flandres, annonce qu'il arrivera à Clarens à « la fin du mois prochain » ou au « commencement d'octobre » (V, 1, p. 148-149).

Les grappes commencent à se former ; on vendangera dans deux mois (V, 2, p. 167).

La gazette apprend aux habitants de Clarens la maladie de Louis XV (date historique : août 1744).

L'aîné des fils de Julie a six ans (V, 3, p. 205).

Septembre : Édouard retarde sa venue : il passera l'hiver à Clarens (V, 4, p. 215). Julie est mariée « depuis près de huit ans » (V, 5, p. 222), ce qui est impossible. Voir d'ailleurs les variantes. Saint-Preux est à Clarens depuis plus de deux mois (V, 5, p. 224) quand il discute avec Wolmar de la religion.

Octobre : Claire s'installe à Clarens.

Fin octobre : Les vendanges. Il fait beau, mais les premières gelées ont eu lieu (V, 7, p. 234), et « on vendange fort tard dans le pays de Vaud » indique Rousseau en note.

Hiver : Tout le monde est réuni. Personne n'a à écrire, mais les allusions à cet hiver apparaissent dans presque toutes les lettres postérieures.

1745. *Printemps :* Saint-Preux et Édouard partent pour l'Italie. Dix ans ont passé depuis le voyage de Saint-Preux au Valais (V, 9, p. 246). Milan, Rome, Naples ; séjour en Italie.

Mai : Claire, en route pour Genève, voit son père à Lausanne quelques jours après Fontenoy (date historique : mai 1745), VI, 1, p. 272. Claire aura trente ans dans six mois (VI, 2, p. 279).

Julie désire que Saint-Preux épouse Claire, pour échapper aux tentations auxquelles il s'expose en allant « à trente ans [...] s'enfermer dans une solitude avec des femmes de son âge ». Chiffre approximatif puisqu'il a deux ans de plus qu'elles (VI, 6, p. 303).

Cette lettre de Julie est la première que Saint-Preux a reçue d'elle « après sept ans de silence » (VI, 7, p. 312).

Août : On attend le retour de Saint-Preux et d'Édouard « vers la fin du mois prochain ». Julie mourra avant.

Septembre : Accident de Chillon. Julie tombe malade. Au cours d'un apparent rétablissement, elle mange une « ferra » ; dans la variante d'une note sur le moment de l'année où l'on pêche ce poisson, Rousseau précisait : « vers le commencement de septembre, au plus tard » (VI, 11, n. 2, p. 374).

Mort de Julie. Il fait encore une « extrême chaleur » (p. 381).

Fin de l'automne : Saint-Preux est tombé malade à l'annonce de la mort de Julie. Son retour a été retardé, l'hiver approche (VI 13, p. 388).

TABLE
DES LETTRES ET MATIÈRES[1]
CONTENUES
DANS LA NOUVELLE HÉLOÏSE

redoubler son amour. Son impatience de se trouver au Chalet, rendez-vous champêtre que Julie lui a assigné.

DEUXIÈME PARTIE

TROISIÈME PARTIE

QUATRIÈME PARTIE

CINQUIÈME PARTIE

SIXIÈME PARTIE

LETTRE XIII, de Mme d'Orbe à St. Preux.

Elle lui fait l'aveu de ses sentiments pour lui, et lui déclare en même temps qu'elle veut toujours rester libre. Elle lui représente l'importance des devoirs dont il est chargé ; lui annonce chez M. de Wolmar des dispositions prochaines à abjurer son incrédulité ; l'invite, lui et Milord Édouard, à se réunir au plus tôt à la famille de Julie. Vive peinture de l'amitié la plus tendre, et de la plus amère douleur.

[L'édition de Genève, 1782, in-4° complète ainsi la table :]

LES AMOURS DE MILORD ÉDOUARD BOMSTON.

Édouard fait connaissance à Rome avec une dame Napolitaine. Caractère de cette dame. Nature de leur liaison. Cette dame veut lui donner une maîtresse subalterne. Danger d'une situation qu'Édouard évite. Caractère de Laure : effet du véritable amour sur elle. Édouard la visite souvent sans l'aimer. Effet terrible de son assiduité auprès de Laure sur la Marquise. Laure change de conduite, et se retire dans un couvent. La Marquise hors d'elle-même, divulgue sa propre intrigue. Son mari l'apprend à Vienne. Ce qui en résulte. Situation singulière d'Édouard. Entreprise funeste de la Marquise. Le Marquis meurt en Allemagne. Édouard ne veut pas profiter de cet événement. Sa manière de vivre jusqu'au moment où il connut Julie.

APERÇU BIBLIOGRAPHIQUE [1]

I. BIBLIOGRAPHIE :

Albert Schinz : *État présent des travaux sur J.-J. Rousseau*, Paris et New York, 1941.

Jean Senelier : *Bibliographie générale des œuvres de J.-J. Rousseau*, P.U.F., 1950.

L'édition de *La Nouvelle Héloïse* préfacée par René Pomeau et publiée dans la collection des Classiques Garnier contient une bibliographie importante.

II. ŒUVRES DE ROUSSEAU [2] :

La Profession de foi du Vicaire savoyard, édition critique par Pierre-Maurice Masson, Fribourg et Paris, Hachette, 1914.

Lettre à d'Alembert, édition critique par M. Fuchs, Genève, Droz, 1948.

Œuvres complètes, sous la direction de Raymond Gagnebin et Marcel Raymond, Gallimard, Bibliothèque de la Pléiade :

I. *Confessions*, autres écrits autobiographiques (1959).

II. *La Nouvelle Héloïse*, théâtre, essais littéraires (1961). Texte de *La Nouvelle Héloïse* établi par Henri Coulet et présenté par Bernard Guyon.

III. *Du Contrat social*, écrits politiques (1964).

IV. *Émile*, éducation, morale, botanique (1969).

Lettres philosophiques présentées par Henri Gouhier, Vrin, 1974.

Correspondance complète, éditée par R. A. Leigh, 50 volumes, Genève-

---

1. Les articles de cet aperçu sont rangés selon l'ordre chronologique des publications.
2. Pour les éditions modernes de *La Nouvelle Héloïse*, voir t. 1, p. 63, la note sur le texte.

Banbury, Institut et Musée Voltaire et The Voltaire Foundation, 1965-1991 (abrégée par *C.C.*).

Dans Folio :

Les Rêveries du promeneur solitaire, préface de Jean Grenier, édition établie par Samuel S. de Sacy, 1972.

Les Confessions, préface de J.-B. Pontalis, texte établi par Bernard Gagnebin et Marcel Raymond, notes de Catherine Kœnig, 2 volumes, 1973.

Discours sur les sciences et les arts, Lettre à d'Alembert sur les spectacles, édition présentée et établie par Jean Varloot, 1987.

Discours sur l'origine et les fondements de l'inégalité parmi les hommes, édition présentée et établie par Jean Starobinski, Folio Essais, 1985.

Essai sur l'origine des langues, édition présentée et établie par Jean Starobinski, Folio Essais, 1990.

III. VIE ET PERSONNALITÉ DE ROUSSEAU :

Henri Guillemin : *Un homme, deux ombres*, Genève, éd. du Milieu du Monde, 1943.

Jean Guéhenno : *Jean-Jacques*, 1e éd. : 3 volumes, Grasset, 1948-1950, Gallimard, 1952 ; 2e éd. : 2 volumes, Gallimard, 1962.

Pierre-Paul Clément : *Jean-Jacques Rousseau, de l'éros coupable à l'éros glorieux*, Neuchâtel, La Baconnière, 1976.

Raymond Trousson : *Jean-Jacques Rousseau*, 2 vol., Tallandier, 1988-1989.

IV. ROUSSEAU ROMANCIER, *LA NOUVELLE HÉLOÏSE* :

Les études consacrées à *La Nouvelle Héloïse*, par Daniel Mornet (Mellottée, 1928), Philippe van Tieghem (Malfère, 1929), Charles Dédeyan (C.D.U., 1955), bons outils de travail universitaire, sont en partie dépassées.

M. B. Ellis : *Julie ou la Nouvelle Héloïse. A Synthesis of Rousseau's thought*, Toronto, 1949.

Jean-Louis Lecercle : *Rousseau et l'art du roman*, Colin, 1969.

Christie Vance : *The Extravagant Shepherd : a study of the pastoral vision in Rousseau's Nouvelle Héloïse*, Studies on Voltaire and the XVIIIth Century, 104, Oxford, 1973.

Claude Labrosse : *Lire au XVIIIe siècle : La Nouvelle Héloïse et ses lecteurs*, Lyon, Presses Universitaires (CNRS), 1985.

V. HISTOIRE DU ROMAN, FORMES DU ROMAN :

Jean Rousset : *Forme et signification*, Corti, 1967.
Vivienne Mylne : *The Eighteenth Century French Novel*, Manchester University Press, 1965.
Henri Coulet : *Le Roman en France jusqu'à la Révolution*, Colin, 1967.
Laurent Versini : *Le Roman épistolaire*, P.U.F., 1979.
Jean-Michel Racault : *L'Utopie narrative en France et en Angleterre 1675-1761*, Oxford, The Voltaire Foundation, 1991.

VI. ÉTUDES GÉNÉRALES SUR ROUSSEAU ET SON ÉPOQUE :

Pierre Burgelin : *La Philosophie de l'existence de J.-J. Rousseau*, P.U.F., 1952.
Martin Rang : *Rousseau's Lehre vom Menschen*, Göttingen, 1959.
Jean Starobinski : *Jean-Jacques Rousseau, la transparence et l'obstacle*, Plon, 1959 (nouvelle éd. augmentée Gallimard, 1971).
Robert Mauzi : *L'Idée du bonheur au XVIIIe siècle*, Colin, 1960.
Marc Eigeldinger : *J.-J. Rousseau et la réalité de l'imaginaire*, Neuchâtel, La Baconnière, 1962.

VII. RECUEILS COLLECTIFS ET NUMÉROS SPÉCIAUX DE REVUES :

Annales de la Société Jean-Jacques Rousseau, Genève (ces *Annales* sont la meilleure et la plus complète source de renseignements bibliographiques sur tout ce qui concerne Rousseau).
Studies on Voltaire and the XVIIIth Century (Genève, puis Oxford) (Nombreux articles depuis 1965).
Europe n° 391-392, nov.-déc. 1961.
Jean-Jacques Rousseau, Université ouvrière et Faculté des Lettres de l'Université de Neuchâtel, 1961.
Cahiers du Sud, n° 367, 1962 : *Rêver avec Jean-Jacques*.
Yale French Studies, n° 28, Automne-Hiver 1961-1962 : *Jean-Jacques Rousseau*.
Jean-Jacques Rousseau et son œuvre, Klincksieck, 1964.
L'Esprit créateur, IV, 4, 1964-1965.
Jean-Jacques Rousseau et son temps, sous la direction de Michel Launay, Nizet, 1969.
Roman et Lumières au XVIIIe siècle, Éditions sociales, 1970.
Quatre études sur Rousseau, Neuchâtel, La Baconnière, 1978.
Reappraisals of Rousseau, Studies in honour of R. A. Leigh, Manchester, 1980.
Études Jean-Jacques Rousseau 1991 : La Nouvelle Heloïse aujourd'hui.

NOTES

Abréviations[1]

I. Manuscrits :

Br   Brouillon

CP   Copie personnelle

MsR   Manuscrit Rey

CH   Copie Houdetot

CL   Copie Luxembourg

II. Éditions :

R61   Marc Michel Rey, Amsterdam, 1761

R63   Marc Michel Rey, Amsterdam, 1763

DC   Exemplaire annoté de l'édition Duchesne (Paris, 1764) ayant appartenu à François Coindet

C.C.   *Correspondance complète*

III.

     < >   mots biffés par Rousseau dans les versions manuscrites ; plusieurs crochets ouverts indiquent des biffures consécutives.

     [ ]   passages omis ou modifiés par l'éditeur dans les citations.

1. Voir la note sur le texte, t. 1, p. 52 *sqq.*

Page 7.

1. Par sa place en tête de la seconde moitié du roman, cette lettre devait être à la fois un bilan du passé et une question vers l'avenir. Ce n'est pas seulement une convention romanesque : dans ce que Rousseau n'appelait pas encore l'inconscient se font entendre des avertissements obscurs, de sourdes inquiétudes qui deviennent vives soudain. Julie a un « secret pressentiment » concernant Saint-Preux : elle se trompe sur son sens, elle croit qu'il annonce une mort, alors qu'il annonce un retour. Mais au plus secret de son secret, c'est bien une mort qu'il annonce. L'angoisse de Julie est encore plus fondée qu'elle ne le croit.

Page 9.

1. Voir la chronologie du roman, t. 2, p. 452. Saint-Preux, après le mariage de Julie, a langui pendant près de deux ans, a décidé de se tuer, et s'est finalement embarqué avec Anson, dont le périple a duré quatre ans.

Page 10.

1. « Il est bien dur [...] ne me traiterait pas ainsi », phrases absentes de Br, MsR, CH et CL ; ajoutées sur CP au moment de la correction des épreuves.
2. Dans ce roman long et chargé de dissertations, le non-dit est parfois le plus important. B. Guyon se demandait pourquoi Julie ne faisait « aucune allusion au drame spirituel qui la sépare de son mari » : c'est parce que Claire connaît déjà l'athéisme de Wolmar ; de plus, cet athéisme ne sera une cause de douleur aiguë pour Julie que lorsque Saint-Preux partagera leur vie commune : mais on peut admettre qu'elle pense à l'athéisme et à la fragilité de la morale chez un athée honnête homme (voir III, 18, t. 1, p. 426, n. 3 et p. 431, n. 1), quand elle ne croit pas impossible l'emportement de la jalousie et de la colère chez le plus digne et le plus affectueux des époux. En revanche, on peut se demander pourquoi un tel époux n'a pas épargné à sa femme tant d'inquiétude et l'a si longtemps laissé appréhender la révélation d'un passé dont il savait tout dès avant son mariage : jugeait-il plus salutaire pour elle qu'elle en fit elle-même l'aveu ? (voir la lettre suivante, p. 20).

Page 12.

1. Rousseau écrit *sumergés* dans toutes les versions autographes ; R61 respecte cette graphie, que les dictionnaires ignorent. Il est exact qu'Anson perdit quatre navires sur cinq qu'il avait au départ (voir p. 23).

Page 13.

1. Veuve, Claire a dû sacrifier quelque peu de ses intérêts pour éviter un procès avec sa belle-famille ; de la part de sa propre famille elle

éprouvait « des chagrins » qu'elle avait voulu fuir par le mariage (lettre suivante, p. 15 et 18). Mais sa véritable raison de ne pas se remarier n'est pas dite, on l'apercevra plus tard (lettre 2 de la VIe partie, p. 274-275 et 280-282).

2. Voir la note de Rousseau, t. 1, p. 461, et le passage de la lettre III, 22, auquel elle se rapporte.

Page 14.

1. Julie ne s'inquiète pas de ce que Wolmar lui-même penserait de ce déménagement ; elle sait bien qu'elle n'y sera pas réduite.

2. « Tout le veut ; mon cœur, [...] mon bonheur, mon honneur conservé, [...]. » Nous reproduisons la ponctuation de MsR, CL, R61 et R63. Pour que le sens soit satisfaisant, il faut sans doute admettre que l'adjectif *conservé* qualifie tous les substantifs qui le précèdent. Mais après « tout le veut » Br et CH ont une simple virgule (CP un point-virgule) et après « mon bonheur » CP et CH ont un point (Br une virgule). La ponctuation de Br ne permet pas de trancher ; celle de CP et CH invite à regrouper « mon cœur, mon devoir, mon bonheur » comme appositions à « tout [le veut] », et les autres termes de l'énumération comme appositions à « [je te dois] tout » ; Rousseau a pu modifier finalement le sens de sa phrase.

Page 15.

1. Tout le premier paragraphe est très différent dans Br. Claire plaisante assez lourdement à propos de la revanche qu'elle a prise sur Julie en ayant eu avant elle l'idée sublime de venir résider à Clarens. Ce texte a été recopié dans CP, puis biffé et remplacé à l'interligne par le premier paragraphe actuel.

2. L'anecdote de l'architecte vient des *Instructions pour ceux qui manient affaires d'État*, de Plutarque, peut-être, comme l'a fait remarquer D. Mornet, par l'intermédiaire de Montaigne, *Essais*, I, 26 (éd. Villey, p. 170). Mais l'esprit gai de Claire brode sur le texte de Plutarque et « la voix creuse, lente et même un peu nasale » est entièrement de son invention.

3. « Trouvé d'abord par plaisanterie » est le texte des copies autographes (la phrase est absente de Br) ; l'errata de R61 invite à supprimer *d'abord* (pour éviter une répétition : le mot se retrouve au début du paragraphe suivant).

Page 16.

1. « Gouverne-là » est bien le texte de toutes les versions autographes, de R61 et R63 : c'est par erreur que l'éd. Duchesne 1764 et quelques éditions modernes impriment « Gouverne-la ». « Là » est adverbe, rassemblant plaisamment la fille, la mère et la dot.

2. « À mesure qu'on s'y livre » : la phrase est plus claire dans Br (« à

mesure qu'on y répond ») et dans les copies MsR, CP, CH (« à mesure qu'on les partage »).

Page 17.

1. Br, CL : « six ans » ; dans CP, Rousseau avait d'abord écrit « six ans », puis « cinq ans », puis de nouveau « six ans », et enfin « cinq ans ». Au moment où Claire écrit cette lettre, Julie et Wolmar sont bien mariés depuis six ans, mais la phrase de Wolmar rapportée par Claire a été prononcée un an plus tôt. Le lecteur doit prendre conscience de ces périodes d'attente, de grisaille, que traversent les personnages.

2. Br, CP, CL, CH : « Je suis trop folle. »

3. Claire raisonnait innocemment comme les « jeunes personnes » d'*Émile* (livre V, Pléiade, t. 4, p. 739) qui supportent mal les rigueurs de leur éducation et ont hâte de s'émanciper : « Ce qu'elles convoitent n'est pas un mari, mais la licence du mariage. » Voir p. 20, n. 2.

Page 18.

1. Participe non accordé, comme souvent en cette position.

2. Julie aussi s'ennuie dans un mariage heureux, voir VI, 8, p. 334.

Page 19.

1. *Génie :* « talent naturel, disposition ou inclination [...] L'humeur, le goût, les manières des gens » (*Abrégé* du Trévoux) ; dans la langue classique, le mot a à peu près le sens de « caractère naturel », « personnalité ».

Page 20.

1. *Un autre :* voir t. 1, p. 411, n. 3. MsR, R61, R67 ont bien ce texte, mais CP, CH, CL et déjà Br ont *une autre.*

2. Dans la lettre 5 de la IIe partie.

3. À la naissance de Sésostris, le roi son père fit amener à la cour tous les enfants nés le même jour ; il les fit élever avec lui et comme lui, pour qu'il ait en eux plus tard des compagnons zélés à la guerre et dans le gouvernement. Rousseau avait pu lire l'anecdote dans Diodore de Sicile, dans Bossuet, dans Rollin, ou dans le *Séthos* de l'abbé Terrasson.

Page 21.

1. « Eh ! que n'est-il un moment ici ce pauvre malheureux déjà las de souffrir et de vivre ! » Ainsi traduits par Rousseau dans DC, ces vers sont de Pétrarque, sonnet *Fresco, ombroso, fiorito e verde colle.*

Page 22.

1. Pour rédiger cette lettre sur le périple de Saint-Preux, Rousseau s'est servi du *Voyage de George Anson* paru à Londres en 1745 et traduit par Élie de Joncourt (*Voyage autour du monde fait dans les années MDCCXL, I, II, III, IV, par George Anson, présentement lord Anson*

[...] par Richard Walter [...] traduit de l'anglais, à Amsterdam et à Leipzig, chez Arkstée et Merkus, 1749), et peut-être de l' « extrait » de ce *Voyage* paru dans le tome 11 (1753) de l'*Histoire générale des voyages* de l'abbé Prévost. D. Mornet, dans une longue note de son édition, a montré tout ce que Rousseau a emprunté à Walter et quelques-uns des points sur lesquels il s'écarte de lui. Que Saint-Preux, d'un tour du monde qui a duré quatre ans, rapporte seulement un résumé dont la répétition litanique de « j'ai vu... » souligne la sécheresse et la monotonie, l'économie du roman l'exigeait. D'abord, Rousseau affecte de renvoyer les développements documentaires, didactiques ou philosophiques à des opuscules fictifs, sauf quand ils intéressent directement le sens de son œuvre (Saint-Preux a apporté à Milord Édouard une relation de son voyage, et en a fait une copie pour Julie, lettre 6, p. 35). Ensuite, Saint-Preux a vécu pendant ces quatre années comme un exilé, tout ce qu'il a « vu » lui faisait ressentir plus cruellement l'absence de ce qu'il ne pouvait plus voir : adressée à Claire et par elle à Julie, la phrase qui termine la série des « j'ai vu » (« Mais ce que je n'ai point vu dans le monde entier... ») est bien autre chose qu'un compliment galant. De plus, pour le « philosophe » Saint-Preux, comme pour l'adversaire de la civilisation qu'est Rousseau, il n'y a pas lieu, comme le fait Walter, d'exalter une politique de guerre et de conquête : quand Walter glorifie les victoires des Anglais sur les Espagnols et sur les peuples colonisés, Saint-Preux déplore les destructions et les massacres. Enfin, si Rousseau élimine presque tout des descriptions que Walter faisait de la nature sauvage (les vallées de Juan Fernandez lui semblaient « aussi belles qu'aucune de celles qu'on dépeint dans les Romans »), c'est parce que le plus beau paysage du monde est celui du lac de Genève (lettre 6, p. 30), c'est aussi parce que Saint-Preux n'éprouve pas et ne veut pas communiquer à sa correspondante la nostalgie de la vie primitive : le civilisé ne doit pas s'évader, mais, s'il le peut, comme Julie, faire que « le bout du monde » soit « à [sa] porte » (lettre 11, p. 88) (Prévost a très justement relevé dans la relation de Walter « quelques descriptions affectées » et « un petit nombre de raisonnements et de conjectures, qui paraissent venir de l'orgueil du triomphe », *Histoire des Voyages*, XI, éd. citée, p. 115).

Page 23.

1. « Et sur des mers suspectes, sous un pôle inconnu, j'éprouvai la trahison de l'onde et l'infidélité des vents », traduit Rousseau dans DC (Le Tasse, *La Jérusalem délivrée*, III, 4).

2. Une croyance qui remontait aux premiers explorateurs de l'Amérique attribuait aux Patagons une taille gigantesque. Cette croyance fut rejetée au XVIIIe siècle ; l'article « Patagons » de l'*Encyclopédie* (t. 11, paru en 1765) présente l'expression même que Rousseau emploie, « ces prétendus géants ».

3. Cette île déserte est sans doute Juan Fernandez, l'une des deux îles que nommera Saint-Preux dans la lettre 11, p. 89. Mais l'île dépeuplée de ses habitants par l'ordre des Européens est Tinian, l'autre île mentionnée dans la lettre 11. Il est très probable que Rousseau a voulu ces imprécisions et ces confusions : il ne dit rien du scorbut qui décimait les équipages et qui fut la cause du long séjour de la flotte à Juan Fernandez ainsi qu'à Tinian.

Page 24.

1. Cette ville incendiée était la ville de Païta, au nord du Pérou. L'indignation de Rousseau a pu être excitée par le commentaire que fait Walter : « Toute une ville en feu, et surtout quand elle brûle avec une pareille violence, offre un spectacle singulier, et qui a quelque chose de grand » (*Voyage de George Anson*, éd. citée, p. 162). Dans la colonne de droite de Br, Rousseau a encadré l'avertissement suivant : « NB. transporter l'île déserte avant le galion. » Il a dû relire distraitement son brouillon, car cet avertissement concerne l'autre île déserte, mentionnée à la page suivante.

2. Les clefs de l'hémisphère sud sont nommées dans Br : Manille et Panama. Dans Br encore, Rousseau avait fait des Espagnols un éloge qu'il a biffé et qui n'était pas en accord avec le contexte : « En réfléchissant sur l'état et les vicissitudes de cette étonnante monarchie en examinant le caractère de ce peuple indomptable et fier qui dédaigne le luxe et la richesse et ne sait être esclave que du maître qu'il s'est choisi, j'ai trouvé quelque chose de grand et de sublime dans le génie Espagnol ».

3. Il y a un mythe de la Chine au XVIIIe siècle, comme il y a un mythe du bon sauvage. Voltaire admire dans la Chine un pays civilisé bien longtemps avant l'Égypte, la Grèce et Rome, un gouvernement de lettrés, une religion proche du déisme : Rousseau avait déjà violemment réagi contre cette image dans son *Discours sur les sciences et les arts* (Folio, p. 51), en affirmant des peuples de la Chine : « Il n'y a point de vice qui ne les domine, point de crime qui ne leur soit familier », mais la politesse hypocrite lui paraissait alors plutôt le fait des Français. C'est peut-être Walter qui lui a fait apercevoir ce même trait chez les Chinois, dont il dénonçait « le caractère fourbe et intéressé » : « La timidité, la dissimulation et la friponnerie des *Chinois* viennent peut-être en grande partie, de la gravité affectée et de l'extrême attachement aux bienséances extérieures qui sont des devoirs indispensables dans leur Pays » (*Voyage de George Anson*, éd. citée, p. 311 et 328).

4. Cette île est Tinian, l'une des Mariannes, où Anson dut aborder pour laisser à ses hommes victimes du scorbut le temps de se soigner. Son navire — le seul qui restait de l'escadre — fut poussé en pleine mer par la tempête, et les gens laissés dans l'île crurent qu'ils n'auraient plus de moyen d'en repartir.

Page 25.

1. Rousseau semble réunir en un seul deux combats navals, le premier entre un des vaisseaux d'Anson et un vaisseau de guerre espagnol, avant la traversée de « la grande mer » (le Pacifique), le second sur le chemin de Macao entre le vaisseau d'Anson, *Le Centurion*, et un galion espagnol, *Nostra Signora de Cabadonge*, qui venait d'Acapulco et se rendait à Manille.

2. Cette évocation de l'Afrique du Sud et de la colonisation hollandaise est absente de Br ; rien ne lui correspond dans Walter.

3. *Pour lesquels* : texte de MsR, CH, R61, R63 ; Br a : *pour qui*, CP et CL ont : *pour lequel*.

Page 26.

1. MsR : *que je ne sais plus.*

Page 27.

1. Par ces deux billets se noue la situation dont la seconde moitié du roman va développer les conséquences et qui a suscité bien des commentaires, depuis les ricanements de Voltaire au sujet du cocu complaisant jusqu'à l'admiration de B. Guyon (entre autres) pour l'effort de ces âmes héroïques « vers la clarté » et leur « tentative désespérée pour transcender l'humaine condition ». Saint-Preux n'avait pas demandé à être reçu à Clarens, mais seulement à revoir Julie. C'est Wolmar qui l'invite, et lui seul pouvait l'inviter. Bien que Claire soit adroitement intervenue pour que Saint-Preux soit convié à un séjour et non à une simple visite, Wolmar pense déjà au moment où Saint-Preux repartira avec Édouard pour l'Italie. C'est ce qui explique le billet de Julie, dont le mouvement est remarquable et sur la formule finale duquel Rousseau a hésité. Julie fait d'abord entendre sa voix distincte (« Venez, mon ami » — « mon cher ami », disait-elle dans Br), puis la confond avec celle de son mari, et enfin dit sa certitude que Saint-Preux ne sera pas moralement obligé de refuser (Br » ; « Je n'aurai pas <le désespoir> la douleur que vous refusiez de venir. » ; Br corrigé : « [...] que vous refusiez de venir, et que vous ayez raison. » ; CP : « Je n'aurai pas la douleur que vous <refusiez de venir> <sentiez nous devoir> nous deviez un refus »). Qu'est-ce qui pourrait faire à Saint-Preux un devoir de refuser ? Quelque arrière-pensée indigne, quelque nostalgie amoureuse qu'il ne pourrait pas cacher à un mari informé du passé ? Ou quelque défiance envers Wolmar, la crainte de n'être reçu qu'à contrecœur et avec suspicion ? Les tâtonnements du texte semblent tendre à ce second sens : Julie se porte garante de son mari. C'est Claire qui formulera — pour l'écarter — l'idée qu'on pourrait avoir à se défier de la bonne foi de Saint-Preux lui-même.

Page 28.

1. Tout ce début (jusqu'à « ne vienne de vous ») est absent de Br, il a été ajouté dans CL. Saint-Preux n'avait encore été nommé que dans une note, à laquelle renvoie la note de cette lettre-ci. Il est sans doute abusif de chercher un sens symbolique à ce pseudonyme (Saint-Preux n'est ni saint ni preux), il vaut mieux, comme Pierre Sage (*Le « Bon Prêtre » dans la littérature française*, Genève, 1951, p. 248, cité par B. Guyon), y voir le souvenir du nom d'un village vaudois, Saint-Prex. Mais Saint-Preux n'a reçu ce nom que lorsqu'il s'est rendu au chevet de Julie : comment les deux cousines l'appelaient-elles auparavant ?

2. La première version, biffée, de Br était la suivante pour cette fin de la lettre : « Pour moi, vous me retrouverez telle envers vous que vous m'avez laissée il y a huit ans, et croyez que vous auriez fait bien des fois le tour du monde avant d'y trouver quelqu'un qui vous aimât comme moi. » La version définitive annonce la relation équivoque qui s'établira à Clarens entre Claire et Saint-Preux.

Page 29.

1. Le récit ordonné va succéder à un début heurté et violent : procédé de composition propre à Rousseau (voir l'introduction, t. 1, p. 49) ; à propos de l'agitation qui rend Saint-Preux incapable de s'exprimer, voir un passage des *Confessions* : « Mes idées s'arrangent dans ma tête avec la plus incroyable difficulté ; elles y circulent sourdement, elles y fermentent [...] ; et au milieu de toute cette émotion je ne vois rien nettement, je ne saurais écrire un seul mot, il faut que j'attende » (livre III, Folio, t. 1, p. 158).

Page 30.

1. Un peu moins de huit ans, dans la mesure où l'on peut reconstituer la chronologie interne du roman (voir cette chronologie, p. 452).

2. Voir III, 18, t. 1, p. 421 : « M. de Wolmar vint, et ne se rebuta pas du changement de mon visage. »

Page 31.

1. *Boire en Suisse,* qui signifie de nos jours « boire tout seul », signifiait alors « vider d'un seul coup son verre de vin pur ». Voir t. 1, p. 127, n. 2.

Page 32.

1. Br : « Ô milord, ô mon Ami, que je me dépite contre la lenteur de la parole dans l'impétuosité des mouvements de l'âme. » L'expression la plus simple, qui est la plus énergique, n'est venue à Rousseau que quand il copiait CL.

2. Inconscient présage du dénouement.

Page 33.

1. D. Mornet a très justement rapproché ces pages où Saint-Preux retrouve Julie des pages des *Confessions* (livre III) où Rousseau raconte son retour auprès de Mme de Warens : Jean-Jacques avait le cœur battant, les jambes tremblantes, il dut s'arrêter pour respirer. Il est rassuré dès qu'il la voit et il se précipite à ses pieds. Elle décide de le loger chez elle : « Quand j'entendis que je coucherais dans la maison j'eus peine à me contenir, et je vis porter mon petit paquet dans la chambre qui m'était destinée, à peu près comme St. Preux vit remiser sa chaise chez Mad^e de Wolmar » (Folio, t. 1, p. 147). Le souvenir personnel a inspiré le roman, mais le roman à son tour a dû inspirer l'expression littéraire du souvenir.

2. Rappel de ce que Saint-Preux écrivait quand il espérait que Julie lui donnerait un enfant, lettre 60 de la Ire partie : « Oh si bientôt tu pouvais tripler mon être ! » (t. 1, p. 219).

Page 34.

1. Br : « Dès cet instant je crus tout de bon pouvoir bien augurer de moi et j'espérai que l'amour de la véritable décence me garantirait désormais de l'effet des passions déréglées. » CP, premier jet : « Dès cet instant je commençai tout de bon à bien augurer de moi. » CP texte définitif (par insertion à l'interligne et au verso) : « Dès cet instant, en un mot, je connus qu'elle ou moi n'étions plus les mêmes, et je commençai tout de bon à bien augurer de moi. » L'inquiétude est plus subtilement marquée dans le texte définitif (« elle ou moi ») que dans le texte assez naïf de Br.

Page 36.

1. Parole de Julius Drusus, trouvée par Rousseau chez Montaigne (*Essais*, III, 2, éd. citée, p. 808) ou directement chez son cher Plutarque, *Instructions pour ceux qui manient affaires d'État*, IV.

Page 37.

1. Ce paragraphe, biffé dans Br, a été ajouté au verso dans CP.

2. Fin du paragraphe dans Br : « Tout ce que je sens très certainement c'est que si mes sentiments pour Julie n'ont pas changé de nature, ils ont au moins bien changé de forme et que sans être moins doux ils sont moins impétueux <qu'autrefois>. Je la trouve plus belle que jamais, mais d'une beauté plus imposante, elle a dans l'air dans les <regards> yeux, dans le maintien <quelque chose> je ne sais quoi de ferme et d'assuré qui m'intimide, <quelque chose> je ne sais quoi de pur et de <sacré> chaste qui écarte les idées de volupté que sa présence m'inspirait autrefois. <Je l'ai bien toujours respectée mais ce respect était amour> et peu s'en faut qu'en la contemplant avec trop de charme (?) je ne lui trouve quelque chose de sacré qu'il faut adorer. <et comme

ces corps légers qu'un même verre attire et repousse, les désirs excités par ses charmes sont réprimés par ses regards >. » L'embarras de Saint-Preux a embarrassé Rousseau lui-même.

Page 38.

1. La note est absente de Br, de CH et de CL. Elle a été rédigée avec des hésitations au verso de CP, le texte final de CP a été reporté sur MsR : « Pourquoi saigné ? Est-ce aussi la mode en Suisse ? Je passe aux étrangers d'adopter la mode française en chose indifférente, mais la médecine !........ Je ne sache pas qu'ils en soient encore là. »

Page 40.

1. Les traces de la petite vérole sont au contraire « presque impercep-tibles » sur le visage de Julie (lettre 6, p. 33) : la même opposition, à vrai dire très conforme à la convention romanesque, était déjà dans *La Paysanne parvenue* de Mouhy : le visage de Jeannette ne portait aucune marque, celui du jeune duc qu'elle épousait était devenu très laid (voir t. 1, p. 399, n. 1).

2. Cette phrase a-t-elle inspiré à Vigny les scènes de *Chatterton* où les caresses faites aux enfants sont l'indice de l'amour inavoué entre Kitty Bell et Chatterton ? « Caresser », ici et dans la phrase de Wolmar citée au paragraphe suivant signifie faire des démonstrations « d'amitié, ou de bienveillance [...] par un accueil gracieux, par quelque parole obligeante, ou quelque cajolerie » (*Abrégé* du Trévoux).

Page 41.

1. « Mais ceci n'est encore qu'une idée en l'air », ajoutait Br. Wolmar songe à faire de Saint-Preux le précepteur de ses enfants, qu'il préfère ne pas éduquer lui-même, puisque son athéisme chagrine Julie (lettre 14, p. 127). Tout est donc déjà préparé pour les révélations qui seront faites ultérieurement de l'athéisme de Wolmar et du « secret » de Julie.

2. La note, absente de Br, CH et CL, est ainsi rédigée dans CP : « <Je ne vois> on ne voit rien dans la suite <de ces Lettres> qui puisse indiquer en quoi consistait cette seconde épreuve, peut-être la lettre qui <la> en continuait le récit manque-t-elle à ce recueil, comme beaucoup d'autres. » Le texte définitif apparaît dans MsR. Rousseau a donc d'abord prévu que Saint-Preux serait soumis à une seconde épreuve, mais ou bien il a renoncé à cette idée (mais alors pourquoi n'a-t-il pas supprimé tout simplement l'allusion de Wolmar ?), ou bien il a voulu, par une note narquoise, laisser le lecteur reconnaître seul, dans la suite du roman, la nature de l'épreuve. L'épreuve la plus apparente, mais qui n'aura pas exactement le résultat attendu par Wolmar, sera de laisser Julie et Saint-Preux seuls en tête à tête pendant huit jours (lettre 14, p. 131-132). Le lecteur sera déçu, peut-être, d'apprendre (V^e partie, lettre 7, p. 235) que la seconde épreuve n'était pas celle-là, mais tout

simplement la venue du baron d'Étange. Il se peut que Rousseau ait hésité, ou qu'il ait voulu, en déconcertant le lecteur, rendre sensibles les limites de la perspicacité dont se targue M. de Wolmar. La lettre « supprimée » sera mentionnée, et en partie citée, p. 235. La note de cette lettre 7 a dû être modifiée quand la lettre V, 7 a été écrite.

Page 42.

1. « Voilà, belle Émilie, à quel point nous en sommes » — Cinna à Émilie, dans le *Cinna* de Corneille, acte I, scène 3.

Page 44.

1. « À merveilles » est plus courant que « à merveille » pendant la plus grande partie du XVIIIᵉ siècle, mais Féraud, en 1787, préfère le singulier : « Car pourquoi le pluriel ? Il ne peut être utile qu'aux Poètes, quand ils ont besoin d'une syllabe de plus. »

Page 45.

1. Claire exclut Wolmar de son intimité avec sa cousine, mais elle n'en exclut pas Saint-Preux.

Page 46.

1. Br : « compter aussi sur ton bonheur » ; CP (1ʳᵉ version), CH, MsR : « compter aussi sur ton cœur » ; le texte définitif a dû être écrit sur épreuve et reporté sur CP corrigé. « Bonheur » laissait entendre que, pour Claire, « la réunion » de Julie et de Saint-Preux ne serait peut-être pas « bonne » (voir ce qu'écrira Julie mourante à Saint-Preux, dans le premier paragraphe de VI, 12) ; « cœur » était obscur, ou prématuré, car Claire ne peut pas encore pressentir la transmutation (si fragile) de l'amour passionné en amour idéal.

2. C'est la lettre 3 de cette IVᵉ partie. Claire a aussitôt « volé » à Clarens, mais elle en est repartie tout aussi vite.

Page 48.

1. « Je donnai à l'une des deux un amant dont l'autre fût la tendre amie, et même quelque chose de plus », dit Rousseau au livre IX des *Confessions*, quand il évoque les premières ébauches de son roman (Folio, t. 2, p. 184). Le penchant de Claire pour Saint-Preux était donc prévu dès l'origine. L'ignorance de soi-même (« sans savoir pourquoi »), une inquiétude obscure sur ce que l'on ressent sont des traits de la psychologie « baroque », celle des personnages dont les romans héroïques racontaient les aventures. Elles prouvent l'innocence et la pureté des grands cœurs.

2. Claire explique cette bizarrerie par la gêne que Saint-Preux éprouve à Clarens, et l'explication est bonne, mais insuffisante : Claire ne sait pas ce que c'est qu'aimer (aimer comme Saint-Preux et Julie) ; le lecteur, lui, pense immédiatement à ce que dit Rousseau lui-même sur

l'intensité du sentiment amoureux dans la séparation (voir notre introduction, t. 1, p. 40, n. 3).

Page 49.

1. Dans CP, la phrase « sans doute il les embellissait » (absente de Br) a remplacé les deux variantes suivantes, successivement biffées : « Cousine, il la peignait si bien que j'avais peur quelquefois de trop sentir moi-même combien c'est une douce chose d'aimer sans crime », puis : « Non, ma chère, jamais la Chaillot qui me croyait folle ne parla de l'amour comme lui. »

Page 50.

1. « Singeresses » : le mot est absent des dictionnaires du XVIIIᵉ siècle ; Littré en cite deux occurrences chez Rousseau (dont celle-ci) et une chez Marmontel. Le mot a sans doute été emprunté par Rousseau à Montaigne (*Essais*, III, 5, éd. citée, p. 875 et 876).

Page 51.

1. *Caresse :* voir p. 40, n. 2.

2. *Une chambre* est ce que nous appelons une pièce d'appartement.

3. Le mot *boîte* (écrit encore assez souvent « boëte », et ici même par Rousseau) devint à la mode vers 1760 pour désigner la tabatière. D. Mornet cite le *Dictionnaire critique, pittoresque et sentencieux* de Caraccioli (1760), et Féraud déclare en 1787 : « M. Mercier nous avertit que les tabatières ne s'appellent plus que des boîtes. Peut-être, quand on lira ceci, la mode aura-t-elle changé. »

4. Les phrases « À la promenade [...] les bons airs », « il n'a pas manqué de boire [...] en vieux bourgeois » sont absentes de Br ; la première est absente de toutes les autres versions manuscrites, sauf CP où elle a été ajoutée au verso. Rousseau a réuni quelques traits des mœurs mondaines (prêter le bras à une femme même pour quelques pas dans son appartement, se précipiter pour ramasser un gant ou un éventail, offrir une prise de tabac, garder le chapeau sur la tête ; on ne portait plus de santé en buvant, et, dans les salons, comme le note Saint-Preux dans la lettre 10, p. 65, les hommes ne restent pas assis près du feu, mais vont et viennent, dans « une inquiétude continuelle »). D. Mornet cite quelques textes contemporains attestant ces usages. Il est curieux que Claire demande à priser, mais c'était peut-être une malice pour embarrasser Saint-Preux.

Page 52.

1. Sur Madame Belon, voir les lettres 33 et 34 de la Iʳᵉ partie.

Page 53.

1. Au livre II d'*Émile* (Pléiade, p. 341-342), Rousseau blâme les mères qui voient dans leurs enfants des prodiges, alors que « la vivacité,

les saillies, l'étourderie, la piquante naïveté » sont caractéristiques du jeune âge et que les petits enfants ne comprennent même pas le sens des meilleurs mots qu'ils prononcent.

Page 54.

1. Cette autorité disparaîtra dès que la jeune fille sera mariée. Si important que soit le rôle de la femme dans le ménage, c'est le mari qui a l'initiative et le commandement. Rousseau a consacré à ces rapports du mari et de la femme toute une partie du livre V d'*Émile*, et dans *La Nouvelle Héloïse* même, Julie, « prêcheuse » et directrice de conscience pour Saint-Preux avant son mariage, laisse après son mariage toute l'autorité à Wolmar. Voir la lettre suivante, sur son rôle dans l'économie domestique de Clarens. Ce mariage préparé de si loin (selon un lieu commun du roman de l'époque baroque) sera-t-il heureux, sera-t-il même un jour célébré ? L'échec du mariage d'Émile et de Sophie (dans *Les Solitaires*, qui font suite à *Émile*) permet d'en douter, et la mort de Julie va tout remettre en question.

2. Dans un roman qui n'aurait pour objet que de raconter une histoire et d'analyser des sentiments, cette longue lettre pourrait être accusée, comme elle l'a été par Duclos (lettre à Rousseau de novembre 1760 citée par B. Guyon), de « suspend[re] l'intérêt ». Mais Rousseau proposait à son roman un objet beaucoup plus vaste, et il pouvait s'autoriser, pour introduire des exposés de ce genre dans la trame de l'action, non seulement des romans d'Honoré d'Urfé et de Madeleine de Scudéry, mais du *Télémaque* de Fénelon et de *Paméla mariée* de Richardson, qui est son modèle plus immédiat.

3. Ce projet, auquel il est fait allusion de nouveau plus loin et qui n'a pas été expliqué, est sans doute de faire diriger par Saint-Preux l'exploitation des domaines d'Édouard en Angleterre.

Page 55.

1. Les grandes pièces en enfilade et les meubles lourds sont caractéristiques des appartements du XVIIᵉ siècle. Les petites pièces avec accès indépendant et les meubles légers apparaissent au XVIIIᵉ siècle.

2. *Propreté :* qualité de ce qui est propre. *Propre :* « Il se dit aussi de la manière honnête, convenable et bienséante dans les habits, dans les meubles » (*Dictionnaire de l'Académie*, 1762, cité par D. Mornet).

3. *Basse-cour :* « À la campagne, c'est la cour où l'on met tout l'attirail d'une maison de campagne ; comme sont les charrues, les bestiaux, les volailles, le fumier, les cuves, pressoir, etc. » (*Abrégé* du Trévoux).

4. L'énumération qui précède « tout l'appareil de l'économie rusti-que » a été ajoutée en marge dans Br, mais le verbe est resté au singulier dans toutes les copies manuscrites et dans R61 et R63 : il s'accorde avec le dernier sujet, qui représente collectivement tous les autres

Page 56.

1. Rousseau n'a jamais voulu s'allier aux physiocrates, qui lui firent des avances, mais il partageait avec eux, et avec beaucoup d'économistes de son temps, l'idée que toute richesse venait de la terre et que la terre était inépuisable. Cette idée prenait chez lui une teinte hautement morale. Dans Br, avant les mots « La baronnie d'Orsinge », on lit une addition marginale, non biffée, mais à laquelle Rousseau a renoncé (elle est en deux fragments séparés par une autre addition marginale, biffée, qui s'insérait dans le paragraphe suivant) : « C'est encore de quoi les exemples se préparent en plus d'un lieu. Dans deux cents ans d'ici, le commerce et la marine auront fait de l'Europe le plus misérable séjour du monde, un lieu inculte et désert un vrai repaire de brigands où il faudra si l'on veut vivre manger de l'or au lieu de pain », et plus loin : « les richesses en argent sont des richesses illusoires dont la valeur tient à mille choses qui ne dépendent pas de ceux qui les ont. Il y a des pays où l'on meurt de faim avec un écu, mais il n'y en a point où une livre de pain ne rassasie son homme ; il ne s'agit donc pas pour les <souve-rains> peuples de compter les millions qu'ils ont ; mais de savoir si avec ces millions ils auront toujours <de quoi vivre commodément <du pain> des denrées commodément, à leur volonté, et autant qu'il leur plaira ».

Page 57.

1. Br : « un prix gratuit et de bénéficence », remplacé par : « un prix de bénéficence et de gratification » ; CH : « un prix de grâce et de bénéficence » ; MsR : « un prix de bénéficence <et de grâce> ». « *Bénéficence :* bonté particulière ; grâce extraordinaire. Ce mot n'a point été employé par de bons Auteurs » (*Abrégé* du Trévoux). Le mot était courant à Genève, mais les hésitations que traduisent les variantes prouvent que Rousseau n'était pas sûr d'être compris.

2. « *Denier :* certaine part qu'on a dans une affaire, dans un traité, à proportion de laquelle on partage le gain ou la perte » (*Abrégé* du Trévoux). C'est donc un supplément proportionnel au surcroît de bénéfice qu'ils procurent.

3. Le *batz* ou *bache* valait la trentième partie d'un écu ou thaler bernois (note de D. Mornet, d'après A. François).

4. Le mot *valet* désigne tous les serviteurs à temps plein, ici les valets de ferme.

Page 58.

1. Ici commence dans Br un long développement que Rousseau a entouré d'un trait, et accompagné en marge de la mention « ailleurs ». Rousseau avait déjà recopié ce texte dans CP, où il l'a aussi encadré d'un trait et accompagné de la mention : « NB. à placer ailleurs » ; le tout a été biffé quand la destination finale du texte a été trouvée : c'est dans la lettre 2 de la Ve partie, p. 156.

Page 59.

1. *Affectionner :* selon Féraud, ce mot ne se dit pas « d'égal à égal, et encore moins d'inférieur à l'égard de son supérieur ». Si l'avis de Féraud n'est pas arbitraire, Rousseau a peut-être employé le mot pour marquer que le sentiment des serviteurs n'est nullement servile.

2. « Enfin je n'ai jamais vu […] moins de servir. » Au lieu de cette phrase, on lit dans Br : « et l'on peut dire qu'on est servi par des hommes dans cette maison, et non pas par des valets, ce qui convient surtout dans un pays de liberté. » Rousseau a renoncé à établir un lien entre le gouvernement domestique de Clarens et le gouvernement politique du canton dont Clarens dépendait.

Page 61.

1. *L.L.E.E.* : Leurs Excellences les Sénateurs de Berne, dont Clarens dépendait.

2. Ce valet de chambre sait écrire, et bien écrire.

3. *Ce bon homme :* nous maintenons la graphie en deux mots, qui était celle de Rousseau et de ses contemporains (Rey imprime *bonhomme*), bien que l'expression fût comprise comme un mot unique : « Bon homme se dit d'un vrai homme de bien, qui ne peut faire de mal […] D'un homme simple, qui a peu de pénétration, qui croit légèrement » (*Abrégé* du Trévoux). C'est dans le premier sens qu'il faut prendre ici le mot.

Page 62.

1. La note est naturellement absente de Br, qui n'en comporte pas, et des copies calligraphiées CH et CL, qui en comportent peu. Rien ne prouve donc qu'elle soit tardive et qu'elle exprime un changement d'opinion de Rousseau sur la Suisse. L'ironie de Rousseau envers son pays et « ces bonnes Suissesses » est une façon pour le romancier de prendre ses distances par rapport au roman, comme l'équivoque qu'il s'amuse à laisser sur l'existence réelle de ses personnages, dans l'*Entretien sur les romans.*

2. *Leurs maisons* est le texte de Br et des copies CP et CH ; R61 donnait *leur maisons*, par une coquille corrigée en *leur maison* dans R63 ; Rousseau a écrit *leur maison* dans CL, tardivement copiée, pour corriger cette coquille de R61.

3. *Un ancien domestique :* « domestique […] Il se dit toujours au masculin, même en parlant des femmes » (Féraud).

Page 64.

1. *Monopole :* « Il signifiait autrefois *cabale secrète* », indique l'*Abrégé* du Trévoux.

2. Les domestiques ne sont donc pas seulement d'*honnêtes gens* (voir t. 1, p. 121, n. 1), mais des *gens d'honneur*, ce qui les égale à leurs maîtres en dignité.

Page 65.

1. *Le français :* sans majuscule, sauf dans CL. La majuscule ne signifierait rien, Rousseau la mettant souvent quand le nom de peuple est adjectif et l'omettant aussi souvent quand il est substantif. Ici, le mot est pris adjectivement, selon une tournure que les puristes condamnent, mais qui est très légitime (voir, p. 77 : « C'est une grande erreur dans l'économie domestique ainsi que dans la civile [...] »).

2. Dans son long développement de la *Lettre à d'Alembert* sur la nécessaire séparation des sexes, Rousseau a repris cette description des hommes papillonnant dans le salon d'une femme (Folio, p. 267 ; dans ce même passage de la *Lettre*, p. 274, une note de Rousseau renvoie à *La Nouvelle Héloïse* en ces termes : « Ce principe [de la séparation des sexes] auquel tiennent toutes les bonnes mœurs, est développé d'une manière plus claire et plus étendue dans un manuscrit dont je suis dépositaire, et que je me propose de publier, s'il me reste assez de temps pour cela, quoique cette annonce ne soit guère propre à me concilier d'avance la faveur des Dames »).

Page 66.

1. *Onchets :* autre forme du mot *jonchets*, non reconnue par les dictionnaires du XVIIIᵉ siècle. Le mot n'est pas dans Br, il a été ajouté à l'interligne dans CP.

2. Ici Br comportait une première version du paragraphe suivant ; Rousseau l'a entièrement biffée pour rédiger ensuite le texte à peu près tel qu'il est dans sa version définitive, à partir de « Je fis un goûter délicieux » (« Je goûtais délicieusement », dans Br). Voici le début de la version biffée : « Il y avait deux étrangères ; vous savez que les paysannes du pays de Vaud se conservent sous leurs grands chapeaux de paille un teint fort blanc et de vives couleurs ; je me trouvai au milieu de six personnes assez jeunes et qui toutes, en l'absence de l'une d'elles, auraient pu passer pour jolies. Je crus être dans un petit sérail, et ce qui m'amusa le plus c'est que je m'aperçus à <leurs potins> leur chuchetage et à leurs sourires que ma présence leur causait quelque sorte d'embarras et que ces petits goûtés étaient ordinairement fort gais » (nous avons supprimé la plupart des variantes ; sur *chuchetage*, voir t. 1, p. 153, n. 1).

Page 67.

1. Fin de la note dans CP (la note est absente de Br) : « au Jura sous le même nom, surtout du côté de Clarens ». Dans CH, la note se rapporte au mot *grus* et se réduit à ces mots : « Laitages excellents qui se font dans la montagne. » Pas de note dans CL. Dans R63, la note a été modifiée : « Laitages excellents qui se font sur le mont Jura. » Le Salève est au sud de Genève, dans l'actuelle Haute-Savoie, et Clarens est bien à l'autre extrémité du lac ; non dans le Jura, évidemment, mais c'est sans

doute du Jura que les gens de Clarens faisaient venir leurs fromages. Rousseau a finalement renoncé à cette discussion dialectologique, dont A. François a montré qu'elle n'était pas fondée.

2. Le *gru* était du lait caillé mêlé de crème ; la *céracée* du lait caillé sans crème ; l'*écrelet* une sorte de pain d'épice (A. François, « Les provincialismes de J.-J. Rousseau », *Annales J.-J.R.*, III, 1907).

3. « *Ecot* signifie encore la compagnie des personnes qui mangent ensemble dans un cabaret » (*Dictionnaire* de l'Académie, 1762).

4. Texte de la première version de Br (voir *supra*, note 1) : « [...] une assiette de crème, convenez que l'écot des f[emmes] vaut bien <le punch de Milord Édouard ; Milord, vous n'aurez pas de peine à me croire quand je vous dirai que je le trouvai beaucoup meilleur ; je le lui dis, elle m'ordonna de vous l'écrire et vous voyez que j'obéis> celui des Valaisans qui ne daignent pas les admettre à leur table ; on s'enivre quelquefois à l'un et à l'autre, lui répondis-je mais il est vrai que j'aime <encore> mieux celui-ci. Ah, <j'aurais mieux aimé> faillis-je ajouter en la regardant un peu trop, celui du chalet valait mieux encore. Hélas, mes yeux le dirent peut-être, elle détourna les siens, et ma bouche se tut. Il se fit entre nous un moment de silence <tandis que ses enfants la caressaient> elle se mit à caresser ses enfants et je sentis renaître le calme au fond de mon cœur. »

Page 68.

1. « De quelque manière qu'on explique l'expérience, il est certain que les grands mangeurs de viande sont en général cruels et féroces plus que les autres hommes ; cette observation est de tous les lieux et de tous les temps : la barbarie anglaise est connue [...] », *Émile*, livre II, Pléiade, p. 411.

2. Pythagore et ses disciples s'abstenaient de vin et de toute viande d'animal. Rousseau a lu cela, notamment, chez Plutarque, dont il cite un long extrait du traité *S'il est loisible de manger chair* au livre II d'*Émile*, pour appuyer sa propre condamnation de la nourriture carnée. Voir la note de Pierre Burgelin à ce passage d'*Émile*, Pléiade, p. 412.

3. « Que deviendrait l'espèce humaine, si l'ordre de la défense et de l'attaque était changé ? » demande Rousseau dans la *Lettre à d'Alembert* (Folio, p. 245). Tout le début du livre V d'*Émile* développe l'idée que, « dans l'union des sexes », « l'un doit être actif et fort, l'autre passif et faible » (éd. citée, p. 693).

Page 69.

1. « *Meuble* est proprement ce qui sert à garnir une maison sans en faire partie » (Féraud, qui distingue les *meubles meublants* et les *ustensiles* ; l'*Abrégé* du Trévoux distingue, lui, les *meubles meublants* des *meubles précieux* comme les tableaux et la vaisselle d'argent).

2. « *Nippe* : terme général, qui se dit tant des habits que des meubles,

et de tout ce qui sert à l'ajustement et à la parure. Son usage le plus ordinaire est au pluriel » (*Abrégé* du Trévoux).

3. « *Porte-collet* [synonyme plus usuel de *porte-col*] : pièce de carton ou de baleine couverte d'étoffe qui sert à porter le collet ou le rabat » (*Abrégé* du Trévoux).

4. « *Blanc* : marque blanche, ou noire, qu'on met à un but pour tirer de l'arc ou du fusil » (*Abrégé* du Trévoux).

5. « *Appareil* : ce qu'on prépare pour faire une chose plus solennellement » (*Abrégé* du Trévoux). L'*appareil* est moins pompeux que l'*apparat*.

Page 70.

1. Souvenir de Malebranche, voir t. 1, page 346, n. 2.

2. L'*écu* valait trois livres en France ; à Genève, l'écu patagon valait trois livres de Genève, et celle-ci valait environ un tiers de moins que la livre française ; il n'y avait pas d'écu en usage dans les pays de Vaud (voir le Tableau des monnaies, Pléiade, t. 1, p. 1880).

Page 71.

1. Daniel Mornet rappelle, à propos de ce passage, que la danse était interdite à Genève jusque vers le milieu du XVIIIe siècle ; qu'elle était proscrite le dimanche et sévèrement punie à Berne et donc à Clarens ; que David Rousseau, grand-père de Jean-Jacques, avait été blâmé en 1706 par le Consistoire de Genève pour avoir organisé des soirées dansantes et que le père même de Jean-Jacques, Isaac Rousseau, avait été autorisé à donner des leçons de danse à des étrangers seulement.

2. Le passage reproduit (avec quelques modifications et suppressions : la phrase sur les moines catholiques est supprimée) dans la *Lettre à d'Alembert* (Folio, p. 300-302) va de « La pure morale est si chargée [...] », p. 71 (mais le texte est très modifié) jusqu'à « jamais l'innocence et le mystère n'habitèrent longtemps ensemble », p. 72 ; les réflexions de la p. 71 (« Pour moi, je pense au contraire [...] l'occupation la plus louable est blâmable dans le tête-à-tête ») sont transposées après ce passage, et beaucoup plus développées (Folio, p. 302-303).

Page 72.

1. « Jésus-Christ n'est point venu anéantir la nature ; mais pour la perfectionner. Il ne nous fait point renoncer à l'amour du plaisir : mais il nous propose des plaisirs plus purs », déclarait Jacques Abbadie dans *L'Art de se connaître soi-même, ou la Recherche des sources de la morale* (La Haye, 1760, p. 256 ; l'ouvrage est de 1692. Rousseau admirait ce théologien protestant dont il s'est souvent inspiré et dont même les catholiques estimaient la pensée).

Page 74.

1. *En Europe* dans Br, CH, et CP ; *en Asie* est une correction de CP à l'interligne faite au moment de l'établissement de MsR. Ce sont les

despotes asiatiques qui, si « impérieux » qu'ils soient, obtiennent moins de respect que les maîtres de Clarens.

Page 75.

1. « Je vous renvoie à ce que disait madame Cornuel, qu'il n'y avait point de héros pour les valets de chambre, et point de pères de l'Église parmi ses contemporains » écrivait Mlle Aïssé à Mme Calandrini le 13 août 1728 (*Lettres portugaises avec les réponses — Lettres de Mlle Aïssé* [...] éd. par Eugène Asse, Paris Charpentier, s.d.). Mme Cornuel mourut en 1694. Elle était célèbre pour ses bons mots, et celui que Mlle Aïssé lui attribue pourrait être authentique, car les mots rapportés d'elle par Mme de Sévigné et par Tallemant des Réaux (qui lui a consacré une de ses *Historiettes*) sont énergiques et spirituels. Mais Rousseau n'a pu lire les lettres de Mlle Aïssé, publiées pour la première fois en 1787. Sablier, dans ses *Variétés sérieuses et amusantes*, attribue le mot au maréchal de Catinat (éd. de 1769, t. 3, p. 397 ; la première édition est de 1765). Crébillon, au chapitre 1 de la première partie du *Sopha*, fait dire au narrateur : « S'il est vrai qu'il y ait peu de héros pour les gens qui les voient de près, je puis dire aussi qu'il y a pour un sopha bien peu de femmes vertueuses » (éd. Jean Sgard, Desjonquères, 1984, p. 23, le texte est de 1742). Le mot remonte au moins à Montaigne : « Peu d'hommes ont été admirés par leurs domestiques » (*Essais*, III, 2 « Du repentir », éd. citée, p. 808).

Page 76.

1. Un argument fréquent chez les joueurs et ceux que nous appellerions les truands est celui-ci : « [La sagesse de Dieu], pour punir l'injuste usurpation des richesses de ce monde, a infusé un esprit d'adresse et d'industrie dans les illustres malheureux, par laquelle les richesses passent adroitement et finement des riches aux pauvres » (Suite de *L'Infortuné Napolitain*, Bruxelles, 1704, t. 2, p. 20) ; « La Providence [...] n'a-t-elle pas arrangé les choses fort sagement ? La plupart des grands et des riches sont des sots [...]. Or il y a là-dedans une justice admirable [...] et de quelque façon qu'on le prenne, c'est un fond excellent de revenu pour les petits que la sottise des riches et des grands » (Des Grieux, dans *Manon Lescaut*, de l'abbé Prévost, Folio, p. 85-86) ; « L'argent des sots est le patrimoine des gens d'esprit », dit Jean-François Rameau, dans *Le Neveu de Rameau* de Diderot, Folio, p. 119. Ces textes sont cités par Jean Sgard, dans son article sur « Tricher » (*Le Jeu au XVIIIᵉ siècle*, Aix-en-Provence, Edisud, 1976, p. 254). Saint-Preux rend à la pensée son innocence évangélique, la pauvreté (ou la pauvreté en esprit, ce que Rousseau appelle ici *simplicité*) étant une des béatitudes.

2. *Bienveuillance* : voir t. 1, p. 259, n. 1.

3. *Pères de famille* : « On appelle *père de famille*, celui qui est le chef

d'une maison, soit qu'il ait des enfants ou non » (*Abrégé* du Trévoux).
C'est le latin *pater familias*.

Page 77.

1. Rousseau fait peut-être allusion à *La Fable des abeilles, ou les vices
privés font le bien public* (1714), de Bernard Mandeville ; l'ouvrage avait
été traduit de l'anglais en 1740.

Page 81.

1. « On appelle grands jours une assemblée ou compagnie extraordinaire de juges, tirés ordinairement des cours supérieures, qui ont
commission d'aller dans les provinces éloignées pour écouter les
plaintes des peuples et faire justice » (*Dict. de l'Académie*, 1762, cité par
D. Mornet).

Page 82.

1. *Leur parlent* est bien le texte de MsR et des éditions Rey, mais CP,
CH et CL ont : « lui parlent », qui semble plus logique. Le pluriel a
sans doute valeur de généralisation.

2. *Le Roman de la rose* avait été réédité en 1735 par Lenglet du
Fresnoy (Amsterdam, F. Bernard, 4 vol. et Paris, Vve Pissot, 3 vol.) ;
Rousseau cite le vers 5191 : « Car Richesse ne fait pas riche » (note de
D. Mornet). La citation est absente de Br et de CH, elle est ajoutée à
l'interligne dans CP (où le vers a été copié exactement, puis amputé de
son premier mot).

Page 83.

1. C'est le bonheur que Rousseau éprouve lui-même : quand on ne
jouit « de rien d'extérieur à soi, de rien sinon de soi-même et de sa
propre existence, tant que cet état dure on se suffit à soi-même comme
Dieu » (Cinquième promenade des *Rêveries du promeneur solitaire*,
Folio, p. 102).

2. *Son domestique :* « Il est quelquefois s[ubstantif] m[asculin] et se
prend pour l'intérieur de la maison. [...] Il a réglé extrêmement bien tout
son *domestique* ; c.à.d. toutes les affaires de sa maison » (*Abrégé* du
Trévoux).

Page 84.

1. *Succès :* le mot a un sens neutre et désigne l' « issue d'une affaire »
(*Abrégé* du Trévoux).

Page 86.

1. *Bien vouloir :* les dictionnaires du XVIIIe siècle connaissent
l'adjectif *bienvoulu* (« qui est aimé et estimé », *Abrégé* du Trévoux),
qu'ils présentent comme hors d'usage, mais ignorent le verbe *bien*

vouloir; Littré donne l'expression : « se faire bien vouloir de quelqu'un », mais sans exemple ni référence.

2. *Étrennes :* au sens de « gratification que l'on donne en fin d'année
aux domestiques », ou même au sens de « pourboire » (sens indiqué par
le dictionnaire Robert). Br et CL ont : « les mots obligeants qu'on leur
a dits, comme ailleurs les étrennes qu'on leur a données » ; le présent est
introduit en correction dans CP, mais même avec un passé composé, la
phrase est bizarrement écrite, car « leur » ne désigne pas dans la
subordonnée les mêmes personnes que dans la principale : il faut
donner à « ailleurs » le sens d'un sujet, « les domestiques des autres
maisons ».

Page 87.

1. Cette intention est déjà évoquée, aussi allusivement, p. 54.

2. À l'époque moderne, où les travailleurs, ouvriers, domestiques ou
employés ont obtenu que leurs droits sociaux et leur indépendance
soient protégés par la loi, cette lettre peut faire accuser Rousseau de
paternalisme : et de fait, les maîtres de Clarens considèrent les
subalternes comme leurs « enfants » ; enfants dont ils veillent à brimer
l' « insolence » par des sanctions sévères. Plus encore que la présence
obligatoire au prêche dominical, que les divertissements dirigés, que la
surveillance des relations entre sexes, que l'endogamie imposée, que la
pratique de la dénonciation, ce qui peut choquer, c'est le droit que les
maîtres revendiquent sur les volontés des domestiques, qui pensent
vouloir tout ce qu'on les oblige de faire (p. 68). Les domestiques sont
conduits adroitement par l'intérêt et le plaisir à n'accomplir aucun acte
qui ne soit directement ou indirectement utile à leurs maîtres et à
l'administration du domaine. Mais nous ne devons pas lire cette lettre à
la lumière des institutions sociales arrachées par la lutte au cours des
XIXe et XXe siècles. Ce serait commettre à propos de Clarens un
anachronisme semblable à celui qu'on commet souvent à propos du
Contrat social. À Clarens comme dans la cité du *Contrat,* la contrainte
ne vise qu'à forcer les hommes à être libres. Rousseau déteste également
l'orgueil égoïste des grands et la servilité des valets. La servitude n'est
pas naturelle à l'homme (p. 76), que ce soit à l'échelle de la nation ou à
celle de la famille ; elle est presque incompatible avec l'honnêteté
(p. 84) ; un retour à l'égalité originelle étant à jamais impossible, le
règlement tend à « ramener un peu l'humanité naturelle » et à instaurer
des rapports de justice et d'estime réciproques. Rousseau insiste sur
l'honneur auquel les domestiques accèdent, quand l'honneur est un des
privilèges de l'aristocratie. Pour Rousseau, l'homme ne peut arriver que
par des voies rigoureuses aux vraies fins de l'humanité, liberté, bonheur,
accord avec soi-même et les autres.

3. La lettre ne porte pas de numéro dans Br. Elle commence par les
lignes suivantes, qui semblent avoir été ajoutées après coup dans le blanc
laissé en haut de la page : « Je vais, <Milord> vous écrire une longue

lettre sur un fort petit sujet : je vous en préviens <d'avance> afin que
vous ne la lisiez qu'à votre loisir ; mais pour vous instruire exactement
de l'état de mon cœur, il faut bien que je vous entretienne de tout ce qui
sert à le modifier. »

Page 88.

1. Ce sont les deux îles désertes dont Saint-Preux a parlé, sans les
nommer, dans la lettre 3 (p. 23 et 24). Celle de Juan Fernandez est l'île
où avait séjourné le matelot écossais Alexandre Selkirk, dont l'aventure
a peut-être inspiré à Daniel Defoe son *Robinson Crusoe*, si admiré par
J.-J. Rousseau.

Page 89.

1. *D'abord après* pour « aussitôt après » est un provincialisme
genevois selon A. François (« Les provincialismes de J.-J. Rousseau »).

2. CP, MsR, CH ont : « six ou sept ans » ; CP corrigé : « sept ou
huit ans » ; CP, liste des corrections : « sept à huit ans » (Rousseau au
verso de la dernière page de chaque lettre de CP a établi la liste des
corrections intervenues dans la lettre suivante au moment de la
correction des épreuves). La plantation avait commencé « longtemps
avant [le] mariage » de Julie, qui est mariée depuis six ans quand Saint-
Preux est accueilli à Clarens.

3. *Baume* : « espèce de menthe. Plante très odoriférante » selon le
Dictionnaire de Féraud.

Page 90.

1. *Mangle :* on disait aussi *manglier*, c'est le palétuvier.

2. *Lilac :* les dictionnaires du XVIIe et du XVIIIe siècle ne connaissent
que la forme *lilas*, mais Rousseau tenait à écrire *lilac*, qui est la graphie
de toutes les copies manuscrites, sauf MsR ; il a dû corriger MsR,
puisque R61 et R63 ont aussi *lilac*. D. Mornet (tome 1 de son édition,
p. 160) a relevé cette observation dans *L'Art de bien parler français*, de
La Touche (édition de 1747) : « On dit lilas et non pas *lilac*. » Voir
p. 389, n. 1.

3. *Trifolium :* ce n'est évidemment pas le trèfle, qui n'est pas une
plante arborescente, mais le cytise (*Dictionnaire Larousse du XIXe siècle*,
article « Trifolium »).

4. La *Vigne de Judée*, dite aussi vigne sauvage, ou morelle grimpante,
ou douce-amère, est une solanée ornementale fréquente en Europe.

5. *Marcher :* « la manière dont on marche » (Féraud). L'emploi
substantivé de l'infinitif n'est donc pas un fait de style.

Page 91.

1. *Courants :* le participe présent était déclinable encore souvent dans la
première moitié du XVIIIe siècle, surtout dans le cas où la forme
adjective existait aussi.

2. *À pure perte :* « Un auteur moderne dit, *à pure perte,* contre l'usage », déclare Féraud, mais la citation « anonyme » qu'il donne prouve au moins que Rousseau n'était pas seul à s'écarter de l'usage. Voir t. 1, p. 116, n. 1.

Page 92.

1. *Abruvoir :* graphie non admise par les dictionnaires, mais conforme à la prononciation du « petit peuple de Paris » (selon le dictionnaire de Richelet, cité par D. Mornet).

2. *Une monticule :* « s.m. [...] Plusieurs Auteurs ou Imprimeurs l'ont fait *féminin.* Ils disent *une monticule.* On le voit souvent ainsi dans l'*Abrégé des voyages* » (Féraud, *Supplément inédit* de son *Dictionnaire critique.* L'*Abrégé des voyages* est l'Abrégé de l'*Histoire générale des voyages* de Prévost, que La Harpe commença à publier en 1780).

Page 93.

1. Note ajoutée dans R63 : « Cette réponse n'est pas exacte puisque le mot d'*hôte* est corrélatif de lui-même. Sans vouloir relever toutes les fautes de langue, je dois avertir de celles qui peuvent induire en erreur. »

Page 94.

1. *Peuplade :* « colonie de gens qui viennent chercher des terres pour y habiter » (*Abrégé du Trévoux*).

Page 96.

1. L'*Élysée,* comme on sait, était le séjour des âmes bienheureuses après la mort, dans la mythologie antique. Il est permis, avec B. Guyon, de déceler chez Julie, dans le choix de ce mot, quelque inconsciente aspiration au repos éternel ; mais comme l'écrivait Jurgis Baltrusaitis dans sa préface au catalogue de l'exposition *Jardins en France 1760-1820* (Caisse nationale des Monuments historiques, 1977), « Le Paradis, restitué dans la libération de la flore, de la terre et des eaux, préside maintenant au développement des jardins paysagers comme une glorification de la Nature dénaturée pendant longtemps par l'artifice ». Voir pourtant p. 104, n. 1.

2. *Aucuns :* « *Aucun* n'a pas de pluriel [...]. Cela [le pluriel] sent le Palais, et le style marotique », décrète Féraud, qui cite pourtant des exemples de Racine, La Fontaine, Bossuet, Montesquieu et quelques autres.

3. *Érable :* il s'agit de l'érable champêtre, souvent buissonneux et qui sert à faire des haies et des palissades.

Page 97.

1. Cette note est absente des copies manuscrites ; après « fréquents », dans CP, Rousseau a mis un signe de renvoi et inscrit en marge : « Une note sur les détours. »

2. *Faire violence, forcer, illusion :* C'est la nature qui a agi pour faire l'Élysée, mais elle y a été contrainte par l'artifice (« désert artificiel », « sources artificielles », p. 91), seule voie du retour au naturel pour l'homme civilisé.

Page 98.

1. *Mai* « est aussi un arbre ou gros rameau de verdure, que par honneur on a planté devant la porte d'une personne qu'on veut honorer le premier jour de *Mai* » (*Abrégé* du Trévoux). Ce n'est qu'un arbre sans racines.

2. Cette note est absente de MsR et des copies ; dans R63, Rousseau y a ajouté les phrases suivantes : « Au reste, je dis qu'en élaguant les arbres on tarit leur sève, parce qu'il est constant qu'ils en tirent beaucoup par leurs feuilles, et que la moitié de leurs racines sont en l'air. »

Page 99.

1. *Fleuriste :* « C'est une personne qui est curieuse en fleurs rares, ou celle qui en fait trafic » (*Abrégé* du Trévoux). Le mot est à prendre ici dans le premier de ces sens.

2. « Il a osé employer des mots réprouvés, et avec succès, entre autres celui de fumier », a écrit Bernardin de Saint-Pierre (*La Vie et les ouvrages de J.-J. Rousseau*, éd. M. Souriau, S.T.F.M., 1907, p. 134, cité par D. Mornet). Marivaux avait déjà employé le mot, mais dans un texte comique, et en l'accompagnant parodiquement d'une noble périphrase (« Au milieu de la cour était un large vivier ; à côté l'on voyait un monceau de fumier, sage précaution contre la fatigue des terres », *Le Télémaque travesti*, dans Marivaux, *Œuvres de jeunesse*, éd. par F. Deloffre avec le concours de Cl. Rigault, Pléiade, 1972, p. 735).

3. *Puérile :* voir t. 1, p. 76, n. 1.

4. *Patte :* « On dit *une patte d'anémone* pour dire la racine d'une anémone. Il se dit encore de quelques autres fleurs » (*Dict. de l'Académie*, 1762).

Page 100.

1. La note est absente de Br, de CH et de CL, ce qui ne signifie rien. Sa présence dans CP et dans MsR prouve qu'elle est contemporaine de la rédaction de la lettre elle-même ; elle n'exprime donc pas, comme le croyait B. Guyon, la conversion intervenue entre-temps de Rousseau à la botanique, mais au contraire l'intérêt qu'il y trouvait dès son séjour à l'Ermitage, et dont témoigne dans ces pages la précision des désignations de végétaux.

Page 101.

1. L'anecdote vient de Muralt (*Lettres sur les Anglais et les Français et sur les voyages,* sixième lettre) : Charles II fit venir de Paris Le Nôtre

pour qu'il aménageât le parc de Saint-James ; Le Nôtre ne voulut rien changer à « cette simplicité naturelle ». Muralt ne désigne Le Nôtre que par une périphrase : « un très habile homme, le même qui avait fourni le dessin des Tuileries. »

Page 102.

1. *Plains :* « qui est uni et sans irrégularités, sans haut, ni bas » (*Abrégé* du Trévoux ; comparer « plain-chant », « de plain-pied », et l'adj. substantivé « la plaine »).

2. Les missionnaires jésuites avaient décrit les jardins chinois, dont l'irrégularité s'opposait à la régularité des jardins à la française (voir la lettre du frère Attiret en date du 1ᵉʳ novembre 1743, dans *Lettres édifiantes et curieuses par des missionnaires jésuites, 1702-1776*, anthologie éditée par Isabelle et Jean-Louis Vissière, Garnier-Flammarion, 1979, p. 414-418, 423, 425). Les jardins chinois furent bientôt à la mode, mais Rousseau, qui déteste la Chine (voir p. 24, n. 3), juge que leur diversité est trop factice.

3. Dans Br, après « de Mylord Cobham à » Rousseau a laissé un blanc ; dans CP, il avait écrit « à », laissé un blanc, puis rayé « à » et écrit « en Buckinghamshire » à l'interligne supérieur, et enfin ajouté « à Staw » sous ces mots. CH donne seulement : « en Buckinghamshire ». Selon D. Mornet, Rousseau avait pu connaître ce parc célèbre par des conversations ou par la lecture de Pope (« Épître à Burlington », *Mélanges de littérature et de philosophie*, Londres, 1742, t. 1) ou du *Mercure de France* (février 1750). Rousseau écrit *Staw* au lieu de *Stowe* et *Stow*.

Page 103.

1. Ainsi est préparée la scène du baiser dans le bosquet (lettre 12), qui lèvera l'interdit pesant sur ce lieu.

2. Br ajoute (nous négligeons les mots raturés) : « Ma petite Henriette quoiqu'un peu jaseuse aujourd'hui sera sage et posée, elle modérera ces jeunes étourdis et je prétends bien lui donner d'avance l'autorité qu'elle sera digne un jour d'avoir sur le mari qui lui est destiné. » Même texte dans CP (« elle modérera ces jeunes étourdis » manque, et « d'avoir un jour » est substitué à « un jour d'avoir »), mais Rousseau l'a biffé à grands traits. Cette « autorité » de la femme sur le mari dans le futur couple est à considérer si l'on veut comprendre les rapports de Julie et de Wolmar dans ce roman, ou ceux de Sophie et d'Émile dans *Émile*.

Page 104.

1. L'expression « d'avance » est révélatrice. Julie a imaginé l'Élysée dans l'un des plus sombres moments de sa vie, quand sa mère venait de mourir, et qu'elle était pleine de remords de sa passion coupable et malheureuse.

2. Cette remarque (qui suppose chez Saint-Preux le refoulement d'une pensée coupable plutôt qu'une naïve inconscience), jointe à celle qui finissait le paragraphe précédent (sur la façon dont Julie fut amante), laisse présager que l'effet attendu par Wolmar (voir p. 105, n. 1 et lettre 14) ne se produira pas aussi heureusement qu'il le croit.

3. Pensées et sentiments qui s'inspirent des poèmes de Pétrarque. Voir la lettre 15 de la IIe partie, t. 1, p. 294, n. 1.

Page 105.

1. Wolmar fonde son espoir sur cette incompatibilité entre Julie d'Étange, l'amante, et Julie de Wolmar, la mère de famille. Voir la lettre 14, p. 129.

2. *Remonter dans l'avenir* est bizarre, et D. Mornet déclarait n'avoir jamais ailleurs rencontré cette expression. Saint-Preux veut dire qu'il remonte, par le souvenir, au moment où Julie lui a parlé de ses enfants et de ses projets d'avenir (p. 104, p. 34).

Page 106.

1. Rousseau a traduit dans DC ces vers de Métastase (*Giuseppe riconoscinto*, Ire partie) : « Ô si les tourments secrets qui rongent les cœurs se lisaient sur les visages, combien de gens qui font envie feraient pitié. On verrait que l'ennemi qui les dévore est caché dans leur propre sein et que tout leur prétendu bonheur se réduit à paraître heureux. »

Page 107.

1. Ce passage annonce la lettre 3 de la Ve partie sur « La matinée à l'anglaise ».

2. Première rédaction (trop explicite, et un peu ridicule dans ses derniers mots) dans Br : « <Oui, pour vous, ai-je dit en moi-même> voilà lui ai-je [*sic*. R. a oublié d'écrire : dit] un vœu fort intéressé <et qui sera souscrit de peu de f[emmes]> Mais tout le monde n'y trouverait pas si bien son compte que vous et votre Mari. Oh pour lui dit-elle en riant <il fait> sa vie est un long déjeuné. » Tout le passage a été biffé et remplacé par le texte actuel.

3. Claire a dû déjà plusieurs fois combattre le sentiment d'indignité qu'éprouvait Julie et lui rendre sa confiance en elle-même (I, 30 ; II, 5 ; IV, 2). Mais Julie, qui avait, au moment de son mariage, sublimé à la fois ses devoirs et son amour et que l'arrivée de Saint-Preux à Clarens avait émue, mais non pas troublée, est plus gravement désemparée qu'elle ne l'avait jamais été, à l'idée de passer plusieurs jours en tête à tête avec Saint-Preux. Elle pressent la gravité de l'épreuve qu'elle va subir, elle n'en comprend pas le sens.

Page 108.

1. *Sentie* est bien la graphie de tous les textes autographes, de R61 et de R63 ; elle est conforme à un usage qui avait presque valeur de règle,

bien que les grammairiens l'aient condamné (Féraud : « Des Auteurs modernes ont donc fait une faute, quand ils ont dit, l'un : " Troie s'était attirée ces malheurs ", l'autre : " Je me suis rappelée l'exemple ", etc. », article « Participe »).

2. *M'a fait :* le participe n'est accordé dans aucune des versions autographes, ni dans R61 ni R63. Solécisme grave, selon Féraud, mais assez souvent commis et peut-être conforme au « génie » de la langue. Voir t. 1, p. 97, n. 1.

Page 109.

1. Quel est ce secret de Wolmar ? Celui de sa naissance, dit le texte ; de ses autres secrets (il a lu les lettres des amants ; il est athée), il ne sera question qu'ensuite. Grand seigneur disgracié qui s'est abaissé à des emplois très humbles, devait-il dissimuler ce passé à sa femme ? Ce qu'admire Julie (et ce qui l'effraie un peu), ce n'est pas la matière du secret, c'est que Wolmar ait pu si longtemps le renfermer en lui-même. Sur la personnalité de Wolmar, voir t. 1, p. 416, n. 2.

Page 110.

1. Le baron d'Étange vu par Wolmar : l'image est assez différente de celle qui apparaissait dans les premières parties (voir t. 1, p. 391, n. 1).

2. Wolmar oppose l'*intérêt* et l'*amour-propre*, le premier égoïste, le second indifférent par lui-même. L'opposition ne recouvre qu'imparfaitement l'opposition faite par Rousseau lui-même entre *amour-propre* et *amour de soi* (voir t. 1, p. 385, n. 2). La doctrine selon laquelle l'intérêt est le seul mobile des actions humaines est celle d'Helvétius ; Rousseau n'a peut-être pas encore lu *De l'Esprit* (voir p. 190, n. 1), mais il connaît certainement les idées d'Helvétius.

3. Cette lettre est la lettre 17 de la IIe partie, t. 1, p. 305. Donc, Wolmar a lu les lettres des amants. Ni Julie ni Saint-Preux ne réagissent, du moins extérieurement.

Page 111.

1. B. Guyon rapproche ce passage de ce que Rousseau dit de lui-même dans le premier préambule des *Confessions :* « [...] sans avoir aucun état moi-même, j'ai connu tous les états ; j'ai vécu dans tous depuis les plus bas jusqu'aux plus élevés, excepté le trône. [...] Admis chez tous comme un homme sans prétentions et sans conséquence, je les examinais à mon aise ; quand ils cessaient de se déguiser je pouvais comparer l'homme à l'homme et l'état à l'état [...] » (*Ébauches des Confessions*, Pléiade, t. 1, pp. 1150-1151). Le rapprochement est fondé, mais ne permet pas de dire, comme B. Guyon, que « Wolmar, c'est Rousseau ».

2. Si sage qu'il soit, cet homme qui s'est toujours ennuyé dans la solitude ne saurait être le vrai sage selon Rousseau. Voir t. 1, p. 285, n. 2.

Page 112.

1. L'incapacité à résister, que Wolmar attribue ici à la froideur de son caractère, Julie l'attribuait à l'athéisme, sans savoir qu'elle allait épouser un incroyant (III, 18, t. 1, p. 426 et 431).

2. Au XVIIIe siècle, Vauvenargues, Voltaire, Diderot, de nombreux écrivains ont réhabilité les passions ; Rousseau joint sa voix à celles de ses contemporains (« Épître à Parisot », Pléiade, t. 2, p. 1140 ; *Discours sur l'origine de l'inégalité*, Folio Essais, p. 73 ; *Émile*, livre IV, Pléiade, p. 491 : « Je trouverais celui qui voudrait empêcher les passions de naître presque aussi fou que celui qui voudrait les anéantir »), mais il n'a cessé de mettre en garde contre leurs égarements, favorisés par la vie sociale, et de les subordonner à la raison, et surtout au *dictamen* de la conscience. Quel est le rapport entre la vertu et la passion ? C'est un des problèmes que pose *La Nouvelle Héloïse*.

3. *Exténuer* : voir t. 1, p. 259, n. 2.

Page 114.

1. Br a une note en marge : « Ceci s'expliquera dans la subséquente Lettre. » Cette lettre « subséquente » est la lettre 13, de Claire : Claire n'a pas toujours su comment agir avec sa cousine, mais elle la connaît et la comprend ; Rousseau a dû penser que cette perspicacité et l'accord de Claire et de Wolmar apparaîtraient suffisamment au lecteur sans qu'il fût besoin de l'en avertir.

2. Wolmar ne va pas jusqu'à dire, comme Édouard, que Julie et Saint-Preux devaient s'aimer par une décision du ciel même (voir II, 2 et introduction, t. 1, p. 32), mais il reconnaît que sans cet amour ils ne seraient pas eux-mêmes, et il leur demande de le transformer, non de « l'oublier ». Pourtant il voudra « ôter la mémoire » à Saint-Preux pour qu'il n'ait plus d'amour (lettre 14, p. 130).

Page 115.

1. Dans MsR, Rousseau a écrit *abandonnée*, qu'ont reproduit R61 et R63, mais Br, CH, CL, CP ont *abandonné*.

2. Un comte suédois a été fait prisonnier par les Russes et passe pour mort ; la comtesse se remarie avec M. R..., qui fut le précepteur du comte ; celui-ci est libéré, retrouve sa femme et reprend naturellement ses droits : le mariage de la comtesse et de M. R... est rompu, mais le comte invite M. R... à demeurer auprès de lui et, après avoir tendrement embrassé sa femme, la force à embrasser M. R... devant lui : c'est un épisode de *La Comtesse suédoise*, roman de Gellert paru en 1747 et en 1750 à Leipzig et traduit en 1754 par Formey. Rousseau s'est certainement souvenu de ce roman, avec lequel *La Nouvelle Héloïse* offre quelques autres traits de ressemblance.

Page 116.

1. Br fait voir les hésitations de Rousseau sur cette phrase :
« < Souvenez-vous des < j'en use comme les Valaisans < Il n'y a plus de
véritable honnêteté > Je suis pour l'hospitalité des Valaisans < Je ne
pouvais comprendre où il avait appris ce trait des Valaisans >. »
Hésitations purement stylistiques : car sur le fond, Rousseau n'a pas
plus hésité à faire ici nommer par Wolmar les Valaisans qu'il n'a hésité
un peu plus haut à lui faire mentionner l'une des lettres de Saint-Preux
sur Paris. Mais il a supprimé ici l'étonnement de Julie, de même qu'il
n'avait fait exprimer plus haut (voir p. 110, n. 3) aucun étonnement par
Julie ni par Saint-Preux. Deux fois Wolmar fait donc allusion à la
correspondance des amants, avant de les conduire dans son cabinet où il
leur montrera les originaux des lettres venus en sa possession. Le silence
de Julie et de Saint-Preux est difficile à interpréter (inquiétude qu'ils
n'osent avouer ?), mais il est certain que Rousseau a voulu à la fois ces
allusions et ce silence.

2. C'est le château où Milord Édouard offrait d'héberger Julie et
Saint-Preux, II, 3, t. 1, p. 253. Cette phrase (« J'avais la bouche ouverte
[...] me mordre la langue ») a été ajoutée au dernier moment sur les
épreuves (elle est absente des copies et de MsR) et reportée en marge
dans CP.

Page 117.

1. *Alterquer* : mot ignoré des dictionnaires du XVIIIᵉ siècle, mais
usité au XVIᵉ (exemple de Calvin dans *Littré*).

2. La vertu ne doit pas avoir « besoin de choisir ses occasions », mais
ne doit pas non plus s'exposer à des occasions dangereuses : « Nos
situations diverses déterminent et changent malgré nous les affections
de nos cœurs », disait Rousseau (voir t. 1, p. 444, n. 1) ; « le
matérialisme du sage » se fonde sur ce principe ; ce n'est pas exactement
celui que Wolmar voudra mettre en pratique pour Saint-Preux (voir
lettre 14, p. 129, n. 2).

Page 118.

1. Cette « bizarrerie » est signe d'amour, et non de refroidissement.
voir notre introduction, t. 1, p. 40 et n. 3.

Page 119.

1. Citation biblique ? Nous ne l'avons pas identifiée.

2. Le *cœur* est ici non pas l'affectivité, mais la *voix intérieure* de la
conscience, ce que le Vicaire savoyard, dans *Émile* (livre IV, éd. citée,
p. 600), appellera « instinct divin ».

Page 120.

1. Claire met Julie en garde contre sa dévotion (de même, quelques lignes plus loin, quand elle la compare à Héloïse) : le rôle de la religion, plus complexe que ne le croit Claire, va grandir au cours des dernières parties ; c'est avec l'aide de la religion que Julie s'était donnée tout entière au mariage.

2. « Cousine, tu fus amante […] avec plus de succès ! » Ces phrases, absentes de Br, ont été ajoutées en marge dans CP, au moment où Rousseau travaillait à cette copie ; elles sont dans CH, CL et MsR. Indice de l'époque relativement tardive à laquelle a été inventé le titre définitif du roman.

Page 121.

1. *C'est la nature* : tel est bien le texte de Br, CH, CL, MsR et des éditions. Mais dans CP, Rousseau l'a biffé pour lui substituer : « C'est la société », puis biffé « société » pour récrire « nature ». Cette hésitation ne témoigne pas d' « une pensée extrêmement plastique » (Guyon), c'est un lapsus du copiste souvent distrait qu'était Rousseau, qui, au moment même où il notait que la nature séparait les sexes, pensait évidemment que la société les réunissait plus qu'il ne le fallait : la pensée implicite a provoqué le lapsus.

2. Dans l'esprit de Rousseau, la séparation des sexes n'est donc pas une brimade infligée par les maîtres à leurs domestiques, mais un moyen de défendre la femme et de lui conserver son ascendant sur l'homme.

Page 122.

1. L'incompatibilité du passé et du présent, que Wolmar veut faire découvrir à Saint-Preux par une épreuve cruciale, doit être expliquée à Julie : deux méthodes différentes pour un même résultat.

2. Participe non accordé, comme d'habitude quand il n'est pas en position finale.

3. Sur le mariage chez les gens du monde, voir II, 21, t. 1, p. 332.

Page 123.

1. « Douze ans de constance et six ans de vertu » Br ; « douze ans de <constance <larmes> pleurs et six ans <de vertu <d'honneur> de gloire » CP. Les six ans sont évidemment compris dans les douze ans. L'opposition entre *pleurs* et *gloire* est assez claire : Julie a pleuré de ne pouvoir épouser Saint-Preux et elle pleure encore de sa faute, mais sa conduite depuis son mariage est admirable, aux yeux de ceux qui la connaissent. Dans l'opposition que présente le texte de Br, le terme *vertu* s'entend bien, le terme *constance* est plus obscur : B. Guyon le comprend comme fidélité à l'amour de Saint-Preux (« Il n'y a de faute que contre l'amour »), interprétation trop romantique ; il s'agit plutôt de constance dans le malheur, dans l'échec ; coupable, Julie n'a pas cessé

d'être vertueuse ; mariée, elle a rejeté loin d'elle toute pensée impure : l'opposition était donc boiteuse, puisque la constance était une forme de la vertu.

2. Pour encourager Julie, Claire raisonne comme les casuistes probabilistes, pour qui un comportement ou une opinion était acceptable si l'on pouvait l'appuyer sur un argument ou sur l'autorité d'un docteur, fût-il unique.

Page 124.

1. Argument de circonstance : Rousseau ne croit pas que le jugement puisse s'exercer sans les passions, bien que celles-ci puissent l'égarer. Voir p. 112, n. 2. Claire est moins fascinée que Julie par Wolmar, mais elle fait ici jouer l'ascendant du mari sur la femme.

Page 125.

1. Tous ces conseils relèvent de ce que Rousseau appelait « la morale sensitive ou le matérialisme du sage », et contredisent ce que Wolmar lui-même disait à Julie sur les occasions. Voir p. 117, n. 2 et notre introduction, t. 1, p. 51, n. 1. Rousseau, comme en témoignent les ratures de Br, a beaucoup tâtonné avant de trouver la belle maxime qui termine le paragraphe.

2. « Ou quoi qu'il arrive [...] tu peux compter » : ces mots, absents de Br, ont été ajoutés à l'interligne et en marge dans CP au moment de la confection de cette copie. Qu'est-ce que Claire ferait et que Wolmar n'aura pas voulu faire ? Obliger Saint-Preux à quitter Clarens pendant l'absence du mari, probablement.

Page 126.

1. Br : « Ah Chaillot, Chaillot [ces deux vocatifs à l'interligne], si j'étais moins folle <que> j'aurais grand-peur d'avoir à mon tour besoin de sermons. » Le texte définitif a été introduit dans CP après biffure du texte initial. Allusion à I, 7, t. 1, p. 88 : « La Bonne m'a toujours dit que mon étourderie me tiendrait lieu de raison, que je n'aurais jamais l'esprit de savoir aimer, et que j'étais trop folle pour faire un jour des folies. » Aveu voilé du penchant de Claire pour Saint-Preux, et d'un peu de jalousie (voir la lettre 9, p. 49, n. 1).

2. *Atteman :* « Hetman ou Atman : chef élu d'un clan des Cosaques » (*Dictionnaire de la Langue française* de Robert) ; *Knès :* « Knez : nom de dignité en Moscovie. Les *Knez* sont en ce pays les premiers Seigneurs de la nation » (*Abrégé* du Trévoux) ; *Boyard :* « Boyar : C'est ainsi qu'on appelle les Seigneurs en Moscovie » (*Abrégé* du Trévoux).

Page 127.

1. C'est la seule lettre de Wolmar à Claire de tout le roman ; elle ne porte pas de numéro dans Br, mais elle venait bien, dès l'origine, après la lettre 12 ; voir p. 114, n. 1 et p. 132, n. 1.

2. Julie a demandé à son mari de ne pas partir avant qu'elle ait reçu la réponse de Claire (p. 117).

3. « Cette raison s'expliquera dans la <cinquième partie> Suite » CP. L'écriture ne permet pas de dire si la correction de *cinquième partie* en *suite* est contemporaine de la note ou si elle lui est postérieure. CH donne le texte de CP corrigé, CL n'a pas de note, MsR a le texte édité. On sait que le roman était d'abord en cinq parties, voir note sur le texte, t. 1, p. 54.

4. « D'ailleurs par la raison [...] à son gré » : cette phrase est absente de Br, mais elle est présente dans CP au fil même du texte, et non en addition interlinéaire ni marginale, et la note qui l'accompagne s'y lit également. Voir notre introduction, t. 1, p. 21-22.

Page 128.

1. « Un gouverneur ! Ô quelle âme sublime ... en vérité, pour faire un homme, il faut être ou père ou plus qu'homme soi-même. Voilà la fonction que vous confiez tranquillement à des mercenaires » (*Émile*, Livre I, Pléiade, p. 263).

Page 129.

1. Voir p. 50 (lettre 9).

2. Ayant une parfaite confiance dans la vertu de sa femme, Wolmar, sans chercher à lui faire voir plus clair en elle-même, va se servir d'elle pour mettre Saint-Preux à l'épreuve. Sur le voile, voir l'introduction, t. 1, p. 49.

Page 130.

1. Voir p. 114, n. 2. Cette méthode de Wolmar est-elle « le matérialisme du sage » (voir t. 1, p. 144, n. 1 et introduction, t. 1, p. 51, n. 1) ? Étienne Gilson l'a affirmé, sans doute à tort (*Les Idées et les Lettres*, Vrin, 2ᵉ éd., 1955, « La Méthode de M. de Wolmar », p. 275-298). La « morale sensitive » de Rousseau (celle du précepteur dans *Émile*, celle de Claire dans cette IVᵉ partie) fait collaborer le cœur et la raison du sujet avec le déterminisme ; elle évite les épreuves brutales et les occasions dangereuses. Wolmar a en morale l'absolutisme et le pragmatisme de Rousseau, mais son déterminisme ne pouvait, pour Rousseau, qu'être aveuglé par l'athéisme.

2. Julie pourtant fera plus de crédit à la délicatesse de Saint-Preux qu'aux « subtiles distinctions » de Wolmar (VI, 8, p. 327).

3. Voir III, 7, t. 1, p. 386.

4. Cette note ironique exprime une idée analogue à celle qu'exprimera Diderot dans un passage célèbre de *Jacques le Fataliste* : « Le premier serment que se firent deux êtres de chair, ce fut au pied d'un rocher qui tombait en poussière ; ils attestèrent de leur constance un ciel qui n'est pas un instant le même ; tout passait en eux et autour d'eux [...] » (dans Diderot, *Jacques le Fataliste et son maître*, Folio, éd. Yvon

Belaval, 1973, p. 151). Mais Diderot revendique le droit au changement, à condition que l'ordre de la cité ne soit pas troublé et qu'autrui soit respecté, tandis que Rousseau oppose au changement d'une passion fondée sur l'attrait physique une affection fondée sur la sagesse et la vertu. L'amour de Saint-Preux et de Julie, quoi que prétende Wolmar, ne s'éteindra pourtant pas et le danger de la passion pèsera toujours sur eux. L'ironie de cette note s'adresse donc sans doute autant à Wolmar et à Rousseau lui-même qu'aux libertins dont elle affecte de copier les raisonnements. Le texte de la note faisait partie de la lettre même dans Br.

Page 131.

1. Projet de mariage entre Claire et Saint-Preux ; Julie, pour des raisons profondes, en souhaitera la réalisation ; mais Wolmar, ici comme ailleurs, est trop sûr de lui.

Page 132.

1. Donc, cette lettre de Wolmar est bien écrite après que Julie a reçu la lettre de Claire (13) en réponse à la sienne (12). Il est vrai que cette phrase (« Je vois par la conduite de Julie [...] se faire tort ») est, dans Br, inscrite en dessous de la fin du paragraphe (« envers qui je la tiens »), mais avant le paragraphe final (« Adieu, petite cousine »), donc quand la lettre était en cours de rédaction.

Page 133.

1. L'état dépeint dans ces deux premiers paragraphes est l'effet de la méthode de Wolmar ; mais la suite des événements ne sera pas ce que Wolmar attendait.

Page 134.

1. *Bienveuillance* : voir t. 1, p. 259, n. 1.
2. On notera que cet aveu est fait au moment même où Wolmar vient de partir, et quand sa voiture est peut-être encore en vue.

Page 135.

1. Lettre absente de Br, écrite dans CP après la lettre 17, au bas d'un des feuillets du cahier restés vides. Le texte comporte beaucoup de ratures, Rousseau ayant eu quelque difficulté à rédiger cette lettre, dont il n'a compris la nécessité qu'en recopiant Br, et qui devait rester obscure et allusive. Il l'a placée avant la lettre 17, selon un procédé que nous avons décrit (introduction, t. 1, p. 49), et pour achever la IVe partie sur le dramatique épisode de Meillerie. Voici le texte de CP : « Avant-hier [ces mots sont isolés à peu près au centre de la page] Lettre XVI/ <Ne> Je vous attends mardi selon ce que vous me marquez. <Ne manquez pas de voir> Voyez en revenant Madame d'Orbe <à qui j'écris par le retour de son messager> elle vous dira ce qui s'est passé

durant votre absence ; <car <il vaut> je lui ai écrit au long et j'aime mieux que vous l'appreniez d'elle que de moi. <Il est vrai, ô> Wolmar, <je me sens <je commence à me sentir digne de <je crois mériter votre estime> il est vrai <vous m'avez fait> je crois mériter votre estime, mais <je ne comprends rien> votre conduite <n'en est pas plus <excusable <obligeante <à vos <mes yeux, et> n'en est pas plus <raisonnable> concevable <et <mais <et> vous jouissez <bien <cruellement> durement de la vertu de votre femme. »

2. « Votre estime et votre confiance » MsR.

3. « Pas plus concevable » MsR, CH, CL (voir le texte de CP *supra*, n. 1). C'est peut-être le texte authentique, que Rousseau aurait omis de rétablir en corrigeant les épreuves.

4. Lettre non numérotée dans Br, numérotée XVI, transformé en XVII dans CP, où Rousseau a noté en marge du titre : « Renvoi à la lettre XVI » (qui venait après celle-ci, voir *supra*, n. 1).

5. Texte de ce premier paragraphe dans Br (nous négligeons les biffures, sauf la première) : « <Il faut, ma Cousine, que je vous rende compte> Je suis chargé, ma cousine, de vous faire le récit d'un danger [...] de fatigue. Madame de Wolmar voulait vous faire ce détail elle-même ; mais je l'ai si fort pressée de m'en confier le soin qu'elle y a consenti ; elle a toujours mille autres choses à vous écrire ; elle est occupée je suis oisif, et ce n'est pas assez pour moi de vivre auprès d'elle, si je ne reprends aussi mon commerce avec vous. » C'était aussi le texte primitif de CP, sous l'adresse « À Milord Édouard ». Ce texte et cette adresse ont été biffés, et le texte nouveau ainsi que l'adresse inscrits aux interlignes. Rousseau a donc d'abord fait de Claire la destinataire de la lettre, et comme il eût été alors plus normal que la lettre fût de Julie, il a imaginé que Saint-Preux avait obtenu d'écrire lui-même : le prétexte avancé était maladroit, Julie, même « occupée », n'ayant jamais renoncé à écrire à Claire, et cette occupation prétendue étant en contradiction avec le « désœuvrement » (lui-même assez peu croyable) allégué trois lignes plus loin. Parmi les ratures du billet précédent, on lit (Julie parle de Claire) : « Je lui ai écrit au long » ; cette lettre (fictive) eût fait double emploi avec celle de Saint-Preux ; Rousseau a renoncé d'abord à mentionner une lettre de Julie à Claire (mais, si Claire doit informer Wolmar, il faut bien que quelqu'un lui ait écrit : l'existence d'une lettre de Julie est donc implicite), puis il a changé la destination de la lettre présente, fort heureusement. Il n'en reste pas moins, dans le nouvel incipit, quelque chose de contraint et de froid qui contraste avec l'extraordinaire intensité des pages qui suivent.

6. *À pure perte :* voir t. 1, p. 116, n. 1.

7. *Rappeler :* c'est le cri d'amour qu'un oiseau mâle répète pour attirer la femelle, ou le cri répété de la mère qui fait revenir ses oisillons (en ce sens, bien connu des chasseurs, le mot peut être employé absolument). Saint-Preux imite donc de la voix ou au moyen d'appeaux les cris que les noms mêmes des oiseaux semblent exprimer.

Page 136.

1. *Nager :* « se dit par les Bateliers pour *ramer* » (Féraud), et ici particulièrement pour *godiller*. Saint-Preux a bien des talents !

2. *Les embouchures :* le pluriel s'explique peut-être par le fait que des ruisseaux parallèles au Rhône se jettent aussi dans le lac.

3. *Redans :* terme de fortification ; « le génie [était] la première destination » de Saint-Preux (III, 25).

4. *Publicain :* « c'était chez les Romains un fermier des impôts et des revenus publics. [...] Aujourd'hui, dans le style familier, on appelle *Publicains* les traitants et les gens d'affaires, mais alors il se dit toujours en mauvaise part » (*Abrégé* du Trévoux). Les *traitants* sont les fermiers généraux chargés de percevoir les impôts indirects.

5. Le *Chablais* appartenait au royaume de Savoie.

Page 137.

1. *Séchard :* Rousseau l'a défini dans la lettre I, 26 comme un « vent de nord-est » (t. 1, p. 137).

2. *Fraîchir :* voir t. 1, p. 468, n. 2.

3. Le nom est écrit *Millairie* dans Br et CP et *Meilleraie* dans le carnet de route où Rousseau avait noté les étapes d'un voyage en bateau fait autour du lac en 1754 avec Thérèse Levasseur et la famille De Luc (Pléiade, t. 1, p. 1178).

4. *Votre adorable amie :* B. Guyon juge ces mots peu convenables si Saint-Preux s'adresse à Édouard, et pense qu'ils étaient mieux à leur place quand la lettre s'adressait à Claire. Mais Br, où la lettre est adressée à Claire porte : « votre incomparable cousine », et ces mots ont été biffés dans CP et remplacés par « votre adorable amie » quand la lettre a changé de destinataire. MsR et CH ont : « votre incomparable amie » ; CL, copiée quand l'ouvrage était sous presse, a, comme les éditions, « votre adorable amie ».

Page 138.

1. Construction de l'infinitif actif analogue à celle qu'exigent les adjectifs « prêt à », « propre à », « facile à », « utile à », etc.

2. Saint-Preux n'a pas de dessein coupable, il veut seulement revoir des lieux où il a vécu l'un des moments les plus forts de sa vie ; il ne sait pas qu'il va ainsi provoquer une « crise », mais sa nostalgie le pousse à créer précisément la circonstance que Wolmar jugeait la plus périlleuse.

Page 139.

1. *Le dîné :* le dîner est ce que l'on appelle le déjeuner dans la France moderne. Les maîtres ont réservé aux domestiques la plus grosse partie du repas, mais ne les ont pas fait manger avec eux.

2. *Monument :* même au sens général de : « ce qui sert à rappeler », le mot appartient au style élevé : « M. de *Belloi* l'a employé dans le sens

de *témoin*. Voilà *de* notre amour *les* premiers *monuments*, dit *Couci*, à l'aspect de ces lieux, témoins de ses pures tendresses. S'est-on jamais exprimé de la sorte, dit *Fréron*, en parlant des lieux où l'on aime pour la première fois ? » (Féraud).

3. *Renseignement :* « Indice », dit Féraud ; le mot est rare au XVIIIᵉ siècle. La phrase « En approchant [...] nous arrivâmes » est absente de Br, de CH et de MsR ; addition interlinéaire, avec plusieurs ratures, dans CP.

4. *Glacière* est plus usuel que *glacier* au XVIIIᵉ siècle.

Page 140.

1. *Alpes :* Br, CP, CH, CL, ont une majuscule à ce mot ; MsR a une minuscule, et a été suivi par R61 et R63. Mais Rousseau ne connaît pas l'emploi du mot comme nom commun, qui est parfois celui des géographes.

Page 141.

1. Texte de Br et de MsR : « mais Julie attendrie me jeta les bras au cou sans mot dire ; puis tout à coup, détournant la tête et <s'appuyant sur moi> me tirant à elle. Allons nous-en. » Texte de CH : « mais Julie attendrie me jeta les bras au cou sans mot dire ; puis tout à coup [*texte de l'imprimé*] Allons nous-en. » Le texte définitif est rédigé sur CP où la version de Br a été biffée, mais il comporte beaucoup de ratures. CL a le texte définitif, à une phrase près.

2. Br : « Comme si j'avais quitté la vie. » CP, sous beaucoup de ratures, on peut lire plusieurs versions : « <comme j'aurais quitté la vie> <avec autant de <douleur <regret que si je l'eusse quittée elle-même> <comme je l'aurais quittée elle-même> <comme j'aurais quitté la vie ou plutôt> comme j'aurais quitté Julie elle-même. »

Page 142.

1. « Nous gardions un profond silence [...] m'attristait. » Ce passage est absent de Br. Il a été rédigé dans CP, et comporte beaucoup de ratures. La note, absente de CL (comme la plupart des notes) est plus longue dans CP et dans CH : « La bécassine du lac de Genève n'est point l'oiseau qu'on connaît en France sous le même nom. Elle vole en troupes et chante toute la nuit. Elle ne passe qu'en été, son chant vif et animé donne au lac durant les nuits un air de vie et de fraîcheur qui rend ses rives encore plus charmantes. On prend la bécassine avec des gluaux tendus au bord [tout au bord, CH] de l'eau sur lesquels [et sur lesquels CH] on l'attire avec des appeaux. Ces appeaux ne se font qu'à Genève [phrase absente de CH], et comme elle est excellente à manger cette chasse qu'on fait la nuit [la nuit : absent de CH] sous des feuillées est un des grands amusements de la jeunesse du pays. » Ces détails gastronomiques et cynégétiques faisaient fausse note.

2. On lit dans CP : « Un ciel serein, la fraîcheur du soir, les doux rayons de la lune » ; dans DC, Rousseau a ajouté de sa main, après « un ciel serein » : « la fraîcheur de l'air ». Voir note sur le texte, t. 1, p. 62.

3. S'agit-il de la promenade faite avec la Chaillot, deux ans avant l'aveu échangé entre les deux amoureux, ou de celle qui avait été projetée plus tard et à l'occasion de laquelle Julie avait évoqué le souvenir de la précédente (post-scriptum de la lettre I, 52) ? Plutôt de la première, car il n'est pas dit que le projet de la seconde ait été réalisé.

4. « Et cette foi si pure et ces doux souvenirs, et cette longue familiarité », traduit Rousseau dans DC. Citation de Métastase, *Demofoonte*, acte III, scène 9. Elle est absente de Br.

Page 143.

1. Jamais le roman français n'avait dépeint avec une telle force poétique les mouvements d'une sensibilité depuis la mélancolie rêveuse jusqu'à l'agitation du désespoir et à l'apaisement final, avec leur accompagnement de lumière nocturne, de sons cadencés, de cris d'oiseaux dans l'espace. Lamartine s'est évidemment inspiré de ces pages dans son poème du *Lac*, mais les vers du poète romantique ont peut-être été plus marqués par le temps que la prose du philosophe romancier. Les corrections de détail, que nous ne pouvions pas relever, prouvent l'extrême attention que Rousseau portait à la musique de ses phrases.

2. Sur les « crises », voir l'introduction, t. 1, p. 48 et 49.

Page 144.

1. Allusion à un épisode des *Amours de Milord Édouard* (voir p. 417), que le lecteur de 1761 devait ignorer. De plus, Saint-Preux ne dit pas dans la lettre qu'il ait à aucun moment pensé à Édouard. Les dernières lignes de Br, où la lettre était adressée à Claire, étaient plus naturelles et mieux accordées au reste : « Elle vainquit pourtant : Mais que nous sommes tous à plaindre si pour vaincre il faut avoir une âme semblable à la sienne. »

Page 145.

1. Il n'y aura pas de réponse d'Édouard à la lettre IV, 17, qui primitivement ne lui était pas adressée.

Page 146.

1. La loi, expression de la volonté du peuple, est la garantie de la liberté : pensée éminemment moderne, que Rousseau développe dans *Du Contrat social* ; la Constitution d'Angleterre n'est pas fondée sur ce principe, puisqu'elle confie le pouvoir législatif à des représentants et le limite par le pouvoir exécutif, mais l'Angleterre a un gouvernement modéré, et seul le gouvernement modéré assure la liberté d'un pays, selon Montesquieu. L'expérience politique acquise par Saint-Preux ne

lui servira pas à exercer un pouvoir ou une fonction politique, mais à alimenter sa réflexion personnelle ; de même, à la fin du livre V d'*Émile*, le jeune homme après un long voyage d'études politiques constatera très vite que sa patrie n'a pas besoin de lui.

Page 147.

1. Firmin Abauzit, protestant né à Uzès en 1679, était bibliothécaire de la ville de Genève. La pensée religieuse de Rousseau doit beaucoup à Abauzit, dont les idées étaient connues, bien qu'à part des *Mémoires concernant la théologie et la morale* (1732), ses œuvres n'aient été publiées qu'en 1770, après sa mort survenue en 1767.

2. Allusion sans doute à la lettre 15 de la IVᵉ partie.

Page 148.

1. Édouard veut seulement mettre Saint-Preux à l'épreuve (voir la lettre VI, 3), il n'a pas encore le dessein d'épouser Lauretta Pisana. Mais il décrit par avance la « faute » qu'il va être sur le point de commettre en Italie.

2. Après la mort de Fleury (1743), Louis XV avait décidé de gouverner lui-même et déclaré la guerre à l'Angleterre et à l'Autriche. Les troupes françaises avaient envahi la Flandre.

Page 149.

1. La note a été ajoutée sur épreuves ; elle est importante, parce qu'elle attire l'attention sur ce qui est obscur et contradictoire dans la lettre d'Édouard (l'allusion au motif de sa venue prochaine ; ses leçons de sagesse dans une situation où lui-même fait paraître à la fois de l'héroïsme et de la faiblesse).

2. Cette lettre sur « la manière de vivre des maîtres » était annoncée à la fin de IV, 10. Rousseau en a beaucoup travaillé le texte dans Br et dans CP. Elle comporte de nombreuses ratures, des additions, des notes (dont l'une, p. 171, faisait à l'origine partie du texte lui-même) : il y exprime ses idées personnelles sur le bonheur et les relations avec autrui, et souvent Julie et Wolmar sont ses porte-parole directs. Les mots clés de la lettre sont : *opinion, bienveillance, désir* et *durée*. Rousseau est obsédé par l'*opinion* que l'on peut avoir sur lui (cette obsession deviendra morbide dans ses dernières années) et déteste une société où l'opinion décide de tout ; s'il tient à la graphie *bienveuillance*, ce n'est pas tant parce qu'elle est conforme à l'usage de son pays, c'est parce qu'elle fait apparaître le radical du mot, le bien-vouloir, condition de l'harmonie d'une communauté, à l'inverse de l'envie et de la concurrence qui la détruisent ; la permanence du *désir* est nécessaire au bonheur, non seulement parce que la satiété entraîne l'ennui, mais parce que la condition mortelle de l'homme n'a de sens que par l'espérance ; enfin la *durée*, un recommencement où chaque jour est pareil à celui de

la veille et à celui du lendemain, est ce dont Rousseau a toujours rêvé, ce dont il a eu le sentiment dans certaines de ses rêveries extatiques ou dans les moments les plus lumineux de sa vie (par exemple pendant son premier séjour aux Charmettes auprès de Mme de Warens) : sentiment lui-même fragile, qui n'efface pas complètement celui de « l'instabilité des choses de ce monde » (« Cinquième promenade » des *Rêveries du promeneur solitaire*, Folio, p. 99).

3. Voir p. 143, n. 2. « Crise. Soudain changement de la maladie, qui se tourne à la santé ou à la mort. On dit fig. Cette intrigue est dans sa *crise*, nous en verrons bientôt le dénouement » (*Abrégé* du Trévoux). Mais cette crise ne sera pas la dernière pour Saint-Preux.

Page 150.

1. Voir la lettre 4, et l'introduction, t. 1, p. 24-25.

Page 151.

1. C'est la définition du *savoir-vivre*. Voir t. 1, II, 17, p. 309 et t. 2, IV, 9, p. 51, n. de l'auteur.

Page 152.

1. *Fonds* : voir t. 1, p. 103, n. 1.

Page 154.

1. « Mirabeau nous apprend qu'on dépensait jusqu'à 16 000 livres pour le vernis d'une voiture », dit D. Mornet, citant *L'Ami des hommes*.

2. Cet « illustre ami » était appelé dans Br « Milord Cornberry », c'est-à-dire Lord Hyde, vicomte Cornbury, nommé au début de la lettre 6, Vᵉ partie. Voir p. 226, n. 2.

3. *Vis-à-vis :* « sorte de voiture en forme de berline, mais où il n'y a qu'une seule place en chaque fonds » (*Abrégé* du Trévoux).

4. Voir t. 1, p. 338, n. 2.

Page 155.

1. C'est pourquoi Rousseau ne croit pas à la philanthropie philosophique : « C'est la Philosophie qui isole [l'homme] ; c'est par elle qu'il dit en secret, à l'aspect d'un homme souffrant, péris si tu veux, je suis en sûreté. Il n'y a plus que les dangers de la société entière qui troublent le sommeil tranquille du Philosophe, et qui l'arrachent de son lit » (*Discours sur l'origine de l'inégalité*, Iʳᵉ partie, Folio Essais, p. 86). Cette philanthropie abstraite est le contraire de la communion personnelle que Rousseau a toujours recherchée sans la trouver souvent (« le plus doux sentiment de l'humanité est de multiplier pour ainsi dire notre existence, en l'étendant sur tous nos semblables par un sentiment de bienveillance universelle », disait Rousseau dans un paragraphe biffé du brouillon de cette lettre).

Page 156.

1. *Montru* est actuellement *Montreux*. Entre autres fonctions, le subdélégué avait celle de contrôler la gestion financière des communes, en France. En Suisse, il était possible d'acheter à une commune le « droit de bourgeoisie ».

Page 158.

1. *Leur aider :* « aider [...] Il régit le datif et l'accusatif de la personne » (*Abrégé* du Trévoux). Les deux constructions se trouvent chez Rousseau.

Page 159.

1. Cet éloge de la vie paysanne associe des considérations économiques et démographiques, communes à Rousseau et aux physiocrates (D. Mornet cite plusieurs passages de *L'Ami des hommes,* du marquis de Mirabeau) et des considérations morales (simplicité, innocence, bonheur, convivialité des paysans) qui se retrouvent dans la *Lettre à d'Alembert,* à propos des Montagnons, et que Rousseau eût peut-être illustrées dans ses contes inachevés, *Les Amours de Claude et de Marcellin, Le Petit Savoyard ou la vie de Claude Noyer ;* la littérature romanesque (mises à part les églogues et les bergeries, lointaines héritières de *L'Astrée*) ne traitera vraiment le thème paysan que plus tard (Florian, Rétif, quelques romans de l'époque révolutionnaire ; Marmontel s'y était essayé dans son « conte moral » d'*Annette et Lubin* en même temps que Rousseau et peut-être à son exemple, bien qu'il prétende s'être inspiré d'un événement réel).

2. Voir p. 153 : « Une des maximes que M. de Wolmar répète le plus souvent », p. 154 : « Ces deux maximes qui bien entendues [...] », p. 157 : « Sa maxime est de compter pour bons tous ceux [...] » etc.

Page 160.

1. Cette énergique formule, qui doit réfuter les accusations de totalitarisme adressées au *Contrat social* et à la gestion de Clarens, a été trouvée par Rousseau après plusieurs essais.

Page 161.

1. Rousseau énonce dans *Émile* la même idée qu'il illustre du même exemple : « J'ai connu un laquais qui voyant peindre et dessiner son maître, se mit dans la tête d'être peintre et dessinateur. » Après plusieurs années d'études acharnées, le laquais a voulu vivre de son pinceau : « La constance et l'émulation de cet honnête garçon sont louables [...] ; mais il ne peindra jamais que des dessus de porte. Qui est-ce qui n'eût pas été trompé par son zèle et ne l'eût pas pris pour un vrai talent ? » (*Émile,* livre III, Pléiade, p. 474-475).

2. « La chose la plus importante à toute la vie est le choix du métier : le hasard en dispose », a dit Pascal, dans un contexte très différent.

Rousseau devait connaître cette pensée qui figurait dans le chapitre XXIV, « Vanité de l'homme », de l'édition de 1670, p. 183 (Folio, éd. Michel Le Guern, fragment n° 541).

3. *Sujets :* « sujet. Il se dit aussi d'une personne par rapport à sa capacité et à ses talents » (*Abrégé* du Trévoux). Comprendre : « en multipliant les individus susceptibles de tel ou tel métier ».

4. Dans le *Discours sur l'origine de l'inégalité*, Rousseau donnait à penser qu'en développant ses facultés naturelles, l'homme s'était rendu plus malheureux qu'il ne l'était dans l'état de nature.

Page 162.

1. *À pure perte :* voir t. 1, p. 116, n. 1.

2. Dans la note de la page 163, Rousseau fait allusion à Voltaire, mais l'expression « vos philosophes » renvoie à un groupe souvent évoqué dans *La Nouvelle Héloïse*, celui des matérialistes en général, qui ne croient pas en Dieu, mais en l'intérêt personnel, celui avec qui Rousseau lui-même a rompu.

Page 163.

1. Wolmar est donc sensible ? Voir p. 363. D'ailleurs la pitié est une vertu universelle et naturelle, un « pur mouvement de la Nature », selon le *Discours sur l'origine de l'inégalité* (Folio Essais, p. 85).

2. Le problème politique de la misère est délibérément laissé de côté : c'est celui au contraire que posait d'abord Voltaire.

3. Dans Voltaire, *Observations sur MM. Jean Lass, Melon et Dutot* (1738). Voltaire, en 1771, dans l'article « Gueux, mendiants » des *Questions sur l'Encyclopédie*, reprit la même pensée en faisant référence à son texte de 1738, mais sans aucune allusion décelable à Rousseau.

4. Vague souvenir du vers de Didon, dans Virgile : « Non ignara mali, miseris succurrere disco », « Ayant connu le malheur, j'ai appris à secourir les misérables » (*Énéide*, I, 630).

Page 164.

1. Le *crutz* vaut un quart de *batz*, voir p. 57, n. 3.

2. Voir p. 76, n. 1.

Page 165.

1. Rousseau est bien de son siècle en faisant de la vertu une volupté. Contre le rigorisme et le pessimisme des moralistes classiques, Voltaire, Diderot, Vauvenargues, et bien d'autres, dont ce Levesque de Pouilly, l'auteur de la *Théorie des sentiments agréables*, que cite D. Mornet, ont réagi en identifiant bonheur et vertu, ce que Diderot avouait pourtant n'être jamais arrivé à démontrer. Mais Rousseau est ici, en même temps, disciple de Montaigne (voir *Essais*, « De l'institution des enfants », éd. citée, p. 161 : « [la vertu a] pour guide nature, fortune et volupté pour

compagnes ». Sur l'aspect volontariste de la vertu selon Rousseau, voir t. 1, p. 338, n. 1.

2. « Rousseau méditait sans doute un *Art de jouir* », dit D. Mornet, qui déduit cette hypothèse d'un feuillet manuscrit de Rousseau qui porte ce titre (et qui ne contient que quelques lignes sur la solitude). Mais la phrase de Saint-Preux signifie que l'art de jouir tel que le pratique Julie s'oppose à un autre art de jouir : sans aucun doute à *L'Art de jouir* de La Mettrie, publié en 1751. La Mettrie, pour Rousseau (qui l'a probablement lu : nous avons déjà noté une rencontre, précisément à propos de la jouissance, t. 1, p. 200, n. 2), devait être un de ces « vulgaires épicuriens », « Epicuri de grege porcum », plus scandaleux qu'Horace (*Épîtres*, I, 4, v. 16).

3. Voir p. 149, n. 2 et la note de Rousseau p. 158. On peut mesurer la gravité de l'aveu que fera Julie, dans la lettre 8 de la VIe partie : « Le bonheur m'ennuie » (p. 334).

Page 166.

1. Autre souvenir de Montaigne : « À cette heure que j'aperçois [ma vie] si brève en temps, je la veux étendre en poids ; je veux arrêter la promptitude de sa fuite par la promptitude de ma saisie, et par la vigueur de l'usage compenser la hâtiveté de son écoulement : à mesure que la possession du vivre est plus courte, il me la faut rendre plus profonde et plus pleine » (*Essais*, III, 13, « De l'expérience », éd. citée, p. 1111-1112).

Page 167.

1. *Herbages :* « toutes sortes d'herbes », selon Féraud, qui définit ainsi l'herbe : « est le nom des plantes qui ne sont ni arbre, ni arbrisseau, ni arbuste » ; l'*Abrégé* du Trévoux distingue « les herbes potagères » et les « herbes médicinales ». Il s'agit ici évidemment des légumes.

2. *Surtout :* « pièce de vaisselle d'argent, ou du moins de cuivre doré, que l'on sert sur la table, où l'on place le sucrier, le poivrier, le vinaigrier, les salières et le fruit » (*Abrégé* du Trévoux).

3. *Recueillira :* Rousseau à Marc Michel Rey, 8 juillet 1758 : (Marc Michel Rey avait imprimé *accueillerez* à la fin de la Préface de la *Lettre à d'Alembert*) : « Il faut *accueillirez* comme j'avais mis premièrement, parce que c'est l'usage des gens qui parlent bien, et puis parce que l'analogie le demande attendu qu'on ne dit pas vous *faillerez* et vous *cueillerez*. » Cette forme était dialectale ; Vaugelas l'approuvait, mais, dit Féraud, « Bouhours et Ménage ont remarqué, contre Vaugelas, qu'on dit je *cueillerai*, je *recueillerai*, et non pas, je *cueillirai*, je *recueillirais*. L'usage a confirmé leur observation. »

4. Annonce de la lettre 7 sur les vendanges ; elle était déjà annoncée à la fin de IV, 9.

Page 168.

1. Salle à manger luxueuse, à laquelle était affecté un menu spécial, et où Lucullus avait reçu Cicéron et Pompée (Plutarque, *Vie de Lucullus*, chap. 82).

Page 170.

1. Première notation de tristesse depuis la « crise » de Meillerie ; plutôt que de la jalousie, ce qu'éprouve Saint-Preux est de la nostalgie et ce sentiment prouve qu'il n'est pas guéri.

2. Rousseau parle ici d'ordre et de magnificence : le beau se confond avec le grand, non pas selon un principe d'esthétique pompeuse, mais parce que le beau est l'œuvre du Créateur, la beauté de la nature n'apparaît qu'à celui qui y voit la grandeur de Dieu ; c'est pourquoi Wolmar, athée, ne peut partager l'émotion de Julie devant la beauté du monde (voir la lettre 5, p. 220).

3. *Plaît :* Le verbe se met au singulier quand les sujets sont « presque synonymes » (Féraud, article « Verbe », II, 6°).

Page 171.

1. *Offusquer :* « cacher à la vue » (*Abrégé* du Trévoux).

2. *Bouge :* « Petite chambre ou garde-robe qui accompagne une plus grande » (*Abrégé* du Trévoux). Le mot était masculin, et le féminin était dialectal selon Féraud (par confusion sans doute avec *bouge*, ou *bauge* ou *bougette*, qui était féminin et signifiait *petit sac, poche*).

3. Comme le fait remarquer René Pomeau dans son édition de *La Nouvelle Héloïse*, Chloé était « la jeune personne vers laquelle " l'honnête homme " vole au rendez-vous dans *Le Mondain* » de Voltaire, poème auquel Rousseau a dû penser en décrivant la vie des riches.

Page 172.

1. *Bienveuillance :* voir t. 1, p. 259, n. 1.

2. Laisser toujours subsister le désir, empêcher les écarts chimériques de l'imagination, entre ces deux maximes antithétiques se déploie l'art de vivre selon Rousseau. Voir, dans P. Burgelin, *La Philosophie de l'existence de J.-J. Rousseau*, le chapitre V, « Expansion ».

Page 173.

1. L'argent est l'un des plus puissants agents d'aliénation dans la société civilisée ; il s'interpose entre l'homme et les autres hommes, entre l'homme et les choses, sa valeur est conventionnelle, elle est fondée sur l'opinion que Rousseau déteste. Voir sur ce point, dans J. Starobinski, *J.-J. Rousseau, la transparence et l'obstacle*, la section « Économie » du chapitre V sur *La Nouvelle Héloïse*. L'économie domestique à Clarens n'exclut pas la vente des produits en surplus, mais la revente, qui est le fait des trafiquants, et vise à ne recourir qu'au troc, qui élimine tout intermédiaire humain ou fiduciaire.

2. Rousseau écrit *argent content* dans MsR, *contant* dans Br. *Content* est une graphie de *contant*, qui lui-même est une graphie de *comptant*. *Conter* et *compter* sont étymologiquement le même mot, et encore en 1788 Féraud note que beaucoup de gens les confondent.

Page 174.

1. *Meubles* : le mot a un sens plus large que de nos jours (voir p. 69, n. 1); il s'agit non seulement des meubles en tapisserie, mais des couvertures, nappes, serviettes, etc.

Page 175.

1. Le *dîner* (notre *déjeuner*) était le repas principal.

Page 176.

1. Bonheur dans la durée et dans la permanence, voir p. 149, n. 2.
2. *Basse-cour* : voir p. 55, n. 3.

Page 177.

1. *À la Suisse* : voir t. 1, p. 127, n. 2. Br a : « par quelques coupes de vin pur », au lieu de « à la Suisse », ce qui explique l'expression.
2. *Vie de Flaminius*, XXXIV.
3. Le *cherez* (xeres) et le *malaga* ont remplacé sur épreuves la *malvoisie* et le *verdet* (la malvoisie est un vin grec, le verdet est un vin blanc de Toscane); le *chassaigne* est le chassagne-montrachet, bourgogne du terroir de Meursault.

Page 178.

1. Les *Lettres de Milady Juliette Catesby à Milady Henriette Campley, son amie*, de Mme Riccoboni, avaient paru en 1759 ; la note a été ajoutée tardivement. Bien que les premières éditions de ce roman (1759) aient paru sans nom d'auteur, il est peu probable que Rousseau l'ait cru traduit de l'anglais. Il devait bien savoir qu'il était de Mme Riccoboni, et dénonce plutôt l'esprit de cette Française que celui des Anglais qu'elle a imaginés.
2. Voir p. 176, n. 1 et p. 149, n. 2.

Page 179.

1. *Bienveuillance* : voir t. 1, p. 259, n. 1.

Page 180.

1. *Caresse* : « Démonstration d'amitié, ou de bienveillance qu'on fait à quelqu'un par un accueil gracieux, par quelque parole obligeante, ou quelque cajolerie » (*Abrégé* du Trévoux).
2. Il a donc été mercenaire, comme beaucoup de ses compatriotes pauvres.
3. *Nippe* : Voir p. 69, n. 2.

4. *Secrètement :* les voies couvertes ne sont pas le fait du seul Wolmar ; et une grande partie des moyens employés par le précepteur d'Émile, pour son éducation, pour son bonheur et même pour lui faire rencontrer sa future femme sont des moyens secrets.

5. C'est dans une phrase de ce genre que la graphie *bienveuillance* a tout son sens.

Page 181.

1. *Arrache :* sur le verbe au singulier, voir p. 170, n. 3.

2. *Vivacité :* « On dit, *avoir de la vivacité sur* une chose, ou *pour* une personne ; y prendre un vif intérêt » (Féraud).

Page 182.

1. La lettre sur l'éducation des enfants était, comme la précédente, annoncée à la fin de IV, 10.

2. La réunion de deux lettres en une seule est certainement fictive, elle est contraire à la nature même de la lettre selon Rousseau, même si la lettre est très longue. Les manuscrits ne comportent aucun indice d'une rédaction de deux textes séparés. La lettre se divise naturellement en deux parties (la matinée à l'anglaise ; la conversation sur l'éducation des enfants), mais c'est la seconde partie seule qui aurait pu comporter des « répétitions inutiles ». Cette lettre est parallèle à *Émile* et traite des thèmes qui se retrouveront en partie dans le roman éducatif que Rousseau va rédiger aussitôt après *La Nouvelle Héloïse.*

Page 183.

1. La *matinée à l'anglaise* est le petit déjeuner du matin, où l'on boit du thé et où les maîtres se servent eux-mêmes ; les domestiques restant absents, l'intimité des maîtres n'est pas troublée.

2. Voir le début de II, 2, t. 1, p. 246.

Page 184.

1. Le premier soir de son arrivée, Saint-Preux a vu Julie et Wolmar entrer ensemble dans une même chambre ; s'agissait-il d'une chambre à coucher ou d'un appartement ? Ici, l'expression « chambre de leur mère » peut désigner la chambre à coucher (qui ne serait pas commune aux deux époux), ou une pièce (c'est un des sens du mot *chambre*) que Julie se réserve. Dans le dessin de Gravelot (planche IX), un grand paravent masque la partie droite de la salle. On peut imaginer qu'il cache un lit, mais il serait étrange que Julie reçoive dans sa chambre à coucher et encore plus dans la chambre conjugale.

2. L'*oreiller* est ce qu'on appelle le *carreau ;* les aiguilles y sont plantées, et le motif de la dentelle défile sur un petit rouleau qui y est encastré.

3. *Onchets :* petit jeu de baguettes ; on dit habituellement *jonchets* (voir p. 66, n. 1).

Page 185.

1. Commandant lui-même les troupes françaises contre l'armée autrichienne en Alsace (guerre de la succession d'Autriche) Louis XV tomba malade devant Metz ; le 14 août 1744 on annonça qu'il était mourant ; toute la France fut en larmes ; Louis était encore « le Bien-aimé ».

2. Tacite, *Annales*, II, 72-73.

3. Second accès de nostalgie (voir p. 170, n. 1).

4. Voir la fin de IV, 10. Henriette est destinée à « gouverner » dans son ménage, et elle s'y prépare déjà.

5. « Les langues se taisent mais les cœurs parlent », traduction de Rousseau dans DC (Marini, *Adone*, Chant III, Octave 151).

Page 187.

1. Participe non accordé, en position intérieure.

2. *Sens-froid* : voir t. 1, p. 93, n. 1.

3. « Il faut convaincre les enfants par voie de raisonnement », écrit Locke dans son traité *De l'Éducation des enfants*, trad. Coste, 6ᵉ éd. Lausanne, 1746, t. 1, p. 172, cité par D. Mornet). Sur les idées pédagogiques de Rousseau, voir P. Villey : *L'Influence de Montaigne sur les idées pédagogiques de Locke et de Rousseau*, Hachette, 1911 ; A. Ravier : *L'Éducation de l'homme nouveau : essai historique et critique sur le livre de l'Émile de J.-J. Rousseau*, Lyon, Bosc et Riou, 1941, 2 vol., et surtout les notes de P. Burgelin à son édition d'*Émile*.

Page 188.

1. Wolmar n'élèvera pourtant pas lui-même ses enfants, il a l'intention de confier leur éducation à Saint-Preux : c'est pourquoi il veut faire de Saint-Preux un ami, conformément au conseil que Rousseau donnera au début d'*Émile* : « Qui donc élèvera mon enfant ? Je te l'ai déjà dit, toi-même. Je ne le peux. Tu ne le peux !... fais-toi donc un ami. Je ne vois point d'autre ressource » (éd. citée, p. 263). Voir IV, 14, p. 128 et n. 1.

Page 189.

1. « Tout est bien, sortant des mains de l'auteur des choses » : c'est la première phrase du livre I d'*Émile*.

2. Wolmar affirme qu'il y a un ordre dans la nature. Mais comment concevoir cet ordre si l'on nie l'existence de « l'auteur des choses » ? L'athéisme de Wolmar ne sera révélé que dans la lettre 5. Sous cette note, MsR présentait une autre note, issue d'une note de CP, et qui réfutait la doctrine de « l'auteur du livre *de l'Esprit* » sur l'égalité de tous les esprits. Elle a été supprimée quand Rousseau a ajouté le développement des pages 190-193 (voir la note 1 de la p. 190).

3. Rousseau avait développé ces idées optimistes dans sa *Lettre à*

Voltaire du 18 août 1756, en réponse au *Poème sur le désastre de Lisbonne*. Voltaire rétorqua (selon Rousseau) par le roman de *Candide*, où la doctrine du meilleur des mondes est ridiculisée (*Confessions*, IX, Folio, t. 2, p. 183).

Page 190.

1. Le texte, à partir de ces mots et jusqu'aux mots « ce que la nature y avait mis » (p. 192) est beaucoup plus court dans CP 1re version, CH, CL et MsR : « Il fallait répondre à ce que Julie vient de vous dire. Vouloir corriger la nature avant que de la connaître n'est-ce pas s'exposer à gâter le bien qu'elle a fait et à faire plus mal à sa place ? Ignorez-vous que tout le savoir humain, toute la philosophie, n'ont jamais tiré d'une âme humaine que ce que la nature y avait mis […]. » Le texte définitif a été écrit dans CP et reporté sur épreuves (ou l'inverse). Il constitue une critique des idées présentées par Helvétius dans son livre *De l'Esprit*, publié en 1759, et que Rousseau n'a pu lire que lorsque *La Nouvelle Héloïse* était achevée ; il a réagi d'abord par la note signalée plus haut (p. 189, n. 2), puis a jugé bon d'engager une discussion plus ample.

Page 191.

1. Sur le rôle des passions dans la connaissance, voir p. 124, n. 1. « Quoi qu'en disent les Moralistes, l'entendement humain doit beaucoup aux Passions, qui, d'un commun aveu, lui doivent beaucoup aussi » (*Discours sur l'origine de l'inégalité*, Ire partie, Folio Essais, p. 73).

2. C'est Saint-Preux qui formule les idées d'Helvétius, qu'il ne pouvait évidemment pas connaître, puisque cet épisode du roman se situe en 1744. Saint-Preux, que Julie renvoie si souvent à « [ses] philosophes », est plus proche que Wolmar lui-même du parti des incrédules et des matérialistes : par emportement de jeunesse, sans doute, et par goût des raisonnements captieux, car, d'autre part, Saint-Preux est vertueux et croit en Dieu.

3. L'exemple des deux chiens fait penser aux deux chiens de La Fontaine, Laridon et César, dont la fable illustre la pensée opposée à celle de Wolmar (« L'Éducation », *Fables*, VIII, 24).

Page 192.

1. Allusion à la théorie platonicienne de la réminiscence, mais le mot « nature » est de l'athée Wolmar.

2. Ici, une note dans MsR : « Quoi, tous mes sentiments me viendraient de moi ? Toutes mes idées seraient innées ? Ceci ressemble assez aux réminiscences de Platon. Assurément que M. de Wolmar, s'il était conséquent, devait avoir une métaphysique plus bizarre que lumineuse, et son œil perçant lisait mieux dans l'esprit des autres que dans le sien. » Platon n'était pas nommé dans le texte de MsR ; le texte définitif fait retomber l'incohérence philosophique sur Saint-Preux,

mais la note de MsR (nouvelle allusion à l'athéisme de Wolmar) confirme bien que, pour Rousseau, il y a une faille dans la pensée du sage Wolmar.

3. « Il est bon qu'il le fasse trotter devant lui pour juger de son train », disait Montaigne, parlant du gouverneur et de l'enfant (« De l'Institution des enfants », *Essais*, I, 26, éd. citée, p. 150).

Page 193.

1. *Abrutir :* le mot est violent ; mais l'homme ramené à la stupidité de la brute n'est plus, comme l'homme qui médite, « un animal dépravé ».

2. Allusion à la lettre I, 23, où Saint-Preux avait noté ce détail (t. 1, p. 126).

3. *Tête :* le singulier est logique ; dans MsR, Rousseau avait mis le mot au pluriel et a biffé le *s*.

4. Pour Rousseau, refuser l'instruction au fils du paysan, c'est lui garantir le bonheur et la liberté, lui assurer le pouvoir d'être lui-même. Les raisons démographiques et économiques (éviter le dépeuplement des campagnes, assurer la production agricole, principale et presque unique source de richesse pour le pays) ne viennent qu'après.

Page 194.

1. Faire sentir à l'enfant le poids d'une *nécessité* qui est naturelle et insurmontable (au contraire des contraintes arbitraires) est le grand principe de la première éducation d'Émile.

2. *Heureux les bien nés :* c'est l'adage latin que chante Figaro et que déforme Bazile à la fin du *Mariage de Figaro :* « Gaudeant bene nati. » Julie entend parler des dons naturels, du tempérament, et non pas de la famille noble et riche dans laquelle on aurait le bonheur de naître. Julie se félicite, p. 213, d'avoir « des enfants bien nés ».

Page 195.

1. Tous ces préceptes d'hygiène et d'exercice physique sont développés dans *Émile*.

Page 196.

1. *Le convaincre qu'il n'est qu'un enfant :* la formule est restrictive, parce que Julie veut écarter de l'enfant la vanité, le sentiment d'une supériorité inexistante en nature ; mais le résultat est positif : comme l'adulte, l'enfant doit être ce qu'il est ; être soi-même est une des règles morales de Rousseau.

Page 198.

1. *L'amour-propre :* le mot ici n'a pas la signification péjorative que Rousseau lui donne quand il l'opppose à *l'amour de soi.* Voir t. 1, p. 385, n. 2. On notera l'énergie des expressions *autorité de la*

beinveuillance, affection réciproque née de l'égalité, quand il s'agit des rapports entre maîtres et domestiques.

2. C'est le mot célèbre de Térence dans la première scène de l'*Heautontimoroumenos* : « Homo sum, humani nihil a me alienum puto » : « Je suis homme, rien d'humain ne me semble étranger à moi. »

Page 200.

1. *Lamenter :* bien que l'emploi intransitif de ce verbe subsistât encore, l'emploi au réfléchi était plus normal, et c'est ce dernier qu'on doit supposer ici : mais le pronom réfléchi est normalement supprimé quand le verbe à l'infinitif dépend d'un autre verbe comme *voir, entendre, faire, laisser,* etc.

Page 201.

1. « Pythagore ordonna aux jeunes gens cinq années de silence, qu'il appela *Echemythie,* c'est-à-dire tenir sa langue » (Plutarque, *De la curiosité,* trad. Amyot).

Page 202.

1. Sur ce que pense Rousseau des mots d'enfants, voir la lettre IV, 10, p. 53, n. 1.

Page 203.

1. *Compère :* le personnage qui, au théâtre de la Foire ou dans une farce, est de connivence avec un personnage plaisant pour lui faire placer ses bons mots : « Je suis muet quand on ne m'interroge pas : je suis un vieux polichinelle qui a besoin d'un compère » (Voltaire, lettre à Mme du Deffand, 30 juillet 1768, citée par Littré. Le texte exact est : « qui ai besoin »).

2. D. Mornet a identifié la référence : Rousseau cite l'édition Mazuel (Paris, 1723) des *Voyages de M. le chevalier Chardin en Perse et autres lieux de l'Orient.* La note est différente dans MsR, et prouve que Rousseau a lu Helvétius quand il copiait encore le texte destiné à Rey : « Ce proverbe est aussi rapporté dans le livre de l'esprit. Les deux auteurs l'ont tiré de Chardin. »

Page 206.

1. Admirable expression d'un amour maternel absolu, en même temps que lucide. Tous ces propos sont plus vivement intéressants que ceux qui leur correspondent, parfois textuellement, dans *Émile,* parce qu'ils sont plus rapides et surtout parce qu'ils sont prononcés par une mère. C'est à Clarens, par Clarens, que Julie de Wolmar est elle-même ; en un sens, c'est pour Clarens qu'elle mourra.

2. *À merveilles :* voir t. 1, p. 335, n. 1.

Page 207.

1. Rousseau, comme souvent dans les notes dont il a accompagné le roman, prend ironiquement ses distances par rapport aux épistoliers ; ici, en affectant de critiquer Julie, il attire l'attention sur sa véritable pensée : elle ne confond pas mémoire des mots et mémoire des idées et des faits. Sur cette distinction, voir *Émile*, livre II, Pléiade, p. 341-352.

Page 208.

1. Ce paragraphe et le suivant sont repris à quelques mots près dans *Émile*, livre II, Pléiade, p. 351.

2. L'absence de ponctuation, fréquente chez Rousseau, dont M. M. Rey a respecté les usages, crée quelque flou dans la phrase. *Des hommes* est complément de *des actions* et de *des discours*.

Page 209.

1. Voir le commentaire de la fable *Le Corbeau et le Renard* dans *Émile*, livre II, Pléiade, p. 353-355, où Rousseau se met à la place de l'enfant pour essayer de comprendre le texte.

Page 210.

1. Le texte de Br précisait que Julie « ajustait » les contes aux images.

2. La feinte et la machination sont essentielles à la pédagogie de Rousseau ; ici, comble d'artifice, on fait croire à l'enfant qu'il est lui-même complice d'un secret. Voir p. 180, n. 4.

3. « Émile n'apprendra jamais rien par cœur », *Émile*, livre II, éd. citée, p. 351.

Page 211.

1. *Catéchisme :* la répétition du mot produit un effet comique : Saint-Preux tient le rôle du naïf dans bien des pages du roman. Mais le thème abordé est capital ; Rousseau, avec beaucoup de maîtrise, oriente progressivement l'intérêt vers le problème religieux, dont va dépendre tout le sens de la vie et de la mort de Julie.

2. Ici, Rousseau dans Br avait mis une note à laquelle il a ensuite renoncé (le texte de Br était : « [...] de croire ce qu'il ne saurait concevoir ») : « en note. On pourrait aisément chicaner sur cette proposition et toute vraie qu'elle est, il est certain qu'elle a besoin d'être expliquée, mais le lecteur se souviendra que ce n'est pas ici un livre de philosophie. » Cette chicane sur les rapports de la foi et de la raison, Rousseau n'a pu l'éviter, voir la note suivante.

3. Le « signe d'approbation » de Julie à Saint-Preux est encore un jalon préparatoire à la lettre 5, où sera révélé l'athéisme de Wolmar. Depuis « Vous êtes bien difficile [...] », toute la fin de ce paragraphe a été supprimée dans l'édition parisienne de Robin (voir la note sur le texte, p. 55) ; Malesherbes avait invité Rousseau à modifier le passage,

en lui faisant observer que s'il était permis de faire de Julie et de Saint-Preux des hérétiques, puisqu'ils étaient suisses, il ne fallait pas faire mettre en doute par Saint-Preux les mystères de la religion. « *Seriez-vous chrétien, par hasard* a paru aussi une expression ironique et déplacée, même dans la bouche de Wolmar », ajoutait-il (16 février 1761). Rousseau lui répondit : « La réponse que fait Saint-Preux à M. de Wolmar est tout ce qu'on peut dire de plus modéré, de plus sensé, sur la religion chrétienne et sur ses mystères. Les catholiques qui s'obstinent à vouloir jouer à quitte ou double ont grand tort ; ils ne trouveront sûrement pas leur compte à ce marché : or pourquoi serions-nous tenus d'avoir le même tort qu'eux ? [...]. » Il protestait ensuite contre l'intolérance de la Sorbonne, et continuait : « Toute formule de profession de foi est contraire à l'esprit de la réforme ; et je ne reconnais de doctrine hétérodoxe que celle qui n'établit pas la bonne morale, ou qui mène à la mauvaise. [...] Toute autre objection est incompétente de la part des catholiques, et ne me touche point de la part de qui que ce soit.

« À l'égard du mot *par hasard*, je ne sais ce qu'il a de déplacé dans la bouche de M. de Wolmar : mais je sais bien que ce serait un grand hasard s'il y avait un seul chrétien sur la terre. Cependant, s'il ne tient qu'à sacrifier ce mot-là, j'y consens. Qu'on en substitue un autre équivalent, si l'on peut, pourvu que ce mot substitué soit court, serré, dans les principes de Wolmar, qu'il ne gâte pas l'harmonie de la phrase, et que la réponse de Saint-Preux puisse s'y rapporter. » Il fut plus facile de tout supprimer.

Page 213.

1. Le *jardinier* est celui dont les « plus dignes mains » (p. 205) recevront le soin d'élever les deux garçons. Mais il y a peut-être ici un souvenir de l'*Évangile selon saint Jean* (XX, 11-18) : À Marie de Magdala, revenue près du tombeau, Jésus apparaît ; elle le prend pour le jardinier ; il se fait reconnaître et elle se jette à ses pieds en l'appelant : Maître.

Page 214.

1. Cet entretien n'a pas eu lieu, ou n'a pas été rapporté dans une lettre du roman ; il aura lieu quand Julie sera mourante, voir VI, II, p. 346. L'éducation de Sophie, au livre V d'*Émile*, n'est peut-être pas celle qu'aurait reçue Henriette. Sophie est élevée seule, et dans un milieu différent.

Page 215.

1. Maurice comte de Saxe, fils naturel de l'électeur de Saxe (plus tard Auguste II, roi de Pologne), eut une vie de grand aventurier, mais fut un des plus beaux génies militaires de l'Ancien Régime. Entré au service de France en 1720, il fut fait maréchal en 1744 ; il remporta plusieurs

victoires dans la guerre de succession d'Autriche, dont celle de Fontenoy.

2. Dettingue : victoire déjà ancienne (Édouard dit : « nos premiers succès ») ; elle était du 27 juin 1743.

3. *Avoir en tête* : avoir en face de soi, devant le front des troupes. « On dit : Mettre un homme en tête à quelqu'un, pour dire : lui opposer quelqu'un qui puisse lui résister » (*Dictionnaire de l'Académie*, 1762).

4. Bleinheim, Hochstet : Voltaire (*Le Siècle de Louis XIV*, chap. XIX) donne à cette bataille les deux noms. Au cours de la guerre de succession d'Espagne, les Anglais et les Autrichiens commandés par Malbrough et par le prince Eugène battirent les Français et les Bavarois commandés par les maréchaux de Tallard et de Marsin et par l'électeur de Bavière (13 août 1704).

5. Note de CP : « Le maréchal de Saxe qui avait passé sa vie à étudier son métier devait être un homme bien extraordinaire et bien ignoble aux yeux des Français. Ce qu'il y a d'incompréhensible, c'est qu'avec cette étude si roturière il ne laissait pas de battre ses ennemis. < Il est vrai que c'était toujours par l'habileté du tiers et du quart. Il est fâcheux que ce tiers et ce quart-là soient tous morts avec lui. > »

6. Sous l'Ancien Régime, les armées ne combattaient pas pendant la mauvaise saison et prenaient leurs quartiers d'hiver. Édouard ne rejoindra ses amis à Clarens qu'après les vendanges, au début de novembre au plus tôt.

Page 216.

1. Sur cette lettre, voir l'introduction, t. 1, p. 22-23 et 27-28.

Page 217.

1. Parlant des Moscovites, Voltaire avait écrit dans le livre I de l'*Histoire de Charles XII* : « Leur religion était et est encore celle des chrétiens grecs, mais mêlée de superstitions auxquelles ils étaient d'autant plus fortement attachés qu'elles étaient plus extravagantes, et que le joug en était plus gênant », et il énonçait quelques-unes de ces superstitions.

Page 218.

1. Br et CP : « Il n'avait trouvé de sa vie un seul prêtre qui crût en Dieu. » Il serait bien vain de chercher à identifier les trois prêtres, et de croire que Rousseau a changé son texte pour en atténuer la malice ; il a simplement remplacé une hyperbole par une facétie proverbiale. À Alcippe qui va se marier et qui assure : « On peut trouver encor quelque femme fidèle », Boileau répond : « Sans doute ! Et dans Paris, si je sais bien compter, / Il en est jusqu'à trois que je pourrais nommer » (Satire X). Rousseau lui-même avait cité le vers de Boileau, à propos des comédiennes honnêtes femmes, dans la *Lettre à d'Alembert* (Folio,

p. 254). D'Argens, dans ses *Lettres cabalistiques* (nouvelle édition, La Haye, 1754, tome V, lettre CXXIX, p. 234), l'avait appliqué aux Prélats dignes de rester à leur place. Boileau n'est pas l'inventeur de la plaisanterie.

2. Ces *assertions* étaient celles des gens, souvent prêtres eux-mêmes, qui livraient « le secret de l'église » (voir Fougeret de Monbron : *Le Cosmopolite*, éd. Raymond Trousson, Bordeaux, Ducros, 1970, p. 61 et 120).

3. Cette déclaration est sans doute la juste contrepartie de la loi du *Contrat social* (Livre IV, Pléiade, t. 3, p. 468) : « Que si quelqu'un, après avoir reconnu publiquement ces mêmes dogmes [ceux de la religion civile, dont le premier est l'existence de Dieu], se conduit comme ne les croyant pas, qu'il soit puni de mort ; il a commis le plus grand des crimes, il a menti devant les lois. »

4. Allusion très probable à un manuscrit clandestin qui circulait au début du XVIIIᵉ siècle et fut imprimé, avec attribution fantaisiste à Saint-Évremond, prétendument « À Trévoux, aux dépens des Pères de la société de Jésus », sous la date fictive elle aussi de 1745 : *Examen de la Religion dont on cherche l'Éclaircissement de bonne foi.*

5. Seuls les protestants sont vraiment chrétiens, selon Rousseau.

6. Le scepticisme (nous dirions : agnosticisme) n'exclut pas la possibilité de l'existence de Dieu, ce qui permet d'espérer la conversion de Wolmar. Mais le scepticisme de Wolmar ressemble encore beaucoup à l'athéisme.

7. Cette phrase résume l'expérience même de Rousseau, telle qu'il la décrit dans la Troisième des *Lettres à Malesherbes* (26 janvier 1762 : dans l'éd. Folio des *Rêveries*, p. 208) : « Quand tous mes rêves se seraient tournés en réalités, ils ne m'auraient pas suffi ; j'aurais imaginé, rêvé, désiré encore. Je trouvais en moi un vide inexplicable que rien n'aurait pu remplir ; un certain élancement du cœur vers une autre sorte de jouissance dont je n'avais pas d'idée et dont pourtant je sentais le besoin. [...] Bientôt de la surface de la terre j'élevais mes idées à tous les êtres de la nature, au système universel des choses, à l'Être incompréhensible qui embrasse tout. » L'expérience rejoint ici la littérature : une héroïne de Prévost, Cécile, la fille de Cleveland, édifie en mourant le prêtre qui est venu l'administrer : « Elle tendait au bonheur d'aimer sans bornes et sans mesures [...] son dernier soupir n'avait été que l'élancement passionné d'une amante qui se précipite dans le sein de ce qu'elle aime, pour y rassasier à jamais la fureur qu'elle a d'aimer et d'être aimée » (*Œuvres* de Prévost, sous la direction de Jean Sgard, Grenoble, 1977, t. 2, p. 614). Et la littérature s'inspire de la philosophie, qui parle de l'inquiétude irrépressible, du désir infini, chez Pascal ou chez Malebranche (« Le vide des créatures ne [peut] remplir la capacité infinie du cœur de l'homme », écrivait ce dernier, *Recherche de la vérité*, Livre III, Iʳᵉ partie, chap. IV).

8. Sur la confusion possible entre l'amour de Dieu et l'amour sensuel

des créatures, voir la lettre VI, 8, p. 337. La confusion était bien connue des prêtres et des directeurs de conscience. Prévost, dans le texte cité n. 7, utilise sciemment des termes communs aux deux amours.

Page 219.

1. Note aigre-douce. Rousseau est peut-être sensible aux tableaux religieux qu'il a vus en Italie (comme il y a entendu la musique religieuse de Vivaldi), mais il juge que ces expressions extérieures de la piété « dispensent de penser à Dieu », et ce qu'il dit des « petits anges », des « beaux garçons » et des « jolies saintes » n'est pas sans analogie avec ce que Diderot écrit, avec plus d'irrévérence, des « beaux yeux », des « beaux tétons » de la vierge Marie et des « belles épaules de l'ange Gabriel » — en en regrettant l'absence ! — (*Essais sur la peinture*, chap. IV ; l'œuvre est de 1766, mais ne fut connue que des correspondants de Grimm).

2. Les propres extases de Rousseau (Troisième lettre à Malesherbes, Cinquième promenade des *Rêveries*, etc.) ne sont pas marquées par cette vacuité stérile.

Page 220.

1. Souvenir de la pensée de Pascal : « Le silence éternel de ces espaces infinis m'effraie » (Folio, fragment n° 187).

Page 221.

1. Cette grâce lui sera accordée.

2. Rousseau ne parle évidemment pas de l'édition, les livres mal pensants étant toujours interdits par la censure et saisis quand on les faisait venir clandestinement de l'étranger ; mais des opinions, des propos et du comportement en société.

3. Pourquoi l'incrédulité des maîtres ferait-elle perdre au peuple l'espoir d'une autre vie ? Par la force d'un exemple venant de haut, sans doute. Le lien social serait alors brisé. Quant à faire de la religion qui promet une autre vie la consolation du peuple, ce n'est pas la lui proposer comme un opium : une des bases les plus solides de la foi que Rousseau lui-même a dans une vie future est l'impossibilité d'admettre que les misères et les injustices qu'il a souffertes n'aient aucune compensation, dans l'ordre universel.

Page 222.

1. Br, CP : « depuis nuit ans entiers ». Même telle qu'elle est un peu réduite dans le texte définitif, cette durée est encore excessive. Julie est mariée « depuis près de six ans » quand elle écrit à Claire la lettre IV, 1 (p. 9). Saint-Preux est arrivé à Clarens l'été qui a suivi, et au moment où il écrit cette lettre 5 les vendanges ne sont pas faites.

2. *À pure perte :* voir t. 1, p. 116, n. 1.

3. Julie a confié à Saint-Preux son « fatal secret » le jour même où

Wolmar est parti en voyage, mais elle n'a dû mettre « sans cesse » Dieu entre elle et son ancien amant qu'après la dangereuse « crise » de Meillerie. L'absence de Wolmar a duré une semaine, la promenade sur le lac a eu lieu sans doute le surlendemain de son départ, Julie a eu le temps d'écrire à son mari et Saint-Preux à Édouard, entre la promenade et le retour de Wolmar.

Page 223.

1. « Il ne s'agit pas de le toucher » : le « sentiment » qui convertirait Wolmar n'est pas du même ordre que la sensibilité qui pourrait l'émouvoir. Ce n'est pas Rousseau qui écrirait, comme écrira Chateaubriand à la mort de sa mère, « J'ai pleuré et j'ai cru » (*Mémoires d'Outre-Tombe*, Livre XI, chap. 4). Si, après la mort de Julie, on peut penser que Wolmar deviendra croyant, son chagrin ne sera tout au plus que la cause occasionnelle de sa conversion.

Page 224.

1. Cette note, comme de nombreux autres passages de la lettre, fut supprimée dans l'édition parisienne de Robin ; Rousseau répondit avec sa brusquerie coutumière aux observations de la censure : « Je me doute bien qu'il y a des gens à qui la note déplaît. Si elle ne déplaisait à personne ce ne serait pas la peine de la laisser. »

Page 225.

1. Lovelace, dans le roman de Richardson *Clarisse Harlowe* (lettre 211 de la traduction de l'abbé Prévost), espionne par le trou d'une serrure Clarisse en train de prier. L'épisode sera imité par Laclos, dans la lettre 23 des *Liaisons dangereuses*. Rousseau a prêté au sage Wolmar la conduite d'un libertin auteur d'un rapt et d'un viol. Voir l'introduction, t. 1, p. 26.

2. *Pussé-je* (écrit « pussai-je » dans Br) et non *Puissé-je* (éditions modernes) ou *Puissai-je* (R63). Le passé du subjonctif exprime plutôt le regret que le souhait.

Page 226.

1. Cette note et la suivante parodient une facilité dont Rousseau a lui-même usé, pour pallier une contrainte du roman par lettres (le nombre des lettres et des correspondants est forcément limité) ; mais elles expriment surtout l'attitude ambiguë que Rousseau aime prendre envers son roman.

2. *Milord Hyde* . Rousseau rapporte dans *Émile*, livre II (Pléiade, t. 4, p. 424) une anecdote que lui a racontée à Paris Milord Hyde. Lord Hyde, vicomte Cornbury, mourut en effet à Paris en 1753.

3. La paix ne sera signée qu'en 1748 (traités d'Aix-la-Chapelle). Le passage qui va de « En recevant votre lettre [...] » jusqu'à « à Clarens qu'à la Cour » est absent de Br. Rousseau a voulu justifier l'absence

prolongée d'Édouard, qui lui était nécessaire pour que Saint-Preux ait à qui continuer sa chronique de Clarens, et répondre partiellement aux questions que le lecteur pouvait se poser sur les occupations de ce lord toujours retenu loin de ses amis.

Page 227.

1. Le baron d'Étange (toujours *Orsinge*, dans Br et CH) repartira : il sera absent de Clarens lors de l'accident de Chillon.

2. *Lutri* : à l'est de Lausanne, au bord du Léman. Saint-Preux allant à la rencontre de Claire a fait plus des trois quarts du chemin.

Page 228.

1. *Rampe :* « C'est une suite de degrés [c'est-à-dire de marches] entre deux paliers » (*Abrégé* du Trévoux).

Page 229.

1. Agitation, larmes, évanouissements répétés caractérisaient déjà certaines scènes pathétiques de Prévost, par exemple les retrouvailles de Fanny et de sa fille Cécile dans *Cleveland* (*Œuvres* de Prévost, éd. citée, t. II, p. 450 : « Ô délices que les cœurs insensibles ne comprendront jamais ! » s'écriait Cleveland). Au XVIIIe siècle, en France, on manifestait assez démonstrativement ses émotions (D. Mornet rappelle la visite de Rousseau à Diderot prisonnier au château de Vincennes, *Confessions*, livre VIII, Folio, t. 2, p. 93). Mais Rousseau (ou Saint-Preux) met quelque tendre malice dans la description de cette scène délirante que Wolmar contemple de son fauteuil. Voir aussi t. 1, p. 139, n. 1.

Page 230.

1. *Tirer au blanc :* voir p. 69, n. 4.

2. Ces trois personnes sont Claire, Hanz son valet de chambre, et sa femme de chambre qui n'est pas nommée.

3. *Garde-noble :* « droit que les pères et les mères nobles ont de jouir du bien de leurs enfants mineurs jusqu'à un certain âge [...], sans être tenus d'en rendre compte à la charge de les entretenir, de tenir les bâtiments en bon état, et de payer toujours leurs dettes nobiliaires » (*Abrégé* du Trévoux).

Page 232.

1. Bien que la petite communauté de Clarens puisse « se passer du reste de l'univers » (p. 227), ses activités la mettent en rapport avec une collectivité plus grande, celle où se recrutent les journaliers engagés pour les vendanges. Cette lettre 7 ouvre donc un peu l'horizon.

2. Br, CP première version, MsR : « Il y a huit jours » ; CP corrigée : « Il y a trois jours », la correction a été faite sur épreuves. Les vendanges durent depuis huit jours (p. 236), Saint-Preux n'aurait pas pu dès leur début avoir un tel besoin de sommeil ni savoir ce qu'on fait le dimanche

3. *Ailleurs*, c'est au livre IV d'*Émile*, où Rousseau évoque deux fois la chasse, d'abord comme exercice bon pour la santé et qui, au moment de la puberté, éloigne le jeune homme des tentations dangereuses (Pléiade, t. 4, p. 644-645) ; puis, dans le fameux développement : « Si j'étais riche », comme plaisir qu'il faut permettre au pauvre paysan, au lieu de dévaster ses cultures (*ibid:*, p. 689). Rousseau a déjà en tête ce qu'il écrira dans *Émile :* il n'est donc pas invraisemblable qu'il ait eu en tête dès la fin de 1756 ce qu'il voulait écrire dans *La Nouvelle Héloïse.*

Page 233.

1. L'opposition entre le pays libre qu'est le canton de Vaud et les pays opprimés, telle que Saint-Preux la faisait voir à Julie lors de la promenade sur le lac, est reprise ici, comme le retour du mot *publicain* le signale. On peut penser que, même pour le pays de Vaud, le travail de la campagne était plus pénible que ne le décrit Rousseau.

2. Le chant va accompagner le travail de la fenaison, des vendanges, du teillage. Rousseau a su mettre dans ses propres mélodies le charme des pastorales paysannes, mais sur des textes littéraires *(Consolation des misères de ma vie)*, l'on regrette que le seul chant de travail qu'il ait composé soit la fameuse *Chanson nègre*, sur des paroles de Flamman-ville, et qu'il n'ait noté aucun des airs qu'il a pu entendre et qu'il évoque dans cette lettre. Ceux que les spécialistes ont recueillis (P. Coirault, H. Davenson) sont moins gais que mélancoliques.

3. *Le publicain :* Voir p. 136, n. 4.

Page 234.

1. Voir la description de l'âge des cabanes dans le *Discours sur l'origine de l'inégalité*, Folio Essais, IIe partie, p. 97-98, et celui de l'âge patriarcal au chapitre IX de l'*Essai sur l'origine des langues*, éd. J. Starobinski, Folio Essais, p. 106-107. Rousseau ajouta quelques strophes au poème de Gresset sur *Le Siècle pastoral* et le mit en musique (*Les Consolations des misères de ma vie*, Pléiade, t. 2, p. 1169).

2. Cette image des temps bibliques peut avoir été inspirée par les *Mœurs des Israélites*, de l'abbé Fleury, dont Rousseau a lu le *Traité du choix et de la méthode des études*. On en entend l'écho dans l' « Églogue sainte » *Ruth*, de Florian, dans un passage de *Paul et Virginie* où Bernardin de Saint-Pierre montre les personnages jouant des scènes de la Bible, et dans le poème de *La Légende des siècles* de Hugo, *Ruth et Booz*. La « douce élève de Noémi » et le « bon vieillard » sont Ruth et Booz, et celui qui subit quatorze ans d'esclavage pour épouser Rachel est Jacob (*Genèse*, XXIX).

3. *Le père Lyée* est Bacchus (étymologiquement : le libérateur), « Pater Lyaeus » dans un vers de l'*Énéide* (IV, 58).

4. *Relier :* « assembler des vaisseaux [des récipients] avec des cer-cles » (*Abrégé* du Trévoux), c'est cercler les tonneaux.

5. Dans *Émile*, livre II, pour prouver que « l'imagination ajoute un

charme à ce qui nous frappe », Rousseau explique qu'au printemps, même si la verdure ne fait que naître, « l'image du plaisir nous environne » parce que nous nous sentons ranimés nous-mêmes, tandis qu'à l'automne, le spectacle des trésors de la terre nous laisse le cœur froid : « L'aspect des vendanges a beau être animé, vivant, agréable, on le voit toujours d'un œil sec » (Pléiade, p. 418). Mais à Clarens, tout est transfiguré par la participation !

Page 235.

1. *La police établie :* le règlement exposé dans la lettre IV, 10, p. 57.

2. *Directions :* au sens d'*instructions* (le mot *directives* n'est entré dans la langue qu'à l'extrême fin du XIXᵉ siècle). Féraud blâme cet emploi, qu'il juge traduit de l'anglais ou de l'allemand.

3. Ce paragraphe et la note qui l'accompagne ont été ajoutés dans CP corrigée. Saint-Preux donne une image du baron qui confirme celle que donnait Wolmar. Au lecteur d'apprécier.

4. Sur cette lettre supprimée, et sur la « seconde épreuve », voir IV, 7, p. 41, n. 2.

Page 236.

1. Il acceptait au contraire les plaisanteries de Wolmar sur le même sujet (p. 224).

2. *Cuver :* « se dit du vin, qui demeure quelque temps dans la cuve pour se faire » (Féraud).

Page 237.

1. Ces préparations, qui scandaliseraient sans doute un œnologue, devaient être assez courantes ; D. Mornet a montré que Rousseau avait reproduit les recettes données par Liger (*La Maison rustique ou économie générale de tous les biens de la campagne,* 7ᵉ édition, 1755).

2. Quand on ne vendange pas, se donnent-elles « des airs » ?

3. *Ensuite :* quand la matinée est finie ; Rousseau suit fidèlement l'ordre de la journée. *On* désigne au début du paragraphe l'ensemble de tous ceux qui s'occupent de la vendange ; ici, et dans la suite, il désigne les maîtres.

4. Les deux garçons ont leur père et leur mère ; Henriette n'a que sa mère.

Page 238.

1. Tacite, *Annales,* I, 40-41. Lors d'une mutinerie, Germanicus, après bien des hésitations, fit partir sa femme Agrippine et son fils Caligula ; les soldats furent émus de voir s'éloigner cette femme enceinte et son tout jeune enfant ; Germanicus profita aussitôt de leur émotion et les ramena à leur devoir par une harangue. Comme Agrippine ne *montre* pas expressément son fils aux troupes, D. Mornet a cru que Rousseau avait « brouillé » ce passage de Tacite avec un autre (XII, 69) où, à la

mort de Claude, pendant que l'autre Agrippine (la jeune, fille de la précédente) retient Britannicus loin des regards, Néron se *montre* aux prétoriens et se fait proclamer empereur ; comme l'a relevé R. Pomeau, c'est dans Racine (*Britannicus*, III, 3) que cette Agrippine menace de *montrer* Britannicus à l'armée pour lui faire donner l'empire. Mais Rousseau connaissait bien le livre I des *Annales*, qu'il avait traduit, et c'est probablement par une espèce de dramatisation, en pensant à la harangue de Germanicus, qu'il a évoqué Agrippine l'ancienne montrant son fils aux soldats.

2. Allusion à peine marquée à l'épigraphe du roman. Julie est en dépôt dans le monde, elle lui sera retirée.

3. *Saturnales* : fêtes romaines de Saturne, au cours desquelles les esclaves avaient toute licence envers leurs maîtres. Voir la *Satire* II, 7 d'Horace.

4. « L'ordre de la nature » n'est rétabli que pendant la durée des vendanges, à titre de « consolation » pour les inférieurs. C'est que pour Rousseau, l'inégalité, qui lui est odieuse, est une nécessité historique. Jean-Jacques n'est ni utopiste ni réactionnaire, il est réaliste.

5. L'apologie de l' « état moyen », ou « état mitoyen », est fréquente au XVIIIe siècle ; elle a été faite notamment par Duclos, l'ami de Rousseau, dans ses *Considérations sur les mœurs*. Voir II, 27, t. 1, p. 366 et p. 367, note 1.

Page 239.

1. Même l'ivresse, si fâcheusement révélatrice auparavant (I, 50 et 51), change de sens à Clarens.

Page 240.

1. *Teiller* : « détacher le chanvre, la filasse, de l'écorce du bois où elle tient » (*Abrégé* du Trévoux).

2. Nouvel accès de tristesse, symptôme d'un cœur mal guéri (voir p. 170, n. 1 ; p. 185, n. 3).

3. Raisonnement analogue, et presque dans les mêmes termes, dans le chapitre XIV, « De l'harmonie », de l'*Essai sur l'origine des langues* (Folio Essais, p. 123) et dans l'article « Harmonie » du *Dictionnaire de musique*. Voir aussi, t. 1, p. 342, n. 2.

Page 241.

1. *Chenevotte* : « C'est le tuyau de la plante du chènevis, quand il est sec, et quand il a été dépouillé de son chanvre » (*Abrégé* du Trévoux). Les chenevottes donnent un feu clair qui retombe vite, comme l'a dit dans des vers célèbres la vieille Héaulmière de Villon, à la dernière strophe de ses *Regrets*.

2. *L'homme au beurre* est le comte de Lastic qui, ayant reçu par erreur livraison d'un colis de beurre destiné à Mme Levasseur, l'avait gardé et mangé, et avait chassé avec des plaisanteries Thérèse venue

demander au moins le remboursement du beurre. Rousseau avait écrit et destiné au comte une lettre férocement ironique (20 décembre 1755). Mme d'Épinay le dissuada d'envoyer la lettre, et il semble qu'il ait reçu des excuses du comte de Lastic. En 1760, Mme de Chenonceaux lui demanda de supprimer la note (elle avait lu le roman en manuscrit) : Rousseau n'en fit rien, il avait alors rompu avec Mme d'Épinay. La note manque dans R63 et dans l'édition Duchesne, mais ce n'est sans doute pas du fait de Rousseau. Le lecteur, évidemment, ne pouvait rien y comprendre.

3. La fin de la lettre associe aux moments de bonheur la nostalgie de la permanence. Voir t. 1, p. 382, n. 1, t. 2, p. 149, n. 2.

Page 242.

1. Cette lettre est écrite plusieurs mois après la précédente. En hiver, Édouard a rejoint ses amis à Clarens ; le printemps revenu, il est parti pour l'Italie avec Saint-Preux, et c'est au cours de ce voyage que Saint-Preux écrit à Wolmar et à Claire. Rien ne signale au lecteur le long intervalle pendant lequel aucune lettre n'a été écrite, puisque tous les correspondants étaient réunis. Ce silence de Rousseau sur le silence des personnages est un des traits du roman qui prouvent l'extrême attention et l'extrême habileté du romancier.

2. Ici, dans Br, une phrase jetée en marge : « Ô Lucrèce, ô Brutus, Virginius, Scipion, grandes et sublimes âmes qui sûtes régner sur vous, ce fut ici votre patrie. » Cette phrase est un pilotis pour les pages que Saint-Preux écrira de Rome : au pays de ces anciens Romains dont l'histoire célèbre l'énergie, un acte d'énergie digne d'eux va s'accomplir (celui de Laurette renonçant au mariage avec Édouard). Rousseau, dès le brouillon de cette lettre, et sans doute dès qu'il a imaginé les aventures amoureuses d'Édouard en Italie, avait dû prévoir ce dénouement. Voir la note sur le texte, t. 1, p. 56.

3. L'explication ne sera donnée que dans la lettre suivante ; sur ce procédé de composition, voir l'introduction, t. 1, p. 49.

Page 243.

1. Ce principe d'éducation est celui de Rousseau qui, prêtant à Saint-Preux un de ces traités-fantômes qui flanquent le roman, annonce indirectement au lecteur son *Émile*.

2. Prévision qui sera cruellement démentie. Effet tragique, à l'imitation des Anciens ou de Racine (voir les deux premiers vers d'*Andromaque*).

3. *Époque :* « C'est un temps certain et fixe, marqué par quelque événement considérable, et d'où l'on commence à compter les années » (*Abrégé* du Trévoux).

4. Saint-Preux a donc un devoir à remplir, mais nous ne savons pas encore lequel, et le mot *heureux*, un peu plus loin (« voir un jour

Édouard heureux »), prête à équivoque (voir la dernière phrase de la lettre 9.) Tout cet épisode italien est entouré d'obscurité.

Page 244.

1. Après la prévision imprudente, le vœu dont « l'accomplissement » sera lié à une tragédie.

2. C'est à Claire que Saint-Preux fait l'aveu de sa « dernière erreur ». La réserve qu'il doit observer avec Julie (le « voile » qui hantera son cauchemar) explique qu'il ne s'adresse pas à elle ; quant à Wolmar, il aura connaissance de la lettre, et Rousseau laisse à deviner pourquoi elle ne lui a pas été directement destinée.

3. *Époque* : voir la note 3, p. 243.

4. *Épreuve* : le jeu des *épreuves*, au cours de l'épisode italien, est d'une inquiétante subtilité. Saint-Preux est tenu de cacher à Claire la gravité de la mission dont Wolmar l'a chargé (le mot *devoirs*, quelques lignes plus haut et vers la fin de la lettre, est suffisamment vague), mais la « feinte » que Saint-Preux prête à Édouard n'est pas invraisemblable, puisque Édouard est de connivence avec Wolmar. Voir p. 284 (lettre VI, 3).

Page 245.

1. Voir la lettre II, 10, t. 1, p. 273, qui était déjà adressée à Claire. La scène de Villeneuve fait écho d'une part à celle de Besançon, d'autre part, et de façon encore plus marquée, à celle de Meillerie (IV, 17).

2. Villeneuve est à l'extrémité est du lac Léman, à environ huit kilomètres de Clarens.

Page 246.

1. Bex est à plus de vingt kilomètres de Villeneuve, à l'intérieur des terres ; une saline y était installée ; le sel d'une source salée s'y déposait dans un « bassin de graduation », par évaporation de l'eau.

2. *Dix années* : un peu plus de dix ans, voir la chronologie du roman.

3. « Ces temps, ces temps heureux ne sont plus », disait Saint-Preux lors de la crise de Meillerie (p. 142). Le parallélisme des formules, un peu plus loin celui des rythmes (« Et je pleurais ! et je me trouvais à plaindre ! et la tristesse osait approcher de moi ! », comparer : « Et nous vivons, et nous sommes ensemble, et nos cœurs sont toujours unis ! », *ibid.*), celui des sentiments (éveil des souvenirs, désespoir à la pensée de la séparation insurmontable et du bonheur perdu, souhait de la mort de Julie) prouvent que Saint-Preux est dans la même situation morale que sept ou huit mois auparavant ; à l'issue de cette nouvelle crise, il se proclame guéri, comme il le proclamait après la crise de Meillerie.

4. Sur l'accord du verbe, voir p. 170, n. 3.

5. « Ah ! sur les rochers de Meillerie [...] devant les yeux » : ces mots sont absents de Br et de CP, Rousseau avait peut-être d'abord jugé

inutile d'expliciter le lien entre les deux crises, le souvenir, dans les deux cas, d'une crise antérieure qui avait entraîné la « chute » de Julie et le bonheur de Saint-Preux.

6. *Que ferai-je :* une *s* longue mal imprimée dans R61 a fait lire : *que serai-je*, version adoptée par les éditions modernes, dont celle de D. Mornet. Les copies donnent bien « que ferai-je », comme R63, et Br a « que feras-tu donc [...] ».

Page 248.

1. « Je l'évite partout, partout il me poursuit », disait Athalie du songe où sa mère lui était apparue (*Athalie*, II, 5). Non seulement Rousseau se rappelle, mais il a peut-être voulu rappeler au lecteur ce texte célèbre de Racine (« j'étendais le bras » — Racine : « Et moi je lui tendais les mains pour l'embrasser » ; « Le voile redoutable me couvre » — Racine : « Je te plains de tomber dans ses mains redoutables »).

2. Rousseau croyait-il aux songes ? Il croyait en tout cas à l'inconscient (le mot est de notre époque, la notion est connue depuis très longtemps) et à la révélation des désirs secrets dans l'ivresse ou dans les visions du sommeil. Wolmar déchiffrera sans peine le songe de Saint-Preux (lettre 11).

3. *Voix plaintive :* rappel thématique, voir t. 1, p. 395, n. 3

4. *Le crépuscule* du matin, évidemment.

5. Il prédit juste, mais Rousseau ne lui prête pas une prémonition. Le désir de mort est latent chez Julie, et, comme disent les psychanalystes, l'inconscient structure la situation et organise l'événement (voir la très lucide explication que donne Rousseau de ces « prédictions » dans sa note à la lettre VI, 11, p. 381). En revanche, Claire, excessivement sensible quand il s'agit de Julie, peut tenir le songe et la terreur de Saint-Preux pour des pressentiments, surtout si au même moment Julie lui paraît malade et malheureuse (lettre 10 et lettre VI, 2, p. 279).

Page 249.

1. Les deux cousines parlaient de Saint-Preux, des sentiments de Claire et peut-être déjà du projet de mariage auquel songeait Julie entre tous les deux. Le lecteur le saura par la suite.

Page 251.

1. Ce que Claire a sauté, en lisant la lettre devant la petite communauté, ce sont les « tristes réflexions » (p. 246), si proches de celles du retour de Meillerie. Ce membre de phrase est absent de Br et de CP.

2. *Tant plus :* provincialisme de Suisse romande, que Claire emploie par badinage (car Rousseau avait d'abord écrit « d'autant plus », dans CP).

Page 253.

1. Claire craint qu'il n'ait entendu quelque chose de la conversation.

2. Plutarque, *Vie de Denys*, XII (D. Mornet cite le chapitre 11 du livre XII de *L'Esprit des lois*, où Montesquieu résume l'anecdote : « Un Marsyas songea qu'il coupait la gorge à Denys. Celui-ci le fit mourir, disant qu'il n'y aurait pas songé la nuit s'il n'y eût pensé le jour »). La perspicacité de Wolmar est ici effrayante, et sa confiance en Julie et en Saint-Preux n'en est que plus belle.

Page 254.

1. L'histoire se découvre peu à peu : le sort d'Édouard dépend (prétendument) de Saint-Preux (lettre 8, p. 243) ; il a à Rome d' « indignes attachements » dont il exagère peut-être le danger (lettre 9, p. 245) ; ce sont « deux étonnantes personnes » qui troublent son repos (lettre 9, p. 250) ; il faudra, pense Claire, qu'il prenne son parti et que son cœur décide : elle croit qu'il s'agit pour Édouard de choisir l'une des deux femmes (lettre 10, p. 252) ; la Marquise et Laure sont enfin présentées et la lettre 12 ne laisse aucun doute sur la mission de Saint-Preux : détacher Édouard et de la Marquise et de Laure. Mission sérieuse ou prétexte forgé par Édouard et Wolmar ? Voir p. 284, n. 2.

Page 256.

1. La raison de cette défiance d'Édouard sera indiquée dans la lettre VI, 3, p. 286.

2. La compassion et le mépris des préjugés seraient donc, comme l'entraînement de l'habitude, de « petites passions » ?

3. Ce moyen, c'est de faire appel à la générosité de Laure, d'agir sur elle au lieu d'agir sur Édouard.

Page 257.

1. La nouvelle du mariage d'Édouard et de Laure, à laquelle Claire et Julie croiront un moment, est ici démentie d'avance.

2. Note tardive, absente de Br et des copies manuscrites. L'obscurité et la complexité de l'épisode italien donnent à cette partie du roman une tonalité différente de celle du reste : passions violentes, adultère consommé, tentative de meurtre, duel, manœuvre de reconquête d'un amant par prostituée interposée, généreux sacrifice de cette prostituée, tout cela appartient à un autre univers romanesque que les belles âmes dont les problèmes moraux sont le sujet principal de l'œuvre. Rousseau déclare, dans les *Confessions* (livre X, Folio, t. 2, p. 290), qu'il avait rédigé en entier les *Amours de Milord Édouard* et que le texte remis à Mme de Luxembourg (voir p. 416, n. 1) n'était qu'un extrait. Si vraiment il avait écrit tout au long cette histoire, elle n'eût pu figurer dans le roman que comme récit inséré, car on ne voit pas comment elle se serait accommodée de la forme épistolaire.

3. Lettre profondément modifiée entre l'état de Br et l'état définitif.

Page 258.

1. *Page 64 :* c'est la page du tome VI de R61. Voir p. 296.

2. Texte de Br, jusqu'à « des situations bizarres » : « car elle respire une amitié si tendre que quelqu'un plus difficile en amour que tu ne prétends l'être eût pu s'en contenter autrefois ; et ces témoignages qui ne sont ni nouveaux ni indifférents sont suivis d'un long détail des événements qui ont [précédé] le mariage de milord Édouard et de la conclusion de cette épineuse affaire ; il en parle, tu peux bien le croire, avec la chaleur d'un homme qui y prend le plus vif intérêt, et pourtant d'une manière aussi simple que s'il n'en avait été que spectateur. Mais cette lettre en contenait une autre pour moi de milord Édouard dans laquelle il prend un ton bien différent et prétend lui devoir le repos et le bonheur de sa vie. On dirait qu'importuné du titre de bienfaiteur de son ami, il trouve du soulagement à lui être obligé lui-même ; et sur les faits qu'il rapporte il faut avouer aussi que notre hôte a mis à cette affaire le zèle et la fermeté dont elle avait besoin pour être heureusement terminée ; il n'a fait que son devoir, mais il l'a fait en homme qui le connaît et l'aime. Ils étaient dignes tous deux de faire beaucoup l'un pour l'autre, et nous ne pouvons que nous honorer d'avoir Édouard pour ami.

« Je t'avoue que cet heureux dénouement me tire d'une inquiétude que je t'ai souvent cachée pour ne pas augmenter la tienne et même à présent que tout est fait, j'y vois dans le passé des difficultés qui m'effrayent pour celui qui les a su vaincre. Conviens qu'il y avait dans tout cela des situations bizarres [...]. » Si, comme nous sommes tenté de le croire, Rousseau dès le principe avait écarté la possibilité d'un mariage de Laure et d'Édouard (voir la note sur le texte, t. 1, p. 55-57), on pourra supposer que Saint-Preux a préféré laisser Julie dans l'illusion, pour que le coup de théâtre préparé secrètement avec Laure n'échoue pas ; il est normal qu'il montre un « vif intérêt » pour le bonheur d'Édouard, mais il n'entend pas ce bonheur au sens où l'entend Julie, et il parle du mariage (conclu peut-être, mais dont la rupture est imminente) comme un « spectateur », d'un « ton bien différent » de celui d'Édouard, qui est encore dupe.

Page 259.

1. Naïve ou malicieuse, cette question serait mieux à sa place sous la plume de Claire : que la grave Julie se la pose peut signifier qu'elle a trouvé quelque chose d'étrange dans le projet de voyage à Naples ; et de fait, ce voyage était un moyen d'éloigner Édouard de la marquise mourante qui aurait pu le ramener à elle (VI, 3, p. 287), et un prétexte pour laisser à Laure le temps d'entrer au couvent. La même remarque était déjà dans le texte de Br, voir *infra*, n. 3.

2. Texte de Br : « supporter les horreurs de la prostitution. »

3. Texte de Br : « une compagne digne de lui : il a fait un honnête homme heureux ; juge s'il doit l'être lui-même.

« Dans la même lettre milord Édouard entre dans le détail de ses arrangements, il me dit qu'il va partir avec notre ami pour Naples où il a quelques affaires, qu'ils iront ensemble voir le Vésuve ; je ne sais pas ce que cette vue a de si attrayant. Qu'ensuite revenue à Rome prendre sa nouvelle Épouse, ils en partiront tous trois pour nous venir joindre. Que continuant son voyage en Angleterre il nous laissera sa femme et son ami pour gages de son retour, et qu'après avoir réglé ses affaires il reviendra vivre avec nous, élever ses enfants avec les nôtres, jusqu'à ce qu'ils puissent un jour dans sa patrie honorer le rang qui leur est destiné.

« Mon Père et mon Mari sont fort contents de cet arrangement et je n'imagine pas que tu le désapprouves. Quant à moi je serai charmée de voir Miladi Bomston. Quel prodige doit être cette aimable personne pour avoir su par sa propre force s'arracher au désordre de sa première jeunesse et, par huit ans de constance et d'épreuves effacer l'infamie où la plongèrent d'indignes parents ; son éducation la perdit [...] ».

Page 260.

1. De « Hé bien Cousine » jusqu'à « plus digne de son rang » : texte absent de Br.

2. Julie, quand elle entend en elle la voix du cœur (« Conscience, instinct divin », selon le mot célèbre du Vicaire savoyard, *Émile*, livre IV, Pléiade, p. 600), croit seulement être influencée par l'opinion, qui méprise les courtisanes. En réalité, son cœur murmure contre ce mariage, parce que ce mariage est contre l'ordre, valeur suprême pour Rousseau, qui l'entend au sens de Malebranche.

Page 262.

1. Dans la lettre II, 5.

2. Dans la lettre à laquelle Julie vient de faire allusion, voir *supra*, n. 1.

3. *L'auteur* de la lettre, ou Rousseau lui-même, qui abandonne un instant la fiction selon laquelle il n'est que l'éditeur ?

4. « Qu'un froid amant est un peu sûr ami », traduction de Rousseau dans DC (Métastase, *L'Eroe cinese*, III, 5).

Page 263.

1. Sur cet accord du participe, voir t. 1, p. 108, n. 2.

Page 264.

1. Cet aveu est antérieur à la conversation de l'Élysée ; il en sera de nouveau question dans la lettre VI, 2, p. 275-278.

2. Sur l'entretien de l'Élysée, voir p. 249, n. 1 ; 253, n. 1, et 277-278.

Page 265.

1. Comprendre : « dans un cœur vertueux, il n'y a même pas de faiblesse assez grave pour éveiller un remords devant lequel elle disparaisse ! »

2. Rousseau a très souvent corrigé un premier jet pour éliminer une répétition. Mais ces considérations morales et psychologiques, ces effusions lyriques (le très bel hymne à l'amour à la fin du paragraphe) sont essentielles à son sujet. La note a été rédigée sur CP et ses nombreuses ratures et hésitations prouvent que Rousseau tenait à se justifier au nom de la vraisemblance même : les lettres sont des lettres privées. Refuser de s'expliquer lui a paru finalement la meilleure défense. L'*éditeur* est celui qui est censé avoir réuni et publié le recueil, c'est-à-dire Rousseau lui-même. Par qui alors la note est-elle écrite ?

Page 266.

1. Les allusions à la sexualité sont discrètes, mais sérieuses dans *La Nouvelle Héloïse* (sans parler de la lettre I, 55, l'une des plus importantes du roman). Rousseau est, avec Prévost qui les pose très différemment, l'un des très rares romanciers du XVIIIe siècle à avoir abordé ces questions sans intention libertine.

Page 267.

1. Malesherbes, « homme d'une droiture à toute épreuve », mais « aussi faible qu'honnête » fit retrancher de l'édition Robin la dernière phrase du paragraphe, et il fit plus encore : « Cette phrase m'était venue dans la chaleur de la composition sans aucune application, je le jure. En relisant l'ouvrage, je vis qu'on ferait cette application. Cependant, par la très imprudente maxime de ne rien ôter par égard aux applications qu'on pouvait faire, quand j'avais dans ma conscience le témoignage de ne les avoir pas faites en écrivant, je ne voulus point ôter cette phrase, et je me contentai de substituer le mot *Prince* au mot *Roi* que j'avais d'abord mis. Cet adoucissement ne parut pas suffisant à M. de Malesherbes : il retrancha la phrase entière dans un carton qu'il fit imprimer exprès, et coller aussi proprement qu'il fut possible dans l'exemplaire de Mme de Pompadour. Elle n'ignora pas ce tour de passe-passe. Il se trouva de bonnes âmes qui l'en instruisirent. Pour moi je ne l'appris que longtemps après, lorsque je commençais d'en sentir les suites » (*Confessions*, livre X, Folio, t. 2, p. 276. Un *carton* est une page imprimée après coup et substituée à une autre page : elle se reconnaît en général à l'astérisque qui accompagne la « signature »). Rousseau pense que le mot *Prince* (la correction apparaît dans CP) lui valut de plus l'animosité d'une autre grande dame, en qui l'on voit la comtesse de Boufflers, maîtresse du prince de Conti.

2. Voir lettre II, 5, t. 1, p. 260-261.

3. Les mobiles de Julie sont plus complexes qu'elle ne le disait (p. 263-264), mais elle en a conscience. Voir la lettre VI, 6.

4. *En droiture :* « [...] se dit dans le sens propre de *droit*, adjectif. Envoyer, écrire *en droiture ;* cet avis ne nous est pas venu *en droiture*, directement, par la voie ordinaire » (Féraud).

Page 268.

1. Br et CP premier état : « pour huit jours » ; MsR : « pour je ne sais combien de jours » ; CP corrigée : « pour je ne sais combien de mois ». L'hyperbole, qui s'aggrave de version en version, est si peu naturelle qu'on peut supposer chez Julie quelque obscure crainte d'une séparation définitive, et en tout cas le besoin d'avoir Claire auprès d'elle comme une protection. La lettre d'Henriette fait savoir que Julie pleurait en écrivant.

2. On sait que Claire avait eu des difficultés avec sa famille, lettre IV, 2, p. 17.

Page 269.

1. Première occurrence du nom d'*Étange* dans Br.

2. *Endêver :* « avoir grand dépit de quelque chose, enrager. [...] Ces mots sont de bas peuple [...] L'Acad. dit aussi que ces mots sont populaires » (Féraud). Ils sont pour Rousseau du langage enfantin ou badin (une fois sous la plume de Claire, dans Br).

3. *Blonde :* « espèce de dentelle de soie » (Féraud). Pour Rousseau, la coquetterie est un trait naturel et nécessaire du sexe féminin (*Émile,* livre V, Pléiade, p. 734, 747, etc.).

Page 270.

1. Au verso de la dernière page de la Ve partie, dans CP, Rousseau a esquissé une espèce de romance, qu'il voulait sans doute mettre en musique. Il est curieux de voir un des passages les plus pathétiques du roman transformé en bluette :

> *Auprès de Meillerie*
> *En un réduit désert,*
> *Où jadis pour Julie*
> *Saint-Preux a tant souffert,*
> *Le chiffre de la belle*
> *Sur les rochers tracé*
> *Par un amant fidèle*
> *Ne s'est point effacé.*
>
> *Dans ce lieu solitaire*
> *Il la conduit un jour.*
>
> *D'une si pure flamme*
> *Ces anciens monuments*
> *Rappellent à son âme*
> *Ses premiers sentiments.*

Page 272.

1. C'est la bataille de Fontenoy, 11 mai 1745 ; la prédiction d'Édouard était dans la lettre V, 4, p. 215

2. *D'autres :* le pluriel est bien dans MsR R61, R63

3. *Les vins* fabriqués par Julie, voir V, 7, p. 236.

4. Cette lettre répond à la lettre V, 13 de Julie, dont Claire n'a pu prendre connaissance qu'à son arrivée à Genève.

5. *À merveilles :* Voir p. 44, n. 1.

Page 273.

1. *Prétendue* peut avoir le sens de *future*, et Féraud cite l'expression : « ma prétendue femme » ; mais le texte de CP corrigée, « ta prétendue Ladi Bomston », exclut cette interprétation ; il faut comprendre : « celle qui prétend être, ou dont on prétend qu'elle sera Ladi Bomston. »

2. Au lieu du long passage qui va de « Je m'indigne [...] » jusqu'à « Ah çà ! Ne voilà-t-il pas [...] », Rousseau avait seulement écrit dans Br et CP premier état : « Mais pour cette aimable Ladi Bomston, on peut au moins sans scrupule l'aimer aussi tendrement qu'on voudra. Je voudrais bien savoir pourquoi tu te mêles d'en faire les honneurs comme si elle t'appartenait plus qu'à moi. Ah ! qu'elle vienne seulement et bien vite : nous verrons après qui de nous la caressera le plus. Je le crois, dirait ton espion d'homme ; elle ne viendra pas seule, et puis elle est du choix de leur ami :

« Eh bien, ne voilà-t-il pas [...] »

Le nouveau texte a été rédigé sur CP corrigée. Non seulement le mariage d'Édouard avec Laure eût brouillé toute la problématique psychologique et morale de *La Nouvelle Héloïse*, mais l'illusion, même très provisoire, de Claire et de Julie sur la possibilité de ce mariage eût été en contradiction avec l'ascension de Julie vers le sublime, qui se terminera par sa mort édifiante. Dans sa version finale, cette lettre de Claire donne bien le ton.

Page 274.

1. « Le pays des chimères est en ce monde le seul digne d'être habité », écrira pourtant Julie (lettre 8, p. 333) ; mais la chimère est profondément ambiguë, voir t. 1, p. 315, n. 2. Rousseau a soigneusement pesé le mot ; Br : « conjectures » ; CP premier état : « chimères » ; MsR et CP corrigée : « conjectures » ; R61 : « chimères ».

Page 275.

1. Voir p. 267, n. 2 et t. 1, p. 205.

2. Le *sexe* est toujours le sexe féminin (Trévoux, Féraud) ; la femme mariée a le droit de jouir de son mari, comme elle a des devoirs envers lui (d'où l'étrange expression : « les droits du devoir »). Julie a dit (lettre V, 13, p. 262) que son intimité avec Claire avait souffert du mariage de sa cousine.

Page 277.

1. Wolmar était déjà quinquagénaire quand il s'est marié ; voir p. 266, n. 1

Page 278.

1. Ce duo est celui auquel faisait allusion Julie dans la lettre I, 52 ; voir t. 1, p. 194, n. 2. Leo est un musicien napolitain (1694-1744) que Didérot admirait aussi, et qu'il cite dans *Le Neveu de Rameau*. Le musicologue P. E. Brunold pensait avoir reconnu pour D. Mornet l'œuvre musicale évoquée ici dans un *Air italien* manuscrit pour voix de soprano, deux violons, viole et basse continue. Cet air a pu être adapté pour deux voix et clavecin, mais on attendrait une voix de femme et une voix d'homme, et non deux voix de femmes.

Page 279.

1. *Retourner la salade avec les doigts :* D. Mornet n'a trouvé cette locution dans aucun des recueils ou dictionnaires de proverbes qu'il a consultés, elle n'est non plus ni dans le *Dictionnaire comique* de Leroux, ni dans *Le Livre des proverbes français* de Le Roux de Lincy, ni dans *Matinées sénonaises ou Proverbes français* de Tuet. Ce n'est pas non plus une locution genevoise ou vaudoise. Littré allègue l'usage, pour les jeunes femmes, « au siècle dernier », de retourner la salade avec leurs doigts, mais il fonde cette allégation sur cette seule phrase de Rousseau. On a tort sans doute de voir là une allusion à un proverbe : Wolmar a pu lancer son « sarcasme » un jour où Claire, maladroitement, s'était aidée de la main pour préparer la salade.

2. Claire aime donc vraiment, puisque le véritable amour se manifeste dans l'absence de l'être aimé ; voir l'introduction, t. 1, p. 38 et n. 3.

Page 280.

1. Rousseau prépare le lecteur à la catastrophe finale : mais s'il n'y avait là qu'une habileté de romancier, son procédé serait sans intérêt ; s'il prêtait à Claire des prémonitions mystérieuses, le lecteur aurait le droit d'être incrédule. L'angoisse soudaine de Claire laisse deviner que la sérénité de Clarens recouvre une tension dangereuse, dont l'équilibre peut à tout moment se rompre. Les longs débats entre Julie, Claire, Saint-Preux tendent à préserver cet équilibre. Une sincérité et une perspicacité extrêmes soutiennent une argumentation qui frise le sophisme.

Page 281.

1. Voir lettre III, 20, t. 1, p. 444.

Page 282.

1. Wolmar souhaitait le mariage de Claire et de Saint-Preux, voir lettre IV, 14, p. 130-131.

Page 283.

1. « Vivent les Duègnes de vingt ans » : voir lettre I, 7, t. 1, p. 89 : « Tu verras tu verras ce que c'est qu'une Duègne de dix huit ans. »

2. Le style enjoué de Claire est parfois assez factice : ici, Rousseau a trouvé une expression aussi rapide qu'heureuse.

3. Voir p. 268, n. 2.

Page 284.

1. Br contient une lettre de Claire à Henriette, réponse de la mère à la fille, qui devait sans doute prendre place après cette réponse de la cousine :

« Tu fais bien, mignonne, de m'aimer encore un peu ; pour moi, je t'aime à la folie, mais je trouve que tu te plains de mon absence de manière à la faire durer longtemps ; car ta lettre m'en fait désirer beaucoup de semblables, et tu grondes de trop bonne grâce pour me donner envie de t'apaiser. Quant au petit mali, qu'il ne faut point tant appeler le tien, je veux l'apaiser, lui, de peur qu'il ne boude, et l'on n'a jamais bonne grâce à bouder. Tu dis que j'aurai bien l'esprit de savoir pour cela ce qu'il faut faire. Ah ! je le crois. J'emporterai d'ici tout plein d'ajustements avec lesquels je me ferai si jolie, qu'aussitôt qu'il m'aura vue il n'aura plus le courage d'être en colère, et ne songera plus à toi. N'est-ce pas cela, ma mignonne ?

« Ne parlons point de ton bon ami, je t'en prie. Depuis qu'il t'a promis des coquilles, je sais qu'il t'a mise de son parti. Mais patience : Genève a ses coquilles aussi bien que Rome, et tu verras que si je ne vends pas les miennes, je ne les donne pas légèrement.

« Ne m'accuses-tu point de faire pleurer ta petite maman, de peur que je ne t'en accuse la première ? À ton avis, de laquelle de nous deux est-elle plus souvent mécontente ? Elle est si enfant, ta petite maman ; elle aura pleuré de ce que sa poupée n'était pas sage. Tu m'entends. Prends donc soin de la faire taire. Embrasse-la, caresse-la, traite-la en enfant gâté. Tu dois savoir comme il faut la prendre. Enfin dis-lui que je la connais bien, sa poupée, et qu'elle ne veut point que ta petite maman pleure. »

2. Cette épreuve est la quatrième à laquelle Saint-Preux est soumis. Wolmar dira pourtant qu'à ses yeux l'épreuve décisive (laquelle ?) était faite (lettre 4, p. 291). Celle-ci a été conçue avant le départ pour l'Italie : Édouard était décidé à rompre avec la marquise et n'avait pas l'intention d'épouser Laure ; le besoin qu'il prétendait avoir de l'aide de Saint-Preux pour sortir d'une situation inextricable n'était qu'un prétexte, du moins il le croyait : l'expérience lui prouvera qu'il avait tort. Tout dans cet épisode italien est douteux, les actes ne correspondent pas aux intentions, l'épreuve joue contre celui qui l'avait préparée, et la confusion est aggravée par le fait que les données initiales de la situation ne sont exposées que dans un texte ignoré du lecteur, l'histoire des *Amours de Milord Édouard Bomston.*

Page 285.

1. *Me recueillir :* comme le fait remarquer Féraud, *se recueillir* s'oppose à *se distraire.* Le mot a une valeur morale et presque religieuse ;

dans la table des lettres et matières de l'édition Duchesne de 1764, la lettre V, 3, présente ainsi la matinée à l'anglaise : « Douceur du recueillement dans une assemblée d'amis. »

Page 286.

1. Édouard s'est engagé à tel point que le mariage avec Laure est devenu moralement nécessaire ; il n'est pas étonnant que Saint-Preux ait dû laisser Édouard en pousser la préparation jusqu'à la solennité d'une promesse réciproque, que seule peut annuler l'entrée de Laure en religion.

2. *Improuver :* « condamner, désapprouver » (*Abrégé* du Trévoux).

Page 287.

1. *Épies :* le mot était usuel au XVIᵉ siècle, mais déjà concurrencé par *espion* (voir par exemple la variante du début de la XVIIᵉ nouvelle de l'*Heptaméron* de Marguerite de Navarre, éd. Michel François, coll. des Classiques Garnier, s.d., p. 134). Rousseau avait écrit *espions* dans Br, CP, MsR ; il a dû corriger sur épreuves et a reporté la correction sur CP ; CL a *épies*, mais dans *Les Amours de Milord Édouard Bomston*, Rousseau avait encore écrit : « La Marquise, qui avait ses espions » (voir p. 425). Le mot *épie* étant du féminin, on comprend que Rousseau l'ait finalement préféré, malgré son archaïsme, à *espion* pour désigner des religieuses ou des sœurs laies (sur le modèle des *sœurs écoutes*).

2. Br ajoutait : « elle essaya d'empoisonner sa rivale ; elle attenta derechef à mes jours. »

3. Voir la note de Rousseau à la fin de V, 5, p. 226, et l'introduction, t. 1, p. 25.

4. *Eswin :* le nom de ce médecin semble anglais. Édouard avait-il emmené son médecin avec lui en voyage ?

Page 288.

1. Laure attend d'Édouard un engagement analogue à celui que Saint-Preux avait spontanément pris envers Julie (II, 12, t. 1, p. 285) : l'entrée au cloître doit constituer entre elle et Edouard un lien aussi définitif que le mariage. Plus encore qu'une courtisane amoureuse ou une courtisane repentie (ces types existaient avant *La Nouvelle Héloïse*, Rousseau a seulement donné à la conversion de Laure un accent déjà romantique), Laure est une amoureuse qui se fait religieuse par désespoir d'amour, ou plus exactement par amour désespéré.

2. Rousseau a mieux aimé faire d'Édouard un luthérien qu'un anglican.

Page 289.

1. Saint-Preux dit à Édouard exactement ce qu'il avait écrit à Wolmar, V, 12, p. 256.

2. Cette loi commune aux deux hommes est de renoncer à celle qu'ils aiment et de rester célibataires.

3. B. Guyon rappelle que Rousseau écrivit cette belle phrase au moment même où il venait de rompre avec son plus cher ami, Diderot. Sur Rousseau et l'amitié, voir William Acher, *Jean-Jacques Rousseau, écrivain de l'amitié*, Nizet, 1971.

Page 290.

1. Le célibat n'est nullement aux yeux de Rousseau, un privilège réservé aux aristocrates, ni le mariage une obligation imposée aux méprisables travailleurs : c'est au contraire par mépris pour l'inutilité des aristocrates qu'il leur concède le droit au célibat, et par admiration pour la bienfaisante productivité du peuple travailleur qu'il fait à celui-ci un devoir de se multiplier. Jamais Rousseau n'aurait eu l'idée de dissocier honneur et devoir. Sur le célibat des prêtres, voir p. 306, n. 1.

Page 291.

1. Étonnante fin, pour cet esprit curieux, épris de discussions, passionné de musique. Saint-Preux aussi parlera de son propre anéantissement dans la sérénité même, et Julie d'ennui (lettre 7, p. 319 et la lettre 8, p. 334).

2. Sur un seul acte, on condamne radicalement un homme . cette intransigeance du jugement moral est propre à Rousseau, qui la prête à ses personnages (voir lettre 3, p. 285 et t. 1, p. 113, n. 1 et p. 275, n. 1.

Page 292.

1. Cette phrase est obscure : en partant pour l'Italie, Édouard voulait plutôt se tirer d'une situation fausse ; l'idée d'épouser Laure ne lui est venue qu'ensuite, comme il le dit, p. 285, et comme l'avait clairement expliqué Saint-Preux dans la lettre V, 12, p. 255. Édouard désirait sans doute rompre avec la marquise et avec Laure pour pouvoir se marier en Angleterre. La phrase est absente de CP.

Page 293.

1. Texte du dernier paragraphe dans Br : « Je vous remercie de vos livres et de vos souhaits quoique je n'aie point reçu les uns ni senti l'accomplissement des autres. Il nous est venu hier des matrones du pays qui voyaient je ne sais combien de belles choses dans des tasses barbouillées de marc de café. Pour moi, je me suis trouvé si bête que je n'ai jamais rien su voir de tout cela. » Ce texte confirmait les propos de Saint-Preux qui, dans la lettre V, 5 (p. 220-221), opposait Julie admirant dans la nature les dons de l'Auteur de l'univers et Wolmar n'y voyant qu'une combinaison fortuite ; la nature est pour Wolmar aussi indéchiffrable que le marc de café. Rousseau a dû juger qu'une visite de devineresses à Clarens était peu vraisemblable, et que le sarcasme

athéiste de Wolmar était fâcheux, à l'approche du dénouement. La nouvelle version, sans mieux laisser espérer un changement chez Wolmar, est plus décente. Il est probable que les livres annoncés par Édouard sont des livres de philosophie religieuse ou spiritualiste, que Wolmar ne saurait « entendre ».

2. Cette lettre, écrite pour étoffer la VIe partie lors de la division en deux de la Ve partie primitive, est le pendant et l'antithèse des lettres sur Paris, et le prolongement de la *Lettre à d'Alembert*. Rousseau avertit les Genevois de la corruption qui menace les mœurs de leur république.

3. « Rome n'est plus dans Rome, elle est toute où je suis » (Corneille, *Sertorius*, acte III, scène 1).

4. Claire se dépite de revenir toujours en pensée à Saint-Preux, qui est encore à Rome.

5. *La gazette :* voir t. 1, p. 159, n. 2.

Page 294.

1. *Plurier :* « Les sentiments ont été longtemps partagés entre *pluriel* et *plurier* [...]. Presque personne aujourd'hui n'écrit *plurier* » (Féraud).

2. La règle qu'énonce Rousseau sur les genres différents d'*orgue* au masculin et au pluriel ne s'est vraiment établie que dans le dernier tiers du XVIIIe siècle.

3. Allusion aux luttes qui avaient opposé aristocrates et bourgeois à Genève de 1734 à 1738 (les trois premières parties de *La Nouvelle Héloïse* s'étendent à peu près sur cette période). Le texte de Br reprochait aux Genevois d'avoir eu recours à des puissances étrangères comme médiatrices : « encore une médiation, et adieu la liberté ».

Page 295.

1. Ce *On*, c'est Voltaire, installé aux Délices depuis 1755, et son porte-parole d'Alembert dans l'article « Genève » de l'*Encyclopédie*, qui demandaient tous deux l'établissement d'un théâtre à Genève.

Page 296.

1. Sur la prononciation de *lac*, voir la note de Rousseau à la lettre V, 13, p. 258 ; ni la note ni la phrase de cette lettre sur le *lac d'amour* ne figurent dans les copies manuscrites ; elles ont été ajoutées au moment de la correction des épreuves. On est tenté de rapprocher *le lac d'amour où l'on se noie* du lac Léman où Saint-Preux a été tenté de se noyer avec Julie (voir Michèle Duchet : « Clarens, le lac d'amour où l'on se noie », *Littérature*, XXI, février 1976).

2. *Dix-huit mois :* ce chiffre paraît trop élevé ; Saint-Preux est en Italie pendant l'automne 1745 et il est arrivé à Clarens vers la fin du printemps 1744.

3. Ce riche prétendant appartenait peut-être au Petit Conseil de Genève, recruté dans l'aristocratie, et dont les membres étaient officiellement appelés « Magnifiques Seigneurs » ; mais Rousseau peut penser

aussi à un simple citoyen : la dédicace du *Discours sur l'origine de l'inégalité* aux « Magnifiques, très honorés et souverains seigneurs » s'adressait à l'ensemble de la république de Genève. Dans une république, les citoyens sont souverains.

Page 297.

1. Ce paragraphe comporte dans Br et dans CP de nombreuses variantes ; Rousseau avait d'abord fait de la coquetterie féminine une loi moins universelle (« Au fond les avantages de ce merveilleux talent sont-ils même si bien décidés ? » CP), et Claire empruntait à Saint-Preux une métaphore de la guerre de siège pour caractériser la lutte entre les sexes. Rousseau juge que cette lutte est conforme à la nature, qui a fait un sexe faible et un sexe fort, et que la coquetterie (vertueuse) est pour la femme le moyen de se défendre, de compenser la supériorité naturelle de l'homme (voir le début du livre V d'*Émile*).

Page 298.

1. Comme plusieurs autres occurrences l'ont montré, la langue de Rousseau a quelques traits archaïques : « Dans le commencement de ce siècle, on écrivait encore *risposte, risposter*. L'*Académie* disait alors, que quelques-uns écrivaient *riposte, riposter* avec une seule *s*, et *La Touche* prévoyait que cette prononciation l'emporterait ; ce qui est arrivé » (Féraud, sur La Touche, voir p. 389, n. 1).

2. *Complaisant :* « qui tâche de plaire et de se conformer à l'humeur et à la volonté d'autrui » (*Abrégé* du Trévoux). Le sens péjoratif que le mot a de nos jours dans l'expression « mari complaisant » est ignoré au XVIIIᵉ siècle, bien qu'il existe « un sens odieux », que Féraud signale dans cette phrase de Marmontel : « Vous trouvez donc tout simple d'être la confidente de son mari, et le complaisant de sa femme. »

3. Sur la séparation des sexes, voir la lettre IV, 10, p. 64-66 et les références à la *Lettre à d'Alembert*.

4. Br et CP : « L'épicuréisme de la vertu » (la forme *épicuréisme* semble archaïque). C'est ce que Saint-Preux appelait (V, 2, p. 177) la « volupté tempérante ».

Page 299.

1. Br ajoutait : « ô ta France ta France ! elle empoisonne et corrompt tous ses voisins ; elle a plus d'une manière de faire des conquêtes, et ses armes sont moins à craindre que ses mœurs. »

2. La mention d'*Alcibiade* est étrange, Alcibiade étant au XVIIIᵉ siècle le modèle du libertin, plus encore que de l'homme libre, même avant la publication des *Lettres athéniennes* de Crébillon fils (1771), dont il est le personnage principal.

Page 302.

1. Julie ne dit pas qu'elle-même et Saint-Preux ont été guéris par Wolmar (voir la lettre 8, p. 327), mais que Wolmar leur a donné, en les

réunissant, la possibilité d'être vertueux. Il a agi comme Dieu, voir la lettre 7, p. 323 : « Ce n'est pas lui qui nous change, c'est nous qui nous changeons en nous élevant à lui. »

Page 303.

1. Br et CP : « à l'âge de trente-deux ans [...] avec des femmes plus jeunes que lui. » Ce texte correspondait mieux à la chronologie du roman, mais Rousseau (comme souvent dans ses *Confessions* même) a arrondi les chiffres.

2. C'est Fanchon : Saint-Preux avait racheté l'engagement de son fiancé Claude Anet (lettres 1, 3, t. 1).

3. Br : « l'automne dernier » ; CP premier état : « l'hiver dernier » ; CP corrigé : « l'été dernier ». L'hésitation de Rousseau est d'autant plus étrange qu'il avait bien noté l'effet produit par le chant des bécassines dans la nuit d'été, IV, 17, p. 142.

Page 304.

1. *Pour elle :* « à cause d'elle » (« Cette préposition sert à marquer [...] le motif ou la cause qui fait agir » Féraud).

2. *Échapper :* « ce verbe a trois régimes : on dit, *échapper d'un* danger, *échapper un* grand péril, *échapper aux* ennemis » (*Abrégé* du Trévoux).

3. *Monuments :* à la planche qui représente Saint-Preux et Julie sur le rocher de Meillerie, Rousseau a donné pour titre : « Les monuments des anciennes amours. » Voir p. 139, n. 2.

4. On remarquera dans cette lettre, encore plus que dans la lettre V, 13 à Claire, la hantise qu'a Julie de la faiblesse humaine.

5. *Porter :* l'un des sens est *endurer*, selon l'*Abrégé* du Trévoux.

Page 306.

1. Parce qu'il avait « respecté le lit d'autrui » le Vicaire savoyard avait été interdit et chassé : « Je fus bien plus la victime de mes scrupules que de mon incontinence », dit-il (*Émile*, livre IV, Pléiade, p. 567).

Page 307.

1. Julie anticipe sur la mort ; sa croyance en la réunion des âmes dans le « séjour céleste » explique le « chagrin » que lui cause l'athéisme de son mari.

Page 308.

1. Pour Julie, l'amitié de Saint-Preux et d'Édouard ne saurait donc constituer la valeur suprême de leur existence.

2. « Va lui jurer la foi que tu m'avais jurée », dit Hermione à Pyrrhus qui veut épouser Andromaque (Racine, *Andromaque*, IV, 5).

Page 309.

1. Épouser Claire et n'avoir au cœur d'amour que pour Julie serait rendre Claire malheureuse : de cette pensée Julie passe à la pensée de la prière, parce qu'elle se souvient de son propre mariage et de la conversion qui lui a donné la force de se vouer entièrement à Wolmar.

Page 310.

1. Parmi ces philosophes figure Malebranche, dont Rousseau partage le scepticisme au sujet des miracles (voir *Émile*, livre IV, Pléiade, p. 612 et la lettre 7, p. 324).

Page 311.

1. Tout passe, tout change : l'idée avait été exprimée par Claire et par Saint-Preux (voir p. 130, n. 4) ; Julie semble, à mesure qu'approche le dénouement, de plus en plus aspirer à un état de permanence.

Page 312.

1. Le billet qui fait suite à la lettre III, 11, est signé S.G. ; le nom de Saint-Preux a été « substitué » au nom véritable lorsque le jeune homme s'était rendu clandestinement au chevet de Julie atteinte de petite vérole (III, 14, note de Rousseau, t. 1, p. 398). Voir encore lettre IV, 5, première ligne (p. 28). Rousseau n'a jamais écrit le nom au complet, mais toujours en abrégé : *St. Preux.*

2. « Je vous aime autant que jamais » : c'est ce que disait Julie à Saint-Preux le lendemain même de son mariage, III, 18.

Page 313.

1. Sur la signification ambiguë de la chimère, voir t. 1, p. 315, n. 2.

2. Par la résignation mélancolique et la ferveur qui s'y expriment, cette analyse psychologique d'une âme déchirée (voir plus loin, p. 316-317) est d'une intensité poétique inconnue dans le roman avant Rousseau.

Page 314.

1. Tout le début du paragraphe est une sorte de poème en prose, dont P. M. Masson a analysé les rythmes dans un article sur « La prose métrique dans *La Nouvelle Héloïse* », *Annales Jean-Jacques Rousseau*, V, 1909. Le texte de Br est chargé de ratures, témoignant d'un méticuleux travail de rédaction. Il existe un poème versifié, *Vers sur la femme*, dont l'attribution à Rousseau est contestée et qui paraphrase ce poème en prose (voir ce texte, Pléiade, t. 2, p. 1160). Si le poème est bien de Rousseau, il l'aura écrit non pas *avant* la page de *La Nouvelle Héloïse*, comme le croyaient P. M. Masson, D. Mornet et B. Guyon, mais *après*, comme il l'avait fait pour la romance de Julie et Saint-Preux à Meillerie (voir p. 270, n. 1). La page de prose elle-même a fort bien pu

être inspirée à Rousseau par des tirades de Lelio dans *La Surprise de l'amour*, de Marivaux (acte I, scène 2).

2. *Sumerge* : voir p. 12, n. 1.

Page 315.

1. Sur cette opposition, déjà plusieurs fois notée, entre le véritable amour qui s'avive dans l'absence, et le simple penchant qui n'est ressenti qu'en présence de son objet, voir l'introduction, t. 1, p. 40 et n. 3.

2. Dans DC Rousseau a traduit et indiqué l'auteur : « Ma Carrière est finie au milieu de mes ans. Petr. » (Sonnet de Pétrarque *I'pur ascolto, e non odo novella*).

Page 316.

1. *À pure perte* : Voir t. 1, p. 116, n. 1.

2. *Succède* : sur cet accord du verbe, voir t. 1, p. 374, n. 2.

Page 317.

1. *Simulacre* : « idole, image, représentation » (*Abrégé* du Trévoux).

Page 318.

1. Julie peut-elle ne pas appliquer ces paroles à sa propre situation ?

Page 319.

1. Voir II, lettres 11 et 12, t. 1, p. 284 et 285. Le reproche est fugitif, mais il s'est exprimé.

2. *L'anéantissement* : le mot est fort, et doit faire pressentir ce qu'est la *paix* dont Saint-Preux se félicite p. 315. Cette paix alterne avec l'inquiétude.

Page 320.

1. « Hélas ! il est dit qu'entre elle et vous, je ne serai jamais un moment paisible ! » (p. 314).

2. *Six mois* : Claire n'a rejoint Clarens que plus de deux mois après l'arrivée de Saint-Preux.

Page 321.

1. Cette lettre importante et plusieurs fois évoquée est absente du recueil et n'a jamais existé. Voir les lettres 3, p. 287 et V, 5, p. 226, et l'introduction, t. 1, p. 25.

2. Obsédée par la crainte de sa faiblesse, Julie renonce à l'usage de sa liberté, comme les quiétistes (disciples de Mme Guyon, voir p. 324) qui s'abandonnaient à la volonté de Dieu au lieu de combattre la tentation.

3. *Huit mois* : voir la chronologie du roman et la note 2, p. 320.

Page 322.

1. « Les voies de Dieu sont les plus simples et les plus uniformes » (Leibniz, *Essais de Théodicée*, Deuxième partie, § 208) ; « [Dieu] agit toujours par les voies qui portent le plus le caractère de ses attributs. Et comme les voies les plus simples sont les plus sages, il les suit toujours dans l'exécution de ses desseins » (Malebranche, *Méditations chrétiennes*, VII).

2. « Les actes de la conscience ne sont pas des jugements, mais des sentiments », dit le Vicaire savoyard (*Émile*, Pléiade, p. 599).

3. Br : « Il nous a donné la liberté pour suivre notre volonté, la conscience pour vouloir ce qui est bien et la raison pour le connaître », CP corrigée : « Il nous a donné la liberté pour choisir ce qui est bien, la raison pour le connaître et la conscience pour l'aimer. » La formule définitive est la plus logique. Le Vicaire savoyard dira : « Ne m'a-t-il pas donné la conscience pour aimer le bien, la raison pour le connaître, la liberté pour le choisir ? » (*Émile*, livre IV, Pléiade, p. 605).

4. Il se peut que Rousseau vise ici Helvétius, dont le livre *De l'Esprit* avait paru au moment où il écrivait ou revoyait les dernières pages de *La Nouvelle Héloïse*. L'argument du *sentiment intérieur* se retrouvera dans la *Profession de foi du Vicaire savoyard* : « Nul être matériel n'est actif par lui-même, et moi, je le suis. On a beau me disputer cela, je le sens, et ce sentiment qui me parle est plus fort que la raison qui le combat » (Pléiade, p. 585).

Page 323.

1. « Ce qui détermine la volonté, c'est le jugement, qui lui-même n'est possible que parce que l'homme a une âme et qu'il est libre » (*Profession de foi du Vicaire savoyard*, éd. citée, p. 586)

2. L'évêque de *Cloyne* est Berkeley, théoricien du spiritualisme intégral (*Dialogues d'Hylas et de Philonoüs*, 1713).

3. Les mots *ou inintelligible* sont absents de Br et de CP. Addition dictée par la prudence ? Tout ce paragraphe est absent de l'édition de Paris, 1761.

4. Br ajoute en marge : « Tant que la révélation n'établit que des faits et que ces faits n'ont rien d'absurde, on est sans contredit obligé de les croire ; mais la révélation même ne peut autoriser un raisonnement faux. Car si une fois quelque raisonnement faux peut établir la vérité, comment saurai-je si celui qui rejette la révélation n'établit pas ainsi la vérité et n'est pas aussi bon contre la révélation que celui qu'elle autorise contre le sens commun ? Sitôt que la révélation choque la raison elle détruit elle-même le principe dont elle tire sa preuve. » Ce raisonnement, écarté de *La Nouvelle Héloïse*, passera dans *Émile* (livre IV, éd citée, p. 615-616).

5. Saint Paul, *Épître aux Romains*, IX, 20.

6. Abélard · voir t. 1, p. 132, n. 2. On avait imputé à Abélard l'idée

que Dieu ne peut faire que ce qu'il fait et ne peut pas faire ce qu'il ne fait
pas (Bayle, *Dictionnaire historique et critique*, article « Bérenger de
Poitiers »). Rousseau en déduit que pour Abélard la prière de demande
était inutile.

Page 324.

1. Ces fausses maximes sont celles de Julie, que Saint-Preux réfute
p. 320-321. Rousseau parle à la première personne comme s'il était lui-
même Saint-Preux.

2. Voir p. 310, n. 1 et la référence à *Émile*.

3. De ces hérésies, celle que Rousseau devait le mieux connaître est
celle des piétistes, avec lesquels, P. M. Masson l'a montré, il avait
plusieurs idées en commun. Après quelques ratures, la note dans Br
s'achevait ainsi : « [...] plus intolérants que personne. Chacun a son
fanatisme ; je sens que j'ai aussi le mien mais qui ne sera jamais suivi :
c'est celui de la tolérance. » La note est absente de l'édition parisienne
de 1761. Rousseau, dans sa *Lettre à Mgr Christophe de Beaumont*
(1763), assure que cette note lui valut la persécution des jansénistes, qui
étaient maîtres du Parlement de Paris (le 9 juin 1762, le Parlement
condamna *Émile* et Rousseau fut décrété de prise de corps, voir *Lettre* à
Christophe de Beaumont, Pléiade, t. 4, p. 933 et n. 1).

4. Mme Guyon était moins la disciple de Fénelon qu'une inspiratrice
dont il dut condamner la doctrine suspecte d'hérésie.

5. Muralt, l'auteur des *Lettres sur les Anglais et sur les Français*
(appelées ici simplement ses *Lettres*) était aussi un écrivain mystique,
auteur de *L'Instinct divin recommandé aux hommes ;* ses opinions
religieuses le firent bannir de Berne, puis de Genève, et son esprit
s'égara vers la fin de sa vie. Quoi qu'il fasse dire à Saint-Preux, Rousseau
a lu *L'Instinct divin* Voir d'Arthur Ferrazini de Mendrisio : *Béat de
Muralt et Jean-Jacques Rousseau* (thèse de Berne, 1982).

Page 325.

1. Au lieu de ce paragraphe final, Br avait : « Au reste je dois vous
dire que votre lettre m'a jeté dans une inquiétude dont vous ne sauriez
me tirer trop tôt. À présent que je vous ai bien expliqué ce que je sens et
ce que je pense, dites plus précisément vos intentions afin que je m'y
conforme : car j'ai résolu de ne point retourner à Clarens que je ne
sache si vous aurez du plaisir à m'y voir. Quelque estime que j'aie pour
Miladi Bomston elle ne sait rien de moi sinon que je suis l'ami de son
mari et le vôtre. Édouard lui-même a jugé que ni lui ni moi n'étions
désormais les maîtres de mes propres secrets et qu'il n'appartient qu'à
votre mari d'en disposer... Comme les nouveaux époux sont inséparables, et qu'il ne faut pas faire soupçonner à Miladi que son mari lui fait
des mystères, je n'ai point consulté mon ami dans cette occasion, et me
me contenterai, s'il le faut, de chercher pour différer notre voyage des
prétextes qui pourront le surprendre, mais auxquels il acquiescera

sûrement. Il est déjà convenu que nous passerons à Florence et que nous y resterons quelque temps. Pour moi, quoi qu'il arrive, si je continue avec eux la route jusqu'à Milan je n'irai pas plus loin que je n'aie une réponse de vous. J'aime autant ne vous pas revoir que vous revoir pour vous quitter encore ; apprendre à vivre chez vous en étranger est une humiliation que je n'ai pas méritée. »

Ce texte semble confirmer l'idée que Rousseau aurait d'abord admis, et fait admettre par Saint-Preux, Julie et Claire, le mariage d'Édouard et de Laure ; il n'est pourtant pas impossible de l'interpréter autrement, et de supposer que Saint-Preux veut à tout prix dissimuler à Julie la vérité d'une rupture imminente entre Édouard et Laure et empêcher que Julie n'écrive à Édouard (d'où l'insistance sur le secret à garder envers Laure, secret dont il affecte d'être lui-même l'objet).

Page 327.

1. Saint-Preux se félicitait des effets produits par la méthode de Wolmar (p. 312) ; Julie est plus perspicace.

Page 328.

1. *Bienveillance :* voir t. 1, p. 259, n. 1.

2. Par un admirable mouvement, la pensée de Julie est passée du bonheur dans la communion et la transparence au désir, puis à la mort.

Page 330.

1. *Qui n'intéressent plus personne :* où l'intérêt de personne n'est plus engagé.

Page 331.

1. Julie confierait-elle un de ses fils à un homme en qui seraient encore vivaces les « restes toujours suspects d'une jeunesse impétueuse » ?

2. Ces *chimères* que Saint-Preux devra bannir sont de l'ordre de celle dont il parlait dans la lettre 7, p. 313, et à la poursuite de laquelle il s'égarait. Sur l'ambiguïté de la chimère, voir t. 1, p. 315, n. 2.

Page 332.

1. Ce *guide* est Dieu, évidemment.

2. « Pourquoi voulais-je le bien que je n'ai pas fait. [MsR : que je n'ai pas su faire ?] Pourquoi haïssais-je [etc.] » Br, CP et MsR ; Rousseau a renoncé au dernier moment à paraphraser saint Paul de si près (*Épître aux Romains*, VII, 15), ou Ovide (*Métamorphoses*, VII, 20 : « Video meliora proboque, deteriora sequor » — c'est Médée qui parle). Le Vicaire savoyard dira de même (*Émile*, IV, éd. citée p. 583) : « Je veux et je ne veux pas ; je me sens à la fois esclave et libre ; je vois le bien, je l'aime, et je fais le mal. »

Page 333.

1. Le rejet à l'alinéa d'une phrase subordonnée (peut-être moins hardi au XVIIIᵉ siècle qu'à notre époque, où l'unité syntaxique de la phrase complexe est de règle) traduit un assombrissement brusque de la pensée.

2. Cette insatiabilité du désir, qu'aucune jouissance ne peut combler, que seul l'infini peut satisfaire, vient tout droit de Malebranche (*Recherche de la vérité*, IV, 2 : « [...] c'est par le plaisir que l'âme goûte son bien ; et l'âme ne s'en contente pas, parce qu'il n'y a rien qui puisse arrêter le mouvement de l'âme que Celui qui le lui imprime. [...] Tout ce qui est fini peut détourner pour un moment notre amour, mais il ne peut le fixer [...] » En évoquant « le pays des chimères », Julie donne à cette aspiration de l'âme chrétienne un accent qui annonce Chateaubriand et Baudelaire. Voir p. 218, n. 7.

3. *Qu'hors :* l'aspiration du *h* n'était pas toujours marquée, du moins en poésie (« Ton esprit fasciné par les lois d'un tyran / Pense que tout est crime hors d'être musulman », avait écrit Voltaire dans sa tragédie de *Mahomet*, acte III, Scène 8). Sur l'extrême attention portée par Rousseau à l'euphonie, à laquelle il sacrifiait éventuellement la correction grammaticale, voir t. 1, p. 215, n. 3.

Page 334.

1. La note fut supprimée dans l'édition parisienne de 1761, l'avis du censeur ayant été : « Je crois en mon particulier cette observation très vraie, et je comprends que l'auteur ait du regret à la sacrifier ; mais l'application est terrible » (cité par B. Guyon, Pléiade, t. 2, p. 1788).

Page 335.

1. Voir la lettre V, p. 219.

Page 336.

1. « Le cœur lui suffit, et qui fait son devoir le prie », traduit Rousseau dans DC (Métastase, *Morte d'Abele*, I).

2. Toute cette fin de paragraphe a été supprimée dans l'édition parisienne de 1761. Le dogme de la tolérance théologique « est réprouvé parmi nous », avait déclaré le censeur.

Page 337.

1. Comme le dit Rousseau dans une note de la p. 334, cette lettre est bien un chant du cygne.

2. Br : « un opium pour les femmes ». Le mot fameux de Marx sur « l'opium du peuple » ne vient peut-être pas de Rousseau, car l'image existait antérieurement.

Page 338.

1. Ces réflexions permettent d'interpréter dans un sens assez satirique la note de la lettre V, 5, p. 219, sur les « beaux garçons » et les « jolies saintes ». D. Mornet rappelle que Mme Guyon avait publié en 1688 *Le Cantique des Cantiques de Salomon interprété selon le sens mystique et la vraie représentation des états intérieurs*. Mais selon Rousseau (*Dictionnaire de musique*, article « Cantique »), ce *Cantique* n'était que l'épithalame du mariage de Salomon avec la fille du roi d'Égypte (cité par D. Mornet).

2. Nouvelle référence à cette lettre-fantôme, voir p. 321, n. 1.

3. Br : « l'intolérance chrétienne », avec une note : « J'appelle intolérant tout homme qui damne ceux qui ne pensent pas comme lui. »

Page 339.

1. « L'objet de concorde et de paix publique » et « l'objet de mœurs et d'honnêteté conjugale » se réunissent ici (voir l'introduction, t. 1, p. 19).

2. C'est la référence dans l'édition originale, Rey, 1761 ; p. 211 de notre édition : « Je crois de la Religion tout ce que j'en puis comprendre, et respecte le reste sans le rejeter. »

Page 340.

1. De « Je vous avoue que j'ai été longtemps [...] » jusqu'à « les vrais incrédules sont les méchants » : passage supprimé par la censure dans l'édition parisienne de 1761.

2. « Mon dessein n'est pas d'entrer ici dans des discussions métaphysiques qui passent ma portée et la vôtre, et qui dans le fond ne mènent à rien », dira le Vicaire savoyard (*Émile*, IV, Pléiade, p. 599). Sur la punition de l'incroyant, sur la tolérance, sur l'impossibilité de connaître l'essence divine, les ressemblances entre cette lettre de *La Nouvelle Héloïse* et la *Profession de foi* sont très nettes.

Page 341.

1. Édouard a rejoint ses amis à Clarens au début de l'hiver 1744 ; Saint-Preux y était depuis l'été.

Page 342.

1. Br donnait « tous trois » et ajoutait : « Je ne saurais vous dire quel empressement j'ai de vous voir et d'embrasser cette femme étonnante. Je vois au ton dont il me parle de sa femme qu'il en est devenu véritablement amoureux ; d'où je conclus que la marquise est tout à fait oubliée, et c'est assurément lui faire grâce. En vérité Miladi méritait bien que sa vertu fût ainsi récompensée, Milord que la sienne ne lui fût plus pénible, et vous méritez bien aussi d'avoir dans un si doux spectacle le prix de votre courage. » Mais ce passage est biffé : Rousseau avait définitive-

ment renoncé à marier Édouard, ou à prolonger l'erreur de Julie sur ce mariage.

2. *L'Adone,* poème du Cavalier Marin, voir lettre II, 15, t. 1, p. 295.

3. Bonnivard, prieur de Saint-Victor à Genève, prit parti pour la bourgeoisie genevoise révoltée contre le duc de Savoie; il fut emprisonné au château de Chillon en 1530. « Ami de la liberté, quoique Savoyard », parce que la Savoie est un pays d'oppression, au contraire du pays de Vaud (voir la lettre IV, 17, p. 136). Bonnivard est le héros du poème de Byron *Le Prisonnier de Chillon.*

4. Le bailli de Vevey (Rousseau écrit partout *baillif*) représentait l'autorité du gouvernement de Berne; il était aussi « capitaine de Chillon ». La note a été ajoutée dans CP, elle y était plus courte; sa dernière phrase exprimait l'ironie souvent manifestée par Rousseau envers son roman : « Il faut donc que le Baillif de ce temps-là y ait été faire une promenade, ou que les noms de lieux soient changés ou que tout ceci <soit absolument inventé> ne soit qu'une fiction. »

Page 343.

1. Sur l'opposition entre la brusquerie du début et le développement détaillé de la suite, voir l'introduction, t. 1, p. 49. Le style exclamatif et interrompu prêté ici à Fanchon est moins vraisemblable que le style appliqué de sa lettre à Julie dans la Ire partie (lettre 40).

Page 344.

1. Allusion au cauchemar de Villeneuve, lettre V, 9. Claire avait déjà reproché à Saint-Preux de ne s'être pas montré aux deux cousines et de n'avoir pas détruit ses « tristes pressentiments » (V, 10, p. 252).

2. « Le voile éternel la couvre », disait le texte de Br, rappelant de trop près les paroles de Julie dans la vision de Villeneuve : « Le voile redoutable me couvre » (p. 248). Pressentiments et prémonitions peuvent s'expliquer par le rôle de l'inconscient (voir p. 248, n. 5), mais ne doivent pas se transformer en prophéties.

3. La lettre 11 est la plus longue du roman : Rousseau, si réaliste par plusieurs aspects de sa pensée et de son art, n'est jamais arrêté par un souci de banale vraisemblance. Cette lettre contient le dénouement de l'action et récapitule, en même temps que la vie de Julie, les problèmes que le roman devait poser, sans chercher à résoudre ceux qui devaient rester pendants.

Page 345.

1. Wolmar a pourtant pleuré, voir p. 363.

Page 346.

1. Ce plan était celui qui devait faire l'objet d'un « entretien à part », lettre V, 3, p. 214 : l'esprit méthodique de Julie n'oublie rien, même dans ses derniers jours.

2. Tableau à la Greuze : Gravelot a retenu le trait pour la 12e estampe.

Page 347.

1. Il y avait eu à Vevey un médecin qui s'appelait Du Bosson (voir D. Mornet, tome 1 de son édition, p. 311). Le nom, absent de tous les manuscrits, a été ajouté au moment de la correction des épreuves.

Page 348.

1. Le nom de Saint-Preux. Selon la juste remarque de B. Guyon, « sans craindre le ridicule — ce stade est depuis longtemps dépassé — Rousseau fait communier le mari et l'amant dans la douleur comme il les avait fait communier dans la joie parfaite du dernier hiver de Clarens ». Mais ni la lettre de Julie, III, 13, ni celle de Claire, III, 14, qui relatent l'apparition de Saint-Preux au chevet de Julie malade, ne font mention du nom qu'elle a pu répéter dans son délire.

Page 349.

1. Souvenir du pari de Pascal ?

2. Dans CP, un développement marginal commente ce doute de Wolmar : « Le premier doute qui fasse flotter un sceptique dans son sentiment ! Ceci me paraît bien près du galimatias. Je crois pourtant entrevoir une espèce de sens. Jusque-là M. de Wolmar vivait avec sécurité dans ses doutes. Cette vanité s'ébranle. Ses doutes commencent à lui devenir suspects. Il doute s'il lui est permis de douter. Ou bien ne serait-ce point que les prétendus sceptiques sont, au fond, très affirmatifs, très décidés pour l'avis contraire à celui des autres ; sauf à l'abandonner sitôt qu'on le prend. Mais il me semble que M. de Wolmar tel qu'on nous le peint, homme simple et vrai, toujours plein de candeur et de bonne foi, n'était pas sceptique dans ce dernier sens. »

P. M. Masson (édition de la *Profession de foi du Vicaire savoyard*, p. 51), rapproche de ces lignes le passage suivant de la *Profession de foi* : « Comment peut-on être sceptique par système et de bonne foi ? Je ne saurais le comprendre. Ces Philosophes, ou n'existent pas, ou sont les plus malheureux des hommes. Le doute sur les choses qu'il nous importe de connaître, est un état trop violent pour l'esprit humain, il n'y résiste pas longtemps, il se décide malgré lui de manière ou d'autre, et il aime mieux se tromper que ne rien croire. » Rousseau vise ici Montaigne, qu'il admirait, mais dont il se méfiait (voir l'ébauche du premier livre des *Confessions*, Pléiade, t. 1, p. 1150), mais aussi Diderot, qui avait écrit : « Le scepticisme est le premier pas vers la vérité » (*Pensées philosophiques*, XXXI).

3. Ce discours tenu en tête à tête par la femme au mari nous demeurera inconnu.

Page 350.

1. Le château de Blonay est au bord du Léman, à quelques kilomètres à l'est d'Évian.

2. *Redoublement :* « Il s'entend des accès de fièvre qui sont plus violents que la fièvre continue dont on est malade » (*Abrégé* du Trévoux).

3. Elle en a passé une partie à écrire à Saint-Preux. Dans toute cette lettre 11, on notera l'art avec lequel Wolmar ménage ses effets, laisse entendre les explications nécessaires, fait alterner l'attendrissement, le pathétique violent, la sérénité, les discussions religieuses, en appelle à Saint-Preux par des interpellations ou des prétéritions. Comme le lecteur est déjà informé de la mort de Julie, il peut s'intéresser à ces suspens et à ces modulations.

Page 351.

1. *Exténuer :* voir t. ˙, p. 259, n. 2.

Page 353.

1. Suétone, *Vie des douze Césars, Vespasien,* XXIV.

2. *Qu'on entendait plaindre :* sur l'absence du pronom réfléchi, voir p. 200, n. 1.

Page 354.

1. Déconcerté et perplexe, Wolmar n'en est encore qu'à essayer de comprendre.

Page 355.

1. *S'attendre de :* « [S'attendre] régit *à* devant les noms et les verbes », dit Féraud dans son *Dictionnaire critique ;* il considère *s'attendre de* comme incorrect.

Page 356.

1. *S'aheurter :* « se préoccuper fortement d'une opinion dont on ne nous peut détromper » (*Abrégé* du Trévoux).

2. Comprendre qu'il n'y avait pas lieu d'exhorter Julie avec des lieux communs.

3. Le procédé vient du roman, et ne sauve guère l'invraisemblance (« Je dois avertir ici le lecteur que j'écrivis son histoire [de Des Grieux] presque aussitôt après l'avoir entendue, et qu'on peut s'assurer, par conséquent, que rien n'est plus exact et plus fidèle que cette narration », Prévost, *Manon Lescaut,* Folio, p. 53).

4. Il y a de nombreux points communs entre les propos de Julie sur sa religion, dans toute cette lettre, et la *Profession de foi du Vicaire savoyard :* « La profession de foi de cette même Héloïse mourante est exactement la même que celle du Vicaire savoyard » (*Confessions,* livre

IX, Folio, t. 2, p. 157). Nous renvoyons à l'édition de la *Profession de foi* par P. M. Masson (Fribourg, Paris, 1914) et à celle de *La Nouvelle Héloïse* par Daniel Mornet pour le détail des ressemblances.

Page 357.

1. Vauvenargues (*Réflexions et Maximes*, nº 141, *Œuvres*, éd. D. L. Gilbert, 1857, tome 1, p. 387) : « Il est injuste d'exiger d'une âme atterrée et vaincue par les secousses d'un mal redoutable, qu'elle conserve la même vigueur qu'elle a fait paraître en d'autres temps [...]. » Voir la note 1, p. 358.

2. Montaigne, *Essais*, III, 12, « De la physionomie » : « Si nous avons su vivre constamment et tranquillement, nous saurons mourir de même » (éd. Villey, p. 1051).

Page 358.

1. Passage biffé dans CP : « Je ne puis m'empêcher de rire quand j'entends célébrer des conversions faites à l'article de la mort, beaucoup plus dues au désir d'être laissé tranquille et au délire de la fièvre qu'à l'éloquence du convertisseur. J'ignore ce qu'on fera de moi quand ma tête n'y sera plus et que le peu de force qui me restera sera employé à soutenir les approches de la mort. Je sais bien que, dès à présent, ma résolution est de faire en pareil cas tout ce qu'il faudra pour me délivrer, le plus tôt qu'il sera possible, des importunités d'un criailleur. »

2. Féraud conteste l'emploi de *rien* sans la négation, mais il était courant dans des expressions comme « compter pour rien », « passer le temps à rien faire », etc.

Page 360.

1. D. Mornet cite, pour illustrer ce passage, des textes du marquis d'Argens (*Lettres juives, Lettres chinoises*), de Montesquieu (*Lettres persanes* XL) ; la source est Montaigne, *Essais*, I, 20, « Que philosopher c'est apprendre à mourir » : « Je crois à la vérité que ce sont ces mines et appareils effroyables, de quoi nous l'entournons [la mort], qui nous font plus de peur qu'elle [...]. Nous voilà déjà ensevelis et enterrés. » Il faut lire tout le passage, très énergique et très réaliste.

2. *À pure perte* : voir t. 1, p. 116, n. 1.

Page 361.

1. *Équipage* : « On dit, Être en bon ou en mauvais *équipage* ; p[our] d[ire] Être bien ou mal vêtu, et fig. qu'un homme est en pauvre, en triste équipage, lorsque sa santé ou ses affaires sont en mauvais état » (*Abrégé* du Trévoux).

2. Ainsi pensera le Vicaire savoyard (« j'ai pris mon parti ; je m'y tiens, ma conscience est tranquille, mon cœur est content. Si je voulais recommencer un nouvel examen de mes sentiments, je n'y porterais pas un plus pur amour de la vérité et mon esprit déjà moins actif serait

moins en état de la connaître », *Émile*, livre IV, Pléiade, p.630), ainsi pensait Rousseau lui-même, qui écrira dans la Troisième promenade des *Rêveries du promeneur solitaire* : « J'ai senti que remettre en délibération les mêmes points sur lesquels je m'étais ci-devant décidé, était me supposer de nouvelles lumières ou le jugement plus formé ou plus de zèle pour la vérité que je n'avais lors de mes recherches, que [...] je ne pouvais préférer par aucune raison solide des opinions qui dans l'accablement du désespoir ne me tentaient que pour augmenter ma misère, à des sentiments adoptés dans la vigueur de l'âge, dans toute la maturité de l'esprit [...] » (Folio, p. 69).

Page 362.

1. Progressivement, Wolmar pressent que la survie posthume de Julie dépend de la foi qu'il aura lui-même, qu'auront Saint-Preux et Claire, en cette survie. Julie le fera comprendre elle-même, p. 370, et surtout dans la lettre 12, p. 387.

Page 363.

1. À aucun moment, ce père tendre, mais plein de préjugés, ne semble s'être intéressé aux enfants de sa fille. Le baron d'Étange n'est pas grand-père.

2. « [Manon] se laissa tomber à genoux et elle appuya sa tête sur les miens, en cachant son visage de mes mains. Je sentis en un instant qu'elle les mouillait de ses larmes » (*Manon Lescaut*, Folio, p. 161). La scène est encore plus pathétique chez Rousseau, puisque ce sont ses propres larmes que sent Wolmar.

Page 365.

1. Même Saint-Preux, et à plus forte raison le lecteur, sont en droit de se demander quel est cet homme. Sur la façon dont Wolmar maîtrise son récit, voir p. 350, n. 3. La venue soudaine de Claude Anet, si elle ne doit pas « faire scène », fait bien coup de théâtre et la prétérition signale discrètement la convention romanesque ; mais l'âme sublime de Julie mourante suscite autour d'elle la générosité et la réconciliaiton et commande même aux événements fortuits.

2. Écho du mot d'Arria se donnant la mort pour encourager son mari Cecina Paetus à mourir (voir t. 1, p. 452, n. 1).

Page 366.

1. C'est le contraire de l'exclamation de Saint-Preux dans le Valais : « Ô Julie, que c'est un fatal présent du ciel qu'une âme sensible » (I, 26, t. 1, p. 136, n. 1). Voir aussi p. 377.

Page 367.

1. Le Vicaire savoyard fait lui aussi l'éloge de la religion protestante, « celle dont la morale est la plus pure et dont la raison se contente le

mieux » (éd. P. M. Masson de la *Profession de foi*, p. 439, et *Émile*, Pléiade, p. 631).

Page 369.

1. À ce type de raisonnement optimiste, Voltaire avait d'avance répondu par *Candide* (1759). Voir p. 189, n. 3.

2. Toute *La Nouvelle Héloïse* est écrite pour poser cette question. Voir en particulier, p. 149, n. 2.

Page 370.

1. Jésus aux disciples (*Matthieu*, XVIII, 20, traduction de Lemaistre de Sacy) : « En quelque lieu que se trouvent deux ou trois personnes assemblées en mon nom, je m'y trouve au milieu d'elles. » Voir p. 362, n. 1.

2. L'édition parisienne de 1761 a supprimé le passage qui commence ici et finit p. 373 par les mots « et mon pasteur n'aura pas la dernière place ».

Page 371.

1. Platon, *Phédon*, XXIX-XXXI. Rousseau altère sensiblement la pensée de Platon.

Page 373.

1. Paul Vernière (*Spinoza et la pensée française avant la Révolution*, 1954, t. 2, p. 480 ; cité par R. Pomeau) a attiré l'attention sur une addition marginale de CP : « Une autre preuve du sentiment de Mad. de Wolmar sur ce point est que, pour être *les mêmes* dans l'autre vie il faut nécessairement que nous nous souvenions de ce que nous avons été dans celle-ci. Car on ne conçoit point à quoi ce mot de *même* peut s'appliquer dans un être essentiellement pensant si ce n'est à la conscience de l'identité et, par conséquent, à la mémoire. On voit par là que ceux qui <soutiennent qu'à la mort à l'exemple de Spinoza> disent qu'à la mort d'un homme son âme se résout dans la grande âme du monde ne disent rien qui ait du sens. Ils font un pur galimatias. » P. Vernière rappelle le théorème 21 du livre V de l'*Éthique* de Spinoza : « L'âme ne peut s'imaginer aucune chose ni se souvenir des choses passées que tant que dure le corps. »

2. La mort de Julie rappelle (et contredit aussi, voir p. 380, n. 1) le récit de la mort du Christ, mais elle a encore quelque rapport avec la mort de Socrate entretenant ses disciples avant de boire la coupe de ciguë (dans le *Criton*).

3. Souvenir d'Homère, *Iliade*, VI, 484.

Page 374.

1. *Bienveuillance* : voir t. 1, p. 259, n. 1.

2. Fin de la note dans CP : « Comme c'est un poisson de passage,

ceci montre l'époque en question, vers le commencement de septembre, au plus tard. »

Page 376.

1. *Pour alors :* Tournure inconnue des dictionnaires, construite comme *dès alors*, qui concurrençait *dès lors* et que Féraud condamnait.

2. La sensibilité effrénée de Claire (voir V, 6, p. 228-230) va bientôt devenir morbide.

Page 377.

1. La formule un peu apprêtée, où l'image de la coupe fait penser à la mort de Socrate, explique comment la sensibilité peut être à la fois un « fatal présent du ciel » et un don pour lequel il faut le remercier.

Page 379.

1. Voir l'attitude de Wolmar devant une scène plus heureuse, mais presque aussi agitée, celle de l'arrivée de Claire à Clarens, lettre V, 6, p. 228.

Page 380.

1. Le parallèle entre la mort de Julie et la mort du Christ se poursuit, mais prend une signification critique : Rousseau met en doute la résurrection et montre comment se forme la croyance à un miracle. Ce n'est pas un miracle qui pourrait convertir Wolmar, ni personne de raisonnable, pense Rousseau.

2. *Se faire fête :* voir t. 1, p. 202, n. 3.

Page 381.

1. Sur les prémonitions, voir la lettre V, 9, p. 248, et la note 2. Rousseau a su concilier les effets romanesques et l'esprit critique.

Page 382.

1. *Sens-froid :* voir t. 1, p. 93, n. 1.

Page 383.

1. *Puérile :* voir t. 1, p. 76, n. 1.

2. Rousseau reproche aux romans et au théâtre de corrompre les mœurs en excitant les passions : l'accusation de puérilité est nouvelle sous sa plume.

3. Voir la lettre V, 6, p. 231.

Page 385.

1. Rousseau veut-il annoncer ce qui se passera après le dénouement ? Nous croirions plutôt qu'il veut laisser l'avenir indiscernable, en proposant des hypothèses contradictoires (Saint-Preux et Claire persisteront-ils dans leur refus de se marier ? C'est probable. Claire survivra-

t-elle longtemps à Julie ? Qui sait ? Voir le début de la lettre 12 et les derniers mots de la lettre 13).

2. L'optimisme, ici, n'est pas une doctrine à la Pangloss (*Candide*), mais un fervent acquiescement à la volonté du ciel (un athée dirait : à la nécessité). Ce premier paragraphe met en question tout le bonheur de Clarens, l'effet de la méthode de Wolmar, le rêve d'amour idéal dans lequel s'unissaient Julie et Saint-Preux : « Cette réunion n'était pas bonne. » La mort seule fait échapper le bonheur à l'usure du temps et au danger de chute. La vérité du roman se situe au-delà de toute thèse philosophique.

3. *Illusion* : « Il est temps que l'illusion cesse, il est temps de revenir d'un trop long égarement », disait Julie vers la fin de la IIIᵉ partie (III, 20, t. 1, p. 446). La symétrie est expressive ; de même est rappelée l'image de l'abîme.

Page 386.

1. Wolmar, Édouard, Saint-Preux lui-même avaient cru, après chacune des *épreuves*, la guérison définitive.

2. Voir lettre 11, p. 362.

3. Voir lettre 11, p. 370, n. 1.

Page 387.

1. *Je ferai le mien*, non pas dans l'autre vie en vertu de la communion des saints et de la réversibilité des mérites (Julie est protestante, et Wolmar n'appartient à aucune Église), mais pendant les derniers moments qui lui restent à vivre.

Page 388.

1. Rousseau a beaucoup travaillé le texte de ce passage, dont il a jeté une esquisse, dans Br, tout de suite après le premier paragraphe de la lettre. B. Guyon en a relevé chez Balzac, dans *Ferragus*, une imitation très nette (lettre de Clémence). Mais les dernières paroles de Julie sont au-dessus de toute imitation comme de tout commentaire.

2. Wolmar, en apparence, n'a pas changé : « Mon mari m'entend ; mais il ne me répond pas assez à ma fantaisie », disait de lui Julie (IV, 1, p. 9).

Page 389.

1. *Abruver* : « La Touche prétend qu'on écrit et qu'on prononce *abruver* : il se trompe » (Féraud ; La Touche, souvent cité par Féraud, est un grammairien français, auteur d'un *Art de bien parler français*, 1696. La graphie et la prononciation de Rousseau sont légèrement archaïques). Voir p. 92, n. 1.

2. Br, CP et R63 : *une autre* ; MsR et R61 : *un autre*. Voir t. 1, p. 411, n. 3.

3. Le mariage de Saint-Preux et de Claire était, aux yeux de Julie, le

garant de la fidélité de son amant et de la perpétuation de son amour ; Claire pense le contraire, en quoi elle s'accorde avec Saint-Preux. Rousseau a voulu que tout reste en suspens.

Page 390.

1. *Voix plaintive :* voir t. 1, p. 395, n. 3. La voix de Claire se confond pour finir avec la voix de Julie (« Sort-elle de la tombe ou du fond de mon cœur ? » ajoutait MsR). Les dernières phrases du roman, en style haletant, laissent le lecteur sur une impression de défaite et de désespoir, impression très naturellement amenée : le souvenir de Julie peut-il survivre sans faire constamment ressentir à ceux qui le perpétuent l'absence de la morte ?

2. La fin de la note est différente dans MsR : « Ce livre, d'ailleurs mauvais à plusieurs égards et tout au plus médiocre où il vaut le mieux, aura toujours ce prix parmi ceux de son espèce, qu'on n'y voit pas un méchant homme, ni une mauvaise action, et qu'on n'en peut dire autant d'aucun autre » (voir l'*Entretien sur les romans*, p. 396). Le texte définitif a été écrit sur CP.

3. *Tragédie :* Comme de nos jours, le mot pouvait désigner non seulement une œuvre d'art dramatique, mais n'importe quel événement funeste. Rousseau pense moins à Crébillon le tragique ou à Voltaire qu'à Richardson et au personnage de Lovelace, dans *Clarisse Harlowe*.

Page 393.

1. Sur cette préface dialoguée, voir la note sur le texte, t. 1, p. 62.

Page 394.

1. Citation de Perse, *Satires*, I, 4.

2. De nombreux lecteurs au XVIIIᵉ siècle ont cru que *La Nouvelle Héloïse* déguisait en fiction ce que Rousseau avait réellement vécu : c'était pour eux un attrait de plus. Jusqu'au milieu du XXᵉ siècle, la critique a vu dans les amours de Julie et de Saint-Preux une transposition des amours de Mme d'Houdetot et de Jean-Jacques. Cette thèse est désormais insoutenable. Si Rousseau, ici et tout au long du roman dans les notes dont il l'a accompagné, affecte d'entretenir l'équivoque, ce n'est ni pour susciter la curiosité ni pour préserver son secret, c'est pour placer l'œuvre à mi-distance entre le réel et l'imaginaire, exactement là où se situe tout roman digne de ce nom, expression fictive d'une vérité.

3. *Des gens de l'autre monde :* expression toute faite, et péjorative : des extravagants (voir t. 1, p. 312, n. 2).

Page 396.

1. C'est ce que Sade reprochera à Rétif : « Si tu n'écris comme R. *que ce que tout le monde sait* [...] ce n'est pas la peine de prendre la plume » (*Idée sur les romans*, en tête des *Crimes de l'amour*, Folio, éd. Michel

Delon, 1987, p. 45) L'expression employée par Sade éclaire celle de Rousseau, à qui il l'a empruntée : « Quant à l'intérêt, il est pour tout le monde, il est nul. » Dans les *Confessions* (livre XI, Folio, t. 2, p. 314-315), Rousseau a défini le mérite de son roman : « [C']est la simplicité du sujet et la chaîne de l'intérêt qui concentré entre trois personnes se soutient durant six volumes sans épisode, sans aventure romanesque, sans méchanceté d'aucune espèce, ni dans les personnages, ni dans les actions. »

Page 397.

1. Rousseau plaide coupable : du côté des écrivains mondains, l'énergie, la variété, les « manières de parler vives, fortes, coloriées » ; de son côté à lui, du côté de ses solitaires, la bizarrerie, la monotonie, l'extraordinaire. Mais il déteste le bel esprit, et dans la page suivante le style dont il paraissait reconnaître les qualités ne sera plus qu'un jargon.

2. « *Colorier* ne se dit qu'au propre ; *colorer* s'emploie aussi au figuré » (Féraud). Rousseau n'a pas dû confondre les mots : *colorées* serait laudatif, *coloriées* laisse entendre que ces joliesses de style ne sont peut-être qu'un barbouillage.

Page 399.

1. En 1761, Rousseau avait quarante-neuf ans, Sophie d'Houdetot en avait trente et un ; quand le roman commence, Saint-Preux a à peine atteint la vingtième année, Julie et Claire ont dix-huit ans.

Page 401.

1. Ce passage explique la note de Rousseau à la lettre VI, 11, p. 383.

2. Vers du Tasse, *Jérusalem délivrée*, chant I, stance 3. D. Mornet cite la traduction de J. Baudouin (1626) : « C'est ainsi que pour faire prendre une médecine à un enfant qui se trouve mal, l'on a de coutume de lui frotter le bord de la coupe de quelque douce liqueur. Lui cependant avale cet amer breuvage et reçoit sa guérison de la tromperie qu'on lui a faite. » Le Tasse empruntait l'image à Lucrèce, *De Natura rerum*, I, v. 936-942, et il n'est guère de romancier depuis le XVIᵉ siècle qui ne s'en soit servi pour se justifier de raconter des histoires.

3. C'est bien ainsi que Rousseau définit la *romance* dans son *Dictionnaire de musique* : « Air sur lequel on chante un petit Poème du même nom, divisé par couplets, duquel le sujet est pour l'ordinaire quelque histoire amoureuse et souvent tragique [...]. Une *romance* bien faite, n'ayant rien de saillant, n'affecte pas d'abord ; mais chaque couplet ajoute quelque chose à l'effet des précédents, l'intérêt augmente sensiblement et quelquefois on se trouve attendri jusqu'aux larmes sans pouvoir dire où est le charme qui a produit cet effet. » Dans les vingt dernières années du siècle, beaucoup de romanciers inséreront de vraies romances dans leurs œuvres, parfois avec la musique gravée.

Page 402.

1. *Céladon* : c'est le type de l'amant parfait, dans *L'Astrée* d'Honoré d'Urfé, dont la première partie parut en 1606.

2. *Caillettes* : *caillets* est le texte de l'édition originale (Duchesne, 1761) et de l'édition Rey. Peut-être est-ce une faute d'impression que ni Rousseau ni les éditeurs n'ont aperçue ; les éditions ultérieures donnent *caillettes*. Selon l'*Abrégé* du Trévoux, *caillette* « se dit d'un homme sans cœur, qui n'est capable d'aucune entreprise. On le dit aussi d'une femme frivole et babillarde ». Ce second sens est celui du texte. Voir t. 1, p. 369, n. 2.

3. Voir le conseil que donnait Saint-Preux à Julie, lettre I, 12, p. 102.

Page 404.

1. L'opposition de Rousseau à la vie mondaine et à la civilisation urbaine est constante, au moins depuis le *Discours sur les sciences et les arts* ; mais à la thèse générale s'ajoute ici sa rancœur contre Diderot, qui avait tout fait pour le dissuader de passer l'hiver 1756 à l'Ermitage.

Page 405.

1. Daphnis, Sylvandre, les bergers du Lignon viennent de *L'Astrée* ; les pasteurs d'Arcadie de l'*Arcadie* de l'Italien Sannazar (1504).

2. *Petites-maîtresses* : voir II, 27, p. 361, note de Rousseau. Féraud signale la nouveauté de ce mot : « *Petite-maîtresse*, femme qui affecte les manières d'un petit-maître. Celui-ci [c'est-à-dire : ce mot-ci] est plus nouveau, parce que le ridicule qu'il représente est devenu depuis quelques années plus outré et plus commun. » En 1733, Marivaux (*Le Petit-Maître corrigé*, II, 9, *Théâtre complet*, Pléiade, tome 2, p. 146) dit encore, pour désigner ce caractère : « une manière de petit-maître en femme ».

3. *Fou* comme le Don Quichotte de Cervantès, le Berger extravagant de Charles Sorel ou le Pharsamon de Marivaux.

Page 406.

1. Comme les meilleurs romanciers du XVIIIe siècle, Rousseau est à la recherche de son public. Qu'il soit de Marivaux, de Prévost, de Diderot, de Rousseau, de Laclos, le roman est destiné à toucher la classe moyenne, la bourgeoisie cultivée que la littérature antérieure ne prenait pas pour objet, sauf en la ridiculisant. Rousseau a trouvé ce public, mais il a aussi trouvé un public plus populaire et un public plus aristocratique ; paradoxe supplémentaire, mais dont il a été conscient et qu'il a lui-même expliqué, les Parisiens lui ont fait un succès encore plus grand que les Provinciaux (voir les *Confessions*, livre XI, Folio, t. 2, p. 313-314, et notre introduction, t. 1, p. 37). La société anglaise, plus ouverte que la société française, avait favorisé le développement du roman. Le public à qui Richardson destine ses œuvres est assez semblable à celui auquel Rousseau veut s'adresser

2. Ce libraire est donc parisien, ce n'est pas celui que Rousseau appelle « mon libraire », p. 412.

Page 407.

1. *S'ennobliront* : Rousseau écrit et fait imprimer *s'annobliront* ; la distinction entre *anoblir* et *ennoblir* n'était pas faite dans tous les dictionnaires (l'*Abrégé* du Trévoux, à l'article *ennoblir*, se contente de renvoyer à *anoblir*).

Page 408.

1. Cette note renvoie au tome 2 de l'édition originale de M. M. Rey, Amsterdam, 1761 (R61) ; dans notre édition, le texte se trouve t. 1, p. 321, lettre II, 28 : « Je n'ai point, pour moi, d'autre manière de juger de mes Lectures que de sonder les dispositions où elles laissent mon âme, et j'imagine à peine quelle sorte de bonté peut avoir un livre qui ne porte point ses lecteurs au bien. »

Page 409.

1. Dans l'édition Folio de la *Lettre à d'Alembert*, le passage auquel Rousseau fait référence est p. 200 : dans ce monde et dans les pièces de théâtre, « c'est toujours une femme qui sait tout, qui apprend tout aux hommes ; c'est toujours la Dame de Cour qui fait dire le Catéchisme au petit Jehan de Saintré » (voir la variante de II, 10, t. 1, p. 284, n. 1).

Page 410.

1. Dans ces deux passages, Rousseau déclare notamment qu'il faut « occuper les peuples à des niaiseries pour les détourner des mauvaises actions » (*Œuvres complètes*, t. II, Pléiade, p. 972) et qu'il y a « des pays où les mœurs sont si mauvaises, qu'on serait trop heureux d'y pouvoir remonter à l'amour », alors que dans d'autres il serait fâcheux d'y descendre (*Lettre à d'Alembert*, Folio, p. 288).

Page 412.

1. Rey avait suggéré à Rousseau de mettre sa devise, *vitam impendere vero*, sur la page de titre ; Rousseau refusa, mais ajouta (lettre à M. M. Rey du 24 avril 1760) : « Au reste je trouve la plaisanterie si bonne que j'aurai soin de vous en faire honneur. » Rey passa outre et la devise fut gravée dans un cartouche ; elle fut remplacée lors du tirage par la citation de Pétrarque, voir t. 1, p. 67, n. 1.

2. La mention d'une *fable* donne à penser que Rousseau n'emprunte pas l'anecdote à Plutarque (*Symposiaques*, Cinquième livre, Question première), mais à Phèdre (*Fables*, V, 5) ou à Lesage (*Histoire de Gil Blas de Santillane*, III, 6) qui cite lui-même Phèdre (l'anecdote est celle-ci : un acteur imite admirablement le cri du cochon ; un paysan, cachant la bête sous son manteau, pince un véritable cochon pour le faire crier,

mais le peuple le conspue et juge que l'imitation de l'acteur est meilleure).

Page 414.

1. Rousseau a plusieurs fois, dans ses notes, dénoncé ces erreurs... qu'il avait volontairement commises (par exemple IV, 17, p. 136 ; VI, 5, p. 294 et 300).

Page 416.

1. Le manuscrit des *Amours de Milord Édouard Bomston* fut offert par Rousseau à la maréchale de Luxembourg en même temps que la copie de *La Nouvelle Héloïse* qu'il avait faite pour elle (CL). Rousseau s'en explique au livre X des *Confessions* (Folio, t. 2, p. 289-290 ; voir la note sur le texte, t. 1, p. 59). « J'avais écrit à part *les aventures de mylord Édouard*, et j'avais balancé longtemps à les insérer, soit en entier, soit par extrait, dans cet ouvrage, où elles me paraissaient manquer. Je me déterminai enfin à les retrancher tout à fait, parce que, n'étant pas du ton de tout le reste, elles en auraient gâté la touchante simplicité. J'eus une autre raison bien plus forte, quand je connus Mad^e de Luxembourg : c'est qu'il y avait dans ces aventures une marquise romaine d'un caractère très odieux, dont quelques traits, sans lui être applicables, auraient pu lui être appliqués par ceux qui ne la connaissaient que de réputation. Je me félicitai donc beaucoup du parti que j'y avais pris, et m'y confirmai. Mais, dans l'ardent désir d'enrichir son exemplaire de quelque chose qui ne fût dans aucun autre, n'allai-je pas songer à ces malheureuses aventures, et former le projet d'en faire l'extrait pour l'y ajouter ? »

Le texte des *Amours de Milord Édouard Bomston* a paru pour la première fois dans l'édition des *Œuvres* de Rousseau publiée en 1780 à Genève par Dupeyrou et Moultou et datée de 1782 (voir la note sur le texte, t. 1, p. 63). Il était accompagné de cette note très ambiguë : « Cette pièce qui paraît pour la première fois, a été copiée sur le manuscrit original et unique de la main de l'Auteur, qui appartient et existe entre les mains de Mme la Maréchale de Luxembourg, qui a bien voulu le confier. » La maladresse du style trahit la déformation des faits. Les éditeurs de 1780 ont démarqué la note dont le marquis de Girardin avait accompagné la copie qu'il avait fait faire lui-même d'après l'autographe prêté par Mme de Luxembourg : « Cette copie a été faite devant moi sur le manuscrit original et unique de la main de l'auteur ; lequel manuscrit est entre les mains de Mad^e la Maréchale de Luxembourg qui a bien voulu me le confier et il n'a pas sorti un instant de sous mes yeux et de mes mains que pour le remettre moi-même entre celles de Mad^e la Maréchale où il est actuellement. La présente copie a été collationnée et corrigée par moi : Ainsi on doit la regarder comme véritable et aussi authentique que le manuscrit même de l'auteur. À

Paris ce huit février mil sept cent soixante et dix-neuf. R. L. Gerardin »
(suivait un N.B. concernant une correction que le marquis suggérait
pour un passage du texte).

Les éditeurs de Genève se sont gardés de dire à qui la maréchale avait
« bien voulu confier » le manuscrit : ce n'était pas à eux, c'était à
Girardin, et c'est de la copie faite pour Girardin qu'ils se sont servis.
Cette copie est actuellement à la Bibliothèque de Neuchâtel.

On comprend que Rousseau ait renoncé à joindre *Les Amours de
Milord Édouard Bomston* à *La Nouvelle Héloïse* : l'unité de l'œuvre eût
été rompue, structuralement par l'association d'un récit à la troisième
personne à un texte épistolaire ; esthétiquement par l'opposition entre
une histoire tragique du genre de celles qu'on écrivait au début du
XVIIᵉ siècle et dont la mode allait renaître, et un roman d'analyse
morale, et par la place qu'aurait occupée un personnage méchant et
vicieux, la marquise napolitaine, parmi toutes ces « belles âmes ».
Rousseau avait-il vraiment rédigé *Les Amours de Milord Édouard
Bomston* sous une forme plus développée que celle que nous connais-
sons ? L' « extrait » est rapide, dense, énergique, sa beauté vient en
partie de sa concision, là où le pathétique et la déclamation auraient été
fâcheux. Mais ce n'est pas parce que nous ne pouvons imaginer une
autre présentation de cette histoire, que nous devons supposer Rousseau incapable de l'avoir réalisée.

Ce que nous pouvons supposer, en revanche, c'est que Rousseau a eu
peur de soulever des critiques encore plus dures avec ce texte que celles
que *La Nouvelle Héloïse* a essuyées et qu'il prévoit dans son *Entretien
sur les romans*. Le reproche d'avoir écrit, avec *La Nouvelle Héloïse*, un
roman en deux parties incompatibles, l'une immorale, l'autre édifiante,
était superficiel, et Rousseau s'en est justifié dans l'*Entretien sur les
romans* ; les deux moitiés de *La Nouvelle Héloïse* sont non seulement
symétriques et complémentaires, mais elles font un tout indivisible, et le
sérieux des interrogations qu'elles posent ne saurait être mis en doute.
Mais l'histoire d'une passion criminelle, d'un homme hésitant entre
deux attachements également condamnables, d'une courtisane amoureuse, un mélange de sensualité et de violence, un romanesque
flamboyant eussent été plus difficiles à défendre par le censeur des
romans d'amour et des mœurs corrompues. L'essentiel du rôle et du
personnage de Laure ont passé dans *La Nouvelle Héloïse*, et il était déjà
hardi, pour un Genevois protestant qui ne cachait pas son animosité
contre l'Église catholique et les moines, de proposer à l'admiration du
lecteur une courtisane entrant au couvent. Rousseau demanda le secret à
Mme de Luxembourg. Voir p. 257, n. 2.

Page 417.

1. Édouard se serait donné la mort s'il avait senti qu'il ne pouvait
résister au désir physique.

Page 418.

1. Texte de l'édition de Genève : *pouvaient*.

2. *Avec un sourire*, dans l'édition de Genève. Cette faute prouve que Dupeyrou et Moultou ont bien utilisé la copie Girardin, où le *r* final de *soupir* est en écriture ronde (il y en a d'autres occurrences dans la copie) et pouvait être confondu avec les lettres *re*.

Page 419.

1. Voir lettre IV, 17, t. 1, p. 144.

2. *Qu'on ne peut concevoir*, texte de l'édition de Genève.

3. Féraud signale la forme *il s'asseye* comme propre à J.-J. Rousseau, mais il reconnaît qu' « Asseoir est très difficile à conjuguer et peu de verbes ont essuyé et essuyent encore tant de variations ». Voir t 1, p. 341, n. 1.

Page 420.

1. Texte de l'édition de Genève : *Il prit, avec des manières plus caressantes, un ton* [...].

Page 421.

1. Édition de Genève : *coulait*.

Page 423.

1. Texte de l'édition de Genève : *dans un cœur*.

Page 424.

1. *Laissé :* participe non accordé parce qu'il n'est pas en fin de phrase.

Page 425.

1. *Payé :* voir note 1, p. 424.

2. Texte de l'édition de Genève : *de l'intérêt et de l'honnêteté* (texte erroné ; voir p. 421 : Édouard ne pouvait marquer à Laure « que le faible intérêt qu'un cœur honnête [...] peut prendre [...] »).

3. *Donnée :* accord du participe avec le complément d'attribution, selon un usage condamné par les grammairiens, mais très fréquent au XVIIIe siècle.

Page 427.

1. La copie Girardin donne *Londre*, qui est peut-être conforme à la graphie de Rousseau, et qui permettait l'élision de l'*e* muet devant voyelle.

Page 428.

1. Le copiste a écrit *fond*, souvent confondu dans l'usage avec *fonds* au XVIIIe siècle. Voir t. 1, p. 103, n. 1.

Page 429.

1. Texte de l'édition de Genève : *celles du juste qui le rendent heureux.*

Page 430.

1. Rousseau souhaitait illustrer de douze estampes les six parties du roman ; son ami le Genevois Coindet se chargea de négocier avec un dessinateur, Boucher d'abord, que M. M. Rey jugea trop cher, puis Gravelot. Rousseau donna par des lettres à Coindet des directives précises au dessinateur, et comme l'édition fut prête avant les estampes, il décida de publier séparément le recueil d'estampes, qui parut à Paris chez Duchesne, dont les graveurs furent N. Le Mire, J. Ouvrier, L. Lempereur, A. de Saint-Aubin, Allamet, Ph. Choffard et J. J. Flipart, et à Amsterdam chez M. M. Rey, dont les graveurs furent M. van Frankendaal et J. Folkema. Rousseau jugea utile d'accompagner ces illustrations de leur description, qui permettait au lecteur de les interpréter. Une copie de cette *Description des estampes,* faite par Coindet, est conservée à la bibliothèque de Genève. A. François en avait relevé les variantes, dont D. Mornet a publié les plus intéressantes dans son édition du roman. Sur l'histoire des illustrations, voir A. François : *Le premier baiser de l'amour ou Jean-Jacques Rousseau inspirateur d'estampes,* Crès, 1920. Les dessins originaux de Gravelot ont été reliés dans la copie faite pour Mme de Luxembourg.

2. Ce préambule est d'autant plus intéressant qu'il existe très peu d'écrits de Rousseau sur l'art plastique. Son idée est que l'artiste doit imaginer, et faire imaginer, plus que ce qu'il représente avec son crayon ou son burin ; les comédiens, les dramaturges, les romanciers ont des principes analogues dans leurs arts respectifs, et l'existence imaginaire des personnages auxquels ils prêtent vie déborde largement ce qu'ils peuvent en dire sur la scène ou sur le papier. Plus originale est la tentative d'intégrer au dessin un avant et un après, c'est-à-dire d'incorporer à une œuvre spatiale et immobile le mouvement et la durée qui sont le propre de la musique.

Page 431.

1. *Caractères* doit être pris au sens concret : ce sont les traits distinctifs (costume, attitude, air, physionomie) de chaque personnage. On peut chercher dans ces caractérisations, comme dans les descriptions d'estampes et les estampes elles-mêmes, des indications sur les personnages qui complètent ou approfondissent ce qui apparaît d'eux dans le roman, mais l'on risque d'être déçu : moins appauvrissante que la mise en romance (voir p. 270, n. 1), la mise en image ne saurait exprimer tout ce que le roman énonce ou suggère. La traduction de l'image (fictive encore) en mots est un troisième mode d'expression, où le présent de l'indicatif fige l'action dans l'immobilité, la privant de cette même

résonance temporelle que Rousseau voulait intégrer au dessin : mais ici il essaie de saisir « l'unité du moment » (planche cinquième, p. 435).

Page 432.

1. La référence est faite à l'édition R61. Dans notre édition t. 1, p. 110.

2. *Cosi saporito :* si délicieux, si senti.

3. Voir t. 1, p. 216.

Page 433.

1. Voir t. 1, p. 275.

2. Voir t. 1, p. 360.

Page 434.

1. Voir t. 1, p. 399 et note 1. Dans la copie Coindet cette planche est classée sixième, par erreur.

Page 435.

1. Voir t. 1, p. 416.

2. Voir p. 320.

Page 436.

1. Voir p. 139. Le texte transcrit n'est pas exactement le texte publié dans R61. Rousseau ajoute à la description du paysage les détails qui permettent au dessinateur de représenter non seulement la position des personnages, mais les sentiments qu'ils doivent éprouver.

Page 438.

1. Voir p. 184.

2. Il faut lire : planche *cinquième.* C'est peut-être cette erreur de Rousseau qui a entraîné l'erreur de classement signalée p. 434, n. 1.

Page 439.

1. Copie Coindet : *sur la table,* ce qui est plus logique et conforme à l'estampe.

2. Voir p. 248. R. Pomeau a remarqué que Rousseau décrit le premier dessin que Gravelot fit de cette scène et qui est inséré dans CL ; sur les instructions de Rousseau, le dessin fut refait.

Page 440.

1. Toutes les éditions donnent : *lettre XI.* Voir p. 278.

2. Le titre donné à l'estampe est un commentaire de la scène, comme une de ces notes ironiques dont l'auteur a accompagné quelques lettres.

Page 441.

1. Voir p. 381-382. Dans l'édition Duchesne de 1764, cette estampe est remplacée par une autre estampe de Gravelot représentant le

moment où Julie se jette à l'eau pour sauver son enfant. Rousseau jugea cette nouvelle estampe « froide et ridicule ».

Page 454.

1. Cette table des matières est celle qui figurait dans l'édition parisienne de Duchesne, 1764. Rousseau dans l'exemplaire Coindet (DC, selon notre sigle) a écrit : « J'ai effacé précipitamment les tables des deux premiers volumes. Cependant ces tables peuvent être bonnes à conserver avec les sommaires des Lettres pour y trouver au besoin ce qu'on cherche. Mais il faut avoir soin de faire recommencer les nombres des Lettres à chaque Partie et de changer la cote des pages sur cette Édition. »

Nous avons rétabli la division en six parties et la numérotation originale des Lettres. Voir la note sur le texte, t. 1, p. 62.

Les Amours de Milord Édouard Bomston ont paru pour la première fois dans l'édition des Œuvres de Rousseau à Genève, 1780-1782. La table des matières du roman, empruntée à l'édition Duchesne, était suivie du sommaire des *Amours*, que nous reproduisons également.

JULIE OU LA NOUVELLE HÉLOÏSE

Composition Bussière
et impression Bussière Camedan Imprimeries
à Saint-Amand (Cher), le 9 mai 2004.
Dépôt légal : mai 2004.
1ᵉʳ dépôt légal dans la collection : mars 1993.
Numéro d'imprimeur : 042115/1.

ISBN 2-07-038567-1./Imprimé en France.

130007